Mode d'emploi

L'Intégrale Gainsbourg est un recensement des œuvres identifiées et créditées à Serge Gainsbourg, soit en tant qu'auteur, compositeur, producteur ou réalisateur. Chaque œuvre est présentée par un titre (en *italique gras*), un format d'édition, la référence originale et les titres complémentaires crédités à Serge Gainsbourg pour les formats multititres. Les œuvres inédites à ce jour, signalées comme telles, font exception à cette règle.

Voici la convention utilisée pour les abréviations :

(SP) 45-tours 2 titres
(EP) Super 45-tours 4 titres
(Maxi) Maxi 45-tours vinyle
(LP) Album vinyle ; (2 LP) Double album, etc.
(CD) Album compact ; (2 CD) Double album compact, etc.

Les albums 33-tours ont tous (sauf exceptions) été réédités en CD ; nous n'avons retenu que la référence originale (idem pour les cassettes audio, etc.).

D'innombrables compilations, anthologies et autres *best of* sont parus du vivant de Gainsbourg et plus encore depuis sa mort ; nous n'en avons retenu que quelques-uns, réunis à la fin de l'ouvrage.

Introduction

Ma première rencontre avec Gainsbourg remonte à 1964… et je ne m'en souviens pas. J'ai une excuse : j'avais six ans et demi et Serge était venu en Belgique tourner une émission de télévision dont mon père était réalisateur, ou producteur, ou alors il m'y avait emmené par hasard (il n'est plus là non plus pour que je le lui demande). Bref, j'étais allé demander un autographe à Serge. C'était à l'époque de l'album *Confidentiel* que j'écoutais à la maison avec ma mère, même si j'y comprenais rien et si, secrètement, je préférais Georges Brassens et Henri Salvador. J'ai le portrait de Serge dédicacé, format carte postale. Il a bien écrit « à Gilles » avant de signer, mais j'ai tout oublié. Si ça se trouve, il m'avait donné un bisou et soufflé dans le nez la fumée de sa Gitane (qui puait pire encore que les Johnson's de mon père), mais j'ai zéro photo pour prouver cette rencontre entre Gainsbourg et son futur biographe ; donc j'ai l'air malin avec mon anecdote idiote.

Dans la maison où j'ai grandi, à Bruxelles, on écoutait beaucoup de chanson. Brassens, Brel (ma mère en était toquée), Léo Ferré, Charles Aznavour (à petites doses) et Serge Gainsbourg. En 1958, mes parents avaient acheté son premier album 25 centimètres, *Du chant à la une !*.... Je suppose que dans mon berceau j'avais entendu *Le Poinçonneur des Lilas*. Vers 1971-1972, j'étais passé au rock, mais chaque apparition de Gainsbourg à la télé me plaisait bien : il ne jouait pas le jeu, il était différent. Il se moquait du monde et l'ado rebelle et boutonneux et chevelu que j'étais trouvait ça vachement cool. En décembre 1976, après avoir usé les premiers albums de Patti Smith et des Ramones, après avoir vu les Sex Pistols en concert (au 100 Club, à Londres), j'étais devenu punk. Et Gainsbourg nous avait balancé *L'Homme à tête de chou* dans les gencives. Punk dans le fond, sinon dans la forme. Parfaitement en phase avec mes vingt ans et mon état d'esprit du moment. Nous n'étions pas nombreux : à sa sortie, l'album avait péniblement franchi le cap des douze mille exemplaires. J'étais amoureux fou de ce disque sublime, à ce jour encore ses *Variations sur Marilou* restent mon morceau préféré…

Fin 1978, *Aux armes et cætera* changea la donne. Le scandale de sa *Marseillaise* reggae, qui réveilla l'antisémitisme de certains, fit de Serge, à cinquante ans passés, une superstar ; jusque-là, il n'était qu'une célébrité. Il passa brutalement de douze mille à un million de disques vendus. J'étais organisateur de concerts rock à l'époque, en plus de ma casquette de journaliste, et d'une autre casquette comme animateur d'émissions rock à la télévision. Alors j'ai contacté mon pote Pierre Bénain, qui travaillait au Palace, quand j'ai appris que Serge allait s'y produire en décembre 1979 avec ses musiciens reggae. Pierre me mit en contact avec Philippe Lerichomme, le producteur de Serge. On décida d'une date : le 5 janvier 1980. À Bruxelles, le Cirque royal était libre. Je mis les places en vente ; très vite la demande fut telle que l'on ajouta un concert, le même soir, deux heures plus tard. Et le lendemain du fameux concert annulé de Strasbourg, magnifiquement reproduit à l'identique par Joann Sfar dans son film *Gainsbourg (vie héroïque)*, Serge donna deux concerts d'affilée devant cinq mille spectateurs belges et en délire. Un des plus beaux jours de ma vie. Pour la première fois, en coulisse, avec mes complices Christian et Philippe, je serrai la main de celui qui était devenu mon héros. Mais c'est à Sly et Robbie que je refilai le sac de ganja que notre dealer était allé acheter la veille en Hollande…

Journaliste pour la presse écrite, animateur télé, j'eus d'autres occasions de revoir Gainsbourg : au printemps 1980, quelques mois après le Cirque royal, je pénétrai pour la première fois dans son « hôtel particulier » (en réalité, une maison de poupée, raison pour laquelle il n'y aura jamais de musée Gainsbourg à cette adresse : c'est trop petit !) au 5 bis rue de Verneuil ; il venait de publier son « conte parabolique » *Evguénie Sokolov*. Puis je fus le premier à interviewer Jane Birkin après la rupture ; ensuite Gainsbourg vint chanter *Ecce homo* et *La Nostalgie camarade* dans mon émission de télévision, en Belgique. D'autres interviews ont suivi, à propos d'Isabelle Adjani, de *Baby Alone in Babylone* pour Jane B., de *Love on the Beat* : chez Serge, il se passait *toujours* quelque chose.

Un jour, j'ai proposé à Philippe Lerichomme, qui a illico obtenu le feu vert de Serge, d'écrire sa biographie. Je venais de me faire virer (pour la première fois, il y en aura trois au total) de Canal+. J'avais tout juste le temps, entre mars et juillet, d'interviewer Serge et les principaux acteurs de sa vie : sa sœur aînée (j'avais raté sa maman de peu, elle venait de mourir), ses interprètes, ses amis, certains de ses musiciens et arrangeurs, etc. Il m'avait aidé à contacter certaines stars difficiles à atteindre, comme Catherine Deneuve ; il avait dû apprécier le sérieux de mon enquête, puisqu'il me rédigea gentiment une préface. Bref, la première édition de ma biographie est parue en 1985, au format album, avec plein de photos, en même temps que ses concerts au Casino de Paris, . En 1988, à la sortie de *You're Under Arrest* et des concerts au Zénith, je fis paraître une nouvelle édition, à nouveau avec la bénédiction de Serge. Nous en préparions une troisième en novembre 1990. J'étais allé l'interviewer, avec un ami, pendant plus de cinq heures, réparties sur deux jours, parce qu'il était déjà très fatigué (même s'il suffisait de le lancer sur certains sujets pour qu'il soit intarissable – et très drôle), pour approfondir certains épisodes de sa vie.

Et c'est ainsi, vingt-six ans après la fameuse carte postale qu'il m'avait dédicacée quand j'étais gamin, que Serge m'a signé une reproduction collector du dessin qui figure sur la pochette du dernier album écrit et composé par lui pour Jane Birkin, *Amour des feintes*.

Cette fois-là il a écrit « à Gilles très agile dans ses questions insidieuses ».

Et puis il est mort, le 2 mars 1991.

Deux mois plus tard, avec l'autorisation de Charlotte et l'aide de la SACEM, j'ai découvert dans leurs archives plein de chansons inédites signées Gainsbourg. Je m'en suis mordu les doigts : les informations étaient là, à portée de main, et auraient généré des tonnes de questions sensationnelles, et je ne les lui avais pas posées ! Avant ces recherches, par exemple, personne ne savait, sauf Louis Laibe, directeur artistique de Madame Arthur, qui les avait écrites avec lui, que Gainsbourg avait composé ses premières chansons pour des travestis de cabaret au milieu des années 1950 !

Au fil des *nineties*, je me suis remis au travail, avec Stéphane Deschamps et Jean-Dominique Brierre, pour – encore ! – une nouvelle édition de ma biographie. La quatrième. Enfin la définitive. Un pavé titanesque de sept cent soixante pages, sorti fin 2000 chez Albin Michel[1].

Pour cette édition, avec l'aide de Yann Grasland et de tout un réseau de fans, j'ai dégotté encore d'autres chansons méconnues, des titres inédits pour la télé, des perles insensées.

1. Également sorti en Livre de Poche, en janvier 2010 (plus de mille pages, pour le coup).

Et je me suis rappelé mes premières recherches en 1985. Il faut savoir qu'à cette époque on passait du vinyle au CD, et *rien* n'avait été réédité. Je parle des disques de Serge, mais aussi de ses interprètes. Je me souviens d'heures interminables passées à la discothèque de Radio France pour écouter les chansons improbables qu'il avait écrites pour Dominique Walter, Michèle Mercier, Régine, Zizi Jeanmaire, Dario Moreno ou Nana Mouskouri, autant de super 45-tours sur lesquels mes amis collectionneurs n'avaient jamais réussi à mettre la main. Pour m'aider dans mes recherches je n'avais qu'une seule bible : *La Discographie analytique de Serge Gainsbourg*, travail de fin d'études d'un autre copain, Jacques Monard. Encore très incomplet – comparé à ce que l'on sait aujourd'hui –, son travail était celui d'un pionnier ; je n'aurais jamais pu m'y retrouver dans une œuvre aussi protéiforme et prolifique sans son aide.

Ensuite, il y eut les rééditions. Le premier coffret signé Gainsbourg, permettant pour ses fans les plus récents (ceux de *Love on the Beat*, disons) de découvrir le passé somptueux de celui qui était devenu une sorte de père spirituel. Y compris des chansons rares, comme *Chatterton* (au hasard), chef-d'œuvre oublié de tous les *best of* antérieurs. « Ce coffret, c'est pas ma compilation, c'est mon sarcophage ! » m'avait dit Serge, à sa sortie.

Il aurait été bouleversé par le travail de bénédictin entrepris ensuite par ceux qui se mirent en tête de fouiller encore, de fouiller toujours : on se souvient de *Dernières Nouvelles des étoiles*, avec « tous » ses textes réunis par Franck Lhomeau (qui pensait en toute bonne foi avoir relevé le défi de l'intégrale, mais il se trompait). On a eu droit aux manuscrits patiemment, amoureusement compilés par Laurent Balandras pour les éditions Textuel. On a eu des nouvelles de Jean-Gabriel Le Nouvel, qui a retrouvé une copie de la chanson patriotique *Le Sabre et le Soldat*, composée pour Israël durant la guerre des Six Jours, et tant d'autres choses. On a découvert des musiques de films inédites, déterrées par Stéphane Lerouge pour le compte des disques Universal. On a apprécié les compilations, intégrales et autres anthologies d'interprètes orchestrées par Jean-Yves Billet pour la même maison (dont le coffret *Mister Melody*). On a découvert sur Wikipédia une page consacrée aux reprises des chansons de Serge, des plus fameuses aux plus obscures. On a surtout admiré la minutie infernale d'Yves-Ferdinand Bouvier pour son *Intégrale et cætera* chez Bartillat avec tous les textes et des kilomètres de notes en bas de page, démontrant à chaque instant sa prodigieuse érudition.

Mais il manquait un livre qui répertorie – et surtout *raconte* –, chronologiquement, toutes les chansons de Gainsbourg en les situant dans leur contexte, en détaillant la genèse de leur création, en analysant les retombées, en dressant la liste de toutes celles et tous ceux qui, après leurs créatrices/créateurs les ont interprétées. C'est à ce travail que Loïc Picaud et moi-même nous sommes attelés. Loïc, qui a longtemps dirigé un site dédié aux collectionneurs de disques, et qui est actuellement rédacteur en chef du site Music Story, connaît son sujet sur le bout des doigts. Alors que je mène des recherches sur Gainsbourg depuis plus de vingt-cinq ans (en fait, je ne me suis jamais arrêté ; si ça se trouve, je continuerai jusqu'à mon dernier souffle à collecter des anecdotes), j'ai été surpris de découvrir *encore* des titres que je ne connaissais pas.

Le livre que vous tenez entre les mains raconte chanson par chanson l'œuvre d'un génie, ses fulgurances et ses faiblesses, ses sommets et ses coups bas, ses souffrances et ses blagues, ses coups d'éclat et ses coups de bluff, ses travaux d'orfèvre et ses commandes à la chaîne.

Il complète le travail de biographe que j'ai accompli précédemment en changeant radicalement d'angle :

au lieu de zoomer de la vie (plan large) aux chansons (plan serré), il part des chansons pour raconter la vie d'un auteur-compositeur désormais admiré dans le monde entier – ce que Serge n'aura pas connu de son vivant –, mais que l'on n'a jamais fini de découvrir.

Gilles Verlant

Les années d'apprentissage

C'est sur le piano familial que le petit Lucien Ginsburg fait ses premières gammes. Sous l'œil avisé de son père Joseph, musicien professionnel et grand mélomane, le gamin s'exerce à reproduire avec ses sœurs, les jumelles Jacqueline l'aînée et Liliane, les partitions classiques et modernes. La musique entre quotidiennement dans l'appartement des Ginsburg. Pianiste de cabaret, Joseph joue des chansons populaires ou des airs de jazz, mais quand il est chez lui, il rêve de musique classique et interprète des sonates de Domenico Scarlatti, des cantates de Jean-Sebastien Bach, les *Études* et *Préludes* de Frédéric Chopin, la *Danse du feu* de Manuel de Falla, ou l'une des ses pièces préférées, *Rhapsody in Blue* de George Gershwin, et des mélodies de Cole Porter pour se délasser les mains.

Le « p'tit Lulu » écoute, capte et mémorise ces œuvres qui forgent sa culture musicale, mais a également un faible pour les succès diffusés à la radio. Il fredonne le *Sombre Dimanche* créé par Damia en 1936, et *Mon légionnaire* dans la version première de Marie Dubas. Deux chansons qu'il enregistrera cinquante ans plus tard, lors d'un étonnant retour vers le passé. Un autre souvenir des années d'enfance de la rue Chaptal (dans le 9e arrondissement de Paris) fut la rencontre avec la chanteuse réaliste Fréhel, qui lui laissa une forte impression. À cette époque, l'idole absolue du garçon est Charles Trenet, qui chante *Y'a d'la joie* et *J'ai ta main.* Puis vient la guerre, quand bientôt tout fait *Boum !* Les années d'innocence s'envolent, la musique cède la place à la peur qui s'installe dans le cœur du petit Ginsburg, contraint de porter l'étoile jaune.

Au sortir du cauchemar, Lucien Ginsburg consacre son temps à sa passion pour la peinture, après un bref passage en section architecture, aux Beaux-Arts. Il délaisse le piano pour la guitare dont il apprend les rudiments avec un gitan qui lui joue du Django Reinhardt, et tente en vain d'en tirer profit en se produisant dans des soirées. Une chanson d'après-guerre marque son esprit, *Les Feuilles mortes*, de Prévert et Kosma, interprétée par Yves Montand. Cette même année 1947, le jeune homme s'inscrit à l'École normale de musique fondée par Alfred Cortot, illustre pianiste spécialisé dans le répertoire de Chopin. À l'Académie Montmartre, où il suit des cours de dessin, il lie connaissance avec Élisabeth Lévitsky, dite « Lise », de deux ans son aînée, qu'il épouse quatre ans plus tard, en 1951. Après son service militaire et un emploi de surveillant dans le centre d'éducation de Champsfleur accueillant les orphelins juifs, le jeune Ginsburg trouve, grâce à son père, son premier poste de pianiste d'ambiance au Club de la Forêt du Touquet. Nous sommes en 1954, année de son inscription au concours de la SACEM et de ses premières compositions.

Les premières chansons

Le 1er juillet 1954, Lucien Ginsburg est admis à la SACEM sur un exercice imposé, *Notre premier baiser.* Le 26 août, il déclare ses six premières chansons sous le nom de Julien Gris, hommage partagé entre Julien Sorel, le héros du roman de Stendhal *Le Rouge et le Noir*, et le peintre cubiste Juan Gris. Quatre de ces chansons sont restées à l'état de papier (*Ça n'vaut pas la peine d'en parler*, toutefois chantée dans ses premiers tours de chant, *Fait divers*, *Promenade au bois* et *Les Trois Boléros*) alors que les deux autres, que nous détaillons plus loin, trouveront des interprètes : *Les Amours perdues*, créée par Juliette Gréco en 1959, et *Défense d'afficher*, par Pia Colombo la même année.

Deux autres chansons portent pour signature Julien Grix, qui est le nom d'épouse de sa sœur aînée Jacqueline. La première intitulée *Nul ne le saura jamais*, est déposée le 10 septembre 1954 et chantée dans son récital aux Trois Baudets en 1958. L'autre, *Pour si peu d'amour*, est datée du 9 novembre 1954. Aucune ne trouvera d'interprète. Dans ces premiers titres, le style d'écriture de Gainsbourg est très romantique (*Qui de nous deux/Aima l'autre le mieux/Nul ne le saura jamais...*), mais il comporte en germe cette pointe de désespoir qui fera sa signature : *Car aujourd'hui/Le roman d'amour est fini... C'est notre joli rêve/Qui s'achève*). Pour le moment, le jeune auteur-compositeur, n'ayant pas réussi à placer une seule de ses chansons auprès d'un éventuel interprète, doit se contenter de remplacer son père au cabaret Madame Arthur. Il se retrouve ainsi à accompagner les numéros des travestis, ce qui l'amène à faire de nouvelles rencontres. Celle du directeur artistique Louis Laibe, également parolier, pour lequel le jeune Lucien compose une suite de chansons destinées aux spectacles de la revue, aux titres particulièrement évocateurs : *Zita la panthère*, *Tragique cinq à sept*, *Arthur Circus*, *Pourquoi, Charlie*, *Locura Negra (Frénésie noire)*, *Maximambo*, *Jonglerie chinoise*, *La Trapéziste*, *La Danseuse de corde* ou encore *L'Haltérophile*. Il est donc savoureux de constater que les premiers artistes à avoir chanté du Gainsbourg furent des *drag queens* dont les noms ne sont guère passés à la postérité, que ce soit Maslowa, Toinou Coste ou Lucky Sarcell, qui chante *Antoine le casseur*. Curieux destin que celui de cette chanson déposée à la SACEM le 9 février 1955 sous le nom de Julien Grix, longtemps oubliée et réapparue en 2010 à l'occasion de son interprétation par Philippe Duquesne pour les besoins du film *Gainsbourg (vie héroïque)*.

Une seconde série de chansons voit le jour au printemps 1955, écrites cette fois-ci par Diego Altez, alias Paul Alt, un acrobate du Bal du Moulin-Rouge qui devient le nouvel ami des virées parisiennes de Lucien Ginsburg. Ils signent à quatre mains des titres comme *J'ai goûté à tes lèvres*, *J'ai le corps damné par l'amour* et *J'ai broyé du noir*. Avec cette dernière, Gainsbourg espère bien attirer l'attention de Juliette Gréco, ambassadrice de la nouvelle chanson rive gauche. Il se rend à l'un de ses concerts dans l'espoir de lui proposer ce titre, mais sa timidité l'immobilise à l'entrée de la loge.

À défaut de trouver une voix pour porter ses créations, Gainsbourg adopte pour modèle l'écrivain et jazzman Boris Vian, qui se lance également dans la chanson à cette époque et a déjà signé un morceau révolutionnaire intitulé *Le Déserteur*, créé par Mouloudji et aussitôt victime de la censure. En décembre 1954, Vian se produit au théâtre des Trois Baudets. C'est un véritable choc pour Gainsbourg qui trouve là un modèle, un jumeau artistique, raide en scène, débitant ses chansons vitriolées. L'année suivante, la compagnie de disques Philips donne sa chance à l'interprète de *J'suis snob* et *Je bois*, accompagné par l'arrangeur et producteur Alain Goraguer. Un chemin semblable attend Gainsbourg, qui pour l'heure pianote au Milord l'Arsouille derrière Billy Nencioli, auquel il propose une nouvelle création intitulée *Les Mots inutiles*. Déposé à la SACEM le 8 avril 1955, *Les Mots inutiles* est aussi connu sous le titre erroné *Vienne à Vienne*, chanté par son auteur lors de l'émission télévisée « Ce soir à Vienne » le 24 juin 1961 (cette version figure sur le double CD Le Claqueur de mots 1958-1959, sorti par Discograph en 2010 et dans le coffret Vingtième Anniversaire, publié par Universal en 2011). Cette fois, le style Gainsbourg se précise : *Les mots d'esprit laissent incrédule/Car le cœur est trop animal/Mieux qu'apostrophe et point-virgule/Il a compris le point final*. Quatre décennies plus tard, le chanteur Arnold Turboust en enregistre une version, initialement prévue pour un album, finalement écartée (parue sur un CD single hors commerce, 2009). Ensemble, Gainsbourg et Nencioli composent en dix minutes un mambo baptisé *Abomey*, que la postérité préférera oublier. En ce même printemps 1955, Lucien Ginsburg, alias Julien Grix, termine le spectacle du Milord l'Arsouille en accompagnant à la guitare Michèle Arnaud, qui chante ses succès *L'Île Saint-Louis*, *Sous le pont Mirabeau* ou *Un jour tu verras*, signé Mouloudji. En attendant de devenir l'une des premières interprètes des chansons de Gainsbourg, Michèle Arnaud va jouer un rôle clé dans sa carrière en le présentant au directeur artistique de Philips. Avant cela, Gainsbourg fait encore l'apprentissage de la patience et ne dépose que trois nouvelles chansons durant l'année 1956, *Pour avoir Peggy* (*… Il suffit d'y mettre le prix*, datée du 1er février), *On me siffle dans la rue* (le 25 juin) et *La Trentaine* qui, le 18 décembre, a l'insigne honneur d'être la première chanson signée Serge Gainsbourg, qui ne se cache plus derrière d'autres pseudonymes. Cette année se solde surtout par la fin de son mariage avec Élisabeth Lévitsky.

En 1957, comme ce fut le cas pour *Abomey*, Serge Gainsbourg utilise une musique en vogue à l'époque pour l'une de ses chansons. *Le Cha-cha-cha intellectuel* est déposé le 17 janvier avec *La Ballade de la vertu*, composée sur un texte de Barty, alias Serge Barthélémy (qui signera également *Ronsard 58*, détaillé plus loin). Un peu plus tard, le 8 avril, naît *La Chanson du diable*, au texte croustillant : *Le diable un jour fut torturé/Par le démon de la chair/Et il décida d'enterrer/Sa vie de célibataire*. Quatre nouvelles créations font une apparition déterminante le 26 juin 1957 : *Mes petites odalisques*, *La Jambe de bois (Friedland)*, *La Cigale et la Fourmi (ce titre restera inédit jusqu'à la parution du coffret Vingtième Anniversaire, publié par Universal en 2011, qui en inclut une version enregistrée pour Paris Inter en 1961, voir page 74)* et celui qui va véritablement le lancer, *Le Poinçonneur des Lilas*. De retour au Milord l'Arsouille, Serge Gainsbourg en pince pour Michèle Arnaud, et l'invite à venir admirer ses peintures. C'est par inadvertance (ou savant calcul de la part de celui qui, en réalité, ne peint plus depuis un moment) que la chanteuse remarque que son guitariste se double d'un compositeur. Elle tombe en extase devant ses chansons, et inscrit aussitôt *Ronsard 58* à son tour de chant. Michèle Arnaud, qui semble avoir trouvé l'auteur-compositeur qu'elle recherchait, lui enjoint de lui écrire d'autres pièces. Gainsbourg s'exécute et confectionne deux titres sur mesure qu'elle retiendra à son répertoire : *La Recette de l'amour fou* et *Douze belles dans la peau*, déposés le 20 décembre 1957, à quelques mois de son trentième anniversaire. Dès lors, après des années passées dans l'antichambre du succès, tout va s'enchaîner très vite pour Serge Gainsbourg. À la suite de cette découverte, Francis Claude, le patron du Milord l'Arsouille (et compagnon de Michèle Arnaud), décide de mettre le jeune homme sur le devant de la scène. Tétanisé par la peur, Gainsbourg délivre son *Poinçonneur* devant une assistance ébahie. En janvier 1958, Michèle Arnaud grave les deux nouvelles chansons de Serge Gainsbourg sur son nouveau disque. Une nouvelle vie commence…

Liste des premières chansons de Serge Gainsbourg qui ont été enregistrées, dans l'ordre de dépôt à la SACEM :

Les Amours perdues, datée du 26 août 1954, enregistrée par Juliette Gréco pour un EP publié en avril 1959 (Philips 432 354 BE). Version interprétée par Serge Gainsbourg sur l'album *L'Étonnant Serge Gainsbourg* (1961).

Défense d'afficher, datée du 26 août 1954, enregistrée par Pia Colombo (Philips 432 466 BE) et Juliette Gréco (CD *Jolie môme 1959-1963*, Philips 848 062-2) en 1959.

Antoine le casseur, datée du 9 février 1955, enregistrée par Philippe Duquesne pour la bande originale du film *Gainsbourg (vie héroïque)*.

Les Mots inutiles, datée du 9 avril 1955, chantée dans l'émission « Ce soir à Vienne » le 24 juin 1961 sous le titre *Vienne à Vienne*. Version récitée sans musique par Bérangère Basty sur le double CD *Portraits* (Frémeaux & Associés, 2000) puis enregistrée par Arnold Turboust (CD single hors commerce 2009).

J'ai oublié d'être bête, enregistrée le 22 décembre 1961 pour l'émission « Avant première », publiée sur le CD *Inédits – Les archives 1958-1981* (Philips 548 439-2) en février 2001, rééditée sous son titre exact (*Ballade d'un fat majeur*) sur le CD n° 20 du coffret *Vingtième Anniversaire*, publié par Universal en 2011.

Mes petites odalisques, datée du 26 juin 1957 sous le nom de Serge Gainsbourg. Version en public enregistrée au Milord l'Arsouille par Gainsbourg le 30 décembre 1957 (*Inédits – Les archives 1958-1981*, Philips 548 439-2 ; coffret *Vingtième Anniversaire*, Universal 2011). Interprétée par Hugues Aufray pour l'EP Barclay 70238 publié en mars 1959.

Friedland (la jambe de bois), datée du 26 juin 1957,

créée par Serge Gainsbourg le 17 février 1958, (CD *Essais pour signature 548 554-2*), réenregistrée le 12 janvier 1959 sous le titre inversé *La Jambe de bois (Friedland)* (EP Philips 432 325). Version du 10 juin 1958 inédite à ce jour. Version de Juliette Gréco (EP Philips 432 354 BE) enregistrée le 8 février 1959.

Le Poinçonneur des Lilas, datée du 26 juin 1957, enregistrée en maquette le 17 février 1958, puis première version studio terminée le 3 juillet 1958. Version en public enregistrée fin novembre 1958, publiée sur l'album *Opus 109, le sang neuf du rire et de la chanson* (Philips V-16). Version des Frères Jacques enregistrée en 1958 pour l'EP Philips 432 267, et d'Hugues Aufray pour l'EP Barclay 70238 publié en mars 1959.

La Recette de l'amour fou, Douze belles dans la peau, datées du 20 décembre 1957. Elles sont les premières à avoir été enregistrées par Michèle Arnaud en janvier 1958 pour l'EP Ducretet-Thomson 460-V-373.

1958

Poinçonneur, jazz et charleston

Avant d'entrer lui-même dans un studio pour y graver ses premiers titres, le jeune auteur-compositeur Serge Gainsbourg voit deux de ses chansons interprétées par des voix réputées, celles de Michèle Arnaud et Jean-Claude Pascal.

La Recette de l'amour fou

Créé par Michèle Arnaud, 45-tours Ducretet-Thomson 460 V 373 (EP), avec *Douze belles dans la peau*

De son vrai nom Micheline Caré, Michèle Arnaud (1919-1998) devient la première interprète de Serge Gainsbourg après avoir découvert que son guitariste de scène possédait une certaine aptitude à écrire des chansons originales. Celle que l'on surnomme « l'intellectuelle de la chanson » est aussi l'une des premières interprètes de Léo Ferré, dont elle reprend à ses débuts en 1952 *L'Île Saint-Louis*, chanson coécrite avec Francis Claude, propriétaire du cabaret Milord l'Arsouille, où elle se produit régulièrement, puis *La Vie d'artiste* en 1955. Dans le paysage de la chanson rive gauche – dont elle est une sorte d'ambassadrice de l'autre côté de la Seine, le Milord étant situé rue de Beaujolais, derrière la Comédie française – au même titre que Catherine Sauvage ou Pia Colombo (deux futures interprètes de Gainsbourg), Michèle Arnaud fait figure de porte-voix des poètes et d'auteurs comme Charles Aznavour, Mouloudji ou Georges Brassens.

En janvier 1958, lorsqu'elle enregistre les deux chansons de Serge Gainsbourg sur son dixième EP, Michèle Arnaud est alors sous contrat avec le label Ducretet-Thomson. *La Recette de l'amour fou* et *Douze belles dans la peau* voisinent avec une version de *Marjolaine*, l'immense succès de Francis Lemarque, et le tragique *L'Ombre sous la mer* de Pierre Delanoë, popularisé par Gloria Lasso. Accompagnée par son fidèle pianiste Jacques Lasry (le compositeur d'avant-garde des *Structures sonores*) et un orchestre dirigé par Frédéric Marlhy, Michèle Arnaud déploie son phrasé clair et distingué jusque dans le dernier couplet : *Mais après les transports/Ah ! s'il s'endort/Alors là, foutez-le dehors !*

Cette version reste très sage et classique en regard de l'arrangement qu'en fait Alain Goraguer pour l'auteur, sur son (futur) premier album *Du chant à la une !....*, ponctué de *pizzicati* et conclu par un motif klezmer. *La Recette de l'amour fou* est l'un des premiers exemples d'un procédé dont Serge Gainsbourg usera sans modération : le double sens. La lecture à deux niveaux, culinaire et amoureuse, ajoute du piment à cette saynète pleine de finesse.

Serge Gainsbourg enregistre une première fois *La Recette de l'amour fou* et sa jumelle *Douze belles dans la peau* lors de son audition pour Philips le 17 février 1958 (ces interprétations dépouillées, avec un simple accompagnement au piano, sont publiées en 2001 dans les *Essais pour signature* ; Philips 548 554-2). Toutes deux sont ensuite enregistrées le mois suivant par Jean-Claude Pascal sur un même EP (La Voix de son Maître EGF 348). Le sémillant chanteur apporte son style suave et modifie à sa façon la fin de *La Recette de l'amour fou* (*Si l'âme sœur s'endort...*).

La chanson a également fait l'objet de reprises par Catherine Sauvage en 1962 (*Catherine Sauvage chante Serge Gainsbourg et Frédéric Botton*, Rym 197.065-2, 1999), Juliette Gréco en 1968 (album *Bonjour tristesse*, Philips 844.791), Dona Ruy Project (album *A Portrait of Serge Gainsbourg*, Harmonia Mundi ESS2, 1995), Denise Bahous sur l'album *Chansons lestes et féroces* (Harmonia Mundi HMCD 78, 1997), Alex Fern dans son spectacle *L'Eau à la bouche* (CD single hors-commerce, 1998), Le Conservatoire de Nantes dans le spectacle *Couleurs Gainsbourg* en mars 2001, Les Mouettes (JMS, 2001), la chanteuse portugaise de fado Bévinda dans son album hommage *Gainsbourg tel qu'elle* (Rue Stendhal, 2006) et Luc Lazza (album *Luc Lazza revisite Gainsbourg*, LJDM 2010).

Douze belles dans la peau

Créé par Michèle Arnaud ; 45-tours Ducretet-Thomson 460 V 373 (EP) avec *La Recette de l'amour fou*

Stimulé par l'idée d'écrire pour la femme qu'il aime secrètement, Serge Gainsbourg produit un texte audacieux se démarquant des tentatives précédentes. Avec son titre à double sens, *Douze belles dans la peau* fait référence à l'expression « douze balles dans la peau » désignant la sanction faite aux soldats traîtres, sous l'empereur Napoléon Ier. Sur le mode Gainsbourg, c'est autant de conquêtes féminines qui n'apportent qu'*un peu de plomb dans l'aile, pas plus dans la cervelle*, ou le conseil avisé d'un connaisseur au séducteur impénitent de duchesses ou de dactylos. Il n'y a pas loin à penser que l'auteur, redevenu célibataire et séducteur hyperactif après l'échec de son premier mariage, s'adresse ainsi à son double. Introduite par un comptage, la version chantée dans l'album *Du chant à la une !...*. est soutenue par un sautillant air de ragtime. Une fois encore, la version de l'auteur, sur son premier album, dépasse celles de Michèle Arnaud et Jean-Claude Pascal.

Douze belles dans la peau a été reprise par Jacques Lasry et son Orchestre (version instrumentale sur l'EP Holiday HF 1013 en 1958), Simone Bartel (EP Bam 230 en 1959), Jacqueline Joriss (album *Chansons d'amour interdites*, Trans-Canada TC A 69, 1962), Alex Fern dans son spectacle *L'Eau à la bouche* (CD single hors-commerce, 1998), Julie Autissier et Sabeline Campo dans leur spectacle *En passant chez Gainsbourg* (hors-commerce, 2001), Les Croquants (CD Mosaïc Music en 2004), Bévinda (2006), Stéphane Lucas et Julie Salvador (album *Sur les ELLES de Gainsbourg*, Avec Musique, Canada, 2009) et Luc Lazza (album *Luc Lazza revisite Gainsbourg*, LJDM 2010).

Le Poinçonneur des Lilas

Créé par Serge Gainsbourg ; 45-tours Philips 372.585 (SP) avec *Douze belles dans la peau* ; Philips 432.307 (EP) avec *Douze belles dans la peau/La Femme des uns sous le corps des autres* et *Du jazz dans le ravin*

Le Poinçonneur des Lilas fait partie des cinq chansons enregistrées par Serge Gainsbourg, alors novice, lors de sa première audition au studio Philips de la rue Blanqui le 17 février 1958 (les *Essais pour signature* publiés en 2001). Chanteur traqueur, intimidé, paralysé par un manque de confiance en soi, Gainsbourg sait l'importance de cette audition s'il ne veut pas finir sa vie à pianoter de bar en cabaret. À bientôt trente ans, il lui est donné l'occasion de prouver qu'il peut interpréter ses chansons difficiles qu'il appelle ses « machins ». Des « machins » rebrousse-poil qui ont déjà séduit sa marraine Michèle Arnaud, son grand frère spirituel Boris Vian, Jean-Claude Pascal, les Frères Jacques ou un autre débutant nommé Hugues Aufray.

Selon l'anecdote, l'idée d'écrire une chanson sur un agent du métro serait venue à Gainsbourg à la suite d'un échange qu'il aurait eu avec un poinçonneur auquel il aurait demandé quels étaient ses espoirs après une journée de travail, et s'était entendu répondre : « voir le ciel ». La station de métro la plus proche du domicile de ses parents est celle de la Porte Dauphine ; les Lilas sont à l'autre bout de Paris ; peut-être a-t-il pensé à cette station à cause du film (le seul) dans lequel avait joué Georges Brassens, *Porte des Lilas*, sorti quelques mois plus tôt.

Partant d'un thème sautillant comme le démontre la maquette piano/voix et les versions ultérieures en public, le titre est complètement réarrangé pour le disque. La version originale enregistrée en juin 1958, introduite par une flûte et un saxophone, est soutenue par un tempo de batterie accéléré joué aux balais. Au fur et à mesure qu'avance la mélodie, le saxophone prend le pas sur le piano et accentue progressivement l'atmosphère souterraine de la chanson qui passe du rêve d'évasion du contrôleur à son suicide. Du 24 au 26 novembre, Serge Gainsbourg interprète sa nouvelle chanson lors du spectacle *Opus 109* (sous-titré *Le Sang neuf du rire et de la chanson !*) aux Trois Baudets, ce dont rend compte un album en public (Philips Réalités V.16). Le disque à la couverture épaisse et garni d'un livret de présentation met en avant les nouveaux talents de l'époque, annoncés sur des textes de Boris Vian : Ricet Barrier, René Cousinier, Bernard Haller, Simone Langlois, Les Cinq Pères, Guy Béart et Raymond Devos. Une variante, saisie un autre soir, apparaît en bonus de la réédition du CD *Du chant à la une !* en 2001.

Si *Le Poinçonneur* a tout de suite attiré les interprètes, il n'a pas connu un grand succès pour plusieurs raisons, entre autres la timidité maladive de son auteur saisi de trac sur scène, mais aussi au moment d'affronter les caméras et les téléspectateurs, les rares fois où il fut invité à la télévision (qui à cette époque ne touche encore que très peu de monde) ; il passera peu à la radio, le dénouement de la chanson étant jugé trop lugubre par les programmateurs. Le titre connaîtra en revanche une belle gloire à retardement en devenant emblématique du Gainsbourg première période, repris sur tous les tons.

Des dizaines de versions ont fleuri, dans des genres très différents, de la chanson au jazz et du rock français ou international aux airs folkloriques et aux chorales. Parmi cet éventail figure – à tout seigneur, tout honneur – la version instrumentale façon *slow fox* d'Alain Goraguer et son Orchestre qui consacre l'EP *Du jazz à la une* au chanteur débutant (Philips 424.107 avec *Ce mortel ennui*, *La Femme des uns sous le corps des autres* et *Du jazz dans le ravin*), suivi par le Aïe Fidelity Orchestra (album *Mystère Party*, Odéon OSX 161), tandis que la toute première interprétation chantée, enregistrée les 23 et 24 juin 1958 – donc peu de temps après celle de Serge – est le fait des Frères Jacques (EP Philips 432.267), qui se vend gentiment et passe beaucoup plus à la radio que la version Gainsbourg (ils publieront également une version en public sur l'album *Récital 58-59* quelques mois plus tard). Cette version précède celle d'Hugues Aufray, le premier à avoir voulu la chanter. Témoin des débuts de Gainsbourg au Milord l'Arsouille, il doit patienter six mois avant que l'auteur accepte de lui confier sa chanson, finalement publiée en mars 1959 (EP Barclay 70238).

Pas rancunier, il la reprend sur disque (*Hommage : Ils chantent Serge Gainsbourg*, CD Atlas 6227 205, 1998) et à la télévision : émission *Les Stars chantent Gainsbourg*, Virgin 17, février 2010. Le sémillant Jean-Claude Pascal apporte sa contribution par deux fois, en juin 1959 (EP La Voix de son Maître EGF 394) puis en 1964 sur le 25 centimètres *À Bobino* (La Voix de son Maître 1094).

Oublié pendant deux décennies, à l'exception d'une version anglo-saxonne inattendue en 1967 par Topol (sous le titre *Little Holes*, album Kapp KRS 5510 puis MCA MUPS 370), *Le Poinçonneur des Lilas* reprend des couleurs grâce au groupe punk Starshooter qui l'utilise sur son premier album lancé en 1978 (Pathé Marconi 2C066 14588), avant une succession de reprises par Francis Lemarque (1990), Michel Fugain et Philippe Lafontaine (« Taratata », France 2, 2/9/1993), Ça Plaît

Aux Filles (album *Prises de chou – 10 Plants de Serge Gainsbourg*, CD Avec Plaisir, Besançon 1994), Chris Evans (1996), Nicolas Botni (*Nicolas Botni chante Serge Gainsbourg*, CD Les Tréteaux, 1996), Service Public (groupe de musiciens comprenant deux fonctionnaires… de la R.A.T.P. !), Buzy (*Les Génies de la chanson française – Serge Gainsbourg*, CD Atlas FRA HOMCD1, 1997), Dany Brillant (2000), le John Lénine Band et les Bidochons (version *lounge* sur l'album *Boudin Bar Tabac*, 2001), Steve Verbeke (2002), Tom Barman et Guy van Nueten (*Live*, 2003 et album tribute *Gainsnord*, CD Sonic Scenery 708 028, 2009), Jean-Pierre Cassel (2004), la Portugaise Bévinda (2006), le Japonais Tomuya, en duo avec Bernard Lavilliers (*Un Japonais à Paris*, 2007), Tryo (album live *Sous les étoiles*, 2009), Les Petits Chanteurs de Saint-Marc (album *Dans la cour des grands*, EMI 509 99 236 145 2, 2009), Luc Lazza (album *Luc Lazza revisite Gainsbourg*, LJDM 2010) et Adamo (*Gainsbourg, 20 ans déjà*, France 2, 19/2/2011).

Le morceau a également attiré les musiciens de jazz : Alain Brunet (*Alain Brunet Quartet joue Serge Gainsbourg*, 1994), 8 ½ Souvenirs (album *Happy Feet*, BMG 09 226-63 226, 1995), Dona Ruy Project (album *A Portrait of Serge Gainsbourg*, Harmonia Mundi ESS2, 1995), Daniel Givone (*Flamme gitane*, 1999), Michel Eyan (*Concorde*, 2000), les pianistes Patrick Péronne et Pierre-Alain Goualch (2001), le duo Jacques Ferchil et Jacky Delance (*Airs de Paris*, 2003) et Todd Bishop Pop Art 4 (album *69 année érotique/Todd Bishop Pop Art 4 Plays the Music of Serge Gainsbourg*, Origin 82530, 2009) en livrent chacun des variantes.

Conquis par le modernisme de Gainsbourg, le rocker australien Mick Harvey, guitariste de Nick Cave au sein des Bad Seeds, lui consacre deux albums d'adaptations. *Intoxicated Man* (1995) est suivi deux ans après par *Pink Elephants*, où la chanson devient *The Ticket Puncher*. En 2006, les Anglais de The Rakes se la réapproprient : le poinçonneur est devenu gardien de parking dans *Just a Man With a Job* sur la compilation hommage *Monsieur Gainsbourg Revisited* (Mercury). La même année, l'Italien Giangilberto Monti chante *Il Controllore Del Metro* (*Carosello*) tandis que son compatriote Leandro Barsotti le reprend sous le titre *Il Bigliettaio Del*

Metro en 2007 (album *Barsotti Canta Gainsbourg*). Encore plus surprenantes sont les versions en hébreu, par les Éclaireurs de l'armée israélienne (sous le titre *Hazayarim* par The Nahal Troup (Hed-Arzi AN44-10) et The Natchal Performance Group, 1962), ou en japonais par le fondu Kenzo Saeki en ouverture de son disque *L'Homme à tête de sushi* (2003). En dépit des apparences – le métier évoqué par Gainsbourg ayant disparu depuis belle lurette –, *Le Poinçonneur* a encore de beaux jours devant lui...

Du chant à la une !...

Album de Serge Gainsbourg ; 33-tours 25 centimètres Philips B 76.447
Parution : 3 septembre 1958
Le Poinçonneur des Lilas, La Recette de l'amour fou, Douze belles dans la peau, Ce mortel ennui, Ronsard 58, La Femme des uns sous le corps des autres, L'Alcool, Du jazz dans le ravin, Le Charleston des déménageurs de piano.

Dès le premier album, Serge Gainsbourg impose son style et ses chansons amères, où femmes infidèles ou ingénues y côtoient alcool et vitesse sur fond de jazz rive gauche. Au pupitre, Alain Goraguer met en scène les récits désabusés du nouveau talent de la chanson réaliste, qui obtient son premier tube (modeste, on l'a vu) avec *Le Poinçonneur des Lilas*.

Subjugué par les chansons et la personnalité de Serge Gainsbourg, malgré les difficultés de ce dernier à leur donner vie sur la scène du Milord l'Arsouille, le producteur Denis Bourgeois rend compte de sa découverte à Jacques Canetti, directeur artistique de la maison Philips, patron du théâtre des Trois Baudets et organisateur de tournées. Une séance d'essais est rapidement programmée afin de ne pas laisser filer le nouveau talent chez le label rival Ducretet-Thomson, maison de disques de Michèle Arnaud, également sur les rangs. Après ces maquettes concluantes, Serge Gainsbourg appose sa signature sur le contrat préparé par Philips et écrit de nouvelles chansons en vue de l'enregistrement de son premier album *Du chant à la une !....*

Le 10 juin 1958, la nouvelle recrue pénètre dans le studio de la rue Blanqui pour y enregistrer trois de ses chansons : *La Jambe de bois (Friedland)*, *Douze belles dans la peau* et le *Charleston des déménageurs de piano*. Pour enrober les textes à l'inspiration sulfureuse de Gainsbourg, Denis Bourgeois a demandé au pianiste et arrangeur Alain Goraguer d'accompagner le chanteur et de conduire l'orchestration. Connu pour ses réalisations sur les disques chantés et/ou composés par son ami Boris Vian (dont le fantastique *Fais-moi mal, Johnny* interprété Magali Noël), Goraguer est un grand amateur et musicien de jazz, auteur de l'album *Go, go, Goraguer !* enregistré en trio avec Paul Rovère à la basse et Christian Garros à la batterie. Ce sont les mêmes partenaires qui accompagnent Serge Gainsbourg dans ses premiers pas en studio, avec le vibraphoniste Michel Hausser. En véritable expert de la mise en scène sonore, Alain Goraguer dresse un décor musical épousant l'atmosphère de chacune des chansons de l'album.

Le jeu de mots servant de titre au disque, *Du chant à la une !....* (pour *du sang à la une*) est aussi audacieux que son contenu. Sous cet intitulé qui promet du sensationnel à la façon des journaux à scandales, est encadré le portrait du chanteur pris de trois quarts, le regard fixe, transformé en suspect au milieu de faits divers dont on peut lire des bribes : « L'assassin d'Haget n'a pas de cicatrice mais il a un sourcil plus haut que l'autre » ! Une coïncidence frappante veut que, quarante ans après, le présumé coupable soit enfin rattrapé dans *You're Under Arrest*, titre de son ultime album studio, paru en 1987. Pour l'heure, avec la mise en scène de la pochette, l'auditeur est averti avant même d'entrer dans l'univers de Serge Gainsbourg qu'il n'a pas affaire à un tendre, et qu'il doit s'attendre à des sensations fortes. Au verso figure un texte de présentation, par l'écrivain Marcel Aymé. L'auteur de *La Vouivre* et du *Passe-muraille* prévient que le pianiste, compositeur et parolier « chante l'alcool, les filles, l'adultère, les voitures qui vont vite, la pauvreté, les métiers tristes. Ses chansons, inspirées par l'expérience d'une jeunesse que la vie n'a pas favorisée, ont un accent de mélancolie, d'amertume, et souvent la dureté d'un constat ».

Le disque est envoyé à la presse dans une version promotionnelle comprenant un dépliant dans lequel on apprend que le néophyte « écrit et chante des chansons pour rire noir » et qu'il aime « le chachlik, Edgar Poe et la vitesse ». Quand on lui demande qui il aurait aimé être, il répond « le marquis de Sade » puis, après réflexion, « Robinson Crusoé ». Il cite Baudelaire (« L'étrangeté est une partie intégrante du beau ») et livre ses goûts en matière de littérature, de musique et de femmes.

C'est dans cette atmosphère ténébreuse que Serge Gainsbourg effectue ses débuts, ce qui n'arrange guère la réputation de celui que l'on taxe déjà de misogyne et d'esprit caustique. Les cinq chansons réservées aux femmes et les autres à l'alcool, à la vitesse ou au labeur pénible ne risquent pas d'inverser la tendance. Dans le premier article d'importance qui lui est consacré, dans *Le Canard enchaîné* du 12 novembre 1958, son modèle Boris Vian énumère les qualités de chaque titre et souligne avec regret l'absence de *La Jambe de bois (Friedland)*. Quelques mois plus tôt, à l'occasion d'un passage au Milord l'Arsouille, il vantait les vertus de ces chansons féroces contre le « conformisme reposant ». Dans *France Observateur*, Ève Dessarre émet l'hypothèse d'un Gainsbourg chanteur engagé utilisant la chanson comme « une arme de combat ». L'auteur s'en défend, ne voulant délivrer aucun message, mais soutient qu'il existe une place pour des « chansons effroyables » comme en littérature avec les surréalistes ou en peinture avec Goya. Puis il s'explique sur le principal sujet du disque, les femmes : « Au bout d'un moment, les filles m'encombrent. Je ne sais plus où les fourrer dans ma solitude », précisant qu'il déteste les chansons sentimentales. La journaliste compare Gainsbourg, chanteur de la misanthropie et fabricant occasionnel de collages érotiques, à Léo Ferré, Charles Trenet et Charles Aznavour. Le talent novateur de celui que l'on appelle l'« Octave Mirbeau[1] de la chanson » n'intrigue pas que par ses créations. Il est également jugé sur son physique et, à ce titre, s'en prend plein la gueule. Sa ressemblance étonnante avec Philippe Clay donne lieu à des persiflages sur ses oreilles décollées et sa prétendue laideur, mais tous lui reconnaissent une plume hors du commun. Les chansons vitriolées de *Du chant à la une !...*. lui valent un grand prix du disque de l'Académie Charles-Cros.

Ce mortel ennui

Ce mortel ennui est l'une des chansons les plus provocatrices de ce premier album, de celles qui établissent la réputation misogyne de Serge Gainsbourg, bientôt comparé aux personnages du film *Les Tricheurs* de Marcel Carné, sorti à l'automne 1958, dans lequel les protagonistes s'interdisent d'aimer. Dans ce texte, l'auteur livre ses pensées intimes à la première personne, déclarant sur un ton blasé, *Ce mortel ennui/Qui me vient/Quand je suis avec toi/Ce mortel ennui/Qui me tient/Et me suit pas à pas*. S'il n'était pas aussi lâche, il laisserait partir la belle avec laquelle il n'éprouve du plaisir qu'à

1. Écrivain français (1848-1917), auteur notamment du *Jardin des supplices*, une « monstruosité littéraire » et du *Journal d'une femme de chambre*.

l'horizontale. Seulement, il a bien trop peur qu'elle ne se suicide au gardénal et – plus grave encore – craint d'éventuelles représailles de son beau-père. Gainsbourg conviendra par la suite s'être inspiré d'une relation de l'époque, comme ce fut souvent le cas. Il glisse au passage ce qui est peut-être une allusion à l'orthographe de son patronyme [Ginsburg] dans le vers *J'prends l'journal et mon stylo/Et je remplis et les A et les O*, officialisant ainsi son nom d'artiste.

L'arrangement sobre de cette pièce, dénué de tout artifice, met magnifiquement en valeur le texte et l'interprétation de Gainsbourg, accompagné par le quatuor jazz avec certes une économie de moyens, mais un bel effet cependant. La partie de piano, et en particulier l'introduction jouée dans le plus pur style Thelonious Monk[1], vient appuyer les dires d'Alain Goraguer qui, à l'instar de son ami Boris Vian, considère alors Serge Gainsbourg comme l'équivalent français d'un Cole Porter[2]. Ce style très épuré qui lui va comme un gant sera adopté sur la longueur d'un album lors de l'enregistrement de *Confidentiel* en 1963, avec d'autres partenaires. Le titre figurera d'ailleurs au programme du concert donné au Théâtre des Capucines cette année-là, enregistré et publié tardivement en 2001.

Le style pointu de *Ce mortel ennui* semble effrayer les prétendants éventuels à la reprise. Alain Goraguer en livre une version instrumentale sur son premier EP (aussi disponible sur le double CD Le Claqueur de mots 1958-1959, sorti par Discograph en 2010), mais personne ne touche à la chanson pendant trois décennies. La chanteuse Isabelle Antena s'y risque

1. Pianiste de jazz américain (1917-1982), cofondateur du bebop et improvisateur de génie.

2. Compositeur et parolier américain (1891-1964), auteur de chansons aussi inoubliables que *Night and Day*, *I've Got You Under My Skin*, *Well, Did You Evah !*, *Love for Sale*, etc.

enfin sur l'album *De l'amour et des hommes* en 1988, Jane Birkin en fait de même dans *Versions Jane* en 1996, et le musicien d'avant-garde Anthony Coleman s'y colle sur l'hommage *Great Jewish Music* dirigé par John Zorn en 1997. En 2007, le chanteur Leandro Barsotti l'adapte en italien dans *Che Mortale Noia*, (album *Barsotti Canta Gainsbourg*), puis c'est au tour de Simone Tassimot (*Gainsblues*, CD Le Mot et La Note LMEN01, 2009) et de Luc Lazza qui l'inclut sur l'album *Luc Lazza revisite Gainsbourg* (LJDM 2010).

Ronsard 58

Cette chanson datée du 26 juin 1957 s'inspire du *Sonnet pour Hélène* écrit par Pierre de Ronsard en 1578, dans lequel le poète cite ouvertement son nom. La version très contemporaine qu'en donne Serge Gainsbourg est l'un des rares titres qu'il n'a pas lui-même écrit. Le texte est dû à Serge Barthélémy, dit Barty, haut fonctionnaire attaché au ministère des Finances et auteur de chansons à ses heures perdues. Il ne dépare en rien des autres chansons de l'album, et ressemble à s'y méprendre au style d'écriture de l'interprète. C'est donc avec une certaine facilité que Gainsbourg endosse le rôle de l'écrivain maudit tentant de séduire une « bath petite môme » en lui faisant comprendre que sa jeunesse n'est pas éternelle aux yeux des amants de passage qui la comblent de bikinis, de visons et de bagnoles, mais n'en veulent qu'à son physique. Le thème est proche de *Si tu t'imagines*, chanson écrite par Raymond Queneau qui avait lancé la carrière de Juliette Gréco en 1949.

Le morceau le plus court de l'album est divisé en deux parties, débutant par un bel accompagnement à la guitare jusqu'à la moitié du premier couplet, laissant ensuite le chanteur seul sur le rythme jusqu'à la césure qui intervient quand est lâché le mot « putain ». Une trompette et un saxophone prennent le relais quand le ton passe du discours cordial à l'argot : *Le vieux père Ronsard n'était pas une cloche/Quand il disait ça à sa mijaurée*. Serge Gainsbourg la reprendra le 26 décembre 1986 dans l'émission « Apostrophes » de Bernard Pivot.

Michèle Arnaud fut la première à porter son dévolu sur *Ronsard 58*. Après l'avoir inclus dans son tour de chant au Milord l'Arsouille, elle l'enregistre en mai 1959 (EP Ducretet-Thomson 460 V 454) avec *Il était une oie*. La chanteuse des poètes Hélène Martin le reprend en 1962 (EP Bam EX 280), ainsi que le groupe Scenic Railway dans son *Tribute to Gainsbourg* en 2004, et Emma de Caunes dans son émission « La Musicale » (spéciale Gainsbourg), diffusée le 31 mars 2006 sur Canal+.

La Femme des uns sous le corps des autres

La Femme des uns sous le corps des autres annonce la couleur dès son intitulé. La chanson, déclarée le 2 mai 1958, évoque ouvertement le thème de l'adultère, et ne manque pas de choquer à sa sortie. Il faut cependant y voir ce que son auteur nomme « un pamphlet contre le libertinage » ne conduisant qu'au désespoir. Passé les premiers émois (*On s'envoie un verre/On s'envoie en l'air*), vient l'heure de la réflexion (*On se dit qu'si c'était la nôtre/Là qui se vautre/On lui ferait passer le goût de recommencer*) et du renoncement (*On s'dirait elle est comme la nôtre/La femme des autres*). Le final est un exercice de style qui fait rimer pin-up et pick-up (tourne-disque) et s'amuse du parallèle entre la haute fidélité phonographique et conjugale.

La partition suit le texte avec exactitude et souligne les différentes étapes de la réflexion de l'amant. Le thème dominant, léger et aérien, est porté par une flûte piccolo, des grappes de piano et un vibraphone. Le saxophone vient assombrir le tableau au quatrième couplet, avant l'intervention de la trompette quand l'auteur évoque la musique venue d'Amérique, un jazz exubérant et libérateur. Deux versions chantées publiquement par l'auteur sont publiées : la contemporaine, saisie au théâtre des Trois Baudets (1958) et l'autre, au Théâtre des Capucines (1963).

Encore une fois, Michèle Arnaud fut la première à défendre ce titre en l'interprétant sur un EP paru en octobre 1958 (Ducretet-Thomson 460 V 432) sur lequel figure également l'inédit *Jeunes femmes et vieux messieurs*. Lorsqu'elle est programmée à l'Olympia à la même époque, le patron de la salle, Bruno Coquatrix, lui demande d'atténuer les passages les plus osés, ce que la chanteuse refuse obstinément. Alain Goraguer l'adapte également sur son EP instrumental (Philips 424 107) ; la belle Canadienne Jacqueline Joriss l'interprète sur l'album *Chansons d'amour interdites* (Trans-Canada TC A 69, 1962), Kenzo Saeki en donne une version nipponne en 2003 dans *L'Homme à tête de sushi* ; le groupe Scenic Railway (album *Tribute to Gainsbourg*, Pudding), et la chanteuse Bévinda suivent en 2004 et 2006, ainsi que Luc Lazza (album *Luc Lazza revisite Gainsbourg*, LJDM 2010).

L'Alcool

Ce titre écrit spécialement pour l'album *Du chant à la une !....* diffère des autres compositions sur plusieurs points. Le morceau déclaré le 13 juin 1958 est non seulement le plus réaliste du disque, affrontant un autre sujet que l'auteur connaît bien, mais également celui qui semble le plus authentique. Introduit par un vers magnifique (*Mes illusions donnent sur la cour/Des horizons j'en ai pas lourd*), ce morceau de quatre minutes – le plus long du disque – narre l'existence d'un ouvrier qui n'a pour seule amie que la boisson et n'a pour distraction que des rêves de richesse et de *p'tites pépées* à volonté. Évidemment, c'est *le dieu des ivrognes* qui le raccompagne chez lui.

L'ironie habituelle de Gainsbourg semble s'être évanouie au profit d'un triste constat social. C'est d'ailleurs *a cappella* qu'il entame la chanson, comme pour effacer toute distance avec l'auditeur. La chanson prend soudainement un rythme sud-américain, disparaissant quand le narrateur évoque son quotidien misérable et revenant quand il part dans ses rêveries.

L'Alcool n'a connu que peu d'interprétations, si ce n'est celle d'Arthur H pour son album *Piano solo* publié en 2002. Le groupe Scenic Railway la reprend en 2004, (album *Tribute to Gainsbourg*, Pudding, 2004), ainsi que le chanteur Alexis HK lors de l'émission radiophonique « Le Fou du roi » sur France Inter (version non publiée). Giangilberto Monti l'adapte en italien en 2006 dans *Maledette Canzoni* (« maudites chansons »). *L'Alcool*, qui fait inévitablement penser au *Je bois* de Boris Vian, a permis un duo très réussi sur la bande originale du film *Gainsbourg (vie héroïque)* de Joan Sfar (2010) lorsque Philippe Katerine (dans le rôle de Boris) et Éric Elmosnino (dans celui de Serge) se livrent, dans une scène se passant aux petites heures du jour, à une joute jazzy, passant d'un titre à l'autre avec jubilation.

Du jazz dans le ravin

La vitesse est un autre thème portant à controverse dont s'empare un Serge Gainsbourg goguenard. La chanson la plus récente de l'album, déposée à la SACEM le 1er juillet 1958 – soit entre deux séances de studio – complète ainsi le tableau existentiel du *Chant à la une !*… L'idée lui a sans doute été inspirée par l'accident de Françoise Sagan survenu un an auparavant à bord de son Aston Martin, qui avait failli lui coûter la vie. La jeune romancière venait de connaître un énorme succès

– et suscité un vaste débat – avec *Bonjour tristesse*, célébrant l'amour libre et les plaisirs fugaces, dont fait partie la vitesse. La mort d'un des personnages au volant de sa voiture conclut le livre.

Du jazz dans le ravin est un pur fantasme pour Serge Gainsbourg… qui n'a jamais passé le permis de conduire. Cela ne l'empêche guère de s'imaginer au volant d'une Jaguar, roulant à tombeau ouvert pour impressionner sa passagère (*Écoute, c'est toi qui conduis ou moi ?/C'est moi, bon alors tais-toi*), et profiter de menus plaisirs à bord (whisky, cigarettes américaines et radio à plein tube). La chute se devine : la caisse fonce dans le décor et tue le couple tandis que la radio continue de hurler un air de jazz au creux du ravin.

Une nouvelle fois, l'arrangement préparé par Alain Goraguer s'accorde à merveille sur le texte, depuis l'atmosphère insouciante de l'introduction au piano, l'intervention du saxophone et le pont joué au vibraphone par Michel Hausser, jusqu'aux coups de baguettes de Christian Garros martelant l'accident.

Titre peu repris, *Du jazz dans le ravin* a néanmoins séduit Alain Goraguer en 1958, l'Australien Mick Harvey dans *Jazz in the Ravine* en 1995 (album *Intoxicated Man*) et l'Italien Leandro Barsotti en 2007 (*Il Jazz Nel Burrone*, album *Barsotti Canta Gainsbourg*).

Le Charleston des déménageurs de pianos

Variante en forme d'hommage au *Tango interminable des perceurs de coffres-forts* (1954) de Boris Vian, comme *L'Alcool* l'est pour *Je bois*, le titre est déclaré le 16 avril 1958 et enregistré le 10 juin suivant. Il conclut l'album sur une note d'humour non dénuée de critique sociale, et confronte deux catégories : les musiciens et les ouvriers qui transportent cet « engin d'malheur ». Serge Gainsbourg, qui s'estime plutôt heureux d'avoir échappé à la seconde, avoue un profond respect pour ces travailleurs aux métiers pénibles.

L'idée d'une telle chanson lui était peut-être venue lors du déménagement de la mansarde familiale de l'avenue Bugeaud à la chambre de bonne de la rue Eugène-Labiche où il s'était installé avec sa femme Lise Levitsky en 1956. Le couple avait alors dû faire monter le piano en pièces détachées par l'escalier de service. Le thème musical est une pure fantaisie charleston à la façon des années folles sur fond de piano bastringue, claves, saxophone, clarinette, trompette, banjo et sifflet. On est loin de la musique académique jouée sur un piano de marque. Le morceau assez désuet n'a guère attiré les volontaires à la reprise, hormis l'accordéoniste Lucien Attard et son Ensemble, en 1958 (45-tours Danse Party n° 10).

Jeunes femmes et vieux messieurs

Créé par Michèle Arnaud ; 45-tours Ducretet-Thomson 460 V 432 (EP)

Jeunes femmes et vieux messieurs fait partie des chansons particulièrement misogynes que Serge Gainsbourg écrivit spécifiquement pour Michèle Arnaud, dont il était épris, catégorie amoureux transi. Quand il la proposa avec *La Femme des uns sous le corps des autres*, son interprète fétiche l'adopta et l'inclut immédiatement à son répertoire. Déclarée le 6 octobre 1958, elle n'est donc pas au programme du premier album de la chanteuse, mais figure de façon inédite sur son douzième EP paru le même mois, au côté des très sages *Dans la rue Quincampoix* et *Quand on s'est connus* (à ne pas confondre avec la chanson *Le Tourbillon* de Rezvani, interprétée par Jeanne Moreau).

Le texte de *Jeunes femmes et vieux messieurs* est d'autant plus osé qu'il est explicite. Les jeunes femmes offrent leur jeunesse et leur vitalité, les vieux messieurs leur argent, et chacun y trouve son compte. Est-ce nécessaire de préciser que la différence d'âge est un sujet tabou à l'époque où paraît le sulfureux roman de Vladimir Nabokov, *Lolita*, publié pour la première fois en français en 1959, et que Serge Gainsbourg en fera l'un de ses thèmes de prédilection, notamment dans *Élisa* et *Histoire de Melody Nelson* ? À l'écriture détachée et cynique de *Jeunes femmes et vieux messieurs* succédera un style beaucoup plus tendre et passionnel au fil des ans et des chansons.

Gainsbourg en livrera sa propre version sur l'EP Philips 432.398, le double EP promotionnel Philips B 76473, et l'album *Serge Gainsbourg N° 2*.

1959

Amours et misogynie

Serge Gainsbourg a tout juste le temps de savourer le succès critique (à défaut de ventes substantielles) de son premier album – récompensé le 14 mars 1959 par un grand prix du disque de l'Académie Charles-Cros – qu'il se remet à l'ouvrage. Juliette Gréco, Michèle Arnaud et Catherine Sauvage se disputent désormais ses nouvelles chansons.

La Jambe de bois (Friedland)

Créé par Serge Gainsbourg ; 45-tours Philips 432.325 BE (EP)

La « chanson manquante » du premier album 25 centimètres est, selon Boris Vian, la meilleure de Serge Gainsbourg. Hélas, le talentueux romancier/auteur-compositeur/jazzman/critique/pataphysicien tire sa révérence le 23 juin 1959, à trente-neuf ans seulement. L'auteur du *Déserteur* appréciait sans doute le dialogue entre un boulet de canon qui se refuse à une jambe de bois durant la bataille de Friedland, remportée par Napoléon en 1807. Il est vrai qu'il existe peu de chansons qui soient à la fois antimilitaristes et surréalistes. Interdite d'antenne à sa sortie – la France est embourbée dans une guerre d'Algérie qui ne veut pas dire son nom –, elle connaît le même destin que celle de Boris Vian.

Lorsqu'il en avait déposé le texte, le 28 juin 1957, Serge Gainsbourg l'avait intitulée *Friedland*, avant de la renommer pour les besoins du super 45-tours publié en 1959. Une première version enregistrée en juin 1958 lors des séances de l'album est finalement écartée. *La Jambe de bois (Friedland)* est réenregistrée le 12 janvier 1959.

En février 1959, Juliette Gréco l'ajoute à son répertoire pour l'EP *Juliette Gréco chante Serge Gainsbourg* (1959). C'est l'une des chansons les plus rarement reprises par d'autres artistes, hormis Luc Lazza (album *Luc Lazza revisite Gainsbourg*, LJDM 2010).

Il était une oie

Créé par Juliette Gréco ; 45-tours Philips 372.637 (SP) et Philips 432.354 (EP)

Le super 45-tours *Juliette Gréco chante Serge Gainsbourg* inaugure la prolifique histoire qui lie la chanteuse à celui qui devient l'un de ses auteurs fétiches. Pour son neuvième *EP*, la muse de Saint-Germain-des-Prés souhaite marquer le coup en ne choisissant que des chansons inédites (*Il était une oie*, *L'Amour à la papa* et *Les Amours perdues*), ou presque (*La Jambe de bois (Friedland)*). La séance du 6 février 1959 se déroule au studio Philips à Bruxelles, en raison d'une grève du Syndicat français des musiciens. C'est l'arrangeur et chef d'orchestre André Popp qui dirige l'enregistrement.

Il était une oie, datée du 30 décembre 1958, est encore fraîche lorsque Juliette Gréco chante cette histoire d'une jeune fille vierge. Chaque couplet est rythmé par une année, de seize à dix-huit ans, quand *la boutique était fermée, la semaine, le dimanche et les jours fériés*. La jeune fille perd ensuite sa virginité et tombe enceinte, ce qui la conduit à sa perte. Si la conclusion irrémédiable s'avère récurrente chez l'auteur, *Il était une oie* est l'une de ses premières chansons évoquant une relation sexuelle entre un adulte et une très jeune fille, ce qui deviendra par la suite son syndrome *Lolita*.

Ce titre fera le bonheur d'autres interprètes féminines, sensibles à la narration gainsbourienne, à commencer par Michèle Arnaud qui le reprend en mai 1959 (EP Ducretet-Thomson 460 V 454). Catherine Sauvage l'enregistre en 1961, mais sa version n'est éditée qu'en 1999 sur le compact *Catherine Sauvage chante Serge Gainsbourg et Frédéric Botton* (Rym 197.065-2). Denise Bahous l'a repris sur l'album *Chansons lestes et féroces* (Harmonia Mundi HMCD 78, 1997) et Sabeline Campo la récite dans le coffret *Portraits* paru en 2000 (Frémeaux & Associés).

L'Amour à la papa

Créé par Juliette Gréco ; 45-tours Philips 372.638 (SP) et Philips 432.354 (EP)

Dans cette chanson déposée à la SACEM le 23 janvier 1959 et interprétée par Juliette Gréco deux semaines plus tard, Gainsbourg fustige les jeunes femmes inexpérimentées et timides face à leur partenaire. Celui-ci invoque le Kâma-Sûtra et lui promet un voyage à Cythère, l'île d'Aphrodite, déesse de l'amour. L'auteur en profite pour y glisser des références littéraires et picturales, suggérant le tableau *Embarquement pour Cythère* d'Antoine Watteau (1718) et le poème *Voyage à Cythère* tiré des *Fleurs du mal* de son auteur de prédilection, Charles Baudelaire.

Juliette Gréco en donne une version scénique saisie en 1961 au Tokyo Kosei Nenkin Hall, au Japon, et publiée sur CD (TO-EMI VV060-3003). Catherine Sauvage enregistre sa propre version la même année (*Catherine Sauvage chante Serge Gainsbourg et Frédéric Botton*, 1999). Serge Gainsbourg reprend le titre à son compte sur son deuxième album *N° 2* (versions mono et stéréo) et sur la scène du Théâtre des Capucines en 1963 (version éditée en 2001).

Les Amours perdues

Créé par Juliette Gréco ; 45-tours Philips 372.638 (SP) et Philips 432.354 (EP)

Figurant parmi les six premières chansons signées Lucien Ginsburg et déposées à la SACEM en 1954, *Les Amours perdues* est enregistrée cinq ans après par Juliette Gréco. Elle chante ainsi : *Les amours perdues ne se retrouvent plus/Et les amants délaissés ne peuvent oublier*. L'une des premières chansons de l'auteur est aussi, avec *La Recette de l'amour fou*, l'une de ses plus pessimistes et détachées.

Ce titre à la forme d'une valse traditionnelle est doté d'un joli motif de violon soulignant le tournant de la chanson (*tous les serments de cœur, tous les serments d'amour*) suivi d'une rime à la répétition facétieuse (*toujours, toujours, toujours*...).

La version qu'en donne l'auteur sur son deuxième album en 1961 est toute différente. Le thème fataliste de la chanson est allégé par un écrin exotique. À cette valse, Serge Gainsbourg lui substitue un rythme cubain très en vogue dans les années 1950, popularisé par les jazzmen Dizzy Gillespie, Duke Ellington ou Cab Calloway et donnant naissance au *latin jazz*. Serge Gainsbourg utilise également ce style dans le *Cha-cha-cha du loup*.

Cette chanson a été à ce jour reprise sept fois, sur des albums *tribute* à Gainsbourg : par le groupe new-yorkais Elysian Fields en 1997 (album *Great Jewish Music – Serge Gainsbourg*), par Anouk Plany (album *Anouk Plany chante Gainsbourg et cætera*, Bos Records 212 03, 2003), Scenic Railway (album *Tribute to Gainsbourg*, Pudding, 2004), le duo Initial SG (album *Initial SG revisite Serge Gainsbourg première période*, Baroque Production, 2007), par Janne Schra featuring Tin Men & The Telephone en 2009, sur l'album *Gainsnord* (réunissant des groupes néerlandais et flamands, Sonic Scenery SON 708 028) et par Simone Tassimot (*Gainsblues*, CD Le Mot et La Note LMEN01, 2009).

Mes petites odalisques

Créé par Hugues Aufray, 45-tours Barclay 70238 (EP) avec *Le Poinçonneur des Lilas*

Serge Gainsbourg avait proposé *Mes petites odalisques* à Michèle Arnaud en même temps que *Ronsard 58*. Datée du 26 juin 1957, elle est composée entre les raretés que demeurent *Le Cha-cha-cha intellectuel*, *La Chanson du diable*, *J'ai oublié d'être bête* et *La Cigale et la Fourmi*. Son auteur file la métaphore sur les femmes asservies (odalisques) jouant toujours le « même disque ». Interprétée par son auteur au Milord l'Arsouille le 30 décembre 1957 pour une émission diffusée sur Paris-Inter le 5 janvier 1958, la chanson trouve grâce chez Hugues Aufray qui la crée sur le super 45-tours où figure sa reprise du *Poinçonneur des Lilas*. Au même programme se trouvent *Y'avait Fanny qui chantait* de Michelle Senlis et Claude Delécluse, et *Nous avions vingt ans* signée Boris Vian et Alain Goraguer, créée l'année précédente par Magali Noël sur l'EP *Sexy Songs*.

Hugues Aufray est alors un chanteur débutant au même titre que Serge Gainsbourg, dont il est d'un an le cadet. C'est d'ailleurs grâce au *Poinçonneur* – chanson qu'il aurait bien aimé créer, au moment où Gainsbourg essayait de la placer chez Yves Montand, avant de se rabattre sur les Frères Jacques – que le futur interprète de *Santiano* gagne ses galons de future vedette en l'interprétant lors du concours *Les Numéros 1 de demain* organisé par Europe n° 1 et la revue *Music-Hall* en mai 1958. Comme pour *Le Poinçonneur des Lilas*, il retranscrit *Mes petites odalisques* après l'avoir écoutée au Milord et en donne une version swingante.

En 2004, le groupe Scenic Railway la reprend en y associant le piano au banjo (album *Tribute to Gainsbourg*, Pudding) ; en 2007 le duo Initial SG l'a chantée sur l'album *Initial SG revisite Serge Gainsbourg première période* (Baroque Production, 2007).

Serge Gainsbourg N° 2

33-tours Philips B 76.473 R mono (LP) – 33-tours Philips 840-903 BZ stéréo (LP)
Parution : juillet 1959
Jeunes femmes et vieux messieurs, Le Claqueur de doigts, L'Amour à la papa, La Nuit d'octobre, Mambo miam-miam, Adieu créature, Indifférente, L'Anthracite.

Entre deux tournées, où il stagne en bas de l'affiche, et trois cachets dans les cabarets, Serge Gainsbourg publie un deuxième album placé sous le signe de ses obsessions amoureuses. Sous l'inspiration toujours sombre et l'humeur jazzy percent les mots d'un auteur dandy qui, à défaut de tube, soigne son style et saisit avec acuité l'air du temps.

En cette année 1959, Serge Gainsbourg court d'une scène à l'autre et multiplie les apparitions en public, au Milord l'Arsouille où il termine son contrat, puis aux Trois Baudets où il est engagé dans le récital *Opus 109* avec d'autres artistes de la maison Philips : Guy Béart, Ricet Barrier, les Cinq Pères, les Trois Ménestrels, et le duo comique formé par Jean-Pierre Darras et Philippe Noiret. Son style, toujours aussi nerveux et agressif à cause d'un trac qui le fige littéralement, n'arrange en rien sa relation avec les spectateurs et la réputation créée par des textes de chansons noires et misogynes. Pour autant, sa réputation s'installe : Juliette Gréco – une interprète prestigieuse, mais dont les disques se vendent peu – lui consacre, on l'a vu, un super 45-tours contenant les titres inédits *Il était une oie*, *Les Amours perdues* et *L'Amour à la papa* : le 14 mars 1959, elle a remis à Gainsbourg le grand prix du disque décerné par l'Académie Charles-Cros pour son premier vingt-cinq centimètres.

En ce même mois de mars, la tournée *Opus 109* part en province. Serge Gainsbourg fait équipe avec Jacques Brel, l'artiste vedette en qui il trouve un nouveau camarade. Puis, le 28 mai, il dépose à la SACEM quatre nouvelles chansons qui vont former l'ossature de son nouvel album : *Le Claqueur de doigts*, *Adieu créature*, *L'Anthracite* et *Mambo miam-miam*. Les séances d'enregistrement ont lieu les 12, 14, 25, 27 et 29 mai puis le 4 juin 1959, toujours au studio Blanqui du 13e arrondissement de Paris, avec un orchestre dirigé par Alain Goraguer, comprenant Paul Rovère à la contrebasse et Christian Garros à la batterie.

Dévoilé un beau jour de juillet 1959, ce 33-tours 25 centimètres, judicieusement intitulé *Serge Gainsbourg N° 2*, s'écoute en deux versions : l'une monophonique, l'autre mixée en (fausse) stéréophonie. Cette dernière, plus rare, est très prisée des collectionneurs. Avant l'écoute du disque, l'œil s'arrête sur la sublime illustration de la pochette montrant un Gainsbourg en costume rayé, élégant et poseur, avec son si caractéristique port de cigarette. Tel un tableau où chaque accessoire a son importance, un énorme bouquet de roses et un revolver sont exposés, avec au verso ce message : « Celles à qui plairont mes chansons je leur envoie des fleurs, dans le cas inverse je fais marcher le pétard »…

Le suspect du premier album a laissé place au maître chanteur, artiste et esthète[1].

À l'intérieur, l'ambiance a également changé. Toutes les chansons, sans exception, évoquent de près ou de loin les joies et les peines de l'amour sur un mode parfois bizarre comme l'anthropophage *Mambo miam-miam*, le corrosif *La Nuit d'octobre* ou le tragique *L'Anthracite*. Chez Gainsbourg, l'amour est toujours en mouvement et n'est jamais apaisant. L'auteur-compositeur et interprète, aussi doué soit-il, n'est pas épargné par les critiques qui le jugent déjà davantage sur ses capacités que sur le résultat : « Sa volonté de faire des chansons "intelligentes" risque d'en faire un chanteur très ennuyeux. Ce serait dommage. Il passerait à côté de la belle carrière que nous attendons de lui », lit-on dans *Marie-Claire*. Un autre article parle de lui comme d'un « intellectuel morbide nourri de Sade, de Poe et de Baudelaire [...]. Mais tant de noirceur systématique lasse à la longue ! » Pour *Le Dauphiné libéré*, il s'agit d'un « disque grenade à ne pas mettre entre toutes les mains ».

En clair, l'effet de surprise du premier album ne joue déjà plus pour l'artiste dont les nouvelles chansons composées à la hâte au beau milieu d'une longue et éprouvante tournée laissent la critique de glace. Pourtant,

1. En 2001, le producteur américain Dan the Automator alias Nathaniel Merriweather, futur producteur du *Love Album* d'Anaïs, a rendu hommage à la pochette de *Serge Gainsbourg N° 2* en la pastichant. L'album *Lovage – Music to Make Love to Your Old Lady By* reçoit les collaborations de Mike Patton (Faith No More), Jennifer Charles (Elysian Fields), Damon Albarn (Blur, Gorillaz), Afrika Bambaataa, Prince Paul et Kid Koala. La pochette avait déjà été imitée par l'Anglais Robyn Hitchcock pour son deuxième album solo, *Groovy Decay*, en 1982 ; en utilisant pour sa pochette les mêmes codes (le bouquet de roses, le revolver), le chanteur électro-pop portugais Balla a sorti en 2003 l'album *Le Jeu*.

en se rapprochant de ces chansons, on voit poindre le Gainsbourg *new style* du *Claqueur de doigts*, amené à se transformer en juke-box vivant, le poète de *Mambo miam-miam*, préfigurant le narrateur de contes fantastiques, et l'observateur cynique de *Jeunes femmes et vieux messieurs*, nourrissant sa réputation sulfureuse.

Le Claqueur de doigts

Également paru sur 45-tours Philips 432.397 (EP) avec *Indifférente, Adieu créature* et *L'Amour à la papa*

Le Claqueur de doigts voit son auteur changer de style et d'époque, et préfigure le côté pop qui dominera au cours de la décennie suivante. L'influence du rock'n'roll se ressent très fortement dans le rythme et le texte faisant référence au juke-box et aux blue-jeans. Le claquement de doigts qui bat la mesure est l'un des ingrédients qui ont fait le succès du fameux *Fever* interprété par Peggy Lee, qui arrive sur les ondes au moment où il compose *Le Claqueur de doigts*.

Fait nouveau dans son style d'écriture, Serge Gainsbourg privilégie les sonorités de certains mots comme « juke-box » ou « claque » sur le sens général de la chanson qui, placé au second plan, raconte une banale histoire de jalousie (*Qui est c'type qui t'fait du plat/ J'en ai ma claque/Claque, claque, claque/De ce gars*). Il inaugure ici un procédé qui sera repris dans des titres comme *Ford Mustang* ou *Qui est « in », qui est « out »*.

Il est à noter que la dénommée Sylvie mentionnée dans la chanson désigne Sylvie Rivet, attachée de presse de la maison Philips qui à l'époque de la tournée *Opus 109* avait eu une liaison avec l'auteur, avant de devenir la compagne de Jacques Brel (qui à son tour la mentionnera dans *L'Ivrogne* en 1961).

Le Claqueur de doigts trouvera un écho chez le jeune Trumpet Boy qui en interprétera une version sur son 45-tours EP *Rio Bravo* également paru en 1959 (Philips 424 151). Le rocker Chris Evans le reprendra en 1991 sur son album nostalgique *Chez les yé-yé* (Musidisc 107322), empruntant son titre à une autre chanson de Serge Gainsbourg. Autres reprises : Anouk Plany (album *Anouk Plany chante Gainsbourg et cætera*, Bos Records 212 03, 2003) et Stéphane Lucas, qui le chante sur l'album *Sur les ELLES de Gainsbourg*, Avec Musique, Canada, 2009).

La Nuit d'octobre

La Nuit d'octobre est un poème d'Alfred de Musset (1810-1857) extrait du recueil *Les Nuits*, publié en 1837, dans lequel il converse avec sa muse. Serge Gainsbourg en extrait un passage particulièrement virulent dans lequel le poète infidèle justifie son acte par la trahison première de sa déesse (*Honte à toi qui la première/M'a appris la trahison [...]. Honte à toi, femme à l'œil sombre/ Dont les funestes amours/Ont enseveli dans l'ombre/Mon printemps et mes beaux jours*). Il n'est guère étonnant que le choix de Gainsbourg se porte sur Musset dont l'œuvre porte les stigmates de ses frasques à répétition. Sans doute se trouve-t-il des affinités avec le poète qui, devenu alcoolique à la fin de sa vie, est connu pour enchaîner les conquêtes depuis sa séparation de George Sand en 1835. En fait, il n'en est rien car, selon sa déclaration, il s'agit d'un des « plus mauvais poèmes de Musset » et Gainsbourg le trouve vraiment nul, précisant qu'il l'avait choisi parce que lui aussi venait « de se faire jeter ». Selon son ancien compère Louis Laibe du cabaret Madame Arthur, Gainsbourg aurait emprunté ce poème afin de ne pas verser de droits d'auteur sur un ancien titre que tous deux auraient écrit ensemble…

Plus curieux est le style musical qu'il adopte pour mettre en musique le poème. C'est sur un air proche du choro, ancêtre de la samba à la tonalité fortement enjouée, que Serge Gainsbourg appose les lamentations romantiques de Musset. Passé maître dans l'art du contrepied, l'interprète crée ainsi une distanciation vis-à-vis du texte, laissé tel quel, faisant preuve d'une belle audace. *La Nuit d'octobre* est un titre à part dans l'album et l'œuvre de Gainsbourg. Il ne réutilisera ce procédé poétique que dans *Baudelaire* en 1962, également conçu sur un rythme brésilien.

Adieu créature

Dans les notes de pochette au verso de l'album, l'auteur indique à propos de la chanson *Adieu, créature* qu'il y est question d'un « tricheur ». Il s'agit en effet d'une banale histoire d'un soir et sans lendemain dans laquelle chacun semble y trouver son compte. Ce titre mineur, sans grande envergure stylistique, est à considérer par l'économie de mots réalisée par l'auteur, et par son phrasé, sur un air jazzy langoureux. Serge Gainsbourg a (déjà) habitué son auditoire à des sensations plus fortes.

L'Anthracite

Dans ce titre, Gainsbourg a trouvé à qui parler en se mesurant à Aphrodite, déesse de l'amour. La belle ensorcelle le séducteur au regard et aux pensées sombres, *plus noires que l'anthracite*, et se rit de son humour tout aussi noir. Une fois n'est pas coutume, Serge Gainsbourg ne se donne pas la part belle dans cette chanson caractérisée par un arrangement digne des films hollywoodiens de l'époque, avec orchestre et cuivres pétaradants, dans un style terriblement exotique. L'auteur en profite pour citer *Les Fleurs du mal* de son poète favori Charles Baudelaire.

Le titre a connu par la suite deux versions plus rock, l'une anglophone par Mick Harvey sur son album *Pink Elephants* en 1997, l'autre francophone par le groupe Scenic Railway en 2004. Autres reprises : Anouk Plany (album *Anouk Plany chante Gainsbourg et cætera*, Bos Records 212 03, 2003) et Scenic Railway (album *Tribute to Gainsbourg*, Pudding, 2004).

Mambo miam-miam

Également paru sur 45-tours Philips 432.398 (EP) avec *L'Anthracite, La Nuit d'octobre* et *Jeunes femmes et vieux messieurs*

Les rythmes exotiques, qu'ils viennent du Brésil ou de Cuba, sont très à la mode à la fin des années 1950. Le mambo et le cha-cha-cha, aux origines cubaines, traversent l'Atlantique après un détour par le jazz américain, pour se retrouver sur bon nombre de chansons connues. Le mambo, créé par Orestes López en 1937, est popularisé par le pianiste et chef d'orchestre Pérez Prado qui, douze ans après, est au centre de l'hystérie qui secoue les pistes de danse avec son *Mambo N° 5*. Quelques années plus tard, il lancera le cha-cha-cha avec le même succès. Accommodé à toutes les sauces, du jazz à la chanson, le mambo trouve son ambassadeur en France avec l'acteur et chanteur d'origine turque Dario Moreno, interprète des tubes *Coucouroucoucou, Si tu vas à Rio*, *Brigitte Bardot* et *Oh qué ! Mambo*. Le cinéma s'est aussi emparé du phénomène avec la fameuse scène de danse de *Et Dieu... créa la femme* (1956) qui fait de la sulfureuse Brigitte Bardot une star, ainsi que le film *Ces dames préfèrent le mambo* (1957) de Bernard Borderie.

Serge Gainsbourg ne manque pas de railler cette mode en détournant le terme mambo qu'il utilise comme une onomatopée par son accolade à l'expression « miam-miam ». Passé dans sa versification, le mambo devient une créature anthropophage, au sens propre (*J'ai dans l'œsophage/Un anthropophage*) puis au figuré, dévorant des yeux sa femme et… celles des autres. Il suggère une chute rêvée pour l'auteur qui, en grand amateur de fins tragiques, *bouffe les pissenlits par la racine*. Sans en avoir l'air, *Mambo miam-miam* est une petite révolution dans son écriture puisque, en dehors du jeu sur l'onomatopée, son texte contient l'un des premiers exemples de rejet littéraire (*Soldat ou artiste/On est tous des Tristes/Sires, et malheur à/Qui manque d'estomac*). Ce n'est pas là le moindre de ses talents que de proposer ce genre d'audace dans une chanson d'apparence anodine.

Outre la version exécutée dans la foulée par Alain Goraguer et son groupe Los Goragueros sur l'EP *Dance Party 'Cha cha conga'* (Philips 424.164), *Mambo miam-miam* a aussi fait l'objet d'une interprétation par Michelle Flynn, chanteuse irlandaise installée au Japon, sur le CD *Gainsbourg Tribute '95* (Columbia COCA-15253), aussi incluse sur la compilation *Made in Japan* (New Mantra 20303, 2002).

Indifférente

Cosignée avec Alain Goraguer qui en compose la musique, *Indifférente* renoue avec la verve misogyne de Gainsbourg, qui cette fois s'en prend à la frigidité d'une femme qu'il qualifie successivement d'« inconséquente », « impertinente », « incohérente » et finalement « indifférente ». De l'impertinence, l'auteur en fait preuve en comparant sa femme au « chien de Jean de Nivelle[1] » qui fuit quand on l'appelle, faisant allusion à

1. Jean de Nivelle, qui a réellement existé au XVe siècle, s'était opposé à la volonté de son père Jean II de Montmorency, grand

une expression populaire désignant une personne changeante, à l'esprit de contradiction. Il lance l'un de ces aphorismes dont il a le secret : *Dans tes yeux je vois mes yeux, t'en as d'la chance/Ça te donne des lueurs d'intelligence.*

La chanson est brodée sur un thème cool jazz d'Alain Goraguer comportant une introduction au piano et des soli de saxophone et de flûte.

Dans sa version de ce titre, présente sur l'album *Canavese chante Gainsbourg* (1999), Christiane Canavese est accompagnée au piano et à l'accordéon. Le pianiste Pierre-Alain Goualch en a également déconstruit le thème original dans sa version instrumentale (*Exploring the Music of Serge Gainsbourg*, 2001). Autre reprise : Dona Ruy Project (album *A Portrait of Serge Gainsbourg*, Harmonia Mundi ESS2, 1995).

---

chambellan de France, d'entrer en guerre contre le duc de Bourgogne, Charles le Téméraire. L'épisode historique est raconté dans plusieurs chansons qui ont traversé les âges, jusqu'à devenir le modèle du parodique *Cadet Rousselle* en 1792. Paul Verlaine réutilise l'expression dans ses *Romances sans paroles* (1874).

1960

L'Eau à la bouche

L'auteur-compositeur Gainsbourg continue à écrire pour les autres, notamment Catherine Sauvage ou Pia Colombo, mais l'interprète connaît enfin son premier succès populaire avec *L'Eau à la bouche*, qui sera également sa première bande originale pour le cinéma. Ce ne sera pas la dernière.

Les Nanas au paradis

Créé par Catherine Sauvage ; inédit jusqu'en 1999

Déclaré à la SACEM le 16 décembre 1959 en même temps que *Le Cirque*, le titre *Les Nanas au paradis* est créé par Catherine Sauvage lors d'une séance d'essais qui précède l'enregistrement du super 45-tours *Catherine Sauvage chante Serge Gainsbourg*, publié en juin 1962. Les deux chansons que l'on croyait perdues furent finalement retrouvées sur un disque acétate et dévoilées en 1999 dans la compilation d'interprètes *Gainsbourg chanté par...* (EMI 854 067-2). Elles réapparaissent sur la compilation *Catherine Sauvage chante Serge Gainsbourg et Frédéric Botton* parue en 1999 (Rym 197 065-2), puis sur le coffret *long box* de l'interprète (Mercury 980 906-3, 2003).

À la suite de Juliette Gréco (voir *Il était une oie*), Catherine Sauvage est donc la deuxième interprète à consacrer un super 45-tours quatre titres à Serge Gainsbourg, qui peut dès lors se vanter de faire partie du cercle restreint des auteurs-compositeurs les plus en vue. À l'instar de Michèle Arnaud, elle n'a pas froid aux yeux pour chanter cette histoire de « nanas » (terme irrévérencieux pour l'époque), jeunes ou moins jeunes, avides de goûter un moment de plaisir le samedi soir. Accompagnée au piano par Jacques Loussier, Catherine Sauvage sert avec sa gouaille caractéristique le texte familier de Gainsbourg, à l'opposé de la distinction de Michèle Arnaud. L'auteur en profite pour glisser quelques allusions à une conquête (*Et quand dans la chanson elles s'reconnaîtront/Les nanas au paradis s'envoleront*) ou une débutante (*Une chanteuse réaliste, un vrai laideron/Qu'a pas eu encore de microsillon*).

Reprise : Simone Tassimot (*Gainsblues*, Mistiroux Productions, avril 2009).

Le Cirque

Créé par Catherine Sauvage ; inédit jusqu'en 1999

Le Cirque, chanson composée à la fin de l'année 1959, connaît un destin en tout point similaire à la précédente, *Les Nanas au paradis*.

Si l'introduction joyeuse au piano peut évoquer la piste aux étoiles, le propos n'a rien à voir avec les joies du cirque, sinon l'habileté requise pour jongler avec les paroles de la chanson. Il s'agit d'un brillant exercice de style propre à faire trébucher son interprète : *L'amant de la femme d'mon amant/A une femme qui a un amant*... et ainsi de suite. Juliette Gréco, qui avait prévu d'interpréter ce titre lors de son tour de chant à Bobino en 1961, se résout à l'abandonner devant la difficulté et l'intérêt mineur qu'il présente.

Défense d'afficher

Créé par Pia Colombo ; 45-tours Philips 432.466 BE (EP)

Défense d'afficher est l'une plus anciennes chansons de Serge Gainsbourg : il l'avait déposée à la SACEM, avec cinq autres, sous le nom de Julien Gris, à l'été 1954 (seules celle-ci et *Les Amours perdues* trouvèrent une interprète). Juliette Gréco ajoute ces deux titres à son répertoire, mais sa version de *Défense d'afficher*, enregistrée avec André Popp en 1959, reste inédite jusqu'en 1990. Elle permet ainsi à la débutante Pia Colombo le soin de la créer.

Défense d'afficher correspond bien à Pia Colombo (1934-1986), chanteuse des cabarets de la rive gauche qui a débuté à l'Écluse et chanté à l'Olympia en 1958, en lever de rideau de Georges Brassens et de Michèle Arnaud. Il est possible que ce soit cette dernière, « marraine » de Gainsbourg, qui l'ait orientée vers son répertoire. La chanteuse d'origine italienne, interprète du succès *Julie la rousse* et mariée à l'auteur-compositeur Maurice Fanon, est aussi la créatrice de *La Valse à mille temps* que lui avait offerte Jacques Brel en 1959.

Défense d'afficher se penche sur une femme qui, dans l'attente interminable de son galant, se résout à ausculter les inscriptions et graffitis du mur. Lassée, elle récite une série d'initiales *A*... *B*... *C*... *D*... *E*... *F*... *G*... *M*... *E*... *R*... *D*... *E*... et conclut : *Sur le mur je viens d'effacer/Le cœur que j'avais dessiné*. Le style assez conventionnel de cette complainte réaliste, orchestrée par Alain Goraguer, est rehaussé par le ton désabusé du texte.

L'Eau à la bouche

Créé par Serge Gainsbourg ; 45-tours Philips 432.492 BE (EP bande originale du film *L'Eau à la bouche*) avec *Black March*, *Judith* (instrumental) et *Angoisse*

À la fin de l'année 1959, Serge Gainsbourg court d'une scène à un autre. Après les récitals des artistes Philips aux Trois Baudets, il reprend son tour de chant au Milord l'Arsouille, entame une série de représentations au Théâtre de l'Étoile en ouverture de Colette Renard, et poursuit au College Inn de la rue Vavin où il reste cinq mois et partage l'affiche avec Cora Vaucaire. C'est là qu'il étrenne sa nouvelle chanson, *L'Eau à la bouche*.

Il s'agit en fait la première commande faite à Serge Gainsbourg pour le cinéma, en l'occurrence pour un film homonyme de Jacques Doniol-Valcroze, distribué en salles dès le 20 janvier 1960, et quatrième film du réalisateur, cofondateur en 1951 des *Cahiers du cinéma* et protagoniste méconnu de la Nouvelle Vague. Personne d'autre que Gainsbourg ne pouvait mieux représenter ce nouveau courant qui submerge le septième art cette année-là. François Truffaut ne s'était pas trompé en songeant à lui pour la musique de *Jules et Jim*, finalement confiée à Serge Rezvani (qui signe à cette occasion l'inoubliable *Tourbillon*). Comédie sentimentale et moderne, *L'Eau à la bouche* suit les aventures croisées de trois couples et a pour principale protagoniste l'emblématique Bernadette Lafont.

La réussite du film rejaillit sur la chanson qui procure à Serge Gainsbourg un premier vrai succès avec des ventes culminant à cent mille exemplaires, bien plus que le résultat d'estime du *Poinçonneur des Lilas*. *L'Eau à la bouche* devient le générique de la nouvelle émission télévisée de Marcel Lherbier consacrée au cinéma. Le thème, sensuel à souhait, est brodé sur un canevas de percussions et arrangé par le fidèle Alain Goraguer et ses musiciens Léo Petit (guitare), Georges Grenu (saxophone ténor), Roger Guérin (trompette), Pierre Michelot (contrebasse) et Christian Garros (batterie). Sur ce nouvel écrin exotique, l'auteur tente de convaincre une conquête farouche du bien-fondé de ses intentions en filant la métaphore aquatique, non sans conjuguer le lit du torrent et le sien.

Cette histoire d'amour courtois n'a pas pris une ride. Interprétée lors de l'émission « Musique and music spécial Gainsbourg » du 9 avril 1978, elle reste au répertoire de Gainsbourg qui en livre une version en public au Casino de Paris en octobre 1985 (LP *Live*, Philips 826 721-1). Une autre version orchestrée par Michel Legrand, probablement datée de 1961, circule un temps sous le manteau sur un CD intitulé *Confidentiel* (Carré Blanc, 1992). Certains titres de l'EP *L'Eau à la bouche* figurent sur les compilations *Le Cinéma de Serge Gainsbourg* (Mercury, 2001) ou *Les Génies de la chanson : Serge Gainsbourg* (Believe, 2010).

Une seule reprise notable dans les années 1960 par Jacqueline Joriss (album *Chansons d'amour interdites*, Trans-Canada TC A 69). Redécouverte à la faveur des compilations, la chanson a fait l'objet de nombreuses reprises depuis les années 1990 : Lambert Wilson (*Chante Live !*, Tréma 710 343), Alain Brunet (*Alain Brunet joue Serge Gainsbourg*, 1993), Sublime (*Gainsbourg Tribute '95*, Columbia Japon, 1998), American Cherry (*Pretty Wild*, Yang Manu Japon, 1998), -M- (inédit TV de l'hommage à Serge Gainsbourg au Festival de Jazz de Montreux, juillet 2000), Pierre-Alain Goualch (version instrumentale dans *Exploring the Music of Serge Gainsbourg*, Night Bird 2001), Bambou récite le texte dans l'anthologie *Portraits* (Frémeaux & Associés, 2000), Vanessa Paradis (*Vanessa Paradis au Zénith*, Barclay, 2001, et dans l'émission « Secret de stars » sur France 2, 2002), l'animateur Philippe Risoli (*Autrement*, Universal, 2001), Catherine Miles (inédit radio dans l'émission « Le Fou du roi » sur France Inter, octobre 2001), Patrick Péronne (version instrumentale dans *Gainsbourg au bar*, Delta, 2001), Julie Autissier et Sabeline Campo dans leur spectacle *En passant chez Gainsbourg* (hors-commerce, 2001), Yuri Buenaventura (dans la compilation *Café de Flore : Rendez-vous à Saint-Germain-des-Prés*, Sunnyside, 2002), Kenzo Saeki (*L'Homme à tête de sushi*, Sawasdee Japon, 2003), Anne Ducros (*Close Your Eyes*, Dreyfus, 2003), Frédérique Bel et Martin Rappeneau (inédit TV dans l'émission « Gainsbourg pour toujours » sur France 2, avril 2006), Elfy (inédit TV dans l'émission « Star Academy » de TF1, octobre 2006), Bévinda (*Gainsbourg tel qu'elle 1958-1968*, Rue Stendhal, 2006), (album *Cœur vagabond*, BMG, 2006), Mikel Agirre (version basque ; *Gainsbourg Gainbegiratuz*, CD Gaztelupeko Hotsak, janvier 2008), Clarika (inédit TV sur Direct 8, janvier 2007), Jane Birkin (*Jane Birkin au Palace*, 28 septembre 2009), Stéphane Lucas et Caroline Néron (album *Sur les ELLES de Gainsbourg*, Avec Musique, Canada, 2009) et Catherine Galgayrac (Madame Nonce Paolini, sur l'album *À fleur de mots*, 2010), Sanseverino (émission *Les Stars chantent Gainsbourg*, Virgin 17, février 2010) et Camélia Jordana (*Gainsbourg, 20 ans déjà*, France 2, 19/2/2011).

Black March

Créditée à Serge Gainsbourg, cette courte pièce instrumentale d'une centaine de secondes figure au générique du film *L'Eau à la bouche* de Jacques Doniol-Valcroze. Si son titre évoque le standard *Blues March* composé par Benny Golson en 1958 pour l'album *Moanin'* (Blue Note 4003) d'Art Blakey and the Jazz Messengers, devenu le célèbre indicatif de l'émission « Pour ceux qui aiment le jazz » de Daniel Filipacchi et Frank Ténot sur Europe 1, le thème est proche du style de Miles Davis de la période *Ascenseur pour l'échafaud* (1957). La musique du film de Louis Malle réunissait, outre le batteur Kenny Clarke, les musiciens français Barney Wilen (saxophone ténor), René Urtreger (piano) et Pierre Michelot, contrebassiste d'Alain Goraguer. Admirateur de Miles Davis, Boris Vian signa les notes de pochette du 25-centimètres *Ascenseur pour l'échafaud*, grand prix du disque de l'Académie Charles-Cros en 1958.

Judith

Enregistré avec les autres titres de l'EP *L'Eau à la bouche* en décembre 1959 au studio DMS à Paris en compagnie d'Alain Goraguer et de ses musiciens, le thème musical *Judith* est finalement écarté du film mais reste présent sur le disque. La musique créditée à Serge Gainsbourg et Alain Goraguer et recensée à la SACEM sous le titre *Judith (With You in Your Bed)*, est un « slow rock », comme on l'appelait à l'époque, avec intro au saxophone et chœur de sirènes.

À la première version instrumentale incluse sur l'EP *L'Eau à la bouche* succédera une autre, chantée, enregistrée le 12 mai 1960 au studio Philips du boulevard Blanqui et publiée sur le 45-tours quatre titres *Romantique 60*. Si aucune héroïne du film *L'Eau à la bouche* ne se prénomme Judith, Gainsbourg a néanmoins conçu un texte d'où toute misogynie est absente : l'auteur, amoureux éperdu, est désarçonné par l'attitude de ladite Judith qu'il menace de tuer.

Angoisse

Cette autre pièce instrumentale composée pour le film *L'Eau à la bouche* met en exergue le jeu de guitare de Léo Petit, soliste des Guitares du Diable et musicien de studio réputé (pour Juliette Gréco, France Gall ou Johnny Hallyday, de *Kili Watch* à *Souvenirs, souvenirs*), et le duo entre le trompettiste Roger Guérin et le saxophoniste Georges Grenu.

Le thème d'*Angoisse* colle parfaitement au style cool pratiqué dans les caves à jazz de Saint-Germain-des-Prés. La fin des années 1950 scelle l'union du jazz et du cinéma avec les musiques des films *Sait-on jamais*... de John Lewis et son Modern Jazz Quartet ou des *Liaisons dangereuses* d'Art Blakey and the Jazz Messengers pour Roger Vadim, *Ascenseur pour l'échafaud* de Miles Davis pour Louis Malle, et *Des femmes disparaissent*, toujours d'Art Blakey, pour Édouard Molinaro.

Cha-cha-cha du loup

Créé par Serge Gainsbourg ; 45-tours Philips 432.447 BE (EP bande originale du film *Les Loups dans la bergerie*)

Enregistrée le 28 octobre 1959 pour les besoins du film *Les Loups dans la bergerie* réalisé par Hervé Bromberger, la version instrumentale de *Cha-cha-cha du loup* est la deuxième commande faite à Serge Gainsbourg pour le grand écran. À l'instar de Boris Vian qui composait des javas à tout-va (*La Java mondaine*, *La Java martienne*, *La Java des bombes atomiques*, *La Java des chaussettes à clous*...), Gainsbourg fait une véritable fixation sur le cha-cha-cha – genre à la mode depuis le milieu des années 1950 – qu'il place dans deux autres titres restés inédits : le *Cha-cha-cha intellectuel* (1957) et le *Cha-cha-cha des chauves* (1960). Le film n'est guère passé à la postérité malgré les rôles principaux tenus par Jean-Marc Bory et Françoise Dorléac, et l'apparition du futur rocker Jacky Moulière.

Comme pour *Judith*, une deuxième version chantée, enregistrée le 12 mai 1960, apparaîtra sur l'EP *Romantique 60*. Le texte déposé à la SACEM en mars 1960 est différent de celui du disque publié deux mois plus tard. Il s'inspire largement d'une récente chanson de

Boris Vian sur le même sujet, *Cha-cha du loup*, éditée en 1958. La musique, cosignée, arrangée et dirigée par Alain Goraguer, est introduite par un puissant motif cuivré, amorti par la flûte de Raymond Guiot, et la douce voix de Gainsbourg transformé en conteur pour enfant, ou jeune et sage fille. Selon Serge Gainsbourg, l'homme est un loup… pour la femme.

Cha-cha-cha des chauves

Créé à partir d'une idée originale de Michèle Arnaud, celle d'organiser une soirée dédiée aux crânes lisses, le *Cha-cha-cha des chauves* s'inspire de la *Java chauve* écrite par Boris Vian en 1958 et chantée par Paola. L'œuvre de commande, non déclarée à la SACEM, et restée jusqu'à présent inédite, est jouée le 1er avril 1960 au cabaret Le Port du Salut de la rue Saint-Jacques, avec Serge Gainsbourg au piano et Michèle Arnaud au micro. Le carton d'invitation précise qu'il s'agit d'une « œuvre capitale que le maître ès cheveux Serge Gainsbourg vient de lui écrire pour sa rentrée à Bobino ». Quatre vers extraits d'une diffusion radiophonique subsistent : « *Qui pourrait se douter qu'un chauve/Est chauve sous son chapeau mou/C'est bien le chapeau qui le sauve/Et qui le rend tout comme nous.*

Romantique 60

Créé par Serge Gainsbourg ; 45-tours Philips 432.437 BE (EP)
Parution : juin 1960

> Contient les versions chantées de *Judith* et du *Cha-cha-cha du loup* (voir ci-dessus) et deux nouvelles chansons : *Sois belle et tais-toi* et *Laissez-moi tranquille*.

Sois belle et tais-toi

Bel exemple de précis de vocabulaire selon Serge Gainsbourg, *Sois belle et tais-toi* est aussi l'un de ses textes ouvertement misogynes. L'auteur égrène une série de verbes correspondant au cri de quelques animaux (*Le ramier roucoule, le moineau pépie/Caquète la poule, jacasse la pie*...), avant d'envoyer aux représentantes du beau sexe le message inclus dans le titre, également celui d'un film tourné en 1958 par Marc Allégret réunissant Mylène Demongeot, Roger Hanin, Jean-Paul Belmondo, Alain Delon et Darry Cowl.

Gainsbourg interprète *Sois belle et tais-toi* dans l'émission « Discorama » en juin 1960. La chanson, soulignée par un thème léger et joué à la flûte, est également présente sur la compilation rarissime *L'Amour à la papa* éditée en 1964 (LP Philips 680 073), rééditée en CD *vinyle replica* en septembre 2007. Le 3 mars 2001, le Conservatoire de Nantes livre sa propre version lors de l'hommage *Couleurs Gainsbourg* au Cabaret Studio.

Reprise : Jean Tourneux (album *Gainsbourg à la Brassens*, Texto 0 203, 2001).

Laissez-moi tranquille

Avec *Laissez-moi tranquille*, Serge Gainsbourg évoque le harcèlement féminin dont il est victime, malgré sa « gueule » et une paire d'oreilles à laquelle il « ne manque que des pompons ». L'auteur en profite pour glisser au passage deux références historiques, l'une au « pauvre Aliboron[1] », l'autre

1. Symbole de l'âne dans les *Fables* de La Fontaine. Mais le féru de peinture qu'est Serge Gainsbourg a peut-être éga-

au gibet de Montfaucon, édifice bâti en plein Paris pour pendre les condamnés par dizaines jusqu'au XVIIe siècle : *Allez sans esclandre mes chatons/Allez vous faire pendre, allez donc/Ailleurs qu'à mon gilet, à quoi bon/Je n'suis pas le gibet d'Montfaucon.*

Ce twist avant l'heure[1], délicieusement kitsch et amusant, est enregistré le 12 mai 1960 par la fine équipe d'Alain Goraguer. L'une des premières signatures rock dans l'œuvre gainsbourienne est soulignée par la guitare électrique de Léo Petit. Quelques semaines plus tard, en vacances au Touquet, l'auteur songe à une comédie musicale intitulée *Poppie* demeurée inédite.

Laissez-moi tranquille est inclus dans la réédition 2001 de l'album *Serge Gainsbourg N° 2* avec les versions chantées du *Cha-cha-cha du loup* et de *Judith*, *Sois belle et tais-toi* et *L'Eau à la bouche*.

Reprise : Alex Fern dans son spectacle *L'Eau à la bouche* (CD single hors-commerce, 1998). Curieusement, le rocker américain Warren Zevon (1947-2003) a repris ce titre – en français ! – sur son avant-dernier album *My Ride's Here* en 2002 (Artemis Records 751 124).

---

lement fait à cette occasion un clin d'œil à Joachim-Raphäel Borolani (anagramme d'Aliboron), entré dans la postérité pour avoir peint une seule toile, un *Coucher de soleil sur l'Adriatique*, exposée au Salon des Indépendants en 1910. Il s'agissait en fait d'une supercherie montée par l'écrivain Roland Dorgelès, qui avait fait peindre le tableau par l'âne du cabaret montmartrois le Lapin Agile.

1. *The Twist*, créé par Hank Ballard & The Midnighters, figurait en face B d'un 45-tours paru en 1959. Construit sur un format blues classique, la chanson avait connu un succès modeste aux États-Unis avant d'être reprise par Chubby Checker qui en publie sa version, bientôt n° 1, en juillet 1960, tout en suscitant une mode qui, en France, va durer plus de deux saisons.

1961

De Prévert à Pancho Villa

Une année en demi-teinte. Certes, l'auteur-compositeur connaît des succès avec Michèle Arnaud ou Jean-Claude Pascal, mais l'interprète se retrouve décalé avec un album jazz en pleine éclosion du rock yé-yé.

La Chanson de Prévert

Créé par Michèle Arnaud ; 45-tours Pathé EG 542 (EP) et par Serge Gainsbourg ; 45-tours Philips 432.533 (EP), avec *En relisant ta lettre, Viva Villa* et *Le Rock de Nerval*

Le 17 décembre 1960, Michèle Arnaud chante la dernière création de Gainsbourg au cours de l'émission « Dix minutes avec Michèle Arnaud ». Il s'agit de *La Chanson de Prévert*, enregistrée le 29 novembre de la même année et déclarée à la SACEM le 11 janvier 1961. Comme le suggère son intitulé, elle s'appuie directement sur *Les Feuilles mortes*, chanson signée par Jacques Prévert et Joseph Kosma, devenue un classique de la rive gauche par les interprétations successives d'Yves Montand, Cora Vaucaire et Juliette Gréco, et un standard du jazz américain sous le nom *Autumn Leaves*, repris maintes fois par les plus grandes voix du jazz[1]. Pour être sûr d'obte-

1. La chanson *Les Feuilles mortes* a connu un fabuleux destin. Cet air composé en 1945 par Joseph Kosma (1905-1969) pour le ballet de Roland Petit, *Le Rendez-vous*, avec en vedette la danseuse

nir l'autorisation de citer son œuvre, Serge Gainsbourg se rend directement au domicile parisien de Jacques Prévert au 6 *bis*, cité Véron, et recueille la signature du poète qui le félicite. Notons au passage que le procédé a été repris par deux interprètes – Romain Didier en 1996 (CD single Flarenasch) et Petula Clark en 2003 (*Best of Petula Clark*) – qui chacun ont créé une *Chanson de Gainsbourg*.

La Chanson de Prévert marque une nouvelle étape dans la carrière de Serge Gainsbourg, qui délaisse un instant le cynisme pour la nostalgie. Sent-il l'époque lui échapper, entre la mode mambo et la vague yé-yé qui se profile, et préfère-t-il ainsi opérer un repli vers une valeur sûre de la chanson française ? Toujours est-il qu'il installe à merveille une atmosphère chaleureuse à partir d'une simple ornementation à la guitare et d'un texte poétique évoquant l'érosion d'un souvenir amoureux par le temps qui passe. Gainsbourg cite en exergue le premier vers de la chanson prise pour modèle (*Oh ! je voudrais tant que tu te souviennes*), servant d'argument à l'histoire du couple défait. Il poursuit en chantant *Et chaque fois* Les Feuilles mortes/*Te rappellent à mon souvenir/Jour après jour, les amours mortes/N'en finissent pas de mourir* sur une musique acoustique d'une grande sobriété.

---

et future interprète de Gainsbourg, Zizi Jeanmaire, devient une chanson lorsque Jacques Prévert en écrit les paroles, qui débutent avec ces vers fameux : *Les feuilles mortes se ramassent à la pelle/Tu vois, je n'ai pas oublié/Les feuilles mortes se ramassent à la pelle/Les souvenirs et les regrets aussi*. Yves Montand siffle l'air dans le film *Les Portes de la nuit* de Marcel Carné (1946), mais c'est Cora Vaucaire (née en 1921) qui la crée sur disque en 1948. C'est probablement la version qu'en a donnée Juliette Gréco en 1951 qui retient l'attention de Serge Gainsbourg lorsqu'il écrit *La Chanson de Prévert*. Pour la petite histoire, il interprètera lui-même *Les Feuilles mortes* à l'occasion d'un duo télévisé avec Isabelle Aubret en 1963.

Dès sa parution sur disque le 6 février 1961 dans l'interprétation de Michèle Arnaud, *La Chanson de Prévert* rencontre un vif succès : son auteur en livre peu après sa propre version sur son sixième moyen format (45-tours *EP*) et sur son troisième album *L'Étonnant Serge Gainsbourg.*

Immédiatement reprise par les contemporains Bernard Stéphane, Max André, Les Riffs, V. Pirard et son orchestre, Vicky Autier, Gloria Lasso et Isabelle Aubret (EP Philips 432.553, juin 1961 ; nouvelle version en 1992 sur l'album *Coups de cœur*, arrangements d'Alain Goraguer.), *La Chanson de Prévert* apparaît également sur le premier album de la Québecoise Pauline Julien (Columbia, 1963) et, en Italie, par un certain Pagani (45t Carosello CI 20164, 1966). Cora Vaucaire, créatrice de la chanson-matrice *Les Feuilles mortes*, l'interprète en public au Théâtre de la Ville en 1973.

Celle de Claire d'Asta fait l'objet d'un 45-tours à succès en 1981 (Philips 6010 372) tandis que Éric Wéber la joue piano solo (album *Pour toi*, Stamy 70 650). Quelques années plus tard, c'est au tour de Gricha Mouloudji, fils de l'interprète de *Comme un p'tit coquelicot*, dans l'album *Chansons grises, chansons roses*, puis Liane Foly lors d'une émission télévisée en octobre 1990. Jane Birkin est la première à en donner une version posthume déchirante sur la scène du Casino de Paris en mai 1991 (*Concert intégral Casino de Paris*, 1992) ; elle la chante aussi en duo avec Patrick Bruel à « Taratata » (France 2, 11/05/1994).

À partir de 1995, les versions de *La Chanson de Prévert* pleuvent, à commencer par l'Américaine April March dans son hommage *Gainsbourgsion !* (Eurovisions) et l'Anglaise Michelle Flynn dans son *Tribute '95* publié au Japon. C'est ensuite au tour de Chris Evans (*Le Juke-box des années 60*, Pin-Up Records), Jacques Ponserme (*Piano bar*, Président), Patrick Bruel et Jane Birkin (album *Duos* « Taratata », Barclay 529 509 2, 1995), Marc Lavoine et les Cherche-Midi en duo à « Taratata » (n° 141, inédit), le Mauricien Dominique Barret (*Maloyamour*, Médiadisc) et Guy Béart (pas rancunier, pour l'album *Hommage – Ils chantent Serge Gainsbourg*, CD Atlas 6227 205,

1998). Maurice Garrel récite le texte dans l'anthologie *Portraits* (Frémeaux & Associés, 2000), puis le groupe écossais The Silencers l'adapte en anglais dans l'album *A Night of Electric Silence* (Last Call, 2001). La même année, Vincent Baguian la chante sur France Bleu (inédit), Jean Tourneux l'enregistre sur l'album *Gainsbourg à la Brassens* (Texto 0203) et Patrick Péronne la joue dans *Gainsbourg au bar* (Delta). D'autres versions suivent par Kaho Minami (compilation *Made in Japan*, New Mantra, 2002), The Bartlebees (album *Never Get Plugged*, Allemagne), Anouk Plany (*Chante Serge Gainsbourg et cætera*, Bos Records, Allemagne, 2003), Kevin Johansen + The Nada (*Sur O No Sur*, Sony Argentine, 2003), Bernard Lavilliers et Raphaël à « Taratata » (n° 176, octobre 2005, inédit), Stoogeman (album *Initials D.D.*, Döner Diskothek, 2005), Bévinda (*Gainsbourg tel qu'elle*, 2006), Juankar Landa (version basque ; *Gainsbourg Gainbegiratuz*, CD Gaztelupeko Hotsak, 2008), Stéphane Lucas et Marie Carmen (album *Sur les ELLES de Gainsbourg*, Avec Musique, Canada, 2009), Saule (album tribute *Gainsnord*, CD Sonic Scenery 708 028, 2009). Juliette Gréco (qui en donne enfin sa version, album *Le Temps d'une chanson*, Polydor, 2006), The Serge Gainsbourg Expérience (CD La Lune Rousse, 2011) et Bénabar en duo avec Sh'ym (*Gainsbourg, 20 ans déjà*, France 2, 19/2/2011).

En relisant ta lettre

Créé par Jean-Claude Pascal ; 45-tours Pathé EGF 529 (EP) avec *Les Oubliettes* et par Serge Gainsbourg ; 45-tours Philips 432.533 (EP), avec *La Chanson de Prévert*, *Viva Villa* et *Le Rock de Nerval*

En relisant ta lettre je m'aperçois que l'orthographe et toi ça fait deux. Ainsi débute ce drôle et cruel exercice mis en musique consistant à juger la missive d'une amoureuse sur la forme plutôt que sur le fond, sans tenir compte de l'appel au secours qu'elle contient. Lisant cette lettre et la commentant, Gainsbourg montre son visage cynique et misogyne : *Moi j'te signale/Que Gardénal/Ne prend pas d'e* et conseille : *Mais n'en prends qu'un/Cachet, au moins/N'en prends pas deux*. Il conclut en disant que *Tout retombe à l'eau/L'cafard, les pleurs/ Les peines de cœur/o, e dans l'o*. C'est par cette chanson que Jane Birkin fait connaissance avec la prosodie de Gainsbourg lorsque débute le tournage du film *Slogan* en 1968 : « J'ai mis un temps fou à la déchiffrer avant d'en comprendre toute la drôlerie, parce que Serge écrit sur plusieurs dimensions. D'un coup, j'ai compris le grand talent de manipulateur de la langue de ce mec avec qui j'étais en train de tourner tout simplement comme acteur. »

Alors que son auteur enregistre sa propre version pour son nouveau super 45-tours et pour l'album *L'Étonnant Serge Gainsbourg*, le premier à créer la chanson sur disque est Jean-Claude Pascal (1927-1992), récent vainqueur du concours de l'Eurovision de la chanson (le 18 mars, avec *Nous les amoureux*, inclus sur ce super 45-tours). Pascal vient du cinéma où son physique de jeune premier l'a servi pour jouer de nombreux rôles sur grand écran. La chanson est aussi incluse sur la compilation *Le Printemps de la chanson française* (Philips B 76.524).

De par sa forme, *En relisant ta lettre* a attiré l'élite de la chanson d'auteur. Barbara la reprend en décembre 1969 lors de l'émission de radio « Le Cahier de chansons », présentée par Pierre Lescure. Cette version est publiée en 1992 dans l'anthologie *Ma plus belle histoire d'amour... c'est vous*. Entre-temps, l'animateur et humoriste Jacques Martin l'interprète dans l'émission télévisée « Musique and Music » en avril 1978. Denise Bahous l'a reprise sur l'album *Chansons lestes et féroces* (Harmonia Mundi HMCD 78, 1997), Maurice Garrel la récite dans le CD *Portraits* (Frémeaux & Associés, 2000), ainsi qu'Alain Chamfort dans la compilation *Pop Sessions* (Mercury, 2001), puis le Conservatoire de Nantes dans le spectacle *Couleurs Gainsbourg* en 2001, Bévinda dans son hommage *Gainsbourg tel qu'elle* en 2006 ainsi que Rodolphe Burger & Meteor Band avec Fred Poulet et Jacques Higelin (album *Hommage à Serge Gainsbourg*, Dernière Bande, 2008). À noter encore une reprise inattendue par Patrick Sébastien et Sophie Darel (album *Oh la la !*, Marais Prod 3055 472).

Les Oubliettes

Créé par Jean-Claude Pascal ; 45-tours Pathé EGF 529 (EP) avec *En relisant ta lettre*

Tout empli d'un charme désuet à l'heure où pointe le rock'n'roll, *Les Oubliettes* séduit Jean-Claude Pascal, alors débutant dans le domaine de la chanson. Avec des expressions pauvrettes, inhabituelles dans son répertoire comme *valse musette*, *caboulot*, *gigolette*, *guinguette* ou *piquette*, Gainsbourg empile les références vieillottes au bal musette encore en activité sur les bords de Marne ou dans les faubourgs de Paris, mais appartenant déjà à une autre époque. Subsiste un vers pas piqué des hannetons : *Venez mignonnettes/Dans mes oubliettes/Que je vous y mette/Au pain et à l'eau. Les Oubliettes* figure en tête du deuxième EP extrait de *L'Étonnant Serge Gainsbourg* (Philips 432.564 BE) avec *Les Amours perdues*, *Personne* et *Les femmes c'est du chinois*. Serge l'interprète le 25 avril dans l'émission télévisée « Toute la chanson » présentée par Jacqueline Joubert.

L'intérêt du titre porte surtout sur l'accompagnement à la trompette par un exécutant resté anonyme, samplé trente ans plus tard par la formation hip-hop De La Soul dans *Talkin' bout Hey Love* sur son deuxième album *De La Soul is Dead*. Boudée par les interprètes, *Les Oubliettes* a fait l'objet d'une version instrumentale en 2003 par le guitariste manouche Rodolphe Raffalli sur l'album *Gypsy Swing Guitar* (Lichere) et a été chantée par Simone Tassimot (*Gainsblues*, CD Le Mot et La Note LMEN01, 2009).

L'Étonnant Serge Gainsbourg

33-tours 25 cm Philips B 76.516 R mono (LP)
Parution : 5 avril 1961

La Chanson de Prévert, *En relisant ta lettre*, *Le Rock de Nerval*, *Les Oubliettes*, *Chanson de Maglia*, *Viva Villa*, *Les Amours perdues*, *Les femmes c'est du chinois*, *Personne*, *Le Sonnet d'Arvers*.

Avec cet album, dans un univers musical francophone en plein bouleversement avec l'éclosion du rock, Serge Gainsbourg diversifie son registre tout en conservant son style littéraire. L'auteur conforte sa position avec le succès de *La Chanson de Prévert* et poursuit ses pérégrinations jazz en compagnie d'Alain Goraguer, à travers l'exotique *Viva Villa* ou la modernisation de textes classiques.

En 1961, la position de Serge Gainsbourg au sein du label Philips devient délicate. Le créateur du *Poinçonneur des Lilas*, alors un succès d'estime, est reconnu comme un bon auteur de chansons, mais l'interprète effarouche le public et gêne les directeurs artistiques qui ne savent comment présenter (vendre, dirait-on aujourd'hui) le personnage. Les commandes cinématographiques, notamment le succès de *L'Eau à la bouche*, pourraient faire penser que son style s'accorde avec l'esprit de la Nouvelle Vague, mais il est encore loin de réaliser des ventes phénoménales. Or, la maison de disques est en plein bouleversement depuis le départ de Jacques Canetti, remplacé par Louis Hazan. L'atmosphère familiale des années 1950 cède la place au réalisme économique, face à la concurrence des labels Vogue et Pathé et à la montée en puissance du phénomène rock'n'roll dont chacun réclame sa part. Philips, qui vient de ravir Johnny Hallyday à Vogue, se dote d'un nouveau directeur artistique en la personne de Jacques Plait, assisté de Claude

Dejacques. Les deux hommes qui supervisent l'enregistrement du troisième album de Serge Gainsbourg, toujours conduit par Alain Goraguer et son orchestre de jazz, en sont pour leurs frais en écoutant des titres aussi décalés et à rebours de l'époque que *En relisant ta lettre*, *Chanson de Maglia* ou *Le Sonnet d'Arvers*, même si *Le Rock de Nerval* fait illusion, alors que le terme « rock » est collé partout tel un gage de modernité. Cependant pas de quoi affoler Johnny Hallyday dont les ventes sont infiniment supérieures aux plus forts succès de Serge Gainsbourg. Heureusement, *La Chanson de Prévert*, sous son air démodé, est un succès instantané. Et, paradoxalement, les responsables de Philips décident de qualifier *L'Étonnant Serge Gainsbourg* de disque « bon pour la danse », par un cachet apposé sur la pochette ; celle-ci montre un gros plan de Serge, de trois quarts, à l'ancienne, idéal pour faire fuir le chaland.

Enregistré les 8, 10 et 14 février puis les 6, 9, 13 et 16 mars 1961 aux studios Philips du boulevard Blanqui avec les mêmes participants que pour l'album précédent, *L'Étonnant Serge Gainsbourg* hésite entre la forme classique de *La Chanson de Prévert*, les tentations jazz et exotiques de *Viva Villa* et *Les Femmes c'est du chinois*, et la modernité du *Rock de Nerval* et du *Sonnet d'Arvers*. La cohabitation de ces différents genres musicaux confère un aspect bancal à l'ensemble. En adaptant trois textes issus du patrimoine littéraire classique (Gérard de Nerval, Victor Hugo et Félix Arvers), l'auteur cède à la facilité qui l'avait conduit à adapter *La Nuit d'octobre*, un procédé auquel il recourt quand il lui manque un texte au moment d'entrer en studio. Cette pratique est l'une des critiques essuyées par « L'Étonnant Serge Gainsbourg ». À la sortie du disque, le journal *Le Canard enchaîné* pointe ce penchant en ces termes : « On pourrait reprocher à Gainsbourg de s'adonner un peu trop à la modernisation des classiques. Nerval, Hugo et Arvers : c'est beaucoup pour un seul disque, même si ces adaptations sont assez adroites dans l'ensemble. »

Le 15 janvier 1961, Serge Gainsbourg a déclaré à la SACEM deux autres chansons qui n'ont pas été utilisées pour ce disque. La première, *Faut avoir vécu sa vie*, sera créée par Brigitte Bardot sous le titre *Je me donne à qui me plaît* en 1963, tandis que l'autre, *Des blagues*, restera inédite. Entre autres critiques contemporaines, celle du *Parisien libéré* est bien plus sévère : « Une fois que j'aurai constaté qu'il correspond à une certaine demande, je serai bien obligé d'avouer que je n'ai jamais rien entendu de plus déplaisant – pour ne pas dire scandaleux – que *Le Sonnet d'Arvers* chanté par ce monsieur. » Notre héros trouve sans doute quelque réconfort dans celle de *Ciné-Revue* : « [Gainsbourg] cambriole votre confiance sans coup férir [...]. Étonnant est un qualificatif à la mesure de son originalité, Serge Gainsbourg étant à notre avis le plus "neuf" de la chanson, ses idées, ses visions, ses perceptions étant parfaitement autre chose que du "prêt-à-chanter". Il impose à une jaillissante tendresse le masque glacé des fausses réalités. En quelque sorte il est le pudibond de la chanson. »

Le Rock de Nerval

Le Rock de Nerval provient d'un texte écrit par Gérard de Nerval, utilisé selon un accord tacite par Alexandre Dumas pour le livret de l'opéra-comique *Piquillo* (1837), sans qu'il ne figure mention du nom de son véritable auteur. Rendant ainsi à Nerval ce qui lui appartient lorsqu'il déclare la chanson le 11 janvier 1961, Gainsbourg se base probablement sur un article de Robert Montal publié en octobre 1960 et révélant les dessous de l'affaire.

Si Gainsbourg modernise son approche de la mise en musique d'un texte classique dans la forme comme dans le fond, il n'en reste pas moins que cette adaptation est rock dans l'acception la plus douce du terme. La voix rauque de l'interprète à la diction très claire est soutenue par un saxophone tout au long du morceau sur un tempo moyen. C'est avec une certaine malice qu'il chante des vers comme *Permets que je déploie/Notre échelle de soie/Échelle des amours,* puis *Ouvre moi ta fenêtre/Porte du paradis*.

Chanson de Maglia

La *Chanson de Maglia* est la transcription en musique d'un court poème de Victor Hugo extrait du recueil *Toute la lyre* édité en 1888. Gainsbourg renouvelle le procédé utilisé dans l'album précédent pour *La Nuit d'octobre* d'après Alfred de Musset. Déclaré le 18 avril (soit *après* la parution du disque), il présente les caractéristiques du « titre de remplissage » conçu à la dernière minute, d'autant que l'accompagnement musical n'est pas d'une folle originalité. Son interprète l'avouera quelques années plus tard en se justifiant ainsi : « Pour cet album, c'est très simple, il me manquait des textes. Le poème d'Hugo est nul, moi je suis nul, ça donne un disque super-nul. Pourquoi je n'ai interprété que des poètes romantiques ? Parce que je suis foncièrement romantique[1]. »

Bizarrement, cette chanson mineure a été reprise par l'Italien Leandro Barsotti sur son album hommage *Barsotti Canta Gainsbourg* en 2007 (Iperspazio), sous le titre traduit *Cosi'Stronzo* et par Serge Reggiani sur l'album *Chansons françaises de toujours, poètes 1* (Polydor 2 480 445, 1977).

1. Interview de Noël Simsolo pour France Culture en 1982, citée par Gilles Verlant in *Gainsbourg*, Paris, Albin Michel, 2000.

Viva Villa

La chanson *Viva Villa* relate l'épopée révolutionnaire du général mexicain Doroteo Arango Arámbula dit Francisco « Pancho » Villa (1878-1923). Il est étonnant que Serge Gainsbourg, peu connu pour ses chansons engagées ou ses prises de position politiques, se soit intéressé à la capture de Villa, prenant quelque liberté avec la réalité historique pour les besoins de la rime : la prise de Guadalajara par Pancho Villa eut lieu en 1915, cinq ans avant sa capture par le général Álvaro Obregón et huit ans avant sa mort à Parral, dans l'État de Chihuahua ; de même, Villa était réputé pour ne jamais jurer, alors que Serge affirme : *Il dira une courte prière/Puis il reprendra ses jurons...*

Le thème de cette chanson lui a peut-être été inspiré par la prise du pouvoir de Fidel Castro à Cuba en janvier 1959, ou plus simplement par le film *Viva Villa !* réalisé par Jack Conway et Howard Hawks en 1934. Quoi qu'il en soit, la chanson traite l'épisode historique sur le mode folklorique sud-américain, soutenue par une guitare acoustique, des percussions légères et une flûte de Pan. Elle fit son petit effet en radio à l'époque, avant d'être ajoutée au programme de la compilation *Chansons de révolte* éditée bien à propos par Philips en 1968.

Outre une version contemporaine par Les Riffs en 1961 (EP Philips 432.546 avec *La Chanson de Prévert*), le guitariste et chanteur Gilles Dreu la reprend dans l'album *Les Chansons de mes vingt ans* (Iris, 1997).

Les Femmes c'est du chinois

Exercice de style propre à Serge Gainsbourg, l'auteur s'attarde sur son incompréhension face à la gent féminine : *Les femmes c'est du chinois/Le comprenez-vous ? moi pas*. Dans ce texte, l'auteur est désarçonné par différents types de femmes, qu'elles soient timorées, dominatrices, précieuses, indifférentes, autodestructrices ou intraitables. Il sort alors une panoplie d'expressions connotées pour mieux faire passer son texte : *encre de Chine*, *kimono*, *jiu-jitsu*, *baguettes*, *rire jaune*, *sabre de samouraï* et *hara-kiri*. Le tout est mis en musique par Alain Goraguer qui lance sa formation jazz (cuivres, piano, vibraphone) dans des sonorités évoquant un air traditionnel asiatique. L'intérêt reste tout relatif, même si l'auteur l'interprète le 28 avril, ainsi que *La Chanson de Prévert*, lors de son premier « Discorama » en compagnie de Denise Glaser.

Personne

Avant de l'interpréter le 8 octobre 1963 au Théâtre des Capucines, son auteur annonce que la chanson *Personne* est un peu autobiographique. Prenant un malin plaisir à terminer chaque vers par l'intitulé de la chanson, Serge Gainsbourg avoue ne prendre intérêt à rien ni personne, même s'il a déjà aimé et aimera. Le misanthrope commence par vouvoyer *l'objet de son amour* qu'il prend à témoin, puis avoue quelques maladresses avant de tutoyer sa *belladone* et de conclure : *Jamais je ne me suis aussi bien entendu/Qu'avec personne*. En fond musical se déroule un air jazzy léger que ne renieraient pas les amateurs d'*easy listening*.

La version en public de *Personne* avec Elek Bacsik et Michel Gaudry est incluse dans le CD *1963, Théâtre des Capucines* (Philips 7727-2) et en bonus de l'édition 2001 de l'album *Confidentiel* (Mercury 548.425-2). Reprise par l'Italien Leandro Barsotti (*Nessuno*, album *Barsotti Canta Gainsbourg*, 2007).

Le Sonnet d'Arvers

Le Sonnet d'Arvers est la troisième adaptation poétique en chanson de l'album *L'Étonnant Serge Gainsbourg*, une manie qu'a prise le chanteur depuis *La Nuit d'octobre* de Musset quand il est à court de texte avant d'entrer en studio. Un problème qu'il rencontrera souvent au cours de sa carrière, s'attelant à la tâche à la dernière minute pour produire des vers de haute volée. Il convoque ici ceux d'Alexis Félix Arvers (1806-1850), auteur du recueil *Mes heures perdues* (1833) duquel est extrait ce *Sonnet* légèrement modifié, et les accommode à la sauce rock, relevée d'un puissant saxophone. En dépit du grand décalage subsistant entre la tournure classique du texte et le rythme trépidant, la mélodie et le chant d'un Gainsbourg poussé dans ses retranchements pour suivre le tempo font de cette adaptation une jolie curiosité.

La Cigale et la Fourmi

Créé par Serge Gainsbourg sur Paris-Inter ; inédit jusqu'en 2011 (coffret Vingtième Anniversaire, Universal).

Parodie de la célèbre fable de Jean de la Fontaine, *La Cigale et la Fourmi* version Serge Gainsbourg, déposée à la SACEM le 26 juin 1957, est créée quatre ans plus tard au club Le Vieux-Colombier lors de l'émission radiophonique « Avant-première » de Jean Grünebaum et Pierre Grimblat, diffusée le 16 juin 1961. L'interprète armé d'un humour décapant transpose le récit sur un trottoir de Pigalle : *À Pigalle ayant chanté tout l'été/ Désirée se trouva fort dépourvue/Quand sans habit se vit nue*… Las, Désirée la cigale doit subir la concurrence : *Car ces filles, ne vous déplaisent/À Pigalle hélas fourmillent*. Contre toute attente, l'extrait radiophonique est exhumé en février 2011 sur le dernier CD du coffret *Vingtième Anniversaire*.

1962

Intoxicated Man

Une page va se tourner. Accroché à son image de dandy crooner et intello, Gainsbourg publie un nouvel album mariant la chanson française au jazz et, nouveauté, aux rythmes latinos, montrant ainsi son intérêt pour ce que l'on ne nomme pas encore la world music. Alors que les yé-yés triomphent, il signe un ironique *Requiem pour un twisteur*, tout en écrivant un premier tube rock pour une petite nouvelle venue d'Outre-Manche, Petula Clark.

Accordéon

Créé par Juliette Gréco ; 45-tours Philips 432.711 BE (EP)

On se souvient que Juliette Gréco fut l'une des premières interprètes à avoir soutenu et assumé complètement les chansons réputées difficiles de l'auteur-compositeur Gainsbourg encore débutant. Début 1959, elle avait enregistré quatre de ses titres, dont trois inédits (*Il était une oie*, *Les Amours perdues* et *L'Amour à la papa*). Depuis, le chassé-croisé avec les chansons offertes à Michèle Arnaud ne lui avait pas été favorable. La voix des existentialistes de Saint-Germain-des-Prés s'était alors rabattue sur Guy Béart (*Il n'y a plus d'après*) et Léo Ferré (*Paname*, *Jolie môme*) avant que Serge Gainsbourg lui présente *Accordéon* à la fin de l'année 1961. L'auteur lui fait un cadeau sur mesure en composant cette rengaine digne des grands airs réalistes de Fréhel (*Rien ne vaut l'accordéon*, 1935), Édith Piaf (*L'Accordéoniste*, 1940) ou Ferré (*Le Piano du pauvre*, 1954).

Le titre déclaré à la SACEM le 19 décembre 1961 est enregistré le 23 janvier 1962 sous la direction d'André Popp, avec l'accordéoniste Joël Rossi, et publié sur 45-tours le 22 février. Il dépeint la triste vie d'un musicien des rues qui finit par remiser son instrument à la brocante. Telle une titi parisienne, Juliette Gréco met toute sa gouaille, comme rarement dans son répertoire, à interpréter cette mélodie forcément dominée par le piano à bretelles. Lorsqu'elle interprète cette chanson sur scène (cf. l'album *Juliette Gréco à l'ABC* ; Philips B 77.382 L), Juliette Gréco ajoute un théâtral « à vot' bon cœur msieurs-dames ! »

En 1982, Gréco la réenregistre pour l'album *Juliette Gréco, vol. 2* (LP Disques Meys 2528-239). Devenu un classique de son tour de chant, *Accordéon* figure sur plusieurs autres albums enregistrés en public : *Récital à Sogetsu Hall*, vol. 2 (LP Philips Infini 30PP2, 1981 ; CD Philips 32-PD-190) ; *Juliette Gréco à l'Olympia* (2 CD Philips 512.357-2, 1992 ; CD Mercury 512.366-2, 2004) ; *Odéon 1999* (2 CD Meys MEY 74 482-2) et *Olympia 2004* (2 CD Polydor 91821616).

À plusieurs reprises, Serge Gainsbourg a proposé sa propre interprétation de chansons offertes à des interprètes, comme ce fut le cas pour *Les Amours perdues*. Mais il ne nous reste que des prestations télévisuelles de son *Accordéon*. Une première mémorable a lieu le 20 février 1964 lors d'un duo avec Philippe Clay pour l'émission télévisée « Demandez le programme », où les deux chanteurs sont vêtus de haillons ; une seconde en présence de Juliette Gréco et de Guy Béart dans « Le Palmarès des chansons » présenté par Guy Lux le 24 mars 1966.

La chanson connut une belle carrière en s'inscrivant – en toute logique – dans les indémodables du répertoire musette. Dès sa sortie en 1962, elle est reprise par des accordéonistes, musiciens ou chanteurs contemporains, à commencer par Alain Goraguer (version instrumentale) puis Diabolo, Evelyne Kuntzner, Frédéric, Coralie Fontaine, l'Américaine Eartha Kitt et l'accompagnateur de Barbara, Joss Baselli. *Accordéon* est également repris par Roland Muriel (Daems 25.392, 1962), Annie et Artus (*Hommage à Eugénie*, LP CMF 112205, 1977), Pic et Cool dans l'émission « Bien entendu » (France Inter, 16/07/1998, inédit), le Conservatoire de Nantes (*Couleurs Gainsbourg*, CD Cabaret Studio, 2001), Les Croquants (*Ça sent la bière*, CD Mosaic Music, 2001), Denis Bergerot (*Les Chansons françaises*, vol. 2, CD M10, 2002), Yvette Horner dans l'émission « Le Fou du roi » (France Inter, 22/03/2002, inédit), Édouard Duleu (*Son accordéon et son orchestre*, CD ULM, 2004), Simone Tassimot (*Gainsblues*, CD Le Mot et La Note LMEN01, 2009) et Luc Lazza (album *Luc Lazza revisite Gainsbourg*, LJDM 2010).

N° 4

Album de Serge Gainsbourg ; 33-tours 25 cm Philips B 76.553 R mono (LP)
Parution : mai 1962
Les Goémons, Black trombone, Baudelaire, Intoxicated Man, Quand tu t'y mets, Les Cigarillos, Requiem pour un twisteur, Ce grand méchant vous.

Pour son quatrième album 25 centimètres, Serge Gainsbourg continue avec le même aplomb à aligner compositions jazz sophistiquées et rythmes latino, alors que déferle la vague yé-yé. Qu'importe pour le dandy, qui peaufine son style et son écriture : il enfile huit nouvelles perles avant de passer à la contre-attaque. Cet album de Serge Gainsbourg sobrement intitulé *N° 4* sera le dernier pressé au format 25 centimètres, encore de rigueur depuis les années 1950. Il clôt en quelque sorte sa première période, qui lui a apporté quelques jolis succès comme *Le Poinçonneur des Lilas*, *L'Eau à la bouche* et *La Chanson de Prévert*, mais surtout beaucoup de désillusions, en particulier au niveau des ventes.

En cette année 1962, Gainsbourg n'est pas le seul à être déçu de son incapacité à toucher un public plus large. Les compagnies discographiques se précipitent avec gourmandise sur le phénomène yé-yé, bien plus rentable que le style rive gauche dépassé par la mode. Gainsbourg, chanteur *new style* avec ses deux premiers albums, fait désormais partie de l'arrière-garde de la chanson française. C'est ce que vient lui annoncer le nouveau directeur artistique Jacques Plait alors qu'il tourne en Yougoslavie dans l'un des péplums qui marquent les débuts cinématographiques de notre héros. Le responsable de la maison Philips vient ni plus ni moins l'avertir qu'il lui faut changer de style s'il veut durer dans le métier et continuer à enregistrer pour le label, et lui présente un lot de nouveautés comprenant les derniers disques de l'idole Johnny Hallyday en lui annonçant de façon abrupte : « Voilà ce qu'il faut faire ! » Gainsbourg, éjecté de Yougoslavie pour avoir brûlé une grosse coupure (ceci bien avant l'épisode du billet de 500 francs de « 7 sur 7 »), prend la leçon comme un uppercut mais, dans un premier temps, l'incident semble ne pas avoir d'effet immédiat sur la réalisation de son nouvel album qui se démarque peu des trois précédents.

Enregistré entre le 14 mars et le 16 avril 1962 dans les mêmes studios du boulevard Blanqui qu'à ses débuts, *N° 4* continue d'aligner des compositions entre jazz cocktail et rythmes afro-caribéens. Entouré de musiciens chevronnés – le contrebassiste Paul Rovère et le batteur Christian Garros –, Serge Gainsbourg bénéficie toujours des services du pianiste, arrangeur et chef d'orchestre Alain Goraguer, véritable guide musical avec qui il partage cet amour du jazz à l'honneur dans

Black trombone. Fidèle à son image de parfait dandy, Gainsbourg se glisse dans la peau du crooner intello sans rien perdre de sa misogynie vacharde dans *Quand tu t'y mets* et *Ce grand méchant vous*, et c'est avec la plus grande classe qu'il dévoile ses penchants pour la bouteille (*Intoxicated Man*) ou le tabac (*Les Cigarillos*). Le poète déroule la mélopée *Les Goémons* et relooke son modèle dans le sensuel *Baudelaire*. Quant à la relève yé-yé, il leur adresse un cinglant *Requiem pour un twisteur* pour mieux les enfoncer avant de se mettre à leur service. Le Serge Gainsbourg modèle 1962 est celui du raffinement et de l'élégance nonchalante, comme sur le superbe cliché de la pochette.

La pochette de l'album *N° 4* de Serge Gainsbourg est sans doute l'une des plus belles illustrations de l'artiste. Le cliché signé Jacques Aubert le montre de profil, le regard fixe et lointain, semblant très concentré, cigarette à la main. La pose n'est pas anodine, elle fait partie d'une gestuelle très étudiée par l'auteur *d'Intoxicated Man,* tenant sa tige de tabac entre l'index et le majeur. C'est à ce genre de détails que l'on reconnaît le vrai dandy : Gainsbourg, grand lecteur du *À rebours* (1884) de Joris-Karl Huysmans (1848-1907), compte son héros, Des Esseintes, parmi ses modèles. Le graphisme épuré à la bichromie blanc et bleu concourt à la réussite esthétique du tableau. Au fil des ans et des représentations, des rééditions comme le coffret « intégral » cubique de 1989, la photo est devenue l'une des images les plus iconiques du Gainsbourg « période bleue », que cet album clôt en beauté. Aussi belle que puisse être l'image destinée à accrocher l'œil du chaland, le moins que l'on puisse dire est que ce quatrième volume fut un bide à sa sortie. Le 25 centimètres vendu aux alentours du millier d'exemplaires s'en est allé rejoindre les bacs à soldes des disquaires et magasins d'électroménager avant les retours et la mise au pilon. Conséquence logique : ce *N° 4* est l'un des disques les plus rares et recherchés de sa carrière.

Les Goémons

Créé par Serge Gainsbourg ; 45-tours Philips 432.771 BE (EP), avec *Black trombone, Quand tu t'y mets* et *Baudelaire*
Créé simultanément par Catherine Sauvage ; 45-tours Philips 432.784 BE (EP), avec *Black trombone, L'Assassinat de Franz Léhar* et *Baudelaire*

On se souvient que, à la fin de l'année 1959, Serge Gainsbourg avait offert à Catherine Sauvage deux titres finalement restés dans les tiroirs, *Les Nanas au paradis* et *Le Cirque*. Deux ans après, il lui propose le manuscrit d'une nouvelle chanson, initialement destinée à Michèle Arnaud, qui l'enregistre de son côté. Ainsi, pas moins de trois versions du titre *Les Goémons* se succèdent à quelques jours d'écart. La version féminine modifiée par Catherine Sauvage à partir du manuscrit original est enregistrée le 8 juin 1962 en vue du super 45-tours quatre titres qu'elle consacre intégralement à l'auteur, publié dans la foulée. L'interprétation de Michèle Arnaud, enregistrée exactement un mois auparavant, ne paraît qu'en septembre 1962 sur l'album *Michèle Arnaud* (Pathé AT 1131). Mais le premier servi est l'auteur lui-même, qui livre une version masculine légèrement différente sur l'album *N° 4* et l'EP afférent : la variante porte sur quelques vers : par exemple, là où l'auteur chante *Elle avait la langueur/Et le goût et l'odeur/Des goémons*, les dames préfèrent *Nous roulâmes ensemble/Enchaînés il me semble/Aux goémons*. Dans ce texte poétique, Gainsbourg évoque des amours passées dont il ne reste que le souvenir, à l'instar des goémons sur les rochers du bord de mer. La chanson est introduite et conclue par le ressac de vagues et des cris de mouettes piochés dans un disque d'illustration sonore, comme on en utilise à la radio, à la télé ou dans des réclames pour créer une ambiance. Pour la mélodie, Gainsbourg recycle celle de

Pourquoi, un titre datant de 1955 composé pour la revue du cabaret Madame Arthur (dont Louis Laibe avait à l'époque écrit les paroles). À cette musique impressionniste s'ajoute un motif de saxophone imposé par Jacques Plait, contre la volonté de l'auteur.

En 1962, le quatuor mixte Les Riffs livre une lecture instrumentale des *Goémons* sur un EP (Philips 432.782 BE) publié simultanément à celui de Catherine Sauvage. Plus de deux ans après, le 25 novembre 1964, Serge Gainsbourg la reprend dans l'émission radiophonique « Jam session » présentée par Luc Bérimont. Cette version figure sur la compilation *Inédits – Les archives 1958-1981* publiée en 2001 (Philips 548 439-2). Jane Birkin, accompagnée au piano par Jeff Cohen, l'interprète à son tour en 1992 pour la double compilation *Urgence – 27 artistes pour la recherche contre le sida* (Virgin 34013). L'Australien Mick Harvey l'adapte sous le titre *Black Seaweed* dans son album *Pink Elephants* (Mute 1997, réédition augmentée en 2010) en 1997. Le Conservatoire de Nantes en donne une version orchestrale lors du spectacle *Couleurs Gainsbourg* en 2001 (disponible sur le rare CD Cabaret Studio), puis Bévinda en 2006 (Rue Stendhal), le duo Initial SG (album *Initial SG revisite Serge Gainsbourg première période*, Baroque Production, 2007), Simone Tassimot (*Gainsblues*, CD Le Mot et La Note LMEN01, 2009) et Luc Lazza (album *Luc Lazza revisite Gainsbourg*, LJDM 2010).

Black trombone

Black trombone est un véritable hommage au jazz que Serge Gainsbourg tient en haute estime, à la différence de la chanson qu'il juge déjà comme un « art mineur ». L'instrument à coulisse sert la mélodie de cette ode débutée tout en douceur avant l'intervention de la trompette au deuxième couplet, et un final faisant hurler les cuivres. En toile de fond, le texte évoque avec sensualité (et un brin de misogynie) une nouvelle conquête : *Elle se donne/À demi/Nue, frissonne/Déraisonne/M'empoisonne/ M'envahit.*

Serge Gainsbourg concocte une version féminine à l'attention de Catherine Sauvage qui la crée sur l'EP *Catherine Sauvage chante Serge Gainsbourg* (Philips 432.784 BE), dans une version arrangée par Jacques Loussier. Le morceau le plus jazzy de l'album *N° 4* attire inévitablement les musiciens du genre comme Alain Brunet qui exploite le thème instrumental sur l'album *Alain Brunet Quartet joue Serge Gainsbourg* en 1993 (CD WEA 992 120-2). Le guitariste américain Marc Ribot le choisit pour l'hommage *Great Jewish Music – Serge Gainsbourg* coordonné par John Zorn en 1997 (Tzadik TZ 7116), puis l'ensemble Happy Feet en fait de même sur le disque *8 ½ souvenirs* publié en 1998 (RCA). En 2003, la chanteuse Anouk Plany l'ajoute à son répertoire (*Anouk Plany chante Serge Gainsbourg et cætera*, BOS Records, Allemagne) ; le groupe Scenic Railway en fait autant dans *Tribute to Gainsbourg* (Pudding 187 682, 2004) et l'Italien Leandro Barsotti l'adapte en *Un Trombone Nel Mio Cuore* dans *Barsotti Canta Gainsbourg* (Iperspazio, 2007).

Baudelaire

La musique de *Baudelaire* est de Gainsbourg, et le texte… de Charles Baudelaire (1821-1867). Une nouvelle fois, Serge rend hommage à un poète, celui dont il est sans doute le plus proche tant par le style que par le goût des sujets inattendus et provocateurs. Il est donc tout naturel que Gainsbourg se sente à son aise dans cette lecture du poème *Le serpent qui danse* tiré du recueil *Les Fleurs du mal* édité en 1857 et dédié à la maîtresse de Baudelaire, Jeanne Duval. La sensualité qui s'en dégage est accentuée par le balancement du rythme de samba, choix étonnant convenant parfaitement à cette ode à la beauté : *Que j'aime voir chère indolente/De ton corps si beau/Comme une étoffe vacillante/Miroiter la peau…*

Conjonction de l'univers gainsbourien et baudelairien, *Baudelaire* est l'une des perles de la première période du chanteur, préfigurant l'hommage d'*Initials B.B.* à la beauté de sa propre muse. Les deux titres voisinent sur l'album *Bonnie and Clyde* (Philips 885.529) paru en 1968, et ce n'est pas une coïncidence…

En 1993, le Quartet d'Alain Brunet joue le thème instrumental de *Baudelaire* (*Alain Brunet Quartet joue Serge Gainsbourg*, WEA 992 120-2). La chanson a aussi été reprise par Leandro Barsotti sous le titre *Poesia* (*Barsotti Canta Gainsbourg*, Iperspazio, 2007) et par le duo Initial SG (album *Initial SG revisite Serge Gainsbourg première période*, Baroque Production, 2007).

En 1957, tout juste un siècle après la parution des *Fleurs du mal*, Léo Ferré interprète une douzaine de poèmes du recueil de Baudelaire. Il est le premier chanteur à consacrer l'intégralité d'un disque à un poète (LP *Les Fleurs du mal*, Odéon OSX 127). Cet album inclut déjà une adaptation du poème *Le serpent qui danse*, figurant également sur l'EP Odéon MOE 2191. Ferré, qui a aussi chanté Verlaine, Rimbaud, Apollinaire ou Aragon, a adapté une cinquantaine de poèmes de Baudelaire. Un an avant l'adaptation de Gainsbourg, le hasard veut que Catherine Sauvage interprète *Le serpent qui danse* dans la version de Ferré, sur un arrangement de Jacques Loussier. Ce poème a également inspiré François Feldman en 1991 et Dode en 2009.

Intoxicated Man

Autre petit chef-d'œuvre de ce *N° 4* et du Gainsbourg première manière, *Intoxicated Man* est intéressant à plus d'un titre. D'une part, il répond au classique de son modèle Boris Vian *Je bois* (1955), dont il reprend le premier vers. Ensuite, c'est un formidable condensé de jazz bluesy comme il en existe trop peu dans la chanson française. Enfin, à travers ses trois strophes au style concis, l'auteur semble lever le voile sur son vice favori.

Dans *L'Alcool* du premier album, Gainsbourg mettait en scène le quotidien triste d'un prolétaire dont la boisson servait d'exutoire. Version plus chic, *Intoxicated Man* narre des hallucinations plus bourgeoises : *Je bois/À trop forte dose/Je vois/Des éléphants roses/Des araignées sur le plastron/D'mon smoking/Des chauves-souris au plafond/Du living/Room.* Le morceau bénéficie d'un accompagnement jazz façon Jimmy Smith avec une partie d'orgue Hammond probablement due à Eddy Louiss. Avant de connaître un succès international avec *The Cat* en 1964 (popularisé en France par Claude Nougaro dans *Le Jazz et la java*), l'organiste américain Jimmy Smith est déjà très apprécié des amateurs de jazz. Des pièces comme *The Sermon* ou *Back At The Chicken Shack* sont devenues des classiques.

Lors de la première émission qui lui est intégralement consacrée à la télévision, le 23 novembre 1962, Serge Gainsbourg interprète *Intoxicated Man* parmi d'autres titres plus anciens. Le titre figure également au programme des albums *Théâtre des Capucines* (CD Philips 7727-2, 2001) et *Gainsbourg Inédits* (CD Mercury 548 439-2, 2001).

Intoxicated Man a été repris par le groupe Hélios Mortis (CD Barclay 519.183-2, 1993), Mick Harvey (CD *Intoxicated Man*, Mute, 1995), le trio jazz Medeski, Martin & Wood (CD *Great Jewish Music*, Tzadik TZ 7116, 1997), Louise Vertigo et Paris Combo (émissions de radio « Dans tous les sens », 9/6/1998 et 14/4/1999), Benny Gordini & The Teen' Axel Soul Arkestra (LP *Ring-a-Dang Doo*, B-Soul 33.001, 2003), Scenic Railway (CD *Tribute to Gainsbourg*, Pudding, 2004), Leandro Barsotti (*Uomo Tossico* ; CD *Barsotti Canta Gainsbourg*, Iperspazio, 2007), Rodolphe Burger & Meteor Band avec Mick Harvey (album *Hommage à Serge Gainsbourg*, Dernière Bande, 2008) et Todd Bishop Pop Art 4 (album *69 année érotique/Todd Bishop Pop Art 4 Plays the Music of Serge Gainsbourg*, Origin 82530, 2009).

Quand tu t'y mets

Quand tu t'y mets n'est pas la chanson la plus évidente de l'album *N° 4*. Cette discrète pièce de jazz qui se faufile au milieu des airs exotiques a pour particularité l'emploi de deux basses, une contrebasse acoustique et une basse électrique reproduisant une ligne semblable à celle du standard *Fever* (créé par Little Willie John, popularisé par Peggy Lee). Le son de la batterie, jouée aux balais, et le motif de trompette de plus en plus appuyé servent l'interprète qui utilise le *talk over*, une manière de chant parlé dont il fera sa marque de fabrique et qu'il avait inauguré précédemment dans *En relisant ta lettre*. Le ton désabusé qu'il prend décrit l'exaspération qui pointe, et finit par éclater à la fin du morceau évoquant une brève relation amoureuse.

Quand tu t'y mets est repris la même année par Les Mercenaires (EP Philips 432.822) et connaît une résurrection en 1999 avec Christiane Canavese (*Canavese chante Gainsbourg*, CD Au Merle Moqueur AMCD 999). C'est ensuite au tour de Scenic Railway (*Tribute to Gainsbourg*, CD Pudding, 2004), Bévinda (CD *Gainsbourg tel qu'elle 1958-1968*, Rue Stendhal, 2006) et Leandro Barsotti sous le titre *Ma Questo Non Lo Sai* (*Barsotti canta Gainsbourg*, Iperspazio, 2007).

Les Cigarillos

Après *Intoxicated Man*, Serge Gainsbourg consacre une ode à son autre vice, le tabac. La cigarette est un accessoire indispensable de sa panoplie, comme le prouvent des légions de photos, dont ce cliché de Jacques Aubert qui illustre la pochette de l'album *N° 4*. En janvier 2010, l'affiche du film *Gainsbourg, vie héroïque* reconstituant l'image symbolique est censurée dans le métro. Dans

Les Cigarillos, celui qui dira griller quotidiennement ses trois paquets de Gitanes annonce sans ambages dans le premier vers : *Les cigarillos ont cet avantage de faire le vide autour de moi*. Le tabac permet au fumeur invétéré de dépasser son manque de confiance en soi (*Les cigarillos n'sont pas comme moi empreints de timidité*), pour ensuite pouvoir se vanter de succès féminins dans un refrain très basique, mais à double sens : *Ah ! quel tabac, quel tabac*. Restant fidèle à son image, l'auteur introduit une part de misogynie et une dose de misanthropie. Mieux que quiconque, il sait que les amours aussi partent en fumée, et conclut lucidement sur un air de samba : *Sans attendre que tout se consume/Elles disparaissent dans la brume*. Gainsbourg reviendra par la suite sur ce thème, notamment dans la musique du film *Cannabis* (1970) et *Dieu fumeur de havanes* (1981).

Depuis que fumer est devenu un sujet tabou, *Les Cigarillos* reste une chanson peu adaptée, sans doute en raison de l'obsolescence du petit cigare, ou de la simplicité de la chanson. Outre une version contemporaine et orchestrale de Los Jorge Nova Bossa's sur l'album *Les 16 Meilleures Danses d'aujourd'hui* (LP Fontana 680.022), le chanteur de Zebda, Magyd Cherfi, en a donné une version proche de l'originale en avril 2007 dans son deuxième album solo *Pas en vivant avec son chien* (CD Barclay) ; Txuma Murugarren en a offert une version basque sur l'album *Gainsbourg Gainbegiratuz* (CD Gaztelupeko Hotsak, 2008).

Requiem pour un twisteur

45-tours Philips 372.993 avec *Ce grand méchant vous* ; réédité en 45-tours avec *Intoxicated Man* (SP Philips 6010.255, 1980)

Après avoir chanté les amours brèves et les plaisirs nocifs de la boisson et du tabac, Serge Gainsbourg s'attaque à une mode du moment qui lui fait du tort : le twist.

C'est avec l'orgue Hammond pétaradant d'*Intoxicated Man* superposé sur la rythmique qu'il évoque le souvenir de Charlie le twisteur qui a succombé à un arrêt du cœur après avoir tour à tour endossé la défroque de noceur (en boîte de nuit), farceur (rarement à jeun), et tombeur (auquel aucune femme ne résiste). Chaque strophe est construite sur le même modèle stylistique, selon l'exemple : *Dites-moi avez-vous connu Charlie ?/ Le contraire m'eût étonné/Il n'est pas une boîte qu'il n'ait fréquentée/Quel noceur*. Une voix murmure ensuite le titre de la chanson, sonnant comme une épitaphe sur un fond d'orgue d'église. Le ciseleur de mots qu'est Gainsbourg manie la conjugaison avec délice, sautant du passé composé au plus-que-parfait puis au passé du subjonctif. Ce titre montre comment son style s'est affirmé, parvenant à allier l'accompagnement musical à son verbe. Cinq ans plus tard, il signera sur un thème similaire le non moins cinglant *Requiem pour un con.*

Reprises : Dona Ruy Project (album *A Portrait of Serge Gainsbourg,* Harmonia Mundi ESS2, 1995), adaptation en italien par Leandro Barsotti sous le titre *La Fine Di Un Fighetto* (étrangement la traduction de *Requiem pour un con*) dans *Barsotti Canta Gainsbourg* (CD Iperspazio, 2007) et The Serge Gainsbourg Expérience (CD La Lune Rousse, 2011).

Ce grand méchant vous

Ce grand méchant vous est le troisième titre de l'album *N° 4* à utiliser un rythme de jazz samba alors très en vogue chez les musiciens américains. Le 13 février 1962, le saxophoniste Stan Getz et le guitariste Charlie Byrd publient l'album *Jazz Samba*, devenu un classique figurant parmi les meilleures ventes d'albums de l'histoire du jazz, au côté du *Getz/Gilberto* (avec João

Gilberto, qui contient le fameux *Girl From Ipanema*, 1964). *Jazz Samba* célèbre la rencontre de rythmes brésiliens transfigurés par la virtuosité des deux jazzmen. Il propose deux standards de l'immense compositeur Antonio Carlos Jobim (*Desafinado* et *Samba de Uma Nota So*) et d'autres thèmes signés Ary Barroso (*E Luxo So* et *Baia*), Charlie Byrd (*Samba Dees Days*), Baden Powell (*Samba triste*) et Jaime Silva (*O Pato*). On peut imaginer que Serge Gainsbourg et Alain Goraguer ont écouté et apprécié ce disque novateur ; ils donnent des couleurs tropicales et jazz à l'album *N° 4*, sans vraiment les combiner comme c'est le cas de *Jazz Samba*, mais leur démarche témoigne de leur acuité musicale, confirmant la position qu'occupe Gainsbourg depuis 1958 : à l'avant-garde de la chanson française.

L'autre qualité de *Ce grand méchant vous* est son texte, crédité à Francis Claude et Serge Gainsbourg lors de sa déclaration à la SACEM le 26 mars 1962, puis à Serge Gainsbourg, seul auteur et compositeur lors d'une seconde déclaration le 10 juin 1998, soit une dizaine d'années après sa mort (et sept ans après celle de Serge). Francis Claude (de son vrai nom Charles Saüt d'Abestera) n'est autre que le mari de Michèle Arnaud et le beau-père de Dominique Walter, futur interprète de Gainsbourg. Ce dernier et le toujours directeur du Milord l'Arsouille, également humoriste, ont-ils écrit ces paroles ensemble ou Gainsbourg a-t-il emprunté l'une de ses formules ? On sait par ailleurs que Francis Claude a notamment coécrit quelques chansons avec Léo Ferré, comme *L'Île Saint-Louis* ou *La Vie d'artiste*, et rencontré Michèle Arnaud par son entremise.

Le texte s'inspire du *Cha-cha du loup* créé par Boris Vian en 1958, une chanson qui avait déjà servi au *Cha-cha-cha du loup* de 1960, mais place le sujet sur un autre terrain lexical en lui apportant une dimension psychanalytique. L'astuce consistant à remplacer le *bois* par le *moi* et le loup par le *vous* donne une lecture autrement plus audacieuse : *Promenons-nous/Dans le moi/Pendant qu'le vous/N'y est pas/Car si le vous/Y était/Sûrement il nous/Mangerait*. Gainsbourg ne manque pas de poursuivre une métaphore qui lui va comme un gant : *Combien de nuits ce grand méchant vous m'a sauté/À la gorge comme j'allais le caresser.*

Reprises : Christiane Canavese dans *Canavese chante Gainsbourg* (CD Au Merle Moqueur AMCD 999, 1999), Stéphane Lucas et Mélanie Renaud (album *Sur les ELLES de Gainsbourg*, Avec Musique, Canada, 2009).

La Valse de l'au-revoir

Créé par Juliette Gréco ; 45-tours Philips (EP hors-commerce *Week-end en mer*)

Cette *Valse de l'au-revoir* d'une durée d'une minute et trente-six secondes est écrite par Serge Gainsbourg et composée par Robert Viger pour une occasion spéciale, l'inauguration du paquebot *France*. Le 3 février 1962, le navire flambant neuf quitte le port du Havre en direction de New York, avec à son bord Juliette Gréco qui crée la chanson lors d'une soirée de gala. Les participants à cette croisière inaugurale ont droit à un exemplaire du disque souple qui en est tiré. L'EP hors-commerce *Week-end en mer* est devenu l'une des pièces de collection les plus rares de la discographie de Serge Gainsbourg. Il propose sur une face deux thèmes de Georges Delerue et sur l'autre cette *Valse de l'au-revoir*, inspirée par la *Valse de l'adieu, opus 69* (1836) de Frédéric Chopin. La romance jouée au piano et à l'accordéon se termine ainsi : *En Amérique je n'aurai/Pas même je crois l'ombre d'un regret/Partir est un aveu/Si c'est mourir un peu.* Le réalisateur François Reichenbach immortalise l'événement dans le court-métrage *Week-end en mer*, produit par Robert Viger. Selon Serge Gainsbourg[1], c'est lors de cette soirée de gala que Juliette Gréco aurait pour la première fois chanté *La Javanaise*.

Le 2 mai 1962, Juliette Gréco enregistre la chanson au studio du boulevard Blanqui, sous la direction d'Henri Patterson. Pour le plus grand bonheur des fans, la *Valse de l'au-revoir* a été rééditée sur la compilation *Le Cinéma de Serge Gainsbourg – Musiques de films 1959-1990* en avril 2001 (triple CD Universal 586 818 2).

L'Assassinat de Franz Lehár

Créé par Catherine Sauvage ; 45-tours Philips 432.784 BE (EP), avec *Black trombone, Les Goémons* et *Baudelaire*

Connu d'un public averti pour ses opérettes *La Veuve joyeuse* et *Le Pays du sourire*, Franz Lehár (1870-1948) est considéré comme un compositeur de musique légère. Cela n'empêche guère Serge Gainsbourg de lui rendre hommage à travers *L'Assassinat de Franz Lehár*. La chanson met en scène un homme-orchestre massacrant *L'Or et l'argent*, la plus célèbre des valses du compositeur autrichien, citée à la fin du titre.

Ce nouvel air réaliste est offert à Catherine Sauvage pour son super 45-tours intégralement dédié à Serge Gainsbourg, complété par trois titres créés par l'auteur sur son album *N° 4*. La chanteuse exigeante se promène avec aisance sur cette mélodie orchestrée le 8 juin 1962 par Jacques Loussier, connu entre autres pour ses transcriptions modernes d'œuvres de Jean-Sébastien Bach qui effarèrent les puristes mais séduisirent un large public (cf. les cinq volumes de *Play Bach* ; Decca, 1959-1964).

1. In Gilles Verlant, *Gainsbourg*, Paris, Albin Michel, 2000.

Réconciliés depuis leur duo sur *Accordéon*, Serge Gainsbourg et Philippe Clay remettent le couvert avec *L'Assassinat de Franz Lehár* le 20 juin 1964 dans l'émission « Demandez le programme ». Ce passage télévisé est publié sur un vidéo-disque en 1994 (*Serge Gainsbourg 1958-1967*, Polygram Vidéo 631 720-1) réédité ensuite en DVD (*De Serge Gainsbourg à Gainsbarre 1958-1991*, Universal Pictures 061 883-2).

Chanson pour tézigue

Créé par Philippe Clay ; 45-tours Fontana 460.873 ME (EP)

Les relations entre Serge Gainsbourg et Philippe Clay furent plus souvent houleuses que sereines ; on peut volontiers parler de rendez-vous manqué. Les deux hommes – souvent comparés du fait de leur ressemblance physique – se connaissent bien mais le deuxième s'était jusqu'alors refusé à chanter le premier quand celui-ci cherchait à placer ses créations. Très exigeant (à défaut d'être toujours clairvoyant) sur le choix de ses auteurs, Philippe Clay accepte finalement de chanter la *Chanson pour tézigue* en septembre 1962 alors que sa carrière est en nette perte de vitesse. Gainsbourg lui-même ne l'a chantée qu'une seule fois, à la radio (diffusée le 13 janvier 1963 dans l'émission « Avant-première » ; cette version figure sur le CD consacré aux archives INA du coffret *Vingtième Anniversaire*, publié par Universal en 2011).

D'abord reconnu comme un grand acteur au physique filiforme (*French Cancan*, *Notre-Dame de Paris*, *Des femmes disparaissent*...), Philippe Clay (né Mathevet, 1927-2007) appartient à la même génération que Serge Gainsbourg. Accueilli par Jacques Canetti chez Philips en 1953, il devient une vedette de la chanson en interprétant Charles Aznavour, Boris Vian (*La Rue Watt*, *La Valse jaune*), Claude Nougaro (*L'Homme de l'Équateur*), et d'autres succès comme *Le Danseur de charles-*

ton (dont s'était inspiré Gainsbourg pour son *Charleston des déménageurs de piano*), *Les Voyous* ou *Bleu, blanc, rouge* (Caussimon-Ferré). Il triomphe à l'Olympia en 1957, mais cinq ans plus tard, son succès s'essouffle. Avec son texte argotique et sa mélodie rétro au piano et orchestre, son titre peut-être inspiré par *La Java de cézigue* chanté avant-guerre par Édith Piaf, la *Chanson pour tézigue* est parfaitement taillée pour le style de Philippe Clay, qui regrette sans doute de n'avoir pas saisi l'opportunité qui lui avait été offerte de créer *Le Poinçonneur des Lilas* en 1958. La chanson, traitant d'un amoureux éconduit qui espère le retour de sa poupée, est arrangée et dirigée par son compositeur attitré Jean-Paul Mengeon. Gainsbourg et Clay se retrouveront en 1964 pour deux duos télévisés évoqués plus haut (*Accordéon* et *L'Assassinat de Franz Lehár*) et l'année suivante pour *Lily taches de rousseur*.

La Lettre dans un taxi

Musique de film inédite

Serge Gainsbourg est le compositeur de la musique de ce téléfilm réalisé par François Chatel et Louise de Vilmorin, diffusé pour la première fois le 17 novembre 1962. Au générique on trouve Marie-Blanche Vergne (à l'époque mariée au réalisateur Jean-Christophe Averty), future interprète de Gainsbourg dans *Au risque de te déplaire* en 1966. La partition n'a été publiée sur aucun support phonographique à ce jour.

Vilaine fille, mauvais garçon

Créé par Petula Clark ; 45-tours Vogue EPL 8045 (EP) puis repris par Serge Gainsbourg ; 45-tours Philips 432.862 (EP), avec *L'Appareil à sous, La Javanaise* et *Un violon, un jambon* (voir chapitre suivant)

Déclarée le 18 septembre 1962, aussitôt enregistrée par Petula Clark, *Vilaine fille, mauvais garçon* ouvre, sans en avoir l'air, une nouvelle ère dans le parcours de Serge Gainsbourg. En cette année qui a vu déferler la mode du twist sur l'Hexagone, Gainsbourg prend conscience qu'il ne doit pas passer à côté s'il ne veut pas finir dans l'impasse rive gauche : sur des paroles (non créditées) d'une certaine Lucette Suire, il compose ce qui a tout l'air d'un tube plus intelligent que la moyenne, d'abord destiné à Long Chris et les Daltons, avant de l'offrir à l'interprète anglaise.

Petula Clark est une véritable star dans son pays depuis l'enfance. Née en 1932 d'une mère cantatrice et d'un père imprésario, elle joue dans plusieurs films avant de commencer à chanter en 1949 et d'accumuler les succès au hit-parade. Arrivée en France au milieu des années 1950, elle se voit offrir une chanson écrite en son honneur par Boris Vian (*Java pour Petula*) et fait la rencontre de Claude Wolff, attaché de presse du label Vogue, qui lui trouve des chansons. Petula Clark fait alors carrière des deux côtés de la Manche et obtient de gros succès avec *Prends mon cœur*, *Marin*, *Roméo*, *Les Bougainvillées*, *Ya Ya Twist*, *À London*, *Chariot* ou les numéros un *Sailor* et *Romeo* dans son pays. Initiée par le directeur artistique Denis Bourgeois, la rencontre entre Serge Gainsbourg et les jeunes mariés Petula Clark et Claude Wolff a lieu dans leur appartement de Neuilly. En guise d'audition, l'auteur-compositeur est installé au piano pour jouer sa nouvelle création, tout de suite acceptée. Il faut dire que le charme de Gainsbourg a prise sur la chanteuse qui aime beaucoup sa voix et son style, même si sa grande timidité lui fait renverser son verre dans le piano lors de cette première entrevue !

Petula Clark crée la chanson sur son nouvel EP *La Chanson d'Argentine* publié en novembre 1962. Sa version arrangée et orchestrée par Peter Knight se démarque sensiblement de la version masculine enregistrée par son auteur. L'accompagnement au banjo et clochettes, l'accent de la chanteuse anglaise, les chœurs et les sifflotements lui confèrent un aspect de comédie musicale. *Vilaine fille, mauvais garçon* est l'occasion pour Serge Gainsbourg d'enregistrer pour la première fois l'une de ses chansons en Angleterre. Les séances ont lieu au studio Philips-Fontana à Londres, du 2 au 5 janvier 1963, avec un orchestre dirigé par Harry Robinson. Il en ressort une version beaucoup plus rock et cinglante, emmenée par une guitare électrique, des chœurs féminins pour les refrains et le débit de Gainsbourg plus rapide qu'à l'accoutumée. Dans cette chanson qui évoque le conflit entre générations, l'auteur expose les arguments en faveur de la jeunesse : *Dans cette vallée de larmes qu'est la vie/Viens avec moi par les sentiers interdits/À ceux-là qui nous appellent à tort ou à raison/Vilaine fille, mauvais garçon* et poursuit en affirmant que, de toute façon, le bruit a raison du dialogue de sourds : *Les enfants du siècle sont tous un peu fous/Mais le cliquetis de la machine à sous/Couvrira cette voix qui dit à tort, à raison/Vilaine fille, mauvais garçon.*

Vilaine fille, mauvais garçon est chantée par Petula Clark dans l'émission télévisée « Toute la chanson » du 3 avril 1964 ; elle a été reprise en 1962 par Les Scarlet (SP Panorama MH 117 ; EP Panorama 17333) et Claude Garden (EP Fontana 460.114), puis en 1969 par The London Sound Dance Orchestra dirigé par Harry Robinson (*Dansez aux rythmes de Serge Gainsbourg*, LP Concert Hall 1283). En 1999 sort la version de Stereo Total (*My Melody*, CD Bungalow).

1963

Brigitte, la Javanaise et Elaeudanla téïtéïa

Gainsbourg, deuxième époque. La rencontre avec Bardot marque le début d'une nouvelle période, celle du Gainsbourg pop-rock, mais aussi l'éclosion d'un style d'écriture, d'une façon de jouer sur les sonorités qui marquera des générations d'auteurs.

L'Appareil à sous

Créé par Brigitte Bardot ; 45-tours Philips 373.102 (SP), avec *Je me donne à qui me plaît* puis 45-tours Philips 432.874 BE (EP), avec e.a. *La Madrague* ; 33-tours Philips 77.480 (LP édition luxe) ; Philips 97.914 (LP édition standard) ; 33-tours 25 cm Philips 76.569 (LP, 1964)
Créé quasi simultanément par Serge Gainsbourg ; 45-tours Philips 432.862 (EP), avec *Vilaine fille, mauvais garçon, La Javanaise* et *Un violon, un jambon*

Avec *L'Appareil à sous*, écrit à la demande de Brigitte Bardot qui souhaite se lancer dans la chanson, Serge Gainsbourg frappe un grand coup et se montre à la hauteur du défi lancé en produisant un texte basé sur des jeux de mots et une musique dans l'air du temps. Gainsbourg l'avait déjà croisée sur le tournage de *Voulez-vous danser avec moi ?* en 1959, mais l'auteur-compositeur débutant était bien trop timide pour engager la conversation avec la star du cinéma révélée dans *Et Dieu... créa la femme* (1956), de Roger Vadim. Cette fois, la rencontre qui a lieu chez le pianiste et arrangeur Claude Bolling (orchestrateur du morceau) tourne en faveur de Gainsbourg qui, avec l'ébauche de cette chanson, réussit à faire rire et convaincre l'actrice. Il faut dire qu'il est bien difficile de résister à ce petit bijou fantaisie truffé d'allitérations en *sou* et en *je* : *Tu n'es qu'un appareil à sou-/Pirs/Un appareil à sou-/Rire/À ce jeu/Je/Ne joue pas/Je n'aime pas*…

Dans un entretien au journal *Combat* daté du 15 février 1963, Serge Gainsbourg s'explique : « Je n'écris que sur commande, jamais sur inspiration. Brigitte Bardot voulait des chansons de moi. Je les lui ai faites. Mais je lui ai donné du Gainsbourg, pas des chansons qui ressemblaient à son personnage. Elle a beaucoup aimé ça, d'ailleurs. B.B., c'est bon pour ma cote. »

La chanson déclarée à la SACEM le 5 novembre 1962 est enregistrée le mois suivant au studio Philips du boulevard Blanqui sous la direction de Claude Bolling. Elle est créée à la télévision le 1er janvier 1963 au cours de l'émission « À vos souhaits Brigitte Bardot », dans laquelle la chanteuse débutante à la voix mutine offre une délicieuse démonstration de twist. La version électrique et rythmée de Brigitte Bardot paraît sur les deux éditions de son premier album *Brigitte Bardot*, au format luxe le 23 janvier et en édition standard le 27 février, ainsi que sur un 45-tours simple avec *Je me donne à qui me plaît* et sur un EP le 21 mars avec deux chansons signées Jean-Max Rivière : *La Madrague* (composée par Gérard Bourgeois) et *Les Amis de la musique*. En images, il se visionne sur le DVD *Divine B.B.* (Universal 63.312-9, mars 2004).

De son côté, Serge Gainsbourg enregistre sa version lors de sa première séance anglaise au studio Fontana de Londres, avec l'arrangeur et chef d'orchestre Harry Robinson, entre le 2 et le 5 janvier 1963. Son interprétation, soutenue par une section de cordes et une guitare électrique, figure sur son nouvel EP de janvier 1963, avec *Vilaine fille, mauvais garçon, La Javanaise* et *Un violon, un jambon.*

Ce bonbon acidulé a fait le bonheur de Jean-Claude Pascal en 1963 (EP Voix de Son Maître EGF 643), Claude Bolling (instrumental dans *Bolling Band's Blowing*, LP Philips, 1963), Maxim Saury (instrumental, EP *Maxim Saury joue les airs créés par Brigitte Bardot*, Pathé EG 654, 1963), puis Kazuko Hohki (*Kazuko Hohki chante Brigitte Bardot*, LP Chabada OH 12, Japon, 1986), Bruno Blum (*Bruno Blum*, LP New Rose 201, 1990), Doisnel (compilation *Rosebud, The Great Collection*, vol. 2, CD Barclay 519.087-2, 1992), Gypsophile (*Apart in Alep*, CDS Elefant Records, 1997), Stereo Total (*Monokini*, CD Bungalow, Allemagne, 1998), Elista dans l'émission « Le Fou du roi » (France Inter, 11/09/2003, inédit) et Luc Lazza (album *Luc Lazza revisite Gainsbourg*, LJDM 2010).

Je me donne à qui me plaît

La chanson est déclarée une première fois le 15 janvier 1961 sous le titre *Faut avoir vécu sa vie*, en même temps qu'une chanson restée inédite (*Des blagues*), mais ne trouve pas d'interprète. Rebaptisée *Je me donne à qui me plaît*, elle colle parfaitement au style de Brigitte Bardot qui l'enregistre et l'interprète dans le show télé « À vos souhaits Brigitte Bardot ». Dans ce morceau coquin évoquant les passades amoureuses d'une jeune femme, Serge Gainsbourg s'adonne à son art du rejet : *Je me donne à qui me plaît/Ça/N'est jamais le même mais/Quoi/Que çui qu'en a jamais ba-/Vé/Me jette le premier pa-/Vé*.

Le manière orchestrale de Claude Bolling, axée sur le jazz dixieland, se fait davantage sentir que dans *L'Appareil à sous*. Le titre échoue en face B du premier 45-tours et sur le premier album de Brigitte Bardot. Il figure également sur le DVD *Divine B.B.* (Universal 63.312-9, mars 2004).

Je me donne à qui me plaît a été repris par Maxim Saury (EP Pathé EG 654, 1963), Kazuko Hohki (*Kazuko Hohki chante Brigitte Bardot*, LP Chabada OH 12, Japon, 1986), Christiane Canavese (*Canavese chante Gainsbourg*, CD Au Merle Moqueur AMCD 999, 1999), en version jazz swing par Marie France (*Marie France visite Brigitte Bardot*, JPB Productions, 2009) et par Luc Lazza (album *Luc Lazza revisite Gainsbourg*, LJDM 2010).

La Belle et le Blues

Créé par Brigitte Bardot pour la télévision ; inédit jusqu'en 1993 : coffret *Initials B.B.* Philips 514.673-2 (3 CD) et *Mister Melody* Mercury 982.952-8 (4 CD)

Cette composition de Claude Bolling datant de 1960 est extraite du recueil de partitions *Album Bolling*. Elle devient une chanson à la demande de Brigitte Bardot qui voulait l'interpréter dans son show du nouvel an, « À vos souhaits Brigitte Bardot », diffusé le 1er janvier 1963. Elle s'adresse alors à Serge Gainsbourg pour lui fournir des paroles. Ce dernier s'exécute : *Si je suis celle que vous croyez/Je pense que vous vous trompez/Si je suis telle que l'on prétend/À quoi bon perdre votre temps*.

Brigitte Bardot l'enregistre le 18 mars 1963, mais le titre pressé à quelques exemplaires sur un acétate Philips demeure longtemps inédit. *La Belle et le Blues* apparaît finalement en 1993 sur la compilation long-box *Initials B.B.* puis sur le coffret *Mister Melody* consacré aux interprètes de Serge Gainsbourg en 2003. Il figure également sur le DVD *Divine B.B.* (Universal 63.312-9, mars 2004).

La Javanaise

Créé par Serge Gainsbourg ; 45-tours Philips 432.862 (EP), avec *Vilaine fille, mauvais garçon, L'Appareil à sous* et *Un violon, un jambon*
Créé quasi simultanément par Juliette Gréco ; 45-tours Philips B 373.156 (SP) ; 45-tours Philips 437.016 BE (EP, Canada) avec *Strip-tease* ; 33-tours Philips B 76.573 (25 cm) avec *Strip-tease*.

La Javanaise est née lors d'une soirée de l'été 1962 que Serge Gainsbourg a passée au domicile de Juliette Gréco, qui vit à l'époque au 33 rue de Verneuil (6e arrondissement), quelques années avant que le compositeur s'installe au 5 *bis* de la même rue. Ce soir-là, tous deux écoutent de la musique classique, dégustent du bon vin, Juliette improvise une danse pour son ami. Le lendemain matin, la chanteuse reçoit une belle construction d'orchidées… et une chanson qui va devenir éternelle. Serge Gainsbourg, qui pense abandonner le métier en raison d'un insuccès à répétition, ne rencontre à nouveau qu'une réussite modeste à la sortie de cette « Javanaise » aux accents pop, qui prend les atours d'un message codé adressé à son interprète. En 1957, Boris Vian avait écrit *La Java javanaise* orchestrée par Alain Goraguer et chantée par Louis Massis. Le javanais, dérivé du langage argotique, consiste à insérer une syllabe (*ja* ou *av*) dans un mot afin de rendre la phrase incompréhensible des non-initiés. Serge Gainsbourg détourne le procédé en se servant des syllabes *je* et *ve* pour rythmer son texte, avec un découpage concis, en réutilisant l'expression « en baver » qu'il vient d'utiliser dans *Je me donne à qui me plaît*, l'une des chansons offertes à Brigitte Bardot : *J'avoue/J'en ai/Bavé/Pas vous/Mon amour/Avant/D'avoir/Eu vent/De vous/Mon amour*... Le refrain évoque ensuite le souvenir d'une danse baptisée la javanaise, et sans doute un amour déçu (*Nous nous aimions/Le temps d'une chanson*). Comme à son habitude, la chute reste pessimiste

(*La vie ne vaut d'être vécue/Sans amour/Mais c'est vous qui l'avez voulu/Mon amour*).

La chanson, déclarée le 8 octobre 1962, est créée à la radio dans l'émission « Avant-première » diffusée le 16 décembre 1962 (cette version historique figure sur le CD consacré aux archives INA du coffret *Vingtième Anniversaire*, publié par Universal en 2011), soit trois semaines avant l'enregistrement au studio Fontana de Londres, qui a lieu entre le 2 et le 5 janvier 1963 avec un orchestre dirigé par Harry Robinson. Lancé comme *L'Appareil à sous* par un bref roulement de balais de batterie puis porté par un chœur féminin (*sha-la-la-dam*) et un accompagnement à la guitare acoustique puis électrique, le morceau prend subrepticement son envol avec la montée des violons jusqu'à l'apothéose et la chute en douceur. Cette progression harmonique typique des chansons qui fleurissent dans les hit-parades anglais, de Lulu à The Walker Brothers, va devenir un trait récurrent des minisymphonies pop de Gainsbourg telles que *Initials B.B.* ou *Je t'aime moi non plus*. *La Javanaise* constitue donc, en plus d'un futur classique de la chanson française, le point de départ d'un style nouveau et précurseur qui place son auteur à la pointe du mouvement pop.

Tout de suite reconnue comme un magnifique présent par ses interprètes Juliette Gréco et Michèle Arnaud, elle reste quelques décennies au purgatoire jusqu'à sa redécouverte et son appropriation par le grand public, d'abord lorsque son auteur l'interprète sur scène, lors de ses tournées des années 1980, puis à sa disparition. Cette œuvre nostalgique par essence et convenant parfaitement à l'illustration du souvenir a été reprise une centaine de fois depuis sa création. Elle est aujourd'hui celle qui rapporte le plus de droits d'auteurs à ses héritiers.

La Javanaise a été ajoutée à la compilation *Bonnie and Clyde* (1968) ainsi qu'à la réédition de l'album *Confidentiel* en 2001.

Serge Gainsbourg l'a interprétée le 8 octobre 1963 au Théâtre des Capucines (*1963, Théâtre des Capucines*, CD 2001) ; le 1er janvier 1964 au Milord l'Arsouille (diffusée dans l'émission radio « Dimanche pour tous » le 15/11/1964, publiée sur *Inédits – Les archives 1958-1981*, CD 2001) ; dans un duo avec Véronique Sanson lors de l'émission télévisée « Numéro un Véronique Sanson » (2/10/1974) et sur France Inter avec Claude Nougaro. En octobre 1985, il la chante au Casino de Paris (*Serge Gainsbourg Live*, 2 LP Philips 826.721-1, 1986) ; puis en mars 1988 au Zénith de Paris ; les 23, 24 et 25 mars 1988 au Zénith de Paris (*Le Zénith de Gainsbourg*, VHS Philips PMV 806-90). Notons encore que Serge en a également créé une version, en modifiant les paroles, sous le titre *Javanaise Remake*, sur son premier album reggae (1979).

La version originale de Juliette Gréco figure également sur l'album *L'Amour à la papa* (LP Philips 680.073, 1964). Elle est réenregistrée en 1982 (LP Meys 2528.240) et en 1998 (album *Hommage – Ils chantent Serge Gainsbourg*, CD Atlas 6227 205) et chantée en public sur les albums *À l'Olympia* (CD Philips 512.357-2, 1991) ; *Théâtre National Populaire 1966* (coffret *L'Éternel féminin*, CD Mercury 980.043, 2003) ; *Olympia 2004* (DVD Phonogram 982.161-6) et dans l'émission *Gainsbourg, 20 ans déjà* (France 2, 19/2/2011).

Jane Birkin a repris le flambeau dans ses albums *live Concert intégral à l'Olympia* (2 CD Philips 534.463-2, 1997) ; *En concert au Japon* (2 CD Mercury 9001-2, 2000) ; *Jane Birkin au Palace* (CD Capitol 062.782-6, 2009). Elle en a créé une nouvelle version studio sur l'album *Arabesque* (CD Capitol 427.642-2, 2002).

Composée à l'attention de Juliette Gréco, *La Javanaise* est également enregistrée par Michèle Arnaud le 14 février 1963. Sa version figure sur la compilation *Gainsbourg chanté par...* (2 CD EMI 854.067-2, 1993). Une autre version contemporaine connue et insolite est due aux acteurs de la série *Chapeau melon et bottes de cuir*, Honor Blackman et Patrick Macnee, sous le titre *Men Will Deceive You* (avec des *lyrics* en anglais très éloignées des paroles originales, d'ailleurs intraduisibles, LP *Everything I've Got*, LP réédition Cherry Red UK). Dix ans plus tard, Claude Nougaro l'inscrit au programme de son album

Récréation (LP Philips 6325 139, 1974) et la chante en duo avec Gainsbourg sur France Inter. Lucky Blondo la reprend sur la bande originale du film *La Bande du Rex* avec Jacques Higelin (LP, 1980).

La chanson revient à la mode à partir de 1988 avec les versions de Laurence Saltiel (CD maxi *Reflections From Paris*, Orange Blue), Marc Perrone (version accordéon jazz, album *Valverde*, Le Chant du Monde LDX 74 895, 1995), Francis Lemarque (*À la découverte de la chanson populaire : mes années 50*, CD Reader's Digest), Manu Dibango (CD maxi *Live '91*, Fnac Music 662021, 1991), L'Affaire Louis Trio et Sara Mandiano (émission « Taratata », France 2, 11/09/1993), Viktor Lazlo et Alain Chamfort (« Taratata » n° 31, France 2, 28/10/1993), Alain Brunet Quartet (*Joue Serge Gainsbourg*, version instrumentale, 1993), Patrick Bruel (émission « Fréquenstar », 15/05/1994), Carla Bruni (*Fréquenstar*, 01/01/1995), Patrick Husson (*Le Jardinier*, CD Columbia 478117-2, 1995), Micheline Dax (*Les plus grands airs sifflés*, CD EMI 8338562, 1995), Vincent Malone (*Le Roi de la trompette*, CD SC 875099, 1995), Dona Ruy Project (album *A Portrait of Serge Gainsbourg*, Harmonia Mundi ESS2, 1995), Nicolas Botni (*Nicolas Botni chante Serge Gainsbourg*, CD Les Tréteaux, 1996), Princess Erika (émission « Flashback », 23/03/1996), Richard Galliano (*Laurita*, CD Dreyfus FMD 36572-2, 1996), Véronique Rivière (émission « Changement de direction », France Inter, 10/1996), le Chœur de l'Armée Française (*Chante*, CD PolyGram 191722-2, 1996), Tim Fischer (*Lieder Eines Armen Mädchens*, CD EMI Allemagne, 1996, et *Aus Blauen Glase*, CD EMI, 1997), Chris Evans (*Le Juke-box des années 60*, CD Pin-Up Records, 1996), Jacques Ponserme (*Piano bar*, vol. 1, CD Président, 1996), la Fanfare de la Musique de l'Air (CD A6220, 1996), Laurent Gerra et Virginie Lemoine (spectacle *Au Théâtre Dejazet*, VHS, 1997), Marianne James (émission « Tous aux abris », France Inter, 1997), Femmouzes T. (émission « Changement de direction », France Inter, 20/01/1997), Patrick Sébastien et Gilbert Montagné (émission « Le Cœur au show », France 2, 01/03/1997), 6 ½ (*New York, Paris, Nice*, CD Dreyfus 365842, 1997), Contrast (CD single Juvisa, 1997), Jacky Terrasson (*Jazz à Saint-Germain*, CD Virgin, 1997), Valérie Dall'anese (*Chanter*, CD Arcade Music, 1997), Régine (*Les*

Génies de la chanson française – Serge Gainsbourg, CD Atlas FRA HOMCD1, 1997) et Mick Harvey (*The Javanaise* in *Pink Elephants*, CD Mute, 1997). Notez encore les versions instrumentales à l'accordéon de Daniel Colin (*Quel temps fait-il à Paris ?*, CD ILD 642150, 1998), Maurice Larcange (*The Most Beautiful French Songs on Accordeon*, CD Four Aces, 1998) et Zinzin (*Ma plus belle histoire d'amour*, CD Versailles, 1998). Sans oublier Gérald Toto (émission « Dans tous les sens », France Inter, 05/02/1998), The Pearlfishers (*Banana Sandwich*, CD maxi Portrait Records UK), Roland Dyens (*Paris guitare – Chansons françaises*, CD Empreinte Digitale/Norcturne, 1998), Michel Grégoire et Jean-Jacques Milteau (émission « Bien entendu », France Inter, 15/07/1998), Trio Esperança (*Jà Vou Nessa* sur *Nosso Mundo*, CD Mercury, 1999), Jean-Baptiste Marino (*World Flamenco Orchestral*, CD 1999), Richard Bona (émissions « Rien à voir », France Inter, 06/10/1999 et *Playlist*, 25/01/2000), Didier Sustrac (émission « Jee Bee et les Cybernanas », France Inter, 28/10/2000), Franck Avitabile (émission « Le Fou du roi », France Inter, 15/12/2000), les accordéonistes de la compilation *Les Filles aux doigts d'or* (CD Wagram, 2000), Louis Corchia et son Orchestre (*Le Petit Bal du samedi soir*, CD Forlane, 2000), Patrick Bruel (spectacle *Live : rien ne s'efface*, VHS 14 Productions, 2001 et émission « Le Grand Hit », M6, 12/07/2001), Pierre-Alain Goualch (*Exploring the Music of Serge Gainsbourg*, CD Night Bird Music, 2001), Jean Tourneux (album *Gainsbourg à la Brassens*, Texto 0203, 2001), L'Affaire à Swing (*Le temps ne fait rien à l'affaire*, CD Dixie Production, 2001), Serge Forté Trio (*La Vie en bleu*, CD Ella Productions, 2001), Gilles Coquard (*Reïsa*, CD Fairtune, 2001), Marc Lavoine (émission « Ma chanson d'enfance », France 2, 29/12/2001 puis *Olympia 2003*, CD Mercury, 2003), Patrick Péronne (*Gainsbourg au bar*, CD Delta, 2001), Starlight Symphonic Orchestra (*20 valses éternelles*, CD Sony, 2001), CharlÉlie Couture (émission « Absolument fabuleux », France Inter, 09/03/2002), Bruce Parker (*Piano Melodies*, CD Wagram, 2002), Francis Darizcuren (*Paris Rendez-vous*, CD Sergent Major, 2002), Jean Kikteff (*Piano bar*, CD Vogue, 2002), Aurélien Noël (*Aimer*, CD Mohican, 2002), Bayou Combo (*Martinique*, CD Djaz, 2003), Chanson Plus Bifluorée (*Le Cédé en public* et *Pour de vrai, pour de rire*, CD Rym Music, 2003), Kenzo Saeki (CD *L'Homme à tête de sushi* », CD Sawasdee, 2003), Alexis, Gabrielle & Yoann (*À la recherche de la nouvelle star : 1ers tubes*, CD BMG, 2003), Humana (*La Chorale*, CD Universal, 2004), André Ceccarelli (*Carte blanche*, instrumental, CD Dreyfus, 2004), Maurice Vander (*Touareg*, CD Mosaic Music, 2005), Persil 63 (album *Initials D.D.*, Döner Diskothek, 2005), Maud (émission « Star Academy », TF1, 2005), Pauline Croze (Direct 8, 06/2005 visible sur YouTube), Marc Lavoine (émission « Symphonic Show », France 2, 29/12/2005), Alain Souchon (émission « Podium », TF1, 18/03/2006), Natasha Saint-Pier (émission « Gainsbourg pour toujours », France 2, 15/04/2006), Les Castafiores (avec La Javanaise Remake ; Mange disque, CD ID Records/Mosaic Music, 26/05/2006).Urko Menaia (version basque ; *Gainsbourg Gainbegiratuz*, CD Gaztelupeko Hotsak, janvier 2008), Elina Duni (Baresha, CD Phantom Sound And Vision 790168, 2008), Bernard Lavilliers en duo avec Adrienne Pauly (« Taratata » n° 258, France 4, 15/1/2008), et seul (extrait, Victoires de la Musique, France 2, 1/3/2011), Victoria Abril (*Olala !*, CD RCA, 2009), Éric Elmosnino avec Anna Mouglalis (bande originale du film *Gainsbourg (vie héroïque)*, Polydor 532 443-2, 2010), Julie Zenatti (émission *Les Stars chantent Gainsbourg*, Virgin 17, février 2010) et Iggy Pop (inédite, à paraître).

Un violon, un jambon

Créé par Serge Gainsbourg ; 45-tours Philips 432.862 (EP), avec *Vilaine fille, mauvais garçon*, *L'Appareil à sous* et *La Javanaise*

Des quatre chansons publiées sur l'EP de janvier 1963, *Un violon, un jambon* est celle qui se rapproche le plus de la représentation de la pochette originale, qui montre un chapeau et une ceinture à Colt de cow-boy. Cet étonnant morceau de style country & western est unique dans le répertoire de Serge Gainsbourg. Amorcée par un joli picking, la chanson revêt un caractère campagnard accentué par le type de musique choisi. Le thème est celui de la bonne camaraderie retrouvée quand la vie cause des ennuis. Évidemment, les femmes qui sont la source de tels tracas ne sont pas les bienvenues (*Ta petite amie t'a largué en route/Les filles, c'est pas sérieux*) et prennent au passage un bel aphorisme (*L'amour est aveugle, ah ! ça, aucun doute/Eh ! oui, ça crève les yeux*). Bien lancé, Gainsbourg en profite pour en balancer un autre dans le couplet suivant : *Mon vieux, quand on n'a pas ce que l'on aime/Faut aimer c'que l'on a* (d'après une expression populaire, déjà le titre d'une chanson dans un opéra-comique de Clapisson et de Courcy au milieu du XIXe siècle). Il est bon de savoir que le « jambon » du titre est à considérer dans son acception argotique désignant un instrument à cordes comme une guitare.

La chanson déclarée le 12 février 1963 fut rarement interprétée par son auteur. Elle a été reprise par le chanteur traditionnel Serge Kerval (*Récital public au Palais des arts et de la culture de Brest*, LP BAM LD 5759, 1971, et en duo avec Fabrice Mouazan dans *35 ans de chansons, 35 ans de passion*, CD Scalen, 1996), Gilles Dreu (*Les Chansons de mes vingt ans* avec *Viva Villa*, CD Iris, 1997 et sur l'album *Alouette, Alouette*, Versailles, 2000).

Le Lit-cage

Inédit

Du projet de comédie musicale *Kidnapping* commandé par Jean-Louis Barrault, alors directeur du Théâtre de l'Odéon, ne subsiste qu'un fragment de texte initialement intitulé *L'Homme et l'Oiseau*. Sur le manuscrit original daté de février 1963, le titre a été rayé par l'auteur et renommé *Le Lit-cage*[1]. *Le Lit-cage* est également le titre d'une chanson signée Charles Level et Roland Vincent et interprétée par Jacqueline François en 1969.

1. In *Serge Gainsbourg. L'intégrale et caetera*, Yves-Ferdinand Bouvier, Paris, Bartillat, 2005.

Les Yeux pour pleurer

Créé par Nana Mouskouri ; 45-tours Fontana 460.862 (EP)

Datée du 26 février 1963, la chanson *Les Yeux pour pleurer* est écrite spécialement pour Nana Mouskouri qui la crée sur un EP arrangé par Jacques Denjean publié en mars 1963. Le texte romantique, inattendu sous la plume du cynique auteur de *L'Amour à la papa*, est écrit du point de vue féminin et s'attarde sur une déception sentimentale bientôt oubliée au profit d'un nouvel et inattendu amour dans les deux derniers couplets, transformant les pleurs en larmes de joie. Le rythme langoureux du slow est accentué par la diction de la chanteuse crétoise, détachant chaque syllabe. En 1977, Serge Gainsbourg offrira un autre titre à Nana Mouskouri, *La Petite Rose*. *Les Yeux pour pleurer* figure sur la compilation *Mister Melody* (coffret 4 CD Mercury 982 952-8, 03/2006).

Il n'y a plus d'abonné au numéro que vous avez demandé

Créé par Isabelle Aubret ; 45-tours Philips 462.876 (EP) ; 33-tours Numéro 3 Philips B 76.572 R (LP 25 cm)

C'est un incident téléphonique qui inspire à Serge cette chanson. Un jour qu'il tentait de joindre Brigitte Bardot qui avait changé de ligne, il était tombé sur le message de l'opératrice des Postes et Télécommunications. Le résultat tombe entre les mains d'Isabelle Aubret, jeune gagnante du grand prix de l'Eurovision le 18 mars 1962 avec son titre *Un premier amour*. Isabelle Aubret, qui avait déjà interprété *La Chanson de Prévert* dès son deuxième disque en 1961, était devenue célèbre en interprétant *Deux enfants au soleil* de Jean Ferrat. Cette collaboration sera amenée à se poursuivre de longues années, alors qu'avec Gainsbourg elle restera exceptionnelle.

Sur une musique d'Henri Salvador, ce slow jazzy, bercé par un saxophone, est relevé par des paroles subtiles. D'une voix sensuelle et chuchotée, à la façon de Françoise Hardy, Isabelle Aubret détaille les raisons d'une rupture en employant la gamme des métaphores téléphoniques : *Vous qui m'avez laissé tomber/À quoi vous sert/Après ça de me relever/Dans l'annuaire/Adieu, adieu ne vous déplaise/Les réclamations c'est le treize*... Une trentaine d'années après la première version, titre phare d'un EP 45-tours publié en mars 1963, Isabelle Aubret a réenregistré cette chanson pour l'album *Coups de cœur* (CD Disques Meys 474.000-2, 1992), avec le même arrangeur, Alain Goraguer.

Reprise : Simone Tassimot (*Gainsblues*, CD Le Mot et La Note LMEN01, 2009).

Strip-tease

Créé par Juliette Gréco ; 45-tours Philips 373.140 (SP) et 45-tours Philips 437.016 BE (EP, Canada), avec *La Javanaise* ; 33-tours Philips B 76.573 (25 cm), avec *La Javanaise*

Courant 1962, Serge Gainsbourg avait retrouvé Jacques Poitrenaud, premier assistant du réalisateur Michel Boisrond à l'époque de *Voulez-vous danser avec moi ?*, pour la réalisation d'un court-métrage. Le projet est finalement avorté quand le cinéaste reçoit l'accord de ses producteurs pour tourner *Strip-tease*, avec dans le rôle principal une certaine Krista Päffgen, dite Nico, actrice et modèle. Gainsbourg, qui est alors commissionné pour en composer les thèmes musicaux avec Alain Goraguer, fait une brève apparition dans le film au côté du jazzman Big Joe Turner, dans la boîte de nuit La Calavados.

À la fin de l'année, il fait passer une audition à l'actrice allemande Nico qui crée ainsi la chanson. Mais Gainsbourg n'est guère convaincu par la voix blanche de celle qui en 1966 rejoindra la Factory d'Andy Warhol et le Velvet Underground de Lou Reed et John Cale, avant de faire la carrière que l'on sait. Cette première version, restée longtemps inédite, sera publiée en avril 2001 sur le coffret *Le Cinéma de Serge Gainsbourg* (Universal 586.516-2). La chanson échoit finalement à Juliette Gréco qui l'enregistre au printemps 1963 pour servir le générique du film présenté dans les salles le 29 juin. Le thème n'est pas sans rappeler celui de *L'Eau à la bouche*, tandis que les deux interprétations sont diamétralement opposées, de la beauté froide de Nico à la sensualité de Juliette Gréco. Quant au texte, il signale que, malgré sa nudité dévoilée, l'effeuilleuse préserve sa part de mystère.

Après la version de Juliette Gréco publiée en face B du simple *Le Monsieur et le jeune homme* de Guy Béart, en avril 1963, et sur son huitième 33-tours 25 cm en juin, *Strip-tease* a été récité sans musique par Bérangère Basty sur le double CD *Portraits* (Frémeaux & Associés, 2000).

Bande originale du film Strip-tease

Créée par Serge Gainsbourg ; 45-tours Philips 432.898 BE (EP), avec *Strip-tease orgue*, *Some Small Chance*, *Wake Me at Five* et *Safari*

Ce super 45-tours, le troisième consacré à une bande originale de film, est publié simultanément à la sortie du long-métrage *Strip-tease* de Jacques Poitrenaud, en juin 1963. Sous sa pochette représentant la blonde Krista Nico, il comporte quatre pièces instrumentales jazzy dans le style de Dave Brubeck, dont le thème du générique joué à l'orgue, *Strip-tease orgue*, ainsi que *Some Small Chance*, *Wake Me At Five* et *Safari*.

Ces morceaux composés et arrangés par Alain Goraguer n'ont pendant longtemps fait que le bonheur des collectionneurs en possession de l'EP original avant leur inclusion partielle dans le coffret longbox *Le Cinéma de Serge Gainsbourg* paru en 2001. Le coffret, qui omet *Safari*, propose les versions de Juliette Gréco et de Nico, et trois autres instrumentaux extraits du film, *Rendez-vous à La Calavados* (un thème joué à la trompette), *Solitude* (partition classique avec piano et flûte) et *Crazy-Horse swing* (en big band).

L'EP original est réédité en fac-similé dans le coffret *Bandes originales de films*, vol. 1 publié en février 2010 dans un tirage limité à trois mille exemplaires ; il contient douze 45-tours des musiques de films composées entre 1960 et 1968.

De vous à moi

Inédit

Cette chanson créée par un figurant inconnu dans le film *Strip-tease* de Jacques Poitrenaud n'a pas fait l'objet d'une édition, pas plus que d'une déclaration à la SACEM. Les trois strophes s'appuient sur la musique du titre *Les Cigarillos* créé en 1962.

Rues de Paris

Inédit

La chanson *Rues de mon Paris*, écrite par Georges et André Tabet et créée par Francis Lopez, se voit détournée par Serge Gainsbourg qui en réécrit les paroles et l'interprète tout en accompagnant au piano Dalida dans le long-métrage de Jacques Poitrenaud *L'Inconnue de Hong-Kong*, sorti le 2 août 1963. Le duo, enregistré pendant le tournage du film, n'a (à ce jour) jamais été édité sur disque. La musique du film est signée par Danyel Gérard et arrangée par Michel Colombier, futur collaborateur musical de Gainsbourg. Anecdote de tournage, c'est lors d'une réception donnée à bord d'un bateau de la Marine française que ce dernier imagine l'aphorisme : « *Qui a coulé le Titanic ? Iceberg. Encore un Juif !* »

Sérénade pour Jeanne Moreau

Inédit radiophonique

Cette chanson de circonstance est écrite pour les besoins de l'émission radiophonique « Sérénade », réalisée par Manuel Poulet sur l'antenne de Radio-Luxembourg en juin 1963. Chaque semaine, un invité masculin est chargé d'adresser un message musical à une personnalité féminine. L'enregistrement de la rencontre entre Serge Gainsbourg et Jeanne Moreau ayant disparu, il ne subsiste actuellement qu'un fragment de texte disant en substance : *Nous regarderons la pendule/S'il est trop tard à l'heure qu'il est/Oubliez Jim, oubliez Jules/Moderato cantabile*. L'auteur ne résiste pas à l'idée de faire allusion à des titres de films dans lesquels à tourné l'actrice…

Serge Gainsbourg récidive le 27 novembre 1963 avec Françoise Fabian. Il interprète trois titres, *La Javanaise*, *La Nuit d'octobre* et un mystérieux *Night Blues*. L'actrice chante un autre titre inconnu, *Faut pas me prendre*. Les textes et enregistrements demeurent inédits à ce jour.

La Saison des pluies

Créé par Elek Bacsik ; version instrumentale sur le 33-tours *Guitar Conceptions* Fontana 680 240 (LP)
Créé simultanément par Jackie Lawrence ; 45-tours Festival FX 45 1369 M (EP *Danke Schoen*)
Créé simultanément par Serge Gainsbourg ; 33-tours Philips B 77.980 L mono (LP) ; Philips P 77.980 L stéréo (LP)

La Saison des pluies est la première chanson de l'album *Gainsbourg confidentiel* à être éditée. C'est le guitariste Elek Bacsik qui, en tant que compositeur de la partie musicale, en a la primeur. D'origine hongroise, Elek Bacsik (1926-1993) s'installe à Paris en 1959 et y fréquente le gratin du jazz de Saint-Germain-des-Prés. Avec son partenaire Michel Gaudry à la contrebasse, il accompagne de nombreux solistes et vedettes de la chanson (Barbara, Claude Nougaro, Juliette Gréco). Il s'installe par la suite aux États-Unis, où il pratique son autre instrument de prédilection, le violon. Engagé pour les séances de l'album *Confidentiel*, il en dévoile ainsi l'un des titres à la guitare électrique sur son deuxième album solo, *Guitar Conceptions*. Cette variation instrumentale, soutenue par Maurice Vander à l'orgue et Daniel Humair à la batterie, est d'une grande finesse.

C'est ensuite la chanteuse Jackie Lawrence qui interprète *La Saison des pluies* dans sa version féminine, lors de l'émission de son mari, « Sérénade », sur Radio-Luxembourg, avant de la coucher sur son troisième super 45-tours *Danke Schoen*. Starlette de la chanson, Jackie Lawrence est aussi la créatrice du fameux *Syracuse* d'Henri Salvador, publié cette même année 1963.

Serge Gainsbourg l'enregistre en novembre 1963 dans une variante masculine, modifiant certains vers comme *Cet homme qui m'a tant aimé* en *Cette enfant que j'ai tant aimée*. *La Saison des pluies* établit un parallèle entre les gouttes d'eau et les larmes versées (un thème déjà exploré pour Nana Mouskouri, cf. *Les Yeux pour pleurer*), et autres considérations météorologiques face à une histoire d'amour achevée.

Le titre a été repris par Dona Ruy Project (album *A Portrait of Serge Gainsbourg*, Harmonia Mundi ESS2, 1995), Christiane Canavese (*Christiane Canavese chante Gainsbourg*, CD Au Merle Moqueur AMCD 999, 1999) et Simone Tassimot (*Gainsblues*, Mistiroux Productions, avril 2009). En 2000, Françoise Hardy crée une chanson homonyme sur l'album *Clair obscur*, sans lien avec celle de Serge Gainsbourg.

Une petite tasse d'anxiété

Créé pour la télévision par Serge Gainsbourg en duo avec Gillian Hills

Le 5 octobre 1963, Serge Gainsbourg participe à l'émission télévisée « Teuf teuf » produite par Maritie et Gilbert Carpentier et consacrée à l'automobile qui tient alors son salon. Une séquence filmée le présente en compagnie de la charmante chanteuse et actrice anglaise Gillian Hills[1] qui interprète en duo *Une petite tasse d'anxiété*. La scène montre le chanteur au volant d'une décapo-

1. Curieux itinéraire que celui de cette petite Anglaise vivant à Paris : la ravissante Gillian Hills, dans un style très B.B., avait fait la couverture de *Paris Match* à quinze ans, en 1959, avant d'effectuer ses débuts au cinéma dans *Les Liaisons dangereuses 1960* (Roger Vadim, 1959), *Beat Girl* (*L'Aguicheuse*, 1960) et sur disque pour des duos avec Jean Yanne puis Eddie Constantine. Charles Aznavour lui écrit des chansons en 1961 (*Ne crois surtout pas*), elle chante avec Les Chaussettes Noires (*C'est bien mieux comme ça*), mais on lui préfère Sylvie Vartan pour le duo *Panne d'essence* avec Frankie Jordan. En septembre 1962, elle chante en première partie de Johnny Hallyday à l'Olympia ; juste avant ce duo inédit avec Serge Gainsbourg, elle avait signé les paroles et la musique de son meilleur 45-tours, *Tu mens*. En

table (lui qui ne sait pas conduire !), cherchant à séduire la lycéenne : *Bon allez montez/Prenons le chemin des écoliers/Vous prendrez bien une petite tasse d'anxiété/Avant de vous rendre au lycée.* Faisant un détour par le bois de Boulogne, il se voit ainsi rembarré : *Vous prendrez bien une petite tasse d'anxiété/Avant que je n'vous rende vos clés !* Par la suite, Serge Gainsbourg réécrira entièrement la chanson à l'attention de Juliette Gréco qui la créera sur scène en mai 1966.

La version originale de cette mignardise yé-yé, déclarée le 23 janvier 1964, n'est commercialisée qu'en 1994 sur la cassette VHS et le vidéodisque *Gainsbourg 1958-1967* (PolyGram 631 720-1, réédité plus tard en DVD). Sabeline Campo et Guy Godefroy la reprennent en 2000 (*Portraits*, double CD Frémeaux & Associés).

Zizi

Créé pour la télévision par Zizi Jeanmaire

Danseuse, chanteuse, meneuse de revue, Zizi Jeanmaire est une connaissance de Serge Gainsbourg depuis l'époque du Milord l'Arsouille, quand il écrivait des chansons dont elle aurait bien voulu, mais qui étaient créées par Michèle Arnaud. Le 12 décembre 1963, l'émission télévisée « Cœur de Paris » offre à l'artiste l'occasion de se rattraper grâce à un show conçu autour du couple qu'elle forme avec le chorégraphe Roland Petit. À cet effet, Zizi Jeanmaire chante *La Javanaise* en plein Montmartre et clôt le spectacle par une pièce de music-hall inédite écrite en son honneur, *Zizi*, avec l'introduction suivante : *La vie/Zizi/N'est qu'i-/Llusions/La vie/Te dit/Ni oui/Ni non.*

1966, elle tourne dans *Blow-Up*, à Londres, sous la direction de Michelangelo Antonioni, avec une certaine Jane Birkin…

La danseuse coiffée à la garçonne reprend ensuite le titre sur scène dès le 16 janvier 1964 au Palais de Chaillot (*Récital Zizi Jeanmaire* diffusé le 22/1/1964 à la radio). En septembre 2000, elle l'enregistre au studio Axis et Jam à Genève sous le nouvel intitulé *La Vie Zizi*, pour l'album *Zizi Jeanmaire* (CD Yvon Chateigner 14197-2). Son récital à l'amphithéâtre de l'Opéra-Bastille, du 7 au 19 novembre 2000, donne lieu à une nouvelle version scénique pour le disque *Zizi* (2 CD Yvon Chateigner 13092-2, 2001, et le DVD *Plumes et diamants*, Bel Air Classiques, 2007).

Une variante de *La Vie Zizi* à l'orchestration rock est créée le 13 octobre 1995 lors du spectacle de Zizi Jeanmaire au Zénith de Paris, dédié à Gainsbourg. Ce nouvel arrangement signé par le bassiste Serge Perathoner et le claviériste Jannick Top mêle le texte original à celui de *L'Oiseau de paradis* (1968). Cette version mixte est éditée sur l'album *Zizi au Zénith* (CD WMD 334.992.500 et le DVD *Plumes et diamants*, Bel Air Classiques, 2007).

Reprise : récité sans musique par Huguette Maillard sur le double CD *Portraits* (Frémeaux & Associés, 2000).

1963, Théâtre des Capucines

Album de Serge Gainsbourg ; CD Philips 07727-2. Enregistré le 8 octobre 1963, publié en 2001
Présentation, La Femme des uns sous le corps des autres, Intoxicated Man, Ce mortel ennui, La Javanaise, Maxim's, Negative Blues, L'Amour à la papa, Dieu que les hommes sont méchantes, Personne.

Avant de démarrer l'enregistrement de son nouvel album *Gainsbourg confidentiel*, Serge Gainsbourg fait un crochet par le Théâtre des Capucines où, le 8 octobre 1963, pour le premier de quatre galas (donnés chaque mardi du mois d'octobre, devant un public clairsemé), il rode ses nouvelles chansons dans la formule du trio qui va l'accompagner bientôt en studio, soit en compagnie d'Elek Bacsik (guitare) et de Michel Gaudry (contrebasse).

Dieu que les hommes sont méchantes

L'une des nouveautés présentées ce soir-là sera écartée du disque et demeurera longtemps inédite, sans doute en raison de son intitulé et de son thème encore tabou, car, pour la première fois, Serge Gainsbourg traite de l'homosexualité. Le sujet est abordé sous un angle qui se veut humoristique, avec quelques allusions sonnant de manière politiquement incorrecte aux oreilles actuelles : *La vie est du-/Re à la détente/J'ai mes fourru-/Res chez ma tante* [...]. *Service armé/Non tu plaisantes/J'suis réformé/Ma lieutenante*. Cependant, la conclusion reste un modèle d'écriture et de morale : *Dieu que les ho-/Mmes sont méchantes/J'aime aimer co-/Mme ça me chante/Et quand cela me passera/Ça vous prendra*. À noter les rejets astucieux des derniers vers sur *Mme* et *Mmes*.

Le 14 mars 1964, les comédiens Jean-Pierre Marielle et Claude Brasseur en créent une nouvelle version avec pour refrain *Les hommes ! Les hommes !* lors de l'émission « Top à Jean-Pierre Cassel » (vidéo disponible sur le site de l'Institut national de l'audiovisuel). La première version de *Dieu que les hommes sont méchantes* est publiée en 2001 dans l'album *1963, Théâtre des Capucines* (Philips 7727-2) et en bonus de la réédition de l'album *Gainsbourg confidentiel* (Mercury 548.425-2).

Le titre a été repris en 2004 par le groupe Scenic Railway (*Tribute to Gainsbourg*, CD Pudding 187.682).

Gainsbourg confidentiel

33-tours Philips B 77.980 L mono (LP) ; Philips P 77.980 L stéréo (LP)
Parution : décembre 1963

Chez les yé-yé, Sait-on jamais où va une femme quand elle vous quitte, Le Talkie-walkie, La Fille au rasoir, La Saison des pluies, Elaeudanla téïtéïa, Scenic Railway, Le Temps des yoyos, Amour sans amour, No No Thanks No, Maxim's, Negative Blues.

Cet album marque les adieux de son auteur à la chanson rive gauche et une tentative unique et réussie dans un style jazz épuré, joué en trio. Il est aussi le signal d'un nouveau langage friand d'anglicismes et d'artefacts de son époque.

Gainsbourg confidentiel marque une étape charnière dans le parcours de Serge Gainsbourg. Il est à la fois son premier 33-tours 30 centimètres, (le format 25 centimètres étant depuis peu tombé en désuétude), et sa dernière œuvre pouvant être assimilée à la période rive gauche. C'est également son album jazz et blues par excellence, dans lequel toutes les chansons sont traitées dans une formule en trio, lui conférant une parfaite homogénéité sonore. *Gainsbourg confidentiel* est enregistré en seulement trois jours, les 12, 13 et 14 novembre 1963 au studio DMS, rue Saussier-Leroy à Paris, avec pour seuls partenaires Elek Bacsik à la guitare électro-acoustique et Michel Gaudry à la contrebasse, le directeur artistique Claude Dejacques supervisant la production. Cette couleur musicale dépouillée au possible et sans batterie, unique dans l'œuvre de Gainsbourg, est complètement à contre-courant de ce qui se fait à une époque où les vedettes s'accrochent au wagon yé-yé. Gainsbourg affiche un grand mépris pour ce qu'il décrit à Denise Glaser, dans l'émission « Discorama », comme de la « chanson américaine sous-titrée ». Pour celui qui se situe à l'avant-garde, la chanson doit traiter de sujets modernes et inventer un nouveau langage : « Il faut chanter le béton, les tracteurs, le téléphone, l'ascenseur… La chanson française est à faire. » C'est ce qu'il s'applique à faire dans l'ultramoderne *Chez les yé-yé* et d'autres compositions où il évoque le talkie-walkie, le rasoir électrique, les montagnes russes de fête foraine, le boîtier photo Rolleiflex et la Jaguar, ressortie *du jazz dans le ravin* pour aller chez *Maxim's*. Cet attribut de la richesse figure également dans le texte d'un titre resté inédit, *L'Homme facile*.

En attendant, Gainsbourg est vraiment dans la dèche, et vit toujours chez ses parents. Ses chansons lui rapportent beaucoup moins que ses rôles dans ses péplums du début de la décennie ou les films *Strip-tease* et *L'Inconnue de Hong Kong* tournés cette année-là. Si *La Javanaise* est aujourd'hui le titre le plus populaire de son répertoire, elle est passée inaperçue à sa sortie, dans son interprétation et celle de Juliette Gréco. Et si *L'Appareil à sous* marque les débuts de Brigitte Bardot dans la chanson, ouvrant de nouvelles perspectives à son auteur, il reste un demi-succès, concurrencé par sa face B, *La Madrague*, écrite par Jean-Max Rivière et Gérard Bourgeois, dont les passages à la radio sont nettement plus nombreux. Ce n'est donc pas avec un album comme *Gainsbourg confidentiel* – écoulé à mille cinq cents exemplaires seulement – qu'il fait décoller ses chiffres de ventes, malgré la superbe pochette gaufrée de l'édition originale. Gainsbourg le sait pertinemment, en baptisant ainsi cet album, confidentiel à double titre : de par son audience restreinte et pour la tonalité des chansons murmurées à l'oreille de l'auditeur. Largement occulté à sa sortie, *Gainsbourg confidentiel* a depuis acquis le statut d'album culte chez les gainsbourophiles.

Chez les yé-yé

Également paru sur 45-tours Philips B 373.294 (SP) avec *Elaeudanla téïtéïa* et sur 45-tours Philips 434.888 BE (EP) avec *Elaeudanla téïtéïa, Scenic Railway* et *Le Temps des yoyos*

La situation de Serge Gainsbourg face à la déferlante twist et yé-yé n'est pas aisée. Déjà considéré comme un chanteur « ancien », l'auteur du *Poinçonneur des Lilas* adopte une double attitude : l'orgueilleux ronge son frein en prenant de la hauteur sur l'épiphénomène, tandis que l'artiste transige avec la jeune génération et monnaie ses compétences à Petula Clark ou Brigitte Bardot. Avec *Chez les yé-yé*, il règle ses comptes de superbe manière sur fond de jazz magnifié par la guitare amplifiée d'Elek Bacsik, produisant l'un des plus beaux soli de l'œuvre gainsbourienne. Reprenant le motif d'introduction de la contrebasse, le guitariste brode tout du long une série de riffs légers et percutants à faire pâlir les apprentis rockers. Sur ce canevas virtuose, le texte raconte les tentatives du narrateur pour délivrer une Lolita prisonnière des yé-yés. L'expression *yé-yé*, inventée par le sociologue Edgar Morin, est un prétexte pour l'auteur de jouer avec les syllabes répétées (réduplications) des mots *tam-tams, gris-gris, da doo ron ron, doum-doum, Sing-Sing* et *coupe-coupe*. Avec une certaine ironie, Gainsbourg utilise la réduplication à ses fins : *Est-ce que t'entends c'que j'te disais/Je suis fou, fou, fou de t'aimer*. Repris six fois dans la chanson, le refrain *Non, rien n'aura raison de moi/J'irai t'chercher ma Lolita/Chez les/Yé-yé* marque l'irruption du personnage de Lolita dans son œuvre.

L'ouvrage de Vladimir Nabokov détaillant la liaison d'un homme d'âge mûr avec une nymphette, publié en français en 1959, a suscité une levée de boucliers et connu la censure plusieurs années avant de devenir l'un des plus gros best-sellers de l'histoire littéraire. Le roman adapté au cinéma en 1962 par Stanley Kubrick exerce une fascination chez Serge Gainsbourg qui s'en inspirera notamment pour l'album *Histoire de Melody Nelson* en 1971. Tous ces éléments concourent à faire de *Chez les yé-yé* un titre qui a son importance dans l'ensemble de l'œuvre.

Chanson quelque peu oubliée de son répertoire, *Chez les yé-yé* a été remise au goût du jour en 1985 par Étienne Daho sur le vinyle maxi de *Tombé pour la France* (Virgin 80163). En 1991, le rocker Chris Evans baptise son album de reprises d'après la chanson, qu'il reprend évidemment (*Chez les yé-yé*, CD DCA 107322) ; Alain Brunet livre une version instrumentale en 1993 (*Alain Brunet Quartet joue Serge Gainsbourg*, CD WEA 450992120-2) ; April March la reprend deux fois, en anglais sous le titre *Brainwash Part II* et en français, dans l'album *Gainsbourgsion !* (CD Euro Visions, 1995) ; Stéphane Lucas la chante en duo avec Virginie Coossa (album *Sur les ELLES de Gainsbourg*, Avec Musique, Canada, 2009) et par Hollysiz (Cécile Cassel) en duo avec Ours (« Taratata », France 4, 2011).

Sait-on jamais où va une femme quand elle vous quitte

Obtenir un tube avec un tel intitulé de chanson est plus qu'improbable. Serge Gainsbourg le sait, mais cela n'est guère son souci. Il préfère citer cette saillie attribuée Henri Désiré Landru (1869-1922), tueur en série du début du XXe siècle passé à la postérité pour son mode opératoire. Le meurtrier de dix femmes aurait prononcé cette phrase à son procès. Pour l'auteur de la chanson, le plus important est le départ de cette femme. Le morceau au tempo ralenti bénéficie d'un accompagnement remarquable à la guitare, à la manière des Kenny Burrell, Barney Kessel et Joe Pass.

Reprise : Dona Ruy Project (album *A Portrait of Serge Gainsbourg*, Harmonia Mundi ESS2, 1995).

Le Talkie-walkie

Après *Black trombone*, *Intoxicated Man* et *Strip-tease*, Serge Gainsbourg emploie de nouveau un terme anglophone, apprécié pour sa sonorité ; cette particularité va devenir l'une de ses marques de fabrique ; l'album *Confidentiel* contient d'ailleurs d'autres exemples avec *No No Thanks No*, *Scenic Railway* et *Negative Blues*. Ancêtre des portables, le talkie-walkie servait à communiquer à distance d'un appareil à un autre. Serge Gainsbourg y voit matière à une histoire qui se termine mal, quand l'engin confié à sa belle trahit l'infidélité de celle-ci : *J'entendis des soupirs dans le talkie-walkie/Des mots d'amour/Et puis son prénom que murmurait dans la nuit/Un inconnu*. L'auteur réalise à cet endroit un enjambement virtuose avec le vers suivant (*De ce jour tous les plombs de mon pauvre compteur ont sauté*), pendant que la guitare reproduit le même accord.

Le Talkie-walkie a été repris en 1999 par Christiane Canavese (*Canavese chante Gainsbourg*, CD Au Merle Moqueur) et Todd Bishop Pop Art 4 (album *69 année érotique/Todd Bishop Pop Art 4 Plays the Music of Serge Gainsbourg*, Origin 82530, 2009).

La Fille au rasoir

Selon son auteur, *La Fille au rasoir* tire son inspiration du film *L'Ange exterminateur* du cinéaste espagnol Luis Buñuel : « Il y a un plan d'une fille qui a un rasoir électrique et se rase les jambes. Elle n'entend pas ce que l'homme lui dit… Comme le symbole de l'incommunicabilité. Mais cela me rappelait une gonzesse, une espèce de garce qui était avec moi, ça se sent. » Le suspense entretenu par la répétition du nom de l'appareil court tout au long du morceau jusqu'au terme où l'on se rend compte que le rasoir électrique a tué l'histoire d'amour ; alors qu'il lui déclarait sa flamme, *Sous l'rasoir électrique/Tu n'as rien entendu Clara…*

Reprise : Dona Ruy Project (album *A Portrait of Serge Gainsbourg*, Harmonia Mundi ESS2, 1995).

Elaeudanla téïtéïa

Également paru sur 45-tours Philips B 373.294 (SP) avec *Chez les yé-yé* ; 45-tours Philips 434.888 BE (EP) avec *Chez les yé-yé*, *Scenic Railway* et *Le Temps des yoyos*

Le titre est la retranscription phonétique de l'épellation du prénom Lætitia (*L, a, e* dans *l'a, t, i, t, i, a*). Cette chouette astuce faisant office de refrain conduit à un morceau aux strophes minimalistes (*Sur ma Remington portative/J'ai écrit ton nom Lætitia*) où chaque vers se termine par une rime en *ive* puis en *a* (*S'il faut aller à la dérive/Je veux bien y aller pour toi*). L'épellation bissée sert de mélodie à cette chanson amusante à apprendre aux enfants.

Elaeudanla téïtéïa a été repris par Jane Birkin (*Versions Jane*, CD Mercury 532.140-2, 1996), l'acteur Maurice Garrel (*Portraits*, CD Frémeaux & Associés, 2000), Patrick Péronne (*Gainsbourg au bar*, CD Delta, 2001, version instrumentale), Hocus Pocus et Pauline Croze (émission « Taratata » n° 247, France 4, 4/1/2008) et Éric Elmosnino (sur la bande originale du film *Gainsbourg (vie héroïque)*, CD Polydor 532 443-2). En 2002, sur le même principe, avec un clin d'œil appuyé à Gainsbourg (dont elle reprenait par ailleurs *La Noyée*), Carla

Bruni a chanté *Raphaël*, prénom de son compagnon de l'époque, sur son premier album *Quelqu'un m'a dit.*

Scenic Railway

Également paru sur 45-tours Philips 434.888 BE (EP) avec *Elaeudanla téïtéïa, Chez les yé-yé* et *Le Temps des yoyos* et 45-tours Philips B 373.295 (SP) avec *Le Temps des yoyos*

Le *scenic railway* désigne les « montagnes russes » et autre « grand huit », attractions des fêtes foraines. Dans la chanson, l'auteur répond à la demande insistante d'une jeune femme (*Ouais, je t'emmènerai/Sur le Scenic Railway/Tu n'as que ça en tête/C'est terrible*). Il accepte, espérant en retour d'autres émotions fortes : *Ouais, je vais te sembler/Un peu cynique, ouais ouais/Y a pas que les machines/Pour s'envoyer en l'air*. Le titre est illustré par une superbe montée en accords à la guitare.

Scenic Railway est adapté en anglais par Mick Harvey (*Pink Elephants*, CD Mute, 1997), repris par Bertrand Louis (émission « Le Fou du roi », France Inter, 23/12/2001), Dominique A et Katerine (*La Musicale*, Canal+, 31/03/2006), Stéphane Lucas et Patsy Gallant (album *Sur les ELLES de Gainsbourg*, Avec Musique, Canada, 2009). La chanson a aussi inspiré le nom d'un quatuor rennais constitué en 2001 et spécialisé dans les reprises de titres méconnus de Serge Gainsbourg (Scenic Railway, *Tribute to Gainsbourg*, CD Pudding 187.682, 2004).

Le Temps des yoyos

Également paru sur 45-tours Philips 434.888 BE (EP) avec *Elaeudanla téïtéïa, Chez les yé-yé* et *Scenic Railway*

Au présent des yé-yés, Serge Gainsbourg oppose celui des « yoyos » de l'enfance, déjà oubliés par les teenagers qui twistent sur les derniers succès de Johnny Hallyday et Sylvie Vartan. C'est tout en douceur qu'il annonce entre les lignes son changement de cap musical, laissant derrière lui la chanson rive gauche et ses interprètes surannés : *Le temps des yoyos/Tourne ses feuillets/Voici au verso/Le temps des yé-yé*. Il prévient également qu'il ne sera pas question de transiger avec la qualité (*Mais si tout change/Je n'ai pas changé*).

Gainsbourg a chanté *Le Temps des yoyos* à la radio en 1964, dans un arrangement de Claude Bolling (cette version figure sur le coffret *Vingtième Anniversaire*, publié par Universal en 2011). Le titre a ensuite été repris deux fois par April March, en anglais et en français (*The Land of Go* dans *Gainsbourgsion !*, CD Euro Visions, 1995 ; *Paris in April*, CD Sympathy for The Record Industry 456, 1996). Autre reprise : Dona Ruy Project (album *A Portrait of Serge Gainsbourg*, Harmonia Mundi ESS2, 1995).

Amour sans amour

Le titre fait référence au classique *Loveless Love* de W.C. Handy, l'un des pères du blues, lui-même dérivé de *Careless Love*. Dans ce titre daté de 1921 et repris entre autres par Louis Armstrong et Billie Holiday, le bluesman américain fait référence aux produits synthétiques et aseptisés. Serge Gainsbourg se focalise sur la chose amoureuse et évoque ses conquêtes dont il ne récolte *que ronces mortes, sans parfum*. À l'époque où il l'écrit, Serge vient de rencontrer celle qu'il va bientôt épouser, Béatrice Pancrazzi, dont il aura deux enfants. Une version alternative de ce titre figure sur le coffret *Vingtième Anniversaire*, publié par Universal en 2011.

No No Thanks No

No No Thanks No est l'une des rares chansons engagées de Serge Gainsbourg qui y décrit les derniers instants d'un condamné à mort, refusant cigarette, verre d'alcool et prière. La fin de la chanson qui se termine par les vers *Je serai pleuré demain/No, no thanks, no/ Par mes frères de Harlem* semble indiquer qu'il s'agit d'un prisonnier afro-américain, mais peut aussi bien s'appliquer au cas de Caryl Chessman, meurtrier exécuté le 12 mai 1960, à propos duquel Gainsbourg écrira une chanson demeurée inédite, *Qui se souvient de Caryl Chessman ?* en 1967. Le titre n'attire pas les interprètes, hormis Daniel Darc en concert en mai 1994.

Maxim's

La chanson *Maxim's*, nom d'un célèbre restaurant parisien, renvoie à la fascination de Serge Gainsbourg pour le luxe et la sophistication, mêlée d'un certain dédain pour ses signes extérieurs comme les bijoux, la Jaguar, le manteau en léopard et *tutti quanti*. C'est pourquoi il traite le sujet par le prisme d'un ouvrier, révélé dans les vers. Lors de son tour de chant au Théâtre des Capucines, Gainsbourg annonce cette chanson sous le titre *Surmenage*, et en modifie la fin (de *Grand seigneur/Dix sacs au chasseur* à *Cent nouveaux francs au chasseur*). L'accompagnement musical reste d'une grande sobriété, laissant le récit de l'interprète au premier plan.

Maxim's est interprété en 1964 par Serge Reggiani (*Album N° 2 – Bobino*, LP Canetti 48.819 ; EP Polydor 261.013, 1969), repris par Dona Ruy Project (album *A Portrait of Serge Gainsbourg*, Harmonia Mundi ESS2, 1995), puis Arielle au Festival de jazz de Montreux (Paris Première, 9/7/2000) et récité par Maurice Garrel (*Portraits*, CD Frémeaux & Associés, 2000).

Negative Blues

Le dernier titre de l'album *Confidentiel* a pour sujet la photographie, art qui ne tardera pas à titiller Serge Gainsbourg. Pour le moment, l'auteur de *Negative Blues* s'en prend à sa petite amie, ou plutôt son *ex*, plus pratique pour la série de rimes avec l'appareil Rolleiflex utilisé par les professionnels notamment lors des *shootings* de mode. Il reprendra les rimes en *ex* dans un titre plus fameux, *Comment te dire adieu*, à propos d'une autre rupture.

Reprise par Christiane Canavese (Canavese chante Gainsbourg, CD Au Merle Moqueur, 1999).

Distel Cassel's Dance

Créé par Jean-Pierre Cassel et Sacha Distel pour la télévision ; inédit

Ce duo entre le chanteur Sacha Distel et le danseur Jean-Pierre Cassel est une œuvre de commande pour le tout premier « Sacha Show », émission de variétés produite par Maritie et Gilbert Carpentier, animée par Distel et diffusée le 30 décembre 1963. L'arrangeur Michel Colombier est aux commandes de l'orchestre jouant la musique très swing de Serge Gainsbourg, tandis que les deux protagonistes se vantent leurs mérites respectifs de façon humoristique. Après le refrain *Chabadabada/ Boudou dididada* et quelques couplets, vient la morale : *Mieux vaut chanter en duo que de danser en duel*. L'enregistrement de cette séquence est disponible uniquement sur le site de l'INA, l'Institut national de l'audiovisuel.

1964

Couleur café

Cette année-là, l'album *Gainsbourg percussions* poursuit la démarche « ethnique » initiée dès *Villa Villa*, en explorant les univers rythmiques africains et sud-américains, quitte à ce que le texte se mette au service de la musique. Un moment-clé dans la carrière de Gainsbourg, même si l'album ne rencontre qu'un succès mitigé. Il se console avec sa nouvelle interprète, France Gall, qui cartonne avec un titre plein d'ironie gainsbourienne, *N'écoute pas les idoles*.

Comment trouvez-vous ma sœur ?

Créé par Serge Gainsbourg ; 45-tours 434.850 BE (EP), avec *Érotico-tico, No love for Daddy, Rocking Horse* et *Marshmallow Man*

Début 1963, Serge Gainsbourg, qui vient juste de terminer la composition des thèmes de *Strip-tease*, s'attelle à celle du film *Comment trouvez-vous ma sœur ?* de Michel Boisrond, sortie sur disque un an plus tard, le 26 février 1964. Aux cinq titres de l'EP s'ajoutent, sur la bande originale, deux autres pièces musicales : *Avec moi* et une scène d'opéra intitulée *Les Hussards*. Mais le thème central est la chanson homonyme au film, enregistrée au studio Europa-Sonor par Michel Colombier, que lui a présenté l'arrangeur Alain Goraguer.

La chanson, amenée en trompe-l'œil par une introduction jazzy, colle parfaitement à l'esprit yé-yé, si ce n'est les paroles qui trahissent l'ironie de leur auteur.

Après les réussites que sont *L'Appareil à sous* et *Vilaine fille, mauvais garçon*, et avant celles à venir pour France Gall, Serge Gainsbourg prend de l'assurance et assume le fait de concocter un air idiot s'appuyant sur un effet, en l'occurrence le chœur féminin du refrain, sans laisser de côté son ressort cynique : *Toutes les femmes sont à prendre/Enfin/Y en a qui peuvent attendre/Yes sir, yes sir/Comment-trouvez vous ma sœur ?* Le thème musical est un rock enlevé, porté par un piano et un saxophone.

Le thème principal, placé au générique et au final, est accompagné de quatre courtes pièces instrumentales : le joli thème *Érotico-tico* au piano, l'intermède jazzy et romantique *No Love for Daddy*, le western *Rocking Horse* et *Marshmallow Man*. Longtemps introuvables – cet EP 45-tours est l'une des pièces de collection les plus rares de sa discographie –, les trois premiers de ces titres instrumentaux figurent sur la compilation *Le Cinéma de Serge Gainsbourg* (longbox 3 CD Emarcy 586 818-2).

Avec moi

Créé par Serge Gainsbourg ; inédit

Ce court extrait chanté du film *Comment trouvez-vous ma sœur ?* de Michel Boisrond ne dure qu'une quinzaine de secondes et ne comporte que cinq vers. Le texte, daté du 5 juin 1964, est déclaré deux mois après la sortie du film en salles, le 4 mars 1964.

Les Hussards

Inédit

Cet autre extrait de la bande originale du film *Comment trouvez-vous ma sœur ?* comporte une version chantée composée d'un quatrain, et d'une version opéra un peu plus longue, composée d'un distique. La séance mobilise pas moins de vingt-trois musiciens, douze choristes, un ténor, un baryton et une soprano de l'Opéra-Comique, pour trois minutes et vingt secondes de musique.

Cliquediclac

Créé par Jean-Pierre Cassel pour la télévision ; inédit

Cette chanson inédite sur disque est écrite pour l'émission télévisée « Top à Cassel », diffusée sur la première chaîne le 14 mars 1964 et produite par Maritie et Gilbert Carpentier. L'acteur, danseur et chanteur Jean-Pierre Cassel, vedette du show, interprète la saynète avec un orchestre placé sous la direction de Michel Colombier. Le prétexte est celui de brigands en cavale après un fric-frac, comprendre un braquage. L'auteur use des rimes voisines *cliquediclac*, *briques* et *crac*, *tric-trac*, *flic-flac* et *tic-tac*.

En 2005 et 2006, à soixante-dix ans passés, Jean-Pierre Cassel remontera sur scène pour donner un ultime hommage à son auteur préféré dans le spectacle *Jean-Pierre Cassel chante et danse Serge Gainsbourg*. Il y interprète entre autres trois airs du « Top à Cassel » de 1964 (*Cliquediclac*, *Viva la pizza* et *Ouh là là là là*) ainsi que quelques titres de l'album *Gainsbourg confidentiel*. Il décède le 19 avril 2007 à l'âge de soixante-quatorze ans.

Viva la pizza

Créé par Jean-Pierre Cassel pour la télévision ; inédit

La chanson *Viva la pizza* est la seule que Serge Gainsbourg ait jamais écrite en pseudo-italien. Illustrant un sketch joué par Jean-Pierre Cassel pour le show télévisé « Top à Cassel » du 14 mars 1964, elle est surtout composée d'expressions du langage courant comme *Primo la pasta/Un po' di acqua/Acqua di Cologna* et se signale par des ingrédients suspects comme la térébenthine ou un *pappagallo* (perroquet), ou encore des références cinématographiques à *Moderato cantabile* de Peter Brook (déjà évoqué dans la *Sérénade à Jeanne Moreau*), *I Vitelloni* de Federico Fellini, et une certaine *Brigitte Bardi*.

Ouh là là là là

Créé par Jean-Pierre Cassel pour la télévision ; inédit

Lors de cette séquence extraite du « Top à Cassel » diffusé le 14 mars 1964, Jean-Pierre Cassel est déguisé en clown. La chanson démarre sur les chapeaux de roues avec le sous-entendu : *Pour les petites filles, les petits garçons/J'ai mis un klaxon dans l'fond d'mon pantalon.* Le scénario se complique quand le clown, en plein exercice de séduction, apprend qu'il ne demande pas la main de sa conquête à son père mais à son mari : *Il m'a sorti à coups de pompes/Ça fit actionner la trompe/Qu'est-ce que j'ai pris ce jour-là/Ouh ! là là là là...*

Al Cassel's Air

Créé par Jean-Pierre Cassel et Serge Gainsbourg pour la télévision ; inédit

Le titre de cette chanson de commande pour le « Top à Cassel » du 14 mars 1964 est un jeu de mots sur le nom de l'artiste interprète, et celui des comprimés Alka Seltzer contre les maux de tête. Serge Gainsbourg et

Jean-Pierre Cassel chantent ensemble ce duo d'alcooliques bien cuits :

Gainsbourg : *Lequel de nous deux est le plus noir ?*

Cassel : *Haha ! Ah ! ouais, ça c'est à voir*

Gainsbourg : *D'nous trois je crois qu'c'est moi l'moins gris.*

Serge Gainsbourg, après les vapeurs de *L'Alcool* et les hallucinations d'*Intoxicated Man*, s'enfonce un peu plus dans la chanson éthylique.

N'écoute pas les idoles

Créé par France Gall ; 45-tours Philips 434.874 BE (EP) ; 33-tours 25 cm Philips B 76.585 (LP) ; 33-tours 30 cm Philips B 77.805 L (LP)

N'écoute pas les idoles est la première chanson écrite pour la très jeune France Gall. Poussée dans le métier par son père Robert Gall, auteur entre autres de *La Mamma* pour Charles Aznavour, France (Isabelle, de son vrai prénom) n'est encore qu'une adolescente de seize ans lorsqu'elle fait la rencontre de Serge Gainsbourg dans le bureau du producteur Denis Bourgeois, qui après son poste chez Philips vient de créer la société d'éditions Bagatelle. Sa fraîcheur et son jeune âge sont un atout pour concurrencer les idoles yé-yé Sheila et Sylvie Vartan dans les hit-parades, autant que son filet de voix aigu qui a déjà fait le succès de *Ne sois pas si bête.*

Avec ce titre phare de son deuxième EP distribué en mars 1964 et vendu à trois cent mille exemplaires, France Gall fait un véritable carton dont Serge Gainsbourg tire enfin bénéfice. Le thème musical assez pauvre, dont le rythme martelé n'est pas aussi dynamique que celui de *L'Appareil à sous*, est couvert par la voix perçante de la chanteuse. Cette dernière conseille ironiquement à son petit ami d'arrêter de passer les disques de ses idoles, dont les chansons parlent d'amours brèves ou cruelles. Gainsbourg prend un malin plaisir à mettre dans la bouche de son interprète un refrain conseillant de ne pas l'écouter. France Gall, admirative du travail de l'auteur-compositeur, n'hésite pas à le chanter.

N'écoute pas les idoles a trouvé d'autres interprètes en Frida Boccara dans une version en espagnol (*No Escuches al Idolo* dans *Canta En Español*, LP Divucsa-Graffiti, 1964), le groupe Polaris ! dans une version instrumental surf (*Polaris !* CD Iglu Music, Canada, 1995) et Miel Cerise (date inconnue).

Retiens tes larmes

Inédit

Les circonstances de la création de cette chanson dont il n'existe qu'un manuscrit dactylographié, déposé à la SACEM le 30 avril 1964 ne sont pas connues. Elle instruit le lecteur que, pour la chose amoureuse, feindre l'indifférence se révèle plus payant que de déclarer ses sentiments : *Retiens tes larmes/Oublie ton chagrin/Qu'elle n'en sache rien/Retiens tes larmes/Cache ton bonheur/ Ta joie ferait ton malheur*.

L'Escroc

Créé par Serge Gainsbourg ; inédit jusqu'en 2011 : coffret *Vingtième Anniversaire* (Universal).

Film composé de cinq sketches réalisés dans cinq villes différentes par Hiromichi Horikawa (Tokyo), Roman Polanski (Amsterdam), Ugo Gregoretti (Naples), Claude Chabrol (Paris) et Jean-Luc Godard (Marrakech), *Les Plus Belles Escroqueries du monde*, distribué le 14 août 1964, réunit des acteurs comme Jean-Pierre Cassel,

Catherine Deneuve, Francis Blanche et Jean Seberg. Chaque séquence est reliée par un extrait de la chanson *L'Escroc* écrite par Serge Gainsbourg, qui en signe le générique. D'autres musiques de sketches sont dues à Krzysztof Komeda, Piero Umiliani, Pierre Jansen ou Michel Legrand.

Le titre – qui fut longtemps le plus bel inédit de Gainsbourg, connu seulement des fans acharnés, jusqu'à sa sortie, en 2011 – est déposé à la SACEM le 4 mai 1964 ; interprété en trio avec Elek Bacsik (guitare) et Michel Gaudry (contrebasse), on peut présumer que son enregistrement date des séances de l'album *Gainsbourg confidentiel*. Il est truffé de petites maximes plus ou moins morales telles que *L'amour est un échange/De mauvais procédés/Et les femmes se vengent/De nous avoir aimés*, ou *Celle-ci laisse entendre/Qu'elle aime les cailloux/Mais quoi, doit-elle attendre/Qu'ils lui sautent au cou*. Ces derniers vers anticipent le titre *Si t'attends qu'les diamants t'sautent au cou* écrit pour Régine en 1965.

Arc-en-ciel

Créé par Isabelle Aubret ; 45-tours Philips B 373.378 (SP) et 45-tours Philips 434.915 BE (EP)

Ce titre est le troisième qu'interprète Isabelle Aubret après sa reprise de *La Chanson de Prévert* et l'exclusivité *Il n'y a plus d'abonné au numéro que vous avez demandé*. *Arc-en-ciel*, paru en face A de son nouveau simple deux titres, est également au générique du onzième EP de la chanteuse, sorti en juin 1964, entre un titre de Louis Aragon via Jean Ferrat (*Nous dormirons ensemble*), un autre signé André Popp et Pierre Barouh (*Il est venu*) et *L'Été perdu* de José Thomas. L'air d'*Arc-en-ciel* évoque irrésistiblement l'univers de Michel Legrand, dans le style des chansons qu'il a composées pour les comédies musicales de Jacques Demy. Pour la petite histoire, *Les Parapluies de Cherbourg*, sorti en février 1964, triomphe dans les salles au moment où Serge écrit les paroles de cet *Arc-en-ciel* sur une musique signée Alain Goraguer. Il avait d'ailleurs été question qu'Isabelle Aubret en tienne le rôle principal, mais un grave accident de voiture l'en avait empêchée cette même année ; elle avait été remplacée par Catherine Deneuve.

Arc-en-ciel est repris par France Duval en 1969 (EP COD 504).

Laisse tomber les filles

Créé par France Gall ; 45-tours Philips 434.949 BE (EP) et 33-tours Philips B 77.728 L (LP)

Après un démarrage sur les chapeaux de roues fin 1963 avec *Ne sois pas si bête*, puis la première chanson de Serge Gainsbourg, *N'écoute pas les idoles*, les débuts de France Gall connaissent un léger creux avec son troisième 45-tours (*Le Jazz à gogo*, *Mes premières vraies vacances*...). En juin 1964, elle se relance grâce à *Laisse tomber les filles*, un refrain pop enlevé et dans l'air du temps, avec une fois de plus des paroles nettement plus adultes que la plupart des rengaines yé-yé. Si Gainsbourg fait des concessions à la mode pour faire entendre sa musique et subsister dans un univers où la gloire passe très vite, il n'est pas question pour lui de transiger sur les paroles. *Laisse tomber les filles* est l'exemple de la chanson dont le texte minimaliste s'appuie sur la répétition de phrases simples, mais dont l'ensemble conserve une profondeur d'esprit, en l'occurrence une morale sur le comportement volage d'un jeune homme vu par un *cœur innocent*. L'interprète chante en substance, sur la tonalité aiguë qui l'a rendue célèbre : *Laisse tomber les filles/Laisse tomber les filles/Un jour c'est toi qu'on laissera/Laisse tomber les filles/Laisse tomber les filles/Un jour c'est toi qui pleureras*. La musique paraphrase le discours par un leitmotiv des cuivres, jusqu'au décrochage mélodique où elle s'estompe pour laisser la chanteuse confier : *La chance abandonne/Celui qui ne sait/Que laisser les cœurs blessés/Tu n'auras personne/Pour te consoler/Tu ne l'auras pas volé*. Le titre est porté par un riff de guitare joué en boucle par Léo Petit.

Laisse tomber les filles est repris la même année par Léo Petit (version instrumentale, 45-tours EP Trianon 4517), Dany Claude et Marie-Françoise (45-tours EP Saphir LDP 5551) et en espagnol par Miguel Angel (*No te Conviene Mina* ; 45 tours paru en Colombie, années 1960). Le titre remis au goût du jour dans les années 1980 par Les Tueurs de la Lune de Miel, alias The Honeymoon Killers (album *Les Tueurs de la Lune de Miel*, Crammed Discs, 1982), April March (version anglaise *Chick Habit*, et française : album *Gainsbourgsion !*, CD Euro Visions, 1995 ; émission « Playlist », France Inter, 1999 ; la version anglaise est reprise sur la bande originale du film *Death Proof – Boulevard de la mort* de Quentin Tarantino, CD Maverick, 2007), Alice Dona (*Les Plus Belles Chansons françaises – 1964*, CD Atlas, 1996), Michael von der Heide (1996), God Is My Co-Pilot (*Je suis trop content*, CD Dark Beloved Cloud, 1997), Hasheem (CD Barclay 557671, 1998), Gildor Roy (*Les Divans*, CD DKDO, Québec, 2001), Baby Spice (2001), Star Academy 3 (*Star Academy fait sa bamba*, CD Mercury, 2003), Fabienne Delsol (*No Time for Sorrows*, CD Damaged Goods UK, 2004), Elista (sur scène, aux Eurockéennes de Belfort, 2004), Zombie Eaters (*Le pensionnat déchire les yé-yé*, 2005), Mareva Galanter (*Ukuyéyé by Mareva*, CD Warner, 2006), Pépé (*Pépé Goes Français*, CD Indica Records, Québec, 2009).

Ô ô Sheriff

Créé par Petula Clark ; 45-tours Vogue EPL 8294 (EP) ; 33-tours Vogue 652-30 (LP)

Presque deux années se sont écoulées depuis que Serge Gainsbourg a composé *Vilaine fille, mauvais garçon* pour Petula Clark. L'agent et mari de la star anglaise, Claude Wolff, donne de nouveau son approbation pour cette chanson à l'ambiance western, titre vedette d'un EP paru le 15 octobre 1964 sur lequel figurent aussi des reprises des Beach Boys (*J'ai pas le temps*, d'après *No-go Showboat*) et des Byrds (*Toi qui m'as fait pleurer*, d'après le traditionnel folk *He Was a Friend of Mine*).

Comme c'est souvent le cas pour les titres qu'il offre en exclusivité, Gainsbourg imagine une petite histoire – en l'occurrence coquine – à partir d'une expression ou d'un jeu de mots. Pour le très humoristique *Ô ô Sheriff*, il axe paroles et musique sur l'homophonie entre *sheriff* et *chéri* et accompagne la mélodie de piano, banjo et harmonica pour faire plus authentique. La saynète surprenant une élégante et un chef de police emprunté dans un moment intime est prétexte à une profusion de situations amusantes telles que *Ô ! Sheriff ô ! Sheriff ô ! ô !/Si vous voulez Sheriff que je vous embrasse/Ô ! ô ! ô ! ô ! ô ! ô ! ô ! Sheriff ô ! Sheriff ô ! ô !/Vous pourriez retirer au moins votre chewing-gum*, ou encore *Vous plantez vos éperons dans mes chevilles [...]/Va falloir m'payer une autre paire de bas* sans oublier *Ne trouvez-vous pas qu'il y a trop de lumière [...]/Donnez donc un coup d'fusil dans l'abat-jour*. Le titre produit par Tony Hatch est chanté dans les émissions télévisées « Télé dimanche » (3 juillet 1965) et « Vedette en coulisse : Petula Clark au Far West » (1er novembre 1965) ; il remporte un franc succès, anticipant le triomphe – mondial cette fois – de son titre suivant, *Downtown* sorti en France sous le titre *Dans le temps*. Petula Clark et Serge Gainsbourg interprèteront en duo leur histoire de sheriff dans l'émission « Petula Clark Show » du 26 juin 1971 ; le 20 janvier 1979, la chanteuse rejouera le titre avec l'humoriste Thierry Le Luron dans l'émission « Numéro 1 à Petula ».

Ô ô Sheriff est repris par… Barbara (en direct sur France Inter, 1/12/1964), Marie-Françoise et Dany Claude (EP Saphir LDP 5552, 1964), Harry Robinson (*Dansez aux rythmes de Serge Gainsbourg*, LP Concert Hall 1283, UK, 1964), V. Wanson (EP Succesrama SR 43, 1964), le groupe paraguayen Los 3 Sudamericanos (adaptation en espagnol sous le titre *Oh oh sheriff* de Gainsbourg/Alguero, EP Belter 51.550, 1965).

Gainsbourg percussions

33-tours Philips B 77.842 L mono (LP) ; Philips P 77.842 L stéréo (LP)
Parution : 26 octobre 1964 (mono) ; 11 novembre 1964 (stéréo)
Joanna, Là-bas c'est naturel, Pauvre Lola, Quand mon 6,35 me fait les yeux doux, Machins choses, Les Sambassadeurs, New York U.S.A., Couleur café, Marabout, Ces petits riens, Tatoué Jérémie, Coco and Co.

Gainsbourg percussions prend le contre-pied du disque précédent et emmène la chanson française en Afrique et en Amérique du Sud, quitte à puiser son inspiration dans des musiques ethniques. Une expérience unique pour Serge, qui confirme son rôle d'explorateur de l'avant-garde musicale.

L'album précédent, *Gainsbourg confidentiel*, était un exercice de style minimaliste et exigeant, joué en trio. Ce fut un échec commercial de plus pour Serge Gainsbourg qui commençait à collectionner les gamelles. Avec *Gainsbourg percussions*, il change son fusil d'épaule et abreuve les chansons de rythmes jusqu'à parfois reléguer le texte au second plan, ce qui est un comble pour ce poète déjà célébré par quelques-uns, à défaut d'être un interprète à succès. Ainsi, des titres comme *Joanna* et *Là-bas c'est naturel* se plient au tempo, véritable colonne vertébrale du disque. Mais la grande affaire reste les emprunts flagrants faits à deux artistes africains, le percussionniste nigérian Babatunde Olatunji et la chanteuse sud-africaine Miriam Makeba. Gainsbourg reconnaît sans sourciller ces braquages réalisés au nom de l'authenticité, dans le but d'enregistrer un album d'un genre nouveau, mariant la chanson française à des musiques ethniques avant que cela soit à la mode vingt ans plus tard avec l'arrivée de ce que l'on va appeler la *world music*. C'est sur les conseils du directeur artistique Claude Dejacques que Gainsbourg utilise les rythmes africains puisés dans l'album *Drums of Passion* de Babatunde Olatunji, rapporté de New York par Guy Béart qui lui en a offert un exemplaire, lui-même transmis par Harry Belafonte. De fait, *Joanna*, *New York U.S.A.* et *Marabout* feront l'objet d'une procédure remportée par le musicien africain, désormais crédité pour la musique de ces chansons.

Mais *Gainsbourg percussions* n'est pas que cela. Le disque, capté du 5 au 9 puis le 16 octobre 1964 dans le studio du boulevard Blanqui, est publié dans la collection des « Grands auteurs et compositeurs interprètes », au côté de ses contemporains Claude Nougaro, Barbara, Félix Leclerc, Pierre Louki, Francis Lemarque et Ricet Barrier. Aussi, il renoue avec les orchestrations d'Alain Goraguer qui s'en donne à cœur joie avec les cinq percussionnistes et la douzaine de choristes réquisitionnés pour recréer l'atmosphère africaine, mais aussi imaginer de nouvelles pépites tendance cool (*Machins choses*, *Coco and Co*), free jazz (*Quand mon 6,35 me fait les yeux doux*) ou brésiliennes (*Les Sambassadeurs*, *Ces petits riens*, *Couleur café*). La fine équipe de musiciens, composée de Pierre Michelot (contrebasse), Christian Garros (batterie), Michel Portal (saxophone ténor) et Eddy Louiss (orgue) se montre une nouvelle fois impériale dans l'appui de textes traitant tour à tour de la sensualité, du suicide, de la modernité, des tatouages et des drogues, ou de simples exercices de style. À la clé, Serge Gainsbourg ne récolte que deux faux succès, *New York U.S.A.* et *Couleur café*, des chansons qui passent en radio sans atteindre des scores de vente exceptionnels, mais qui s'ancreront parmi les classiques de son répertoire. Fort heureusement, il se rattrape cette année-là avec les ritournelles yé-yé livrées clés en main à France Gall (*N'écoute pas les idoles*, *Laisse tomber les filles*) ou Petula Clark (*Ô ô Sheriff*). Cela ne fait qu'accroître le dilemme qui le marginalise dans le statut d'auteur, aux dépens des créations qu'il interprète. L'artiste à la pointe de la modernité, que certains critiques disent « vendu à la société de consommation », ne va pas tarder à trouver la solution.

Joanna

Également paru sur 45-tours Philips 434.994 BE (EP) avec *Tatoué Jérémie*, *Couleur café* et *New York U.S.A.* et en 1965 sur le 45-tours Philips 373.460 (SP) avec *Pauvre Lola*

C'est par une chanson humoristique que débute l'album *Gainsbourg percussions* avec ce *Joanna* librement inspiré du morceau *Kiyakiya (Why Do You Run Away ?)* de Babatunde Olatunji, extrait de son album *Drums of Passion* édité en 1959 (Columbia PC 1210). Le morceau original traite du rythme de vie qui s'accélère en Afrique, du temps de plus en plus précieux. Le percussionniste s'interroge sur cette notion et l'effilochement des rapports humains qui en découle. L'adaptation de Serge Gainsbourg, si elle est un copier-coller de la musique d'Olatunji, est donc très éloignée dans son discours puisque évoquant une *Joanna aussi grosse qu'un éléphant/C'est la plus grosse de La Nouvelle-Orléans/ Et pourtant/Joanna, Joanna, Joanna/Tu sais danser léger, léger*. Léger est le rythme qui court tout au long du morceau soutenu par un vigoureux chœur féminin, tout comme le texte réduit à une anecdote.

Kent, l'ex-chanteur de Starshooter, a repris *Joanna* en concert en 1993.

Là-bas c'est naturel

Là-bas c'est naturel est un autre emprunt fait cette fois à un morceau de Miriam Makeba (1932-2008) intitulé *Umquokozo* que Serge a trouvé sur le disque *Chants d'Afrique n° 2* (LP Dynagroove, 1964). Le titre accompagné par le guitariste Ernie Calabria et le trompettiste Hugh Masekela est paru à l'origine sur l'album américain *The Many Voices of Miriam Makeba* (Kapp KL 1274, 1960). Serge Gainsbourg a reconnu ces plagiats en les comparant à ceux de l'art abstrait : « Quand en musique on fait éclater les formes il ne reste que les percussions, au désavantage de l'harmonie. » Dans *Là-bas c'est naturel*, il enveloppe le contrepoint rythmique tribal de bruitages de jungle et cris de singes piqués sur un disque d'illustration sonore, et d'un chœur zoulou féminin. En guise de texte, l'auteur qui situe l'action au Kenya, fournit un argument assez mince : *Chacun/Est en deux pièces moins une/Chacun dans ce noir paradis/En monokini.*

Preuve de la modernité du morceau, on retrouve *Là-bas c'est naturel* dans deux albums hommages à Serge Gainsbourg. Une première version est interprétée par Cyro Baptista dans *Great Jewish Music : Serge Gainsbourg* (CD Tzadik TZ 7116, 1996) tandis que le duo anglais Faze Action remixe le titre dans *I Love Serge – Électronicagainsbourg* (CD Mercury 548 552-2, 2001).

Pauvre Lola

Également paru en 1965 sur 45-tours Philips 373.460 (SP) avec *Joanna*

La chanson *Pauvre Lola* reprend le riff de guitare acoustique du morceau *Umquokozo* de Miriam Makeba, plaqués sur un rythme de percussions africaines. Le *gimmick* reste le rire en cascade de France Gall[1], transformée en Lola, sujet central d'un morceau dans lequel l'auteur retrouve ses plus beaux accents de sensualité : *Faut savoir s'étendre/Sans l'entreprendre/Pauvre Lola/Faut s'avoir s'étendre/Sans se répandre/C'est délicat*. Le mélange de tous ces ingrédients *a priori* disparates se révèle particulièrement efficace, ce qui est la marque de l'autoproclamé *faussaire de génie*.

Pauvre Lola est recréé par le duo Jacqueline Maillan et Bourvil en face B du 45-tours *Ça (Je t'aime moi non plus)* (SP Pathé Marconi 2C 006 11.079 M, 1970, cocrédité Gainsbourg-Bourvil), repris deux fois par April March (en version française dans *Gainsbourgsion !*, CD Euro Visions, 1995 et en version anglaise sous le titre *Poor Lola* dans *Paris in April*, CD Sympathy for the Record Industry, 1996), puis Ikue Mori (*Great Jewish Music : Serge Gainsbourg*, CD Tzadik TZ 7116, 1997), Jane Birkin (*Jane Birkin au Palace*, CD Capitol/EMI 509993062782-6, 2009) et Monsieur Dubois (album tribute *Gainsnord*, CD Sonic Scenery 708 028, 2009).

1. Ce rire enregistré servira également à la musique de la série de courts-métrages animés *Marie Mathématique*, composée par Serge Gainsbourg à la demande du dessinateur et scénariste Jean-Claude Forest, créateur de *Barbarella*. Les six épisodes de *Marie Mathématique* sont diffusés à la télévision dans l'émission féminine – et d'avant-garde – de la deuxième chaîne, *Dim Dam Dom*, du 28 octobre 1965 au 29 avril 1966 (voir chapitre 1965).

Quand mon 6,35 me fait les yeux doux

Il était inévitable que Serge Gainsbourg, spécialiste des chansons aux fins tragiques, prenne pour thème principal de l'une d'entre elles le suicide, déjà évoqué en filigrane dans *Le Poinçonneur des Lilas*, *Ce mortel ennui* et *En relisant ta lettre*. Sur un thème jazz de type *hard bop*, dominé par un chorus du saxophoniste Michel Portal, il est cette fois question de l'un des modèles les plus courants de pistolet automatique, utilisant des munitions de 6,35 millimètres : *Quand mon 6,35/Me fait les yeux doux/ C'est un vertige/Que j'ai souvent/Pour en finir/PAN ! PAN !* Le style du morceau n'est pas sans rappeler celui du saxophoniste alto Jackie McLean, que Gainsbourg a découvert en tant que comédien et soliste dans la pièce *The Connection* jouée au Théâtre des Nations en 1961. Ce spectacle du Living Theatre mis en scène par Jack Gelber et porté à l'écran par Shirley Clarke a fait une forte impression sur le compositeur qui s'inspire de la musique pour ce titre et de l'histoire pour *Coco and Co*, dans le même album. Les thèmes du 33-tours *The Connection* (Blue Note 4027, 15 février 1960) sont tous signés par le pianiste Freddie Redd, leader du quartette comprenant outre McLean, le bassiste Michael Mattos et le batteur Larry Ritchie.

En 1995, l'Australien Mick Harvey l'adapte en anglais sous le titre *The Barrel of my 45* (album *Intoxicted Man*, CD Mute ; CD EP *Initials B.B.*) ; le duo Initial SG l'a chanté sur son album *Initial SG revisite Serge Gainsbourg première période* (Baroque Production, 2007).

Machins choses

Également paru sur 45-tours Philips 373.459 (SP) avec *Couleur café*

À l'opposé de l'atmosphère tendue de *Quand mon 6,35 me fait les yeux doux*, ce *Machins choses* est un exercice de *cool jazz* bercé par le duo formé par le saxophoniste Michel Portal[1] et l'organiste Eddy Louiss[2]. *Machins choses* a pour sujet l'intimité d'un couple. Ce que se disent et font Machin et Machine ne peut être dévoilé à l'auditeur qui doit rester sur sa faim. Serge Gainsbourg joue à la fois le rôle du crooner et du confident dans ce titre pour fins de soirée, diffusant un peu de l'ennui et de l'absence de communication des protagonistes.

Machins choses est repris par Christiane Canavese (*Chante Gainsbourg*, CD Au Merle Moqueur AMCD 999, 1999), Jacques Higelin (hommage à Serge Gainsbourg au festival de Montreux, 9 juillet 2000) et par le duo Initial SG (album *Initial SG revisite Serge Gainsbourg première période*, Baroque Production, 2007).

1. Né en 1935, le saxophoniste et clarinettiste Michel Portal a reçu une formation classique avant de se tourner vers le jazz en tant que musicien de studio. Également soliste et compositeur d'une multitude de musiques de films et téléfilms, cet instigateur de la mouvance free jazz en France a publié sous son nom une vingtaine d'albums très appréciés des spécialistes.

2. Le pianiste, organiste et chanteur Eddy Louiss (né en 1941) est devenu, depuis ses débuts dans les Double Six en 1960, l'un des piliers des studios d'enregistrement dans le domaine du jazz et de la chanson (Claude Nougaro, Henri Salvador, Barbara, Jacques Higelin…). Il a publié une trentaine d'albums en tant que leader ou coleader.

Les Sambassadeurs

Les Sambassadeurs est le détour sud-américain de cet album « africain » qui voit Serge Gainsbourg conserver son flegme au milieu d'une samba effrénée. Le titre en forme de mot-valise convoque la fête façon carnaval de Rio et la diplomatie sous forme de règlements de comptes. Une atmosphère inquiétante traîne sur le défilé où *Les sambassadeurs sont venus en dansant/Armés de tubas jusqu'aux dents*. Puisque le texte est une nouvelle fois très bref, c'est à la fin du morceau qu'il faut aller chercher un indice supplémentaire, quand un bruit de mitraillette profite du vacarme créé par les pétards de la fête : à la soixante-dix-huitième seconde en tendant l'oreille, on entend un musicien qui crie *Allez tous vous faire entuber !*, autre référence au tuba…

Sambassadeur est le nom d'un groupe pop rock suédois, qui a repris en 2005 *La Chanson de Prévert* sur son premier album.

New York U.S.A.

Également paru sur 45-tours Philips 434.994 BE (EP) avec *Joanna*, *Couleur café* et *Tatoué Jérémie* et sur 45-tours Philips 373.466 BE (SP) avec *Tatoué Jérémie*

New York U.S.A., à l'instar de *Joanna* et de *Marabout*, sort tout droit de l'album *Drums of Passion* de Babatunde Olatunji, en l'occurrence du titre d'ouverture, *Akiwowo (Chant to the trainman)*. L'ode aux gratte-ciel new-yorkais reproduit l'intégralité du morceau, depuis le rythme et les arrangements jusqu'au question-réponse du chanteur au chœur féminin. Serge Gainsbourg admet complètement son geste, déclarant sa dette envers *un chant de guerre watusi*, même s'il ne s'agit ni de l'un ni de l'autre. *Akiwowo* s'inspire en fait d'une anecdote réelle : c'est le nom d'un des premiers cheminots nigérians dont la voix et la jovialité ont profondément marqué Olatunji dans sa jeunesse. Le musicien retranscrit l'ambiance du train qui ramenait les fermiers chez eux, et le rythme du train martelé par les djembés. Le titre est devenu célèbre pour son rythme appris dans les écoles de percussions.

En transposant la scène à New York, Serge Gainsbourg crée un décalage entre la tradition africaine et le modernisme américain : *J'ai vu New York/New York U.S.A./J'ai jamais rien vu d'aussi haut/Oh ! c'est haut, c'est haut New York/New York U.S.A.* Citant les principaux gratte-ciel (Empire State Building, Rockfeller Center, Waldorf Astoria, Bank of Manhattan...), il fait répondre au chœur *Oh ! c'est haut*, jumeau phonétique du *« o sé o »* (*merci*) nigérian. Une nouvelle fois, Gainsbourg se veut le chantre de la modernité appliquée à la chanson, fût-elle le fruit d'un autre musicien, traditionnel de surcroît.

New York U.S.A. est repris par Isabelle Aubret en 1992 (*Coups de cœur*, Disques Meys 474.000-2) et adapté en anglais par Mick Harvey (*Intoxicated Man*, CD Mute, 1995), Todd Bishop Pop Art 4 (album *69 année érotique/Todd Bishop Pop Art 4 Plays the Music of Serge Gainsbourg*, Origin 82530, 2009).

Couleur café

Également paru sur 45-tours Philips 434.994 BE (EP), avec *Tatoué Jérémie*, *Joanna* et *New York U.S.A.* et sur 45-tours Philips 373.459 (SP) avec *Machins choses*

De tous les titres de l'album *Gainsbourg percussions*, *Couleur café* est le hit le plus évident avec son rythme brésilien entraînant, celui d'une samba légère, la façon de chanter d'un Serge Gainsbourg détendu et prenant plaisir à égrener ses propres jeux de mots. Le texte ciselé est une ode à une beauté métisse dont la manière de danser éveille chez l'auteur un désir sensuel. Gainsbourg, sans aucun préjugé, explore le champ lexical lié au café désignant la pigmentation de la peau, comme dans le dernier couplet : *L'amour sans philosopher/C'est comme le café/Très vite passé/Mais que veux-tu que j'y fasse/On en a marre de café/Et c'est terminé/Pour tout oublier/On attend que ça se tasse.*

Serge Gainsbourg a interprété *Couleur café* dans l'album *Le Zénith de Gainsbourg* (2 LP Philips 838.162-1, VHS et vidéodisque, 1989). Le titre de la chanson est devenu celui de compilations parues en 1969 (LP Philips 849.505 BY, réédité en 2008) et en 1996 (CD Mercury 528 949-2).

Jane Birkin en a également donné plusieurs relectures : arrangée par Doudou N'Diaye Rose (album *Versions Jane*, CD Philips 532 140-2, 1996) ; live (*Jane en concert au Japon*, CD Mercury UICM-9001/2, 2000) ; arrangée par Djamel Benyelles (album *Arabesque*, CD Capitol 5432 972-2, 2002) et de nouveau en live (*Arabesque voyage*, CD Capitol 5602 962-0, 2004).

Couleur café a aussi fait l'objet d'une version instrumentale de Jean-Pierre Sabar dans l'album *Les Orgues électroniques* (1969). Le titre est souvent repris par des formations de musique latine. Versions par Art Mengo (1990), Claire Chevalier (*Saveur Brésil*, CD JSL 010843, 1991), Nazaré Pereira (*Thaina-Kan*, 1992), Marc Lavoine et Matilda May (« Taratata » n° 28, France 2, 9/10/1993), Hervé Krief Blues Trio (*Paris Bruxelles*, CD BSM 04, 1994), Alain Brunet Quartet (*Joue Gainsbourg*, CD WEA450992120-2, 1994), Nicolas Botni (*Gainsbourg par Nicolas Botni*, CD 1996), Beethova Obas (*Pas Prese*, CD 1996 ; « Dans tous les sens », France Inter, 1998), Marianne James (« Tous aux abris », France Inter, 1997), Kent, Zazie et Jane Birkin aux Francofolies de La Rochelle (M6, 14/7/1997), Steve Beresford (*Great Jewish Music : Gainsbourg*, CD Tzadik, 1997), Delavoix (*Rien ne vaut la vie*, CDS Polydor 563058-2, 1997), Alma Rosa (sous le titre *Color café*, album *Latin Soul*, 1999), Raul Paz (*Cuba libre*, 1999), Isabelle Boulay (Francofolies de Montréal, août 1999), Mariana Montalvo (sous le titre *Tu Color Cafe*, album *Cantos Del Alma*, Le Loup du Faubourg, 2000), Jacques Higelin (hommage à Serge Gainsbourg au festival de Montreux, 9/7/2000), Pierre-Alain Goualch (instrumental, *Exploring the music of Serge Gainsbourg*, 2001), Clémentine (CDS 2001), L'Affaire à Swing (*Le temps ne fait rien à l'affaire*, 2001), Kristo Numpuby (« Le Fou du roi », France Inter, 2/10/2001), Patrick Péronne (instrumental, *Gainsbourg au bar*, 2001), Babaloo (*I'm in the Nude for Love*, 2002), Yeyé de Cádiz (*Chanson flamenca*, 2002 ; *Puerta Tierra*, 2005), Kenzo Saeki (version japonaise, *L'Homme à tête de sushi*, 2003 ; *Camembert et sushi*, CD Mantra, 2005), Kid Fléo (*Saveur créole*, 2005), Jerez Texas (*Sao*, 2005), NMS 2123 (album *Initials D.D.*, Döner Diskothek, 2005), Banda Lous Berretes (*Musicas e Cantas de Hestas*, Agorila, 2006), Christian Brun (version jazz instrumentale ; *French Songs*, CD Elabeth, juin 2006), Musica Nuda (*Live à FIP*, CD Bonsaï Music, août 2007), Voodoo Gang (*Couleur café*, Rats N Ravens, août 2008), Christophe Maé et William Baldé (« Taratata » n° 290, France 4, 29/10/2008), Beatriz Luengo (*Carrousel*, CD Universal, mars 2009), Liquid Spirits (album tribute *Gainsnord*, CD Sonic Scenery 708 028, 2009), Micky Green (émission *Les Stars chantent Gainsbourg*, Virgin 17, février 2010), Annie Poulain (*Saoulée à l'autre*, CD Effendi Records, avril 2010), Charlotte Gainsbourg (sur scène, tournée 2010) et Bernard Lavilliers en duo avec Madjo (« Taratata », n° 372, France 4, 15/9/2010) et en solo (*Gainsbourg, 20 ans déjà*, France 2, 19/02/2011).

Marabout

La chanson *Marabout* est la troisième de l'album à s'inspirer du disque *Drums of Passion* de Babatunde Olatunji, plus précisément du morceau *Jing-go-lo-ba* dont il exploite le rythme. Serge Gainsbourg va jusqu'au bout de son idée d'accorder le verbe au rythme dans cette chanson basée sur la comptine *Trois petits chats* (*Marabout/Bout d'ficelle/Selle de ch'val/Ch'val de course...*), célèbre dans les cours de récréation. Il crée sa propre variante en créant l'expression *Y'en a/Marabout* (concentré de « y en a marre » et « à bout ») et poursuit selon le même procédé : *Bout d'ficelle/C'est la vie/Vie de chien/Chien de temps/Tant qu'à faire/Faire les cons/Qu'on se marre/Marabout*. La chanson se termine sur une deuxième variante faisant référence à une nouvelle muse prénommée Pamela.

Le rythme originel de Babatunde Olatunji a également servi de trame au morceau *Jingo* de Carlos Santana (*Santana*, LP CBS, 1969). *Marabout* est samplé par Fatboy Slim (*Going Out of My Head* : album *Better Living Through Chemistry*, CD Skint 491490-2, 1996) et remixé par Bob Sinclar sur l'album *I Love Serge – Électronicagainsbourg* (CD Mercury 548 552-2, 2001).

Ces petits riens

Cette chanson d'apparence anodine, cachée par les titres forts de *Gainsbourg percussions*, est antérieure à la conception de l'album, mais trouve sa place en raison de son rythme bossa-nova. Créée par Juliette Gréco dans l'émission « Top à Cassel » du 14 mars 1964, elle est enregistrée par Serge Gainsbourg et reprise par des interprètes réguliers comme Françoise Hardy, Zizi Jeanmaire et Jane Birkin. L'auteur la réenregistre en duo avec Catherine Deneuve pour l'album *Souviens-toi de m'oublier* (LP Philips 6313-172, 1981).

Serge Gainsbourg s'est essayé aux musiques latines à plusieurs reprises, que ce soit du mambo, du cha-cha-cha ou le jazz samba du quatrième album (celui de *Baudelaire* et *Ce grand méchant vous*), mais c'est la première fois qu'il chante une vraie bossa, même si l'accompagnement des musiciens français est un peu raide en comparaison de la technique des maîtres João Gilberto, Antonio Carlos Jobim ou Vinicius de Moraes. Il a le mérite de devancer Pierre Barouh qui deviendra l'importateur du style en 1966 en revenant du Brésil et en lançant le label Saravah.

D'autre part, *Ces petits riens* est représentatif du style d'écriture classique de son auteur, adepte de l'emploi des pronoms personnels, des homophonies et des antonymies du type : *Mieux vaut n'penser à rien/Que ne pas penser du tout/Rien, c'est déjà, rien/C'est déjà beaucoup*. Dans un autre couplet, il adresse un clin d'œil à *La Javanaise* de cette façon : *Mais vous, vous n'avez rien/Dans le cœur, et j'avoue/Je vous envie/Je vous en veux beaucoup*. Serge Gainsbourg ne cessera par la suite d'affiner sa langue pour exprimer les plus subtiles nuances des sentiments. Il n'est donc guère étonnant que *Ces petits riens* soit plébiscité par ses interprètes féminines.

Françoise Hardy l'interprète en 1982 (*Quelqu'un qui s'en va*, LP Flarenasch 723 643 ; album *Les Inoubliables*, Wagram 3040632, 2000), avant Gérard Lanvin (dans le film *Moi vouloir toi*, 1985), Claire Chevalier (*Saveurs Brésil*, CD JSL 010843, 1991), Zizi Jeanmaire (*Zizi au Zénith*, CD WMD 334.992.500 ; CDS 1996 ; DVD *Plumes et diamants*, Bel Air Classique, 2007), Jane Birkin en 1996 (*Versions Jane*, CD Philips 532.140-2), Bévinda (émission « Changement de direction », France Inter, 1996 – inédit radio ; album *Gainsbourg tel qu'elle 1958-1968*, CD, 2006), Czerkinsky (*Czerkinsky*, CD, 1999), Christiane Canavese (*Canavese chante Gainsbourg*, CD AMCD 999, 1999), Arielle (en concert au Festival de Montreux en hommage à Gainsbourg, 2000), Maurice Garrel (*Portraits*, CD Frémeaux & Associés, 2000), Pierre-Alain Goualch (version instrumentale, *Exploring the Music of Serge Gainsbourg*, CD Night Bird, 2000), Julie Autissier et Sabeline Campo dans leur spectacle *En passant chez Gainsbourg* (hors-commerce, 2001), Conservatoire de Nantes (spectacle *Couleurs Gainsbourg*, 2001), Annie Pépin (album *De moi z'à vous*, Frémeaux LLL 299, 2001), Angélique Kidjo (*Black Ivory Soul*, CD, 2002), Carla Bruni (*Those Little Things*, version demo, CD *Les Inrockuptibles* ; *Monsieur Gainsbourg Revisited*, CD Mercury ; émission « La Musicale », Canal+, 2006), Stacey Kent (*Breakfast on the Morning Tram*, CD Blue Note 50999501611-6, 2007), Florence Davis (*French Songs*, CD Cristal, 2008), Simone Tassimot (*Gainsblues*, CD Le Mot et La Note LMEN01, 2009), le duo Initial SG (album *Initial SG revisite Serge Gainsbourg première période*, Baroque Production, 2007), Don Nino (album *Mentors Menteurs*, Prohibited Records 2007), Elina Duni (Baresha, CD Phantom Sound And Vision 790168, 2008), Luc Lazza (album *Luc Lazza revisite Gainsbourg*, LJDM 2010) et par Alain Chamfort en duo avec Fredrika Stahl (« Taratata », France 4, 2011) ; cette dernière l'a aussi chantée en solo (France Info, mars 2011).

Tatoué Jérémie

Également paru sur 45-tours Philips 434.994 BE (EP) avec *Joanna*, *Couleur café* et *New York U.S.A.* et sur 45-tours Philips 373.466 (SP) avec *New York U.S.A.*

En 1964, la pratique du tatouage n'était pas aussi répandue que de nos jours. C'était souvent un signe d'appartenance à un groupe, l'apanage des anciens prisonniers, des légionnaires ou des rockers. Pour le personnage de la chanson *Tatoué Jérémie*, c'est une preuve d'amour à sa belle que de se faire tatouer un cœur sur trois parties du corps, dont un *où ça n'se voit pas*. Le jour où il ne l'aime plus, Jérémie souhaite en effacer les traces. La solution est toute trouvée pour Serge Gainsbourg qui dans la chanson interpelle un chœur féminin : *Faudrait arracher ce cœur/Qu'est tatoué sur son cœur/Arracher ce cœur/Avec c'qu'y a à l'intérieur*. L'accompagnement musical est assez minimaliste car il s'appuie sur des percussions et un solo de flûte piccolo.

Coco and Co

Dès l'introduction lancée sur les chapeaux de roues par un saxophone hurleur, *Coco and Co* installe une ambiance de club de jazz et se poursuit sur un rythme plus *cool* du sextet mené par le crooner Serge Gainsbourg. *Coco and Co* bénéficie du savoir-faire de la formation constituée des solides jazzmen que sont Alain Goraguer (piano et arrangements), Michel Portal (saxophone ténor), Eddy Louiss (orgue), Pierre Michelot (contrebasse) et Christian Garros (batterie). L'équipe de choc est d'autant plus mise en lumière que la chanson traite directement de musiciens, en particulier des jazzmen qui ont coutume d'abuser de substances illicites…

Gainsbourg passe ainsi en revue les habitudes de chacun d'entre eux, qui pour la coco (cocaïne), qui pour l'éther, l'opium ou la marijuana. Il démarre fort en chantant sur le ton amusé de l'initié : *Écoute le gars qui jazzhote/T'entends, ah ! comme il saxote/Il est camé à zéro/Coco and Co*. L'auteur, complètement en phase avec son sujet, emploie le jargon du milieu et glisse quelques références comme *jazzhote* (citation du magazine spécialisé *Jazz Hot* publié depuis 1935), *drums*, *crack* (dans le sens « musicien virtuose ») et *Blue Note* (célèbre club de New York qui a donné son nom à l'illustre label de jazz).

La chanson peut aussi se concevoir comme un hommage ou un clin d'œil à Fréhel, interprète de *La Coco* en 1930. Serge Gainsbourg, qui dans sa jeunesse a rencontré la chanteuse réaliste, interprétera seul *La Coco* dans l'émission télévisée « Cinéma cinémas » du 3 novembre 1982.

1965

Poupée de son, Bubble Gum et Petits Papiers

« Je veux être célèbre en 65 », déclare Gainsbourg, qui met sa carrière d'interprète entre parenthèses et réussit son pari en signant trois énormes succès pour ses interprètes féminines : *Poupée de cire, poupée de son* pour France Gall, *Bubble Gum* pour Brigitte Bardot et *Les P'tits Papiers* pour Régine.

Lily taches de rousseur

Créé par Philippe Clay ; 45-tours Fontana 460.918 ME (EP)

Deux ans après *Chanson pour tézigue*, Serge Gainsbourg retrouve Philippe Clay, dont la carrière est en plein déclin. Ce n'est pas cette chanson, coincée entre une reprise de *Hello Dolly* et du fameux *Je suis sous*... de Claude Nougaro, qui va sauver l'interprète du *Danseur de charleston* et de *Julie la rousse*. Pour autant, le titre taillé sur mesure commence par un monologue puis s'emballe dans un air de music-hall, à contre-courant de ce que produit Gainsbourg à cette époque. La fameuse rouquine Lily (*Lili* sur le manuscrit original) était un souffre-douleur, jusqu'à ce qu'elle rencontre celui qui va l'aimer : *Lili taches de soleil/Ça va plus être pareil/À mes yeux t'es la plus mignonne/Lili taches de minium.*

Pour aimer il faut être trois

Créé par Isabelle Aubret ; 45-tours Polydor 27 172 (EP), avec *No Man's Land*

Isabelle Aubret, créatrice de *Il n'y a plus d'abonné au numéro que vous avez demandé* et de *Arc-en-ciel*, mais surtout interprète fétiche de l'austère Jean Ferrat, a dû s'émouvoir en découvrant l'intitulé de la nouveauté apportée par Serge Gainsbourg. Il n'y a en fait rien de provocateur derrière ce titre puisque le troisième protagoniste n'est autre que l'amour lui-même : *Oui pour aimer il faut être trois/L'amour et moi sommes deux sans toi/Sans lui ne restent que toi et moi/Oui pour aimer il faut être trois*. La mélodie romantique, orchestrée par Alain Goraguer, s'inspire directement de la *Danse hongroise n° 1 en sol mineur*, extraite d'un cycle de vingt et une *Danses* composées en 1869 par Johannes Brahms (1833-1897), elles-mêmes adaptées d'airs traditionnels tsiganes, ce qui avait causé un scandale à l'époque. C'est la première fois (en tout cas de façon flagrante) que Serge Gainsbourg, fin connaisseur du répertoire classique, auquel il a été initié dès son plus jeune âge par son père pianiste, lui emprunte un thème pour l'une de ses chansons. Il renouvelle l'expérience peu après avec *Poupée de cire, poupée de son*, avant de puiser de temps à autre pour *Initials B.B.*, *Baby Alone in Babylone* ou *Lemon Incest*. Le neuvième EP d'Isabelle Aubret, qui comporte également *No Man's Land*, paraît en février 1965.

Pour aimer il faut être trois est récité sans musique par Huguette Maillard (*Gainsbourg portraits*, 2 CD Frémeaux & Associés, 2000).

No Man's Land

Dans la chanson *No Man's Land*, Serge Gainsbourg fait chanter à Isabelle Aubret la tristesse d'une vie sans homme et sans amour. Friand d'expressions anglaises passées dans le langage courant, il emploie la formule dans son sens littéral, celui d'un « pays sans homme », et l'adapte à la situation en livrant ces vers très réussis : *À moi-même abandonnée/Comme la mer au loin s'en va/L'amour s'est retiré de moi*. L'air *easy listening*, mêlant généreusement un orchestre pop, des chœurs, des cuivres et une section de cordes, apparaît en décalage total par rapport au thème très mélancolique du texte. Le résultat invite davantage à la danse qu'aux lamentations.

Poupée de cire, poupée de son

Créé par France Gall ; 45-tours Philips 437.032 BE (EP, 2 pochettes) et 45-tours Philips B 373 524 F (SP). Existe également en pressage allemand (BF 373 524, 2 éditions), espagnol (EP Philips 437 032 BE, 2 pochettes), hollandais (SP Philips JF 328 036 *Eurovisie Songfestival* 1965) et japonais (SP Philips FL 1173 ; EP Philips FL 1200, 2 éditions)

Au cours de l'émission « Discorama » du 3 janvier 1965, entre des chansons de son dernier album *Gainsbourg percussions*, Serge répond aux questions pertinentes et insidieuses de la présentatrice Denise Glaser : « J'ai retourné ma veste, parce que je me suis aperçu que la doublure était en vison. Je trouve qu'il est plus acceptable de faire du rock sans prétention que de faire de la mauvaise chanson à prétention littéraire. » Manifestement, il prépare un gros coup, déclarant à un magazine télé : « Je veux être célèbre en 65 ! Je vais me lancer dans le rock, le vrai rock… Voilà six ans que j'attends, ça suffit. »

Sélectionnée pour représenter le Luxembourg au concours Eurovision de la chanson à Naples le 20 mars 1965, *Poupée de cire, poupée de son* est interprétée par France Gall et orchestrée par Alain Goraguer devant cent cinquante millions de téléspectateurs. La chanson rythmée de Serge Gainsbourg, davantage soutenue par les pays européens non francophones, remporte le grand prix devant l'Anglaise Kathy Kirby. Dès cet instant, la carrière de Serge Gainsbourg bascule de la notoriété à la célébrité : les gens du métier accourent pour le féliciter, les ventes du 45-tours partent en flèche, la chanson est adaptée dans toutes les langues, et les commandes de titres affluent.

Le thème de *Poupée de cire, poupée de son* s'inspire directement du quatrième mouvement *Prestissimo* de la *Sonate pour piano n° 1 opus 2*, composée par Ludwig van Beethoven en 1795. La chanson, introduite par un motif à la flûte puis un bref rappel à la trompette, est lancée au pas de charge par France Gall, soutenue par une armée de violons et un rythme intrépide : *Je suis une poupée de cire/ Une poupée de son/Mon cœur est gravé dans mes chansons/Poupée de cire, poupée de son.* Serge Gainsbourg, qui a compris le caractère timide, lisse et introverti de la chanteuse, joue les marionnettistes en lui faisant interpréter un titre parfaitement autobiographique : *Mes disques sont un miroir/Dans lequel chacun peut me voir/Je suis partout à la fois/Brisée en mille éclats de voix.* Le dernier couplet, déclamé par la voix suraiguë de la blonde ingénue, perce son mystère : *Mais un jour je vivrai mes chansons/Poupée de cire, poupée de son/Sans craindre la chaleur des garçons/Poupée de cire, poupée de son.* Par le biais d'une chanson écrite sur mesure, Gainsbourg amène la réflexion sur le rôle de chanteuse.

France Gall adapte le tube en allemand sous le titre *Das War Eine Schöne Party* (paroles de C.U. Blecher) sur le 45-tours Philips 373 556 BF (SP *Sieger im grand prix Eurovision 1965*, avec en face B la version teutonne de *Mes premières vraies vacances*), et en japonais (paroles de Tokiko Iwatani, sur le rarissime SP Philips SFL 3105, 2 éditions avec pour face B la version japonaise de *Donna Donna* de Claude François, qui est à l'époque le fiancé de la chanteuse). Elle réinterprétera le titre à la télévision, notamment dans l'émission « La Grande Lucarne » du 31 mai 1965, mais la délaissera ensuite de son répertoire.

Devenu en un éclair le premier succès international de Serge Gainsbourg (qui enregistrera sa propre version dans l'émission *TSF69* de Jean Garetto et Pierre Codou sur France Inter, en 1969), *Poupée de cire, poupée de son* est repris ou adapté dès 1965 et jusqu'à nos jours par Die Aeronauten, Ann Claire, Claude France, Die Tornados, Javier Corcobado, Alberti Laetiti, Les Valentins, Sugareen (Allemagne), Marijcke Merkens (*De Modepop*, Pays-Bas), Susy Susie (Japon), Rosalia (*Muneca de cera*, Espagne), Karina (Portugal), Ngoc Lan (*Búp bê không tình yêu*, Viêt Nam), Varik Titu (Estonie), Palukka Ritva (*Vahanukke, Laulava Nukke*, Finlande), Nicole Félix (45t Supraphon 33640, Tchécoslovaquie), Simon R. (album Symco LP 115), Bob Jalil et l'Orchestre Star Melody (*La Akdar Alik*, Maroc), Fred Gérard (EP Festival FY 452410 M), Dominique (EP Trianon 453 ; LP Trianon 5374 TRS), Les Frères Ennemis (parodie *Si on jouait au papa*, EP Philips 437401 BE ; LP Philips 884.982 ; LP Philips P 70423 L), Los Liberos, Maria Enekel Toldi, Jackie (*Chansons et play-backs de l'Alsacienne*, 45t Multitechnique 3), Bal Paré, Los Pekes, l'Anglaise Twinkle (*Lonely Singing Doll*, 45t Decca 457077), Lo Si Tu No (Italie), Génération 60 (45t medley), Ann Morée & Jean Claudic et son Orchestre (45t SPPK 747, Belgique), Les Strapontins (45t Barclay 72653), Les Scarlets (instrumental), Janie Jurka (EP Tiercé Panorama 3338 M ; EP Pergola 450164 PAE), Franck Pourcel (LP EMI 290), Ken Lean (instrumental, EP Pathé EGF 806), Georges Jouvin (LP EMI FELP 291), Sonia Christie (45t Saphir LDP 5559 ; LP Vega VT 12096), Adari Gilla (version en hébreu sur un disque-carte postale), Angélique (*Das War Eine Schöne Party*, Allemagne), Alsmann Getz (*Das War Eine Schöne Party*, Allemagne), Barbara (France Inter, 1969), Conchita Bautista & Karina (Espagne, 1971), Gitte Hænning (Danemark, 1973 ; CD *Festival Favoriter*, EMI

Suède, 2008), Sophie Darel (1978), Nathalie Simard (1983), Oberkampf (Maxis 45t *Couleurs sur Paris*, 1981 et *Maximum*, 1983 ; CD *Oberkampf Bataclan*, 2001 ; CD *PLC – Cris sans thème*, Garage Records, 2005), Chris Bonny (1984), Min & Klinamen (Nagomu NG 038, Japon, 1987), Tatiana Eva-Marie (*Chante*, 1992), Bridge (1993), Nice Music (Seiki Sato & Yushi Shimizu : *Little Chanson doll*, CD *Across the Universe*, Japon, 1994), Fumie Hosokawa (CD *Tribute '95*, Japon, 1995 ; CD *Made in Japan*, 2008), Judith Bérard (CD Atlas, 1996), Die Moulinettes (*Das War Eine Schöne Party*, CD Marina MA 34, Allemagne, 1998), Nosötrash (Norvège, 1998), Wizo, Kraut & Riben (1998), Frédéric Lebon (émission « Dans tous les sens », France Inter, 8/5/1998), Belle and Sebastian (concert « Black Session », France Inter, 1/10/1998), Kim Kay (CDS EMI 7243 886457-2 ; remixes CD *La Vie en lilali, Hits !*, Belgique, 1999), Baby Spice (DVD Canada, 2001), Bangles de Gijon et Montreal 76 (CD *Lucien Forever*, Pussycat Records, Espagne, 2001), Julie Zenatti et Raphaël Mezrahi (émission « En attendant l'Eurovision », France 3, 9/4/2001), Ann'So (CD *NRJ – Les Tubes de l'été 2002*, 2002), Hélène Delavault (CD *Femme... Femmes !*, 2003), le trio *Tam Ca Áo Trang* (CD *Xa Rôi Tuôi Thò*, Vietnam, 2004), Les Sans Culottes (CD *Fixation orale*, 2004), Fake (CD *Le Pensionnat déchire les yé-yés*, 2005), Lorie (émission « Gainsbourg pour toujours », France 2, 15/4/2006), Arcade Fire (concert Olympia, Canal+, 20/3/2007), le duo Initial SG (album *Initial SG revisite Serge Gainsbourg première période*, Baroque Production, 2007), les Top Machine (CD *La Grande Fiesta*, vol. 1, Blue Cat, 2008), Jean Paques (CD *Piano bar*, vol. 16 *: les années 60*, Seniors, juin 2009), The Surphonics (CD *Let It Beat*, Sam Sam Music, mai 2010), The Hillbilly Moon Explosion (CD *Raw Deal*, The-Freed, mai 2010).

La Guérilla

Créé par Valérie Lagrange ; 45-tours Philips 437.055 (EP)

Actrice (elle a joué dans *La Jument verte* de Claude Autant-Lara en 1959), modèle (elle pose en couverture du premier numéro du magazine *Lui* en 1963) et chanteuse (elle a sorti un premier EP fin 1964 avec *Paris-Wellington* de Pierre Barouh), Valérie Lagrange est présentée à Serge Gainsbourg par Claude Dejacques. Pour cette collaboration unique, la chanson commandée s'appuie sur l'instrumentation exotique du groupe péruvien Los Incas (*El Condor Pasa*) qui accompagne régulièrement la chanteuse. Gainsbourg produit un texte à l'avenant sur le thème « faites l'amour pas la guerre », assorti de références latinos avec force *tequila*, *sombrero*, *guerillero* et *haciendas*. Curiosité formelle, *La Guérilla* ne comprend que des vers de onze pieds.

La version originale, enregistrée le 25 mars 1965, est publiée le mois suivant sur le deuxième EP de Valérie Lagrange.

Une autre version par la même interprète apparaît en 2003 sur l'album *Fleuve Congo* (CD Exxos/BMG 8287 650.493-2), enregistrée avec Nicolas Fiszman (guitare), Michel Amsellem (piano Fender Rhodes), Benjamin Biolay (orgue Hammond B3), Laurent Vernerey (basse), Denis Benarrosh (percussions) et un quatuor à cordes composé de Karen Brunon, Elsa Benabdallah, Florent Bremond et Christophe Morin.

La Guérilla est reprise par Harry Robinson and The London Sound Dance Orchestra (version instrumentale sur *Dansez aux rythmes de Serge Gainsbourg*, LP Concert Hall 1283, 1969).

Sourire soupirs

Créé par Henri Salvador, Petula Clark et Sacha Distel pour la télévision ; inédit

Ce titre créé par Henri Salvador, Sacha Distel et Petula Clark lors de l'émission télévisée « Pirouettes Salvador » du 19 avril 1965 n'est jamais paru sur disque. L'émission, produite par les incontournables Maritie et Gilbert

Carpentier, met en avant les artistes du label Rigolo (créé par Salvador) tels Jacky Moulière, Tiny Yong, les Bretell's et Audrey Arno. Le texte signé Serge Gainsbourg ne comprend que des vers de un ou deux mots, dont le refrain : *Sourire/Soupirs/Plaisir/D'amour/Mourir/De rire/Mourir d'amour.*

La présentatrice et actrice espagnole Laura Valenzuela chante l'air de *Sourire soupirs* dans le film *Carré de dames pour un as* de Jacques Poitrenaud, sorti en salles le 5 octobre 1966, et dans lequel Serge Gainsbourg fait une brève apparition.

Bubble Gum

Créé par Brigitte Bardot ; 45-tours Philips 437.102 BE (EP), avec *Je manque d'adjectifs, Les hommes endormis* et *Les Omnibus*

Pour son plus grand plaisir, Serge Gainsbourg retrouve Brigitte Bardot, deux ans après *L'Appareil à sous* et *Je me donne à qui me plaît*. Entretemps, la belle a chanté *La Madrague*, *Je danse donc je suis*, ainsi que *Moi je joue* et *Ciel de lit*, qu'il aurait pu écrire. *Bubble Gum* et *Les Omnibus* sont enregistrés du 22 au 24 juin 1965 au studio Philips du boulevard Blanqui, pour une parution simultanée sur son septième EP le 7 juillet. Sur ces deux titres, l'accompagnement au piano désaccordé, comme il est de coutume pour le jeu en ragtime, trahit la présence d'Alain Goraguer à l'arrangement et à la direction musicale, à l'instar des titres contemporains pour Petula Clark et Régine.

Bubble Gum est l'un des succès de l'été 1965. Au-delà de son intitulé anglais, autre préférence du moment de Serge Gainsbourg, le texte assez court est une succession de rimes amusantes autour des mots « homme », « gomme », « comme » et « welcome ». Aimer le même homme devient lassant, elle finit par perdre de son goût comme le *bubble gum*, mais est tout aussi collant et attachant.

Brigitte Bardot interprètera la chanson dans son spécial « Brigitte Bardot show » du 1er janvier 1968. À cette occasion, le titre réapparaîtra sur l'EP et l'album *Bonnie and Clyde* (EP Fontana 460.247 ME ; LP Fontana 885.529 MY), puis sur le DVD *Divine B.B.* (Universal 63.312-9, 2004). Le show diffusé aux États-Unis sur la chaîne NBC le 3 décembre 1968 donne lieu à l'édition particulière du 33-tours *Burlington Cameo Brings You Special Bardot* (Burlington Cameo BC-1000), compilation publicitaire éditée par la marque de textile.

Bubble Gum a été repris par Les Strapontins (1965), Les Scarlets (1965), Barbara (France Inter, 1969), Harry Robinson and The London Sound Dance Orchestra (*Dansez aux rythmes de Serge Gainsbourg*, LP Concert Hall 1283, 1969), Jil Caplan (émission « Le Fou du roi », France Inter, 2001), Mareva Galanter (concert à l'Européen, Paris, 2007) et Marie France (*Marie France visite Bardot*, CD JPB Production 004, 2009).

Les Omnibus

Des transports ferrés aux transports amoureux, il n'y a qu'une rime pour Serge Gainsbourg qui cuisine les métaphores coquines de la chanson *Les Omnibus*. Jouant sur la première syllabe du mot titre, il met dans la bouche de Brigitte Bardot les différentes catégories d'amants : les hommes *sleepings*, les hommes *express*, les hommes *pullmans*, les omnibus aux arrêts imprévus dans tous les petits coins sans nom, et les… wagons à bestiaux. À la fin de la chanson, quand la température monte, B.B. tire le signal d'alarme : *Avant qu'ça n'devienne indécent/Terminus ! Tout le monde descend.*

Reprise : Marie France (*Marie France visite Brigitte Bardot*, JPB Productions, 2009).

Les P'tits Papiers

Créé par Régine ; 45-tours Pathé Marconi EG 899 (EP) avec *Il s'appelle reviens* ; 45-tours Pathé Marconi G 2034 (SP) avec *Il s'appelle reviens* et G 2061 (version anglaise, SP, 1966) ; aussi sur 33-tours Pathé Marconi STX 231 (LP *Les Lampions*)

Oiseau de nuit, Serge Gainsbourg n'a pas quitté ses habitudes après son remariage avec Françoise « Béatrice » Pancrazzi – dont il ne tardera pas à divorcer – et la naissance de sa première fille Natacha. L'un de ses repaires favoris est la boîte de nuit New Jimmy's tenue par son amie Régine, avec qui il se sent quelques affinités, car elle a comme lui traversé les souffrances de la guerre. Celle que l'on surnomme la « reine de la nuit » s'est lancée dans la chanson avec un titre signé Charles Aznavour, *Nounours*. Souhaitant sans doute se mettre à la page, elle passe commande à Serge Gainsbourg qui lui offre deux titres, les premiers d'une longue série, *Les P'tits Papiers* et *Il s'appelle reviens*.

Le titre de la première chanson s'inspire d'un classique de la Belle Époque composé par Paul Delmet sur un poème de Maurice Vaucaire, *Les Petits Pavés*, repris par Fréhel, Édith Piaf, Cora Vaucaire, Patachou, Mouloudji, Claude Nougaro… et Serge Gainsbourg dans l'émission « Mardi gras » du 6 mars 1962. Quand Gainsbourg se met au piano pour faire écouter à Régine sa nouvelle création, cette dernière exulte et s'empare du petit chef-d'œuvre : *Laissez parler/Les p'tits papiers/À l'occasion papier chiffon/Puissent-ils un soir/Papier buvard/Vous consoler*. *Les P'tits Papiers* n'est que la suite d'une série de chansons dans une veine réaliste et populaire – celle qu'il appréciait étant enfant, en écoutant la radio – que Gainsbourg concocte pour Michèle Arnaud, Juliette Gréco, Catherine Sauvage ou Zizi Jeanmaire, assortie pour l'occasion d'une jolie trouvaille. La chanson arrangée et jouée par Alain Goraguer paraît en juillet 1965.

Régine enregistre simultanément une version anglaise adaptée par Mort Shuman sous le titre *The Little Papers*, rééditée en décembre 2000 sur le coffret longbox *Régine* (Scorpio Music/ULM 013.117-2). Elle reprend ensuite ce titre fétiche en concert dans son spectacle *La Boule au plafond* au Théâtre des Bouffes du Nord (CD à tirage limité, 1995) puis *Régine aux Folies-Bergère* (DVD Sony 2026 319, septembre 2004), puis en duo avec le Japonais Tomuya (*Gainsbourg fait chanter Régine*, CD Mercury, mars 2006).

Les P'tits Papiers a trouvé au fil des ans de nombreux interprètes : Harry Robinson and The London Sound Dance Orchestra (*Dansez aux rythmes de Serge Gainsbourg*, LP Concert Hall 1283, 1969), Jane Birkin et Françoise Hardy (émission « Top à Gainsbourg », 4/5/1974), Jane Birkin, Serge Gainsbourg et Jacques Dutronc (émission « Birkin et ses invités », 31/12/1987), Marie-Paule Belle (*Les Génies de la chanson française – Serge Gainsbourg*, CD Atlas FRA HOMCD1, 1997), Enzo Enzo et Thomas Fersen (« Taratata » n° 161, France 2, 24/4/1997), Rodolphe Burger & Meteor Band et Philippe Poirier + final collectif (album militant *Liberté de circulation*, CD Naïve NV 3223-1, 1999), Les Croquants (*Ça sent la bière*, CD, 2001), Tancrède (émission « Le Fou du roi », France Inter, 24/4/2003), Jean-Pierre Cassel (*Chante et danse Serge Gainsbourg* au Petit Journal Montparnasse, avril 2004), Julie Fradette (*Gainsbourg et Elles* à Montréal, 18/3/2006), Françoise Kucheida (*De la Scarpe à la Seine*, CD Saravah SHL 2072, août 2007), Jane Birkin (*Jane Birkin au Palace*, CD Capitol/EMI, 2009), Luc Lazza (*Luc Lazza revisite Gainsbourg*, LJDM, février 2010), Les Chanteurs Latins (*Tres Cuatro*, Label de Mai, février 2010) et Fab (*Le Live qui dérange*, Mais Bien Sûr !, juin 2010). *Les P'tits Papiers* a également été chanté le 4 septembre 2010 par Régine, Jane Birkin et Agnès Jaoui, entre autres, devant le ministère de l'Immigration.

Il s'appelle reviens

La face B du 45-tours *Les P'tits Papiers* est chronologiquement le premier morceau présenté par Gainsbourg à Régine. Mme Zylberberg la trouve vraiment courte, mais s'en satisfait. Sur un mode music-hall avec le même style de piano bastringue, *Il s'appelle reviens* s'amuse de l'expression consacrée en la détournant ; il s'agit cette fois d'un amant prêté à une copine : *J'te prête Charlie/Mais il s'appelle reviens/Prends-en bien soin/Comme si c'était le tien [...] Ramène-le-moi/Sans faute demain matin.* À la fin, Charlie revient dans un piteux état, la chanteuse ne le reconnaît plus. Il est curieux de voir comment Serge Gainsbourg s'adapte à la personnalité de ses interprètes, adoptant avec Régine une liberté de ton et une familiarité qui n'existent pas chez les autres. Une seconde version différente naît dans l'émission « Top à Régine » du 11 novembre 1972, chantée en trio par Régine, Serge Gainsbourg et Marie Laforêt. Régine la réinterprète avec Sacha Distel chez Christophe Dechavanne dans l'émission « Ç'est encore mieux l'après-midi » du 27 janvier 1987.

Il s'appelle reviens est repris par Harry Robinson and The London Sound Dance Orchestra (*Dansez aux rythmes de Serge Gainsbourg*, LP Concert Hall 1283, 1969).

Mamadou

Créé par Sacha Distel ; 45-tours La Voix de Son Maître-EMI EGF 839 (EP)

Quand Serge Gainsbourg offre *Mamadou* à Sacha Distel, ce dernier surfe avec élégance sur le succès colossal de ses « Sacha Show » à la télévision. La chanson arrangée par Jacques Denjean est quelque peu éclipsée par le titre phare de ce super 45-tours qui paraîtra en septembre 1965, *Scandale dans la famille*, adaptation du *Shame and Scandal in the Family*, titre calypso de Sir Lancelot popularisé aux États-Unis par Trini Lopez. Toujours est-il que Gainsbourg refile au présentateur du « Sacha Show » une patate chaude sur la décolonisation par les armes : *Quand Mamadou m'a dit/« Toi mon colon pas faire long feu ici »/J'lui ai dit/« Oh, oh ! Mamadou fais ton boulot »/Et je me suis remis/À gratter mon banjo*. Aussi controversée et politiquement incorrecte qu'elle puisse être vue actuellement, *Mamadou* et son motif au banjo est une curiosité acoustique parmi les titres composés à l'époque par un Serge Gainsbourg en pleine éclosion pop.

Sacha Distel crée dans la foulée une version scénique enregistrée le 8 janvier 1966, parue le mois suivant sur le 33-tours *Sacha Show à l'Olympia* (La Voix de Son Maître FELP 306) et l'enregistre en espagnol dans une adaptation de Jorge Córcega (album *Gigantes de la Cancion*, vol. 11, Odeon J-05411353, Espagne, 1970). Depuis, personne ne semble s'être risqué à la reprendre !

Si t'attends qu'les diamants t'sautent au cou

Créé par Régine ; 45-tours Pathé Marconi EG 911 M (EP) et 33-tours Pathé Marconi STX 231 (LP)

Dans cette nouvelle création, Serge Gainsbourg met à profit la personnalité de Régine qu'il imagine conseillère en amour auprès d'une jeune fille encore célibataire, et use de brillantes métaphores entre *les perles de mélancolie, les sanglots... Mais ces rivières-là n'ont pas de prix* et *Rien ne vaut un homme autour du cou*. *Si t'attends qu'les diamants t'sautent au cou* convoque encore Alain Goraguer et son piano sautillant pour cet EP paru en novembre 1965.

Attends ou va-t'en

Créé par France Gall ; 45-tours Philips 437.095 BE (EP), 45-tours Philips JF 328.042 (SP Pays-Bas) et 33-tours B 70.326 L (LP *Baby Pop*)

Quelques mois après le raz-de-marée de *Poupée de cire, poupée de son* qu'ils savourent encore, Serge Gainsbourg et France Gall refont équipe pour *Attends ou va-t'en*, nouveau titre inclus sur le septième EP de la gagnante de l'Eurovision. Le succès est cette fois-ci beaucoup moins retentissant, même s'il s'agit d'une des plus jolies mélodies que Gainsbourg ait offertes à la petite égérie blonde. L'argument tourne toujours autour des amourettes de la jeune fille qui supplie son petit ami d'arrêter de pleurer et de l'embêter, ou de partir : *Attends ou va-t'en/Mais ne pleure pas/Attends/Ou va-t'en loin de moi/Attends ou va-t'en/Ne m'embête pas/Va-t'en/Ou alors attends-moi*. Un harmonica plaintif suit les contours de la chanson arrangée et orchestrée par Alain Goraguer, publiée en juillet 1965.

Comme il en est des autres titres de Serge Gainsbourg depuis sa rencontre avec Michel Berger, France Gall n'a jamais plus chanté *Attends ou va-t'en* jusqu'à son concert acoustique unique du 2 mars 1997, diffusé sur M6 et publié peu après (*Concert privé*, 2 CD WEA 18833-2, 24/4/1997).

Attends ou va-t'en est repris en version instrumentale par Paul Mauriat (1965), Harry Robinson and The London Sound Dance Orchestra (*Dansez aux rythmes de Serge Gainsbourg*, LP Concert Hall 1283, 1969) et Ernesto Ronchel (*See You Later Cowabunga*, CD Elefant Records, 2005). Versions chantées par le duo Mikado (LP Vogue 540.132, 1985 ; CD Arcade 6796129, 1998), Baby Birkin (compilation *Lucien Forever, a Tribute*, CD Pussycat 27, Espagne, 2001), Sauna Kings (album *Initials D.D.*, Döner Diskothek, 2005), Sylvie Vartan (*Nouvelle vague*, CD Mercury 11561, juin 2007).

Non à tous les garçons

Créé par Michèle Torr ; 45-tours Mercury 152.043 MCE (EP) et 33-tours Mercury D 625.601 ML (LP *Ce soir je t'attendais*, juin 1966)

Auréolé de son succès au concours de l'Eurovision, Serge Gainsbourg reçoit des commandes de toutes parts (dont plusieurs qu'il n'honore pas, pour Henri Salvador, Eddy Mitchell, Jeanne Moreau…). Dans l'espoir de renouveler l'expérience avec une nouvelle idole yé-yé, il jette son dévolu sur Michèle Torr, chanteuse originaire du Vaucluse comptant à son actif les succès *C'est dur d'avoir seize ans* et *Dans mes bras (oublie ta peine)*. La compagne du chanteur Christophe interprète ce titre écrit en réponse au tube fondateur *Tous les garçons et les filles* (1962) de Françoise Hardy : *Si tu es trop difficile/Il s'pourrait bien/Si ça continue, qu'il/Ne t'arrive rien*. En réaction à la mode des « copains », Gainsbourg relève toute une série de défauts masculins faisant obstacle à une liaison. Il infuse une goutte d'esprit cynique et un soupçon de liberté de mœurs dans la conclusion : *Mois je dis ouiii/Toujours ouiii/Oui, oui/À tous les garçons*. La ritournelle arrangée par Paul Piot sort en octobre 1965. L'année suivante, Michèle Torr représente le Luxembourg au concours Eurovision de la chanson avec le titre *Ce soir je t'attendais* (elle termine dixième *ex æquo*).

On n'aurait jamais dû quitter la Nouvelle-Orléans

Créé par Annie Girardot et Sacha Distel pour la télévision ; inédit

Depuis quelques années déjà, Sacha Distel anime ses propres émissions de variétés à la télé. Le « Sacha Show » invite régulièrement Serge Gainsbourg qui à cette occasion écrit généralement une chanson servant à une mise en scène. Le 29 novembre 1965, il apporte *On n'aurait jamais dû quitter la Nouvelle-Orléans*, jouée et interprétée par le présentateur, alias Charlie, et l'actrice Annie Girardot, alias Johnny, tous deux grimés de noir et prenant l'accent américain. Le titre inédit sur disque raconte l'histoire de ces deux touristes qui se font plumer comme des pigeons lors de leur périple dans la cité louisianaise.

Nous ne sommes pas des anges

Créé par France Gall ; 45-tours Philips 437.125 BE (EP) ; 45-tours 373.659 F (SP)
33-tours Philips 70326 (LP « Baby Pop »)

Troisième chanson écrite pour France Gall dans l'année 1965, *Nous ne sommes pas des anges* est programmée sur son huitième EP, en concurrence avec *L'Amérique* et *Le Temps de la rentrée*, cette dernière fomentée par son père Robert Gall et son frère aîné Patrice Gall.

À cette époque, les adultes s'interrogent sur les garçons aux cheveux longs et les filles en pantalon. La génération unisexe risque de déboussoler les anges qui n'en ont pas, alors autant les laisser là-haut car la terre n'est pas le paradis… Sur ce mince argument, France Gall crie davantage qu'elle ne chante.

Nous ne sommes pas des anges est édité en 45-tours dans deux autres pays : 45-tours Philips JF 328050 (SP Pays-Bas) ; 45-tours Philips SFL-1040 (SP Japon). La chanson a été reprise par Barbara (« *Le Cahier des chansons* », France Inter, décembre 1969) et Heavenly (*Opération Heavenly*, CD Wiiija Records 1053, 1996).

Chansons et musiques pour la série animée Marie Mathématique

Créées par Serge Gainsbourg pour la télévision ; inédites

C'est à la fin du mois d'octobre 1965 que les téléspectateurs découvrent au programme de « Dim-Dam-Dom », l'émission féminine – et d'avant-garde – de la deuxième chaîne, produite par Daisy de Galard, un dessin animé audacieux racontant les aventures de Marie Mathématique, présentée comme la première héroïne TV de science-fiction. Imaginée par Jean-Claude Forest, le créateur de Barbarella, Marie Mathématique est « une délicieuse adolescente de seize ans qui ressemble plus à Claudia Cardinale qu'à Brigitte Bardot ». Au rythme d'un épisode de cinq minutes chaque mois, ces petits films d'animation en noir et blanc sont conçus comme des voyages oniriques, se déroulant en l'an 2830, accompagnés d'une série de complaintes écrites par André Ruellan et chantées par Serge Gainsbourg.

Pour les paroles de cette comédie musicale graphique, Ruellan choisit une forme poétique ancienne et stricte, le virelai, sur laquelle Gainsbourg pose des musiques délicates : *Les astres rôdeurs/Sont couverts de fleurs/Volages/Qu'une ondée flétrit/Plus vite qu'ici/L'orage...*

1966

Docteur Jekyll et Monsieur Hyde

Un premier syndrome de dédoublement, avant le Gainsbarre des années 1980. Gainsbourg, auteur de tubes pop pour France Gall (*Les Sucettes*) ou Petula Clark (*La Gadoue*) est sur le point d'éclore enfin en tant qu'interprète, avec un chef-d'œuvre, *Qui est « in », qui est « out »*, qui pose les fondations de la pop française.

Baby Pop

Créé par France Gall ; 45-tours Philips 437.159 (EP) de France Gall, 45-tours Philips B 373.732 (SP, 2 éditions) et 33-tours Philips B 70.326 L (LP *Baby Pop*). Existe aussi en pressage japonais (45-tours SP Philips SFL-1053)

Les deux derniers titres écrits pour France Gall, *Attends ou va-t'en* et *Nous ne sommes pas des anges*, n'ont pas eu le succès escompté. Cela n'a pas l'air d'affecter Serge Gainsbourg qui soumet ce *Baby Pop* très sombre sous des dehors innocents. Malgré son intitulé trompeur, il s'agit en fait de l'un de ses textes les plus noirs : *Chante, danse, Baby Pop/Comme si demain, Baby Pop/Au petit matin, Baby Pop/Tu devais mourir.* Du pain bénit pour redorer l'image de l'idole yé-yé jugée naïve, voire bébête. À travers l'emblème féminin *Baby Pop*, pouvant être considéré comme une projection de la chanteuse, l'auteur adresse à la jeune génération un avertissement sur l'avenir qui l'attend. Elle va devoir gagner durement ses sous, perdre ses illusions amoureuses et se marier, sans doute contre son gré. Il lui faut alors profiter de l'instant présent en chantant et en dansant, car la menace d'une guerre n'est pas loin (la guerre froide, qui oppose l'Occident et le Bloc de l'Est, sous tutelle soviétique, est une source d'angoisse permanente à cette époque) et le sang peut être versé. Au cinquième couplet, ces curieux vers : *Tu ne peux ignorer les dangers/Que représentent les libertés, yéi-yéi-yé*. Sans vouloir faire de Gainsbourg un artiste engagé, *Baby Pop* est l'une de ses rares chansons à caractère social et politique. Ce qui ne gâche rien, elle est servie par une mélodie et un rythme enjoués, une riche orchestration de cuivres et des chœurs sur tout le refrain. France Gall chante ce titre dans l'émission télévisée « Bouton rouge » du 16 avril 1967. L'album *Baby Pop*, qui inclut outre le morceau-titre, *Attends ou va-t'en* et *Nous ne sommes pas des anges*, est l'un des plus symboliques de l'époque yé-yé, et des plus recherchés par les collectionneurs.

Baby Pop a été repris par Antoinette et l'Orchestre de Samy Cates (SP Panorama *Succès n° 2* ; SP Philips/Pergola 450.86 PAE, 1966), Colette Girard (1966), Carole Ménard et l'Orchestre de Georges Tremblay (SP Fantastic FA 3660, Canada), Ysabelle Lacamp (version chantée et instrumentale, SP WEA 248 345-7, 1987), Sara Forestier (sur la bande originale du film *Gainsbourg (vie héroïque)*, CD Polydor 532 443-2, 2010).

Qui est « in » qui est « out »

Créé par Serge Gainsbourg ; 45-tours Philips 437.165 BE (EP), avec *Marilu*, *Docteur Jekyll et Monsieur Hyde* et *Shu ba du ba loo ba*, 45-tours Philips 373.729 (SP) avec *Docteur Jekyll et Monsieur Hyde* et 33-tours Philips 844.784 BY (LP *Initials B.B.*, 1968)

Durant l'année 1965, Serge Gainsbourg a multiplié les offrandes à des chanteuses, blondes de préférence, mais n'a rien sorti sous son nom depuis *Gainsbourg percussions*. Depuis, tout a changé dans son écriture, son attitude et son style musical. Le succès a fait prendre de l'assurance à l'homme, tandis que le compositeur s'est trouvé un style qui va coller à ses chansons pendant plusieurs années, au plus fort de son parcours, de *Vilaine fille, mauvais garçon* à l'album *L'Homme à tête de chou*. *Qui est « in » qui est « out »* est ainsi le premier titre chanté par Gainsbourg d'un style anglais qu'il importe dans la chanson francophone, une pop orchestrale aux textes empreints d'un grand raffinement.

Comme il l'avait fait début janvier 1963 pour les titres *La Javanaise*, *L'Appareil à sous*, *Vilaine fille, mauvais garçon* et *Un violon, un jambon*, Serge Gainsbourg part à Londres en décembre 1965 afin d'enregistrer au studio Fontana les quatre morceaux de son nouveau super 45-tours. L'arrangeur et chef d'orchestre est maintenant Arthur Greenslade (1923-2003), celui de *Goldfinger* de Shirley Bassey, de Them, Chris Farlowe, Dusty Springfield et… de Johnny Hallyday qui, quelques semaines après Serge, vient enregistrer l'un de ses plus grands albums, *La Génération perdue* (LP Philips 840 586). *Qui est « in » qui est « out »* donne le ton d'un rock en français décomplexé. Le morceau, porté par une introduction à la guitare fuzz saturée, un orgue et des chœurs, est digne des hymnes du rock garage américain[1] : *Jusqu'à neuf c'est O.K. tu est in/Après tu es K.O. tu es out/C'est idem/Pour la boxe/Le ciné, la mode et le cashbox*. Serge Gainsbourg, qui s'est mis à

1. Le rock garage américain, ancêtre du punk, est apparu dans les années 1960. Privilégiant un son brut et un chant sauvage, le phénomène qui consacre des groupes comme The Seeds, The Standells ou The Sonics et autres présents dans la compilation *Nuggets* (1972), connaîtra un regain de popularité dès la fin des années 1990 avec The White Stripes, The Strokes et The Hives.

l'heure du Swingin' London, truffe son texte de références contemporaines : le *Cashbox* (hebdomadaire américain publiant le classement des ventes de disques, concurrent du *Billboard*), Gemini (programme spatial américain), le Bus Palladium de la rue Fontaine (la boîte parisienne préférée des jeunes fans de rock), les *petits gars de Liverpool* (les Beatles) et Barbarella (héroïne de bande dessinée créée par Jean-Claude Forest, également auteur du dessin animé *Marie Mathématique* auquel il vient de participer). Le texte apparaît comme moderne et audacieux avec ses rimes en *in* et en *out* associés à la langue maternelle, et la musique relève de l'avant-garde dans la programmation radio de l'époque. Ces motifs font de *Qui est « in » qui est « out »* l'un des chefs-d'œuvre de la période pop de Serge Gainsbourg. L'auteur la reprendra en public lors de sa tournée 1988 et sur l'album *Le Zénith de Gainsbourg* (2 LP Philips 838.162-1, 1989).

Qui est « in » qui est « out » a été repris par Laurent Voulzy (émission télévisée « Musique and Music », 9/4/1978 ; album *Cœur grenadine*, LP RCA PL 37266, 1979), Indochine (émission télévisée FR3, 21/10/1990), Les Croquants (album *Prises de chou – 10 Plants de Serge Gainsbourg*, CD Avec Plaisir, Besançon 1994), Richard Gotainer (*Les Génies de la chanson française – Serge Gainsbourg*, CD Atlas FRA HOMCD1, 1997), Mick Harvey (adaptation *Who is in, Who is out*, CDS *Harley Davidson*, 1997), Stereo Total (*The Great Rock'n'roll Single*, CDS Allemagne, 1997), Déjà Vu (CDS, 1996), Disco Maxim (album *Initials D.D.*, Döner Diskothek, 2005), The Spinshots (album tribute *Gainsnord*, CD Sonic Scenery 708 028, 2009), Emily Loizeau et Jeanne Cherhal (sur la bande originale du film *Gainsbourg (vie héroïque)*, CD Polydor 532 443-2, 2010) et les B.B. Brunes (*Gainsbourg, 20 ans déjà*, France 2, 19/2/2011).

Docteur Jekyll et Monsieur Hyde

Au départ, il y a bien sûr la référence au récit de Robert Louis Stevenson (1850-1894), publié en 1886, qui relate l'histoire d'un docteur obnubilé par la face sombre de sa personnalité ; celle-ci finit par prendre le dessus et le pousse à commettre un crime. Le docteur Jekyll, transformé en Mister Hyde par une drogue, finit par se suicider. L'idée d'en faire une chanson lui a peut-être été soufflée par le très sérieux magazine musical *Diapason* qui, à la sortie de *Gainsbourg percussions*, analysait en janvier 1965 : « Tout en étant le compositeur exigeant de l'album *Percussions*, Gainsbourg est aussi l'auteur de *Ô ô sheriff*, *N'écoute pas les idoles*, c'est-à-dire de "tubes" copains : deux faces de sa personnalité, quelque chose de *Dr. Jekyll and Mister Hyde*. Qui tuera l'autre ? »

Docteur Jekyll et Monsieur Hyde soulève en quelque sorte la dualité que vit Serge Gainsbourg, auteur de sucreries pop pour France Gall ou Petula Clark et compositeur d'albums exigeants. Le titre, lancé par un grand coup de timbale, est mené à une vitesse effrénée par l'orgue électrique qui hérite d'un joli solo lors du pont, tandis que le chant parlé de Gainsbourg appuie certains mots. Dans cette étonnante plongée dans l'inconscient, Gainsbourg transpose le paradoxe en quelques vers : *Docteur Jekyll n'a eu dans sa vie/Que de petites garces qui se foutaient de lui/Mister Hyde dans son cœur/Prenait des notes pour le docteur*. Le public, et en particulier la gent féminine, représentée par un chœur féminin, adule un Mister Hyde qui prend le contrôle du docteur Jekyll, comme par la suite Gainsbourg sera tué par son double Gainsbarre : *Docteur Jekyll un jour a compris/Que c'est ce Monsieur Hyde qu'on aimait en lui/Mister Hyde, ce salaud/A fait la peau, la peau... du doc-*

teur Jekyll. Quand Serge Gainsbourg choisit ce thème du double, il prend conscience de la menace psychologique que représente le fait d'écrire des chansons si différentes pour ses interprètes et pour lui-même, et se sent confronté à une impasse.

Serge donnera une version scénique du titre lors de ses concerts reggae et sur l'album *Enregistrement public au Théâtre Le Palace* (2 LP Philips 6681 013 ; SP Philips 6172.316, 1980). En 1981, il écrira pour Catherine Deneuve une parodie féminine titrée *Monna Vanna et Miss Duncan*.

Docteur Jekyll et Monsieur Hyde a été repris par Leda Atomica (45t RCA 8943, 1982), Les Sans Culottes (1999), Camille Bazbaz (émission « Le Fou du roi », France Inter, 4/11/2005), Dionysos (émission « La Musicale spécial Gainsbourg », Canal+, 31/03/2006).

Marilu

Également paru sur 45-tours Philips 373.730 (SP) avec *Shu ba du ba loo ba*

Il existe des zones d'ombre autour de la chanson *Marilu*, qui serait un hommage à la beauté d'une starlette de cinéma, l'Italienne Marilù Tolo (*Les Sept femmes de Barbe-Bleue*, *Le Voleur de chevaux*) qui, dit-on, possédait les mêmes mensurations que Sophia Loren. Il se dit également que son agent aurait refusé à Gainsbourg le droit d'intituler sa chanson *Marilu Tolo*. De là à faire naître une idylle entre le chanteur et l'actrice, les supputations vont bon train. Quoi qu'il en soit, le Pygmalion de la chanson souhaite en savoir davantage sur la petite Marilu : *As-tu déjà aimé Marilu/Aurais-tu essayé Marilu/Serais-je le premier Marilu/Réponds-moi Marilu*. À la fin, les pleurs de la jeune personne lui donnent la réponse. Fort heureusement, l'anecdote est soutenue par un rythme enlevé, un orgue, des riffs de guitare électrique, des chœurs omniprésents et la diction précise et détachée d'un Gainsbourg particulièrement enjoué. Chanson encore mésestimée dans un répertoire foisonnant, *Marilu*, à ce jour vierge de reprise notoire, a tout du petit classique du rock français.

Shu ba du ba loo ba

Également paru sur 45-tours Philips 373.730 (SP) avec *Marilu*.

Le titre est ce que l'on appelle alors un jerk, c'est-à-dire un morceau très rythmé propice à la danse dans les surboums (ou « surpattes »). Il faut dire que *Shu ba du ba loo ba* est la quatrième pièce de l'EP le plus rock de Serge Gainsbourg, importateur dans l'Hexagone du *British beat*. Le morceau dominé par les sonorités de la guitare démarre par une quinte de riffs appuyés, suivie de brefs motifs rythmiques et d'un joli solo électrique. L'histoire se rapporte à une nouveauté apparue à l'époque, une peluche qui parle, dont son amie ne peut plus se séparer : *J'ai acheté pour Anna/Un gadget fantastique/Un animal en peluche/Qui lui fait les yeux doux*. Comment ne pas faire le parallèle avec *Les Playboys* de Jacques Dutronc et son *Crac boum hue* ? Tous deux font entrer les onomatopées de la bande dessinée dans la chanson et usent de doubles sens à connotation coquine : *Quand elle tire.../SHU BA DU BA LOO BA !/ La ficelle.../SHU BA DU BA LOO BA !/Il lui répond.../ SHU BA DU BA LOO BA !/Ça me rend fou.*

Shu ba du ba loo ba a été repris par Les Séquelles (*Syrup & Gasoline*, vol. 1, CD compilation Grenadine 001, Québec, 1999) et Taboo (Argentine, YouTube).

Les Incorruptibles

Créé par Petula Clark ; 45-tours Vogue EPL 8386 (EP), 45-tours Vogue HV 2047 (SP Pays-Bas), 33-tours Vogue 692 30 (LP) avec *La Gadoue* et 33-tours Trans-Canada VF 47021 (LP *Petula 66*, Canada), également avec *La Gadoue*

Les Incorruptibles s'inspire du feuilleton américain du même nom (*The Untouchables* en V.O.), diffusé à la télévision française depuis le 5 janvier 1964. On peut subodorer que Serge Gainsbourg l'appréciait pour en écrire une chanson qu'il offre à Petula Clark. L'accompagnement musical de style ragtime à la trompette, au piano et au banjo plante le décor de l'action située à Chicago au temps de la Prohibition, soit à la fin des années 1920, quand l'agent du Trésor américain Eliot Ness et ses hommes réputés incorruptibles tentent de faire tomber le roi de la pègre Al Capone, arrêté et emprisonné pour fraude fiscale. Serge Gainsbourg axe sa chanson sous l'angle de l'alcool de contrebande qui peut rendre fou, aveugle, voire empoisonner : *Mon pauvre ami/Un conseil/Si tu tiens à la vie/Tu peux jeter ta bouteille*. L'interprète britannique ponctue les couplets de son délicieux accent (*Yeah/That's right*), préfigurant la future muse Jane Birkin. Le titre est inauguré par Petula et son pianiste Frank Owens lors de la *Soirée réveillon* du 31 décembre 1965 avant d'être publié sur disque en février 1966. La chanteuse reprend *Les Incorruptibles* dans les émissions « Douce France » (20 mars 1966), « Douches écossaises » (3 juillet 1966) et « Palmarès des chansons » (9 mars 1967), et la chante encore en concert, comme *Ô ô Sheriff* et bien sûr *La Gadoue*.

La Gadoue

Créé par Petula Clark ; 45-tours Vogue EPL 8410 (EP)

La Gadoue est très certainement le plus connu des titres que Gainsbourg a écrits pour Petula Clark parmi les trois cents chansons qu'elle a interprétées en français. Après les ébats western de *Ô ô Sheriff* et série noire des *Incorruptibles*, Serge Gainsbourg touche à un vrai cliché anglais : la pluie incessante. C'est sur le bruit de l'eau tombante que débute *La Gadoue* : *Du mois de septembre au mois d'août/Faudrait des bottes de caoutchouc/Pour patauger dans la gadoue/La gadoue, la gadoue, la gadoue/Hou la gadoue, la gadoue*. La musique est tout aussi innocente que les paroles, rythmée par un banjo sur un fond aussi joyeux que léger.

Serge Gainsbourg créera une nouvelle version avec des paroles modifiées pour l'émission « Top à Petula » du 25 novembre 1972. *La Gadoue*, chantée en duo par son auteur et sa créatrice, prend alors pour nouveau sens celui d'être dans le pétrin.

Petula Clark chantera *La Gadoue* à plusieurs reprises à la télévision, seule ou avec des partenaires différents : en compagnie de Sacha Distel dans le « Sacha Show » du 27 juin 1966 ; dans les émissions « Douches écossaises » du 3 juillet 1966 et « Palmarès des chansons » du 9 mars 1967 ; avec Claude François dans *Cadet Rousselle* du 11 janvier 1973 ; en solo dans *Numéro un à Petula* du 25 février 1978 ; avec Jane Birkin pour *La Légende des voix* du 22 février 2003 ou encore lors de l'émission hommage *Gainsbourg, 20 ans déjà*, le 19/2/2011 sur France 2.

La Gadoue a été repris par Maurice Lacange (LP Decca 154.160, 1966), Barbara (France Inter, 1969), Harry Robinson and The London Sound Dance Orchestra (*Dansez aux rythmes de Serge Gainsbourg*, LP Concert Hall 1283, 1969), Jane Birkin, Jacques Villeret et Coluche (émission « Numéro 1 à Jane Birkin », 9/10/1976, DVD Columbia 5027, Japon, 1999), Alain Souchon et Patrick Bruel (émission « Top aux Carpentier », TF1, 9/3/1996), Jane Birkin (avec Les Négresses vertes : *Versions Jane*, CD Mercury 532.150-2, 1996 ; *Concert intégral à l'Olympia* 2 CD Philips 534.463-2, 1997 ; *Jane Birkin en concert au Japon*, CD Mercury UICM 9001-2, 2000), Frédéric Lebon (émission « Dans tous les sens », France Inter, 14/9/1998), Kenzo Saeki (*Camembert et sushi*, CD Japon, 2005) et Évelyne Leclercq (compilation d'artistes divers : *Chansons paillardes*, CD EGT, novembre 2006).

Les Sucettes

Créé par France Gall ; 45-tours Philips 437.229 BE (EP), 45-tours 373.824 (SP France) et 45-tours 328.063 (SP Pays-Bas)

Entre Serge Gainsbourg et les sucettes, c'est une longue histoire. Il faut remonter à l'émission « Discorama » du 16 juin 1963 lorsqu'il avait été invité à présenter son album *Gainsbourg confidentiel*. Questionné par Denise Glaser sur la mode yé-yé, il précise d'emblée que la nouvelle vague c'est lui, car il est à l'avant-garde de la chanson, et que si le yé-yé permet à ces jeunes gens de s'acheter des « tombereaux ou même des usines de sucettes », tant mieux pour eux, mais lui fait un autre métier (« Les yé-yé, c'est de la chanson américaine sous-titrée »). À l'occasion de la même émission, le 3 janvier 1965, pour la promotion de *Gainsbourg percussions*, la conversation rebondit sur le sujet. Et le 10 janvier 1966, de retour de Londres, à Denise Glaser qui lui demande pourquoi il a retourné sa veste, il explique : « Je suis à un âge où il faut réussir ou abandonner. J'ai fait un calcul très simple, mathématique. Je fais douze titres, moi, sur un 33-tours de prestige [...]. Sur ces douze titres, deux passent sur les antennes et les dix autres sont parfaitement ignorés. J'écris douze titres pour douze interprètes différents et les douze sont tous des succès. »

Interrogé sur le fait qu'il fabrique maintenant lui-même les fameuses sucettes, il réplique d'un cinglant : « Ah ! mais elles sont au gingembre, mes sucettes ! »

De retour au studio de la rue Davout à Paris, avec les fidèles musiciens Léo Petit (guitare), Pierre Michelot (basse), Christian Garros (batterie) et le non moins fidèle arrangeur Alain Goraguer, Serge Gainsbourg apporte *Les Sucettes* à France Gall sur un plateau d'argent. Le titre a fait couler beaucoup d'encre, prêtant à son auteur le désir pervers de faire chanter à sa jeune et innocente interprète une chanson à double sens sur la fellation : *Annie aime les sucettes/Les sucettes à l'anis/Les sucettes à l'anis/D'Annie/Donnent à ses baisers/Un goût ani-/Sé lorsque le sucre d'orge/Parfumé à l'anis/Coule dans la gorge d'Annie/Elle est au paradis.* L'anecdote veut que France Gall, quand elle eut pris connaissance du sens caché du texte, en fut profondément choquée et s'enferma chez elle pendant plusieurs semaines[1]. Malgré son texte subversif et une mise en scène télévisée qui ne l'est pas moins[2], la chanson échappe à la censure.

Avec *Les Sucettes*, Serge Gainsbourg frappe un grand coup, en obtenant un large succès et en consolidant sa réputation d'auteur provocateur. Il est intéressant de voir

1. La fameuse réplique colportée par Serge Gainsbourg dans les années 1980, faisant dire à France Gall qu'elle ne chante plus *Les Sucettes* « parce que ce n'est plus de [son] âge » trouve en fait son origine dans une émission de radio lors de laquelle elle répondait qu'elle ne chantait plus ses premiers morceaux, citant en particulier l'hymne des cours de récréation *Sacré Charlemagne*, et non *Les Sucettes*.

2. Dans l'émission « Au risque de vous plaire » du 1er octobre 1966, réalisée par le provocateur Jean-Christophe Averty, des danseurs sont déguisés en sucettes géantes pendant que des figurantes lèchent des bâtonnets avec gourmandise. L'année suivante, France Gall interprètera en duo *La Petite* avec Maurice Biraud, chanson bien plus amorale, dont le texte frôle l'appel à la pédophilie.

son image changer au fil des émissions « Discorama ». Le jeune homme timide s'est transformé en dandy poseur au sourire narquois, avec pattes sur les tempes et cigarette vissée à la main.

L'auteur et son interprète chantent *Les Sucettes* dans l'émission culte « Dents de lait, dents de loup » du 11 janvier 1967 (vidéodisque, VHS PolyGram Vidéo 631 720-1, 1994, puis DVD). France Gall l'interprète dans l'émission « Bouton rouge » le 16 avril 1967. Le 22 octobre 1967, Serge Gainsbourg chante le titre en duo avec l'actrice française Haydée Politoff dans l'émission « Le Petit Dimanche illustré » puis le reprend à son compte dans l'album *Jane Birkin – Serge Gainsbourg* (LP Fontana 885 545 MY ; SP Série Parade B 370.777 F, 1969).

Les Sucettes a également été interprété par Harry Robinson (*Dansez aux rythmes de Serge Gainsbourg*, LP Concert Hall 1283, 1969), La Chorale de l'Opéra Garnier (émission « Musique and Music », 9/4/1978 ; SP Vogue V 1128, 1978), Génération 60 (SP CBS A2536, 1982), Zéro de Conduite (SP Off The Track 470102, 1988), Alexandre Sterling (Maxi 45t *Oh l'amour*, 1990), La Fanfare des Gardiens de la Paix (émission « Sacrée soirée », TF1, 14/3/1990), Yvan (Maxi 45t *Annie aime les sucettes*, 1994), Marie-Paule Belle (*Les Génies de la chanson française – Serge Gainsbourg*, CD Atlas FRA HOMCD1, 1997), Buzy (album *Merci Gainsbourg – Ils chantent Gainsbourg*, CD Atlas 2871 401, 1997), Jon (*Great Jewish Music*, CD Tzadik TZ 7116, 1997), Lio (*Hommage – Ils chantent Serge Gainsbourg*, CD Atlas 6227 205, 1998), Helena Noguerra (émission « Nos meilleurs souvenirs », M6, 26/11/1999), Pierre-Alain Goualch (version instrumentale, *Exploring the Music of Serge Gainsbourg*, CD Night Bird, 2000), Miossec (émission « Hommage à Gainsbourg », festival de Montreux, Paris Première, 9/7/2000), Kim Kay (*Hits !*, CD EMI ; CDS EMI 97462-2, 2001), Patrick Péronne (version instrumentale, *Gainsbourg au bar*, CD Delta, 2001), Hanayo et Candie Hank (*Gift*, CD, 2002), Ophélie Winter (*La Foire aux Enfoirés*, DVD, 2003), Anita Hill (*Le Pensionnat déchire les yé-yé*, CD Sony-BMG, 2005), Bindy & Cert (album *Initials D.D.*, Döner Diskothek, 2005) et PZK (émission *Les Stars chantent Gainsbourg*, Virgin 17, février 2010).

Le Fossoyeur de Pacy-sur-Eure

Interprété par Serge Gainsbourg pour la télévision ; inédit

Après avoir participé au gala de l'Union des artistes le 21 mars 1966 dans un numéro où il fait parler un orchestre, Serge Gainsbourg se prête à un nouvel exercice télévisuel pour l'émission « Premier avril » diffusée… le 1er avril. Pour l'occasion, il a préparé un sketch parodique de son premier succès *Le Poinçonneur des Lilas*, dans lequel, déguisé en fossoyeur au fond d'une tombe, il chante : *Et sous le beau ciel de France/Je vois briller des objets de faïence/Car pour allonger la retraite/Trop maigrelette/C'est moi qui suis le fossoyeur/Du cimetière de Pacy-sur-Eure.* Naturellement, il continue à faire des trous, des grands trous cette fois, mais toujours de première ou de seconde classe. À noter que les paroles ne sont pas de lui, mais du coproducteur de l'émission, Jacques Rouland, l'inventeur (entre autres) des émissions « La Caméra invisible » et de « Monsieur Cinéma ». Ce texte avait déjà été interprété par Marcel Amont, sur Radio Luxembourg, dans une émission produite par le même Jacques Rouland et intitulée « Post-scriptum pour une chanson ».

Celle-là, c'est la meilleure

Créé par Juliette Gréco et Sacha Distel pour la télévision ; inédit

Sacha Distel et Juliette Gréco sont les interprètes de ce titre signé Gainsbourg, présenté le 9 mai 1966 dans l'émission « Sacha Show » de Maritie et Gilbert Carpentier. La chanson, qui commence comme une parodie du thème de *Goldfinger* (de la série James Bond, sorti en 1965), évoque une aventure d'un soir qui finit mal, alors que Juliette, agent secret, empoisonne son rival :

Distel : *Celle-là, c'est la meilleure/On s'aimait pourtant tout à l'heure/Mais qu'est-ce que t'as, tu pleures ?/ Celle-là, c'est la meilleure*

Gréco : *Celle-là, c'est la meilleure/C' est la meilleure de mes liqueurs/Mais qu'est-ce que t'as, tu meurs ?/ Celle-là, c'est la meilleure…*

Dans la même émission, Serge Gainsbourg interprète *Docteur Jekyll et Monsieur Hyde*.

Le Ch'val Hirondelle

Créé par Jean-Pierre Cassel et Sacha Distel pour la télévision ; inédit

Cette chanson inédite est interprétée en duo par Sacha Distel et Jean-Pierre Cassel lors du « Sacha Show » du 9 mai 1966. La mise en scène montre les deux protagonistes dans l'uniforme des agents de police à vélo de l'époque, s'échangeant des tuyaux sur une course hippique :

Distel : *Léon Zitrone a dit tantôt/Qu'il est bien placé*

Cassel : *T'inquiète pas/Laisse causer*

Distel : *Le Gros Léon sait d'quoi qu'y cause/Il peut pas s'tromper*

Cassel : *T'inquiète pas/Laisse tomber.*

Mon ami Caouette

Créé par Sacha Distel (rejoint au troisième couplet par ses invités Johnny Hallyday, Jean-Pierre Cassel, Juliette Gréco, Serge Gainsbourg, Maurice Biraud, les Parisiennes, etc.) pour la télévision ; inédit

Cette chanson écrite spécialement pour le final du « Sacha Show » du 9 mai 1966 est un brouillon de *L'Ami Caouette* dont Gainsbourg fera un tube sympathique en 1975. Sur une musique d'inspiration calypso (différente de la future version), l'auteur aligne déjà quelques noms et jeux de mots qu'il réutilisera une dizaine d'années plus tard : *Mon ami Caouette/Il me fait la tête/Je trouve qu'il n'est pas très chouette/Quant à M'sieur Valier/Il veut plus m'parler/Ainsi qu'la petite Noé/Qu'a Noé ?/Qu'a Valier ?/Qu'a Caouette ?*

Les Papillons noirs

Créé par Michèle Arnaud ; 45-tours Pathé Marconi EG 951 (EP), avec *Ballade des oiseaux de croix*

Cette chanson marque les retrouvailles entre Serge Gainsbourg et sa première interprète, qui l'a révélé au public dix ans auparavant et l'a toujours soutenu contre les critiques les plus féroces. Michèle Arnaud, devenue productrice d'émissions de divertissement comme « Music-hall de France », « Douches écossaises » et d'un nouveau programme baptisé « Cravate noire, Black Tie », n'a pas abandonné la chanson pour autant, et passe commande de deux nouveaux titres à son auteur fétiche. Serge Gainsbourg s'exécute et se fend d'une superbe mélodie sur un thème faisant allusion à l'intitulé de son émission, *Les Papillons noirs* : *La nuit tous les chagrins se grisent/De tout son cœur on aimerait/Que disparaissent à jamais/Les papillons noirs*.

Le titre enregistré au printemps 1966 avec l'arrangeur Michel Colombier est créé en duo sur un 45-tours paru le 9 juin. La voix grave de Serge Gainsbourg, appuyée par les cordes de l'orchestre, souligne le chant clair de Michèle Arnaud. Au même moment, cette dernière demande à Serge de composer la bande originale du film *Anna* dont elle est la productrice. Une version alternative de la chanson apparaît en 1996 sur le disque *Gainsbourg chanté par* (2 CD EMI 854.067-2).

En 1978 la chanson connaîtra une seconde vie lorsque le groupe Bijou l'adaptera au goût du jour en demandant à Gainsbourg de participer à sa reprise pour l'album *O.K. Carole* (LP Philips 9101 178). Cette version rock est réinterprétée dans l'émission « Musique and Music » présentée par Jacques Martin le 9 avril 1978. La collaboration entre Serge Gainsbourg et le trio de Juvisy se poursuivra sur la scène du Théâtre de Mogador à la fin de la même année, incitant l'auteur à faire son retour sur scène, ce qui sera chose faite, avec ses musiciens reggae, fin 1979. Conservé au répertoire du groupe dans sa nouvelle incarnation Bijou SVP (traduction : « sans Vincent Palmer », en référence au premier chanteur, guitariste et fondateur du groupe), *Les Papillons noirs* figure sur l'album *Redescends sur terre* (CD Last Call, juin 2006). La même chanson est également interprétée sur scène en 2007 par Leandro Barsotti et… Vincent Palmer.

Ballade des oiseaux de croix

Composée dans le même esprit que *Les Papillons noirs*, cette *Ballade des oiseaux de croix* est l'autre chanson demandée par Michèle Arnaud à l'époque où elle présente l'émission « Cravate noire, Black Tie ». Plus conventionnelle, cette face B soutenue par un accompagnement à la guitare et à l'harmonica revêt un caractère sombre en raison de ses références à Verdun et à Rocroi (pour la rime), théâtres de batailles sanglantes.

Reprise : Scenic Railway (album *Tribute to Gainsbourg*, Pudding, 2004).

Pourquoi un pyjama ?

Créé par Régine ; 45-tours Pathé Marconi EG 948 (EP)

Pourquoi un pyjama ? est le genre de morceau impérissable qui, s'il ne grandit pas son auteur, l'éclaire d'un certain relief humoristique éloigné de la posture sombre qu'on lui prête trop souvent. La chanson est créée par Régine sur un super 45-tours comportant son plus grand succès, *La Grande Zoa*, paru en juin 1966. La musique est dérivée d'un thème composé par Serge Gainsbourg pour le film *Carré de dames pour un as* de Jacques Poitrenaud, sorti au mois d'octobre de la même année. Le texte semble s'inspirer d'une scène du film. Le plus amusant est sans doute l'introduction chantée par la cantatrice Régine Crespin : *Pourquoi/Un pyjama/À rayures à/Fleurs ou à pois*, avant que Régine prenne le relais avec sa gouaille coutumière pour dresser le paradoxe suivant : *À quoi bon s'ha-/Biller/Quand on vient/De se dé-/Shabi-/Ler il n'y a/Pas d'raison/De s'arrêter.* Pour le lancement du disque, Régine invite dans sa boîte de nuit le Tout-Paris avec pour consigne de venir vêtu d'un pyjama ou d'une nuisette.

Reprise : une seule reprise de ce titre par Sandie Trash et Alain Maneval (Salve Regina, CD, 2011).

Qui lira ces mots

Créé par Dominique Walter 45-tours Disc'AZ EP 1049 (EP)

Fils de Michèle Arnaud, Dominique Walter (né Dominique Gruère, en 1942) a représenté la France au Concours de l'Eurovision en mars 1966 avec la chanson *Chez nous*, qui termine avant-dernière de la compétition. Engagé l'année précédente par la compagnie Disc'AZ de Lucien Morisse (directeur des programmes d'Europe n° 1), il a déjà sorti trois 45-tours quatre titres, dont un signé Christophe (*Pourquoi ne viens-tu pas ?*). Serge Gainsbourg vient lui donner un coup de pouce, à la demande de sa mère, en lui composant *Qui lira ces mots*, première des sept chansons qu'il lui offrira. Le morceau orchestré par Michel Colombier sort en juillet 1966. Il prend pour thème la bouteille lancée à la mer pour un amour lointain et incertain : *J'ai trouvé une bouteille/Sur la plage abandonnée/« Qui lira ces mots/À lui je me donnerai »*.

Valse du jardinier (bande originale du film Le Jardinier d'Argenteuil*)*

Instrumental composé pour le film *Le Jardinier d'Argenteuil*, inédit sur disque jusqu'en 2001 ; coffret *Le Cinéma de Serge Gainsbourg* (3 CD Emarcy 586 818-2)

Dans le film *Le Jardinier d'Argenteuil* réalisé par Jean-Paul Le Chanois, Serge Gainsbourg joue le rôle d'un cinéaste d'avant-garde fêtard. À la demande de son partenaire et coproducteur du film Jean Gabin, il compose le thème musical avec l'arrangeur Michel Colombier. Le film sort sur les écrans le 11 octobre 1966, mais le thème n'apparaîtra sur disque qu'en 2001. Le CD *Manon 70* (vol. 47 de la collection « Écoutez le cinéma », CD Universal 530 394-6 paru en 2007) inclut deux autres thèmes de ce film, jusque-là inédits : *Les Voyages du Père La Tulipe* et *Dénouement et final*.

Je préfère naturellement

Créé par Dalida ; 45-tours Barclay 71.064 (EP) et 45-tours Barclay 60752 (SP)

Je préfère naturellement est l'unique chanson composée par Serge Gainsbourg pour Dalida, qu'il avait rencontrée sur le tournage du film *L'Inconnue de Hong-Kong* (1963). La chanteuse de Bambino et autres grands succès des années 1950 est alors dans le creux de la vague. C'est une marque de vin qui réunit l'un et l'autre : pour sa première musique publicitaire, Gainsbourg conçoit en effet une ritournelle jouée au piano électrique, avec un pont arabisant, et lui accole un texte sur un groupe de quatre garçons anglais aux cheveux longs, autrement dit les Beatles : *J'aime quatre garçons d'un groupe anglais/Ils ont les cheveux longs comme tous les Anglais/De jolies boots de clergyman anglais/Des cols de dentelle comme les lords anglais*. Au détour, il lance l'axiome : *Les Anglais n'aiment pas c'qui n'est pas anglais*. On peut y voir également un clin d'œil à Petula Clark dans le dernier vers : *Je crois que j'ai attrapé l'accent anglais*. La sortie en décembre 1966 de ce 45-tours quatre titres (contenant aussi des adaptations de Sonny & Cher, Percy Sledge et The Beach Boys), arrangé par l'Australien Lawrence Whiffin, conclut une année très agitée pour Serge Gainsbourg.

Green Hearts, Scène de bal 1 et *Scène de bal 2 (bande originale du film* Les Cœurs verts*)*

Thèmes composés pour le film *Les Cœurs verts*, inédit sur disque jusqu'en 2001 ; coffret *Le Cinéma de Serge Gainsbourg* (3 CD Emarcy 586 818-2)

En 1966, Serge Gainsbourg est encore lié au cinéma en tant qu'acteur ou compositeur. Il tourne successivement dans *Le Jardinier d'Argenteuil* avec Jean Gabin et *Estouffade à la Caraïbe* de Jacques Besnard, en Colombie, avec Jean Seberg. Outre la comédie musicale *Anna* pour la télévision, Gainsbourg compose avec Michel Colombier les thèmes des films *Carré de dames pour un as* de Jacques Poitrenaud, *Si j'étais un espion* de Bertrand Blier, du feuilleton télévisé *Vidocq* de Marcel Bluwal et Claude Loursais, et *Les Cœurs verts* d'Édouard Luntz. Pour ce dernier, il signe deux instrumentaux : une mélodie nostalgique jouée à la guitare connue sous le nom de *Green Hearts* ou *Scène de bal 1*, et une *Scène de bal 2*. Le premier thème n'est autre que le brouillon de ce qui deviendra son plus grand succès planétaire, *Je t'aime moi non plus*.

1967

Sous le soleil exactement

Pour la première fois, Gainsbourg se voit confier l'intégralité d'une bande originale de film, *Anna*, interprétée par Anna Karina, Jean-Claude Brialy, Serge Gainsbourg et Marianne Faithfull. L'année est incroyablement prolifique, avec des dizaines de chansons données à ses interprètes habituelles, mais aussi une collaboration fugace avec Claude François ou la jeune Stone (future Stone et Charden), miss Beatnick 66. Ah oui, pardon : et aussi *Harley Davidson* et *Je t'aime moi non plus* pour Bardot.

Chanson du forçat

Créé par Serge Gainsbourg ; 45-tours Philips 437.290 BE (EP), avec *Complainte de Vidocq, Vidocq Flash-back* et *Chanson du forçat II*

Le 7 janvier 1967 est diffusé à la télévision le premier des treize épisodes du feuilleton *Vidocq*, réalisé par Marcel Bluwal et Claude Loursais. Le rôle principal de l'ancien bagnard devenu chef de la Sûreté est campé par Bernard Noël. La musique est confiée à Serge Gainsbourg qui signe la chanson du générique et trois autres thèmes avec Michel Colombier.

Lors de l'émission « Discorama » du 16 avril 1967, Serge Gainsbourg reconnaît s'être approprié une chanson de Bob Dylan, l'un de ces *talking blues* créés précédemment par Leadbelly et d'autres pionniers du blues.

La *Chanson du forçat* transpose effectivement le rythme du titre *Ballad of Hollis Brown* tiré de l'album *The Times They Are A-Changin'* de Bob Dylan paru en 1964 et repris l'année suivante par Hugues Aufray (*Ballade de Hollis Brown* ; dans cette chanson, Dylan s'adresse à un fermier du Dakota du Sud acculé par la pauvreté au meurtre de sa femme et de ses cinq enfants avant de se suicider). Le texte de Gainsbourg évoque le passé d'Eugène-François Vidocq (1775-1857), condamné à huit ans de travaux forcés pour escroquerie : *Ohoho ! qui ne s'est jamais laissé enchaîner/Ohoho ! ne saura jamais c'qu'est la liberté/ Moi, oui, je le sais/Je suis un évadé*. En 1971, la suite de la série intitulée *Les Nouvelles Aventures de Vidocq* est mise en musique par Jacques Loussier.

La Chanson du forçat est également le titre d'une chanson interprétée par Fernandel dans le film *Berlingot et Cie* (1939) de Fernand Rivers.

La *Chanson du forçat* a été reprise par Nagati (SP Égypte, 1967), Les Infidèles (émission « Dans tous les sens », France Inter, 18/12/1997), Lofofora (*Double*, 2 CD, avril 2001), Scenic Railway (*Tribute to Gainsbourg*, CD, 2004) et Daniel Darc (émission « La Musicale », Canal+, 31/3/2007).

Vidocq flash-back

Cette illustration musicale des aventures du détective Vidocq est une suite orchestrale de style romantique composée par Serge Gainsbourg et Michel Colombier. La première partie en forme de miniconcerto pour piano trahit l'influence de Frédéric Chopin (1810-1849), compositeur fétiche de Gainsbourg. Le développement de la seconde partie, menée par un hautbois et une flûte traversière, est plus proche du style Jean-Sébastien Bach (1685-1750).

Complainte de Vidocq

La *Complainte de Vidocq* figurant sur l'EP de la bande originale de *Vidocq* est une mélodie instrumentale jouée à l'orgue de Barbarie. Cette œuvre mineure sert à illustrer une séquence du feuilleton télévisé.

Chanson du forçat II

La *Chanson du forçat II* est interprétée *a cappella* dans le quatrième épisode de la série où apparaît Serge Gainsbourg, *Vidocq à Bicêtre*. Son texte est un léger démarquage du thème générique. L'auteur joue avec les mots dans les vers : *Un faussaire de compagnie* et *Un repris d'justesse*.

Chanson de l'égorgeur

La chanson est composée spécialement par Serge Gainsbourg et Michel Colombier pour l'un des épisodes de la série *Vidocq*. Elle est interprétée par des bagnards dans le but de couvrir l'évasion du héros du feuilleton. Dans cet épisode intitulé *Vidocq à Bicêtre*, diffusé le 28 janvier 1967, Serge Gainsbourg joue le rôle d'un pensionnaire de l'asile du Kremlin-Bicêtre. La scène est en fait tournée à l'hôpital de la Pitié-Salpêtrière et l'accompagnement musical de la scène est minimaliste. *La Chanson de l'égorgeur* reste inédite sur disque.

Bande originale de la comédie musicale **Anna**

33-tours Philips P 70.391 L (LP)
Parution : janvier 1967
Interprètes : Anna Karina, Jean-Claude Brialy, Serge Gainsbourg
Sous le soleil exactement (instrumental), Sous le soleil exactement, C'est la cristallisation comme dit Stendhal, Pas mal pas mal du tout, J'étais fait pour les sympathies, Photographes et religieuses, Rien rien j'disais ça comme ça, Un jour comme un autre, Boomerang, Un poison violent c'est ça l'amour, De plus en plus de moins en moins, Roller Girl, Ne dis rien, Pistolet Jo, G.I. Jo, Je n'avais qu'un seul mot à lui dire.

Anna est un exercice inédit pour Serge Gainsbourg qui se voit confier l'intégralité d'une bande originale de film par la productrice Michèle Arnaud. La comédie musicale *Anna*, réalisée par Pierre Koralnik, sera diffusée pour la première fois à la télévision le 13 janvier 1967. Comme Gainsbourg l'explique dans l'émission « Discorama » le 6 janvier, cette opportunité représente une évolution intéressante, lui permettant de s'exprimer sur une heure et demie.

En fait, *Anna* est bien plus que cela. Les débuts de la collaboration entre Serge Gainsbourg et Michel Colombier sur un long-format sont d'une totale modernité dans l'écriture et les arrangements, associant instrumentation rock et orchestrations classiques.

Arrangeur et chef d'orchestre à une période clé du parcours de Serge avec qui il cosigne quelques compositions, Michel Colombier (1939-2004) a fait ses classes chez Eddie Barclay et composé pour le théâtre et le cinéma avant de travailler avec Petula Clark et Pierre Henry (*Messe pour le temps présent*, 1967, avec le cultissime *Psyché Rock*). De 1967 à 1981, il collabore aux albums de Barbara (*Ma plus belle histoire d'amour*,

Le Soleil noir, *L'Aigle noir*, *Seule*). Il fera ensuite carrière aux États-Unis où ses nombreuses musiques de films (une centaine, dont *Une chambre en ville*, de Jacques Demy), albums (*Wings*, 1970) et collaborations avec Prince (*Purple Rain*) ou Madonna remporteront un grand succès.

Les sublimes mélodies de *Sous le soleil exactement*, *Hier ou demain*, *Boomerang* ou *Ne dis rien* alternent avec les intermèdes du numéro de séducteurs de Serge Gainsbourg et Jean-Claude Brialy. Ces dialogues pleins de verve, soulignés de quelques notes, s'enchaînent à merveille aux chansons. Anna Karina, se révélant une interprète d'une grande sensualité, porte chance à Gainsbourg qui, au sommet de son art, signe l'une des plus belles comédies musicales jamais créées chez nous. Elle sera bien entendu incomprise lors de sa première diffusion télévisée (l'immense majorité des téléspectateurs la voit en noir et blanc, alors qu'il s'agit d'un film pop jouant sur des couleurs et des lumières audacieuses), elle ne sortira pas au cinéma, comme il était initialement prévu, et restera invisible durant de longues décennies. Enfin rediffusé à la télévision en 1990, puis cinq ans plus tard lors d'une soirée *Thema* consacrée à Gainsbourg sur Arte, *Anna* a finalement été commercialisé en DVD en novembre 2009, avec une nouvelle édition CD comprenant la quasi-intégralité des intermèdes et des chansons dans l'ordre du film, incluant *Hier ou demain* chanté par Marianne Faithfull et *Base-ball* par Eddy Mitchell.

L'album original édité dans la collection « Jours de France » fut longtemps une pièce rare convoitée par les collectionneurs avant de faire sa réapparition sur CD dans le coffret de 1989, tout en étant hélas absent dans celui de 2001.

Sous le soleil exactement

Créé par Anna Karina ; également paru sur 45-tours Philips 437.279 BE (EP Bande originale de la comédie musicale *Anna*), avec *Roller girl* (Anna Karina), *Un poison violent c'est ça l'amour* (Serge Gainsbourg et Jean-Claude Brialy) et *Ne dis rien* (Jean-Claude Brialy, Anna Karina et Serge Gainsbourg).

La comédie musicale *Anna* s'ouvre sur *Le Ballet des soupirs*, pièce chorale à l'atmosphère mystérieuse servant de générique. Vient ensuite la partition instrumentale de *Sous le soleil exactement* jouée au piano sur fond de flux marin. Les premiers accords de basse et de guitare donnent le ton moderne et très *british* dominant la fresque. La version chantée qui suit constitue l'un des sommets de l'album. La nouvelle interprète de Serge, Anna Karina, qui donne son prénom et inspire la comédie musicale *Anna*, est une actrice danoise (née Hanne Karin Bayer en 1940) qui jouit déjà à l'époque d'un statut peu commun, puisqu'elle est l'une des principales égéries de la Nouvelle Vague à travers les films de Jean-Luc Godard, qu'elle avait épousé (*Une femme est une femme*, *Vivre sa vie*, *Pierrot le fou*, *Alphaville*, *Made in U.S.A*...). Elle a aussi tourné avec Agnès Varda (*Cléo de 5 à 7*), Jacques Rivette (le film à scandale *La Religieuse*, censuré à sa sortie) ou Luchino Visconti (*L'Étranger*) ; plus tard, elle réalisera *Vivre ensemble* (1973). En 2000, elle a publié son premier album *Une histoire d'amour*, composé par Katerine.

Après le *la* de départ au piano, Anna Karina accompagne avec sensualité les ruptures et silences de la chanson : *Un point précis sous le tropique/Du Capricorne ou du Cancer/Depuis j'ai oublié lequel/Sous le soleil exactement/Pas à côté, pas n'importe où/Sous le soleil, sous le soleil exactement/Juste en dessous*. Gainsbourg fait évidemment référence à l'écrivain américain Henry

Miller (1891-1980), un auteur poursuivi à son époque pour obscénité ; ses ouvrages *Tropique du Cancer* (1934) et *Tropique du Capricorne* (1939), écrits à Paris, resteront interdits dans son pays jusqu'en 1964. On lui doit également la trilogie *La Crucifixion en rose* (*Sexus*, *Plexus*, *Nexus*), *Jours tranquilles à Clichy* et une correspondance avec Anaïs Nin.

Ce premier morceau caractérise la nouvelle direction musicale de Serge Gainsbourg vers un style épuré et une parfaite gestion de l'espace sonore, mettant en avant une ligne mélodique servie par un *crescendo* de cordes. Un style qui sera la marque des albums *Jane Birkin – Serge Gainsbourg* et *Histoire de Melody Nelson*. Thème principal de la bande originale, *Sous le soleil exactement* est rappelé de manière orchestrale en son milieu et sert de générique de fin sous le titre *Anna* dans la version 2009 de la comédie musicale.

Serge Gainsbourg interprète ce titre sur l'album *Jane Birkin – Serge Gainsbourg* (Fontana 885 545 MY) publié en 1969. Jane Birkin en fait de même en mai 1991 au Casino de Paris (CD Philips 510 972-2, 1992) et Anna Karina l'inclut à son tour de chant enregistré au Théâtre de Mâcon du 15 au 17 octobre 1999 (*Une histoire d'amour*, CD Polydor POCP-7472, édition japonaise, 24 mai 2000).

Sous le soleil exactement a également été repris par Guy Boyer et son Orchestre (LP, 1967), Lucky Blondo (SP Fontana 469207, 1967), Liesbeth List (2 LP Philips 6641100, 1967), Alain Souchon et Laurent Voulzy (émission « Fréquenstar », M6, 12/1993), France Gall et Marc Lavoine (« Taratata » n° 13, France 2, 30/3/1993), Mick Harvey (*Intoxicated Man*, CD Mute, 1995), Mick Harvey et Elsa (émission « Taratata » n° 36, 22/10/1996), Pascale Richard (*Coups de cœur années 60*, CD Atlas, 1997), Valérie Lagrange (album *Merci Gainsbourg – Ils chantent Gainsbourg*, CD Atlas 2871 401, 1997), Eyvind Kang (*Great Jewish Music : Serge Gainsbourg*, CD Tzadik, 1997), Conservatoire de Nantes (*Couleurs Gainsbourg*, 2001), Patrick Péronne (version instrumentale *Gainsbourg au bar*, CD Delta, 2001), The Come Ons (*Play Selections from the Gainsbourg Songbook*, CD, 2003), Lio (émission « Gainsbourg pour toujours », France 2, 15/4/2006) et Rafa Berrio (version basque ; *Gainsbourg Gainbegiratuz*, CD Gaztelupeko Hotsak, janvier 2008).

C'est la cristallisation comme dit Stendhal

Après la rêverie d'Anna Karina, c'est au tour du duo Gainsbourg/Brialy d'entrer en scène sur fond de brouhaha et tempo rock. Autant le premier fait quelques efforts pour suivre la mélodie, autant le second ne se préoccupe que du dialogue signé Jean-Loup Dabadie qu'il déclame d'un ton gouailleur. La chanson à l'intitulé philosophique introduit la complicité entre le séducteur et donneur de leçons Gainsbourg et l'amoureux transi Brialy : (Gainsbourg) *Un seul remède, changer/*(Brialy) *Changer pour vous, c'est échanger/Ouais, une belle partie de base-ball/Base-ball/Moi, j'fais bande à part !* La scène du film fait intervenir Eddy Mitchell chantant le refrain du titre *Base-Ball*, absent de la version originale de l'album, et Hubert Deschamps. Ce morceau de jerk sur fond d'ambiance délurée capte une part de la folie et de l'insouciance des années 1960.

Pour n'être pas là

Cet extrait de la comédie musicale *Anna*, non déclaré à la SACEM, est paru uniquement sur le vidéodisque japonais de la bande originale paru le 10 juin 1999 (Columbia COBM 5020). Le titre chanté par Anna Karina commence ainsi : *Qu'est-ce que j'donnerais pas/Pour n'être pas là/Je n'sais pas où d'ailleurs/Ailleurs.*

Pas mal pas mal du tout

Cet intermède parlé illustre le coup de foudre de Jean-Claude Brialy pour Anna, modèle de mode parisien. Serge Gainsbourg ne donne son avis qu'à la fin de cette rêverie où s'entrecroisent des motifs de piano et de basse électrique entourés de chœurs aériens.

J'étais fait pour les sympathies

Seul aux commandes de cette réflexion à voix haute, Jean-Claude Brialy imagine ce qui l'attend en tombant amoureux et regrette déjà le temps des amis et liaisons furtives : *J'étais fait pour les cinq à six/À la rigueur les cinq à sept/J'étais fait pour ça/Non pas/Pour toujours*. Après un monologue, l'acteur se met à chanter à côté, appuyé par des cuivres et les chœurs, ce qui ne manque pas de charme. Un vent de liberté sexuelle souffle au passage, évoquant l'amour à plusieurs : *Si on pouvait se mettre à six ou sept/Tout serait alors si simple/Tellement plus naturel.* Par son style entre Nouvelle Vague et comédie musicale psychédélique, sa musique et ses dialogues, *Anna* saisit l'air du temps à une époque où les mœurs évoluent. L'esprit de Mai 68 pointe le bout de son nez. Le titre réapparaît deux fois sous une forme instrumentale. Ces passages sont inclus dans l'édition 2009 de la bande originale.

À noter l'adaptation en allemand de Walter Brandin : *Ich Bin Mehr fur die Sympathie.*

Photographes et religieuses

Cette courte pièce débute par le leitmotiv de la partition d'*Anna* avant de lancer en boucle un riff de guitare et des chœurs. Le titre fait sans doute allusion à *Suzanne Simonin, la religieuse de Diderot*, film de Jacques Rivette (alias *La Religieuse*) dont Anna Karina est l'interprète principale. Ce long-métrage inspiré du roman de Denis Diderot avait été présenté au festival de Cannes en 1966 puis interdit de distribution par le ministère de la Culture. Il sortira finalement l'année suivante, six mois après la diffusion d'*Anna* à la télévision.

Rien rien j'disais ça comme ça

L'extrait enregistré sous l'intitulé *Duo Anna-Gainsbourg* porte un titre différent dans la bande originale. *Rien rien j'disais ça comme ça* est l'une des répliques de ce dialogue savoureux entre Serge Gainsbourg dans le rôle de l'entremetteur et Anna Karina, indifférente à lui comme à son prétendant Jean-Claude Brialy (qui se prénomme Serge dans le film). La scène donne lieu à un quiproquo dans lequel Gainsbourg fait étalage de ses conquêtes : (Anna Karina) *Vous avez c'qu'il vous faut ?*/(Serge Gainsbourg) *Exact !....* / (Anna Karina) *Elle est jolie ?*/(Serge Gainsbourg) *Elles sont très jolies !*/(Anna Karina) *Ah ! là là, quel salaud !* Dans la conversation, Serge Gainsbourg chantonne l'air accompagné par un piano.

Adaptation en allemand de Walter Brandin : *Na Na Sag' Ich.*

Un jour comme un autre

Chanté par Anna Karina, *Un jour comme un autre* est un morceau durant lequel l'héroïne rêve de son prétendant. Le titre est déclaré à la SACEM sous le titre *Pourquoi Anna* avant d'être remplacé par le premier vers. La voix sensuelle de la chanteuse, accompagnée de quelques chœurs, et la mélodie noble font tout le charme de cet intermède très court.

Un jour comme un autre est également le titre d'une chanson de Brigitte Bardot de 1964 ajoutée à l'album *Bonnie and Clyde* de Serge Gainsbourg et Brigitte Bardot (1968).

> *Un jour comme un autre* a été adapté en allemand par Walter Brandin (*Ein Tag Wie der and're*) et repris par Jane Birkin et Beth Gibbons (*Rendez-vous*, DVD, 2005) et Portishead (adaptation anglaise *Requiem for Anna* dans l'album *Monsieur Gainsbourg Revisited*, CD Barclay 983.7410-6, 2006).

Hier ou demain

Créé par Marianne Faithfull ; 45-tours Decca 457.139 (EP)

Interprétée en français par Marianne Faithfull dans la comédie musicale *Anna*, la chanson *Hier ou demain* est écartée de la première édition de la bande originale pour des raisons contractuelles. Sélectionné pour le quatrième EP de la chanteuse anglaise au côté d'airs traditionnels et d'un morceau de Bert Jansch (*Green Are Your Eyes*), le titre constitue de ce fait une pièce recherchée par les collectionneurs. Pour le tournage de cette scène qui est l'une des plus belles du film, le réalisateur Pierre Koralnik fait appel à la jeune chanteuse, qui connaît le succès dès son premier 45-tours *As Tears Go*

By, offert en 1964 par son fiancé d'alors, Mick Jagger. La même année, elle enregistre neuf titres en français, dont *À bientôt nous deux*, *Coquillages* et *Les Parapluies de Cherbourg*. Le chanteur des Rolling Stones est d'ailleurs présent sur le plateau du tournage au château de Rochefort-en-Yvelines.

La chanson, servie par une mélodie sublime et le délicieux accent de Marianne Faithfull, bénéficie d'une orchestration délicate de Michel Colombier, avec un motif joué à la basse électrique et repris au piano. Le texte pose la question du hasard dans la relation amoureuse : *Hier ou demain/Je t'aurais dit oui/Hier ou demain/Mais pas aujourd'hui*.

Séduite par l'excellence de la mélodie, Anna Karina reprendra *Hier ou demain* dans le court-métrage *Vivre ensemble* qu'elle réalisera en 1973. L'arrangement est signé par Jean-Claude Vannier.

En 1982, Serge Gainsbourg retrouve Marianne Faithfull sur le tournage de deux clips qu'il réalise pour l'émission « Les Enfants du rock ». Le 28 juin 2007, la chanteuse lui a rendu hommage lors d'un concert dans la Salle Pleyel, en chantant notamment cette chanson.

La version chantée par Anna Karina est publiée dans le coffret longbox *Le Cinéma de Serge Gainsbourg* (Universal 586 516-2, 2001).

Boomerang

Bien que chanté par Jean-Claude Brialy, *Boomerang* est un autre moment fort de la comédie musicale *Anna*. L'interprète tente tant bien que mal de suivre la mélodie, aidé par Serge Gainsbourg dans le quatrième couplet. Après un motif d'introduction au piano soutenant le monologue de Brialy, le titre bascule dans un rock appuyé par la guitare électrique avant d'être relancé par une section de cordes lyrique. Le texte illustre les sentiments de l'acteur obsédé par l'image d'Anna : *Parfois je crois être guéri/Je sens que mon cœur ne bat plus/Je reste jusqu'au petit jour/Entre la vie et l'amour*.

Serge Gainsbourg avait pour habitude de noter des titres sur des brouillons avant de les convertir ou non en chansons. *Boomerang* est l'un de ces titres trouvant une réalisation quelques années plus tard. Le thème intéresse son auteur qui le réutilise pour la chanson *Comme un boomerang* écrite pour Dani en 1975, inédite pendant un quart de siècle et finalement créée par Dani en duo avec Étienne Daho en 2001.

Adaptation en allemand de Walter Brandin : *Bumerang*.

Base-ball

La chanson *Base-ball* sert de fond sonore à une conversation entre Jean-Claude Brialy, Serge Gainsbourg et Hubert Deschamps, située au début de la comédie musicale. Cependant, le thème musical, identique à celui de *C'est la cristallisation comme dit Stendhal*, est écarté de la bande originale. L'unique prestation vocale d'Eddy Mitchell, enregistrée le 18 décembre 1966 au studio Europa-Sonor de Paris, échoue finalement sur ses coffrets *Sessions* (édition limitée 23 CD, Polydor 53075-2, 1994) et *Intégrale Studio1962-1996* (20 CD, Polydor 559 574-2, 1998) et le disque de raretés *Curiosités 1963-1992* (CD Polydor 559 005-2, 1998) avant d'être enfin incluse dans la réédition 2009 de l'album *Anna*. Le style vocal du rocker est tout à fait crédible dans ce morceau à double sens : *Tu es dure avec moi/Tu vas de l'un à l'autre/Comme une balle de base-ball/Une balle de base-ball*.

Chanson triste

Déclarée sous le titre de travail *Chanson triste Anna*, cette courte pièce chantée par Anna Karina n'est présente que dans le vidéo-disque japonais de la comédie musicale, publié le 10 juin 1999 (Columbia COBM-5020).

Un poison violent c'est ça l'amour

Avec *Un poison violent c'est ça l'amour*, Serge Gainsbourg place enfin un texte de Jacques-Bénigne Bossuet qui lui tient à cœur, cité par Stendhal dans *De l'amour* : *Qu'est-ce autre chose que la vie des sens/Qu'un mouvement alternatif/Qui va de l'appétit au dégoût/Et du dégoût à l'appétit/L'âme flottant toujours incertaine/Entre l'ardeur qui s'renouvelle/Et l'ardeur qui s'ralentit* [...]*/Mais dans ce mouvement perpétuel/De l'appétit au dégoût/Et du dégoût à l'appétit/On ne laisse pas de se divertir/Par l'image d'une liberté errante*. Dès 1961, Serge Gainsbourg avait utilisé ce soliloque dans son spectacle en l'intitulant *Illusion des sens*. La citation extraite du *Traité de la concupiscence* (1894) réapparaîtra en 1969 dans un dialogue du film *Slogan* de Pierre Grimblat, et en 1990 dans le dernier long-métrage de Serge Gainsbourg, *Stan the Flasher*.

Bossuet est d'ailleurs le titre de travail de cette chanson interprétée avec Jean-Claude Brialy. Le goût de Gainsbourg pour les associations improbables l'amène à greffer l'extrait littéraire sur un jerk électrique parsemé de répliques et de références contemporaines : *Un truc à pas dépasser la dose !/C'est comme en bagnole/Au compteur 180/À la borne 190/Effusion 200* (pour « effusion de sang »). Jean-Claude Brialy, photographe de mode dans le film, est comparé à Antony Armstrong-

Jones, alias Lord Snowdon, qui pour la petite histoire réalisera la photo utilisée pour la pochette de l'album *Aux armes et cætera* paru en 1979.

Un poison violent c'est ça l'amour a été repris par Eszter Balint (*Great Jewish Music : Serge Gainsbourg*, CD Tzadik, 1997), Pierre-Alain Goualch (version instrumentale, *Exploring the Music of Serge Gainsbourg*, CD Night Bird, 2000), Maurice Garrel et Guy Godefroy sous le titre *Anna Flash Back* (*Portraits*, 2 CD Frémeaux & Associés, 2000).

De plus en plus, de moins en moins

Ce duo interprété à distance par Jean-Claude Brialy et Anna Karina reflète les sentiments de chacun sur un rythme lent. Quand le premier pense à haute voix : *On s'verra de moins en moins/Si je n'lui dis rien/Et cela me fera/De plus en plus mal*, sa partenaire n'est guère plus optimiste : *Ce serait sûrement pas mal/Et puis d'mieux en mieux/Après quoi ça irait/De plus en plus mal*. Il suffirait en somme que tous deux se voient pour savoir ou s'avoir.

Jerks en cavalerie

Cette suite instrumentale, absente de la version originale d'*Anna*, est éditée en 2007 au côté de musiques du film *Manon 70* (CD Universal 530 394-6) puis dans la réédition 2009 de la comédie musicale. Elle associe plusieurs thèmes du film dans un esprit rock, dont une adaptation psychédélique de *J'étais fait pour les sympathies* jouée à la guitare fuzz et la mélodie de *Hier ou demain* réarrangée. L'intitulé se réfère à l'introduction avec tambours et trompettes.

Roller Girl

Selon un brouillon manuscrit de Serge Gainsbourg, la chanson *Roller Girl* avait pour premier titre *La plus vamp des vamps*. L'idée est ensuite complétée par un texte faisant référence à une créature tout droit sortie d'une bande dessinée, entre *Barbarella* et *Comic Strip* : *Je suis la fille des bulles/La Lolita des comics/Une des plus dangereuses/Des bandes dessinées*. Le ton sauvage adopté par Anna Karina, transformée en rockeuse, est éloigné du souffle sensuel des autres titres. Son attirance pour les engins mécaniques préfigure le *Harley Davidson* de Brigitte Bardot : *Je suis la fille que l'on colle/Sur les Harley Davidson/Les BMW/Les camions seize tonnes*. Le style musical évoque irrésistiblement le « jerk électronique » *Psyché Rock* concocté pour la *Messe pour le temps présent* (1966) de Pierre Henry et Michel Colombier, ce dernier étant l'arrangeur de *Roller Girl*.

Une version instrumentale inédite apparaît avec la compilation de musiques de films *Manon 70* (CD Universal 530 394-6, 2007) ainsi que dans la réédition 2009 d'*Anna*.

Adaptation en allemand de Walter Brandin : *Roller Girl*. Reprises de Chris Evans (CDS Pin-Up HC 501 ; *Dans tous tes états*, CD CDA 101, 1993), The Little Rabbits (CD Barclay 559532, 1998), Les Séquelles (CD Pick-Up, Québec, 2000) et adaptation en japonais de Kenzo Saeki (*L'Homme à tête de sushi*, CD, 2003).

Ne dis rien

Le titre *Ne dis rien* réunit Jean-Claude Brialy, dans le monologue du début, Anna Karina et Serge Gainsbourg pour la suite en duo chanté. Son efficacité repose sur un procédé original, l'interprète féminine finissant les courtes phrases de son partenaire. Les couplets découpés en vers d'un ou deux mots sont aussi dépouillés que la mélodie en forme de valse lente jouée au piano et reprise par une section de cordes lors du refrain : *Suis-moi jusqu'au bout de la nuit/Jusqu'au bout de ma folie/ Laisse le temps, oublie demain/Oublie tout, ne pense plus à rien.* *Ne dis rien* est interprété en duo par Serge Gainsbourg et Anna Karina dans l'émission « Entrez dans la confidence » présentée par Jacqueline Joubert (13 avril 1968) et avec Jane Birkin dans « Mid Mad Mod » du 1er mars 1969. Le thème de *Ne dis rien* est également décliné en version instrumentale, insérée dans la réédition 2009 de la comédie musicale.

Ne dis rien est ensuite repris par Michèle Arnaud (EP Pathé EG 1013, février 1967) avec un joli motif de guitare funky, Denise Filiatrault et Serge Laprade avec l'Orchestre de François Carrel (SP Fantastic 3693, Québec), Bambou et Lulu Gainsbourg (CDS Virgin 74682-2, 2001, produit par Benjamin Biolay et publié pour l'anniversaire de la naissance Serge, plutôt que pour celui de sa mort), ainsi que par Mareva Galanter et Jacno (*Ukuyéyé*, CD Warner 463.484-2, 2006).

Pistolet Jo

Cette chanson, interprétée par Anna Karina sur un air de banjo, avec des coups de pistolet en fond sonore, fait figure de parenthèse insolite dans la comédie musicale. Elle développe l'histoire d'un cow-boy borgne. L'œil en verre de « Pistolet Jo » est sujet à trois jeux de mots : *Pistolet Jo ne dort que d'un œil*, *Pistolet Jo m'a tapé dans l'œil* et *Pistolet Jo quand il te fait d'l'œil.*

Anna Karina a repris le titre sur scène au Théâtre de Mâcon en octobre 1999. Cette version figure en bonus de l'édition japonaise de l'album *Une histoire d'amour* (CD Polydor POCP

7472, 2000). *Pistolet Jo* est aussi interprété en duo par Anna Karina et Katerine sur l'album hommage *Lucien Forever – A Tribute* (CD Pussycats 27, Espagne, 2001).

G.I. Joe

Cette marche militaire interprétée en duo par Jean-Claude Brialy et Anna Karina et soutenue par des chœurs prend pour emblème le nom d'un héros d'une bande dessinée américaine, dont une figurine articulée a été commercialisée en 1964. La chanson, qui tourne en dérision le soldat mort au combat, fait sans doute allusion à la guerre du Viêtnam qui sévit à l'époque et qui est déjà vivement contestée par une partie de la jeunesse américaine. Le corps de G.I. Joe est criblé de balles mais le héros ne récolte aucune médaille : *Combien d'étoiles sur son maillot/One, two, three, four, five, six, seven, eight/Combien d'étoiles pour le héros/Seven, six, five, four, three, two, one, zero*. Pour illustrer les balles et les décorations, Serge Gainsbourg utilise le mot « étoile », symbole du drapeau américain. La chanson est critiquée par certains fâcheux qui y voient un esprit anti-américain.

Je n'avais qu'un seul mot à lui dire

Telle une symphonie pop, la comédie musicale *Anna* comporte des thèmes musicaux récurrents. Il en est ainsi de *Je n'avais qu'un seul mot à lui dire* reprenant le motif joué par les cordes dans *Boomerang*. Cette redite donne de l'ampleur à une partition riche en mélodies accrocheuses. Une version instrumentale absente de l'édition originale figure au côté d'autres musiques de films de la compilation *Manon 70* (CD Universal 530 394-6, 2007) et dans la réédition 2009 d'*Anna*. La seconde mouture, elle aussi largement instrumentale, conclut l'histoire entre Jean-Claude Brialy et Anna Karina qui interviennent à la fin du morceau. Tous deux font le constat d'un rendez-vous manqué : (Jean-Claude Brialy) *Elle était à mes côtés/Je n'ai pas su la retenir/*(Anna Karina) *Je n'avais qu'un seul mot à lui dire/« Je t'aime »... Alors peut-être...*

Un dialogue précédant le court texte de la chanson est écarté de la bande originale. Il est cependant inclus dans l'édition japonaise de 1999 (vidéo-disque Columbia COBM 5020).

Dents de lait dents de loup

Créé par Serge Gainsbourg et France Gall pour la télévision ; inédit

La chanson *Dents de lait dents de loup* est composée spécialement pour le générique d'une nouvelle émission télévisée de variétés réalisée par Jean-Pierre Spiero (assistant de Pierre Koralnik) et présentée par Annick Beauchamps et le Président Rosko (Michael Pasternak), animateur américain ayant officié sur Europe n° 1, Radio Caroline et Radio-Luxembourg (ancien nom de RTL). Le programme a pour particularité de plonger les vedettes au milieu du public qui danse pendant les chansons. Serge Gainsbourg et France Gall inaugurent le rituel (qui n'aura pas de suite, l'émission étant décidément trop avant-gardiste) le 11 janvier 1967 sur ce titre pop au rythme saccadé dominé par la trompette, la guitare et un motif d'orgue rappelant celui du classique *96 Tears* du groupe américain Question Mark & The Mysterians : *Toi tu n'es qu'un bébé/Rien qu'un bébé loup/Tu as des dents de lait/Pas des dents de loup*. Notons au passage que sur un thème similaire, quelques mois plus tard, Joe Dassin écrira le succès *Bébé requin* pour France Gall.

L'idée du titre provient sans doute du recueil homonyme du poète et dramaturge Henri Pichette (1924-2000). Publié par Gallimard en 1962, *Dents de lait dents de loup* décrit l'éveil au monde d'un jeune garçon et les joies et doutes d'un homme. La chanson de Serge Gainsbourg est déclarée sous plusieurs noms à la SACEM : *Dents de lait de lait de loup*, rayé au profit de *Bébé loup* sur un premier bulletin, avant le titre définitif sur une seconde déclaration. Longtemps restée inédite, elle circule sur un CD pirate (Kiss 006) avant d'être commercialisée en 1994 sur le vidéodisque laser et la VHS *Gainsbourg 1958-1967* (PolyGram Vidéo 631 720-1, également paru en DVD).

Dents de lait dents de loup a été repris par Colette Magny (EP CBS 5622), Baby Birkin (*Classée X*, CD Dishy 33, 1998), Lou & Benny (SP B-Soul 45.004, 2004) et Les Kitschenette's (Pinkitsch Prod., 2009).

Qui se souvient de Caryl Chessman ?

Créé par Serge Gainsbourg, inédit

Ce titre est l'une des plus grandes énigmes de l'œuvre de Serge Gainsbourg. Le manuscrit probablement déposé en janvier 1967 demeure introuvable, et la bande enregistrée avec France Gall comme choriste est à ce jour inédite (si elle existe).

Le mystère qui entoure cette chanson est sans doute dû à son sujet sulfureux, celui du cas de Caryl Chessman (1921-1960), citoyen américain condamné à mort sans aucune preuve pour dix-sept accusations de vols, kidnappings et viols. Exécuté dans la chambre à gaz de la prison de San Quentin (Californie), il aura tenté de prouver son innocence par l'écriture de quatre livres, dont *Cell 2455, Death Row* (1954). Serge Gainsbourg mentionnera à nouveau son nom dans le titre *Dispatch Box*, extrait de l'album *You're Under Arrest* (1987).

Quand j'aurai du vent dans mon crâne

Créé par Serge Reggiani ; 45 tours Jacques Canetti 261.012 (EP) ; 33 tours Jacques Canetti 48.819 (LP *Album n°2 – Bobino*).

Composée sur un poème de Boris Vian écrit en 1952 et publié dix ans plus tard dans le recueil posthume *Je voudrais pas crever*, la chanson *Quand j'aurai du vent dans mon crâne* est enregistrée en 1966 et publiée l'année suivante. L'arrangement réalisé par Jean-Claude Pelletier transforme cet inventaire à l'humour noir en une danse macabre de music-hall. Après des débuts au théâtre et au cinéma, Serge Reggiani était entré en chanson avec un opus consacré à Boris Vian. Son deuxième album comprend également *Le Déserteur*, *Les Loups sont entrés dans Paris* et le *Maxim's* de Serge Gainsbourg.

Reprises : Jean Bourbon (*La Fête à Boris*, 2 LP Canetti 48.885/6, 1981), Belle du Berry (*Boris Vian chanté par…*, 2 CD Canetti 585 977-2, 2001), Lucienne Deschamps (*Chante les poètes*, CD Vive Voix 980.882/EPM, 2003), Wilomel (*Accroch'cœur*, CD Crossover, 2007), Mademoiselle K (*À Boris Vian : on n'est pas là pour se faire engueuler*, 2 CD AZ/Universal 531929, 2009).

Néfertiti

Créé par France Gall ; 45-tours Philips 437.317 BE (EP) ; 33-tours *France Gall 1968*, Philips 844.706 BY (LP)

Après le succès retentissant des *Sucettes*, Serge Gainsbourg livre un titre anecdotique à France Gall, figurant sur le même EP que le scandaleux duo *La Petite* avec

Maurice Biraud (limite pédophile : la chanson serait interdite aujourd'hui), sorti en février 1967. Le titre enregistré au Studio 10 sous la direction d'Alain Goraguer figure également sur l'album *France Gall 1968* avec *Teenie Weenie Boppie*.

La musique arabe typique de *Néfertiti*, ornée d'une mélodie jouée par l'oud, le rabâb et le violon et soutenue par le tambourin et la derbouka, est au diapason de son époque où le voyage vers l'Orient est à la mode. Les paroles faisant référence à la reine d'Égypte cultivent les clichés : *Néfertiti/Reine païenne/Tes bains d'minuit/Belle Égyptienne/Font rêver les crocodiles/Dans les eaux du Nil.*

Néfertiti a été repris par Baby Birkin (CD Dishy, 1998), Radiomatic (*Ce soir après dîner nous passerons des disques*, CD, 2006).

Boum badaboum

Créé par Minouche Barelli ; 45-tours CBS 6331 (EP) et 45-tours CBS DP 2659 (SP)

En 1967, Serge Gainsbourg distribue les cartes de la chanson française. Comme il l'admet dans l'émission « Discorama » du 16 avril sous les questions de Denise Glaser, il est l'auteur-compositeur le plus chanté. Cette année-là, les clés du concours de l'Eurovision lui sont à nouveau confiées avec la participation de Marie-Pierre Barelli (1947-2004) dite « Minouche », fille du chef d'orchestre Aimé Barelli et de la chanteuse réaliste Lucienne Delyle (*Mon Amant de Saint-Jean*). Épaulée par son père, elle avait publié son premier EP en 1965, suivi de *Goualante 67*. *Boum badaboum* est son troisième disque ; avec ce titre elle représente la principauté de Monaco à Vienne (Autriche), le 8 avril 1967. Elle termine en cinquième position, à quelques encablures de *Puppet on a String* de

Sandie Shaw, équivalent britannique de *Poupée de cire, poupée de son*. Le résultat ne surprend pas son auteur, qui avait eu toutes les peines du monde à obtenir la tonalité vocale qu'il souhaitait pendant l'enregistrement avec Michel Colombier trois jours avant l'Eurovision. Introduit par un compte à rebours, *Boum badaboum* alterne entre la menace de la bombe atomique (la guerre froide entre les États-Unis et l'U.R.S.S. est à l'époque une obsession récurrente) et les plaisirs terrestres : *S'il est d'autres paradis/Boum ! boum !/Je veux les connaître aussi/Badaboum !/Quand j'aurai tout essayé/Boum ! boum !/Je partirai sans regrets/Badaboum !* Après une poignée de simples sans succès, Minouche Barelli se tournera vers l'animation radiophonique.

Les Petits Boudins

Créé par Dominique Walter ; 45-tours Disc'AZ EP 1106 (EP) et 45-tours Disc'AZ 10.299 (SP).

Qui lira ces mots, premier titre offert par Gainsbourg à Dominique Walter, fils de Michèle Arnaud (première interprète de Serge, devenue productrice à la télévision, notamment de la comédie musicale *Anna*), n'a pas marché. Qu'à cela ne tienne, Serge Gainsbourg qui n'est pas qu'un tailleur pour dames, lui confectionne de quoi faire sa notoriété avec le misogyne et cynique *Les Petits Boudins*. La chanson arrangée par Alain Chevalier avec Serge Gainsbourg dans les chœurs est dotée d'une mélodie simple et efficace qui éclipse l'interprétation fade de celui que l'on appelle dans le métier le « fils à maman ». Les paroles sont joliment troussées par un expert de la chose : *Dans mon agenda/Quand j'en pique un/Un petit boudin/J'le mets sous mon bras/Jusqu'au matin/Ce petit boudin*. L'auteur se rachète au final : *Il y'a surtout toi/Toi qui n'as rien/D'un petit boudin*.

Titre phare d'un EP publié en avril 1967, *Les Petits boudins* voisine avec une adaptation culottée du *Penny Lane* des Beatles et deux douceurs signées Michel Polnareff (*Je n'ai pas osé*) et Pierre Saka (*L'Orage*).

La reprise qu'en fera Robert Farel à l'automne 1987, produite par Étienne Daho (SP Barclay 885626-7), atteindra la trente-neuvième place du Top 50 et fera également l'objet d'un maxi 45-tours.

Les Petits Boudins a été repris par Raphaël Mezrahi (émission « Gainsbourg pour toujours », France 2, 15 avril 2006) et par les B.B. Brunes en duo avec Philippe Katerine (« Taratata », France 4, 2011).

Bande originale du film Toutes folles de lui

Créé par Serge Gainsbourg ; 45-tours Barclay 71.168 M (EP), avec *Wouaou !, Goering connais pas, Le Siffleur et son one two two, Woom woom woom* et *Caressante*

Le film de Norbert Carbonneaux *Toutes folles de lui*, sorti en salles le 10 mai 1967, ne laisse pas un souvenir impérissable malgré les dialogues signés Michel Audiard et le casting réunissant Robert Hirsch, Sophie Desmarets, Jean-Pierre Marielle, Julien Guiomar et Serge Gainsbourg. Cette histoire de blanchisseries couvrant un réseau de prostitution est illustrée par les thèmes musicaux de notre héros, décidément autant demandé dans le domaine du cinéma que par différents interprètes. L'EP extrait de la bande-son, devenu rarissime, réunit cinq petites pièces instrumentales arrangées par Michel Colombier, dont les plus conséquentes sont *Woom woom woom*, morceau joué à l'orgue à la manière de Booker T. & The MG's (recyclé plus tard pour la chanson *Chatterton*), et la valse voluptueuse *Caressante*.

Les cinq titres se retrouvent sur la compilation « pirate » *Chansons et musiques de films* (Hortensia CH 404, 1991, interdite quelques jours après sa sortie) et *Woom woom woom* sur le 45-tours extrait (SP S 404), tandis que ce dernier et *Caressante* figurent dans le coffret longbox *Le Cinéma de Gainsbourg* (3 CD Universal 586 516-2, 2001).

Au risque de te déplaire

Créé par Marie-Blanche Vergne ; 45-tours Columbia ESRF 1855 (EP)

L'actrice Marie-Blanche Vergne (1934-1989) a tourné dans *J'irai cracher sur vos tombes* (1959) et *Lettre dans un taxi* (1962, musique de Serge Gainsbourg). Son époux, le réalisateur Jean-Christophe Averty, la pousse vers la chanson en lui écrivant *Au risque de te déplaire*, détournant le titre de son émission « Au risque de vous plaire ». Son complice Serge Gainsbourg signe la musique de ce morceau lourdement orchestré par Bernard Gérard, enregistré le 27 février 1967 et livré au public le 11 mai de la même année. Malgré d'autres tentatives, dont *La Veuve du hibou* enregistrée en 1970 avec le groupe progressif Red Noise, Marie-Blanche Vergne ne fera pas carrière dans la chanson.

Mais ouais Mae West

Le texte et la musique de ce titre interprété lors d'une émission radiophonique demeurent à ce jour introuvables. Le titre, non déclaré à la SACEM, figure pourtant sur un catalogue de chansons de Lucien [Serge] Gainsbourg à la date du 27 mai 1967.

Le Sabre et le Soldat

Cas unique dans l'œuvre de Serge Gainsbourg, la composition du titre *Le Sabre et le Soldat* (ou *Le Sable et le Soldat*) émane d'une commande de l'attaché culturel de l'ambassade d'Israël à Paris pour servir à la propagande pendant la guerre entre Israël et l'Égypte (qui au final ne va durer que six jours, 5 au 10 juin 1967). La chanson enregistrée sur bande dans la nuit du 6 au 7 juin 1967, avec pour simple accompagnement l'orgue électrique de Michel Colombier, doit être traduite et interprétée en hébreu pour permettre sa diffusion sur les ondes de la radio officielle Kol Israël (« La Voix d'Israël »). Il est curieux d'entendre Serge Gainsbourg dans ce chant patriotique : *Je défendrai le sable d'Israël/La terre d'Israël, les enfants d'Israël/Quitte à mourir pour le sable d'Israël/La terre d'Israël, les enfants d'Israël.* Il s'en expliquera ainsi : « On m'a demandé de signer des pétitions pour Israël, je l'ai fait, on m'a demandé une chanson, je l'ai faite [...] Mais je suis un Ashkénaze, je n'ai rien à voir avec les Séfarades. » La version originelle demeurera inédite près de trente-cinq ans, jusqu'à sa découverte par le collectionneur Jean-Gabriel Le Nouvel qui la diffusera sur la radio RCJ le 2 mai 2002.

Loulou

Créé par Régine ; 45-tours Pathé EG 1046 (EP)

Ce titre écrit pour Régine figure uniquement sur cet EP paru en juin 1967, mais est absent de l'album sorti en novembre, comprenant deux titres de Serge Gainsbourg. Il sera ensuite repris sur la compilation *Gainsbourg fait chanter Régine* (CD Mercury 983760-9, 2006).

La chanson de style cabaret arrangée par Alain Goraguer avec piano, trompette et violons va comme un gant à Régine qui donne quelques conseils sur l'amour et les hommes à la jeune Loulou : *Loulou/Range donc, Loulou/Tes petits pioupious/Ta poupée, ton gros toutou/Loulou/Tu as grandi, Loulou/Oublie ta nounou/Et tes joujoux.* Le titre est prétexte à une série de mots aux syllabes doublées tirés du langage enfantin ou d'onomatopées. Le morceau commence et se termine sur une note sombre signifiant la brièveté des sentiments amoureux.

Hip hip hip hurrah

Créé par Claude François ; 45-tours Philips 437.357 BE (EP)

La rythmique et l'harmonie sont directement pompées sur le titre *Tramp* de Lowell Fulsom et Jimmy McCracklin, chanté par Otis Redding et Carla Thomas dans l'album *King & Queen*. La même chanson servira de modèle à *Chatterton*, tandis que *Ooh Carla, Ooh Otis*, extrait du même disque, inspirera *Teenie Weenie Boppie*. Collaboration unique entre Claude François, ex-idole yé-yé reconvertie en superstar de la chanson et Serge Gainsbourg, auteur-compositeur prolixe aux succès épars, *Hip hip hip hurrah* est un parfait exemple de contre-emploi. L'auteur, qui ne se soucie guère du statut de séducteur de l'interprète, lui met en bouche quelques couplets bien sentis dont le célèbre aphorisme : *Je pratique/La politique/De la femme brûlée/Je brûle toutes celles que j'ai adorées*. S'il arrivait malheur à l'élue de son cœur, le refrain renchérit : *Je dirais « Hip hip hip hurrah/Hip hip hurrah/Hip hip hurrah »*. Dans ce morceau de rhythm'n'blues cuivré comme les affectionne Clo-Clo, arrangé et produit par l'Anglais Reg Guest, l'expression de joie est associée au mouvement hippie alors en pleine effervescence. Lucide, Claude François, qui avait été pressenti pour jouer dans la comédie musicale *Anna* mais avait finalement été écarté au profit d'Eddy Mitchell, relègue ce titre en face B d'un EP publié en juin 1967 dont le titre vedette est *Mais quand le matin*, écrit par Éric Charden. Notons que Serge Gainsbourg songera un temps à interpréter le titre pour son nouvel EP mais se rétractera et le remplacera par *Chatterton* avec un accompagnement identique.

Buffalo Bill

Créé par Stone ; 45-tours Polydor 27.319 (EP)

Bon nombre de chanteuses rêvent d'interpréter un titre de Serge Gainsbourg. Ce dernier a promis des albums aux actrices Anna Karina, Jeanne Moreau et Elsa Martinelli, mais ces projets tournent court pour diverses raisons. La débutante Stone (née Annie Gautrat en 1947), élue Miss Beatnik 1966 du Palladium (boîte de nuit), se distingue de ses consœurs par sa frange à la Brian Jones. Elle interprète aussi bien les Beatles (*Le Jour, la nuit* d'après *You Won't See Me* ; *Seul* d'après *Norwegian Wood*) ou les Beach Boys (*Fille ou garçon* d'après *Sloop John B* ; *Les Framboises* d'après *You're So Good to Me*) que les chansons de son compagnon Éric Charden. En 1967, Serge Gainsbourg lui propose *Buffalo Bill*, titre initialement prévu pour Petula Clark. Le texte dépeint de façon ironique quelques aventures peu glorieuses de William Frederick Cody (1846-1917), vu par son auteur comme un tueur de bisons et un scalpeur de Peaux-Rouges. Le héros américain en prend pour son grade dans ce morceau sans grand relief, orchestré par Michel Colombier et publié en juin 1967 avec le succès *Vive la France*.

Comic Strip

Créé par Serge Gainsbourg ; 45-tours Philips 437.355 BE (EP *Mr Gainsbourg*), avec *Torrey Canyon*, *Chatterton* et *Hold-up* ; également paru sur 45-tours Musique & Son/Phonogram 1607 7917 (SP hors-commerce, 1979) avec *L'Eau à la bouche*

En juin 1967, Serge Gainsbourg retourne à Londres avec son directeur artistique Claude Dejacques pour enregistrer les quatre titres de son nouvel EP baptisé *Mr Gainsbourg*, afin de marquer son nouveau style anglais. Au studio Chappell, il rencontre le producteur Giorgio Gomelsky et l'arrangeur et chef d'orchestre David Whitaker qui a pris la place d'Arthur Greenslade. Pour l'occasion, le compositeur a préparé un morceau d'une nouveauté totale, basé sur des onomatopées des bandes dessinées, qu'il intitule *Comic Strip* (nom anglais du genre). Il invite également une jeune fille à entrer dans un univers rempli de bulles et de mots qui claquent ou glissent sous le palais : *Viens petite fille dans mon comic strip/Viens faire des bulles, viens faire des WIP !/Des CLIP ! CRAP ! des BANG ! des VLOP ! et des ZIP !/ SHEBAM ! POW ! BLOP ! WIZZ !* L'auteur, qui n'a pas prévu d'interprète précise pour les interjections, s'en remet à une choriste de studio, probablement Madeline Bell, chanteuse américaine installée à Londres et sous contrat chez Philips, très prisée pour sa technique impeccable et son style très *soul*. Gainsbourg tient là un titre non seulement moderne mais révolutionnaire, bousculant les canons de la chanson traditionnelle sur un rythme swinguant.

L'EP et l'album original *Initials B.B.* présentent la version courte de *Comic Strip*. Une version longue (environ 2'30'') mixée par Giorgio Gomelsky apparaît dans la compilation *Comic Strip* (Philips/Mercury 528 951-2, 1996).

Serge Gainsbourg et Brigitte Bardot enregistrent par la suite une version anglaise de *Comic Strip* pour les besoins de la chaîne américaine NBC qui diffuse le « Bardot Show » le 3 décembre 1968. Cette prise figure dans l'album *Special Bardot* (RCA BC-1000) et sur un 45-tours anglais limité à 400 exemplaires (Fontana 261.623), puis est rééditée dans le coffret *Gainsbourg* de 1989 (vol. 4 : *Initials BB 1966-1967-1968*, CD Philips 838 390-2).

Par la suite, les interprètes féminines vont se succéder pour enjamber les vers de la chanson chausse-trappe. Mireille Darc inaugure le bal des prétendantes le 29 juin dans l'émission « Tilt ». Brigitte Bardot immortalise le rôle dans le « Sacha Show » du 1er novembre 1967 et son « Bardot Show » du 1er janvier 1968 : en combinaison moulante, cape noire et perruque brune, elle fait son entrée en déchirant un mur de papier à son effigie (clin d'œil au film *French Cancan* de Jean Renoir, 1954). Jane Birkin poursuit avec Jacques Dutronc (« Top à Jacques Dutronc », 2 mars 1974), Serge Gainsbourg (*Bouvard en liberté*, 30 mai 1975, cf. VHS, vidéodisque ou DVD *Gainsbourg 1967-1073*, Polygram Vidéo 631.722-1, 1994), Michel Sardou (*Numéro 1 Michel Sardou*, 25 septembre 1976), Coluche (*Numéro 1 Jane Birkin*, 9 octobre 1976, cf. vidéodisque Columbia COBG 5027, 1999).

Reprises de *Comic Strip* : Claude François et l'actrice américaine Jodie Foster l'interprètent sur une balançoire (émission « Numéro 1 Claude François », 26 novembre 1977), Michel Jonasz (émission « Musique and Music », 9 avril 1978), Tonton David et Maureen Dor (émission « La Fièvre du samedi soir », TF1, 24 février 1996), Shelley Hirsch (*Great Jewish Music : Serge Gainsbourg*, CD Tzadik, 1997), Mick Harvey (*Pink Elephants*, CD Mute, 1997), Patrick Beacco et les Enfants d'Auxerre (inédit radio France Bleu, 2001), Patrick Péronne (*Gainsbourg au bar*, CD Delta, 2001), Anouk Plany (*Chante Gainsbourg et cætera*, CD, 2003), Kids Will Rock You (*Kids Will Rock You 2*, CD, 2004), Arthur H et Helena Noguerra (émission « Gainsbourg pour toujours », France 2, 15 avril 2006), The GOASTT (Sean Lennon, Charlotte Kemp Muhl et –M– ; single Chimera Music Chim 03, 2010), Arielle Dombasle et Philippe Katerine (émission *Les Stars chantent*

Gainsbourg, Virgin 17, février 2010) et The Serge Gainsbourg Expérience (CD La Lune Rousse, 2011).

Torrey Canyon

L'utilisation d'un fait d'actualité dans une chanson n'est pas chose courante pour Serge Gainsbourg. Mais le naufrage du plus grand pétrolier du monde au large de la Cornouailles ne le laisse pas indifférent, d'autant que l'accident survenu le 18 mars 1967 est encore frais dans les mémoires. À Londres, il plaque les paroles de *Torrey Canyon*, nom du bateau libérien qui a déchargé cent vingt mille tonnes de pétrole brut dans la Manche : *Je suis né/Dans les chantiers japonais/En vérité j'appartiens/Aux Américains/Une filiale/D'une compagnie navale/Dont j'ai oublié l'adresse/À Los Angeles.* Le refrain de ce morceau de rhythm'n'blues chauffé par les cuivres et des riffs d'orgue et de guitare est entonné par la choriste des séances de l'EP *Mr Gainsbourg*, probablement Madeline Bell. À l'instar de *Comic Strip*, un mixage alternatif de Giorgio Gomelsky, plus dynamique, est présent sur la compilation *Comic Strip* éditée en 1996.

Reprises de *Torrey Canyon* : Raoul J'te Pousse (album *Prises de chou – 10 Plants de Serge Gainsbourg*, CD Avec Plaisir, Besançon 1994), Mick Harvey (*Pink Elephants*, CD Mute, 1997), Gérard Delahaye (*La Mer au cœur*, CD, 1997), Guy Godefroy (*Portraits*, 2 CD Frémeaux & Associés, 2000).

Chatterton

Sujet du titre de la chanson, Thomas Chatterton (1752-1770) est un poète anglais qui s'est suicidé à l'arsenic à l'âge de 17 ans. Serge Gainsbourg dresse une liste d'autres personnages historiques ayant commis l'irréparable : le chef de guerre Hannibal, le Grec Démosthène, Cléopâtre et Marc-Antoine, Isocrate et Van Gogh ; ou jugés « fous à lier » : Friedrich Nietzsche, le peintre Goya et le compositeur Robert Schumann. L'énoncé de tels destins donne le vertige à l'auteur qui, au moment du refrain, dresse le constat : *Quant à moi/Ça ne va plus très bien.* Le thème du suicide apparaît régulièrement dans l'œuvre au noir de Serge Gainsbourg, comme en témoignent les titres *Le Poinçonneur des Lilas*, *Ce mortel ennui*, *En relisant ta lettre* ou *Quand mon 6,35 me fait les yeux doux*. Le thème rhythm'n'blues de *Chatterton* est une réminiscence de l'instrumental *Woom Woom Woom* extrait de la bande originale du film *Toutes folles de lui* (1967). Il sert de base à *Hip hip hip hurrah* (1967) interprété par Claude François, et *No no yes yes* (extrait de *Mister Freedom*, 1968). Le mixage alternatif de *Chatterton* par Giorgio Gomelsky figure sur la compilation *Comic Strip* (Philips/Mercury, 1996).

Reprises de *Chatterton* : Mick Harvey (version anglaise, *Intoxicated Man*, CD Mute, 1995), Seu Jorge (*Cru*, CD, 2004), Seu Jorge et Anna Carolina (*Ao Vivo*, CD, 2005), Juicebox (album tribute *Gainsnord*, CD Sonic Scenery 708 028, 2009).

Hold-up

Réalisée au studio Chappell à Londres en compagnie de David Whitaker, la chanson *Hold-up* n'a rien du fait divers sordide. Elle développe l'idée du baiser volé sur un mode assez sado-masochiste : *Je suis venu pour te voler/Cent millions de baisers/Cent millions de baisers/En petites brûlures/En petites morsures/En petites coupures*. L'auteur associe deux sens au mot *coupure*, celui de la blessure et des billets de banque. Si la récipiendaire se montre peu coopérative, elle sera attachée par les poignets. Le finale indique que l'auteur du forfait a eu ce qu'il voulait. La mélodie pop swinguante de *Hold-up* est rehaussée d'un refrain chanté par la choriste, accompagné de répétitions de Serge Gainsbourg dans la version 45-tours ou expurgé dans la version de l'album *Initials B.B.* La réédition 2003 de *Initials B.B.* (Mercury 548 427-2) contient le mixage alternatif de *Hold-up* réalisé par Giorgio Gomelsky ainsi que ceux des autres titres de l'EP *Mr Gainsbourg*.

Bye-bye Mister Spy (bande originale du film L'Inconnu de Shandigor)

Créé par Serge Gainsbourg ; inédit jusqu'en 2011 : coffret *Vingtième Anniversaire* (Universal)

Dans le long-métrage *L'Inconnu de Shandigor* du réalisateur suisse Jean-Louis Roy, Serge Gainsbourg joue le rôle du chef des Chauves, organisation secrète cherchant à s'emparer de l'Annulator, procédé capable de désamorcer les armes nucléaires. Il signe également la chanson *Bye-bye Mister Spy*, accompagné par François Rabat à la contrebasse et Maurice Vander à l'orgue. Le titre, longtemps inédit, est finalement apparu sur le coffret *Vingtième Anniversaire* en 2011. *L'Inconnu de Shandigor*, présenté au festival de Cannes au printemps 1967, sortit en salles le 17 juillet 1968.

Teenie Weenie Boppie

Créé par France Gall ; 45-tours Philips 437.358 BE (EP)

Avec *Teenie Weenie Boppie*, Serge Gainsbourg cherche à faire évoluer le style de France Gall vers la mode psychédélique tout en préservant son côté enfantin en mariant les expressions *teenie weenie* (dérivée de *tiny* et signifiant *tout petit*) et *boppie* (un *teenybopper* est un adolescent fan de pop rock). Le morceau proche du rhythm'n'blues s'inspire particulièrement du duo *Ooh Carla, Ooh Otis* de Carla Thomas et Otis Redding (sur l'album *King & Queen*, Stax Records, mars 1967) pour ses motifs de cuivres et sa rythmique. Le texte empreint d'images psychédéliques fait ouvertement référence au LSD, psychotrope à l'acide lysergique très en vogue dans les milieux artistiques (*Teenie Weenie Boppie/A pris du LSD/Un sucre et la voici/Au bord de la folie*), ainsi qu'au chanteur des Rolling Stones Mick Jagger : *Que sont ces fleurs aux couleurs exquises/Qui dérivent au fil du courant/C'est Mick Jagger qui, dans la Tamise/S'est noyé dans ses beaux vêtements*. Une autre métaphore, *Une Rolls la frôle de son aile/Un prince du rock est au volant*, annonce le début du récit *Histoire de Melody Nelson* (1971). *Teenie Weenie Boppie* figure sur le même EP que *Bébé requin*, dernier succès de France Gall avant une période de récession, offert par son ami Joe Dassin, dans un style d'ailleurs très gainsbourien. La chanson sera utilisée dans le film *La Fille d'un soldat ne pleure jamais* de James Ivory (*A Soldier's Daughter*, 1998).

Reprises de *Teenie Weenie Boppie* : Marischal Louis et son Orchestre (1967), Free Kitten (*Sentimental Education*, CD Wiiija 77076-2, 1997), Les Sans Culottes (CD, 1999), Billy Ze Kick (*Premiers titres*, CD Pudding, 2004).

Breakdown Suite et *Pop d'époque (bande originale du film* Si j'étais un espion*)*

Thème composé pour le film *Si j'étais un espion*, inédit sur disque jusqu'en 2001 ; coffret *Le Cinéma de Serge Gainsbourg* (3 CD Emarcy 586 818-2)

La pièce instrumentale *Breakdown Suite*, totalisant huit minutes, sert d'illustration musicale au film de Bertrand Blier, *Si j'étais un espion*, également exploité sous le titre *Breakdown*, sorti sur les écrans en septembre 1967. Le rôle principal est tenu par le père du réalisateur, Bernard Blier. La composition, adaptée dans le style de Bernard Hermann et dirigée par Michel Colombier, n'est éditée qu'en 2001. Il faut attendre 2007 pour voir apparaître le thème *Pop d'époque* utilisé dans le film et une version alternative de *Breakdown Suite* (vol. 47 de la collection « Écoutez le cinéma », CD Universal 530 394-6).

La Cavaleuse

Créé par Mireille Darc ; 45-tours Polydor 27236 (EP) et 33-tours Philips 844.779 (LP *Compartiment 23*)

Mireille Darc (née Aigroz en 1938) s'est illustrée dans les films *Pouic-Pouic* (1963) de Jean Girault, *La Chasse à l'homme* d'Édouard Molinaro, *Les Barbouzes* (1964), *Ne nous fâchons pas* (1966) et *La Grande Sauterelle* (1967) de Georges Lautner. La même année, elle tourne dans *Week-End* de Jean-Luc Godard, dont elle chante le thème principal. Ses débuts dans la chanson se font en 1965 avec le titre *Déshonorée*. L'année suivante, Serge Gainsbourg lui écrit *La Cavaleuse*, arrangé par Alain Goraguer. Au printemps 1967, Mireille Darc interprète en duo avec France Gall *Ne cherche pas à plaire*.

La belle mélodie de *La Cavaleuse* (première sortie sur un EP Polydor), assortie d'un texte sensible et subtil, est présentée le 22 octobre 1967 dans l'émission « Le Petit Dimanche illustré ». Engagée par Philips, Mireille Darc publie son unique album *Compartiment 23* en 1968. Celui-ci est enrichi d'autres titres lors d'une édition CD dans la série *Actrices* (Philips 848 488-2, mars 1991).

Reprise : Simone Tassimot (*Gainsblues*, CD Le Mot et La Note LMEN01, 2009).

Ouvrez les guillemets fermez les guillemets

Créé par Serge Gainsbourg et Mireille Darc à la télévision, inédit sur disque

Écrit et répété à la hâte pour l'émission « Le Petit dimanche illustré » du 22 octobre 1967, le duo *Ouvrez les guillemets fermez les guillemets* de Serge Gainsbourg et Mireille Darc ne connaît pas de suite enregistrée. Au cours de ce numéro de charme, les deux protagonistes relatent leur rencontre en citant les répliques au mot près.

Mireille : *Je t'ai demandé/Ouvrez les guillemets/« Tu m'aimes ? »/Fermez les guillemets/Tu m'as répondu/ Ouvrez les guillemets*

Serge : *« Pardon ? »*

Mireille : *Fermez les guillemets.*

La collaboration n'a pas eu de suite sur disque.

Ah ! Si vous connaissiez ma poule

Interprété par Serge Gainsbourg à la télévision, inédit sur disque

Ce classique du patrimoine de la chanson française écrit par Albert Willemetz et Charles Clerc (alias Borel-Clerc), créé par Maurice Chevalier en 1939, est interprété par Serge Gainsbourg le 22 octobre 1967 au cours de l'émission « Le Petit Dimanche illustré ». À ses côtés, dans des rôles muets, figurent ses interprètes France Gall, Mireille Darc et Minouche Barelli.

Dans un entretien, il confie son désir d'enregistrer un album de reprises « avec une pulsation actuelle ». Le fin connaisseur songe notamment à *Parce que* de Charles Aznavour, *Comme un p'tit coquelicot* de Mouloudji, *Au bois de mon cœur* de Georges Brassens, *Les Petits Pavés* de Maurice Vaucaire et Paul Delmet pour Fréhel (déjà chanté lors d'un *Palmarès des chansons* de mars 1967) ou *Monsieur William* de Jean-Roger Caussimon (créé par Léo Ferré), qu'il enregistrera l'année suivante.

La Bise aux hippies

Créé par Sacha Distel et Brigitte Bardot à la télévision

La chanson qui a pour titre de travail *Hippies' Rock* est écrite spécialement pour le « Sacha Show » du 1er novembre 1967. Les interprètes Sacha Distel et Brigitte Bardot sont attifés en parfaits hippies avec chemises à fleurs et colliers dans une mise en scène en play-back où Serge Gainsbourg fait de la figuration en jouant de la guitare électrique. Le morceau est en fait construit sur un air joué au sitar indien, dans le plus pur style psychédélique de l'époque. La scène est rediffusée lors du « Brigitte Bardot » Show du 1er janvier 1968, et l'enregistrement édité sous le titre *Hippies* sur la compilation américaine *Spécial Bardot* (Burlington Cameo BC-100) publiée fin 1968.

Johnsyne et Kossigone

Créé par Dominique Walter ; 45-tours Disc'AZ EP 1163 (EP), avec *Je suis capable de n'importe quoi*

Dans la foulée du succès (modeste) *Les Petits Boudins*, Serge Gainsbourg offre de nouveau ses services à Dominique Walter, considéré comme un chanteur à minettes lancé dans le métier par sa mère Michèle Arnaud. Serge ne peut refuser : il se sent certainement redevable envers sa première et fidèle interprète, désormais productrice de télévision. C'est avec une certaine perversité qu'il livre *Johnsyne et Kossigone*, dont le texte met en lumière son indifférence vis-à-vis des chefs des deux plus grandes puissances mondiales, Lyndon Johnson pour les États-Unis et Alekseï Kossyguine pour l'U.R.S.S., dont il intervertit les noms. Malgré le bulletin de déclaration mentionnant pour correction *Johnsine et Kossygone*, le disque est publié en novembre 1967 avec l'orthographe initiale.

L'idée de la chanson provient sans doute de la rencontre entre les deux chefs d'État qui a eu lieu à Glassboro (New Jersey) fin juin 1967. Par provocation, Gainsbourg les compare à deux poupées se disputant le même jouet : *Johnsyne et Kossigone/Sont deux petites mignonnes/Mais non, rien à faire/Je resterai célibataire/Kossigone j'm'en tamponne/Et Johnsyne me bassine*. L'accompagnement orchestral dirigé par David Whitaker porte la chanson vers la musique d'ambiance, voire de cirque, accentuant le ridicule de la situation. Dans le scopitone[1] figure une photo de Brigitte Bardot posant sur une moto, rappelant que l'actrice tomba dans les bras de Serge Gainsbourg durant l'enregistrement.

Je suis capable de n'importe quoi

Créé par Dominique Walter ; 45-tours Disc'AZ EP 1163 (EP), avec *Johnsyne et Kossigone*

Livré avec *Johnsyne et Kossigone*, ce titre complète le nouvel EP de Dominique Walter publié en novembre 1967.

1. Ancêtre du clip, que l'on visionnait grâce à une machine – également appelée « scopitone » – que l'on trouvait dans de nombreux cafés fréquentés par les jeunes, partout en France, tels des juke-box avec l'image.

Les commandes de chansons sont cependant insuffisantes pour créer la matière à un album, faisant du chanteur une idole passagère. Encore une fois, Gainsbourg égratigne la réputation de son interprète en lui collant l'image d'un amoureux jaloux et possessif dans *Je suis capable de n'importe quoi*. À l'instar des dernières créations de Serge Gainsbourg pour son propre compte, la séance d'enregistrement a lieu à Londres sous la direction de David Whitaker.

Reprise récitée par Huguette Maillard (*Portraits*, 2 CD Frémeaux & Associés, 2000).

Ouvre la bouche ferme les yeux

Créé par Régine ; 45-tours Pathé EG 1070 (EP), 45-tours Pathé 35 (SP) et 33-tours Pathé SPTX 340.553 (LP *Gueule de nuit*)

Qui d'autre que Régine pour interpréter cette ode au sexe oral ? Serge Gainsbourg se permet une grande liberté de ton avec son amie gérante de night-clubs et chanteuse occasionnelle : *Ouvre la bouche/Ferme les yeux/Tu verras ça/Glissera mieux/Ouvre la bouche/Ferme les yeux*. La musique orchestrée par Michel Colombier est légère, avec un orgue qui se faufile parmi les cordes. Le titre est au menu de l'album *Gueule de nuit* sorti en novembre 1967, avec *Capone et sa p'tite Phyllis*.

Régine le reprend sur la scène du Théâtre des Bouffes du Nord en 1995 (*La Boule au plafond*, CD à tirage limité, 1996) et le 13 mai 2004 lors de son spectacle aux Folies-Bergère (*Régine aux Folies-Bergère*, DVD Sony SMV 202631-9, 2004). Elle l'interprète également en duo avec Édouard Baer dans *Régine's Duets* (CD AZ 531 574-9, août 2009). Version récitée sans musique par Huguette Maillard sur le double CD *Portraits* (Frémeaux & Associés, 2000).

Capone et sa p'tite Phyllis

Créé par Régine ; 45-tours Pathé 36 (SP) et 33-tours Pathé SPTX 340.553 (LP *Gueule de nuit*).

La chanson exploite le même sujet que *Les Incorruptibles* écrite par Serge Gainsbourg pour Petula Clark en 1966, mais se place cette fois-ci du côté du gangster Al Capone (1899-1947), arrêté pour fraude fiscale et mort de la syphilis à son domicile de Palm Island (Floride). Jamais l'auteur ne mentionne le nom de la maladie vénérienne, préférant lui adjoindre un prénom féminin : *Capone a dans la peau la p'tite Phyllis/BANG ! BANG ! BANG !/Fait le gang/Capone a dans la peau la p'tite Phyllis/À Sing-Sing elle le suit.* Michel Colombier dirige ce blues orchestral, assorti de piano et d'orgue.

> Le titre, réarrangé par Cyril Avèque et Olivier Koudouno et produit par Alain Cluzeau au studio Acousti, a fait l'objet d'un duo avec Arthur H pour l'album *Régine's Duets* (CD AZ 531 574-9, août 2009).

Bande originale du film L'Horizon

Créée par Serge Gainsbourg ; 45-tours Riviera 231.297 M (EP), avec *Élisa (instrumental)*, *Friedman, l'as de l'aviation (instrumental)*, *Les Américains (instrumental)*, *La Brasserie du dimanche (instrumental)*, *Le Village à l'aube (instrumental)* et *L'Horizon (instrumental)*.

En 1967, Serge Gainsbourg et Michel Colombier composent six thèmes instrumentaux pour les besoins du film *L'Horizon* de Jacques Rouffio, avec dans les rôles principaux Jacques Perrin et Macha Méril (dans celui d'Élisa). L'un d'entre eux, *Élisa (instrumental)*, est la trame musicale de la célèbre chanson que Serge créera en 1969. Pour l'occasion, les quatre parties de différents pianos (piano droit, à queue, piano modifié dit punaise ou honky-tonk, et piano désaccordé) sont assurées par Michel Colombier, Eddy Louiss, Maurice Vander et Raoul Gola. La bande originale est éditée le 29 novembre 1967 sur un EP du label Riviera.

Harley Davidson

Créé par Brigitte Bardot ; 45-tours Disc'AZ 10346 (EP), avec *Contact*. Également paru sur le 33-tours Disc'AZ STEC 41 (LP). Autres pressages : 45-tours Pye 7N25.450 (SP Grande-Bretagne) ; 45-tours Vogue 68.808 (SP Turquie)

Le jeudi 19 octobre 1967, quand est enregistrée la chanson *Harley Davidson*, l'idylle entre Serge Gainsbourg et Brigitte Bardot est en pleine éclosion. Elle se transforme vite en passion réciproque et marque profondément le compositeur qui vit à ce moment précis un double état de grâce, sentimental *et* professionnel. Lui est aimanté par la beauté parfaite de l'actrice mariée au milliardaire vaniteux Gunther Sachs ; B.B., au faîte de sa beauté, est attirée par l'artiste authentique dissimulé derrière le chanteur cynique. En plein tournage pour les séquences du spectacle télévisé du 1er janvier 1968 qui lui est consacré, elle retrouve Serge Gainsbourg qui lui fait entendre deux nouveaux titres, *Harley Davidson*, aboutissement fantasmé de *Roller Girl*, et *Contact*. Les deux chansons sont rapidement mises en boîte au studio Hoche avec Michel Colombier et son assistant, l'ingénieur du son William Flageollet, et incluses dans le « Bardot Show » dans une mise en scène du réalisateur Eddy Matalon. Pour la première, ce dernier décide de présenter B.B. en amazone des temps modernes, toute de cuir dévêtue, chevauchant son *terrible engin*. Après une attaque sur un bruit de démarrage, l'hymne se poursuit par la scansion typique de l'interprète : *Je n'ai besoin de personn'/En Harley Davidson/Je n'reconnais plus personn'/En Harley Davidson.* Manifeste de la liberté et de la vitesse, il atteint ensuite son un paroxysme érotique : *Quand je sens en chemin/Les trépidations de ma machine/Il me monte des désirs/Dans le creux de mes reins.* Ces vers sont détournés du récit érotique *Les Onze Mille Verges* de Guillaume Apollinaire (1907) où ce dernier cite Alphonse Allais : *La trépidation excitante des trains/Nous glisse des désirs dans la moelle des reins* ; notons que Gainsbourg fera d'autres références à cet ouvrage dans *Rocking-Chair* (1974), *Trois variations pour un sonnet* (1980) et le film *Charlotte for Ever* (1986).

Harley Davidson représente également un avant-goût du *Je t'aime moi non plus* qui sera à la fois le point culminant et le début de la fin de l'histoire d'amour entre la star et le génie.

La pochette emblématique du 45-tours montrant B.B. en minirobe et cuissardes sera déclinée en poster (furtivement présent dans le scopitone de *Johnsyne et Kossigone* de Dominique Walter).

Un extrait du titre est entendu dans le film *Le Pacha* (1968). Serge Gainsbourg adaptera *Harley Davidson* en version reggae dans *Enregistrement public au Théâtre Le Palace* (2 LP Philips 6681 013, 1980) puis à la sauce funk dans *Serge Gainsbourg Live* capté au Casino de Paris (LP Philips 826 721-1, 1986). Sur l'album *Love on the Beat* (1984) et sur scène l'année suivante, avec ses musiciens new-yorkais, Serge pratiquera l'autocitation en créant la chanson *Harley David Son of a Bitch*.

Reprises de *Harley Davidson* : Gina X (SP Tak 26, 1984), Les Désaxés (concert Gibus, 1984), Gamine (*Gamine*, LP Surfin' Bird SURF 1004, 1985), Jean-Pierre Kalfon (1985), Les Lolitas (LP New Rose NR 330, 1986), Kazuko Hohki (*Chante Brigitte Bardot*, LP 25 cm Chabada Nato OH 12, 1986), Elison Angie (1988), Cedex (*Complet*, LP EPM FDD 1046, 1988), Marie Chevalier (1989), Lio et Helena Noguerra (émission « Génération rock'n'roll », Canal+, 1989), DS 21 (*Les Années femmes*, SP, 1990), Mylène (SP, 1990 ; SP Musidisc 195857, 1998), Bernie Bonvoisin (*Étreinte dangereuse*, CD, 1993), Glam Slam (album *Prises de chou – 10 Plants de Serge Gainsbourg*, CD Avec Plaisir, Besançon 1994), Phify (Maxi 45t, 1995), Naho (*Tribute '95*, CD Japon, 1995), IAM et Chantal Lauby (émission « Taratata » n° 76, France 2, 17 février 1995), Mick Harvey (version anglaise chantée par Anita Lane, *Intoxicated Man*, CD Mute, 1995), Muriel Robin et Frédéric Mitterrand (émission « Le Bêtisier du samedi », France 2, 14 novembre 1995), Judith Bérard (CD Atlas, 1996), Popguns (versions anglaise et française, SP Tall Pop 25, 1996), Blackout (*Dust Rider*, CD, 1997), Marc Minelli (émission « Changement de direction », France Inter, 11 février 1997), Marianne James (émission « Tous aux abris », France Inter, mai 1997), Muriel Moreno (émission « On prend la semaine et on recommence », 8 juin 1997), Baby Birkin (*Classée X*, CD Dishy 33, 1998), René Binamé et Harley Luya (CD Aredje ARL 010, 1998), Josiane Balasko, Ophélie Winter et Zazie (*Les Enfoirés en 2000*, DVD, 2000), Pierre-Alain Goualch (*Exploring the Music of Serge Gainsbourg*, CD Night Bird, 2001), Sandrine Alexis et Frédéric Lebon (émission « Les Détourneurs », M6, 1er août 2000), Souvenir (*Lucien Forever – A Tribute*, CD Pussycats 27, 2001), Kenzo Saeki (*L'Homme à tête de sushi*, CD Sawasdee SAW030405, 2003), Arielle Dombasle (émission « On ne peut pas plaire à tout le monde », France 3, 12/5/2003), Élodie Frégé (émission « Les Fans et les chansons d'abord », TF1,19/3/2004), Josh Ritter (émission « Le Fou du roi », France Inter, 26/5/2004), Shocking Blue (*At Home*, CD, 2004), Anggun (émission « Gainsbourg pour toujours », France 2, 15/4/2006), Philippe Saisse (*The Body and Soul Sessions*, CD, 2006), Les Suppapes (émission « Tour de France 2006 », France 2, 8/7/2006) et Eve Angeli (émission *Les Stars chantent Gainsbourg*, Virgin 17, février 2010).

Contact

Il suffit parfois d'une idée pour faire deux chansons. À l'instar de *Harley Davidson*, sa face B *Contact* met en scène B.B. en créature venue d'une autre galaxie, telle la Barbarella qu'elle inspira au dessinateur Jean-Claude Forest. Dans *Qui est « in » qui est « out »*, Gainsbourg demandait à l'héroïne de garder ses *bottIN et de* venir lui dire qu'elle l'aime sous peine d'être renvoyée à la science-fiction : c'est chose faite. La chanson reprend le riff de guitare de *Harley Davidson* et l'accole à un motif d'orgue en boucle, créant un effet minimaliste et futuriste surprenant. Sur cette étrange bande-son, la beauté extra-terrestre au cœur percé par un météorite appelle à l'aide : *Ôtez-moi ma combinaison spatiale/Retirez-moi cette poussière d'étoile/Contact !* Le contact établi risque de faire monter le mercure… Dans le « Bardot Show », les téléspectateurs découvrent la mise en scène de la chanson, filmée dans le décor d'une exposition d'art cinétique. B.B. revêt pour l'occasion un ensemble griffé Paco Rabanne qui la fait ressembler à une Cléopâtre métallique.

Reprises de *Contact* : Francœur (LP Gamma GS 244 ; LP Gamma 68524 Canada, 1977), Jad Wio (*Fleur de métal*, CD, 1992), Mark Ashmann (*Come on Sissy Fuzz !*, CD, 1995), Jimmy Somerville (version anglaise *Contact (Lay Down) : Lay Down*, CD, 1997), John Zorn (*Great Jewish Music : Serge Gainsbourg*, CD Tzadik, 1997), Nouveaux Monstres (CD Publis Image Factory 001, 1998), Pizzicato Five (CD Matador 290-2, 1998), David Carretta (*Le Catalogue électronique*, CD International Deejay Gigolo Records 35, 1999), Godzuki (*Pop romantique*, CD Emperor Norton EMN 7011-2, 1999), X-Ray Pop (*Fuzzy Soundtracks*, CD, 2003), Emma Peal (*Emma Peal*, CD PIAS, 2005), Belinda Carlisle (*Voilà*, CD Rykodisc, 10883, 2007), The Serge Gainsbourg Expérience (CD La Lune Rousse, 2011).

Je t'aime moi non plus

Créé par Serge Gainsbourg et Brigitte Bardot ; inédit jusqu'en 1986 : 45-tours Philips 884 840-7 (SP) avec *Bonnie and Clyde*, Maxi 45-tours Philips 884 840-1 (Maxi) et 33-tours PolyGram 830 296-1 (LP) de Brigitte Bardot

Depuis leur rendez-vous du 6 octobre 1967 pour discuter des chansons du « Bardot Show » et des deux nouveautés (*Harley Davidson* et *Contact*) présentées ce vendredi-là, Serge Gainsbourg et Brigitte Bardot sont inséparables. Même s'ils tentent de rester le plus discrets possible, ils sont traqués par les photographes à l'affût du moindre geste trahissant leur complicité. Cette suite de dérobades devant les flashs inspire à Gainsbourg la chanson *Bonnie and Clyde*. Mais ce que B.B. réclame, c'est une vraie chanson d'amour, la plus belle qu'il puisse écrire. Amoureux transi et transfiguré par le bonheur, l'auteur-compositeur libère sa pudeur et ses sentiments pour dévoiler le magnifique *Je t'aime moi non plus*. Hymne à l'amour physique doublé d'un sens de l'audace complètement fou, *Je t'aime moi non plus* n'est pas loin d'être la plus belle chanson du genre, et la plus osée. Reprenant une mélodie composée pour le film *Carré de dames pour un as* (octobre 1966), réemployée pour le film *Les Cœurs verts* (*Scène de bal 1*), il transpose le thème à l'orgue et l'habille d'un ensemble à cordes. Le texte susurré en duo ne laisse plus place à l'équivoque :

Brigitte : *Je t'aime, je t'aime/Oh ! oui, je t'aime*
Serge : *Moi non plus*
Brigitte : *Oh ! mon amour*
Serge : *Comme la vague irrésolue/Je vais, je vais et je viens/Entre tes reins/Je vais et je viens/Entre tes reins/Et je me retiens.*

Au fur et à mesure que progresse la chanson, les soupirs de B.B. montent jusqu'à l'extase finale emmenée dans le tourbillon des violons.

Le résultat ne se fait pas attendre. Ce qui semble avoir été enregistré dans un moment mariant le rêve et la folie est voué à rester inédit en raison du tollé que cela provoquerait. Brigitte Bardot, qui trois jours auparavant était reçue officiellement à l'Élysée par le général de Gaulle, supplie Serge Gainsbourg de ne pas sortir le disque. L'enregistrement orchestré par Michel Colombier et réalisé la nuit du 10 décembre au studio Barclay de l'avenue Hoche est édité à dix exemplaires sur un acetate[1], et soigneusement retenu dans un coffre-fort de la maison de disques. Las, des fuites ont néanmoins lieu dans la presse à scandale. Il faut attendre le printemps 1986 pour voir apparaître sur le marché la version originale avec l'autorisation de B.B., dans un mixage différent. Entretemps, *Je t'aime moi non plus* est devenu le plus grand succès de Serge Gainsbourg dans une deuxième version enregistrée avec Jane Birkin, publiée en 1969.

Reprises de *Je t'aime moi non plus* : voir version Jane Birkin/ Serge Gainsbourg, année 1969.

1. Mot anglais désignant les exemplaires de gravure, souvent surnommés « disques souples », alors qu'ils sont en cire rigide et fragiles ; ils constituent une étape de vérification avant le pressage d'un disque vinyle.

1968

Initials B.B.

La fin du cycle Bardot, le début de la période Birkin. Gainsbourg rend hommage à sa muse en deux albums cultes, dont *Initials B.B.*, son premier 33-tours depuis quatre ans, puis prend date avec *69, année érotique*, au côté de la ravissante Jane. Tout en signant d'autres chef-d'œuvres, comme le superbe *Comment te dire adieu* et ses rimes en *ex*, pour Françoise Hardy.

Bonnie and Clyde

Album de Brigitte Bardot et Serge Gainsbourg ; 33-tours Fontana 885.529 MY (LP)
Parution : 2 janvier 1968
Bonnie and Clyde, Bubble Gum, Comic Strip, Un jour comme un autre, Pauvre Lola, L'Eau à la bouche, La Javanaise, La Madrague, Intoxicated Man, Everybody Loves My Baby, Baudelaire, Docteur Jekyll and Mister Hyde.

Compilation destinée à présenter les différentes facettes de Serge Gainsbourg et de Brigitte Bardot, *Bonnie and Clyde* se révèle le témoignage inattendu d'une passion qui a duré le temps du tournage du « Bardot Show ». Conçu pour surfer sur le succès de l'émission, regardée le 1er janvier 1968 par plusieurs millions de téléspectateurs, l'album contient également deux nouveaux joyaux, le duo *Bonnie and Clyde* et la perle fantaisiste *Comic Strip*.

« Amour combat, amour passion, amour physique, amour fiction ». C'est ainsi que Serge Gainsbourg résume les douze compositions de *Bonnie and Clyde* au verso de la pochette. Paru le 2 janvier 1968 simultanément au super 45-tours homonyme, l'album réunit les chansons interprétées dans le « Bardot Show », émission consacrée à l'actrice, diffusée la veille. Le disque tient davantage de la compilation hétérogène que du récit détaillé de l'idylle passionnée vécue par les deux protagonistes à l'automne 1967. Il regroupe majoritairement d'anciens titres arrangés par Alain Goraguer (*L'Eau à la bouche*, *La Javanaise*, *Intoxicated Man*, *Baudelaire*, *Pauvre Lola*) et deux titres plus récents tirés des séances londoniennes : *Docteur Jekyll et Mister Hyde* et *Comic Strip*. Côté B.B., on trouve des titres légers de ses débuts (*La Madrague*, *Un jour comme un autre* de Gérard Bourgeois et Jean-Max Rivière), la reprise du standard jazz *Everybody Loves My Baby* (notamment chanté par Doris Day en 1955) et l'une des premières perles offertes par Serge, *Bubble Gum*. Le disque à la pochette ornée de motifs chamarrés – entre Art Nouveau et psychédélisme – ne contient donc qu'une seule vraie nouveauté, le duo *Bonnie and Clyde*. Censé présenter les deux artistes, il omet étrangement les chansons à l'origine de l'aventure, *Harley Davidson* et *Contact* (interprétées dans le « Bardot Show », qui viennent de paraître en 45-tours) et bien sûr la première version de *Je t'aime moi non plus*. Le titre jugé sulfureux est autocensuré par l'actrice pour ne pas nuire à sa carrière et, secondairement, à son mariage avec le milliardaire Gunther Sachs. La liaison qu'entretiennent Serge Gainsbourg et Brigitte Bardot, relayée comme une rumeur dans la presse, touche alors à sa fin.

Bonnie and Clyde

Créé par Serge Gainsbourg et Brigitte Bardot ; 45-tours Fontana 460.247 (EP), avec *Comic Strip* et *Bubble Gum* et 45-tours Philips 872.256-7 (SP, 1989) avec *Sorry Angel*

Le 23 mai 1934, le couple de bandits américains Bonnie Parker et Clyde Barrow, traqué pour plusieurs braquages et meurtres, finit sa course sous les balles de la police. Serge Gainsbourg est suffisamment fasciné par la fuite en avant et la destinée tragique des amants maudits pour en faire le sujet d'un duo avec Brigitte Bardot, enregistré au studio Hoche avec Michel Colombier en décembre 1967. L'idée lui vient du film d'Arthur Penn, sorti aux États-Unis en novembre de la même année, dans lequel faillirent jouer Sonny & Cher, remplacés par Warren Beatty et Faye Dunaway ; en France, il est prévu que le film sorte dans les salles à la mi-janvier 1968 : la chanson interprétée par Gainsbourg et Bardot dans le « Bardot Show » constitue donc un splendide coup de pouce promotionnel !

L'apostrophe qui sert d'introduction est tirée du poème de Bonnie Parker, *The Trail's End* (*Le Bout de la piste*, dédié à Jesse James). Le choix de Serge Gainsbourg n'est pas innocent. L'adaptation de l'histoire des deux hors-la-loi ne peut que faire penser à la liaison adultère entre « Clyde Gainsbourg » et « Bonnie Bardot », relayée par la presse à scandale. D'autant que les parias l'ont toujours fasciné : ne vient-il pas d'écrire des chansons inspirées par Caryl Chessman ou Al Capone ?

Emmené par un arrangement orchestral audacieux, qui sera largement repris et samplé quelques décennies plus tard, *Bonnie and Clyde* fixe les derniers instants du couple : *Un de ces quatre, nous tomberons ensemble/ Moi je m'en fous, c'est pour Bonnie que je tremble.* Le ton désabusé des interprètes ajoute au récit épique de la fuite, et la technique *talk over* utilisée par Gainsbourg sert particulièrement le déroulement de l'histoire, faisant de *Bonnie and Clyde* un morceau de slam bien avant l'heure !

Pour la petite histoire, quelques semaines après le duo Gainsbourg-Bardot, Johnny Hallyday publie son adaptation de *The Ballad of Bonnie and Clyde* de Georgie Fame (n° 1 en Angleterre). En 1994, le rappeur MC Solaar ressort la bande play-back de la chanson de Gainsbourg pour son succès *Nouveau Western*.

Une version remixée paraît en 1986 sur l'album *Brigitte Bardot* (LP Philips 830.296-1). *Bonnie and Clyde* est adapté en anglais pour la diffusion du « Bardot Show » sur la chaîne américaine NBC (45-tours Fontana 261.623, 1968 ; *Initials B.B.*, vol. 4., CD Philips 838.390-2, 1989). Attaché à ce morceau, Serge Gainsbourg le reprendra systématiquement sur scène : *Enregistrement public au Théâtre Le Palace* en version reggae (2 LP Philips 6681 013, 1979) ; au Casino de Paris en version funky, *Live* (2 LP Philips 826.721-1, 1986) et lors de sa dernière tournée : dans *Le Zénith de Gainsbourg* (2 LP Philips 838.162-1, 1989) et aux Francofolies de La Rochelle (émission « Pollen », France Inter, 9/7/1988).

Reprises de *Bonnie and Clyde* : Steve Wynn & Johnnette Napolitano (*Dazzling Display*, LP Rhino 70283, 1982), Artemus Philemone (album *Prises de chou – 10 Plants de Serge Gainsbourg*, CD Avec Plaisir, Besançon 1994), Mick Harvey & Anita Lane (version anglaise ; *Intoxicated Man*, CD Mute, 1995), Wayne Horvitz & Ronnie Holcomb (*Great Jewish Music : Serge Gainsbourg*, CD Tzadik TZ 7116, 1997), Baby Birkin (*Classée X*, CD Dishy 33, 1998), The Walkabouts (*Trail of Stars*, CD Glitterhouse 450, 1999), Maurice Garrel et Bambou (double CD *Portraits* (Frémeaux & Associés, 2000)), Jean Tourneux (album *Gainsbourg à la Brassens*, Texto 0203, 2001), Addictive Larsen + Luna & Laetitia Sadier (*Lucien Forever – A Tribute*, CD Pussycats 27, Espagne, 2001), Herbert (*I Love Serge – Électronicagainsbourg*, CD Mercury, 2001), Pierre-Alain Goualch (version instrumentale : *Exploring the Music of Serge Gainsbourg*, CD Night Bird,

2001), Black Nivea (album *Initials D.D.*, Döner Diskothek, 2005), Steve & Heather (*Made in Nashville*, 2006), James Iha & Kazu Makino (version anglaise : *The Ballad of Bonnie and Clyde ; Monsieur Gainsbourg Revisited*, CD Barclay 983 947-2, pressage britannique, 2006), Élodie Frégé et David (*Star Academy*, TF1, 6/10/2006), Belinda Carlisle (versions française et anglaise : *Voilà*, CD Rykodisc 10883, 2006), Jacques Higelin et Mademoiselle K (« Taratata » n° 218, France 4, 13/4/2007), Babet et Mick Est Tout Seul (« Taratata », n° 212, France 4, 9/3/2007), Todd Bishop Pop Art 4 (album *69 année érotique/Todd Bishop Pop Art 4 Plays The Music of Serge Gainsbourg*, Origin 82530, 2009), Éric Elmosnino et Laetitia Casta (bande originale du film *Gainsbourg vie héroïque*, CD Polydor 532 443-2, 2010), Florent Mothe (émission *Les Stars chantent Gainsbourg*, Virgin 17, février 2010), Suzanne Vega (concert au Théâtre Marigny, 2010) et The Serge Gainsbourg Expérience (CD La Lune Rousse, 2011).

Les Ortolans

Créé par Serge Gainsbourg ; inédit

Comme il le mentionne dans un portrait chinois de *Salut les copains* (n° 47, juin 1966), Serge Gainsbourg est un grand amateur d'ortolans, comme le personnage central du conte parabolique *Evguénie Sokolov* qu'il publie en 1980. En septembre 1967, alors que débute le tournage du film *Ce sacré grand-père*, l'occasion lui est donnée d'improviser une chanson sur le sujet dans un restaurant des Baux-de-Provence : *Les petits oiseaux/Qui font cui-cui/Sous la dent*. Le manuscrit de la chanson semble perdu.

L'Herbe tendre, L'Herbe tendre (version orchestre) et Ce sacré grand-père (bande originale du film Ce sacré grand-père*)*

Créé par Michel Simon et Serge Gainsbourg ; 45-tours Philips Série Parade B 370 650 F (SP) ; 45-tours Philips 437.488 (EP) de Michel Simon

À la fin de l'été 1967, le réalisateur Jacques Poitrenaud avait réuni sur le tournage du film *Ce sacré grand-père* les monstres sacrés que sont Michel Simon et Serge Gainsbourg. Les deux hommes s'étaient entendus à merveille, et le metteur en scène n'avait pas eu besoin de les forcer à pousser la chansonnette. Celle qu'a préparée Serge Gainsbourg est aussi tendre que son intitulé : *D'avoir vécu le cul/Dans l'herbe tendre/Et d'avoir su m'étendre/Quand j'étais amoureux*. Le morceau est enregistré *in vivo* avec le chant des cigales et le bruit des verres, sous le soleil de Provence. Pour les besoins du film, sorti le 7 janvier 1968, Serge Gainsbourg et Michel Colombier enregistrent d'autres musiques en studio, notamment une version orchestrale de *L'Herbe tendre* et le bel instrumental *Ce sacré grand-père* servant de générique. La chanson *L'Herbe tendre* est éditée sur le 45-tours de la bande originale (avec les deux autres thèmes) et dans l'EP *Mémère* de Michel Simon. En avril 2001, le coffret longbox *Le Cinéma de Serge Gainsbourg* exhume les thèmes *Champêtre et pop* et *L'Herbe tendre – Adieu*, générique de fin.

La chanson *L'Herbe tendre* est reprise par Adrienne Pauly (CD Remark, 2006). En 2010, Julie Zenatti chante une chanson homonyme sans aucun rapport.

Monsieur William

Interprété par Serge Gainsbourg ; inédit jusqu'en 2001, CD *Inédits : Les Archives 1958-1981* (Mercury 548.439-2)

Dans un accès de nostalgie, Serge Gainsbourg enregistre le classique *Monsieur William* cosigné Jean-Roger Caussimon/Léo Ferré et créé par ce dernier en 1958. Serge Gainsbourg a toujours voué un mélange d'admiration et de mépris pour le poète qui lui rendra la pareille à sa façon dans la chanson *Pépée*, dédiée à sa guenon domestique, tuée par son ex-femme : *T'avais les oreilles de Gainsbourg/Mais toi t'avais pas besoin d'Scotch/Pour les r'plier la nuit/Tandis que lui... ben oui !* La version conduite par Arthur Greenslade est diffusée dans l'émission « *Dim dam dom* » le 10 mars 1968 et sera finalement éditée en 2001.

Manon (bande originale du film **Manon 70***)*

Créé par Serge Gainsbourg ; 45-tours Philips Série Parade B 370 604 F (SP), avec *New délire.*

Très sollicité par les producteurs et réalisateurs de cinéma, Serge Gainsbourg confectionne à la chaîne musiques ornementales et authentiques chefs-d'œuvre. On peut sans hésiter inclure *Manon* dans la seconde catégorie. La chanson écrite pour le film *Manon 70* n'a cependant pas l'heur de plaire au réalisateur Jean Aurel qui la trouve trop dramatique pour l'utiliser dans sa transposition moderne du roman scandaleux *Manon Lescaut* (1731) de l'Abbé Prévost. En conséquence, c'est la version instrumentale qui est choisie pour le long-métrage employant Catherine Deneuve, Sami Frey, Jean-Claude

Brialy et Elsa Martinelli. Le résultat, plutôt indigeste, sort sur les écrans le 21 février 1968. Le mois suivant, le 45-tours de la bande originale édite la chanson avec en bonus la gâterie psychédélique *New délire*.

La chanson, composée avec Michel Colombier au moment où Serge apprend que sa passion avec Bardot est désormais terminée, est enregistrée en janvier 1968 à Londres sous la direction d'Arthur Greenslade et est à classer dans les monuments. Introduite par une lente montée de cordes, la pièce symphonique se déploie avec le chant appuyé de Gainsbourg puis s'achève sur un accord majeur au piano : *Manon/Non, tu ne sauras jamais, Manon/À quel point je hais/Ce que tu es/Au fond/ Manon/Je pense avoir perdu la raison/Je t'aime, Manon.*

Manon figure également sur l'album *Jane Birkin – Serge Gainsbourg* (1969). Fier de la présenter à un nouveau public, Serge Gainsbourg reprendra le titre lors de son ultime tournée de 1988 (*Le Zénith de Gainsbourg*, CD Philips 838.162-1, 1989). En 2007, le CD *Manon 70* (Universal 530 394-6) permet d'écouter les thèmes instrumentaux *Regards échangés, Manon et Des Grieux, New délire again, La Rue, la rencontre, la pluie* et *Auto-stop (final)*.

Manon est repris par Jane Birkin (*Je suis venu te dire que je m'en vais*, CD Philips 510.972-2, 1992), Pulp (concert « Black Session », France Inter, 1995), Dona Ruy Project (album *A Portrait of Serge Gainsbourg*, Harmonia Mundi ESS2, 1995), Jean-Pierre Kalfon (album *Merci Gainsbourg – Ils chantent Gainsbourg*, CD Atlas 2871 401, 1997), Mick Harvey (*Pink Elephants*, CD Mute 157, 1997), Bambou et Lulu Gainsbourg (2001).

Requiem pour un con, Psychasténie et *Cadavres en série (bande originale du film* Le Pacha*)*

Créé par Serge Gainsbourg ; 45-tours Philips Série Parade B 370 617 F (SP), avec *Psychasténie*. Réédition : Vadim Music 531 815-8 (SP 06/2009)

La scène est mémorable : Serge Gainsbourg, dans un nuage de fumée, interprète *Requiem pour un con* en studio, face à Jean Gabin, dans le rôle du commissaire Joss. Cet extrait du film *Le Pacha* (14 mars 1968) de Georges Lautner, dévoile le titre neuf et percutant enregistré au studio Gaîté le 8 septembre 1967 avec Michel Colombier qui en cosigne la musique. *Requiem pour un c...* (le mot est encore prononcé tout bas à l'époque) étonne par sa modernité, sa syncope rythmique reprise en boucle rappelant le James Brown de *Funky Drummer* (qui lui est postérieur). En 1962, Serge Gainsbourg enterrait les yé-yés dans *Requiem pour un twisteur*. Cinq ans après, il adresse cet avertissement à qui ose lui casser les pieds : *Écoute les orgues, elles jouent pour toi/Hein, il est terrible, cet air-là/J'espère que tu aimes/C'est assez beau, non/C'est le requiem/Pour un con.*

Le 27 décembre 1990, alors que l'auteur-compositeur à la fin de sa vie est en retraite à Vézelay, son directeur artistique Philippe Lerichomme fait remixer le morceau (deux versions, une courte et une longue) pour lui donner un côté *dance* susceptible de plaire dans les discothèques. Coïncidence : le maxi 45-tours qui en résulte est publié au moment même où l'on apprend le décès de Serge, le 1er mars 1991. Le *Requiem pour un con*, toujours d'actualité, est plébiscité par les nouvelles générations. Une version instrumentale jusque-là inédite est incluse sur le coffret *Vingtième Anniversaire* (Universal, 2011).

Requiem pour un con est repris par Oberkampf (*PLC*, LP Musidisc 190141, 1983), Lili White (SP Déesse 869M6, 1990), F.F.F. (*Blast Culture*, CD 1991), AC/DIC (album *Prises de chou – 10 Plants de Serge Gainsbourg*, CD Avec Plaisir, Besançon 1994), Rico (sample : *On s'la donne*, CD Polydor 577 136-2, 1996), Franz Treichler (*Great Jewish Music : Serge Gainsbourg*, CD Tzadik TZ 71116, 1997), Epo (version japonaise, *Gainsbourg Tribute '95* CD Columbia COCA-15253, 1998 ; *Made in Japan*, CD New Mantra NM 020303, 2002), L'Affaire Louis Trio (*Le Meilleur de L'Affaire Louis Trio*, CD Universal, 1998), Bill Wells Octet (CD Domino 384 695, 1998), Doudou Masta (*L'Hip-Hopée*, 2 CD Black Door/EMI 25663, 2000), Bérangère Basty (double CD *Portraits* (Frémeaux & Associés, 2000), Mick Harvey (version anglaise, *Pink Elephants*, CD Mute 157, 1997), Florent Pagny (*Recréation*, CD Mercury 546 740-2,1999), Zazie (*Pop Sessions*, CD Mercury 548 553-2, 2001), Bunbury (version espagnole, *Lucien Forever – A Tribute*, CD Pussycats 27, 2001), Pierre-Alain Goualch (*Exploring the Music of Serge Gainsbourg*, CD Night Bird, 2001), Vanessa Paradis (*Au Zénith*, CD Barclay 589 441-2, 2001), The Orb (*I Love Serge – Électronicagainsbourg*, CD Mercury, 2002), The Eclectics (album *Initials D.D.*, Döner Diskothek, 2005), Faultline, Brian Molko et Françoise Hardy (version anglaise *Requiem for a Jerk* ; *Monsieur Gainsbourg Revisited*, 983.7410-6, 2006), Jean-Louis Aubert (*Hommage à Gainsbourg*, Salle Pleyel, 28/6/2007), White Hinterland (*Luniculaire*, CD Ada US, 2008), Rodolphe Burger & Meteor Band avec Daniel Darc et Jacques Higelin (album *Hommage à Serge Gainsbourg*, Dernière Bande, 2008), Laurence Revey (*Laurence Revey*, CD Rêve Productions/Naïve, 2008), Bad Lovers & Hysteria Iberika (*Sadik Market*, CD Gaby Orain, 2009), Martin Solveig (*Hedonist*, CD Mercury, 2009), Yaso (album tribute *Gainsnord*, CD Sonic Scenery 708 028, 2009), Jacques Higelin et Julia Stone (« Taratata » n° 356, France 4, 19/5/2010) et Manu Godjia Trio (*Covers*, CD Bee Jazz 032, 2010).

Psychasténie

La face B de *Requiem pour un con* illustre une scène surréaliste du film *Le Pacha*. L'instrumental aux relents psychédéliques fait appel aux sitar et tablas indiens comme à la guitare électrique, à la façon d'une jam session.

Cadavres en série

La courte pièce instrumentale *Cadavres en série* reprend le motif de *Requiem pour un con* à l'orgue avant de dériver en liberté. Première apparition en 2001 dans le coffret *Le Cinéma de Gainsbourg* (3 CD Emarcy 586 818-2).

La plus jolie fille du monde n'arrive pas à la cheville d'un cul-de-jatte

Créé par Dominique Walter ; 45-tours Disques Flèche/Disc'AZ EP 1208 (EP) et 45-tours Disc'AZ 10376 (SP)

Manifestement, les chansons écrites par Gainsbourg sont sans commune mesure avec celles des autres auteurs de Dominique Walter. *La plus jolie fille du monde n'arrive pas à la cheville d'un cul-de-jatte* était initialement destinée à Michèle Torr qui la refusa ; on comprend aisément pourquoi. La référence du titre à l'épigramme « la plus belle fille du monde ne peut donner que ce qu'elle a » est rappelée dans la première strophe, tandis que la suivante accentue le ridicule de la situation : *Qu'elle se mette à quatre pattes/Ou la tête en bas/À la cheville d'un cul-de-jatte/Elle n'arrive pas*. L'audace de l'auteur vis-à-vis de son interprète paraît aujourd'hui insensée. Toutefois, le titre bénéficie d'un arrangement réalisé à Londres par David Whitaker. La chanson sortie en avril 1968 est à ce jour inédite sur CD.

À celle qui louche

Le recueil *Chansons cruelles* publié le 29 avril 1968 par l'éditeur Tchou est le premier à faire l'inventaire de l'œuvre écrite de Serge Gainsbourg. Il propose deux textes inédits, *À celle qui louche* et *J'ai bouffé du hérisson*. Dans le premier germe l'idée qui sera développée dans *Bébé gai* pour Jane Birkin en 1974 : *À celle qui louche/Je dis/« Je trouve ta bouche/Jolie »*.

J'ai bouffé du hérisson

Texte extrait du recueil *Chansons cruelles* de 1968 et jusqu'alors inédit (avec *À celle qui louche*), *J'ai bouffé du hérisson* ne correspond à aucune chanson connue.

Initials B.B.

Album de Serge Gainsbourg ; 33-tours Philips 844.784 BY (LP)
Parution : juin 1968
Initials B.B., Comic Strip, Bloody Jack, Docteur Jekyll et Monsieur Hyde, Torrey Canyon, Shu ba du ba loo ba, Ford Mustang, Bonnie and Clyde, Black and White, Qui est « in » qui est « out », Hold-up, Marilu.

La compilation *Initials B.B.* rassemble les titres enregistrés lors des trois premières séances de la période anglaise de Serge Gainsbourg avec les arrangeurs Arthur Greenslade et David Whitaker. Une sélection royale et indémodable.

Lorsque paraît *Initials B.B.* au printemps 1968, cela fait

quatre ans que Serge Gainsbourg n'a pas édité d'album original sous son nom. La comédie musicale *Anna* donnait la vedette à Anna Karina et *Bonnie and Clyde* tenait de la compilation fourre-tout. Il faut donc remonter à *Gainsbourg percussions* pour se rendre compte de l'évolution menée depuis une époque où l'auteur-compositeur voulait bouger les lignes de la chanson française en y injectant des rythmes ethniques et un langage moderne. Au cours de trois excursions anglaises avec des arrangeurs locaux, en décembre 1965 et mai 1968 avec Arthur Greenslade, et en juin 1967 avec David Whitaker, le *Frenchie* se montre à la hauteur de ses ambitions en alignant une douzaine de classiques représentant un certain âge d'or et la mutation dans un style franglais et néoclassique. Par manque de place et souci d'actualité, le sombre *Chatterton* est remplacé par le tragique *Bonnie and Clyde*, seul morceau façonné avec Michel Colombier, son fidèle collaborateur sur les titres offerts à une multitude d'interprètes. Le morceau-titre grave l'épitaphe de ces années d'inspiration complètement désinhibée. Un an après, une rencontre décisive va aider Gainsbourg à tourner la page et poursuivre comme nul autre la modernisation de son propos.

Initials B.B.

Créé par Serge Gainsbourg ; 45-tours Philips 437.431 BE (EP), avec *Black and White, Ford Mustang* et *Bloody Jack* ; 45-tours Philips B 370.699 F (SP) avec *Ford Mustang*

Ode définitive à la muse Brigitte Bardot, *Initials B.B.* est certainement l'une des plus belles chansons enregistrées par Serge Gainsbourg, et un véritable tour de force poétique et musical. Le thème principal a beau être emprunté au 1er mouvement en *mi* mineur de la *Symphonie n° 9* opus 95 dite *du Nouveau Monde* du compositeur tchèque Antonín Dvořák (1841-1904), il est transposé en boucle de manière étonnamment moderne comme le démontre le court-métrage d'Yves Lefebvre *Essai sur la naissance d'une chanson, « Initials B.B. »*, tourné au studio Chappell à Londres avec l'arrangeur et directeur d'orchestre Arthur Greenslade. Pour fixer le souvenir de l'être aimé, l'auteur s'en remet à la poésie d'Edgar Allan Poe en transposant le style de *The Raven* (*Le Corbeau*), adapté par Charles Baudelaire : *Jusques en haut des cuisses/Elle est bottée/Et c'est comme un calice/À sa beauté/Elle ne porte rien/D'autre qu'un peu/D'essence de Guerlain/Dans les cheveux*. Des cuissardes façon *Harley Davidson* au parfum fétiche de l'actrice (*Jicky*, aux arômes orientaux, qui précéda le fameux *Shalimar*) en passant par la ville d'Almeria où B.B. tourne l'un de ses derniers films, *Shalako*, le texte joue avec les connivences. Serge reprendra *Initials B.B.* sur la scène du Casino de Paris en octobre 1985 : *Live* (2 LP Philips 826-721-1, 1986).

Reprises d'*Initials B.B.* : Mick Harvey & Anita Lane (version anglaise : *Initials B.B.*, CDS Mute 187 ; *Intoxicated Man*, CD Mute, 1995), Bernard Saint-Paul (*Les Génies de la chanson française – Serge Gainsbourg*, CD Atlas FRA HOMCD1, 1997), David Shea (*Great Jewish Music : Serge Gainsbourg*, CD Tzadik TZ 7116, 1997), Maurice Garrel (double CD *Portraits*, Frémeaux & Associés, 2000), Stereo Deluxe & Lea Saby (*Lucien Forever – A Tribute*, CD Pussycats 27, Espagne, 2001), Pierre-Alain Goualch (version instrumentale : *Exploring the Music of Serge Gainsbourg*, CD Night Bird, 2001), Ménélik (*Pop Session*, CD Mercury 548.553-2, 2001), Cinema Negra (album *Initials D.D.*, Döner Diskothek, 2005), Bulgarian Symphony Orchestra (bande originale du film *Gainsbourg Vie héroïque)*, CD Polydor 532 443-2, 2010), Todd Bishop Pop Art 4 (album *69 année érotique/Todd Bishop Pop Art 4 Plays the Music of Serge Gainsbourg*, Origin 82530, 2009), Sioen (album tribute *Gainsnord*, CD Sonic Scenery 708 028, 2009), les B.B. Brunes (émission *Les Stars chantent Gains-*

bourg, Virgin 17, février 2010) et The Serge Gainsbourg Expérience (CD La Lune Rousse, 2011).

Ford Mustang

Le lancement de la voiture de sport Ford Mustang à la ligne légère et au design audacieux, avait été un véritable succès pour la compagnie Ford en 1964. Serge Gainsbourg, qui explore le territoire des expressions anglaises passées dans le langage courant, note le nom sur un feuillet où sont alignés d'éventuels intitulés de chansons, pour l'employer finalement au printemps 1968. Coïncidence, son ami Yves Lefebvre, acteur dans le film *Ce sacré grand-père* et réalisateur du court-métrage *Essai sur la naissance d'une chanson : Initials B.B.*, possède une Mustang de couleur verte. Serge Gainsbourg insiste sur le fait que les mots anglais doivent être prononcés par une choriste dont c'est la langue maternelle pour conserver l'authenticité de la prononciation. Ainsi, cette dernière finit les phrases en établissant un véritable *name-dropping* : une Ford Mustang, un paquet de cigarettes *Kool*, un badge *keep cool*, un *Coca-Cola*, un *fluid make-up*, un *Browning*, un *pick-up*, un recueil d'Edgar Poe, un briquet Zippo, Superman, Marilyn… et un écrou de chez Paco Rabanne. Le balancement du tempo, identique à celui de *Initials B.B.*, suit les mouvements de l'automobile où les amoureux s'embrassent : *On s'fait des langu'/En Ford Mustang/Et bang !/On embrasse les platanes*… la bagnole finit dans le décor, comme celle de *Du jazz dans le ravin*.

Reprises de *Ford Mustang* : Mick Harvey & Anita Lane (version anglaise : *Intoxicated Man*, CD Mute, 1995), Jane Birkin (*Versions Jane*, CD Mercury 532.140-2, 1996 ; *Concert intégral à l'Olympia*, 2 CD 534.463-2, 1997 ; *En concert au Japon*, 2 CD Mercury UICM 9001-2, 2000), Mike Patton (*Great Jewish Music : Serge Gainsbourg*, CD Tzadik TZ 7116, 1997), Ars Post Tergum Introet (*Lucien Forever – A Tribute*, CD Pussycats 27, Espagne, 2001), Anouk Plany (*Chante Serge Gainsbourg et cætera*, CD Bos, 2003), La Folie Ordinaire (*Moments volés*, CD XIII Bis Records, 2004), Scenic Railway (*Tribute to Gainsbourg*, CD Pudding, 2004), Anne Frank (album *Initials D.D.*, Döner Diskothek, 2005), et Leine (album tribute *Gainsnord*, CD Sonic Scenery 708 028, 2009).

Black and White

Lancé sur un rhythm'n'blues au tempo medium rehaussé de guitare à la sonorité acide, *Black and White* pointe le désir de ce que l'on ne peut par définition changer, la couleur de peau. Lorsqu'il enregistre le titre en mai 1968 à Londres, pendant les « événements », Serge Gainsbourg est loin de se douter que, quarante ans plus tard, certains vers seraient jugés politiquement incorrects : *Une négresse/Qui buvait du lait/Ah ! se disait-elle/Si je le pouvais/Tremper ma figure/Dans mon bol de lait/Je serais plus blanche/Que tous les Anglais*. Le reste est à l'avenant : un Britannique souhaitant être noir comme un Kenyan, une intellectuelle jalouse des filles du Yang-Tsé, un Américain voulant se transformer en Mohican en buvant du sang ! Il n'est guère étonnant que les candidats à la reprise de cette chanson soient aussi rares.

Reprise : Christiane Canavese (*Ces Petits riens*, CD Au Merle Moqueur AMCD 999, 1999).

Bloody Jack

Créé simultanément par Zizi Jeanmaire ; 45-tours Disc'AZ EP 1199 (EP)

Une nouvelle fois, Serge Gainsbourg s'inspire d'un fait divers historique, en l'occurrence les meurtres perpétrés par le mystérieux Jack the Ripper (Jack l'Éventreur) qui a tué cinq prostituées dans le quartier de Whitechapel à Londres à la fin de l'année 1888. Le texte de *Bloody Jack* est vu sous l'angle de la pulsion entraînant le passage à l'acte de l'assassin : *Le cœur de Bloody Jack/Ne bat qu'un coup sur quatre/Mais sous ses baisers doux/Le tien bat comme un fou.* Une choriste, probablement Madeline Bell, donne la réplique sur chaque refrain d'un morceau au parfum rhythm'n'blues.

Le titre avait été initialement écrit pour France Gall, qui l'avait enregistré à Londres le 2 juillet 1967 sur la musique de *Teenie Weenie Boppie* (cette première version dirigée par David Whitaker ne sera éditée qu'en 2003 sur la compilation *Pop à Paris*, vol. 5, CD Universal 069 113-2).

Serge en offre une nouvelle version à la danseuse, chanteuse et meneuse de revue Zizi Jeanmaire qui la crée avec Michel Colombier en 1968 et la réenregistre en 1975 (*Zizi Jeanmaire*, LP Disc'AZ 85084), tandis qu'il met en boîte la version masculine à Londres avec Arthur Greenslade. *Bloody Jack* a régulièrement fait partie du répertoire de scène de Zizi Jeanmaire : *Zizi Jeanmaire à l'Olympia* (LP Disc'AZ LPS 22, 1968) ; émissions télévisées « Top à Zizi Jeanmaire » (10/12/1974) et « Plumes et diamants » (4/6/1982) ; « Zizi au Zénith » (CD WMD 334-992-500, 1995).

L'Oiseau de paradis

Créé par Zizi Jeanmaire ; 33-tours Disc'AZ LPS 22 (LP)
Créé simultanément par Robert Willar (texte lu) ; 33-tours Europe 1 (EP *Style N° 1*) avec *Bloody Jack*

La chanson est écrite spécialement par Serge Gainsbourg pour le premier spectacle de Zizi Jeanmaire à l'Olympia de Paris en janvier 1968. Arrangée et dirigée par Michel Colombier et le Grand Orchestre de l'Olympia, elle figure sur l'album *Zizi Jeanmaire à l'Olympia* publié en novembre 1968, et sur un disque promotionnel, dans une interprétation particulièrement remarquable du texte ciselé : *Comme l'oiseau de paradis/Brûlant de mille pierreries/L'amour argile/L'amour fragile/Entre nos mains naît à la vie/Précieux joyau d'orfèvrerie.*

En 1995, l'interprète inclut les quatre premières strophes de *L'Oiseau de paradis* dans son hymne *La Vie Zizi*, offert par Serge en 1963 (*Zizi au Zénith*, CD WMD 992500). *L'Oiseau de paradis* est aussi inclus, avec la version de Zizi Jeanmaire de *Bloody Jack* dans le coffret *Mister Melody* de 2006 (4 CD Mercury 982 952-8).

Plus dur sera le chut

Créé par Dominique Walter ; 45-tours Disc'AZ SG 36 (SP)

Sixième et avant-dernière chanson octroyée par Serge Gainsbourg à Dominique Walter, *Plus dur sera le chut*, arrangée par Michel Colombier et sortie en juillet 1968, prédit une gloire éphémère aux groupes de rock ou chanteurs de soul (nommément Brian Jones, Mick Jagger, Ringo Starr et Otis Redding). Il faut davantage y voir le second degré d'un texte destiné à dévaloriser son interprète qu'une réelle pensée de l'auteur par ailleurs fan de rock, notamment de Gene Vincent et Jimi Hendrix, dont la cassette de l'album *Crash Landing* trônera sur la table du salon de la rue de Verneuil. Le jeu de mots du titre fait référence au film *Plus dure sera la chute* (*The Harder They Fall*, 1956) de Mark Robson, mettant en scène Humphrey Bogart, autre héros de Gainsbourg. Une rumeur prétend que le *chut* signifiait la volonté de faire taire l'interprète. Le titre est toujours inédit sur CD.

Plus dur sera le chut a été récité par Lucien Francœur aux Francofolies de Montréal en 2006.

Comment te dire adieu

Créé par Françoise Hardy ; 45-tours Vogue EPL 8652 (EP), 45-tours Vogue V 45.1552 (SP), tous deux avec *L'Anamour*, et 33-tours Vogue CLD 728 (LP)

À l'origine de la première collaboration entre Serge Gainsbourg et Françoise Hardy, on trouve un morceau entendu par la chanteuse chez un éditeur de musique, la version instrumentale de *It Hurts to Say Goodbye* d'Arnold Goland and his Orchestra, avec un solo de trompette que Gainsbourg estime « un peu foireux ». Il ignorait qu'une version chantée existait déjà, lente, saturée de violons façon grande variété, par la chanteuse américaine Margaret Whiting, parue en 1967. Quand Françoise cherche un auteur susceptible de mettre des paroles dessus, on lui conseille naturellement Serge Gainsbourg qui accepte et plaque des rimes en *ex* coupées par des césures : *Sous aucun prétex-/Te je ne veux/ Devant toi surex-/Poser mes yeux/Derrière un Kleenex/ Je saurai mieux/Comment te dire adieu.* Le tempo est revu à la hausse et l'arrangement allégé pour faire de ce titre sorti en novembre 1968 l'un des plus gros succès de l'année suivante.

Une nouvelle version sera enregistrée pour la réédition de l'album *Comment te dire adieu* en 1995 (CD Virgin 840 502-2). Françoise Hardy et Jane Birkin l'interprètent en duo dans l'émission « Numéro 1 à Jane Birkin » (DVD Columbia COBG 5027, 1999).

Reprises de *Comment te dire adieu* : Georges Jouvin (version instrumentale : EP Pathé, 1968), Jimmy Somerville & June Miles Kingston (Maxi 45-tours London 886.769 ; CDS London 67.692, 1989), Jane Birkin (*Versions Jane*, CD Mercury 532 140-2, 1996 ; *Concert intégral à l'Olympia*, 2 CD Philips 534 463-2, 1997 ; *En concert au Japon*, 2 CD Mercury UICM 9001, 2000 ; *Arabesque*, CD Capitol 5432 972-2, 2002 ; *Arabesque voyage*, CD Capitol 5602 962-0, 2004), Daniel Darc (*Sous influence divine*, CD PIAS, 1998), Les Castafiores (Mange disque, CD ID Records/Mosaic Music, 2006), Lilli Mono dans une langue incompréhensible (album tribute *Gainsnord*, CD Sonic Scenery 708 028, 2009), Peppermoon (EP Avant-Garden Records, Taïwan, 2010 ; bonus sur l'album *Les Moissons d'ambre*, Chili Music, Corée du Sud, 2011) et Jenifer (extrait, Victoires de la Musique, France 2, 1/3/2011).

L'Anamour

Créé par Françoise Hardy avec *Comment te dire adieu* ; repris quelques semaines plus tard par Serge Gainsbourg ; 45-tours Philips Série Parade B 370.751 F (SP), avec *69 année érotique* ; un mixage différent de la version 45-tours est sorti sur pour la compilation *Comic Strip* (CD Mercury 528 951-2, 1996)

Composé dans la foulée de *Comment te dire adieu*, *L'Anamour* est une création originale de Serge Gainsbourg, jusqu'au néologisme du titre, et figure en face B du 45-tours original de Françoise Hardy puis en face A de celui de l'auteur. La première version de la chanteuse est enregistrée au studio Pye à Londres avec un arrangement signé Mick Vickers. La ballade orchestrale, plus soutenue par la rythmique et les violons, diffère de celle qu'enregistre Serge Gainsbourg peu après pour son propre compte. Le récit de ces *anamours transitoires* n'en possède pas moins un grand charme avec son texte poétique : *Aucun Boeing sur mon transit/Aucun bateau sous mon transat/Je cherche en vain la porte exacte/Je cherche en vain le mot exit*. Le texte mystérieux peut avoir plusieurs significations. Écriture automatique, association de sonorités à la façon de Stéphane Mallarmé (1842-1898) et Guillaume Apollinaire (1880-1918), voire des dadaïstes que Gainsbourg admirait tant ; certains exégètes ont échafaudé la thèse de *l'amour anal* ou inverti à travers les vers *Je cherche en vain la porte exacte* et *Je t'aime et je crains de m'égarer* ou l'expression *anamours transitoires* laissant croire à une expérience homosexuelle éphémère.

La version de Serge Gainsbourg, épurée au possible, met en avant la sensualité vocale, soutenu par un riff de guitare nonchalant et un orgue guilleret. La couleur sonore des arrangements de Jean-Claude Vannier justifiait cette nouvelle interprétation.

Reprises de Jane Birkin : *Versions Jane* (arrangement Bruno Maman, CD Philips 532.140-2, 1996), duo avec Bruno Maman (émission télévisée « Taratata » n° 120, 17/3/1996 : *Duos* « Taratata », vol. 2, CD Virgin 842.478-2), *Jane – Concert intégral à l'Olympia* (arrangement Jean-Claude Vannier, 2 CD Philips 534.463-2, 1996), *Au Palace* (CD Capitol/EMI 93062782-6, 2009).

Autres reprises : Jean-Pierre Sabar (*Les Orgues électroniques*, LP Sava, 1969), Liesbeth List (*Neurenberger Droom*, LP Philips 6423 025, 1970), Zazie et Pascal Obispo (« Taratata », n° 1, France 2, 9/1/1993), Cachou (*Le Fruit défendu*, CD Touchstone 9819-1, 1997), Guesch Patti (album *Merci Gainsbourg – Ils chantent Gainsbourg*, CD Atlas 2871 401, 1997), Mick Harvey (version anglaise : *Non Affair ; Pink Elephants*, CD Mute 157, 1997), Bambou (double CD *Portraits*, Frémeaux & Associés, 2000), Patrick Péronne (*Gainsbourg au bar*, CD Delta, 2001), Stereo Total (*Lucien Forever – A Tribute*, CD Pussycats 27, Espagne, 2001), Jean Tourneux (album *Gainsbourg à la Brassens*, Texto 0203, 2001), Shawn & Salvatore (album *Initials D.D.*, Döner Diskothek, 2005), Ariane Moffatt & Dewaere (Club Soda, 2006), Émilie Simon (TV, 2006), Gérard Depardieu (bande originale du film *Quand j'étais chanteur*, CD WEA, 2006), Ivy (*Guestroom*, CD Ada US, 2007), Gari (version basque ; *Gainsbourg Gainbegiratuz*, CD Gaztelupeko Hotsak, janvier 2008), Stéphane Lucas et Maxim Roy (album *Sur les ELLES de Gainsbourg*, Avec Musique, Canada, 2009).

69 année érotique

Créé par Serge Gainsbourg ; 45-tours Philips Série Parade B 370.751 F (SP), avec *L'Anamour*

Le couple que forment désormais Serge Gainsbourg et Jane Birkin, la jeune et sublime actrice anglaise qu'il a rencontrée sur le tournage du film *Slogan* de Pierre Grimblat, attise la curiosité du public par son mélange de liberté et de provocation, dont n'est pas avare l'auteur-compositeur, comme il va encore le prouver bientôt avec les nouvelles versions de *Je t'aime moi non plus* et *Élisa.* Avec un titre comme *69 année érotique*, faisant coïncider allusion sexuelle et sens du *timing* (la chanson paraît quelques semaines avant le nouvel an) il en rajoute une couche. L'intitulé malin cache en fait l'évocation symbolique du voyage sans retour que fait Jane en traversant la Manche avec son Pygmalion : *Gainsbourg et son Gainsborough/Ont pris le ferry-boat/De leur lit par le hublot/Ils regardent la côte/Ils s'aiment et la traversée/Durera toute une année/Ils vaincront les maléfices/Jusqu'en soixante-dix*. Pour la première fois, Serge fait entrer son double en chanson : le personnage de Gainsbourg est accompagné par son *Gainsborough*, allégorie picturale de la jeune Anglaise. Le tableau est magnifié par l'arrangement de Jean-Claude Vannier qui, en quelques effets, rend l'excursion des plus agréables : un motif de basse en boucle, un accord de guitare cinglant, quelques grappes de piano, des cordes majestueuses, et un coup de tom avant le refrain chanté par Jane. Du grand art.

Reprises : Mick Harvey & Anita Lane (version anglaise *69 Erotic Year* ; *Intoxicated Man*, CD Mute, 1995), Kramer (*Great Jewish Music*, CD Tzadik TZ 7116, 1997), Jean-Louis Foulquier et Caroline Loeb (album *Merci Gainsbourg – Ils chantent Gainsbourg*, CD Atlas 2871 401, 1997), Baby Birkin (*Classée X*, CD Dishy 33, 1998), Vive La Fête (*Lucien Forever – A Tribute*, CD Pussycats 27, Espagne, 2001), Scenic Railway (album *Tribute to Gainsbourg*, Pudding, 2004), Luscious Jackson (*Greatest Hits*, CD Capitol 85734-2-5, 2007), Todd Bishop Pop Art 4 (album *69 année érotique/Todd Bishop Pop Art 4 Plays the Music of Serge Gainsbourg*, Origin 82530, 2009).

Desesperado

Créé par Dario Moreno ; 45-tours Fontana 460.257 ME (EP) et 33-tours Fontana 885.540 MY (LP *L'Homme de la Mancha*)

La chanson *Desesperado* aurait été écrite pour Mireille Mathieu qui dit l'avoir enregistrée, mais aucune preuve ne permet à ce jour de l'affirmer. Elle revient en tout cas à Dario Moreno, né Davi Arugete à Smyrne, en Turquie, en 1921, mort le 1er décembre 1968, soit quelques semaines après l'enregistrement de cette chanson. Moreno a grandi au Mexique, d'où son goût pour les espagnolades ; on l'a connu acteur (notamment au côté de Brigitte Bardot dans *La Femme et le Pantin* et *Voulez-vous danser avec moi ?*, 1959), interprète de fantaisies exotiques (*Tout l'amour*, *Si tu vas à Rio*, l'immortel *Brigitte*

Bardot, etc.), importateur du mambo en France dans les années 1950 (*Oh qué mambo*, 1959). Chanteur au coffre puissant, il avait participé à l'opérette *Le Chanteur de Mexico* bien avant d'incarner Sancho Pança au côté de Jacques Brel dans la comédie musicale *L'Homme de la Mancha* (lors de sa création à Bruxelles, en octobre 1968). Le texte que lui livre Gainsbourg (que Dario Moreno avait rencontré en 1961 sur le tournage du péplum *La Révolte des esclaves*) mélange le mot espagnol *desperado* (hors-la-loi n'ayant plus rien à perdre) et le français *désespéré*. Le thème musical grandiloquent n'a rien à envier à ceux des westerns hollywoodiens et le texte porté par la voix ample de l'interprète tire la chanson vers le drame de pacotille.

Reprise : *Desesperado* a été récité sans musique par Bambou sur le double CD *Portraits* (Frémeaux & Associés, 2000).

1969

Année érotique

Rencontrée sur le plateau du film *Slogan*, Jane Birkin entre dans la vie de Serge Gainsbourg pour l'une de ses plus grandes périodes créatrices. Le couple, qui cultive avec délices une image scandaleuse réenregistre *Je t'aime moi non plus*, qui devient un succès planétaire.

Bande originale du film Mister Freedom

Créé par Serge Gainsbourg ; 45-tours Barclay 71.322 M (EP) ; réédition : Vadim Music 531 568-7 (EP, 2008)
Oh Beautiful ! Oh Beautiful ! America ! America !, Mister Freedom March, Freedom Baby, No No Yes Yes, Freedom Rock, Mister Freedom

Chargé par le réalisateur et photographe William Klein de composer la musique de *Mister Freedom* dans lequel il joue le rôle de Mister Drugstore, Serge Gainsbourg joue la carte à fond en alignant six thèmes baignant dans l'atmosphère farfelue du film. Une ode à l'Amérique chantée par Delphine Seyrig sur fond d'orgue liturgique (*Oh Beautiful ! Oh Beautiful ! America ! America !*), une marche militaire en anglais dans un duo avec l'acteur John Abbey, qui tient le rôle de Mister Freedom (*Mister Freedom March*), une envolée soul bardée d'onomatopées (*No No Yes Yes*), une *Marseillaise* reprise en chœur (*Freedom Rock*, dix ans avant *Aux armes et cætera*, la Marseillaise reggae qui fera scandale) et une relecture des différents thèmes (*Mister Freedom*), le tout arrangé par Michel Colombier. *Mister Freedom* sort dans les salles le 9 janvier 1969 et jouit depuis, pour les rares personnes qui l'ont vu, du statut de film culte. William Klein se fait le complice de cette extravagante opération en cosignant les titres du très rare EP original (accompagné à l'époque par un livre).

Le disque a été repris sur *Le Cinéma de Gainsbourg* (3 CD Universal 586 818-2, 2001) et réédité en 2008 dans une édition limitée.

Rêves et Caravelles

Créé par Michèle Arnaud ; 45-tours Pathé EMI PF 514 (SP)

Pour sa dernière chanson à l'attention de sa première interprète, Serge Gainsbourg élabore un texte métaphorique sur l'amour traversant les cœurs tel un Boeing 707 ou une caravelle. Les parties d'orgue et de violon rappellent la vitesse fulgurante de ces avions. Le titre enregistré sous la baguette de Jean-Michel Defaye le 2 janvier 1969 paraît le 23 janvier sur l'antépénultième 45-tours de Michèle Arnaud, accompagné d'une jolie version du *Pauvre Verlaine* de Salvatore Adamo.

Bande originale du film **La Horse**

Créé par Serge Gainsbourg ; 45-tours Hortensia PPN 4185 (SP hors-commerce) avec *Alouette*. Rééditions : Hortensia CH 404 (CD, 1987) ; Maxi 45-tours Smoke 001 (Maxi, 2007) ; 45-tours Vadim Music 531 523-1 (SP, 27/2/2009).

Le générique du film *La Horse* est encore méconnu, c'est pourtant une pièce essentielle du puzzle Serge Gainsbourg de cette période. La composition en revient pour moitié à Jean-Claude Vannier qui apporte une nouvelle touche sonore à l'univers gainsbourien, grâce à une grille harmonique complexe où se superposent clavecin, piano, guitare et violons. Le morceau à l'atmosphère inquiétante est relancé après un break par un solo de batterie puis de banjo. Le film *La Horse* (surnom de l'héroïne, la drogue), de Pierre Granier-Deferre avec Jean Gabin, sort sur les écrans le 22 février 1970.

Le titre culte édité en toute confidentialité a connu plusieurs rééditions officieuses avant d'apparaître en 2001 sur le coffret *Le Cinéma de Gainsbourg* (3 CD Emarcy 586 818-2) avec sa face B *L'Alouette* (une variation autour du thème générique). En 2003, le 25 cm *Cinémix*, vol. 2 (LP Universal 980.684-9) comprend la version originale et des remixes de Sofa Surfers, Howie B et Marathon Men (Disco Mix). En 2009, le label grenoblois Vadim Music l'inclut dans sa série de rééditions limitées au format vinyle.

Jane Birkin – Serge Gainsbourg

33-tours Fontana 885.545 MY (LP, 1re édition) avec *Je t'aime moi non plus* ; 33-tours Fontana 885.563 MY (2e pressage) et Fontana 6399 012 (LP) avec *La Chanson de Slogan*. 33-tours Fontana SRF 67610 (LP *Je t'aime – Beautiful Love*, États-Unis, 1969) ; 33-tours Philips SFL 7384 (LP Japon)
Parution : février 1969
Je t'aime moi non plus, L'Anamour, Orang-outang, Sous le soleil exactement, 18-39, 69 année érotique, Jane B, Élisa, Le canari est sur le balcon, Les Sucettes, Manon.

Le premier album en duo de Serge Gainsbourg et Jane Birkin trace un nouvel horizon sonore magnifié par l'inspiration poétique de l'auteur-compositeur et les orchestrations sophistiquées de Jean-Claude Vannier.

Depuis leur rencontre sur le tournage du film *Slogan*, Serge Gainsbourg et Jane Birkin ne se quittent plus. Après des débuts difficiles, leur relation tourne en quelques jours à la passion, qui inspire bientôt à Serge Gainsbourg de nouvelles compositions magistrales. La jeune actrice *british* repérée dans *Blow-Up* de Michelangelo Antonioni (1966) commence par partager la magnifique *Chanson de Slogan* avant de se voir offrir l'inestimable *Je t'aime moi non plus*, à laquelle avait souhaité renoncer Brigitte Bardot. La nouvelle muse entre de plain-pied dans l'œuvre du compositeur qui la pare d'un hymne (*Jane B*, guidé par la main de Chopin), d'une odyssée du désir (*69 année érotique*), et de chansons oscillant du tragique (*Le canari est sur le balcon*) au comique (*Orang-outang*). Ces merveilles, ajustées au cordeau par Jean-Claude Vannier, définissent un style épuré où la voix devient l'instrument central. Ce travail en tandem mènera directement au chef-d'œuvre *Histoire de Melody Nelson* en 1971. La réalisation de ces nouvelles idées prend forme au studio Chappell à Londres du 12 au 19 novembre puis les 16, 17 et 18 décembre 1968 avec l'arrangeur et chef d'orchestre Arthur Greenslade.

Je t'aime moi non plus

Créé par Jane Birkin et Serge Gainsbourg ; 45-tours Fontana 260 196 (SP) avec *Jane B* ; 45-tours Fontana MF 260 241 (SP) avec *69 année érotique*. Autres pressages : 45-tours Disc'AZ SG 113 ; Fontana TF 1042 puis Major Minor 645 (SP Grande-Bretagne) ; 45-tours Fontana 1665 (SP États-Unis). Le disque étant paru sur les cinq continents, la recherche des différentes pochettes et différents pressages (et rééditions) est un travail à plein temps.

Selon une légende que Serge Gainsbourg a lui-même perpétuée car il trouvait l'anecdote à son goût, l'origine du titre *Je t'aime moi non plus* proviendrait d'un bon mot de Salvador Dali : « Picasso est espagnol, moi aussi. Picasso est un génie, moi aussi. Picasso est communiste, moi non plus. » En fait, il n'en est rien… car la boutade est postérieure au morceau. Alors qu'il vit une nouvelle passion avec Jane Birkin, Gainsbourg oublie la promesse faite à Bardot de ne plus toucher à *Je t'aime moi non plus*, titre devenu sacré. Dans un premier temps, la petite Anglaise n'ose pas passer après B.B. ; mais lorsque Mireille Darc se pose en candidate, Jane accepte de réenregistrer cet hymne à l'amour physique lors des séances au studio Chappell à Londres en novembre 1968, soit presque un an après la première version. Celle de Jane, chantée une octave plus haut, ajoute du piment à cet extrait d'extase couché sur bande. La fameuse séance a pour musiciens Bryan Daly (guitare), Dave Richmond (basse), Roger Coulam (claviers) et Dougie Wright (batterie). Dès sa publication en 45-tours (réservé aux personnes majeures !) et sur la première édition de l'album, *Je t'aime moi non plus* fait couler beaucoup d'encre. *L'Express* parle de « duo en râles mineurs » et les radios rechignent à le diffuser (hormis José Artur et son émission « Pop Club » sur France Inter, pour qui Serge et Jane réalisent un pastiche), et *a fortiori* la télévision qui lui préfère *Élisa* ou *69 année érotique*… Pendant ce temps, grâce au succès de la chanson dans les boîtes de nuit, les ventes grimpent en flèche et le titre se retrouve aux premières places des hit-parades européens. Pour la première fois, une chanson francophone décroche un n° 1 en Grande-Bretagne, malgré la censure de la BBC, qui diffuse à la place une version instrumentale par le pseudo-groupe Sounds Nice, sous le titre *Love at First Sight*. Le journal officiel du Vatican, *L'Osservatore Romano*, appelle au boycott de cette « obscénité » et parvient à faire stopper la production en Italie. L'Espagne, le Portugal, le Brésil, la Suède et les Pays-Bas lui emboîtent le pas. En France, sous la pression de la maison mère hollandaise (Philips), le label Fontana interrompt le pressage du 45-tours mais donne carte blanche à Gainsbourg, qui en cède les droits à Disc'AZ.

Malgré cette censure flagrante, le disque va dépasser les trois millions d'exemplaires vendus et sceller à jamais la notoriété de Gainsbourg dans le monde où, durant des années, on ne le connaîtra *que* pour cette chanson, en le considérant comme un *one-hit wonder* (l'auteur d'un seul tube).

À son retour du Népal où a eu lieu le tournage du film *Les Chemins de Katmandou*, le couple par qui le scandale arrive savoure son triomphe dans son nouveau nid d'amour au 5 *bis* de la rue de Verneuil, dans le 6e arrondissement.

Reprises de *Je t'aime moi non plus* : Sounds Nice (*Love At First Sight* ; SP Parlophone R5797 GB, 1969), 101 Strings Orchestra (album *The Sounds of Love*, Alshire AS 199, 1969), Baker Street Symphony (*Love At First Sight* ; SP Pye GB, 1969), Giorgio Albertazzi et Anna Proclemer (version italienne : *Ti Amo... Ed Io Di Più* ; SP Italie, 1969), Soul Joe & The Attraction (SP Buddah US, 1969), Abigail (version anglaise : *Je T'aime (I Love You)* ; SP Festival FK 5196, Australie, 1973), Sylvia et Ralfi Pagan (*Soul Je T'aime*, SP Vibration 525 US, 1973), Judge Dread (version reggae, SP Cactus 65 GB, 1975), Saint-Tropez (SP Butterfly/Pathé 2C006-60048, 1977), Ensemble Vocal Garnier (1978), Donna Summer (*Thank God It's Friday*, LP Casablanca, 1978), The Scamps (SP Vogue, 1979), Vicious Pink Phenomena (SP Accord 135.100, 1983), Genesis P. Orridge (SP Subrosa 1201, 1985), René et Yvette (Gordon Kaye & Vicki Michelle, version anglaise : *Je T'aime (Allo Allo)* ; SP Accord 137 045, 1986), Psychic TV (*Magickal Mystery D Tour*, EP Temple 23, 1986 ; Mistress & Psychic TV : SP Temple 050, 1989), Barry Adamson (*The Negro Inside Me*, CDS Mute 120, 1993), Sharkboy (concert « Black Session », France Inter, 1994), Misty Oldland (sample : *A Fair Affair*, CDS Columbia 660 161-2, 1994), Blown (versions *Radio edit* et *I Dub You*, CD Epic 660 279-2, 1994), Mick Harvey & Anita Lane (version anglaise : *I Love You... Nor Do I* ; CDS Mute 177, 1995 ; *Pink Elephants*, CD Mute 157, 1997), Bianca

Li et Malcolm McLaren (CD *Gainsbourg Tribute '95*, 1996), Nicolas Botni et Gilles Pellegrini (*Chante Gainsbourg*, CD Les Tréteaux International, 1996), Cibo Matto (*Great Jewish Music*, CD Tzadik TZ 7116, 1997), Angel Corpus Christi (*Je t'aime I Wanna Boogie With You*, EP Via Satellite 1966, 1997), Nathalie Roussel et Joshua d'Arche (album *Merci Gainsbourg – Ils chantent Gainsbourg*, CD Atlas 2871 401, 1997 et album *Hommage – Ils chantent Serge Gainsbourg*, CD Atlas 6227 205, 1998), Dub Syndicate (Bim Sherman & Shara Nelson, album *Strike the Balance*, On-U Sound, 1998), Pet Shop Boys (*Nightlife*, CD Parlophone 35012-2, 1999), Ella (Louise Allaire, album *Hérétique*, Canada, 1999), International Bashki Quartet (*Lucien Forever – A Tribute*, CD Pussycats 27, 2001), Patrick Péronne (*Gainsbourg au bar*, CD Delta, 2001), Dzihan & Kamien (*I Love Serge – Électronicagainsbourg*, CD Mercury, 2001 ; sample, *Brazilectro*, vol. 4, CD Audiopharm, 2002), The Come Ons (*Play Selections from the Serge Gainsbourg Songbook*, Norton US, 2004), Cat Power et Karen Elson (version anglaise : *I Love You (Me Either)* ; *Monsieur Gainsbourg Revisited*, CD Barclay, 2006), Leandro Barsotti (*Barsotti Canta Gainsbourg*, CD Iperspazio, 2007), Amaia Intxausti (version basque ; *Gainsbourg Gainbegiratuz*, CD Gaztelupeko Hotsak, janvier 2008), Nelly Arcan et Stéphane Lucas (album *Sur les ELLES de Gainsbourg*, Avec Musique, Canada, 2009), Todd Bishop Pop Art 4 (album *69 année érotique/Todd Bishop Pop Art 4 Plays the Music of Serge Gainsbourg*, Origin 82530, 2009), West Hell 5 (album tribute *Gainsnord*, CD Sonic Scenery 708 028, 2009) et Manu Godjia Trio (*Covers*, CD Bee Jazz 032, 2010).

Sans date : The Communicatives (SP Durium/Pathé Marconi 2C006-90.592M), Ombretta Colli (version italienne : *Ti Amo lo Di Più*), Les Dutronc, Les Femmes érotiques, Wolfgang Grunner (version allemande : *Die 10,001 Nächte*, SP TWR), I.G.L.U., Paul Mauriat et son Orchestre (version instrumentale), Franck Pourcel (version instrumentale), Placebo/Brian Molko, Pas de Deux (LP Columbia 556.598), The Waterboys (*Beautiful Green World*, CD Rainbow Warrior), etc.

L'Anamour

Version de Serge Gainsbourg ; également paru sur 45-tours Philips Série Parade B 370.751 F (SP) avec *69 année érotique*

Voir le chapitre consacré à l'année 1968.

Orang-outang

Créé par Jane Birkin ; également paru sur 45-tours Fontana 260.244 (SP)

Jane Birkin possède depuis l'enfance un singe en peluche baptisé *Monkey* qu'elle promène partout, notamment pour les prises de vue de la pochette de l'album *Histoire de Melody Nelson* (1971). Serge Gainsbourg, qu'un rien amuse, surtout lorsqu'il s'agit de cette femme-enfant de dix-huit ans sa cadette qu'il aime passionnément, décline une chanson autour du sujet, et lui fait chanter : *J'aime ma poupée orang-outang/Orang-outang, orang-outang/ Je l'adore, jamais je ne dors sans/Orang-outang, orang-outang.* Loin de s'arrêter en si bon chemin, il suggère qu'elle préfère la compagnie du primate à celle de garçons charmants, fussent-ils en Ford Mustang. L'auteur prend visiblement plaisir à faire prononcer le nom du mammifère poilu à la jeune Anglaise, quitte à la faire trébucher. La ballade au rythme paresseux est emmenée par son délicieux accent.

Reprises de *Orang-outang* : Jean-Pierre Sabar (*Les Orgues électroniques*, LP Sava, 1969), Valli (album *Merci Gainsbourg – Ils chantent Gainsbourg*, CD Atlas 2871 401, 1997), Baby Birkin (*Classée X*, CD Dishy 33, 1998), Sabeline Campo (*Portraits*, 2 CD Frémeaux & Associés FA 8020, 2000) et Eva Kant (*Chante Serge Gainsbourg*, SP Da Capo 101).

Sous le soleil exactement

Quand Serge et Jane présentent *Je t'aime moi non plus* au directeur de Philips Georges Meyerstein, ils se voient priés de repartir pour Londres enregistrer plusieurs autres titres : « Je suis d'accord d'aller en prison mais pour un album, pas pour un 45-tours ! » s'écrie-t-il. Serge Gainsbourg s'exécute en interprétant une chanson qui lui tient à cœur, *Sous le soleil exactement*, créée par Anna Karina dans la comédie musicale *Anna* (1967). À la sensualité débridée de la première version, il répond par la douceur avec la voix collée au micro, saisissant les moindres détails de ses intonations. Il signe là l'une de ses plus belles réussites vocales.

Serge interprète *Sous le soleil exactement* dans l'émission « Tous en scène » le 28 mars 1969 et le 9 février 1970.

18-39

Le titre de cette chanson interprétée par Jane Birkin peut faire penser à l'âge des deux protagonistes, mais il n'en est rien : elle évoque en réalité la période de l'entre-deux-guerres sur un air de ragtime, forme musicale venue de La Nouvelle-Orléans se signalant par le rythme syncopé du piano. L'orchestre conduit par Arthur Greenslade laisse accroire à une improvisation en démarrant dans la plus parfaite confusion et s'échangeant des blagues avant l'arrivée de la chanteuse. Cette atmosphère détendue souligne la joie de vivre d'une époque représentée par de nouvelles danses (one-step, black-bottom, foxtrot) et l'automobile (De Dion-Bouton et autres tacots). Sous l'angle de la chanson, même la mort paraît douce : *On peut pas être toujours là/Eh ! oui, tous on finira par crever*. L'utilisation du verbe *crever* marque son analogie avec les pneus crevés d'une voiture.

Reprise : Marie-Paule Belle (album *Merci Gainsbourg – Ils chantent Gainsbourg*, CD Atlas 2871 401, 1997).

69 année érotique

45-tours Philips Série Parade B 370.751 F (SP) de Serge Gainsbourg, avec *L'Anamour*.

Voir le chapitre consacré à l'année 1968.

Jane B

Jane B est à Jane Birkin ce que *La Javanaise* est à Juliette Gréco : une empreinte musicale indélébile. Conquis par le charme adolescent de l'actrice anglaise, Gainsbourg n'hésite pas à piller le *Prélude n° 4 en mi mineur opus 28* de Frédéric Chopin ; la pièce écrite en 1838 à Valldemossa sur l'île de Majorque, sur un tempo *largo*, avait été jouée lors des funérailles du compositeur.

La mélodie permet à Serge de déclarer sa flamme en musique, en s'inspirant du modèle que représente pour lui le roman *Lolita* (1955) de Vladimir Nabokov : *Signalement/Yeux bleus, cheveux châtains/Jane B/Anglaise, de sexe féminin/Âge, entre vingt et vingt et un/Apprend le dessin*. On se souvient du texte original de Nabokov : « Perdue : Dolorès Haze/Signalement : bouche écarlate, cheveux "noisette"/Âge : cinq mille trois cents jours. »

Le rythme appuyé par la guitare dans l'introduction soutient la lente descente chromatique de l'orgue pendant que les violons tracent une mélodie aérienne. Le timbre frémissant, Jane Birkin énonce ses propres caractéristiques avec une fragilité touchante qui fait dire à son Pygmalion : « Tu chantes comme un enfant de chœur. »

Jane Birkin reprend *Jane B* sur l'album *Jane Birkin au Bataclan* de 1987 (2 LP Philips 8340.376-1) puis dans *Jane en concert au Japon* paru le 16 décembre 2000 (2 CD Mercury UICM 9001-2), déclarant qu'il s'agit de la première chanson écrite pour elle par Serge Gainsbourg.

Reprise de *Jane B* : Sabine Paturel (album *Merci Gainsbourg – Ils chantent Gainsbourg*, CD Atlas 2871 401, 1997), Baby Birkin (*Classée X*, CD Dishy 33, 1998), Flux (album tribute *Gainsnord*, CD Sonic Scenery 708 028, 2009), Sandie Trash (*Outrageous Brune*, CD, 2010) et Camélia Jordana (France Info, mars 2011).

Élisa

Créé par Serge Gainsbourg ; 45-tours Philips Série Parade B 370.777 F (SP) avec *Les Sucettes*

Reprendre un instrumental composé pour la bande originale du film *L'Horizon* (1967) et lui coller un texte dédié à Jane est une bonne idée pour compléter un album amoureux. La musique composée avec Michel Colombier est modifiée afin de lui conférer un rythme plus entraînant correspondant au refrain : *Élisa, Élisa/Élisa, saute-moi au cou/Élisa, Élisa/Élisa, cherche-moi des poux*. La liaison qu'entretiennent Serge et Jane fait jaser, en raison de leur différence d'âge et de la liberté affichée par le couple qui chante le très érotique *Je t'aime moi non plus*. Qu'importe, Serge appuie sur le point sensible afin de faire ressortir son obsession pour les lolitas : *Élisa, Élisa/Élisa, les autres on s'en fout/Élisa, Élisa/Élisa, rien que toi, moi, nous/Tes vingt ans, mes quarante/Si tu crois que cela/Me tourmente/Ah ! non, vraiment, Lisa*. Le thème a beau choquer en cette fin d'ère gaullienne, la musique reste irrésistible. Serge Gainsbourg interprète *Élisa* dans l'émission « Quatre temps » du 29 janvier 1969.

Avec d'autres paroles, *Élisa* sera chantée dès le printemps 1969 par Zizi Jeanmaire, puis la chanson va inspirer au réalisateur Jean Becker un film homonyme, avec Gérard Depardieu et Vanessa Paradis, sorti le 1er février 1995. La chanson servant de générique vaut à Serge Gainsbourg un César posthume partagé avec Michel Colombier et Zbigniew Preisner, compositeur des autres musiques de la bande originale.

Jane Birkin reprend le titre en duo avec Arno dans *Versions Jane* avec un arrangement signé Daran et Les Chaises (CD Philips 532 140-2 ; « Taratata », France 2, 16/9/1996). Arno lui rend la pareille en 2002 pour son album *Charles Ernest* (CD Delabel 811 959-2). Attachée à ce bel hommage de Serge, Jane Birkin chante régulièrement *Élisa* sur scène : *Jane – Concert intégral à l'Olympia* (2 CD Philips 534 463-2, 1996) ; *Arabesque* (arrangement signé Djamel Benyelles, CD Capitol 5432 972-2, 2002) ; *Arabesque voyage* (CD Capitol 5602 962-0, 2004).

Autres reprises d'*Élisa* : Jean-Pierre Sabar (*Les Orgues électroniques de Jean-Pierre Sabar*, LP Sava, 1969), Alain Souchon (émission TV « Musique and music », 9/4/1978), Julien Clerc (enregistrement 1990, *Si on chantait – Intégrale Julien Clerc*, Virgin 39274-2, 1993), Untel Untel (album *Prises de chou – 10 Plants de Serge Gainsbourg*, CD Avec Plaisir, Besançon 1994), Alain Brunet (*Joue Gainsbourg*, CD WEA 992 120-2, 1994), Nicolas Botni (*Chante Gainsbourg*, CD Les Tréteaux International, 1996), Pierre Vassiliu (album *Merci Gainsbourg – Ils chantent Gainsbourg*, CD Atlas 2871 401, 1997), Yves Duteil (*Hommage – Ils chantent Serge Gainsbourg*, CD Atlas 6227.205, 1998), Faudel (*Pop Session*, CD Mercury 548.553-2, 2001), Patrick Péronne (instrumental, *Gainsbourg au bar*, CD Delta, 2001), Julien Clerc et Benjamin Biolay (« Taratata » n° 178, France 2, 27/9/2005), Dany Brillant et Vitaa (émission *Les Stars chantent Gainsbourg*, Virgin 17, février 2010), Raphaël

(« Taratata » *spécial Gainsbourg*, France 4, février 2011) et par Patrick Fiori en duo avec Grégoire (*Gainsbourg, 20 ans déjà*, France 2, 19/2/2011) et Jean-Louis Aubert (extrait Victoires de la Musique, France 2, 1/2/2011).

La version au texte modifié est créée pour Zizi Jeanmaire qui l'interprète dans les émissions « Télé-dimanche » (23/3/1969), « Show Roland Petit » (6/10/1971), « Top à Zizi Jeanmaire » (10/12/1974) et « Plumes et diamants » (4/6/1982). Versions scéniques : *Casino de Paris – Zizi je t'aime* (LP CBS 64865, 14/2/1972), *Zizi au Zénith* (CD WMD 992500, 13/10/1995) et *Zizi – Amphithéâtre de l'Opéra-Bastille* (2 CD Yvon Chateigner 130922, 2001).

Le canari est sur le balcon

Outre son texte singulier sur le thème du suicide (déjà abordé dans *Le Poinçonneur des Lilas*, *Ce mortel ennui*, *En relisant ta lettre*, *Quand mon 6,35 me fait les yeux doux*, *Chatterton* et *La vie est une belle tartine*), la chanson *Le canari est sur le balcon* a pour dominantes un accompagnement folk pas particulièrement triste et la voix haut perchée de Jane Birkin. Elle reprend le thème musical de l'instrumental *Green Hearts* composé pour la bande originale du film *Les Cœurs verts* en 1966, également recyclé dans *Help camionneur* en 1973. La première strophe est explicite : *Avant d'ouvrir le gaz, elle pense à son canari/Avant d'en finir une fois pour toutes avec la vie/Elle prend la cage et va sur le balcon/Le vent glacé de l'hiver l'a saisie, lui donne des frissons.*

Reprises par Nathalie Roussel (album *Merci Gainsbourg – Ils chantent Gainsbourg*, CD Atlas 2871 401, 1997), Sabeline Campo sur le double CD *Portraits*, Frémeaux & Associés, 2000), par Éric Elmosnino et Lucy Gordon (bande originale du film *Gainsbourg Vie héroïque)*, CD Polydor 532 443-2, 5 février 2010).

Les Sucettes

Les Sucettes version Serge Gainsbourg est le troisième titre à être enregistré spécialement afin de compléter l'album *Jane Birkin – Serge Gainsbourg.* Pour l'avoir interprété dans les émissions télévisées « *Dents de lait dents de loup* » avec France Gall (11/1/1967), « Permis la nuit » (24/2/1967) et « Le Petit dimanche illustré » (22/10/1967, avec l'actrice Haydée Politoff), l'auteur montrait qu'il assumait totalement son texte. Cette version studio confirme son goût pour la chanson jugée subversive créée par France Gall en 1966. L'arrangement orchestral d'origine tirant la chanson vers la variété est délaissé au profit d'un format plus rock dominé par l'effet de pédale wah-wah sur la guitare qui se fend d'un solo acide. Gainsbourg ne peut s'empêcher d'exprimer sa joie à la fin du morceau.

Manon

Voir le chapitre consacré à l'année 1968.

La vie est une belle tartine

Créé par Dominique Walter ; 45-tours Disc'AZ SG 74 (SP)

Avec une certaine malignité et un grand discernement, Serge Gainsbourg a pris l'habitude de dresser des obstacles à certains interprètes, dont fait partie Dominique Walter. Ici encore, quand il apporte *La vie est une belle tartine de merde* au chanteur, celui-ci refuse de prononcer le mot de Cambronne du refrain. C'est donc dans une version partiellement amputée que sort *La vie est une belle tartine* en avril 1969. Dans son ensemble, le morceau rappelle *Initials B. B* : l'arrangement musical confié à Claude Denjean est une simple variante réduite, la diction du chanteur est calquée sur le modèle et les paroles font allusion à l'héroïne : *J'étais couché sur la voie/En attendant la B. B./Mais quelques mètres avant moi/Le train bleu a déraillé*. Le texte conte les différentes tentatives de suicide ratées de celui que la mort ne veut pas.

La chanson devenue une rareté dans son format initial est éditée sur le coffret *Mister Melody* publié en mars 2006 (4 CD Mercury 982 952-8).

La Chanson de Slogan

Créé par Serge Gainsbourg et Jane Birkin ; 45-tours Philips B 336.217 F (SP) avec *Évelyne*

Le tournage du film *Slogan* de Pierre Grimblat avait marqué la rencontre de Serge Gainsbourg (qui s'était vu offrir le premier rôle) et Jane Birkin. Lorsque que le réalisateur lui annonce avoir choisi la jeune actrice anglaise, Gainsbourg est déçu de ne pouvoir donner la réplique au mannequin américain Marisa Berenson initialement prévu pour ce rôle. Lors des premiers essais en mai 1968, il prend un malin plaisir à ignorer sa partenaire qui sort des studios en pleurs. La suite est connue : pour arranger la situation, Pierre Grimblat organise un dîner chez Maxim's auquel il ne se rend pas, les laissant seuls face à leur destin. Serge emmène Jane dans sa tournée des night-clubs puis à l'hôtel Hilton où le concierge, gaffeur, lui propose « la chambre habituelle ». Mêlant la fiction et la réalité, *Slogan* déroule leur histoire d'amour en direct. Un chorus de saxophone dissonant ouvre le générique avant que Jane Birkin chante le premier couplet aux allitérations en *f* : *Tu es faible, tu es fourbe, tu es fou/Tu es froid, tu es faux, tu t'en fous*. Un second aux allitérations en *v* le suit, emporté par le tournoiement des cordes et la réplique de son partenaire : *Évelyne, tu es injuste, Évelyne, tu as tort/ Évelyne, tu vois, tu m'aimes encore*. Le titre cosigné et dirigé par Jean-Claude Vannier au studio Gaîté sort sur 45-tours en juin 1969, un an après le tournage du film. Absente du premier pressage de l'album en février 1969 où elle est remplacée par *Je t'aime moi non plus*, *La Chanson de Slogan* figure sur les éditions suivantes en vinyle. *Je t'aime moi non plus* reprend ses droits sur CD, où *La Chanson de Slogan* devient un titre bonus.

Reprises de *La Chanson de Slogan* : Mick Harvey & Anita Lane (version anglaise : *The Song of Slogan* ; *Intoxicated Man*, CD Mute, 1995), Marie Myriam et Jean-Jacques Debout (album *Merci Gainsbourg – Ils chantent Gainsbourg*, CD Atlas 2871 401, 1997), Blonde Redhead (*Great Jewish Music : Serge Gainsbourg*, CD Tzadik TZ 7116, 1997 ; SP Touch & Go 188, 1998), The Kills (version anglaise : *I Call It Art* ; *Monsieur Gainsbourg Revisited*, CD Barclay 983 710-9, 2006).

Évelyne

Le titre de cet instrumental se réfère au prénom du personnage interprété par Jane Birkin dans le film *Slogan*. Sur cette face B du générique *La Chanson de Slogan*, la partie rythmique du piano sert une jolie mélodie jouée au glockenspiel.

Turlututu capot pointu

Créé par Michel Colombier ; 33-tours La Compagnie LP 1001 (LP) avec *La Robe de papier*

Cocompositeur et arrangeur régulier de Gainsbourg depuis 1966, Michel Colombier a toujours loué cette collaboration, reconnaissant en Serge un grand mélodiste. Après sa collaboration sur la *Messe du temps présent* (1967) avec Pierre Henry (dont est extrait le mémorable *Psyché rock*, sorti en simple sous le nom Les Yper-Sound), Michel Colombier s'attelle à l'enregistrement de son premier album *Capot pointu*. Le disque édité en juin 1969 constitue la première référence de son label La Compagnie. Quand il a besoin de textes pour accompagner les musiques de *Turlututu capot pointu* et *La Robe de papier*, c'est tout naturellement vers Serge Gainsbourg qu'il se tourne. Le premier titre a tout de la fantaisie pop délurée garantie d'époque et chantée à trois voix, celles de Michel Colombier, José Bartel et Nicole Darde : *Avec ta voitu-/Re, ta voiture Lulu tu tues/Ma petite Lulu tu tues/Capot pointu*. Gainsbourg réutilise la parabole *Au compteur 100/À la borne 100/Effusion 200* employée dans *Un poison violent, c'est ça l'amour*. L'enregistrement a lieu au studio de la Gaîté en compagnie des musiciens Eddy Louiss (claviers), Raymond Gimenes (guitare), Francis Darizcuren (basse) et André Arpino (batterie).

L'album sorti sous le nom *Campus* au Canada a connu plusieurs rééditions sur CD (Magic Records, Play Time et Universal dans la collection « Écoutez le cinéma »).

La Robe de papier

Créé par Michel Colombier ; 33-tours La Compagnie LP 1001 (LP) avec *Turlututu capot pointu*

Sur un texte de Serge Gainsbourg, autour d'une robe en papier (un sujet à la mode, cette année-là), Michel Colombier ajuste un morceau collant au ton de l'époque : *Il m'avait acheté ma robe de papier/Pour le plaisir de la déchirer/D'arracher de mes seins le dessin délicat/Imprimé sur le papier de soie*. Cette suite lyrique chantée par Nicole Darde et Philippe Monet se trouve sur le trésor méconnu qu'est l'album *Capot pointu*, sorti en 1969 sur le label La Compagnie créé par Colombier avec Hugues Aufray et Norbert Saada.

Reprise : Sabeline Campo (*Portraits*, 2 CD Frémeaux & Associés FA 8020, 2000).

When I Woke Up This Morning, To Day, Yellow is the Day (bande originale du film Les Chemins de Katmandou*)*

Inédite sur disque

Au printemps 1969, Serge et Jane s'envolent pour le Népal afin de participer au tournage du film *Les Chemins de Katmandou* réalisé par André Cayatte, dans lequel jouent également Renaud Verley, Elsa Martinelli et Pascale Audret. René Barjavel tire du scénario un roman publié la même année. Le tournage de cette descente aux enfers hippie sur fond de misère et de drogue est traumatisant pour le jeune couple : Serge doit avoir les cheveux coupés, teints en poivre et sel, et porter une moustache pour que l'on ne le reconnaisse pas ! Le film sorti le 26 septembre 1969 obtient un succès correct, avec un million et demi d'entrées.

La musique en revient naturellement à Serge Gainsbourg qui compose avec Jean-Claude Vannier plusieurs thèmes, dont trois sont chantés : *To Day* et *Yellow is the Day*, repris en chœur par la bande de hippies, et le générique *When I Woke Up This Morning* interprété en anglais par Jane. Le style de l'ensemble donne franchement dans l'improvisation rock. La partition demeure à ce jour inédite sur disque.

When I Woke Up This Morning est repris par le Lyonnais Scalde sur son MySpace en 2007 (Ricochet Production).

La fille qui fait tchic-ti-tchic

Créé par Michèle Mercier ; 45-tours Disc'AZ SG 144 (SP)

La chanson concoctée pour le film *Une veuve en or* est du sur-mesure pour l'interprète Michèle Mercier qui donne la réplique à Claude Rich dans le film de Michel Audiard sorti le 22 octobre 1969. Michèle Mercier (née en 1939) doit son succès au film *Angélique, marquise des anges* (Bernard Borderie, 1964) et aux quatre suites, à la portée internationale, qui firent d'elle l'une des plus grandes vedettes de cinéma des années 1960, dans un style proche de Brigitte Bardot. *La fille qui fait tchic-ti-tchic*, arrangée par Jean-Claude Vannier et enregistrée au studio de Denis Bourgeois à Paris, est une métaphore des cliquetis de la robe Paco Rabanne en métal que porte l'actrice dans le long-métrage : *Je suis la fille qui fait/Tchic-ti-tchic/Ma robe de métal fait/Tchic-ti-tchic [...]/Quand tu ne l'entendras plus/Tchic-ti-tchic/Quand elle se sera tue/Tchic-ti-tchic/C'est que je n'l'aurai plus/Tchic-ti-tchic/C'est que je serai nue*. L'énoncé du titre présentant une difficulté pour l'interprète, c'est Serge Gainsbourg qui en assure la prononciation dans une première version inédite semblant perdue à ce jour, puis un chœur dans la version publiée sur un 45-tours rarissime. Le titre fait allusion au standard *Cheek to Cheek* (*Heaven, I'm in heaven...*) composé par Irving Berlin et créé par Fred Astaire dans la comédie musicale *Top Hat* (*Le Danseur du dessus*, 1935).

Rééditée sans autorisation préalable sur la première édition du coffret *Le Cinéma de Gainsbourg* en avril 2001 (Universal 586 516-2), la chanson est retirée des pressages suivants à la demande de l'interprète.

Chanson de Paul

Titre inédit

Projet de chanson inachevé adapté du texte *Paul's Song* de l'auteur et scénariste américain Marc Behm (1925-2007), il ne subsiste de cette *Chanson de Paul* qu'un manuscrit dactylographié de la traduction daté du 22 octobre 1969 et une ébauche de la mélodie imaginée par Serge Gainsbourg.

Notre dernière chance

Créé par Zizi Jeanmaire à la télévision

Bien avant Florent Pagny (*Presse qui roule me casse les couilles*), Serge Gainsbourg fustige ceux qui ne l'ont pas épargné et ont révélé sa liaison avec Brigitte Bardot ainsi que leur duo *Je t'aime moi non plus*. Vingt-cinq titres de journaux et revues sont proposés à l'autodafé, dont *France Dimanche*, *Paris Presse* et *Paris Jour*, particulièrement inquisiteurs. La chanson interprétée par Zizi Jeanmaire le 21 novembre 1969 dans l'émission « Brialy's Follies » recycle le thème *Érotico-tico* extrait du film *Comment trouvez-vous ma sœur ?* (1963) : *Et si t'éteins en moi/Brûlons les revues du mois/Brûlons Playboy, Vogue et Nous Deux/Et jetons Confidences au feu/Et si celui-ci s'éteint/Alors Salut les Copains/Cendres d'Elle, cendres de Lui/Scandale, Ici Paris.* Elle est suivie d'une chorégraphie réglée par Roland Petit. Une seconde version télévisée datée du 9 novembre 1971 n'a pas été retrouvée.

Hélicoptère

Créé par Mireille Darc ; 45-tours Philips 336 244 8F (SP)

Quand Mireille Darc avait revu Serge Gainsbourg, elle l'avait trouvé encore marqué par sa liaison avec Brigitte Bardot. Au lieu du duo *Je t'aime moi non plus* qu'elle aurait bien aimé enregistrer, l'interprète de *La Cavaleuse* hérite d'une chanson plus amère, *Hélicoptère*. Sur une magnifique mélodie emportée par des violons tournoyants, la narratrice épie depuis le ciel son amant sur une plage avec une autre fille. Gainsbourg oblige son interprète à chanter très bas et près du micro, comme il le fera avec Jane Birkin. Cette peinture de la jalousie et du voyeurisme est arrangée et conduite par Michel Colombier.

> Reprises : sous le titre *L'Hélicoptère* par Lili (*Bulle*, CD Mélodie MEL001, octobre 2006) et Stéphane Lucas et Geneviève Borne (album *Sur les ELLES de Gainsbourg*, Avec Musique, Canada, 2009)

Le Drapeau noir

Créé par Mireille Darc ; inédit jusqu'en 1991, CD *Compartiment 23* (Philips 848 488-2)

Écrite au même moment que *Hélicoptère*, *Le Drapeau noir* est d'une teneur bien différente, plus libre et coquine. Il est ici question d'un drapeau noir qui n'est autre que la culotte de la chanteuse suspendue comme un trophée depuis son lit, considéré comme un radeau. L'interprétation sensuelle de la comédienne, partant à la fin dans un grand éclat de rire, est servie par un accompagnement pop léger à base de guitare, orgue et violons.

La chanson reste inédite jusqu'en 1991 où elle est ajoutée à l'édition CD de l'album *Compartiment 23* (Philips 848 488-2), extrait du coffret *Actrices*.

Une Jane nue

Texte de Serge Gainsbourg

Une Jane nue n'est pas une musique ni une chanson, mais une ode poétique de Serge Gainsbourg célébrant le premier *shooting* de Jane Birkin pour la revue de charme *Lui* (« le magazine de l'homme moderne »), dans son édition de décembre 1969 : « Antibardot, antifonda, un peu Antinoüs, Antinéa, Jane, mon petit androgyne, ils vont t'aimer eux non plus, t'épingler à côté de Mick Jagger, de Marilyn, de Jean Harlow, de Bertha von Paraboum, ces petits soldats dans leur caserne grise, au petit matin hivernal. Tu vas leur ruiner la santé. » Le texte peut se lire en vers ou en prose, il ne manque que la musique…

1970

Martini et Cannabis

Une année de (presque) vacances, durant laquelle Serge et Jane affichent leur amour dans le film *Cannabis*, font un bébé (qui naîtra en juillet 1971 et se prénommera Charlotte), tout en préparant un chef-d'œuvre.

Publicités Martini

Créées par Serge Gainsbourg ; inédites jusqu'en 2001 : *Inédits. Les Archives 1958-1981* (CD Philips 548.439-2)

Au long de la vie (Melody Nelson), On the Sea (On the Sea N° 3), Le Dernier des tubes (On the Sea N° 1), La Bataille navale, Les Petits Lolos de Lola, Une bouteille de Martini à la mer (Le Drapeau noir), La Valeur de l'amitié (Anna), Sous le soleil intermittent, Cameraman à mes moments perdus, Pleure-moi un verre.

Cette série de dix chansons publicitaires conçues pour la marque d'apéritif Martini, non déclarée du vivant de l'auteur, est sa première commande du genre. La légende veut qu'il les ait écrites dans le taxi qui l'amenait au studio. Demeurées longtemps inconnues, ces publicités réalisées avec Jean-Claude Vannier sont exhumées en février 2001 avec la sortie du CD *Inédits. Les Archives 1958-1981* (Philips 548.439-2). Certaines contiennent en germe des thèmes qui seront réutilisés. Ainsi, *Au long de la vie*, titrée *Melody Nelson* sur le CD, est l'ébauche de la *Valse de Melody* extraite de l'album *Histoire de Melody Nelson* (1971) : *Le soleil est rare/Et le bon-*

heur aussi/L'amour s'égare/Au long de la vie ; *On the Sea*, chantée par Jane Birkin, et *Le Dernier des tubes* contiennent le vers *Un zeste de citron* (cf. *Lemon Incest*, 1984) ; L'idée de *Les Petits Lolos de Lola* sera réutilisée en chanson en 1974 ; *Une bouteille de Martini à la mer* recycle la mélodie et quelques vers de la chanson *Le Drapeau noir* écrite pour Mireille Darc (1969) ; *La Valeur de l'amitié* en fait de même avec *Sous le soleil exactement* (*Anna*, 1967) tandis que *Sous le soleil intermittent* n'établit aucun lien avec cette chanson mais évoque la Jamaïque. La conception de musiques publicitaires est pour Gainsbourg un laboratoire d'idées de ses chansons.

Ça (Je t'aime moi non plus)

Créé par Bourvil et Jacqueline Maillan ; 45-tours Pathé 2C006-11079 (SP) avec *Pauvre Lola*

Sur l'air de *Je t'aime moi non plus*, Bourvil et Jacqueline Maillan, alias Serge et Jane, font un numéro de duettistes hors pair. La chanson parodiée sans une once de méchanceté se transforme en un sketch hilarant dans lequel les deux complices se remémorent leur jeunesse en regardant la télé depuis leur lit. Et comme il n'est jamais trop tard pour faire *ça*, autant en profiter sur-le-champ ! Édité sur 45-tours le 30 juillet 1970, ça n'a pas pris une ride. Hélas, ce sera le dernier tour de piste du grand André Raimbourg dit Bourvil, qui décède quelques semaines plus tard.

Pauvre Lola

Créé par Bourvil et Jacqueline Maillan ; 45-tours Pathé 2C006-11079 (SP)

En face B de la parodie de *Je t'aime moi non plus*, le couple virtuose de l'humour remet ça sur le modèle de

Pauvre Lola, chanson de 1964 illuminée des éclats de rire de la débutante France Gall. Cette nouvelle version démarre sur le rire contagieux de Jacqueline Maillan auquel répond Bourvil parti dans un exercice d'improvisation tout en essayant de chanter le texte original. Le duo qui finit par tourner en roue libre offre un moment de pur plaisir.

Ça (Je t'aime moi non plus) et *Pauvre Lola* se retrouvent sur la compilation d'interprètes *Gainsbourg chanté par...* (2 CD EMI 666322-7, 1996, rééditée en 2006).

Bande originale du film Cannabis

Album de Serge Gainsbourg ; 33-tours Philips 6311 060 (LP).
Parution : mai 1970.
Cannabis, Première blessure, Le Deuxième Homme, Danger, Chanvre indien, Arabique, I Want to Feel Crazy, Cannabis, Jane dans la nuit, Avant de mourir, Dernière blessure, Piège, Cannabis-bis.

Cannabis marque les retrouvailles avec Pierre Koralnik (*Anna*) pour un film troublant dont les deux vedettes sont Serge Gainsbourg et Jane Birkin. La collaboration musicale avec Jean-Claude Vannier se révèle aussi foudroyante que la passion qui unit les amoureux.

Sorti dans les salles le 2 septembre 1970, le film *Cannabis* raconte l'histoire d'un mafioso américain (Serge Gainsbourg) chargé de superviser un trafic de drogue en France. Dans l'avion qui l'emmène à Paris, il fait la rencontre d'une fille de diplomate (Jane Birkin) dont il tombe éperdument amoureux. Le scénario est basique et cousu de gros fil blanc, mais le long-métrage est sauvé du désastre par la présence magnétique du couple d'acteurs dévoré par la passion. Sur le plan musical, la bande originale enregistrée au studio Davout met en relief la collaboration éclatante entre Serge Gainsbourg et Jean-Claude Vannier. Cette réalisation est demeurée longtemps dans l'ombre des autres œuvres en raison de sa disponibilité restreinte au 33-tours d'époque (seule la chanson du générique alimentait quelques compilations). Sa parution sur support CD en 2003 (Universal 980 988-6), associée à la musique du film *Ce sacré grand-père*, lui rend enfin justice. Cette édition respecte l'ordre original des séquences du film.

Cannabis

Serge Gainsbourg est passé maître dans l'art de fournir des chansons génériques de films de haut niveau, de *L'Eau à la bouche* à *La Chanson de Slogan*. Le thème principal de *Cannabis* est une nouvelle preuve de son habileté à capter l'essence d'un projet, orientant le sujet vers la trilogie fatale sexe, drogue et mort. Le morceau ouvert par un riff de guitare en cascade est habité d'une atmosphère baroque et électrique soutenant la voix transfigurée de Gainsbourg : *La mort/A pour moi le visage d'une enfant/Au regard transparent* [...] *Elle m'appelle par mon nom/Quand soudain je perds la raison/Est-ce un maléfice/Ou l'effet subtil du cannabis.*

Reprise : Todd Bishop Pop Art 4 (album *69 année érotique/Todd Bishop Pop Art 4 Plays the Music of Serge Gainsbourg*, Origin 82530, 2009).

Première blessure

Ce thème en deux parties, emmené par les violons, un solo de guitare électrique et un synthétiseur cristallin, se distingue par son rythme lent et pesant, et une production ample.

Le Deuxième Homme

Cet intermède d'une minute est garni d'une mélodie au synthétiseur.

Jane dans la nuit

Jane Birkin fait une agréable intrusion dans la bande originale en murmurant un nouveau thème sur un fond d'orgue.

Danger

L'instrumental *Danger* est servi par une mélodie royale au synthétiseur sur la progression d'un rythme haletant qui en font un beau thème pour thriller.

Chanvre indien

Le tempo lent et l'atmosphère méditative de *Chanvre indien* illustrent une scène de transition. Un solo d'orgue dérive sur des cloches indiennes qui marquent le rythme.

Avant de mourir

Avant de mourir est la pièce la plus longue de la bande originale. Elle se découpe en plusieurs parties aux tonalités différentes. Sur un battement toujours ralenti se succèdent des miniséquences de cordes et d'orgue. Dans la dernière d'entre elles, le thème principal est majestueusement joué par les cordes.

Arabique

Cet intermède inspiré d'une pièce de musique arabe est dominé par le chant traditionnel accompagné par un oud.

Cannabis (instrumental)

Le thème principal de *Cannabis* est délivré dans sa version instrumentale. Ce play-back intégral de la version chantée fonctionnant très bien rend compte de la réussite de la composition.

I Want to Feel Crazy

Ce troisième morceau chanté de la bande originale illustre une scène dans un cabaret. L'interprète travesti non identifié chante de façon suave une mélodie rétro.

Dernière blessure

Cette pièce est une variation du thème principal jouée au synthétiseur et accompagnée de cordes.

Piège

L'atmosphère inquiétante de cette composition utilisée pour le dénouement du film est rendue par la tension des cordes. La gamme des sonorités est distribuée par les violons, un alto et un violoncelle dans un style proche de la musique atonale, avec quelques breaks de guitare.

Cannabis-bis

Cette variation du thème majeur avec sa guitare saturée est agrémentée de séquences au synthétiseur.

1971

Melody Nelson

L'année du chef-d'œuvre, LE monument pop des années 1970, à la fois poétique, innovant, symphonique, qui sera un échec commercial lors de sa sortie, mais qui, depuis, a été reconnu internationalement.

Le Sixième Sens

Créé par Juliette Gréco ; 33-tours Philips 6311 073 (LP *Face à face*)

Interprétée par Juliette Gréco pour son nouveau spectacle à Bobino le 12 janvier 1971, la chanson *Le Sixième Sens* dépeint la fin d'un amour par le biais des petites habitudes prises par chacun : la cigarette, le parfum, le bain, le rouge à lèvres, un film de Lelouch… La rupture selon Serge Gainsbourg possède un goût spécial et amer qui lui inspire ces vers : *En regardant l'impasse sur laquelle je débouche/Et devant ton reflet qui se brosse les dents/À la menthe, je sens/Que c'est bien la dernière fois qu'avec toi je couche.* Le titre apparaît sur l'album *Face à face* de Juliette Gréco, arrangé par Alain Goraguer et paru le 13 janvier 1971.

Charlie Brown (bande originale du film Un petit garçon appelé Charlie Brown*)*

Créé par Serge Gainsbourg ; 45-tours Philips 6009 104 (SP) avec *Charlie Brown (A Boy Named Charlie Brown) (instrumental)*

Œuvre de commande pour le dessin animé long métrage de Bill Melendoz *A Boy Named Charlie Brown* (1969), inspiré de la bande dessinée *Peanuts* (*Snoopy*) de Charles Schulz, la chanson *Charlie Brown* est une adaptation de Serge Gainsbourg du thème original de l'Américain Rod McKuen (par ailleurs l'un des plus célèbres adaptateurs de Jacques Brel en anglais, avec Mort Shuman). Le titre sirupeux orchestré par Jean-Claude Vannier est inséré au générique de la version française du film sortie en 1971. Pour le texte, Serge Gainsbourg se remémore des souvenirs d'enfance quand il raffolait des *comics* américains. Un rare moment d'innocence dans le répertoire le plus sulfureux de la chanson française.

Reprise : Dona Ruy Project (album *A Portrait of Serge Gainsbourg*, Harmonia Mundi ESS2, 1995), Stéphane Lucas et Chantal Fontaine (album *Sur les ELLES de Gainsbourg*, Avec Musique, Canada, 2009).

La Noyée

Créé par Serge Gainsbourg au cinéma et à la télévision. Chanson publiée sur CD en 1994 (accompagnant le livre *Gainsbourg et cætera* de Gilles Verlant et Isabelle Salmon, éditions Vade Retro) ; puis sur l'album *Inédits. Les Archives 1958-1981* (CD Philips 548.439-2, 2001)

La collaboration entre Serge Gainsbourg et Yves Montand est une succession de chassés-croisés et de rendez-vous manqués. Le créateur des *Grands Boulevards* en veut quelque peu à celui de *La Chanson de Prévert* qui lui en avait réservé la primeur avant de l'interpréter lui-même, puis de l'offrir à Isabelle Aubret ; peut-être en aurait-il été autrement si Montand avait accepté de créer *Le Poinçonneur des Lilas* en 1958, comme il en avait eu l'occasion… Une autre entrevue avait eu lieu en 1963, qui n'avait débouché sur aucun projet concret. Ils se retrouvent donc en 1971 quand Serge, qui vient de composer une valse lente et sombre pour le film *Le Voleur de chevaux* d'Abraham Polonsky, tourné en Yougoslavie, la lui fait écouter. La chanson, qui lui est peut-être inspirée par le rôle de Marianne Faithfull dans *Hamlet* (Tony Richardson, 1969), séduit fortement Yves Montand, à ceci près que son titre, *La Noyée*, pourrait être interprété de façon malveillante par certains journalistes comme une référence à l'alcoolisme de Simone Signoret, en pleine dérive. Montand finit par se rétracter. La chanson fredonnée au piano dans *Le Voleur de chevaux* (*Romance of a Horse Thief*, sorti le 11 août 1971) est interprétée une seule fois à la télévision, en direct, par Serge Gainsbourg, accompagné par Jean-Claude Vannier, dans l'émission « Samedi loisirs » du 4 novembre 1972. Cet enregistrement, longtemps considéré comme son plus bel inédit, fait surface en 1994 sur un CD fourni avec le livre *Gainsbourg et cætera* de Gilles Verlant et Isabelle Salmon (Éditions Vade Retro). Le texte désespéré de *La Noyée* s'inspire librement du poème *Ophélie* d'Arthur Rimbaud, l'une de ses premières œuvres écrite un siècle auparavant : *Tu t'en vas à la dérive/Sur la rivière du souvenir/Et moi courant sur la rive/Je te crie de revenir*. Dans la strophe suivante, les rimes douces en *n* et en *d* laissent place à d'autres plus gutturales en *r*, soulignant l'aspect mortifère. Le dernier couplet de cette chanson sans refrain, tel un poème, reflète la fin tragique et inéluctable : *Tu n'es plus qu'une pauvre épave/Chienne crevée au fil de l'eau/Mais je reste ton esclave/Et plonge dans le ruisseau.*

Anna Karina reprend *La Noyée* dans son film *Vivre ensemble* en 1973, mais cette version arrangée par Jean-Claude Vannier, absente du 45-tours correspondant, n'est éditée qu'en 2001 dans le coffret *Le Cinéma de Serge Gainsbourg* (3 CD Emary 586 516-2) puis en 2006 dans celui intitulé *Mister Melody* (4 CD Mercury 982 952-8). La version initiale de Serge Gainsbourg est également ajoutée au CD *Inédits. Les Archives 1958-1981* (CD Philips 548.439-2, 2001).

Reprises de *La Noyée* : Natsuo Ishido (*Gainsbourg Tribute '95*, CD Coca 15253, 1998 ; *Made in Japan*, CD New Mantra, 2002), Alain Chamfort (*Hommage à Gainsbourg*, Festival de Montreux, 11/7/2000), Carla Bruni (*Quelqu'un m'a dit*, CD Naïve 43411, 2002).

Satchmo

Titre inédit

Satchmo était le surnom de l'immense trompettiste et chanteur de jazz Louis Armstrong (1901-1971), aussi connu pour sa bouche en forme de sacoche (*satchelmouth*) lorsqu'il déployait son souffle. Cet hommage de Serge Gainsbourg, prévu pour être la face B de *La Noyée*, reste totalement inédit à ce jour ; seul le titre subsiste.

Bande originale du film Le Traître ?

Bande originale de film inédite sur disque

En juillet 1971, Serge Gainsbourg et Jane Birkin sont en Yougoslavie sur le tournage du film d'Abraham Polonsky *Le Voleur de chevaux*, avec Yul Brynner, parrain de leur fille Charlotte. Sur place, le réalisateur Milutin Kosovac leur propose de jouer dans sa production *Le Traître ?* (titre original : *19 Djevojaka I Mornar*) et commande à

Serge Gainsbourg une musique réalisée avec un orchestre symphonique, demeurant à ce jour inédite sur disque ; le DVD est paru en 2011 chez M6 vidéo..

Sonnet au bouchon du radiateur de la Rolls

Titre inédit

Avec les cinquante mille francs d'époque gagnés sur le tournage du film *Le Voleur de chevaux* en ex-Yougoslavie, Serge Gainsbourg, qui n'a pas le permis de conduire, s'offre une Rolls Royce. Le poète fasciné par l'esthétique de la voiture de luxe lui consacre un aphorisme retranscrit dans le recueil de textes *Au pays des malices* (1980) : « Ma Rolls-Royce a ceci de particulier que les deux R sur la calandre sont rouges, c'est rare. » Chaque « R » est effectivement devenu noir après le décès de chacun des deux créateurs de la marque. En 1971, il écrit un sonnet d'ouverture pour l'album *Histoire de Melody Nelson*, resté à l'état de manuscrit : *La Rolls s'enlisait en des lents travellings/ Ouais tu m'en as coûté quelques livres sterling/Là-bas sur le capot tu jettes vers les nues/Tes ailes en chantant « God Save the King »*.

Histoire de Melody Nelson

Album de Serge Gainsbourg ; 33-tours Philips 6397 020 (LP 1re édition) ; 33-tours Philips 6325 071 (LP 2nde édition originale)
Parution : 24 mars 1971
Melody, Ballade de Melody Nelson, Valse de Melody, Ah ! Melody, L'Hôtel particulier, En Melody, Cargo culte.

Œuvre d'une grande densité poétique et musicale, *Histoire de Melody Nelson* constitue l'un des sommets du parcours musical de Serge Gainsbourg. Cette symphonie pop, déconsidérée et peu vendue à sa sortie, a depuis gagné ses lettres de noblesse internationales, au point que l'album est souvent considéré comme le fleuron de l'œuvre de Serge Gainsbourg. Sa conception avec l'arrangeur et cocompositeur Jean-Claude Vannier est entourée d'une légende sur laquelle planent des zones d'ombre quant aux sources d'inspiration et à la part de chacun dans la réalisation finale. L'enregistrement étalé sur dix mois se découpe en deux parties distinctes. La première étape comporte la préparation des bases rythmiques à Londres du 21 au 23 avril 1970 avec des musiciens anglais chevronnés, dirigés par Alan Hawkshaw : Alan Parker et Vic Flick (guitares), Brian Odgers et Herbie Flowers (basse) et Dougie Wright (batterie) ; les répétitions et enregistrements effectués à Londres apportent à la structure une coloration instrumentale particulière mêlant rock, psychédélisme, blues et funk. S'ensuivent des séances parisiennes au Studio des Dames les 4, 5, 8 et 11 mai en compagnie de l'ingénieur du son Rémy Aucharles. Plusieurs titres mis au point ne verront jamais le jour comme *Es-tu Melody*, *Le Papa de Melody*, *Melo*, *Melody et les astronautes* et deux versions de *Melody lit Babar*, seul morceau achevé avec les paroles à n'être pas retenu pour l'album (une prochaine réédition de l'album nous réservera sans doute des surprises). Les autres titres sont bien avancés, mais l'auteur sèche sur les textes. Il compose entretemps la musique du film *Cannabis* (1970) et part en ex-Yougoslavie avec Jane pour le tournage du film *Le Voleur de chevaux*, suivi d'un autre, le nanar local *Le Traître ?*. Le processus de création s'interrompt pendant quatre mois. De retour à Paris, Serge Gainsbourg reprend le travail en studio entre le 10 et le 14 janvier 1971 avec Jean-Claude Vannier, l'orchestre symphonique des Jeunesses Musicales de France et le Chœur de l'Opéra-Comique.

L'album *Histoire de Melody Nelson* mixé les 1er, 2 et 4 février sort le mercredi 24 mars 1971. Qualifié très justement de *poème symphonique de l'âge pop* par un journaliste, il représente un enjeu de taille dans le parcours musical de son auteur. Le résultat décevant des ventes, culminant autour de vingt mille exemplaires, ne fait qu'approfondir la plaie ouverte de l'artiste qui ne parvient pas à atteindre le grand public avec une œuvre très personnelle. Pourtant, Serge Gainsbourg a su tisser des atmosphères épaisses et mystérieuses, chargées de poésie et de passion, portées par son timbre envoûtant. *Histoire de Melody Nelson* est un disque rare, précieux et hors du temps, l'œuvre d'un orfèvre ne laissant aucune chance à l'imperfection. Le rock a rarement connu une si belle alliance de la musique et des mots. Devenu ce que l'on nomme un disque culte constamment découvert par de nouvelles générations de par le monde, il traverse le temps avec superbe sans perdre de son mystère : dans son classement du 21 juin 2004, le site américain Pitchfork n'a pas hésité à classer *Histoire de Melody Nelson* à la vingt et unième place des cent albums les plus importants des années 1970, derrière *Bitches Brew* (Miles Davis), *Who's Next* (The Who), *Pink Moon* (Nick Drake) ou *Fun House* (The Stooges). Le 21 octobre 2006, au Barbican Centre à Londres, *Histoire de Melody Nelson* est joué dans son intégralité sous la direction de Jean-Claude Vannier, avec les participations de Jarvis Cocker, Badly Drawn Boy, Mick Harvey, Gruff Rhys (Super Furry Animals) et Brigitte Fontaine. En plus de l'orchestre symphonique et des chœurs, comme sur l'album, l'assise est assurée par un groupe rock comprenant Herbie Flowers (basse), Claude Engel et Thomas Cœuriot (guitares) et Pierre-Alain Dahan (batterie). L'opération se renouvelle à la Cité de la Musique les 22 et 23 octobre 2008 avec Jean-Claude Vannier et l'Orchestre des Concerts Lamoureux ; outre la fidèle Brigitte Fontaine, cette fois les invités se nomment Mathieu Amalric, Martina Topley Bird, Brian Molko (du groupe Placebo), Daniel Darc, Alain Chamfort, etc.

Melody

L'album *Histoire de Melody Nelson* s'ouvre sur une ligne de basse bientôt rejointe par les sonorités acides d'une guitare électrique en bas régime, illustrant l'avancée de la Rolls Royce du conducteur/narrateur : *Les ailes de la Rolls effleuraient des pylônes/Quand m'étant malgré moi égaré/Nous arrivâmes ma Rolls et moi dans une zone/Dangereuse, un endroit isolé.* Une fois le décor et l'atmosphère plantés, le morceau dépassant les sept minutes s'emballe dans un élan symphonique. Les arabesques dessinées par les violons, appuyées par la rythmique rock, accompagnent le récit bouleversé par le heurt accidentel du vélo de l'héroïne Melody. Cette séquence somptueuse et très agitée s'atténue avec la rencontre des deux protagonistes :

Serge Gainsbourg : *Tu t'appelles comment ?*
Jane Birkin : *Melody*
Serge : *Melody comment ?*
Jane : *Melody Nelson*
Serge : *Melody Nelson a les cheveux rouges, et c'est leur couleur naturelle.*

Ballade de Melody Nelson

Également paru sur 45-tours Philips 6118 014 (SP), avec *Valse de Melody*

Une ligne de basse, instrument mis en avant dans l'album, introduit la *Ballade de Melody Nelson* cosignée par Jean-Claude Vannier et chantée par Serge Gainsbourg et Jane Birkin : *Ça c'est l'histoire de... Melody Nelson/Qu'à part moi-même personne/N'a jamais pris dans ses bras/Ça vous étonne/Mais c'est comme ça.* La jeune Melody n'a que quatorze automnes et quinze étés mais de l'amour, des tonnes. Une nouvelle fois, après *Pauvre Lola* et *Élisa*, l'auteur succombe à la tentation d'évoquer son obsession pour le thème de *Lolita* de Nabokov, l'amour entre un homme d'âge mûr et une nymphette adolescente. Ce court morceau de deux minutes, à la structure légère quasi acoustique, est enveloppé dans un nuage de guitare sèche et de violons. Le narrateur se perd dans une rêverie sur fond de cordes frémissantes : *Aimable petite conne/Tu étais la condition/Sine qua non/De ma raison.*

La *Ballade de Melody Nelson* est reprise par : Rise and Fall of a Decade (CDS Virgin 35036, 1991), Jane Birkin et Alain Chamfort en concert aux Bouffes du Nord (12/12/1993), Nicolas Botni (*Chante Gainsbourg*, CD Les Tréteaux International, 1996), Fred Frith (*Great Jewish Music : Serge Gainsbourg*, CD Tzadik TZ 7116, 1997), Mick Harvey (version anglaise : *The Ballad of Melody Nelson* ; *Initials B. B.*, CD EP Mute 187, *Pink Elephants*, CD Mute 157, 1997), Alain Chamfort (festival de Montreux, 11/7/2000), Howie B (*I Love Serge – Électronicagainsbourg*, CD Mercury 548 522-2, 2001), Miossec (*Pop Session*, CD Mercury 548 553-2, 2001), Adrian Bartley (*Lucien Forever – A Tribute*, CD Pussycats 27, 2001), Placebo (version anglaise : *The Ballad of Melody Nelson ; Sleeping With Ghosts*, bonus CD Virgin, 2004 ; *Monsieur Gainsbourg Revisited*, CD Barclay 983 7410-6, 2006), Jean-Pierre Cassel (*Chante et danse Serge Gainsbourg*, Petit Journal Montparnasse, avril 2004), Initial SG (album *Initial SG revisite Serge Gainsbourg première période*, Baroque Production, 2007) et Todd Bishop Pop Art 4 (album *69 année érotique/Todd Bishop Pop Art 4 Plays the Music of Serge Gainsbourg*, Origin 82530, 2009), M et General Elektriks (« Taratata » n° 323, France 4, 11/9/2009) et The Serge Gainsbourg Expérience (CD La Lune Rousse, 2011).

Valse de Melody

Également paru sur 45-tours Philips 6118 014 (SP), avec *Ballade de Melody Nelson*.

Brève parenthèse chargée de poésie, la *Valse de Melody* trouve son origine dans le morceau publicitaire *Au long de la vie* (1970) composé pour Martini : *Le soleil est rare/Et le bonheur aussi/L'amour s'égare/Au long de la vie*. Le narrateur, attiré par l'inconnu représenté par Melody, pressent les instants de tourmente qui l'attendent. La valse à l'humeur sombre et mystérieuse est emportée dans le tournoiement des cordes ; le refrain *Les murs d'enceinte/Du labyrinthe/S'entrouvrent sur l'infini* fait peut-être allusion à la virginité de Melody.

Serge Gainsbourg reprend la *Valse de Melody* lors de sa dernière tournée de mars 1988 (*Le Zénith de Gainsbourg*, 2 LP Philips 838 162-1, 1989). Une version instrumentale inédite figure sur le coffret *Vingtième Anniversaire* (Universal, 2011)

Jane Birkin reprend la *Valse de Melody* en concert au Casino de Paris en mai 1991 (*Je suis venu te dire que je m'en vais*, 2 CD Philips 510 972-2, 1992), au Théâtre de l'Odéon (*Arabesque*, CD Liberty/Capitol 543 972-2, 2002) et lors de la tournée *Arabesque voyage* (CD Capitol 5602 962-0, 2004) ; elle l'a également interprétée avec Alain Souchon (« Taratata », France 2, 12/2/1993). Autres reprises par Initial SG (album *Initial SG revisite Serge Gainsbourg première période*, Baroque Production, 2007), et Todd Bishop Pop Art 4 (album *69 année érotique/Todd Bishop Pop Art 4 Plays the Music of Serge Gainsbourg*, Origin 82530, 2009), La Friture Moderne (CD Mr Morezon 005, 2010) et The Serge Gainsbourg Expérience (CD La Lune Rousse, 2011).

Ah ! Melody

Ballade acoustique amenée par des arpèges de guitare, *Ah ! Melody* est le récit de la rencontre charnelle entre le narrateur et Melody qui découvre l'amour physique. Son jeune âge est prétexte à des jeux érotiques qui installent le doute sur sa virginité. Un mensonge de sa part mettrait le narrateur dans tous ses états : *Oh ! Melody/ Si tu m'as menti j'en ferais/Une maladie*. Un solo de trompette couvre la deuxième partie de la chanson cosignée par Jean-Claude Vannier. En 2011, le coffret *Vingtième Anniversaire* (Universal) en propose une version instrumentale inédite.

Reprise : Jean Tourneux (album *Gainsbourg à la Brassens*, Texto 0203, 2001).

L'Hôtel particulier

Épitomé du poème symphonique pop, *L'Hôtel particulier* est la narration de la brève aventure des deux amoureux, vue au travers du prisme subjectif des sensations du narrateur, attaché aux détails d'ordre esthétique. La conduite vers l'hôtel est une expérience aussi sensuelle que l'acte physique en lui-même : *Au cinquante-six, sept, huit, peu importe/De la rue X, si vous frappez à la porte/D'abord un coup, puis trois autres, on vous laisse entrer/Seul et parfois même accompagné*. Il s'ensuit la description de la décoration du lieu privé, réservé aux habitués : *S'il est libre, dites que vous voulez le quarante-quatre/C'est la chambre qu'ils appellent ici de Cléopâtre/Dont les colonnes du lit de style rococo/Sont des nègres portant des flambeaux*. La pièce rock à la ligne serpentine dérive alors dans une poursuite symphonique décrivant le glissement vers le plaisir de l'accomplissement sexuel. Cette dernière phase est la réminiscence du motif de cordes de *Comme un boomerang* (*Anna*, 1967).

Pièce centrale du récit, *L'Hôtel particulier* (dont une version instrumentale inédite figure sur le coffret *Vingtième Anniversaire* paru en 2011) en conjugue tous les aspects poétiques et musicaux. L'écriture précieuse de Gainsbourg est servie par un arrangement millimétré où chaque effet est pensé et mesuré avec la précision du maître. La forme narrative est prétexte à l'emploi du *talk over*, un style chanté-parlé qu'il adopte régulièrement avec plus ou moins de distance envers l'auditeur. Les techniques de prise de son moderne permettent de recueillir la moindre de ses inflexions vocales, créant un lien de proximité et une vision novatrice de l'interprétation.

L'Hôtel particulier est repris par Les Rita Mitsouko (*Système D*, CD Delabel 839146, 1993 ; CDS Delabel 92595, 1994), Mick Harvey (version anglaise : *Hotel Specific* ; *Pink Elephants*, CD Mute 157, 1997), Stratus (*I Love Serge – Électronicagainsbourg*, CD Mercury 548 522-2, 2001), Michael Stipe (*L'Hôtel* ; *Monsieur Gainsbourg Revisited*, CD Barclay 983 7410-6, 2006), Benjamin Biolay, Giorgio Bassmatti (version basque ; *Gainsbourg Gainbegiratuz*, CD Gaztelupeko Hotsak, 2008), Éric Elmosnino (bande originale du film *Gainsbourg vie héroïque*, CD Polydor 532 443-2, 2010), Charlotte Gainsbourg (tournée juin 2010).

En Melody

La séquence semi-instrumentale *En Melody* sert de liaison entre la passion amoureuse vécue par les deux protagonistes et le destin tragique qui s'ensuit. Le morceau démarre sur la répétition en boucle d'une rythmique rock solide et *groovy*. Au beau milieu, Melody pique une crise de fou rire signalant la complicité de jeu avec son amant. Les cris de Jane Birkin proviennent d'un enregistrement privé réalisé dans la cuisine de l'hôtel particulier de la rue de Verneuil, provoqués par les chatouillements de Serge Gainsbourg. Le solo improvisé d'un violon désaccordé marque ce dérapage vers la folie, stoppé net par une virgule de cordes symphoniques et un riff de guitare. La musique laisse place au bruit du vent, instaurant un climat différent, servant de fond sonore à l'annonce du narrateur : *Melody voulut revoir le ciel de Sunderland/Elle prit le 707, avion cargo de nuit/Mais le pilote automatique aux commandes de l'appareil/Fit une erreur/Fatale à Melody.*

En Melody est repris par Karimie Karie (*Gainsbourg Tribute '95*, CD COCA 15253, 1998 ; *Made in Japan*, CD New Mantra 20303, 2002).

Cargo culte

En conclusion de cette *Histoire de Melody Nelson*, Serge Gainsbourg s'inspire d'un rite des Papous de Nouvelle-Guinée (Océanie) baptisé « culte du cargo » consistant à viser les *aéroplanes* à l'aide de sarbacanes, dans l'espoir que l'un d'eux s'écrase et leur livre ses trésors. Le narrateur espère de la même façon retrouver Melody, mineure détournée dont il s'est épris. Le récit sous forme de sonnet possède quelques similitudes avec le poème *Les Conquérants* de José-Maria de Heredia, extrait du recueil *Les Trophées* (1893). La fresque débutée par un accompagnement électrique sur tempo lent bascule progressivement vers l'emphase avec l'introduction d'une chorale mixte, celle du Chœur de l'Opéra-Comique de Paris. Le dialogue final laisse croire que Melody est revenue avec sa pureté originelle, ou est-ce seulement une hallucination du narrateur :

Serge : *Tu t'appelles comment ?*
Jane : *Melody.*
Serge : *Melody comment ?*
Jane : *Melody Nelson.*

Une fille à la mer

Créé par Petula Clark et Jacques Dutronc pour la télévision ; inédit

La chanson *Une fille à la mer* est écrite spécialement pour l'émission télévisée « Petula Clark Show » du 26 juin 1971, produite par Maritie et Gilbert Carpentier. Le duo inédit Petula Clark et Jacques Dutronc narre une cynique histoire de noyade sur le mode *une de perdue, dix de retrouvées*, donnant lieu à quelques répliques savoureuses :

Petula Clark, en train de se noyer : *Mais qu'est-ce que t'attends, captain/Envoie la bouée*

Jacques Dutronc : *Oh ! elle est bien trop vilaine/En plus pas douée.*

Paris d'papa

Créé par Juliette Gréco ; inédit jusqu'en 2003 : album *J'arrive (1970-1971)* (CD Mercury 980 044-2)

La chanson *Paris d'papa*, offerte en même temps que *Un peu moins que tout à l'heure*, marque les retrouvailles entre Serge Gainsbourg et Juliette Gréco qui la crée sur scène à l'occasion de son nouveau tour de chant à la Tête de l'Art, du 16 décembre 1971 au 15 janvier 1972. Elle est aussitôt enregistrée en studio le 20 décembre avec Jean-Claude Vannier, mais demeure inédite jusqu'en 2003 à la parution de l'album *J'arrive (1970-1971)*, extrait du coffret intégral *Juliette Gréco*

– *L'Éternel féminin*. Le style musical et le texte traitant du bétonnage intensif de la capitale jouent sur la même fibre nostalgique chère à la muse des poètes. Selon Gérard Jouannest, pianiste de Jacques Brel et époux de Juliette Gréco, *Paris d'papa* aurait d'abord été proposée à Zizi Jeanmaire, qui l'aurait refusée.

Un peu moins que tout à l'heure (Je t'aime pourtant)

Créé par Juliette Gréco ; inédit jusqu'en 2003 : version 1971 sur l'album *J'arrive (1970-1971)* (CD Mercury 980 044-2) ; nouvelle version sur l'album *Aimez-vous les uns les autres ou bien disparaissez* (CD Polydor 981 288-0, 2003)

À l'instar de *Paris d'papa*, le titre *Un peu moins que tout à l'heure* est confié à Juliette Gréco pour son récital à la Tête de l'Art en décembre 1971, et dûment enregistré avec un arrangement de Jean-Claude Vannier. Il n'apparaît cependant sur disque qu'en 2003 ; au même moment, l'interprète décide curieusement d'en enregistrer une nouvelle version pour l'album *Aimez-vous les uns les autres ou bien disparaissez* qu'elle publie en novembre 2003. L'argument amusant de la chanson repose sur le fameux cliché du je-t'aime-plus-qu'hier-et-moins-que-demain, ici inversé puisqu'il est question d'un amour qui ne fait que diminuer à chaque rencontre, de la première fois en chemin de fer, puis dans un canot et enfin dans un avion : *Un peu moins que tout à l'heure/ Je t'aime pourtant/L'amour à chaque quart d'heure/ Diminue d'autant*.

La Décadanse

Créé par Serge Gainsbourg et Jane Birkin ; 45-tours Fontana 6010 054 (SP), avec *Les Langues de chat* de Jane Birkin. 45-tours Fontana 6837 050 (SP promotionnel) : *La Décadanse (version courte)/ La Décadanse.* Autres pressages : 45-tours Fontana 6009 201 (SP Angleterre) ; 45-tours Fontana 6010 054 (SP Allemagne) ; 45-tours Fontana 6010 054 (SP Italie) ; 45-tours Fontana 1684 (SP États-Unis, 1971) ; 45-tours Philips FD 2004 (SP Japon).

La Décadanse est selon Serge Gainsbourg une « suite verticale » à *Je t'aime moi non plus*. En plein hiver 1971, il décide de lancer une nouvelle danse au club Saint-Hilaire à Paris puis au Midem de Cannes. Pour appuyer ce slow érotique, il enregistre avec Jane Birkin une lente mélodie jouée à l'orgue et nappée de violons sur un texte *adhoc* :

Serge : *Tourne-toi*
Jane : *Non...*
Serge : *Contre moi*
Jane : *Non, pas comme ça...*
Serge : *Et danse/La décadanse/Oui, c'est bien/Bouge tes reins/Lentement devant les miens.*

Sans aucune ambiguïté, la chanson évoque la sodomie, ce qui ne manque pas de créer un miniscandale dans la presse, installant définitivement l'image d'un Gainsbourg provocateur, qui ne réussira pas, cependant, à rééditer le succès international de *Je t'aime moi non plus*. Il tente de s'en expliquer lors de l'émission télévisée « Sujet actualités » du 7 janvier 1972 : « La *Décadanse*, ce n'est jamais qu'un slow inversé. C'est vrai que la partenaire tourne le dos au partenaire… Je ne vois pas ce qu'il y a de choquant là-dedans ! »

Reprises de *La Décadanse* : Paul Mauriat et son Grand Orchestre (*L'Aventura*, LP Philips 6332.042, 1970), Alain

Chamfort et Mylène Jampanoï (*Intégrale 1966-2007*, 2007), Estanis et Saioa (version basque ; *Gainsbourg Gainbegiratuz*, CD Gaztelupeko Hotsak, janvier 2008) Laetitia Casta et Nosfell (« Taratata » *spécial Gainsbourg*, France 4, février 2011).

Les Langues de chat

Créé par Jane Birkin ; 45-tours Fontana 6010 054 (SP), avec *La Décadanse* de Serge Gainsbourg et Jane Birkin

Variation amoureuse à partir de noms donnés à des pâtisseries, *Les Langues de chat* est un exercice de style comme Gainsbourg les affectionne et sait les concevoir pour sa compagne. Sur une musique jazzy swinguante cosignée par Jean-Claude Vannier, il dresse un inventaire des délices sucrés et salés : *Je cherche un p'tit papa gâ-/Teau qui m'ferait des langues de chat/ Afin qu'mes nuits s'éclairent au chocolat*. Au troisième couplet, la gourmandise vire à la castagne, mais l'interprète ne désespère pas de trouver son *puits d'amour*. La chanson est incluse dans le menu de la réédition 2001 de l'album *Di doo dah* de Jane Birkin.

Les Langues de chat est lu par Sabeline Campo dans l'anthologie *Portraits* (CD Frémeaux & Associés, 2000).

Bathing Beauty and Sympathy

Inédit

Composé spécialement (et peut-être non utilisé) pour une émission télévisée non identifiée produite par Maritie et Gilbert Carpentier à la fin 1971, *Bathing Beauty and Sympathy* demeure à ce jour inédit. Son titre s'inspire du film musical américain *Bathing Beauty* (*Le Bal des sirènes*, 1944) de George Sidney, avec Red Skelton et Esther Williams, actrice et championne de natation.

Le texte de *Bathing Beauty and Sympathy* est reproduit dans *L'Intégrale et cætera* (Yves-Ferdinand Bouvier, Bartillat, 2005).

1972

Zizi, Jane, France
et les autres...

Une année pour les autres : Gainsbourg compose pour Régine, Zizi Jeanmaire, France Gall ou Jane, mais aussi pour son compagnon de virées nocturnes Jacques Dutronc.

Mallo-Mallory

Créé par Régine ; 33-tours Pathé Marconi 2C064-11895 (LP *Régine*)

Pour cette nouvelle chanson destinée à sa copine Régine, Serge Gainsbourg laisse de côté la grivoiserie pour un registre plus sombre. *Mallo-Mallory* raconte les mésaventures d'une fille violée qui passe d'un garçon à un autre et se marie à un boucher qui finit par la poignarder après avoir été trompé la nuit de ses noces. Gainsbourg emploie la veine réaliste de la chanteuse sur un air jazz tiré par un trombone et un xylophone, symbolisant le double aspect tragique et comique de répétition de l'argument. Pour l'anecdote, Mallory est le second prénom de Jane Birkin. Régine reprend ce titre lors de son récital aux Bouffes du Nord (*La Boule au plafond*, CD à édition limitée, 1996).

Reprise de Simone Tassimot (*Chansons*, CD Believe, 2000), Huguette Maillard (*Portraits*, 2 CD Frémeaux & Associés FA 8020, 2000) et Initial SG (album *Initial SG revisite Serge Gainsbourg première période*, Baroque Production, 2007).

Laisses-en un peu pour les autres

Créé par Régine ; 33-tours Pathé Marconi 2C064-11895 (LP *Régine*)

La chanson, enregistrée aux studios Pathé de Boulogne-Billancourt avec Jean-Claude Vannier, paraît sur l'album que publie Régine en 1972. L'air chanté sur un duo piano-violon très début de (XXe) siècle raconte l'histoire d'une femme répondant aux avances de nombreux prétendants et obsédée par une chanson écoutée en dansant. On y entend Serge Gainsbourg faire les réflexions à voix basse et dans les chœurs à la fin.

Zizi t'as pas d'sosie

Créé par Zizi Jeanmaire ; 33-tours CBS 64865 (LP *Casino de Paris – Zizi je t'aime !*) avec *À poil ou à plumes, Le Rent' dedans, Tout le monde est musicien, Les Millionnaires, Les Bleus, King Kong* et *Finale*

Zizi tu n'as pas ton sosie est un air de deux strophes chanté par les chœurs afin d'accueillir Zizi Jeanmaire sur scène. La chanteuse et danseuse inaugure cette ode lors de sa nouvelle revue au Casino de Paris le 14 février 1972, avec les dernières créations *À poil ou à plumes*, *Tout le monde est musicien*, *Le Rent' dedans*, *Les Millionnaires*, *Les Bleus (sont les plus beaux bijoux)*, *King Kong* et *Finale (Dessous mon pull)*. La chanson, retitrée *Zizi t'as pas d'sosie,* ouvre l'album *Zizi je t'aime !* (CBS 64865, 1972) provenant du spectacle chorégraphié par son mari Roland Petit, arrangé par Michel Colombier et orchestré par Roger Guérin. La créatrice reprend le titre (de nouveau modifié en *Zizi t'as pas ton sosie*) dans le spectacle consacré à Serge Gainsbourg au Zénith de Paris en 1995 (*Zizi au Zénith*, WMD 334-992-500).

En 1974, la chanteuse Lisette Malidor reprend le rôle de la revue *Zizi je t'aime !* mise en scène par Roland Petit. La chanson de Serge Gainsbourg est cette fois rebaptisée *Lily t'as pas d'sosie.*

À poil ou à plumes

Créé par Zizi Jeanmaire ; 33-tours CBS 64865 (LP *Casino de Paris – Zizi je t'aime !*) avec *Zizi t'as pas d'sosie, Le Rent' dedans, Tout le monde est musicien, Les Millionnaires, Les Bleus, King Kong* et *Finale*

Créée pour la revue de Roland Petit *Zizi je t'aime !*, la chanson *À poil ou à plumes* est un clin d'œil au fameux *Mon truc en plumes* (1957) de Bernard Dimey et Jean Constantin, clou du spectacle de Zizi Jeanmaire. Serge Gainsbourg fait cette fois référence aux poils des manteaux de fourrure (et en passant, à l'expression « à poil ! ») et aux plumes recouvrant la vedette du show. Pratiquant la technique du rejet bisyllabique, il sort un joli bouquet de rimes : *Du champ'/Du brut/Des vamps/ Des putes*... Le refrain suit ainsi : *À poil/Ou à plumes/La femme sera toujours/Sans voile/Sans costume/Faite pour l'amour*. On retrouve le titre dans les albums *Casino de Paris – Zizi je t'aime !* (1972) et *Zizi au Zénith* (1995). L'inimitable Zizi Jeanmaire l'a également chantée lors de l'émission télévisée de Jean-Christophe Averty « Plumes et diamants » du 4 juin 1982.

Le Rent' dedans

Créé par Zizi Jeanmaire ; 33-tours CBS 64865 (LP *Casino de Paris – Zizi je t'aime !*) avec *Zizi t'as pas d'sosie, À poil ou à plumes, Tout le monde est musicien, Les Millionnaires, Les Bleus, King Kong* et *Finale*

Pour son nouveau spectacle au Casino de Paris début 1972, Zizi Jeanmaire bénéficie de six chansons créées spécialement par Serge Gainsbourg, signe de son attachement à la meneuse de revue. Dans *Fais-moi du rentr' dedans* (créée sous le titre *Le Rent' dedans*), elle ordonne qu'on lui fasse du bien sans ménagement. Sur les dix chansons de l'album *Casino de Paris – Zizi je t'aime !* (1972), neuf sont signées Serge Gainsbourg, la dernière étant *Just a Gigolo*.

Tout le monde est musicien

Créé par Zizi Jeanmaire ; 33-tours CBS 64865 (LP *Casino de Paris – Zizi je t'aime !*) avec *Zizi t'as pas d'sosie, À poil ou à plumes, Le Rent' dedans, Les Millionnaires, Les Bleus, King Kong* et *Finale*

Dans *Tout le monde est musicien*, Serge Gainsbourg retrouve l'accent des faubourgs et des expressions argotiques de ses débuts. La romance accompagnée à l'accordéon regorge de jeux de mots collant à la gouaille d'une Zizi Jeanmaire capable de tout interpréter et de s'adapter à l'échelle des sentiments de ses auteurs. La morale de la chanson dit qu'il n'est pas forcément besoin de pratiquer un instrument pour faire entendre sa musique, ce que Zizi Jeanmaire prouve sur les albums en public *Casino de Paris – Zizi je t'aime* (1972), *Zizi au Zénith* (1995) et *Zizi* à l'amphithéâtre de l'Opéra-Bastille (2 CD Yvon Chataigner 130-922, 2001) ainsi que dans la version studio de l'album *Zizi – Studio 2000* (CD Yvon Chataigner 141-972, 2000).

Les Millionnaires

Créé par Zizi Jeanmaire ; 33-tours CBS 64865 (LP *Casino de Paris – Zizi je t'aime !*) avec *Zizi t'as pas d'sosie, À poil ou à plumes, Le Rent' dedans, Tout le monde est musicien, Les Bleus, King Kong* et *Finale*

Lors du spectacle de Zizi Jeanmaire au Casino de Paris, la chanson *Les Millionnaires* fait l'objet d'une mise en scène dans laquelle elle apostrophe ses choristes qui entonnent le refrain tandis qu'elle s'en va chercher dans le public un généreux donateur. Avec ses expressions familières et sa veine populaire, le texte écrit par Gainsbourg se prête bien à ce qui paraît être une improvisation dans l'album en public *Casino de Paris – Zizi je t'aime* (1972).

Les Bleus (ou *Les bleus sont les plus beaux bijoux*)

Créé par Zizi Jeanmaire ; 33-tours CBS 64865 (LP *Casino de Paris – Zizi je t'aime !*) avec *Zizi t'as pas d'sosie*, *À poil ou à plumes*, *Le Rent' dedans*, *Tout le monde est musicien*, *Les Millionnaires*, *King Kong* et *Finale*

Issue de la même veine réaliste que *Le Rent' dedans* ou *Les Millionnaires* avec son accordéon pour seul accompagnement, la chanson *Les Bleus* ou *Les bleus sont les plus beaux bijoux* (le manuscrit autorise les deux titres) traite d'un sujet bien plus grave, celui des violences conjugales. Le texte écrit du point de vue de la victime accorde de la place à la nuance et à la provocation, osant une comparaison entre les coups reçus comme autant de violents présents d'amour : *J'ai des émeraudes autour du cou/Des améthystes un peut partout/Si t'étais pas aussi jaloux/J'irais au bal, quel succès fou*. Le thème douloureux n'arrête pas Zizi Jeanmaire qui l'interprète en public ou à la télévision dans « Casino de Paris – Zizi je t'aime ! » (1972), « Top à Zizi Jeanmaire » (émissions du 10 décembre 1974 et du 3 juin 1978), « Plumes et diamants » (émission du 4/6/1982), aux Bouffes du Nord (1995), *Zizi au Zénith* (1995) et *Zizi* à l'amphithéâtre de l'Opéra-Bastille (2000).

Reprise de *Les Bleus* par Régine (*Gainsbourg fait chanter Régine*, CD Mercury, 2006 ; *Vivement Dimanche*, France 2,

5/3/2006), Initial SG (album *Initial SG revisite Serge Gainsbourg première période*, Baroque Production, 2007), Simone Tassimot (*Gainsblues*, CD Le Mot et La Note LMEN01, 2009) et Luc Lazza (album *Luc Lazza revisite Gainsbourg*, LJDM 2010). Également récité sans musique par Guy Godefroy sur le double CD *Portraits* (Frémeaux & Associés, 2000).

King Kong

Créé par Zizi Jeanmaire ; 33-tours CBS 64865 (LP *Casino de Paris – Zizi je t'aime !*) avec *Zizi t'as pas d'sosie*, *À poil ou à plumes*, *Le Rent' dedans*, *Tout le monde est musicien*, *Les Millionnaires*, *Les Bleus* et *Finale*

L'imagination débordante de Serge Gainsbourg lui suggère ce *King Kong* qui dresse un parallèle entre les types au physique impressionnant et le gorille géant, héros de cinéma et de bande dessinée. Imaginant la frêle Zizi Jeanmaire dans les bras de l'une de ces forces de la nature, il lui rappelle que la démonstration de force n'est pas tout, et n'hésite pas lors du refrain à dire de King Kong qu'il est le *king des kongs*. Le titre original de 1972 (*Casino de Paris – Zizi je t'aime !*) est remis au goût du jour à la sauce funky en 1995 (*Zizi au Zénith*). *King Kong* est également chanté lors des émissions « Top à Zizi Jeanmaire » (10 décembre 1974) et « Plumes et diamants » (4 juin 1982).

Reprise : Guy Godefroy (*Portraits*, 2 CD Frémeaux & Associés FA 8020, 2000).

Finale (ou *Dessous mon pull*)

Créé par Zizi Jeanmaire ; 33-tours CBS 64865 (LP *Casino de Paris – Zizi je t'aime !*) avec *Zizi t'as pas d'sosie, À poil ou à plumes, Le Rent' dedans, Tout le monde est musicien, Les Millionnaires, Les Bleus* et *King Kong*

Déclarée à la SACEM sous le titre *À tous mes chéris* puis une seconde fois avec l'intitulé *Dessous mon pull*, elle apparaît sous le nom de *Finale* sur le disque en public *Casino de Paris – Zizi je t'aime !* de 1972. La chanson à portée coquine est peut-être une réminiscence du fameux *Jolie môme* de Léo Ferré, chanté entre autres par Juliette Gréco : *T'es toute nue/Sous ton pull/Y a la rue/Qu'est maboule*. Le texte de Gainsbourg rend hommage à tous les amants d'une poule qui leur glisse : *Y a toujours foule/Dessous mon pull/Les jolies poules/Courent pas les rues*. La chorale de la revue qui poursuit le refrain approuve à pleine voix et à pleines mains.

Pour un homme

Créé par Serge Gainsbourg et Jane Birkin ; 45-tours Publicis PPN 4507-380 (SP monoface) ; repris sur la compilation *Inédits. Les Archives 1958-1981* (CD Philips 548 439-2, 2001)

La chanson publicitaire destinée au parfum *Pour un homme* de Caron a fait l'objet d'un 45-tours hors-commerce dans lequel Gainsbourg, *pas très beau garçon*, vante son pouvoir de séduction :

Serge : *C'est que*

Jane : *Pour un homme*

Serge : *Il y a des façons/Subtiles/D'mettre une femme à la raison*

Ce qui fait mon charme et c'est là mon ar-/Me secrète

Jane : *Pour un homme*
Serge : *De Caron*

Elle est si

Créé par Jacques Dutronc ; 45-tours Vogue 45 V 4086 (SP)

Pour sa première chanson offerte à Jacques Dutronc, devenu son ami et son compagnon de virées nocturnes, Serge Gainsbourg n'a aucun mal à s'identifier au personnage, et lui faire chanter un de ses textes les plus parfaitement misogynes. Dans *Elle est si*, il détaille les multiples défauts d'une femme qui enragent son partenaire, et corse l'exercice par une série de rimes en *ou* puis en *ous* : *Elle est si chatte que je lui dis mou/Elle est si grosse que je lui dis vous/Elle est si laide que je lui dis bouh !/Elle est si lady que je lui dis you*. Connaissant le goût de Dutronc pour le rock, il lui fourgue un titre électrique bien balancé. Lors de sa série de concerts au Palace fin 1979, Gainsbourg récite le texte en précisant qu'il l'avait écrit sous l'emprise de l'alcool : étonnant, non ? (*Enregistrement public au Théâtre Le Palace*, 2 LP Philips 6681 013).

Pour des haricots

Créé par Jane Birkin et Sylvie Vartan pour la télévision ; inédit

Chanson inédite sur disque, *Pour des haricots* est interprétée par Sylvie Vartan et Jane Birkin dans l'émission de variété « Top à Sylvie » diffusée le 6 mai 1972. Elles sont toutes deux habillées en militaires lors cette séquence humoristique. La musique est celle du thème *Close Combat* composé la même année pour le film *Trop jolies pour être honnêtes*.

Les Filles n'ont aucun dégoût

Créé par Serge Gainsbourg, Jane Birkin et Sylvie Vartan pour la télévision, inédit jusqu'en 2004 ; *Les Années RCA 1961-1983* (CD RCA/BMG 661 399-2) de Sylvie Vartan

Autre chanson écrite spécialement pour le « Top à Sylvie » du 6 mai 1972 produit par le couple légendaire Maritie et Gilbert Carpentier, *Les Filles n'ont aucun dégoût* met en scène le trio Jane Birkin, Sylvie Vartan et Serge Gainsbourg. Il faut une sacrée dose d'autodérision pour s'infliger : *Ah ! c'qu'il est moche/Avec son pif et ses poches/Sous ses yeux blasés*. Plus loin, Gainsbourg plante cette belle vacherie : *Oui, mais les filles n'ont aucun dégoût/Pour l'amour, celui des sous/Elles se vautrent dans la boue*. La mélodie légère arrangée par Jean-Claude Vannier est publiée sur la compilation de Sylvie Vartan *Les Années RCA 1961-1983* (CD RCA/BMG 661 399-2) parue en 2004.

Reprise de *Les Filles n'ont aucun dégoût* par Jane Birkin, Catherine Jacob, Caroline Cellier et Benoît Pétré (bande originale du film *Thelma, Louise et Chantal*, CD Columbia, 2010).

Frankenstein

Créé par France Gall ; 45-tours Pathé EMI 2C 006-12207 M (SP) avec *Les Petits Ballons*

Sur une musique parodiant celles des films d'horreur, France Gall chante le portrait du savant fou sorti de l'imagination de Mary Shelley. Féru de littérature étrange et bizarre, Serge Gainsbourg respecte le récit en attribuant le nom de Frankenstein à l'auteur de la créature monstrueuse et non à celle-ci. Avec ce texte très vivant mais nullement fait pour les radios, il offre à France

Gall un contre-emploi total. Le 45-tours sorti le 23 mai 1972 fait un bide ; il est devenu depuis une pièce recherchée par les collectionneurs. Jacques Dutronc lui-même joue le rôle de Frankenstein lors du « Top à Dutronc » du 2 mars 1974.

Reprises : Christiane Canavese (*Ces petits riens*, CD Au Merle Moqueur AMCD 999, 1999) et Simone Tassimot (*Gainsblues*, CD Le Mot et La Note LMEN01, 2009).

Les Petits Ballons

Créé par France Gall ; 45-tours Pathé EMI 2C 006-12207 M (SP) avec *Frankenstein*

La chanson qui avait pour titre de travail *Les Petits Tétons* est basée sur un accord de blues joué à la guitare *slide*. Poussant le vice à l'extrême, Gainsbourg propose à France Gall de chanter une ode à la gloire des poupées gonflables (*On me gonfle avec la bouche/À la taille que l'on veut*) déguisée en ballade sensuelle sur ses petits seins qu'elle considère comme son point sensible : *Je n'frémis que si l'on touche/À mes petits ballons*. Cette face B de *Frankenstein* n'a pas plus de succès. La rencontre de Michel Berger offrira de nouvelles perspectives à France Gall qui ne peut obtenir de chanson sentimentale de la part de Gainsbourg.

L'Enfant assassin des mouches

Album de Jean-Claude Vannier ; 33-tours Suzelle JR 9414 (LP)

Dopé par la réalisation d'*Histoire de Melody Nelson*, l'arrangeur et éminence grise Jean-Claude Vannier retourne au Studio des Dames pour travailler les maquettes de son premier album. Un recueil quasi instrumental, agrémenté de chœurs, dans lequel fusionne un ensemble hétéroclite de rock progressif, groove funk, cordes classiques, bouts de musique concrète, électro-acoustique et bruitages. En avril 1972, il se rend rue de Verneuil pour faire écouter les maquettes à Gainsbourg. Ce dernier, fasciné par ce qu'il entend, écrit dans la nuit un texte fantasmagorique où il est question d'un enfant tueur de mouches qui finit collé sur un papier *tue-enfant*. Le conte retranscrit sur la pochette apporte une ligne directrice et des titres aux morceaux. L'œuvre dense, publiée en catimini, disparaît dans les limbes à cause de la faillite du label Suzelle. L'album, redécouvert lors de sa réédition en CD en 2003 (CD Night & Day JNCD 048 puis LP et CD Finders Keepers FKR 001 en 2005), est porté aux nues par la critique internationale. *L'Enfant assassin des mouches* est joué intégralement en public avec *Histoire de Melody Nelson*, dirigé par Jean-Claude Vannier, au Barbican Centre de Londres le 21 octobre 2006 puis à la Cité de la Musique les 22 et 23 octobre 2008 avec l'Orchestre des Concerts Lamoureux.

Sex-shop *(bande originale du film* Sex-shop*)*

Créé par Serge Gainsbourg pour le film *Sex-shop* ; 45-tours Fontana 6010 071 (SP) avec *Quand le sexe te chope* ; 45-tours Fontana 6010 073 (SP) avec *La Décadanse*. Réédition : 45-tours Hortensia S603 (SP, 1991) avec *Break Down* (bande originale du film *Si j'étais un espion*) ; réédité en 2001 dans le coffret *Le Cinéma de Serge Gainsbourg* (3 CD Emarcy 586 818-2).

Le film *Sex-shop* de et avec Claude Berri, sorti sur les écrans le 25 octobre 1972, raconte l'histoire d'un libraire en faillite reconverti dans le commerce pornographique. Avec une distribution comprenant Jean-Pierre Marielle, Juliet Berto, Jacques Martin, Claude Piéplu (et dans un petit rôle, l'auteur, compositeur et chanteur Pierre Louki), le réalisateur surfe sur la vague des films interdits aux moins de dix-huit ans et classés X. Se sentant des affinités avec Serge Gainsbourg, Berri lui demande d'écrire une chanson et quelques thèmes d'illustration. Ce dernier en tire avec Jean-Claude Vannier un morceau tendre et cru sur la jalousie. Si les paroles n'y vont pas de main morte (*Dis, petite salope, raconte-moi/Comment c'était entre ses bras/Était-ce mieux qu'avec moi*), la chanson est sublimée par une mélodie à fendre les cœurs et une interprétation ne masquant pas le chagrin de l'homme trompé. La chanson plusieurs fois rééditée en vinyle se retrouve en 2001 sur le coffret *Le Cinéma de Serge Gainsbourg* puis sur le CD de la bande originale paru en 2009 dans la collection « Écoutez le cinéma », avec sa version instrumentale *Sex-shop (Générique début)*.

En face B du 45-tours original figure l'instrumental *Quand le sexe te chope*, dont le thème resservira de base musicale aux chansons *Soixante-treize* de Jane Birkin (1974) et *Oh Daddy oh* de Charlotte Gainsbourg (1986), ainsi qu'à la publicité *Babyliss* (1985) et au film *Tenue de soirée* (1986). Chez Gainsbourg, rien ne se perd…

Générique et Sex radio suite (bande originale du film **Sex-shop***)*

Instrumentaux composés pour le film *Sex-shop*, inédit sur disque jusqu'en 2001 ; coffret *Le Cinéma de Serge Gainsbourg* (3 CD Emarcy 586 818-2)

Ces deux morceaux instrumentaux extraits du long-métrage *Sex-shop* de Claude Berri sont exhumés pour la compilation de bandes originales de films *Le Cinéma de Serge Gainsbourg* en 2001. La mélodie du premier thème *Générique* est noyée parmi les violons tandis que le second se révèle beaucoup plus plaisant avec ses sonorités de synthétiseur et en attraction principale le rappel du joyeux *Quand le sexe te chope*. Dans l'édition CD parue en 2009, le *Générique* est titré *Fontaine des Innocents (Générique inédit)*.

Club Love (bande originale du film **Sex-shop***)*

Instrumental composé pour le film *Sex-shop*, inédit sur disque jusqu'en 2009 ; CD *Sex-shop/Je vous aime* (CD Emarcy 531 876-5)

En 2009, la parution sur CD de la bande originale de *Sex-shop* dans la collection « Écoutez le cinéma », avec celle de *Je vous aime*, offre le thème inédit *Club Love*. Le thème divisé en deux parties commence en jerk et finit en slow, de la verticale à l'horizontale.

*Jalousie, bande originale du film (***Sex-shop***)*

Créée par Serge Gainsbourg ; inédit jusqu'en 2011.

Ce thème revient de loin, exhumé en 2011, il agrémente le CD Chanson de film du coffret *Vingtième Anniversaire*.

Moogy-woogy et Close Combat (bande originale du film **Trop jolies pour être honnêtes***)*

Instrumentaux composés pour le film *Trop jolies pour être honnêtes* ; 45-tours Philips 6009 286 (SP) ; coffret *Le Cinéma de Serge Gainsbourg* (3 CD Emarcy 586 818-2)

La comédie *Trop jolies pour être honnêtes* de Richard Balducci réunit Bernadette Lafont, Élisabeth Wiener et Daniel Ceccaldi. Jane Birkin, dont le côté loufoque commence à être régulièrement utilisé pour ce genre de nanars, tient l'un des rôles principaux tandis que Serge Gainsbourg fait une apparition. Il compose également le générique comique bardé d'effets au synthétiseur. La musique de *Close Combat* est recyclée pour le duo inédit *Pour des haricots* (ou *Les Haricots*) de Jane Birkin et Sylvie Vartan.

Qu'il est rigolo mon gigolo

Créé par Serge Gainsbourg et Régine pour la télévision ; inédit

Cette pochade télévisuelle est interprétée en duo par Serge Gainsbourg et Régine dans le « Top à Régine » que produisent Maritie et Gilbert Carpentier. La séquence diffusée le 11 novembre 1972 est restée inédite sur disque. Lors de la même émission, les deux protagonistes font un trio avec Marie Laforêt sur *Il s'appelle reviens*.

Les Anthropophages

Créé par Serge Gainsbourg, Dalida, Petula Clark et Claude François pour la télévision ; inédit

Alors qu'il compose pour lui-même l'album *Vu de l'extérieur* et pour Jane Birkin *Di doo dah*, Serge Gainsbourg semble se détendre sur les plateaux de télévision où il est régulièrement invité avec ou sans sa compagne, en particulier dans les shows de Maritie et Gilbert Carpentier. Le « Top à Petula Clark » du 25 novembre 1972 est prétexte à la formation d'un quatuor inédit réunissant Serge Gainsbourg, Petula Clark, Dalida et Claude François. Tous entonnent *Les Anthropophages* sur la musique du titre *Les Incorruptibles* créé par Petula Clark en 1965. Le texte est complètement revu en cuisine pour illustrer ce sketch de quatre naufragés perdus sur une île autour d'une marmite. Dans le dernier couplet, Gainsbourg règle ses comptes avec le show-biz : *Le show business, y a pas pire/C'est qu'des caresses, des soupirs/Mais tourne tes fesses, on va rire/Si tu tiens à ta peau, tu peux te mettre à courir*. Ce à quoi Dalida, Petula Clark et Claude François répondent : *Les anthropophages se font des p'tits ragouts* avant la conclusion :

Serge : *J'en prendrai juste un doigt*

Claude François : *Moi juste pour le goût.*

Flash-back

Créé par Petula Clark ; 33-tours Vogue LDM 30140 (LP *Comme une prière*) ; *Anthology Volume 9 : 1972-1976* (Anthology's/FGL Productions 3073622, 2002)

La chanson *Flash-back* composée d'une mélodie nostalgique jouée au piano, arrangée par Michel Colombier, est sortie discrètement sur le 33-tours français *Comme une prière* en 1972. L'album étant inédit en CD, le titre n'apparaît dans ce format qu'en 2002 au programme d'une compilation.

Une chanson de cour

Créé par Jane Birkin et Jean-Pierre Cassel pour la télévision ; inédit

Une chanson de cour est un pastiche du générique français du film *Love Story* d'Arthur Hiller, énorme succès de l'époque. Sur la mélodie composée par Francis Lai, Serge Gainsbourg détourne le texte de l'adaptation française *Une histoire d'amour* écrit par Catherine Desage et interprété par Mireille Mathieu. C'est l'occasion d'un duo formé par Jane Birkin et Jean-Pierre Cassel lors d'un « Top à Cassel » diffusé le 31 décembre 1972.

Que je t'aime

Créé par Jane Birkin et Jean-Pierre Cassel pour la télévision ; inédit

Serge Gainsbourg s'est plusieurs fois dérobé alors qu'on l'encourageait à écrire une chanson pour Johnny Hallyday. Pour l'émission « Top à Cassel » de la Saint-Sylvestre 1972, il crée un pastiche du fameux tube *Que je t'aime* (1969), cette fois chanté en duo par Jane Birkin et Jean-Pierre Cassel. Le texte se moque de la déclaration d'amour criée sur tous les tons.

Je t'aime aussi

Créé par Jane Birkin et Paul Meurisse pour la télévision ; inédit

Pour son troisième pastiche de la soirée « Top à Cassel » du 31 décembre 1972, Serge Gainsbourg fait preuve d'autodérision en détournant son succès *Je t'aime moi non plus* par *Je t'aime aussi*. Le duo interprété par Jane Birkin et l'acteur Paul Meurisse fait quelques allusions au texte original : *Je me sens vague, irrésolue/Tout à l'heure j'allais j'allais/Et je revenais…*

1973

Vu de l'extérieur

Victime d'une attaque cardiaque, Gainsbourg écrit pour Jane l'album *Di doo dah*, puis enregistre *Vu de l'extérieur*, album contenant le classique *Je suis venu te dire que je m'en vais* qui sonne comme un adieu… prématuré.

Mon amour baiser

Créé par Jane Birkin ; 45-tours Fontana 6010 084 (SP) avec *Di doo dah* ; 45-tours Fontana 6837 125 (SP) avec *C'est la vie qui veut ça*

La chanson *Mon amour baiser* figure en face A du premier 45-tours solo de Jane Birkin ; elle avait été préférée à *Di doo dah.* Serge Gainsbourg s'en donne à cœur joie pour manier le verbe dans ses deux sens, littéral et familier. Par la voix de Jane Birkin, il recense les multiples façons d'offrir sa bouche. Un titre tendre et chaleureux, discrètement bercé par un solo de guitare *slide* et quelques violons.

La chanson sera réenregistrée par Jane en duo avec Étienne Daho le 18 décembre 2000 pour l'album de versions *Pop Sessions* (CD Mercury 548 553-2, 2001). Cette version figure également dans le coffret *Dans la peau de Daho* paru en 2002 (3 CD Virgin 813 163-2).

Di doo dah

Créé par Jane Birkin ; 45-tours Fontana 6010 084 (SP) avec *Mon amour baiser*

Si le 45-tours précédant la sortie du premier album solo de Jane Birkin mettait en valeur *Mon amour baiser*, c'est la chanson *Di doo dah* sur l'autre face qui s'est imposée au fil du temps et a été reprise régulièrement. La poitrine peu développée de la chanteuse avait souvent été moquée par des humoristes et critiques cinéma inélégants, la comparant à un garçon manqué. Son compagnon, qui a récemment écrit *Les Petits Ballons* pour France Gall, exorcise ce complexe pour en faire un (at)trait essentiel de sa personnalité, dans un morceau acoustique mené par l'onomatopée du titre. Décomplexée, Jane Birkin a fait de *Di doo dah* un titre récurrent de son répertoire.

Di doo dah est repris dans les albums *Jane Birkin au Bataclan* (2 LP Philips 8340 376-1, 1987), *Intégral Casino de Paris* (2 CD Philips 510 972-2, 1992), *Concert intégral à l'Olympia* (2 CD Philips 534 463-2, 1997) et *En concert au Japon* (2 CD Mercury UICM 9001-2, 2000). Jane Birkin et Charlotte Gainsbourg l'ont chanté en duo en 1994 lors du concert des Enfoirés au profit des Restos du Cœur (*Les Enfoirés au Grand Rex*, CD WEA 4509 98296-2) ; Jane l'a également repris avec Zazie (« Taratata » n° 133, France 2, 16/9/1996).

Reprises de *Di doo dah* : Baby Birkin (*Classée X*, CD Dishy 33, 1998), Anouk Plany (*Chante Serge Gainsbourg*, CD Bos, 2003), Elsa (émission « Gainsbourg pour toujours », France 2, 15/4/2006).

Di doo dah

Album de Jane Birkin ; 33-tours Fontana 6325 305 (LP) de Jane Birkin
Parution : février 1973

Di doo dah, Help camionneur !, Encore lui, Puisque je te le dis, Les Capotes anglaises, Leur plaisir sans moi, Mon amour baiser, Banana Boat, Kawasaki, La cible qui bouge, La Baigneuse de Brighton, C'est la vie qui veut ça.

Di doo dah consacre Jane Birkin en muse et fidèle interprète des mots du maître. Le disque est une collection de petits scénarios arrangés par Jean-Claude Vannier, qui exposent les sentiments et fantasmes de son auteur, mais l'album marque également les débuts de Jane Birkin en solo et sur longue distance. Son mentor et compagnon est bien entendu aux manettes, de l'écriture jusqu'à la finition du disque. Sur les douze compositions élaborées durant l'automne 1972, quatre sont cosignées avec Jean-Claude Vannier qui s'occupe des arrangements et de la direction d'orchestre. Comme il est de coutume depuis *Histoire de Melody Nelson* (1971), les parties instrumentales sont réalisées en Angleterre, au studio Phonogram à Londres, puis les voix posées au studio des Dames à Paris, sous l'oreille vigilante du maître. Le couple passionné de *Slogan* s'est installé rue de Verneuil, son bonheur est complet et cela s'entend. L'album, composé en majorité de ballades, genre préféré de l'interprète, possède une couleur instrumentale soft rock, mise en avant de manière chaleureuse par l'emploi de guitares acoustiques ou *slide* dans un style *laid-back*, avec une patine orchestrale. Gainsbourg lui confectionne des textes sur mesure, comme autant de petits scénarios (*Encore lui*, *La Baigneuse de Brighton*), adresse des messages personnels (*Di doo dah*, *Mon amour baiser*) ou projette littéralement ses fantasmes (*Help camionneur !*, *Les Capotes anglaises*, *Banana Boat*, *La cible qui bouge*). Et lui offre, comme à Anna Karina et Brigitte Bardot, son hymne motard (*Kawasaki*). Surtout, il veille à l'interprétation de la gamme des sentiments très nuancée qu'expriment ses textes, superbement mis en valeur par sa muse.

Help camionneur !

La musique de la chanson *Help camionneur !* est familière. Elle réutilise en effet un thème de la bande originale *Les Cœurs verts* (la *Scène de bal 2*), déjà repris pour la ligne mélodique du titre *Le canari est sur le balcon* (1969). Sa tonalité gentiment pop rock ne saurait cacher un texte dédié au fantasme de l'auto-stoppeuse prise en charge par un conducteur de poids lourd : *Help ! Help ! Arrête-toi, mon beau poids lourd/Prends-moi, emmène-moi sur ton gros cul/Porte-moi aux nues*. La rime finale laisse pantois : *Prends-moi, prends-moi sur ton camion-citerne/La vie est si terne*. L'argument semble tenir la route pour Serge Gainsbourg qui en fera le sujet sous-jacent de son long-métrage *Je t'aime moi non plus* en 1976.

Encore lui

Dans le titre *Encore lui*, il est question de la filature d'un homme mystérieux lancé sur les pas de l'interprète. Depuis la station de métro Chapelle et à chaque détour de rue, il est là et suit la narratrice jusque chez elle. Le suspense est entretenu par la citation de noms de rues parisiennes faisant toutes référence au sacré, de la rue de l'Évangile à celle de Paradis, en passant par les Filles-du-Calvaire, Notre-Dame-de-Lorette et la rue des Abbesses. Le circuit est compris dans un large périmètre, donnant plus d'importance à la signification symbolique des noms qu'à la logique d'un tel trajet. Il faut attendre le dernier vers à la fin du morceau pour avoir la clé de ce récit.

Reprise : Sabeline Campo (*Portraits*, 2 CD Frémeaux & Associés, 2000).

Puisque je te le dis

Conçu comme un petit scénario cinématographique, *Puisque je te le dis* met en scène Jane Birkin aux prises avec un personnage insistant, pour ne pas dire assez lourd, négociant la fin de soirée avec la jeune femme. Avec son accent caractéristique, celle-ci assure et rassure son interlocuteur même si le projet ne l'enchante guère (*Quand on sera seuls tous les deux*, citation du classique *Mon Légionnaire*). À la fin, elle finit par céder : *Je t'aime, mais oui/Mais oui, je t'aime/Puisque tu me le dis.*

> Deux autres versions de *Puisque je te le dis* seront créées à la télévision : un duo Zizi Jeanmaire et Michaël Denard lors de l'émission consacrée au fameux danseur « Numéro 1 Michaël Denard » du 5 avril 1974, puis un autre duo réunissant cette fois Jane Birkin et Michel Blanc dans une émission datée de 1981.

Les Capotes anglaises

Placé sous le signe d'un accompagnement *laid-back* et discret, l'album *Di doo dah* recèle des chansons intimes sur les sentiments, la séduction et les fantasmes. Serge Gainsbourg trouve en Jane Birkin une interprète à sa mesure, capable de chanter avec classe et innocence des textes que beaucoup d'autres auraient refusés afin de ne pas porter préjudice à leur carrière. Il en est ainsi du titre *Les Capotes anglaises*, une plaisanterie que l'on imagine mal dans la bouche d'une de ses fidèles interprètes : *Je souffle dans les capotes anglaises/Ça fait des jolis ballons/J'en ai lancé treize/De mon balcon.* La fin du morceau comprend un duo guitare-piano languide façon J.J. Cale ou Eric Clapton.

Leur plaisir sans moi

Également paru sur 45-tours Philips 888 342-7 (SP, 1987), 45-tours Philips 6837 908 (SP hors-commerce) et 45-tours Philips 7PP227 (SP Japon) avec *Lost Song*

Sur la même couleur musicale que *Les Capotes anglaises*, Jane Birkin chuchote le désespoir du personnage de *Leur plaisir sans moi*, enfant orpheline perdue dans sa solitude et rêvant de son Tristan. Serge Gainsbourg a traité à plusieurs reprises des sujets liés à des faits divers où le malheur tombe comme un couperet, mais cet angle est inédit. Jean-Claude Vannier cosigne la musique.

La chanson sera réenregistrée par Jane Birkin pour l'album *Lost Song* paru en 1987 (LP Philips 830 894-1). Version en public dans *Jane – Concert intégral à l'Olympia* (2 CD Philips 534 463-2, 1997).

Reprise : Sabeline Campo (*Portraits*, 2 CD Frémeaux & Associés, 2000).

Banana Boat

Après *Help camionneur* dans lequel elle attendait qu'un routier la prenne en auto-stop, Jane Birkin rêve de partir à la rencontre de tous ces marins au long cours, qui, dans leurs bateaux-bananiers, sont privés des plaisirs les plus intimes. Par la voie de son frêle organe, elle souhaite réchauffer tout l'équipage du *Banana Boat*, nouveau fantasme gainsbourien.

Kawasaki

Au catalogue des recréations de *Di doo dah*, il manquait à Jane Birkin un morceau relié à l'univers de Brigitte Bardot. La chanson *Kawasaki* remplit cette fonction en se confrontant à l'hymne *Harley Davidson.* Elle est même mâtinée de *Ford Mustang* avec ses rimes en *gang* ou *bang* et sa fin tragique. Le style de Jane Birkin est bien différent. Elle amène le titre tout en douceur et en subtilité, sans se départir du courage et de la folie du personnage de la chanson. L'accompagnement soft sur fond de cordes est dominé par un motif de piano entêtant.

La cible qui bouge

La chanson *La cible qui bouge* est de ces petits trésors nichés dans la discographie de Jane Birkin. Sans avoir jamais fait l'objet d'une version scène enregistrée ni même d'une reprise et encore moins d'un simple, elle reflète pourtant tout le charme de son interprète ainsi que l'art de son auteur à broder des textes au parfum interlope. Il est ici question d'une fille dansant dans un bar au milieu des clients, attisant les convoitises : *J'aime les coins un peu sordides, j'aime les bouges/J'aime les zincs, j'aime les bistrots enfumés/Je remue des hanches, c'est comme une cible qui bouge/Je prends un malin plaisir à les allumer*. La mélodie est parée d'un arrangement à l'atmosphère délicieusement trouble.

La Baigneuse de Brighton

Ballade amère chantée à la fois dans la langue d'adoption et la langue natale de Jane Birkin, *La Baigneuse de Brighton* distille un climat poétique avec ses images de bords de mer du sud de l'Angleterre. Le dernier couplet à la voix plus haletante dévoile le contenu de la carte postale : *Mais quoi je divague/Non non c'est pas d'la blague/Je lis « Salut pauvre conne/Adieu c'est fini »*. Comme la plupart des morceaux de l'album, *La Baigneuse de Brighton* se termine sur un long déroulement instrumental.

C'est la vie qui veut ça

C'est la vie qui veut ça s'inscrit dans la lignée des chansons sentimentales qui parsèmeront le répertoire de Jane Birkin, ces tête-à-tête de l'auteur à l'interprète par textes interposés. L'argument mis en exergue est un rappel de ces promesses prononcées au début d'une liaison et vite oubliées, mais qui reviennent comme des évidences : *J'y peux rien, c'est la vie qui veut ça/C'est la vie, ça n'est pas moi/Moi, je voudrais bien être autrement/Mais j'vois pas comment*. Le morceau acoustique cosigné par Jean-Claude Vannier est traversé d'une douce et belle mélodie.

Jane Birkin réenregistre *C'est la vie qui veut ça* pour l'album *Lost Song* (LP Philips 830 894-1, 1987).

L'Amour en privé

Créé par Françoise Hardy ; 33-tours Warner 56019 (LP *Message personnel*)

Après avoir créé *Comment te dire adieu* et *L'Anamour*, Françoise Hardy hérite d'une nouvelle composition somptueuse cosignée Serge Gainsbourg et Jean-Claude Vannier, *L'Amour en privé*. La chanson écrite pour le long-métrage de François Leterrier *Projection privée* (sorti le 23 octobre 1973), dans lequel joue Jane Birkin, marie avec bonheur instrumentation rock et arrangement classique dans un dosage que peu de compositeurs savent maîtriser. Le motif de cordes n'est pas sans rappeler l'arrangement d'*Initials B.B.* et surtout celui de *Days of Pearly Spencer*, tube de l'année 1967 signé David McWilliams, dont l'arrangement était dû à Mike Leander.

Les papiers qui collent aux bonbons

Créé par Serge Gainsbourg ; inédit jusqu'en 2011 : coffret Vingtième Anniversaire (Universal).

Extraite des séances de l'album *Vu de l'extérieur*, la chanson *Les papiers qui collent aux bonbons* est restée dans les tiroirs jusqu'au vingtième anniversaire de la mort de son créateur. Dans un article paru dans le quotidien *France-Soir* le 12 septembre 1973, le journaliste Dominique Rosselet témoignait avoir entendu ce *poème baroque* parmi les titres enregistrés. Serge Gainsbourg l'a finalement écarté lors de la sélection finale. L'expression est reprise dans la chanson *Cuti-réaction* (1980) du groupe Toubib.

Vu de l'extérieur

Album de Serge Gainsbourg ; 33-tours Philips 6499 731 (LP) de Serge Gainsbourg
Parution : 16 novembre 1973
Je suis venu te dire que je m'en vais, Vu de l'extérieur, Panpan cucul, Par hasard et pas rasé, Des vents des pets des poums, Titicaca, Pamela Popo, La poupée qui fait, L'Hippopodame, Sensuelle et sans suite.

Album intime à dominante acoustique, *Vu de l'extérieur* lève le voile sur les fantasmes de Serge Gainsbourg. Alors qu'il se remet d'une attaque cardiaque, il signe *Je suis venu te dire que je m'en vais* et fait pleurer sa compagne.

Depuis sa rencontre avec Jane Birkin, les projets se sont enchaînés à une grande vitesse pour Serge Gainsbourg. À la suite du film *Slogan*, il y eut l'album commun de 1969, le succès international de *Je t'aime moi non plus*, plusieurs musiques et rôles cinématographiques (*Mister Freedom*, *Cannabis*, *Le Voleur de chevaux*, *Sex-shop*), le grand œuvre *Histoire de Melody Nelson* et le premier 33-tours de Jane, *Di doo dah*, ainsi que de multiples créations extérieures. Cette période, marquée par sa collaboration avec Jean-Claude Vannier, s'achève. Après son album *L'Enfant assassin des mouches* paru en 1972, avec des notes de pochette signées Serge Gainsbourg, l'arrangeur souhaite poursuivre sa propre carrière plutôt que de rester dans l'ombre du maître. Ce dernier part retrouver ses musiciens de studio londoniens dirigés par l'éminent arrangeur Alan Hawkshaw, et concocte avec eux son nouvel album. L'équipe comprend Alan Parker (guitares acoustique et électrique), Judd Proctor (guitare acoustique), Brian Odgers et Dave Richmond (basse), Dougie Wright (batterie) et Chris Karan (percussions). Comme à l'accoutumée, les parties instrumentales sont enregistrées au studio Phonogram les 26, 27 et 28 mars 1973 et les parties vocales au studio des Dames à Paris du 7 au 11 mai, puis le 14. Le lendemain, en état d'épuisement physique, Serge Gainsbourg est victime d'une crise cardiaque. S'il n'attend pas d'être sorti de l'hôpital pour se remettre à fumer, il planche également sur de nouvelles idées de paroles et de chansons (*Je suis venu te dire que je m'en vais*) et boucle l'enregistrement et le mixage les 17, 19 et 25 septembre à Paris. Paradoxalement, *Vu de l'extérieur* donne l'impression de pénétrer dans l'intimité de la rue de Verneuil pour y découvrir l'envers du décor, ce que suggèrent ces chansons acoustiques (quasiment folk), jouées à la guitare ou au piano, ou un brin électriques et lentes. Doté d'une pudeur extrême, l'auteur ne se livre pas pour autant à un déballage, mais dévoile plutôt ses vices et fantasmes. Son obsession pour ce qui a trait au postérieur traverse tout l'album, pas moins de sept titres sont là pour l'évoquer : *Vu de l'extérieur*, *Panpan cucul*, *Des vents, des pets, des poums*, *Titicaca*, *Pamela Popo*, *La poupée qui fait* et *L'Hippopodame*. L'entreprise de démythification s'étend jusqu'à la pochette qui présente le portrait de l'artiste entouré de photos de primates (gorille, chimpanzé, babouin, macaque, ouistiti, nasique), qu'il juge plus photogéniques que lui.

Je suis venu te dire que je m'en vais

Également paru sur 45-tours Philips 6009 459 (SP), avec *Vu de l'extérieur* ; 45-tours 6337.880 (SP 1986) : *Je suis venu te dire que je m'en vais (live)/My Lady Héroïne (live). Une prise alternative inédite est incluse sur le coffret Vingtième Anniversaire (Universal, 2011).*

Le 15 mai 1973, au lendemain des séances d'enregistrement des voix de l'album, Serge Gainsbourg est victime d'un infarctus. Hospitalisé en urgence à l'Hôpital américain de Neuilly, il reste une semaine sous surveillance médicale. Dans une chambre voisine, Françoise Hardy, qui vient de donner naissance à Thomas Dutronc, reçoit ce message : « S'il est timide, ce sera un petit Thomas à la tomate. » Cette première alerte sérieuse où il a frôlé la mort lui inspire une chanson. Contrairement à la rumeur populaire, *Je suis venu te dire que je m'en vais* n'est pas une annonce de rupture envers Jane Birkin mais une façon de la préparer à la fin inéluctable. Pour le signifier, il choisit le poème *Chanson d'automne* extrait des « Poèmes saturniens » (1866) de Paul Verlaine, dont il réarrange l'ordonnance des vers : *Je suis venu te dire que je m'en vais/Et tes larmes n'y pourront rien changer/Comme dit si bien Verlaine, « Au vent mauvais »/Je suis venu te dire que je m'en vais.* Le même poème avait déjà utilisé par Charles Trenet pour sa chanson *Verlaine* (1940), qui servit de message crypté à la BBC pour rallier les Résistants à l'approche du débarquement de juin 1944, puis par Léo Ferré en 1966. Hit radiophonique, *Je suis venu te dire que je m'en vais* frappe par l'association de tristesse et de nostalgie qui s'en dégage. L'auteur n'hésite pas à enregistrer les pleurs de Jane Birkin pour ajouter un effet dramatique.

Il la chante dans l'émission « Magazine du spectacle » du 3 novembre 1973 (vidéodisque *Serge Gainsbourg 1967-1973*, PolyGram Vidéo 631 722-1, 1994), puis la reprend sur scène en octobre 1985 (*Serge Gainsbourg Live*, 2 LP Philips 826 721-1, 1986).

La chanson est ensuite reprise en public par Jane Birkin dans *Intégral au Casino de Paris* (2 LP Philips 510 972-2, 1992) *Concert intégral à l'Olympia* (2 CD Philips 534 463-2, 1997) et *Jane en concert au Japon* (2 CD Mercury UICM 9001/2, 2000).

Autres reprises : Yves Lecoq (parodie : *Tu peux toujours dire que c'est mauvais*, LP Charles Talar Records, CT 80501, 1974), Jo Lemaire + Flouze (*Je suis venue te dire que je m'en vais*, SP Vertigo 6021.338, 1981), Les Infidèles (Maxi 45t Réflexes FAB 2059, 1985), Chorale d'enfants (émission « Sébastien c'est fou », TF1, 26/11/1988), Sheila (*Olympia 89*, 2 LP Zoé 842201 1989), Catherine Lara & Robert Charlebois (émission « Taratata » n° 9, 4/3/1993), Mick Harvey (version anglaise : *I've Come to Tell You I'm Going* ; album *Intoxicated Man*, CD Mute, 1995), Michel Delpech (*Les Plus belles chansons françaises – 1974*, CD Atlas, 1994 et *Les Génies de la chanson française – Serge Gainsbourg*, CD Atlas HOMCD1, 1997), Stereo Total (*Oh Ah*, CD Peace Records, 1996), Nicolas Botni (*Chante Gainsbourg*, CD Les Tréteaux International, 1996), Luka (émission « Changement de direction », France Inter, 4/12/1996), Thierry Le Coz (*Home*, 1997), Salif Keita (*Sosie*, CD Night & Day, 1997), Reg'lyss (*Le Monde tourne*, CD Virgin, 1997), Nicolas Peyrac (album *Hommage – Ils chantent Serge Gainsbourg*, CD Atlas 6227 205, 1998), Pierre Bachelet (émission « Dans tous les sens », France Inter, 20/3/1998), Coumba Gawlo

(*Yo Malé*, CD RCA, 1998), Marc Héva (émission « Dans tous les sens », France Inter, 23/10/1998), John Wesley Harding (*Pop romantique*, CD Emperor Norton EMN 7011-2, 1999), Laurent Gerra (*À l'Olympia*, DVD Universal, 1999), John Charly (SP Wagram 314, 2000), Maurice Garrel (*Portraits*, CD Frémeaux & Associés, 2000), Carmen Consoli (*Stato di Necessità*, CD Cyclope 543 584-2, 2001), Harry O (*Lucien Forever – A Tribute*, CD Pussycats 27, Espagne, 2001), Patrick Péronne (*Gainsbourg au bar*, CD Delta, 2001), Pierre-Alain Goualch (*Exploring the Music of Serge Gainsbourg*, CD Night Bird, 2001), Jean Tourneux (album *Gainsbourg à la Brassens*, Texto 0203, 2001), Jean-Louis Aubert (SP Virgin 30421, 1991 ; émission « Serge, si tu nous regardes », France 2, 10/3/2001), Louise Vertigo (émission « Le Fou du roi », France Inter, 21/12/2001), Monica Nogueira & Claude Monnet (*Hotel Costes*, vol. 7, CD Wagram, 309 805-2, 2004), Oli (version allemande : *Ich Kam Um Dir Zu Sagen, Dass Ich Geh'*, album *Initials D.D.*, Döner Diskothek, 2005), Jarvis Cocker & Kid Loco (version anglaise : *I Just Came to Tell You I'm Going* ; *Monsieur Gainsbourg Revisited*, CD Barclay 983.7410-6, 2006), Tina Arena & Lois (émission « Gainsbourg pour toujours », France 2, 15/4/2006), Giangilberto Monti (version italienne : *Sono Venuto A Dirti Che Vado Via* ; *Madelette Canzoni*, CD Carosello, 2006), Diego Vasallo (version basque ; *Gainsbourg Gainbegiratuz*, CD Gaztelupeko Hotsak, 2008), Rodolphe Burger & Meteor Band avec Jacques Higelin (album *Hommage à Serge Gainsbourg*, Dernière Bande, 2008), Joyce Jonathan (émission *Les Stars chantent Gainsbourg*, Virgin 17, février 2010) et Jean-Louis Aubert (*Gainsbourg, 20 ans déjà*, France 2, 19/2/2011). En version anglaise par Razorlight (émission « Taratata » n° 222, France 4, 4/5/2007), The Serge Gainsbourg Expérience (CD La Lune Rousse, 2011) et Marianne Faithfull (version anglaise ; « Taratata » *spécial Gainsbourg*, France 4, février 2011).

Vu de l'extérieur

Également paru sur 45-tours Philips 6009 459 (SP), avec *Je suis venu te dire que je m'en vais*

Serge Gainsbourg a une façon bien originale de traiter la rupture, sujet du titre *Vu de l'extérieur* : *Tu es belle, vue de l'extérieur/Hélas ! je connais tout c'qui se passe à l'intérieur/C'est pas beau, même assez dégoûtant/Alors ne t'étonne pas si aujourd'hui je te dis « Va-t'en ».* Prenant le thème à bras-le-corps, il relève que les parties proéminentes de l'anatomie de sa fiancée ne suffisent pas à établir une relation durable. Dans la chanson qui avait pour titre de travail *Tout mou tout doux*, les seins sont nommés *roudoudous*, *roploplos*, *doudounes*, *gros ballons*, *boîtes à lait* ou *beaux lolos*, et les fesses appelés *gros pétard*, *p'tit valseur*, *popotin* ou *p'tit panier*. En fin de compte, ce n'est pour l'auteur qu'une manière de déclarer sa flamme, une « chanson d'amour *destroy* » comme il l'a précisé par la suite.

Reprise : Rob (émission « Le Fou du roi », France Inter, 8/11/2002).

Panpan cucul

Soutenu par une instrumentation rock tranquille avec effets de pédale wah-wah sur la guitare, *Panpan cucul* conte les plaisirs et douleurs d'une virée dans le tape-cul de l'auteur, propre à échauffer les sens, en particulier le fondement. La chanson ponctuée d'onomatopées produites par Serge Gainsbourg (et non pas une éventuelle partenaire) n'évite pas les images et bruitages symboliques. Le morceau avait pour titre de travail *Comme un diamant*. Une prise alternative inédite de *Panpan cucul* est incluse sur le coffret *Vingtième Anniversaire* (Universal, 2011).

Reprise de Pierre-Alain Goualch (version instrumentale ; *Exploring the Music of Serge Gainsbourg*, CD Night Bird, 2001).

Par hasard et pas rasé

La chanson, introduite par une séquence improvisée au piano, se rapporte à la fameuse barbe de trois jours soigneusement entretenue par Serge Gainsbourg depuis sa rencontre avec Jane Birkin. C'est sur les recommandations d'ordre esthétique de sa compagne qu'il adopte définitivement le look de dandy débraillé qui lui sied si bien, de la tête aux pieds : cheveux plus longs, voire hirsutes, jeans élimés, paire de Repetto blanches, tout un look qu'il définit et emploie avec sophistication. Depuis, le style Gainsbourg a largement fait école. Cela méritait bien une ballade à la mélodie subtile, interprétée avec délicatesse. Dans celle-ci, le séducteur *par hasard* ne s'attribue pas le beau rôle, puisque confronté à un rival du genre para (chutiste).

Des vents des pets des poums

L'album aux accents scatologiques se devait d'avoir une ode aux bruits de fond divers et variés, comme ceux émis quand son invitée le fait poireauter. *Des vents des pets des poums* est l'occasion pour Serge Gainsbourg de déployer des rimes riches à l'aide de locutions anglaises (*groom*, *grill-room*, *la Begum*, *clown*, *doom-doom*, *voom*) ou d'onomatopées (*poums*, *badaboum*, *boum*, *vlan*, *vroom*). Le texte n'est probablement pas le genre de ceux enseignés dans les écoles, mais semble *a posteriori* soulager son auteur. Serge Gainsbourg reprend le titre avec le groupe Bijou sur la scène du Théâtre Mogador à Paris, en décembre 1978.

Reprise : CharlÉlie Couture (émission « Tous aux abris », France Inter, 27/3/1997).

Titicaca

Serge Gainsbourg n'est pas tendre avec le personnage central de *Titicaca*. Une princesse inca qui est *un cas* et lui en fait voir de toutes les couleurs. C'est pourquoi il voudrait bien la noyer dans le grand lac Titicaca, obéissant à ses pulsions dans la baignoire tandis qu'elle appelle l'auditeur au secours. L'auteur s'autorise la licence poétique à quelques reprises, par souci de rime, notamment sur les mots *dedancre* (pour *dedans*), *moire* (pour *moi*) et *paves* (pour *pas*). *Titicaca* est pour lui l'occasion de dégainer l'un de ses aphorismes chers : *Prendre les filles pour c'qu'elles ne sont paves/Et les laisser pour ce qu'elles sont*. Pour ce qui est de la musique, le duo piano-rock progresse en agressivité au fil de la chanson.

Reprise : Guy Godefroy (*Portraits*, 2 CD Frémeaux & Associés, 2000).

Pamela Popo

Sur une trame blues rock sinueuse, Serge Gainsbourg raconte une anecdote vue dans un night-club de Soho (quartier de Londres) où officiait une certaine *Pamela Popo*, strip-teaseuse à la culotte *Petit-Négro*. Le nom provient en fait d'une statuette publicitaire ayant appartenu à l'auteur. Ce titre vraiment mineur, avec pour titre de travail *Dans les nuages et la musique*, n'a d'intérêt que pour sa musique, ce qui n'est pas toujours le cas des albums *Vu de l'extérieur* et *Rock Around the Bunker*, sévèrement jugés sur ce point par la critique musicale, reprochant à Serge Gainsbourg d'embaucher des requins de studio anglais plutôt que des musiciens à la fois compétents et sensibles à son langage (ces derniers sont en effet très paresseux, particulièrement sur l'album *Rock Around the Bunker*, alors qu'en 1976, sur *L'Homme à tête de chou*, ils s'impliqueront davantage). Ceci expliquerait sans doute le fait que, à quelques exceptions près, les chansons de ces deux albums soient très peu reprises par les chanteurs et groupes des nouvelles générations.

La poupée qui fait

Cette *Poupée qui fait* n'est pas plus la *Poupée de cire, poupée de son* illustrée par France Gall, que la *Poupée qui fait non* de Michel Polnareff, illustre compositeur et interprète qui n'a pratiquement jamais croisé le chemin de Serge Gainsbourg malgré des origines russes et une éducation stricte communes, sans même évoquer leur sens de la provocation. Cette poupée à la belle mélodie peut s'envisager au pluriel : sa fille Charlotte née à Londres le 21 juillet 1971 (âgée de deux ans lors de l'enregistrement de l'album) : *Qui fait pipi-caca/Une petite poupée/Qui dit « Papa »* ; l'éternelle Lolita aux socquettes blanches et à la culotte à trou-trous, sortie du roman de Vladimir Nabokov ; ou la fameuse poupée gonflable qui hante ses fantasmes, celle qui a *les yeux grands ouverts* et *se couche sur le dos les pattes en l'air*. Pour cette dernière, l'auteur lui dit d'une voix blanche : *Je t'aime petit mannequin, et prends garde à ne pas la déchirer*. Quelle que puisse être l'interprétation des paroles, le fait est que Serge Gainsbourg prend soin d'en manier l'ambiguïté.

Reprise : Marc Lavoine (émission « Jee Bee et les Cybernanas », France Inter, 4/7/2000).

L'Hippopodame

Dédiée secrètement à sa première épouse Élisabeth Levitsky dite Lise, ou Lili, ce qu'elle ne conteste pas dans son autobiographie publiée en 2010, la chanson *L'Hippopodame* est sans aucune doute l'une des plus belles de l'album. Si le titre formé par un mot-valise à partir des noms *hippopotame* et *dame* n'est guère flatteur, il possède l'avantage de bien définir le sujet : *C'est un Rubens/C'est une hippopodame/Avec un D comme dans marshmallow/Et si j'en pince/Pour c't'hippopodame/C'est qu'avec elle j'ai des prix de gros*. La personne désignée prétend avoir poursuivi des relations épisodiques avec son ancien époux jusqu'à la veille de sa mort, malgré leur séparation officialisée en 1957 après six ans de mariage. Ce qui expliquerait certains vers de la chanson dans lesquels il est ouvertement fait état de relation sexuelle. Si tel est le cas, la comparaison avec un tableau de Rubens n'en est que plus flatteuse. En 2011, le coffret *Vingtième Anniversaire* (Universal) dévoile une prise jusque-là inédite de *L'Hippopodame*.

Reprises : Les Rita Mitsouko (*Pop Session*, CD Mercury 548 553-2, 2001), Roméo (émission « Le Fou du roi », France Inter, 22/10/2002) et par Yodelice (« Taratata » *spécial Gainsbourg*, France 4, février 2011).

Sensuelle et sans suite

La mélodie de *Sensuelle et sans suite*, menée par un enchaînement d'accords au piano, développe l'aphorisme *Prendre les femmes pour ce qu'elles ne sont pas et les laisser pour ce qu'elles sont*. Cette chanson qui avait pour titre de travail *Lorsque tout est foutu* est enjolivée par quelques onomatopées rappelant *Comic Strip* : *Elles en pincent toutes pour ma pomme cuite/J'suis un crack pour ces p'tites/Crac ! les v'la sur l'dos et moi Pschtt !/J'en profite*. Une lecture au second degré apporte l'hypothèse de nouvelle allusions à la poupée gonflable qui fait *crac* et *pschtt* quand *y a comme une fuite*.

Reprise : Suarez (album tribute *Gainsnord*, CD Sonic Scenery 708 028, 2009).

Poème pour trois beautés

Texte reproduit dans la biographie *Gainsbourg* de Gilles Verlant (Albin Michel, 2000, pages 441-442)

Ce poème de Serge Gainsbourg dédié à sa compagne Jane Birkin, leur fille Charlotte et sa belle-fille Kate Barry est paru dans un magazine daté de 1971 afin d'illustrer une photographie familiale :

Trois jolies poupées sont mes filles
L'une l'est par son âge
Et brille par sa beauté
L'autre par cœur sait dire
« Maman, Kate, Charlotte »
Kate est le prénom de sa pote
De quatre ans son aînée
Pas bêtes, loin de là, ces petites bêtes...

Shylock

Créé par Serge Gainsbourg et Petula Clark à la télévision, inédit

Shylock est l'un des personnages de la pièce *Le Marchand de Venise* (1596) de William Shakespeare. Dans cette comédie, l'usurier juif demande à être payé en chair en cas de non-règlement de la part du marchand Antonio. Ce passage suscite encore la controverse quant aux intentions de l'auteur, ce qui n'est pas pour déplaire à Serge Gainsbourg qui en fait le sujet d'une chanson. Interprétée lors du « Top à Petula Clark » du 17 novembre 1973 avec l'auteur dans le rôle principal, comptant ses billets, et sa partenaire anglaise, *Shylock* est restée inédite :

Petula : *Shylock, Shylock, vieil avare*
Serge : *Qui, moi ?*
Petula : *Tu vendrais ton âme pour quelques dollars.*
Serge : *Oui, ça c'est vrai...*
Petula : *Shylock, Shylock, vieux grigou/Tu vendrais la mienne pour quelques sous.*

1974

My chérie Jane

Une année relativement calme, au cours de laquelle Gainsbourg écrit pour Jane, Dutronc et une nouvelle venue dans son palmarès d'interprètes féminines : Isabelle Adjani. Tout en préparant les chansons de l'album *Rock Around the Bunker*, qui sortira en janvier de l'année suivante.

Soixante-treize

Créé par Jane Birkin pour la télévision ; inédit

La chanson *Soixante-treize* est interprétée par Jane Birkin lors de l'émission « Top à Paul Meurisse » diffusée le 12 janvier 1974. La trame musicale de cette séquence demeurée inédite s'appuie sur le thème de *Quand le sexe te chope*, extrait de la bande originale du film *Sex-shop* (1972). Les paroles de cette petite saynète relèvent de *Ford Mustang* : *J'ai reçu pour soixante-treize/Tout plein de jolis cadeaux/Une caméra en seize/Et le jeu du mikado, oh, oh, oh, oh, oh !*. Un vers cite même *Je t'aime moi non plus*.

Oh Docteur Faust

Créé par Jane Birkin pour la télévision ; inédit

Dans cette chanson diffusée exclusivement lors du « Top à Paul Meurisse » du 12 janvier 1974, Jane Birkin invite le Docteur Faust à délaisser ses diverses études scientifiques pour s'adonner aux plaisirs terrestres. Chaque couplet se termine par une formule adéquate du style : *Découvre la vie/Cherchons ensemble/Dans l'amour physique/Un sens à la vie.*

La Fille aux patins

Titre inédit

La Fille aux patins est resté à l'état de manuscrit dactylographié sans précision de date ni de destination. Son texte inspiré par la mode des patins à roulettes, ancêtres des rollers, narre la quête de l'auteur lancé à sa poursuite.

On va danser le Tapioca

Titre inédit

On va danser le Tapioca, dont il ne subsiste qu'un vers (le titre), semble être un projet de chanson avorté au premier stade. On retrouve la formule dans le refrain de *Nazi Rock* (1975).

Les Filles c'est du flipper

Créé par Jane Birkin et Jacques Dutronc pour la télévision ; inédit

Le 2 mars 1974 est diffusée une émission spéciale consacrée à Jacques Dutronc, proche de Serge Gainsbourg. Pour l'occasion, ce dernier se fend d'une chanson restée inédite, *Les Filles c'est du flipper*, arrangée par Jean-Claude Vannier, avec qui il s'est brièvement réconcilié. La scène montre l'interprète masculin réduit à la taille d'un liliputien dans un flipper tandis que sa partenaire sert de cible. Les paroles illustrent la franche camaraderie de Gainsbourg et Dutronc : *Les Filles, c'est un flipper qu'on secou-ou-oue/ C'est sensible, ça s'allume de partou-ou-out.*

Les Roses fanées

Créé par Serge Gainsbourg, Jane Birkin et Jacques Dutronc pour la télévision. Version studio créée par Jacques Dutronc et Jane Birkin : 33-tours Vogue LDY 28.033 (LP)

Serge Gainsbourg, qui n'a aucun mal à s'adapter à la personnalité de Jacques Dutronc, lui brode une chanson sur le thème du gigolo, déjà traité pour Régine dans *Qu'il est rigolo mon gigolo* en 1972. La mélodie très élégante dans un style rétro côtoie des paroles aux jeux de mots aussi savoureux que déplacés :

Dutronc : *J'aime les roses*
Birkin : *Gigolo*
Dutronc : *J'aime les roses*
Birkin : *Gigolo*
Dutronc : *J'aime les roses fanées*
Birkin : *Gigolo, gigolo, gigolo* !

Dans la première version télévisée lors du « Top à Jacques Dutronc » (2 mars 1974), Jane Birkin ponctue le refrain du contrepoint *gigolo* et Gainsbourg n'intervient que très peu, faisant le mime.

La bande est réutilisée pour le play-back de l'émission « Top à Jane Birkin » du 9 octobre 1976, avec les trois protagonistes, puis éditée sur le vidéodisque *Gainsbourg 1967-1973* (PolyGram Vidéo 631 722-1, 1994). La version studio enregistrée par Jacques Dutronc et Jane Birkin atterrit sur l'album *Jacques Dutronc* paru en février 1975 (arrangements de Jean-Pierre Sabar). La version scénique de *Dutronc au Casino* (CBS 472 834-2) enregistrée en novembre 1992 est chantée avec Joaquina Belaunde.

Reprise : Les Soucoupes Violentes (*Pour un oui, et pour un non*, Maxi 45t + CD New Rose 134, 1990).

Les Beaux Lolos de Lola

Créé par Serge Gainsbourg, Jane Birkin et Jacques Dutronc pour la télévision ; vidéodisque « Top à Gainsbourg-Birkin » (Columbia COBG 5041, 2000)

Dans la première série de chansons publicitaires créées en 1970, l'une d'elles était titrée *Les Petits Lolos de Lola*. Le titre de cette création est donc une variante mais son texte est totalement différent. Le trio Dutronc-Gainsbourg-Birkin inaugure *Les Beaux Lolos de Lola* lors du *Top à Gainsbourg-Birkin* du 4 mai 1974 proposé par Maritie et Gilbert Carpentier.

My chérie Jane

Créé par Jane Birkin ; 45-tours Fontana 6010 102 (SP) avec *Bébé gai* ; vidéodisque « Top à Gainsbourg-Birkin » (Columbia Japon COBG 5041, 2000)

Cette composition joyeuse est à situer dans le registre de la variété avec son arrangement cuivré réalisé par

André Popp, qui signe également la musique. Chanson légère, *My chérie Jane* est créée à la télévision par la dédicataire dans le « Top à Gainsbourg-Birkin » du 4 mai 1974, produit par Maritie et Gilbert Carpentier. Jane Birkin interprète avec dérision cette saynète dans laquelle elle tente d'échapper à des admirateurs qui l'appellent *My chérie Jane* ; c'est en quelque sorte une version positive du titre *Encore lui* de 1973. *My Chérie Jane* fait conjointement l'objet d'un 45-tours dont les deux faces sont absentes de l'album *Lolita Go Home* paru l'année suivante. Elles sont ajoutées aux rééditions de l'album au format CD.

Reprise : Franck Pourcel (*Amour, danse et violons*, 2 LP Pathé 2C164 15561/2, 1974).

Bébé gai

Créé par Jane Birkin ; 45-tours Fontana 6010 102 (SP) avec *My chérie Jane* ; vidéodisque « Top à Gainsbourg-Birkin » (Columbia Japon COBG 5041, 2000)

Écrire une amusante et jolie chanson à partir d'une simple anecdote n'est pas la moindre qualité de Serge Gainsbourg. *Bébé gai* en est le témoignage, avec son texte loufoque sur le bégaiement d'une fille surnommée *babe*. Ce qui donne : *Oh ! babe, babe, bébé gai/ J'ai tous mes mots qui rebondissent/J'en prononce un, il en sort dix/Comme d'un fusil-mitrailleur*. Fort heureusement, sa *langue qui s'dévisse* fait le bonheur des garçons. La fantaisie, qui fait sourire Jane Birkin en la chantant, est composée d'après le thème *Rêve d'amour* (*Liebestraüm* n° 3, opus S. 541 publié en 1850) de Franz Liszt. Au pupitre, Jean-Claude Vannier ficelle l'affaire.

Y'a bon

Créé sur scène par Lisette Malidor sur scène ; inédit

Quand en 1974, la comédienne, chanteuse, danseuse et meneuse de revue martiniquaise Lisette Malidor reprend le rôle de la revue *Zizi je t'aime !* au Casino de Paris, elle interprète une chanson intitulée *Y'a bon*, dont aucun enregistrement n'a semble-t-il vu le jour. L'utilisation du vocabulaire petit-nègre pour le titre n'est pas sans évoquer la curiosité de Serge Gainsbourg concernant la colonisation, et le titre de ce qui aurait dû être sa dernière œuvre *a priori* baptisée *Moi m'aime Bwana*, sur laquelle il travaillait au moment de son décès brutal le 2 mars 1991.

Rocking-chair

Créé par Isabelle Adjani pour la télévision : « Top à Sacha Distel » (21/9/1974). Version studio de Jane Birkin sur 33-tours Fontana 6325 353 (LP *Ex-fan des sixties*, 1978)

Rocking-chair est le modèle de chanson fantasmé pour qui vénère les Henry Miller du *Tropique du Cancer* ou Baudelaire, l'Apollinaire des *Onze mille verges* ou Nabokov, créateur du personnage Humbert Humbert. Écrite spécialement pour le « Top à Sacha Distel » du 21 septembre 1974, *Rocking-chair* tombe entre les mains de la toute jeune Isabelle Adjani. Alors âgée de seulement dix-neuf ans, elle manie la langue de Gainsbourg avec une belle innocence : *Apollinaire/En a aussi des sévères/Et des pas mûres dans ses vers/Dans ses vers/Dans ses vers/« Onze mille ver-/Ges » me sens à bout de nerfs/Agitée comme un shaker/Rock, rocking-chair*. Outre l'association phonétique entre le mot anglais *chair* (chaise) et la chair, notons le rejet astucieux faisant coïncider *Onze mille verges* avec le pronom personnel *je*, permettant de masquer le titre du récit érotique en *onze mille vers*. Dans la version recréée par Jane Birkin sur l'album *Ex-fan des sixties* (1978), l'avant-dernier vers *Entre les bras de ce cher/Rock, rocking-chair* est remplacé par *Basculée les jambes en l'air/Dans mon rocking-chair*.

Jane Birkin reprend le titre dans sa tournée du printemps 1987 (*Jane Birkin au Bataclan*, 2 LP Philips 8340 376-1) ; Zazie et Alain Souchon l'ont chanté à « Taratata » (France 4, 2009).

Jane érotojane

Texte de Serge Gainsbourg ; magazine *Lui* n° 131 (décembre 1974)

Dans son numéro 131 du mois de décembre 1974, la revue de charme *Lui* met Jane Birkin en couverture. Serge Gainsbourg n'est pas loin, qui *shoote* la séance de photos érotiques des pages intérieures, et se fend d'un texte en vers baptisé *Jane érotojane*. Avec une pointe d'érotisme sado-masochiste, le poème se fait l'illustration d'une scène où la muse, uniquement vêtue de bas noirs et d'escarpins, est attachée à un lit en fer par des menottes.

Telle est la télé

Créé par Serge Gainsbourg pour la télévision ; vidéodisque *Serge Gainsbourg 1967-1973* (PolyGram Vidéo 631 722-1)

Publiée exclusivement sur un vidéodisque en 1994, la chanson *Telle est la télé* flingue littéralement les programmes navrants du petit écran : *On me refile des vieux navets/D'avant-guerre qui n'avaient/Guère de succès à leur époque/Tellement c'était toc/Après quoi on m'parle de bouquins/Que je lirais même pas au petit coin.* Au milieu du texte, Serge Gainsbourg cite nommément Jacques Dutronc et son succès *Et moi, et moi, et moi* de 1966, alléguant qu'il écoute son ami en regardant les débats de l'Assemblée nationale le son coupé. Il faut savoir que la chanson était prévue – et avait été enregistrée – pour une émission intitulée « L'Enchaînement », produite par le service de la recherche de l'ORTF, prévue pour le 27 décembre mais non diffusée… en raison d'une grève de l'ORTF.

L'Amour prison

Créé par Jacques Dutronc ; 45-tours Vogue V.12 030 (SP) ; 33-tours Vogue LDY 28 033 (LP)

Condensé d'une vie ordinaire, *L'Amour prison* créé par Jacques Dutronc est une métaphore sur le mariage considéré comme l'enfermement de l'amour. L'auteur ne manque évidemment pas de sortir de son chapeau quelques analogies se rapportant à l'amour physique et à l'univers carcéral : *Je lime, je lime, je lime, je lime/Je lime en douce mon barreau.* Malgré la réputation de misogynie qui les suit, Serge Gainsbourg et Jacques Dutronc vivent tous les deux une relation hors du commun avec leurs compagnes respectives. *L'Amour prison*, édité sur 45-tours en décembre 1974, est interprété lors de l'émission « Les Rendez-vous du dimanche » du 19 janvier 1975.

1975

Rock Around the Bunker

Gainsbourg exorcise les démons de son enfance sur fond de rock binaire. La provocation et l'ironie percent derrière chaque chanson de cet album négligé à sa sortie, largement censuré pour ses côtés provocateurs et souvent décrié… à tort et à raison.

Rock Around the Bunker

Album de Serge Gainsbourg ; 33-tours Philips 6325 195 (LP)
Parution : 8 janvier 1975
Nazi Rock, Tata teutonne, J'entends des voix off, Eva, Zig zig avec toi, Est-ce est-ce si bon ?, Yellow Star, Rock Around the Bunker, S.S. in Uruguay.

L'album tient une place particulière dans l'œuvre de Serge Gainsbourg. Écrit à la suite de son accident cardiaque, il touche un point sensible chez l'artiste : son enfance durant la Seconde Guerre mondiale, l'époque où il dut porter l'étoile jaune, qu'il surnomme la *Yellow Star*, et où sa famille et lui durent se cacher pour échapper aux rafles nazies. Sans l'aide de Jean-Claude Vannier, mais avec ses musiciens anglais, il compose une série de chansons traversées par l'ironie et l'humour noir. Dans un joyeux jeu de massacre, il terrasse les événements historiques et piétine les symboles au rythme du binaire. *Rock Around the Bunker* est mis en boîte au studio Phonogram à Londres en une semaine, du

26 novembre au 2 décembre 1974 avec des requins de studio expédiant sans état d'âme un rock basique et sans fioritures. Commandant en chef de la mission, Alan Hawkshaw dirige un escadron composé d'Alan Parker (guitare *lead*), Judd Proctor (guitare rythmique), Dougie Wright (basse), Brian Odgers (batterie) et Jim Lawless (percussions). Les chœurs, placés au milieu, font swinguer l'affaire grâce à Clare Torry, Kay Garner et Jean Hawker. À sa sortie, personne ne veut de *Rock Around the Bunker*, brûlot qui effraie les frileux prescripteurs musicaux de son époque. À tel point qu'il est perçu comme un faux pas artistique et devient un album tabou, avant d'être reconsidéré pour ce qu'il est : un exercice cathartique permettant à son auteur de libérer des sentiments refoulés. Une fois ce travail accompli, Serge Gainsbourg pouvait reprendre son activité de chanteur en toute décontraction : il était allé au-delà de ses rancœurs et de ses limites.

Le Silence du pape

Titre inédit

L'album *Rock Around the Bunker* devait au départ s'intituler *Le Silence du pape*, mais ce titre fut écarté comme la chanson correspondante, dont nul ne sait si elle a jamais existé. Le texte était censé traiter de la position équivoque de Pie XII à l'égard du nazisme. Au magazine *Vingt Ans* (avril 1975), Serge Gainsbourg dit s'être « dégonflé » afin de ne pas remuer le passé, citant un autre « inédit », à moins qu'il s'agisse d'une idée qu'il n'a pas développée, *Le Mouvement Odessa*.

Nazi Rock

Également paru sur le 45-tours Philips 6009 631 (SP) avec *Rock Around the Bunker* ; 45-tours Philips 6837 250 (SP hors-commerce) avec *Tata teutonne*

Enfant, Serge Gainsbourg a connu les rafles effectuées par les nazis durant la Seconde Guerre mondiale, certains membres de sa famille (dont un oncle) ayant été déportés dans les camps de concentration. Il a également porté ce qu'il appelait « l'étoile de shérif », soit l'infâmante étoile jaune obligatoire pour les Juifs. C'est dire s'il n'aborde pas le sujet avec légèreté, mais tente de l'exorciser sans se départir de la distanciation qui le caractérise. Voilà pourquoi ce *Nazi Rock*, combinant la perversité des soldats du Reich et la rébellion du rock, sent le soufre et fonce dans le tas. Il sera bien évidemment reproché à l'artiste de se mêler de trop près à cette péripétie douloureuse de l'Histoire et de l'illustrer en chanson, comme si la vision de ce témoin direct ne comptait pas. Ironisant sur les mœurs présumés de la Section d'Assaut (les S.A.), dont près d'une centaine de membres furent assassinés par les S.S. d'Adolf Hitler lors de la « Nuit des longs couteaux », il chante sur un fond boogie rock : *Enfilez vos bas noirs les gars/ Ajustez bien vos accroche-bas/Vos porte-jarr'telles et vos corsets/Allez venez, ça va s'corser/On va danser le/Nazi Rock, Nazi/Nazi, Nazi Rock, Nazi*. La seconde moitié du titre est consacrée à la répétition du refrain avec les choristes anglaises et leur accent savoureux.

Reprises : -M- (*Hommage à Serge Gainsbourg*, festival de Montreux, 9/7/2000), Guy Godefroy (*Portraits*, 2 CD Frémeaux & Associés FA 8020, 2000), Éric Elmosnino et Dionysos (bande originale du film *Gainsbourg (vie héroïque)*, CD Polydor 532 443-2, 2010).

Tata teutonne

Pour cet album, Serge Gainsbourg avait prévu d'insérer une chanson intitulée *Le Mouvement Odessa.* Il devait certainement traiter de l'organisation Odessa, chargée de récolter des fonds pour protéger la fuite des nazis après la débâcle. À défaut de cet inédit, *Rock Around the Bunker* propose *Tata teutonne*, dans lequel il est question d'un certain Otto, sans doute Otto Skorzeny, responsable de l'organisation devenu un proche du dictateur argentin Juan Perón (et dit-on, l'amant de sa femme Eva, dite Evita). Dans tous les cas, la *Tata teutonne* en prend pour son grade dans cette chanson où les guitares, le phrasé et le refrain paraphrasent le son des mitraillettes.

Reprise : Guy Godefroy (*Portraits*, 2 CD Frémeaux & Associés FA 8020, 2000).

J'entends des voix off

Dans *J'entends des voix off*, Serge Gainsbourg se prend carrément pour Adolf Hitler. En introduction, il brosse un portrait ironique du Führer (*Moustache/Postiche/P'tite mèche/D'loustic*…), puis expose son obstination à ne pas voir la chute du régime nazi : *J'entends des voix off/ Qui me disent... Adolf/Tu cours à la catastrophe/Mais je me dis bof/Tout ça c'est du bluff.*

Reprise : Guy Godefroy (*Portraits*, 2 CD Frémeaux & Associés FA 8020, 2000).

Eva

Rock Around the Bunker a la réputation d'être un album maudit. En 1975, il est vraiment tabou. Rares sont les journaux qui osent une chronique, généralement éreintante, et les passages en radio sont inexistants. Il est alors bien difficile pour l'attaché de presse de Serge Gainsbourg, Jacky Jakubowicz (qui deviendra le fameux Jacky de « Platine 45 » dans les années 1980), de convaincre un programmateur de passer un seul titre de l'album (nous sommes en 1975, il n'existe encore que quatre stations importantes : France Inter, Europe1, R.T.L. et R.M.C.). Et *Eva* n'est pas la chanson la plus évidente à promouvoir, trouvant sa place ici par le fait que *Smoke Gets in Your Eyes*, effleuré dans le morceau, soit l'air préféré de l'épouse du Führer, Eva Braun. Véritable provocation quand on sait qu'il s'agit d'un standard américain de jazz (interdit par les nazis), composé par le Juif Jerome Kern. Serge Gainsbourg se complaît à faire le crooner dans un océan d'échos.

Zig zig avec toi

Quel que soit le sujet, Serge Gainsbourg ne s'éloigne jamais trop des règles de son art poétique. Ainsi, pour tourner en dérision le salut nazi *Sieg heil*, il recourt à un exercice en forme de Z s'ouvrant sur une danse : *Zig zig... Avec toi/Et lorsque ton corps zigzague/Zig zig... Toi et moi/Zig zig... Hmm ! quel émoi*. Avec l'aide des requins de studio anglais, *Zig zig avec toi* balance comme un vulgaire morceau d'orchestre de bal (*Et allez l'orchestre !*)...

Est-ce est-ce si bon ?

Brillant exemple d'allitérations en *s*, *Est-ce est-ce si bon ?* multiplie les pirouettes vocales maîtrisées par un Gainsbourg hargneux : *Sont-ce ces insensés assassins/Est-ce ainsi qu'assassins s'associent/Si ! c'est depuis l'Anschluss que sucent/Ces sangsues le Juif Süss* (*Le Juif Süss* était un film allemand de propagande antisémite). Le morceau virtuose hérite de deux chorus de guitare plombés par une frappe métronomique sans âme, rattrapée par un chœur swinguant.

Yellow Star

Yellow Star est sans doute avec *S.S. in Uruguay* le morceau le plus provocateur de l'album, se moquant de l'étoile jaune imposée par le régime nazi, mais aussi de ce qui est devenu le symbole de la souffrance endurée par les Juifs en cette période sombre de l'Histoire. Pour Gainsbourg, il n'est pas question de s'apitoyer, mais au contraire de montrer sa dignité d'homme en pulvérisant ce signe qu'il compare à une *étoile de shérif* avec un *curieux hiéroglyphe*. Il ne faut surtout pas oublier qu'il a lui-même vécu l'infamie en portant cette étoile dans son enfance : *J'ai gagné la... Yellow Star/Je porte la... Yellow Star/Difficile pour un Juif/La loi du struggle for life* (lutte pour la vie). Plutôt qu'un rock lourd, il choisit un style boogie enlevé par le piano.

Reprise : Guy Godefroy (*Portraits*, 2 CD Frémeaux & Associés FA 8020, 2000).

Rock Around the Bunker

45-tours Philips 6009 631 (SP) avec *Nazi Rock* ; 45-tours Philips 6837 248 (SP hors-commerce) avec *S.S. in Uruguay*

Choisi pour être le titre de l'album et le morceau phare extrait en simple, *Rock Around the Bunker* s'inspire du célèbre classique du rock'n'roll *Rock Around the Clock* créé par Bill Haley and The Comets le 12 avril 1954. Commencé et terminé au son d'une explosion, il signe la fin du règne d'Hitler par le bombardement de son bunker : *Y tombe/Des bombes/Surboum/Sublime*. La structure en vers courts et ramassés apportent un élan au boogie rock réunissant piano, guitares et chœurs. Le 45-tours, exclu des programmations radio, ne reste pas longtemps dans les bacs.

Reprises : Guy Godefroy (*Portraits*, 2 CD Frémeaux & Associés FA 8020, 2000), Rachid Taha et Bruno Maman (émission « Taratata » n° 214, France 2, 23/3/2007).

S.S. in Uruguay

45-tours Philips 6837 248 (SP hors-commerce) avec *Rock Around the Bunker*

Avec *S.S. in Uruguay*, Serge Gainsbourg s'attaque aux réseaux d'exfiltration nazis qui ont permis la fuite de nombreux criminels de guerre, principalement en Amérique du Sud, où se situe l'action. La ballade rock, vivement soutenue par les chœurs, est interprétée avec un accent exotique pour faire passer les rimes en *aille*. Son texte ciselé donne du poids à cette dénonciation couverte d'ironie : *S.S. in Uruguay/J'ai gardé d'mes batailles/Croix gammée et médailles/En émail*. Point final d'un tableau tempéré par l'humour noir, *S.S. in Uruguay* clôt l'album avec une certaine décontraction malgré la gravité de son sujet. C'est ce qui fait la force de *Rock Around the Bunker* (et sa provocation sublime) : ne jamais sombrer dans le mélodrame gratuit.

Reprise : récité sans musique par Guy Godefroy sur le double CD *Portraits* (Frémeaux & Associés, 2000), Superpanzer (album *Initials D.D.*, Döner Diskothek, 2005), Julien Doré (*Ersatz*, CD Jive Epic 729 364-2, 2008), The Serge Gainsbourg Expérience (CD La Lune Rousse, 2011).

L'Île enchanteresse

Créé par Jacques Dutronc ; 33-tours Vogue LDY 28.033 (LP) avec *Les Roses fanées, L'Amour prison* et *Le Bras mécanique* ; 45-tours Vogue 45 V 12.051 (SP) avec *Le Bras mécanique*

L'amitié entre Serge Gainsbourg et Jacques Dutronc relève de la camaraderie de deux adolescents farceurs prêts à faire les quatre cents coups chez les Carpentier. Concentré sur sa carrière cinématographique en plein essor depuis la sortie, en 1974, de *L'important c'est d'aimer* de Andrzej Żuławski, avec Romy Schneider, Jacques Dutronc ne souhaite pas pour autant abandonner la chanson. Il fait appel à Gainsbourg pour quatre chansons de son nouvel album sans titre (il est coutumier du fait), qui paraît en février 1975. Les deux complices signent la musique de *L'Île enchanteresse*, ballade exotique bercée par une guitare hawaïenne abritant une histoire d'infection avec danseuse locale et expressions argotiques (le *barbu*, *comac*, *colback*).

Le Bras mécanique

Créé par Jacques Dutronc ; 33-tours Vogue LDY 28.033 (LP) avec *Les Roses fanées, L'Amour prison* et *L'Île enchanteresse* ; 45-tours Vogue 45 V 12.051 (SP) avec *Le Bras mécanique*

Le Bras mécanique est le titre le plus rock composé par Serge Gainsbourg et Jacques Dutronc pour le nouvel album de ce dernier, arrangé par Jean-Pierre Sabar. Le morceau associant l'inventaire de *Ford Mustang* et les rimes en *x* de *Comment te dire adieu* rappelle les fulgurances dutroniennes des années 1960 (sur des paroles de Jacques Lanzmann : *Les Cactus*, *La Fille du Père Noël*, etc.) : *Elle a un bras mécanique/Des joints en plastique/ Une pince de homard/Électronique*... Gainsbourg, comme à son habitude, s'amuse à insérer dans ses paroles des références culturelles ou le nom de quelques marques : *Elle brique à l'Harpic/Et rince à l'Ajax.* À l'époque, le placement de produit n'existait pas, ce qui l'aurait enrichi quand ses albums conceptuels vendaient peu !

Comme un boomerang

Créé par Dani (inédit). Version duo créée par Dani et Étienne Daho en 2001 (CDS Virgin 46168). Version solo créée par Étienne Daho en 2004 (*Sortir ce soir – Best of live*, Capitol 8606580-3). Version maquette créée par Serge Gainsbourg dévoilée sur le CD d'inédits du coffret *Vingtième Anniversaire*, paru en février 2011 (Universal).

Le titre *Comme un boomerang* a connu un curieux destin depuis sa création jusqu'à sa sortie, avec un quart de siècle de retard. La chanteuse Dani (née Danièle Graule en 1944) a débuté dans les années 1960 en interprétant *Garçon manqué*. Sélectionnée pour représenter la France au concours de l'Eurovision en 1974 avec la chanson *La Vie à vingt-cinq ans*, elle doit renoncer en raison des obsèques du président Georges Pompidou qui ont lieu le jour même. Quelques mois plus tard, elle reçoit une chanson de Serge Gainsbourg basée sur le thème de *Boomerang* de la comédie musicale *Anna* (1967). *Comme un boomerang* est enregistré sur une maquette en janvier 1975 afin d'être présenté à la sélection pour le concours de l'Eurovision suivant, mais le jury lui préfère une chanson moins provocatrice de Nicole Rieu. Le titre est donc enterré et semble oublié. C'est sans compter sur la persévérance d'un certain Étienne Daho qui tombe par hasard sur la bande et décide de redonner vie à la chanson en l'interprétant avec sa créatrice. Mis au jour sur CD single en 2001, le duo de Dani et Daho obtient un vif succès qui le mène jusqu'aux Victoires de la musique où il reçoit la récompense de « Meilleure chanson de l'année ». Il faut avouer que le texte entre parfaitement en résonance avec la musique : *Je sens des boum et des bang/Agiter mon cœur blessé/ L'amour comme un boomerang/Me revient des jours passés/À pleurer les larmes, dingue/D'un corps que je t'avais donné.*

Étienne Daho met le titre au répertoire de sa tournée en 2004 (*Sortir ce soir – Best of live*, 2 CD Capitol 8606 580-3). La version duo de *Comme un boomerang* apparaît également en bonus de *Daho live* paru en 2001 (2 CD Capitol 8112 892-3). Il existe aussi, sur des disques pirates, un duo Gainsbourg/Dani utilisant la voix « maquette » du premier répondant à celle de son interprète, plaquées sur le même accompagnement instrumental.

Reprises : Gonzales, Feist et Dani (*Boomerang 2005 ; Monsieur Gainsbourg Revisited*, CD Barclay 983.7410-6, 2006), Étienne Daho et Marina (émission « Star Academy », TF1, 6/10/2006), Elsa et Bénabar (émission « Taratata » n° 192, France 4, 17/11/2006).

La Biche aux yeux clairs

Titre inédit créé par Dani

Contemporaine de *Comme un boomerang*, cette chanson restée inédite était sans doute pour la face B du 45-tours qui n'a jamais vu le jour. Un troisième titre a (peut-être) existé, sur lequel on ne possède aucune information.

Générique du « Pop Club »

Créé par Serge Gainsbourg et Jane Birkin ; inédit jusqu'en 1983 : 45-tours hors-commerce ; édité en 2001 sur *Inédits. Les Archives* (CD Philips 548 439-2)

L'animateur de radio José Artur a toujours été d'un soutien inconditionnel pour le couple Gainsbourg/Birkin, notamment lors du scandale provoqué par la sortie de *Je t'aime moi non plus*. Les deux interprètes reconnaissants lui offrent un générique pour son émission « Pop Club », enregistré dans les studios de France Inter. La formule est belle : *Pour oublier le passé, le futur/Voici le « Pop Club » de... José Artur*. Régulièrement diffusé à la radio, et pour cause, la minichanson n'a vu le jour qu'en 1983 sur un 45-tours promotionnel, puis en 2001 sur l'anthologie *Inédits. Les Archives 1958-1981*.

Je suis venu te dire que l'UDR renaît

Titre inédit créé par Serge Gainsbourg

Créée à l'initiative de Jacques Martin pour son émission « Le Petit Rapporteur », Serge Gainsbourg se fourvoie dans une ode à l'Union des Démocrates pour la République (parti gaulliste qui précéda le RPR), sur l'air de

Je suis venu te dire que je m'en vais. L'animateur de télévision avait demandé à plusieurs artistes de composer un hymne à l'UDR qui n'en avait pas. *Je suis venu te dire que l'UDR renaît* est interprété dans l'émission du 8 juin 1975.

L'Ami Caouette

Créé par Serge Gainsbourg ; 45-tours Philips 6009 678 (SP) avec *Le Cadavre exquis*

Afin de pallier les méventes de ses albums récents *Histoire de Melody Nelson* (1971), *Vu de l'extérieur* (1973) et *Rock Around the Bunker* (1975), Serge Gainsbourg décide de se renflouer en produisant un titre amusant susceptible de passer en radio. Puisant dans son stock de chansons inédites, il ressort une plaisanterie télévisée de 1966, *Mon ami Caouette*, qu'il réécrit et arrange sur un rythme de biguine antillaise. Enregistré du 4 au 6 juin sous la férule de Jean-Pierre Sabar (avec dans les chœurs Jean Schultheis), *L'Ami Caouette* devient l'un des tubes de l'été 1975, repris dans toutes les cours de récréation à la rentrée : *L'Ami Caouette/Me fait la tête/Qu'à Caouette ?* Le succès du disque dépasse le chanteur qui se voit bientôt interpellé par des gamins dans la rue…

Le Cadavre exquis

Créé par Serge Gainsbourg ; 45-tours Philips 6009 678 (SP) avec *L'Ami Caouette*

Face B du succès *L'Ami Caouette*, la chanson *Le Cadavre exquis* est inspirée par le jeu littéraire du même nom, inventé par les surréalistes, consistant à écrire à tour de rôle un mot sans connaître le précédent, afin de former une phrase de façon aléatoire. Serge Gainsbourg détourne les règles pour les couplets, avec à la clé un résultat surprenant : *L'humour noir vient d'Afrique/Exemple : Amin Idi/Je bande magnétique/Pour lui*. Deux vers du deuxième couplet seront recyclés pour la chanson générique *Goodbye Emmanuelle* (1977).

Reprises : Krokez-Nous (CDS Mascott Music 474.079-6, 1995), Régine (*Les Plus belles chansons françaises – 1976*, CD Atlas 015, 1996).

Lolita Go Home

Album de Jane Birkin ; 33-tours Fontana 6325 342 (LP)
Parution : septembre 1975
Lolita Go Home, What Is This Thing Called Love ?, Bébé Song, Where or When, Si ça peut te consoler, Love for Sale, Just Me and You, La Fille aux claquettes, Rien pour rien, French Graffiti, There's a Small Hotel.

Pris par l'écriture et la réalisation de son premier long-métrage, Serge Gainsbourg délègue les finitions de l'album *Lolita Go Home* à Philippe Labro pour les textes et à Jean-Pierre Sabar pour la musique. Sa présence est néanmoins palpable à travers la voix de Jane Birkin.

En cette année 1975 survient un événement que Serge Gainsbourg n'avait pas prévu : il reçoit l'accord d'une maison de production pour réaliser le film qui a longtemps mûri depuis sa rencontre avec Jane Birkin, *Je t'aime moi non plus*. Il finalise sans attendre l'écriture du scénario et entreprend le tournage durant l'été. En conséquence, il ne peut s'occuper du nouvel album de sa compagne comme il l'avait souhaité et délègue certaines tâches à ses lieutenants : l'arrangeur et producteur Jean-Pierre Sabar et un nouvel ami, le journaliste, romancier et réalisateur Philippe Labro, qui a déjà écrit pour Johnny Hallyday les albums *Vie* (1970), *Flagrant délit* (1971) et *Rock'n'Slow* (1974). Quand la collaboration commence, Serge Gainsbourg n'a que quelques titres de chansons (*Lolita Go Home*, *Bébé Song*, *French Graffiti*) et des idées musicales à la tonalité américaine, ce qui n'est pas pour déplaire à l'écrivain américanophile qui travaille sur ses indications. Il en ressort six textes originaux, s'ajoutant aux quatre reprises sélectionnées par Jane Birkin : *What Is This Thing Called Love* et *Love for Sale* de Cole Porter, *There's a Small Hotel* et *Where or When* de Rodgers & Hart. Selon Philippe Labro, le travail mélodique sur les compositions originales est réalisé en une journée. L'album *Lolita Go Home* est fin prêt pour sa publication en septembre 1975, avec une photo de pochette montrant Jane Birkin menottée, extraite des séances pour le magazine *Lui*.

Lolita Go Home

Créé par Jane Birkin ; 45-tours Fontana 6010 110 (SP) avec *Si ça peut te consoler* ; 45-tours Fontana 6042 116 (SP Espagne) avec *Just Me and You*

La chanson éponyme de l'album s'intitulait initialement *Agnès Go Home*, comme l'indique un brouillon manuscrit de 1964. Le thème est une resucée de l'une des premières chansons de Serge Gainsbourg, *On me siffle dans la rue* (1956), revue et corrigée pour Jane Birkin pour mieux coller à l'époque. Écrit partiellement par Serge Gainsbourg, elle est achevée par Philippe Labro qui plaque quelques vers sur un rythme disco : *Tous les gens comme il faut/Se retournent sur moi/Principalement les fe-/Mmes je ne sais pas pourquoi/Elles reluquent mes chaussures/Mes chaussettes et ma jupe/Je les entends murmur-/Er des drôles de mots comme « pute »/Lolita, Lolita Go Home.*

Bébé Song

À l'instar de *Lolita Go Home*, le titre de *Bébé Song* était déjà trouvé avant l'intervention de Philippe Labro pour le texte. Cette ballade métronomique et répétitive est écrite du point de vue de l'interprète. Jane Birkin, qui n'a pas peur de se frotter aux textes les plus osés de Serge Gainsbourg, montre ici une facette plus tendre envers l'homme à qui elle chante cette berceuse moderne.

Si ça peut te consoler

45-tours Fontana 6010 110 (SP) avec *Lolita Go Home*

Dans *Si ça peut te consoler*, Jane Birkin a une drôle de façon de rompre avec un garçon en lui lançant quelques métaphores sur un poisson mort ou un ballon crevé. Pour le réconforter, elle lui dit qu'elle est déjà passée par là : *Tu n'es pas la première guitare/Dont les cordes se sont brisées/Tu n'es pas le premier garçon/À qui l'on dit « C'est terminé »*. Il faut remarquer la tonalité assez sage du texte de Philippe Labro en comparaison des images employées par Serge Gainsbourg pour ce genre de situation. La chanson est interprétée en duo avec Michel Sardou lors du « Numéro 1 Michel Sardou » diffusé le 1er novembre 1975.

Just Me and You

45-tours Fontana 6042 116 (SP Espagne) avec *Lolita Go Home*

La chanson *Just Me and You* est entièrement écrite dans la langue natale de Jane Birkin qui clame avec une agressivité surprenante sa fierté d'être avec son homme contre le reste du monde. Dans le texte signé Philippe Labro, on perçoit la volonté de se mettre au diapason de Gainsbourg à travers l'expression *Fuck the rest of the world*.

La Fille aux claquettes

45-tours Fontana 6010 114 (SP) avec *Rien pour rien*

La Fille aux claquettes est dans le style des chansons rétro de Serge Gainsbourg, avec un soupçon de guitare électrique. De par ses allusions, elle s'inspire à l'évidence de la comédie musicale de Stanley Donen *Singing in the Rain* (1952), avec Gene Kelly. Le titre est choisi comme titre principal du 45-tours français. Jane Birkin l'interprète lors de l'émission « Numéro 1 Mort Shuman » du 19 juin 1976.

Rien pour rien

45-tours Fontana 6010 114 (SP) avec *La Fille aux claquettes*

La devise de *Rien pour rien* pourrait être : *Il faut souffrir pour aimer (ou être aimé)*. Cette chanson exposant les sentiments à vif de l'interprète par les mots de son auteur est celle qui s'approche le mieux du style caractéristique de Jane Birkin. Sous la plume de Philippe Labro percent les thèmes de Gainsbourg : *En amour, on n'a rien/Pour rien/Ni mon corps pour tes mains/Ni ton sexe pour le mien/Ni ma coupe pour tes lèvres/Ni ton vice pour ma fièvre*.

French Graffiti

En 1954, Serge Gainsbourg avait déjà signé un texte sur le sujet avec *Défense d'afficher*, créé par Pia Colombo. Sa touche se fait à nouveau sentir dans cette description de graffitis des toilettes d'un café de la rue de Buci (6e arrondissement de Paris) : *Il y a des culs et il y a des cuisses/Et des onomatopées/Des numéros de téléphone/Je suce bien je m'appelle Yvonne*… Les paroles content par le menu les inscriptions à connotation amoureuse, sexuelle, sociétale ou poétique, avec même quelques références à des slogans de Mai 68 : « La plage est sous les pavés » ou « Inventons un monde nouveau ». Quant à la musique, c'est une variante de celle de *La Fille aux claquettes*.

1976

L'Homme à tête de chou

Chef-d'œuvre, à l'égal de *Histoire de Melody Nelson*, *L'Homme à tête de chou* est également un album-concept, poétique et fantastique, mal perçu à sa sortie et devenu culte depuis, qui annonce discrètement l'histoire d'amour de Gainsbourg avec le reggae.

Bande originale du film
Je t'aime moi non plus

Album de Serge Gainsbourg ; 33-tours Philips 9101 030 (LP)
Parution : mars 1976
Ballade de Johnny-Jane, Le Camion jaune, Banjo au bord du Styx, Rock'n'Roll autour de Johnny, L'Abominable Strip-tease, Joe banjo, Je t'aime moi non plus, Je t'aime moi non plus au lac vert, Je t'aime moi non plus au motel, Ballade de Johnny-Jane – Final.

Pour illustrer les scènes de son premier long-métrage *Je t'aime moi non plus* dans lequel il dirige sa compagne Jane Birkin, Serge Gainsbourg a recours à la country, au titre homonyme, et à l'inaltérable *Ballade de Johnny-Jane*.

Jusqu'à présent, Serge Gainsbourg a eu l'occasion de travailler à de multiples reprises pour le cinéma, que ce soit en tant qu'acteur de seconds rôles ou en compositeur à la demande, voire les deux. Grand amateur des arts plastiques et de la photographie, son envie de réaliser son propre film devint de plus en plus pressante au fil des expériences sur les plateaux de tournage. Il fallut la rencontre du producteur Jacques-Éric Strauss pour qu'il s'investisse à corps perdu dans l'écriture du scénario de *Je t'aime moi non plus*, dont il fit sa priorité sur l'année 1975. Tourné dans les environs d'Uzès à la fin de l'été, ce premier long-métrage met en scène Jane Birkin, alias Johnny, serveuse de snack coiffée d'une perruque courte, et le couple homosexuel formé par Joe Dallessandro (l'icône warholienne joue Krass) et Hugues Quester (Padovan). L'atmosphère transpirant le sordide à chaque plan et les scènes difficiles font de *Je t'aime moi non plus* un grand film d'auteur, dézingué par la critique à sa sortie. Le temps a montré que l'œuvre était celle d'un grand professionnel à l'œil exercé et au style méticuleux. La musique arrangée par Jean-Pierre Sabar semble passer au second plan, oscillant entre les évocations country de *Délivrance* et les rappels de la chanson culte qui donne son titre au film. Toutefois, Gainsbourg sort de son chapeau un thème de piano magnifique, l'une de ses plus belles mélodies : la *Ballade de Johnny-Jane*.

Ballade de Johnny-Jane

Le thème générique de *Je t'aime moi non plus* qui ouvre l'album est la version instrumentale de la *Ballade de Johnny-Jane* qui fait bientôt l'objet d'un 45-tours pour Jane Birkin. Le motif principal interprété au piano est développé à la fin de la bande originale. Il est suivi d'un duo au banjo et à l'harmonica rappelant la célèbre musique *Duelling Banjos* composée par Eric Weissberg pour le film *Délivrance* (*Deliverance*) réalisé par John Boorman en 1972.

Le Camion jaune

Cette courte musique de danse country est l'une des variantes du thème de banjo de l'instrumental *Ballade de Johnny-Jane*. Elle illustre la scène de départ avec les deux homosexuels Padovan (Hugues Quester) et Krass (Joe Dallessandro) avant leur rencontre de la serveuse Johnny, garçonne du désert jouée par Jane Birkin.

Banjo au bord du Styx

Le thème *Banjo au bord du Styx* ressert le motif principal avant de s'emballer dans une chevauchée country avec banjo et guitare électrique.

Rock'n'Roll autour de Johnny

Le personnage de Johnny interprété par Jane Birkin est une garçonne aux cheveux courts, maigre et sans poitrine, à l'expression fragile. Ce *Rock'n'Roll autour de Johnny* est animé par un chorus de guitare électrique.

L'Abominable Strip-tease

Les décors jouent un grand rôle dans le film, que ce soit le snack où travaille Johnny, l'hôtel minable où elle fait l'amour avec Krass, les extérieurs sablonneux à l'horizon lointain, ou le hangar où ont lieu les strip-teases que ce morceau électrique symbolise. Serge Gainsbourg a créé un univers glauque planté au milieu de nulle part, ce qui eut pour effet de dérouter la critique qui tira à boulets rouges lors de la sortie du film.

Joe banjo

Il est curieux de voir Serge Gainsbourg opter pour des thèmes purement country dans un film dépeignant la vie de marginaux. Ce choix s'explique si l'on considère que ces personnages évoluent en dehors du système, comme des hors-la-loi ou des êtres déracinés. Cette musique symbolise la fuite en avant de Krass. Acteur culte, Joe Dallessandro s'est rendu célèbre en jouant dans les films d'Andy Warhol, de *Lonesome Cowboys* (1968) à la trilogie *Flesh*, *Trash* et *Heat*. Sex-symbole masculin du cinéma underground, il venait de tourner *Black Moon* avec Louis Malle avant d'accepter la proposition de Serge Gainsbourg.

Je t'aime moi non plus

Cette version de *Je t'aime moi non plus* jouée sur un mode slow par un orchestre de bal du samedi soir, en l'occurrence le groupe Au Bonheur des Dames, illustre la scène du hangar où Johnny et Krass s'enlacent le temps d'une danse.

Je t'aime moi non plus au lac vert

Johnny et Krass se retrouvent au lac où ils se baignent entièrement nus, avec pour fond sonore une version à l'orgue de *Je t'aime moi non plus*.

Je t'aime moi non plus au motel

Variante liturgique de *Je t'aime moi non plus*, cette partie instrumentale évoque les amours contrariées de

Krass et de Johnny, que Padovan tente d'étouffer sous un sac en plastique. Jane Birkin se sort admirablement d'un rôle qui la pousse dans ses retranchements physiques et psychologiques.

Ballade de Johnny-Jane – Finale

Cette version longue de *Ballade de Johnny-Jane* est le développement du thème d'ouverture du film.

Ballade de Johnny-Jane

Créé par Jane Birkin ; 45-tours Philips 6010 118 (SP), avec *Raccrochez c'est une horreur.*

La *Ballade de Johnny-Jane*, thème principal du film *Je t'aime moi non plus*, méritait de faire l'objet d'une chanson que Jane Birkin interprète à merveille, évoquant les images du long-métrage. Cette version chantée paraît sur 45-tours en octobre 1976, quelques mois après la sortie du film.

Jane Birkin l'interprète lors de l'émission « Numéro 1 » du 9 octobre qui lui est consacrée, et la reprend à plusieurs reprises sur scène : *Jane Birkin au Bataclan* (2 LP Philips 8340 376-1, 1987) ; *Je suis venu te dire que je m'en vais... Concert intégral au Casino de Paris* (2 CD Philips 510 972-2, 1992) ; avec Vanessa Paradis au profit des Restos du Cœur en 1996 (*La Soirée des Enfoirés 96*, CD WEA 16966-2) ; *Concert intégral à l'Olympia* (2 CD Philips 534 463-2, 1996) ; *Jane Birkin en concert au Japon* (Mercury UICM 9001/2, 2000). Serge Gainsbourg l'interprète également lors de son récital au Casino de Paris en octobre 1985 (*Serge Gainsbourg Live*, 2 LP Philips 826 721-1, 1986).

Reprises : Paul Mauriat (*L'Oiseau et l'enfant*, LP Philips 91101146, 1976), Jane Birkin et Alain Chamfort (« Taratata », France 2, 1993), Nilda Fernández (*Mes hommages*, CD Scalen, 1998), Sabeline Campo (*Portraits*, CD Frémeaux & Associés FA 8020, 2000), Vincent Baguian (sur France Bleu, 22/2/2001), Conservatoire de Nantes (spectacle *Couleurs Gainsbourg*, 2001), Patrick Péronne (*Gainsbourg au bar*, CD Culture Press CP 1038, 2001), Jone Gabarain (version basque ; *Gainsbourg Gainbegiratuz*, CD Gaztelupeko Hotsak, 2008), Vincent Delerm et Marie Modiano (« Taratata », France 4, 23/1/2009) et Claire Keim (*Gainsbourg, 20 ans déjà*, France 2, 19/2/2011).

Raccrochez c'est une horreur

Créé par Jane Birkin et Serge Gainsbourg ; 45-tours Philips 6010 118 (SP), avec *Ballade de Johnny-Jane*

Chanson gag en forme de blague téléphonique, *Raccrochez c'est une horreur* met aux prises Jane Birkin importunée par un vicieux (Serge Gainsbourg) lui faisant des propositions coquines (*Tu sais c'que j'ai envie de t'faire ?/Devine !/Des bisous tout partout !*). Sa réponse qui donne le titre à la chanson est évidemment un jeu sur les mots *horreur* et *erreur*.

Reprise : Baby Birkin (*Classée X*, CD Dishy 33, 1998).

AndroJane

Texte de Serge Gainsbourg pour le magazine *Lui* (mars 1976)

Dans son numéro daté de mars 1976, le « magazine de l'homme moderne » publie une série de photos de Johnny-Jane réalisées pendant le tournage de *Je t'aime moi non plus*, dans l'esprit des nus de Francis Giacobetti. Un texte titré *AndroJane* accompagne les illustrations : « Il y a trois façons à ma connaissance de diriger une actrice. La première, vers le bar. Facile. La deuxième, vers le lit. Facile. La troisième, devant la caméra. »

L'Homme à tête de chou

Album de Serge Gainsbourg ; 33-tours Philips 9101 097 (LP)
Parution : 18 novembre 1976
L'Homme à tête de chou, Chez Max coiffeur pour homme, Marilou Reggae, Transit à Marilou, Flash Forward, Aéroplanes, Premiers Symptômes, Ma Lou Marilou, Variations sur Marilou, Meurtre à l'extincteur, Marilou sous la neige, Lunatic Asylum.

Album conceptuel, *L'Homme à tête de chou* est un récit fantastique où la poésie et la musique s'unissent pour créer une œuvre essentielle. L'auteur atteint son sommet.

La photo qui orne la pochette de l'album *L'Homme à tête de chou* représente une sculpture de Claude Lalanne que Serge Gainsbourg a achetée dans une galerie du 7e arrondissement. Elle est le point de départ du concept qu'il imagine : « Au début il m'a fait la gueule, ensuite il s'est dégelé et m'a raconté son histoire. » Celle d'un journaliste épris d'une petite shampouineuse qui le trompe avec des rockers. Il finit par la tuer à coups d'extincteur, avant de sombrer dans la démence et de voir sa tête transformée en un chou. L'histoire laisse place à l'imagination fertile du créateur qui met en musique de longs monologues d'une splendide beauté poétique. L'œuvre fait d'ailleurs exception puisque les textes ont précédé le rythme. La structure des vers permet à l'auteur de donner libre cours à sa technique du *talk over*, récitant plus qu'il ne chante les aventures érotiques et fatales de Marilou, nouvelle héroïne succédant à Melody. L'univers musical accompagnant le récit est tout aussi étrange, épousant les contours des vers et illustrant les non-dits. Ce que la critique la plus clairvoyante annonce comme un chef-d'œuvre est enregistré au studio Phonogram à Londres du 16 au 21 août 1976 avec l'arrangeur Alan Hawkshaw et ses musiciens : Alan Parker (guitares solo et acoustique), Judd Proctor (guitare rythmique), Brian

Odgers (basse), Dougie Wright (batterie) et Jim Lawless (percussions). L'album, qui donne naissance à l'un des premiers morceaux reggae en français, *Marilou Reggae*, ne fait pas un grand score de ventes, se situant même sous celui de *Histoire de Melody Nelson*, mais, comme celui-ci, il développe un culte qui le distingue parmi les chefs-d'œuvre de Serge Gainsbourg. Le poète et le compositeur, plus noir et audacieux que jamais, signe ici une œuvre ambitieuse et inaltérable.

L'Homme à tête de chou

C'est sur le tintinnabulement des clochettes d'une boutique que s'ouvre le monumental poème symphonique *L'Homme à tête de chou*. Le morceau-titre sert d'introduction en plantant les personnages et le décor : *Je suis l'homme à tête de chou/Moitié légume, moitié mec/Pour les beaux yeux de Marilou/Je suis allé porter au clou/Ma Remington et puis mon break*… On y apprend que le narrateur est un journaliste de torchon à scandale, et que ladite Marilou l'a ruiné. Une atmosphère extraordinaire règne dans ce titre très arrangé où se succèdent effets symphoniques, accords de piano et d'orgue et guitare électrique. La narration poétique qui enveloppe la séquence et parcourt tout l'album s'ajoute au charme de cette œuvre musicale et littéraire. Serge Gainsbourg reprend le titre lors de son passage au Zénith de Paris en mars 1988 (*Le Zénith de Gainsbourg*, 2 LP Philips 838 162-1).

Reprises : Ruins (*Great Jewish Music : Serge Gainsbourg*, CD Tzadik TZ 7116, 1997), Guy Godefroy (*Portraits*, CD Frémeaux & Associés FA 8020, 2000), Rodolphe Burger & Meteor Band (album *Hommage à Serge Gainsbourg*, Dernière Bande, 2008), Alain Bashung (spectacle chorégraphique *L'Homme à tête de chou*, 2009, inédit).

Chez Max coiffeur pour homme

Cette pièce, qui est la suite logique de l'introduction, met en scène la rencontre du narrateur avec la shampouineuse et le début de leur histoire mouvementée. La suite harmonique du morceau précédent perdure, dans une ambiance plus intime.

Marilou Reggae

Ce morceau reggae, qui est l'un des premiers du genre à être chanté en français, fait diversion dans le style et les arrangements de l'album. Il sert à faire davantage connaissance avec Marilou dont la danse provoque des sensations immédiates au narrateur. *L'Homme à tête de chou* brille également par son érotisme torride dont cette variation est un exemple.

> Serge Gainsbourg réutilisera ce thème pour *Marilou Reggae Dub* dans l'album *Aux Armes et cætera* (1979). Une version longue est publiée ensuite dans *Aux Armes et cætera remix et dubs* en 2003. Fort logiquement, l'auteur reprend le titre sur scène lors de ses concerts au Palace en décembre 1979 (*Enregistrement public au Théâtre Le Palace*, 2 LP Philips 6681 013). Reprise : Jean Tourneux (album *Gainsbourg à la Brassens*, Texto 0203, 2001).

Transit à Marilou

Ici commencent les aventures exotiques du narrateur et de Marilou, sur un rythme tribal traversé au second plan de chorus de guitare. La voix du narrateur est mixée très en avant pour attirer l'attention de l'auditeur sur son excursion en avion. Une lecture au second degré apporte une lumière différente et plus érotique sur ce voyage en terre inconnue.

Reprise : Rodolphe Burger & Meteor Band (album *Hommage à Serge Gainsbourg*, Dernière Bande, 2008).

Flash Forward

Dominé par une partie jouée au synthétiseur, *Flash Forward* voit le narrateur découvrir Marilou en train de le tromper avec *deux macaques du genre festival à Woodstock*. Cette vision n'est pas une hallucination et restera à jamais gravée dans sa mémoire, revenant en *flash-back* jusqu'à sa mort. Le morceau baigne dans une ambiance futuriste, variant à loisir les styles musicaux de l'album.

Reprise : Bernard Szajner (*Indécent délit*, Maxi 45-tours New Rose NEW 79, 1986), Rodolphe Burger & Meteor Band (album *Hommage à Serge Gainsbourg*, Dernière Bande, 2008).

Aéroplanes

Serge Gainsbourg a une prédilection pour les noms exotiques tels *volapük* (langue artificielle créée en 1870) ou *Pernambuk* (pour Pernambouc, État du Brésil), dont il parsème certains titres. Cette séquence lancinante au synthétiseur illustre les divagations du narrateur flashant sur Marilou et l'imaginant en Jane (clin d'œil), la fiancée de Tarzan. Les sentiments de la jeune femme ne sont pas réciproques, qui voit en lui un minable et un raté : *Qu'importe, injures un jour se dissiperont comme volutes Gitane.*

Reprise : Rodolphe Burger & Meteor Band (album *Hommage à Serge Gainsbourg*, Dernière Bande, 2008).

Premiers Symptômes

À force de subir les sarcasmes de Marilou tels *vieux con* ou *pédale*, les oreilles du narrateur se changent en feuilles de chou. Après s'être rechargé en *fumigènes* et *kérosène*, il vomit la mixture. Le récit soutenu par un air de guimbarde est rythmé par le grondement des timbales. Dans le lointain, les chœurs appelant Marilou semblent irréels.

Reprise : Guy Godefroy (*Portraits*, CD Frémeaux & Associés FA 8020, 2000), Rodolphe Burger & Meteor Band (album *Hommage à Serge Gainsbourg*, Dernière Bande, 2008).

Ma Lou Marilou

Également publié sur 45-tours Philips 6042 272 (SP) de Serge Gainsbourg, avec *Marilou sous la neige*

L'Homme à tête de chou n'est pas constitué que de variations poétiques et narratives, l'album comporte une magnifique mélodie en forme de déclaration et d'avertissement : *Oh ! ma Lou, oh ! ma Lou/Oh ! Marilou/J'aime tes deux/Seins, tes yeux/Et ta fève/Oh ! ma Lou, oh ! ma Lou/Oh ! Marilou/Fais gaffe ou j'te rentre dans le chou*. L'accompagnement des deux guitares tricotant de délicats arpèges change du rock besogneux de *Rock Around the Bunker*. La mélodie emprunte un passage du premier mouvement (*Allegro assai*) de la *Sonate pour piano n° 23 en fa mineur opus 57* dite *Appassionata* de Ludwig van Beethoven, achevée en 1805.

Reprise : The Serge Gainsbourg Expérience (CD La Lune Rousse, 2011).

Variations sur Marilou

Les *Variations sur Marilou*, s'étalant sur plus de sept minutes et demie (un peu plus sur la version alternative ajoutée à l'album du coffret *Vingtième Anniversaire* publié par Universal en 2011), constituent la pièce de résistance de *L'Homme à tête de chou*. L'auteur atteint là l'un des sommets de son art poétique, élaborant un récit en prose où se mêlent onirisme et onanisme : *Dans son regard absent/Et son iris absinthe/Tandis que Marilou s'amuse à faire des vol-/Utes de sèches au menthol/Entre deux bulles de comic strip/Tout en jouant avec le zip/De ses Levis/Je lis le vice/Et je pense à Carroll Lewis*. La narration placée au premier plan sert de préliminaires avant d'être rejointe par la musique obsédante dont le rythme s'intensifie, mimant l'excitation qui envahit l'héroïne jusqu'à l'orgasme à l'écoute de ses idoles : *D'un doigt sex-symbol/S'écartant la corolle/Sur fond de rock'n'roll/S'égare mon Alice/Au pays des malices/De Lewis Carroll*. Un quatrain final, couché sur bande, est écarté lors du mixage définitif : *Au pays des malices/Des singes et des viols/Fait de Lewis Carroll/Un remake d'Alice*.

Reprise : Rodolphe Burger & Meteor Band (album *Hommage à Serge Gainsbourg*, Dernière Bande, 2008).

Meurtre à l'extincteur

Où le narrateur, ne supportant plus l'auto-érotisme à répétition de sa Marilou nymphomane, décide d'éteindre son feu en la frappant violemment avec un extincteur d'incendie, puis en l'étouffant sous la mousse carbonique de l'appareil. Un solo de batterie discret accompagne le récit du meurtre de l'héroïne.

Reprise : Rodolphe Burger & Meteor Band (album *Hommage à Serge Gainsbourg*, Dernière Bande, 2008).

Marilou sous la neige

Également publié sur 45-tours Philips 6042 272 (SP) de Serge Gainsbourg, avec *Ma Lou Marilou*

Marilou a droit à une oraison funèbre semi-acoustique prononcée par son amant assassin. Atteint par la folie, celui-ci pense que son acte est purement imaginaire, et que l'héroïne n'est qu'un personnage de bande dessinée : *Marilou se sentait prise au piège/Tous droits d'reproduction interdits/Moi, naïf, j'pensais que me protège-/Aient les droits du copyright Opera Mundi*. L'agence Opera Mundi a permis la diffusion des premières bandes dessinées américaines telles que *Mickey*, *Félix le chat* ou *Mandrake* dont l'auteur était friand dans sa prime jeunesse. Il ne fait nul doute que le criminel va finir ses jours en hôpital psychiatrique, au *Lunatic Asylum*. *Marilou sous la neige* est le titre principal du 45-tours extrait de l'album.

Serge Gainsbourg le reprend sur la scène du Casino de Paris en octobre 1985 (*Serge Gainsbourg Live*, 2 LP Philips 826 721-1). Jane Birkin prend le relais dans la même salle en mai 1991 (*Je suis venu te dire que je m'en vais… Concert intégral au Casino de Paris*, 2 CD Philips 510 972-2).

Reprises : Paul Mauriat (*L'Oiseau et l'enfant*, LP Philips 91101146, 1976), Michel Delpech (album *Hommage – Ils chantent Serge Gainsbourg*, CD Atlas 6227 205, 1998), Marc Lavoine (émission « Pollen », France Inter, 23/3/1998), Jean Tourneux (album *Gainsbourg à la Brassens*, Texto 0203, 2001), Scala & Kolacny Brothers (*Respire*, CD 2004), Raphaël (émission « Gainsbourg pour toujours », France 2, 15/4/2006), Rodolphe Burger & Meteor Band (album *Hommage à Serge Gainsbourg*, Dernière Bande, 2008) Keren Ann (Europe 1, 2/3/2011).

Lunatic Asylum

Le titre qui clôt l'album conceptuel décrit la folie (reflétée par le son répétitif de la guimbarde) du narrateur pris de remords. Des voix et des mouvements de percussions surgissent dans sa tête. La seconde partie du morceau, où la vision d'insectes évoque un hélicoptère en vol, n'est pas sans rappeler la conclusion d'*Histoire de Melody Nelson* et les sombres présages de *Cargo culte*. Le crescendo final au synthétiseur semble annoncer la mort du narrateur : *Les parasites de radio Pou/Ont brouillé mes messages, fou/Que j'étais de toi, Marilou*. Deux vers présents dans le manuscrit sont écartés lors de l'enregistrement : *Ce soir pour te rejoindre/Je m'en vais feindre*…

Reprise : Rodolphe Burger & Meteor Band (album *Hommage à Serge Gainsbourg*, Dernière Bande, 2008).

La Main du masseur

Créé par Pierre Louki ; 33-tours CBS 81704 (LP *Le Cœur à l'automne*) avec *Slip-please*

Serge Gainsbourg écrit pour Pierre Louki la musique de cette fantaisie sur *les amis des amis de ma sœur* qui, d'un rythme à trois temps, finit à mille temps au bout d'une cavalcade magistralement maîtrisée par l'interprète. Auteur-compositeur et poète de grand talent mais trop peu connu, également comédien, Pierre Louki (Pierre Varenne, 1926-2006) est le signataire de *La Môme aux boutons* pour Lucette Reillat et bien d'autres chansons pour lui-même (recommandé : le coffret *Vers bissextils*, paru chez Saravah) ou Juliette Gréco, Catherine Sauvage, Philippe Clay et Jean Ferrat. *La Main du masseur* paraît en novembre 1976 sur l'album *Le Cœur à l'automne*.

Pierre Louki la reprend sur scène à l'Espace Kiron à Paris en 1999 (*Pierre Louki en public (enregistrement intégral)*, 2 CD Rym Musique 197550-2, 2001).

Reprise : Claire Elzière (*La Vie va si vite*, CD Saravah 07002110-6, 2003).

Slip-please

Créé par Pierre Louki ; 33-tours CBS 81704 (LP *Le Cœur à l'automne*) avec *La Main du masseur*

Slip-please est la deuxième musique composée par Serge Gainsbourg pour Pierre Louki et son album *Le Cœur à l'automne* paru en novembre 1976.

Gillette c'est chouette

Créé par Serge Gainsbourg ; disque promotionnel

Pour la marque Gillette, Serge Gainsbourg – connu pour son éternelle barbe de trois jours – vante les mérites de deux lotions après-rasage nommées *Nautique* et *Citrus*. Ces textes publicitaires sur une musique reggae sont rassemblés sur le disque souple promotionnel *Palmarès des spots radio 1976* édité par le Syndicat National de la Publicité Cinématographique, Radiophonique et Télévisée.

1977

Baby Lou

Entre deux bandes originales pour des fims érotiques et des compositions pour ses chanteuses « habituelles », Gainsbourg écrit un album pour Alain Chamfort, l'un de ses interprètes masculins les plus importants.

Zanzibar (bande originale du film Aurais dû faire gaffe... Le choc est terrible*)*

Créé par Serge Gainsbourg ; inédit jusqu'en 2001 : *Le Cinéma de Serge Gainsbourg* (Emarcy 586 516-2)

Composée spécialement pour le film de Jean-Henri Meunier *Aurais dû faire gaffe... Le choc est terrible* sorti en salles début 1977, la chanson *Zanzibar* (le brouillon indique *La Chanson de Zanzibar*) n'est pas publiée sur disque avant la parution du coffret *Le Cinéma de Serge Gainsbourg* en avril 2001. Avec ses rimes en *ar*, ce reggae éméché en *talk over* annonce le Gainsbarre d'*Ecce homo*. En attendant, il n'est pas courant chez Gainsbourg de lire de tels vers : *Bisou à Bibi/Bisou à Cajou/Bisou à Bijou/Bijou, bijou.*

Bande originale du film **Goodbye Emmanuelle**

Album de Serge Gainsbourg ; 33-tours Philips FDX 344 (LP Japon) ; 33-tours Philips 9120 282 (LP Hong-Kong)
Parution : mars 1977
Goodbye Emmanuelle, White Shadow, Tabasco, Black Pepper, Emmanuelle and the Sea, So Long, Making Love, Ginger, Angostura.

Réservée au marché japonais à sa sortie, la bande originale du film *Goodbye Emmanuelle* reste encore méconnue, en dehors du thème principal.

En 1973, Serge Gainsbourg avait été pressenti pour composer la musique du film *Emmanuelle*, premier du nom, réalisé par Just Jaeckin. Sortant d'une faiblesse cardiaque et déjà débordé de projets, l'auteur-compositeur déclina l'offre, qui échoua entre les mains de Pierre Bachelet. Voyant le succès énorme du long-métrage (et de sa bande originale) lui passer sous le nez, Gainsbourg eut des remords. Aussi, quand on lui propose la musique du troisième épisode de la saga érotique, il ne peut se permettre de refuser. Ce nouveau récit des aventures de Sylvia Kristel est réalisé par François Leterrier, qui avait mis en scène Jane Birkin dans *Projection privée* en 1973 (film dans lequel on entendait *L'Amour en privé*, chanson écrite par Serge Gainsbourg et interprétée par Françoise Hardy). La musique de *Goodbye Emmanuelle* arrangée par Jean-Pierre Sabar s'avère variée et surprenante, évitant les orchestrations lourdes au profit de pièces légères et exotiques. Elle est évidemment assortie d'une chanson adaptée au genre, véritable appel à l'acte charnel. Hormis celle-ci, publié en 45-tours en France (avec *Emmanuelle and the Sea*, version instrumentale du thème principal, en face B), les autres titres inclus sur cette bande originale uniquement publiée en 33-tours au Japon (et jamais rééditée) constituent un échantillon des musiques du monde : *White Shadow* et *Ginger* sont de charmantes variantes reggae nappées d'orgue, d'autres oscillent entre musique cajun (*Tabasco*, *Angostura*), reggae (*Black Pepper*), calypso (*So Long*) et biguine (*Making Love*), suivant les lieux où se déroule l'action du film. Puisant à ces différentes sources traditionnelles sans les détourner de leur esprit, Serge Gainsbourg s'éloigne des clichés qui font l'ordinaire des musiques de films érotiques.

Goodbye Emmanuelle (bande originale du film Goodbye Emmanuelle*)*

Créé par Serge Gainsbourg et Jane Birkin ; 45-tours Philips 6172 067 (SP) avec *Emmanuelle and the Sea* ; version du film dans *Le Cinéma de Serge Gainsbourg* (3 CD Emarcy 586 516-2)

Le générique de *Goodbye Emmanuelle* chanté par Serge Gainsbourg et Jane Birkin est à la hauteur du film : une chanson à l'érotisme chic et aux arrangements clinquants sur une rythmique reggae. Entre deux appels torrides de la chanteuse, les paroles se limitent à quelques constatations : *Emmanuelle aime les caresses buccales et manuelles/Emmanuelle aime les intellectuels et les manuels*. C'est une sorte d'avant-goût du tube à venir *Sea Sex and Sun*. La version chantée dans le film diffère sensiblement de celle du 45-tours, notamment pour son texte. Elle est exhumée en 2001 dans l'anthologie *Le Cinéma de Serge Gainsbourg*.

Reprise : Tricky (*Au revoir Emmanuelle* ; *Monsieur Gainsbourg Revisited*, CD Barclay 983 7410-6, 2006).

Bande originale du film Madame Claude

Album de Serge Gainsbourg ; 33-tours Philips 9101 144 (LP) de Serge Gainsbourg
Parution : mai 1977
Diapositivisme, Discophotèque, Mi Corasong, Ketchup in the Night, Fish-Eye Blues, Téléobjectivisme, Putain que ma joie demeure, Burnt Island, Yesterday Yes a Day, Dusty Lane, First Class Ticket, Long Focal Rock, Arabysance, Passage à Tabacco, Yesterday on Fender.

Catalogue d'instrumentaux tirant vers le funk et le rock, la bande originale de *Madame Claude* remplit sa fonction d'illustration musicale, rehaussée par la perle *Yesterday Yes a Day*.

Après le premier épisode de la série *Emmanuelle* qui lui a échappé, Serge Gainsbourg retrouve sur sa route le réalisateur Just Jaeckin aux commandes d'un film sur la vie de Fernande Grudet, alias Madame Claude, célèbre patronne d'un réseau de *call girls* tout juste démantelé au moment du film. Serge Gainsbourg, qui se dit lassé des orchestrations pop, compose des thèmes divers, arrangés par Jean-Pierre Sabar. Contrairement à *Goodbye Emmanuelle*, la bande originale fait l'objet d'un album distribué en France. Le disque quasiment instrumental se partage entre morceaux funk au groove chaloupé (*Diapositivisme*, *Discophotèque*, *Ketchup in the Night* dont le riff de clavinet est jumeau du *Superstition* de Stevie Wonder, *Téléobjectivisme*), tango (*Mi Corasong*), démonstration à la guitare électrique (*Fish-Eye Blues*, *First Class Ticket*, *Passage à Tabacco*), orgue liturgique (*Putain que ma joie demeure*), sauterie calypso (*Burnt Island*), détente *laid-back* (*Dusty Lane*, face B du 45-tours extrait, *Long Focal Rock*) et fantaisie de souk (*Arabysance*). Au milieu surgit le très beau *Yesterday Yes a Day*, qui devient aussitôt un classique pour Jane Birkin. Jean-Pierre Sabar, nouvel arrangeur à tout faire de Serge Gainsbourg, apporte la touche finale à ce catalogue d'échantillons sonores.

Yesterday Yes a Day

Créé par Jane Birkin ; 45-tours Philips 6172 009 (SP) avec *Dusty Lane*

Le délicat *Yesterday Yes a Day* est l'unique thème chanté du film de Just Jaeckin. Sa belle mélodie sertie de violons enroule la voix fragile de Jane Birkin interprétant le texte anglais. Un court rappel instrumental, *Yesterday on Fender* (joué au piano Fender Rhodes), est glissé au final. *Yesterday Yes a Day* fait l'objet d'un 45-tours extrait de l'album.

Jane Birkin la reprend sur scène en 1987 (*Jane Birkin au Bataclan*, 2 LP Philips 8340 376-1), en 2000 (*Jane en concert au Japon*, 2 CD Mercury UICM 9001/2) et en 2009 (*Jane Birkin au Palace*, CD Capitol 93062782-6).

My Lady Héroïne

Créé par Serge Gainsbourg ; 45-tours Philips 6172 026 (SP) avec *Trois Millions de Joconde*

Sous son apparence anodine de ballade discoïde semée de « shalala », *My Lady Héroïne* est une subtile suite de doubles sens. Destinée à être le tube de l'été 1977, la chanson tire sa mélodie de la suite d'orchestre *Sur un marché persan* (1920) du compositeur anglais Albert Ketèlbey (le titre de cette œuvre est cité en clin d'œil à la fin du texte). Les paroles, basées sur le modèle de la chanson générique *Cannabis* (1970), établissent des liens constants à la drogue et à la mort : *Oh ! My Lady Héroïne/Ma liaison clandestine/En douceur, mon sucre candi/Emmène-moi au paradis*. Ce qui reste suggéré est dévoilé au dernier quatrain où l'héroïne, l'opium et la cocaïne sont explicites. À ce stade, l'auteur joue avec le champ lexical, faisant un parallèle entre la drogue importée d'Asie et le trafic d'esclaves : *Es-tu venue d'Extrême-Orient/Ou bien d'un marché persan.*

Reprise : Red House (album *Prises de chou – 10 Plants de Serge Gainsbourg*, CD Avec Plaisir, Besançon 1994), Giangilberto Monti (*Signorina Eroina ; Maledette Canzoni*, CD Carosello, 2006).

Trois Millions de Joconde

Le rythme est disco mais le phrasé sortant d'un nuage d'écho est fondamentalement rock, comme les stridences de la guitare venues se poser dessus. Sur ce titre iconoclaste, Serge Gainsbourg s'en prend au *Portrait de Mona Lisa* de Léonard de WC (sic), qu'il ne peut pas voir en peinture et préfère la symboliser sur du papier-toilette (d'où l'écho du petit coin) : *Je m'suis fait faire trois millions de Joconde/Sur papier-cul/Et chaque matin j'emmerde son sou-/Rire ambigu.* Dans son roman *Evguénie Sokolov* daté de 1980, il dit éviter à grands pas *La Joconde* dont il trouve le rictus immonde, et préfère se recueillir devant *Le Martyre de Saint-Sébastien* d'Andrea Mantegna. Comme le titre précédent, *Trois millions de Joconde* est enregistré en mai 1977 à Londres avec Alan Hawkshaw et ses musiciens : Alan Parker (guitare), Brian Odgers (basse), Dougie Wright (batterie) et Jim Lawless (percussions). Charlotte Gainsbourg a souvent déclaré en interview qu'elle adorait cette chanson de son père quand elle était gamine.

Reprise : Chris Evans (*Chez les yé-yé*, CD Musidisc 107322, 1991).

Chanson du chevalier blanc (bande originale du film Vous n'aurez pas l'Alsace et la Lorraine*)*

Créé par Gérard Lanvin ; 45-tours Disques Déesse DPX 727 (SP)

Cette pochade dans le style Luis Mariano sert de générique au film navrant *Vous n'aurez pas l'Alsace et la Lorraine* de et avec Coluche, qui en écrit les paroles. Serge Gainsbourg et Jean-Pierre Sabar suivent à la musique, et l'acteur Gérard Lanvin met la touche finale en l'interprétant comme un roi de l'opérette. Le film sort sur les écrans de cinéma le 19 octobre 1977.

Reprise : Francis Cabrel (*Les Enfoirés 2000*, CD BMG 174 114-2, 2000).

Rock'n Rose

Album d'Alain Chamfort ; 33-tours CBS (LP)
Parution : 1977
Joujou à la casse, Baby Lou, Privé, Disc-jockey, Tennisman, Sparadrap, Rock'n Rose, Lucette et Lucie, Le Vide au cœur.

Quand ils se rencontrent, Alain Chamfort (né Le Govic en 1949, ancien mod) sort d'une carrière à succès de chanteur pour minettes sur le label Flèche de Claude François. Lassé de cette image, il prend son indépendance et frappe à la porte de Gainsbourg. Cette opportunité permet à l'auteur de se relier à une génération qui n'est pas la sienne. Quant à l'interprète, c'est l'occasion de présenter d'autres facettes de sa personnalité et de changer de style. Les gros moyens sont employés pour la réalisation de *Rock'n Rose*, enregistré successivement aux studios Record Plant, Cristal et ABC de

Los Angeles (parties rythmiques et cuivres), au Marquee de Londres (cordes et percussions) et au studio Aquarium à Boulogne (parties vocales). Parmi les musiciens figurent des noms connus des amateurs de pop rock : les frères Steve et Jeff Porcaro (claviers et batterie), Ray Cooper (percussionniste d'Elton John), Jai Winding (piano), etc. À l'image de son intitulé, l'album distille un habile mélange entre le rock (*Joujou à la casse*), les ballades romantiques (*Lucette et Lucie*, *Le Vide au cœur*), richement arrangées (*Disc-jockey*) ou pop (*Sparadrap*), une pincée de disco-funk (*Tennisman*, *Rock'n Rose*, *Privé*) et la mélodie de *Baby Lou*, reprise plus tard par Jane Birkin et Lio.

Joujou à la casse

Également paru sur 45-tours CBS 5791 (SP), avec *Privé*

Avec ce démarrage sur les chapeaux de roues, Serge Gainsbourg fait endosser à Alain Chamfort le rôle inhabituel d'un vrai rocker, et ça fonctionne bien. Ce *Joujou à la casse* très électrique joue sur les significations du dernier mot : *Petit joujou si tu te casses/Ou je veux dire si tu te tires/Petit joujou c'est à la casse/Qu'tu t'en iras finir.* Alain Chamfort et Jean-Noël Chaléat signent la musique.

Baby Lou

Après le côté rock, voici le côté rose d'Alain Chamfort avec ce *Baby Lou* qui va connaître une belle postérité sur les lèvres de Lio et Jane Birkin. L'interprète original est aussi un excellent compositeur, comme le prouve cette chanson travaillée avec Michel Pelay, et bien d'autres qu'il signera ensuite jusqu'au chef-d'œuvre *La Vie Saint-Laurent* en 2010. *Baby Lou* possède un vrai charme mélodique, mais aussi romantique à la façon Gainsbourg, soit réaliste et destroy : *Sur les abords du périphérique/J't'ai aperçue par ma vitre/On aurait dit comme le générique/D'un film ricain sans sous-titres/ Tu n'as même pas demandé où j'allais/On aurait dit que tu t'en foutais.*

Après la naissance de sa troisième fille, la future comédienne Lou Doillon, Jane Birkin reprendra le titre dans une version féminine avec les paroles inversées : *Baby Alone in Babylone* (LP Philips 814 525-1, 1983) ; *Jane Birkin au Bataclan* (2 LP Philips 8340 376-1, 1987) ; *Jane – Concert intégral à l'Olympia* (2 CD Philips 534 463-2, 1996) ; *Jane en concert au Japon* (2 CD Mercury UICM 9001/2, 2000). Reprises : Lio (*Suite Sixtine*, LP Ariola 207177, 1982), Ute Lemper (*Hommage à Gainsbourg*, festival de Montreux, 9/7/2000), Guy Godefroy et Bambou (*Portraits*, CD Frémeaux & Associés FA 8020, 2000), Kenzo Saeki (*L'Homme à tête de sushi*, CD Sawasdee 030405, 2003).

Privé

Également paru sur 45-tours CBS 5791 (SP), avec *Joujou à la casse*

La production de *Privé* montre combien l'album a été enregistré dans le plus grand studio de Los Angeles avec quelques-unes des célèbres pointures du coin. Le titre, funky et cuivré, tourne impeccablement sur près de cinq minutes, dans un style assez impersonnel. Alain Chamfort en signe la musique et Serge Gainsbourg les paroles sur le thème de la boîte de nuit et de la fille, aussi privées l'une que l'autre.

Disc-jockey

Le titre *Disc-jockey* sert de suite logique à *Privé*, mais la musique romantique à souhait (Chamfort/Pelay) est totalement à l'opposé. Les paroles sont au diapason de cette chanson mineure.

Tennisman

En 1977, le tennis devient à la mode avec les vedettes des courts comme Björn Borg, Guillermo Vilas, Ilie Nastase, Jimmy Connors ou John McEnroe. Le tennisman de haut niveau compte parmi les sportifs les mieux payés et les plus recherchés par les groupies, d'où le refrain qui laisse Serge Gainsbourg rêveur : *Tennisman, tennisman/Tu as des filles, tu as des fans/En trois sets, en quatre sets, en cinq sets/Qu'tu sois vaincu vainqueur/ Le racket d'la raquette, les rockets/Smash et passing-shot il connaît par cœur*. Même au plus haut niveau, on ne peut pas être au top tous les jours…

Sparadrap

Alain Chamfort et Jean-Noël Chaléat composent ce titre qui pour les paroles rappelle le thème de *Les Bleus (sont les plus beaux bijoux)* offert en 1972 à Zizi Jeanmaire. L'amour blessé par un chagrin a besoin de sparadrap (que l'auteur ne fait pas rimer avec draps). La chanson s'adresse à un homme à qui l'auteur conseille de faire le sourd à l'appel de l'amour car *toutes les filles sont les mêmes*. À noter l'interjection « Hey man » qui reviendra dans *Hey man, Amen* en 1987.

Rock'n Rose

Voici la chanson tant attendue de Serge Gainsbourg sur les cocktails, qu'il affectionnait grandement. Ce titre une nouvelle fois très cuivré est une allégorie sur le mélange explosif que sont la vie et le Grand Barman qui, tout là-haut, secoue son shaker et prépare une coupe qu'il faudra bien avaler un jour : *C'est un mélange choc/Qui se boit on the rocks/Rock'n'rose rock'n'rose/Un cocktail explosif/Un coktail Molotov*... À consommer avec modération !

Lucette et Lucie

Dans cette chanson qui a irrité Alain Chamfort quand il en a pris connaissance, trouvant qu'elle brisait trop délibérément son image de jeune homme *clean*, Serge Gainsbourg l'imagine en galante et double compagnie de jumelles suédoises : *Lucie, Lucette, Lucette, Lucie/Le septième ciel à trois c'est l'paradis/On fait l'amour en stéréophonie*. Le parolier a toujours profité de l'ambiguïté qu'il pouvait apporter à des « chanteurs à minettes ». Autrefois son souffre-douleur se nommait Dominique Walter, c'est aujourd'hui Alain Chamfort, qui cosigne à nouveau la musique avec Jean-Noël Chaléat.

Le Vide au cœur

Ce titre qui clôt *Rock'n Rose* mentionne en ouverture deux des auteurs fétiches de Serge Gainsbourg, qu'il cite dans d'autres chansons : Arthur Rimbaud et Edgar Allan Poe sont également réunis dans *La Bise aux hippies* (1967), *Hmm hmm hmm* (1984) et *Oh Daddy oh*

(1986). Le texte très sensible met les sentiments du chanteur à découvert, déclarant sa solitude et son mal de vivre : *Parce que romantique/Ou peut-être trop cynique/ Parce que trop lucide/Dans mon cœur j'ai fait le vide.* L'auteur offre aussi de beaux cadeaux à son interprète.

La Petite Rose

Créé par Nana Mouskouri ; 33-tours Philips 9101 159 (LP *Alleluia*)

Pour Nana Mouskouri, Serge Gainsbourg avait déjà écrit *Les Yeux pour pleurer* en 1963. Cette seconde collaboration arrangée par Alain Goraguer au studio Morgan à Bruxelles évoque *des roses sans parfum* pour la petite Rose. Elles ne sont autres que celles de la sculpture qui orne sa dernière demeure : *Pauvre petite chose/Cueillie à peine close/Par les doigts du destin/As-tu gagné au change/Es-tu avec les anges/Ou bien n'es-tu plus rien ?*

Enregistrement

Créé par Françoise Hardy ; 33-tours EMI 2C 066-14428 (LP *Star*)

Cet *Enregistrement* est l'unique composition de Serge Gainsbourg pour le nouvel album *Star* de Françoise Hardy. Le superbe texte part du temps présent pour évoquer les traces du passé laissées sur bande magnétique, photographie ou film. Le futur se chargera de faire le tri parmi ces moments, particulièrement ces nuits passées au côté de l'être aimé : *Il ne restera de nos nuits que/ Des mouvements graphiques et pornographiques/Sur un écran de chair obscure/Les débuts lancinants, les fins frénétiques/D'un présent passé au futur.* La musique évanescente enregistrée au studio de la Grande Armée par Gabriel Yared réunit la crème des musiciens de studio avec Claude Engel (guitare solo), Ted Tunnicliff (guitare rythmique), Jannick Top (basse), Georges Rodi (synthétiseur Moog) et Jean Schultheis (batterie).

Bobino

Album de Zizi Jeanmaire ; 33-tours Pathé Marconi 2C 068 14514 (LP)
Parution : 12 décembre 1977
Quand ça balance, Rétro Song, Mesdames mesdemoiselles mes yeux, Yes Man, Merde à l'amour, Ciel de plomb, Tic-tac-toe, Vamp et vampire.

La nouvelle revue de Zizi Jeanmaire à Bobino fait l'objet d'un album réalisé par l'un des premiers fans de Gainsbourg, Claude Dejacques. Serge écrit et compose sept nouvelles chansons ainsi que *Ciel de plomb*, adaptation du classique *Stormy Weather*.

L'auteur, qui avait réalisé la quasi-intégralité du disque *Zizi je t'aime !* en 1972, est resté fidèle à la danseuse et interprète. À peine sorti de l'album *Rock'n Rose* pour Alain Chamfort et déjà dans la préparation du prochain Jane Birkin (*Ex-fan des sixties*, paru l'année suivante), il s'investit dans les paroles et musiques de l'album *Bobino*, pourtant moins ambitieux que son prédécesseur, destiné à la revue du Casino de Paris. Les chansons du disque, dont se détachent le sur-mesure *Quand ça balance* et le cocasse *Tic-tac-toe*, sont enregistrées au studio Pathé Marconi sous la houlette de Georges Rabol. Le 33-tours, dont la sortie coïncide avec la présentation du spectacle, est donc un album studio. Ces huit titres se retrouvent sur la compilation *Gainsbourg chanté par* (EMI 854 067-2, 1996, rééditée en 2001). Les autres titres de l'album, outre l'incontournable *Mon truc en plumes* de Bernard Dimey et Jean Constantin, sont dus à Claude Nougaro (*Frileuse* et *Ça fait mal* en medley avec *J'suis mordue* de Boris Vian) et Guy Béart (*Fière à jambe*).

Quand ça balance

La revue Zizi Jeanmaire saison 1977-1978 trouve son hymne avec *Quand ça balance* écrit sur mesure par Serge Gainsbourg. Un air de music-hall bercé par les cuivres et mené par une Zizi époustouflante : *Quand ça balance, ça balance/Ça balance, c'est fou/Quand ça rentre dedans/Je me prends un pied géant/Le reste je m'en fous*. Le texte précise que, entre les manuels ou les intellectuels, la danse, elle, s'en fout (comme dans *Goodbye Emmanuelle*).

La chanson est reprise lors de la retransmission télévisée de son spectacle à Bobino le 21 août 1978 (« *Zizi Jeanmaire à Bobino* »). L'interprète en donne une version modernisée dans *Zizi au Zénith* (CD WMD 334 992-500, 1995).

Rétro Song

Certains souvenirs font encore mal quand ils sont trop douloureux ou trop récents. Le temps ou la distance n'y pouvant rien changer, il ne faut donc compter que sur soi-même pour les oublier. C'est ce qu'explicite la chanson avec ses rimes en *ive* relatives au passé. *Rétro song* est reprise dans les émissions « C'est pas sérieux » de Catherine Anglade (12 février 1978), « Top à Zizi Jeanmaire » (3 juin 1978) et « Zizi Jeanmaire à Bobino » (21 août 1978).

L'interprète réactive le titre en 1995 dans son spectacle *Zizi au Zénith* (CD WMD 334 992-500). Reprise : Bérangère Basty (*Portraits*, CD Frémeaux & Associés FA 8020, 2000).

Mesdames mesdemoiselles mes yeux

Le registre de Zizi Jeanmaire est étendu. Elle peut aussi bien interpréter des sujets graves que légers, voire improbables. *Mesdames mesdemoiselles mes yeux* et son jeu de mots un peu triste (suivi par *Ont pleuré pour de beaux messieurs*), se situe dans la catégorie des chansons à cœur ouvert, décrivant sous une pluie de rimes en *ive* (vingt-quatre au total) le chagrin d'une femme qui a trop aimé. L'interprète apporte un certain réalisme qui empêche au titre de se noyer dans le pathos. Elle le chante en avant-première dans « Le Grand Échiquier » de Jacques Chancel le 29 septembre 1977.

Reprise : Christiane Canavese (*Chante Gainsbourg*, CD Au Merle Moqueur AMCD 999, 1999).

Yes Man

Dans *Yes Man*, Serge Gainsbourg exploite le mythe de l'homme viril originaire d'Afrique et crée de multiples allusions à son organe et à ses qualités d'amant (*homme banane*, *recordman*, *Jéroboam*, *carotte man*, *saxophone soprane*…) comme à ses défauts (*rien dans le crâne... tout dans les cannes*). Le genre de chanson politiquement incorrecte encore possible et passable en 1977.

Merde à l'amour

Un titre pareil aurait convenu à Jacques Dutronc, qui sur un autre ton chantera *L'Hymne à l'amour (moi l'nœud)*. C'est Zizi Jeanmaire qui dit *Merde à l'amour* de la part de tous les déçus : *Merde à l'amour et à ses paradis/*

Puisque l'enfer est l'envers de l'amour. Un « Top à Zizi Jeanmaire » lui est consacré le 3 juin 1978 ; le titre y est joué sous la direction de Guy Matteoni.

Ciel de plomb

Ciel de plomb est l'adaptation très libre, tant musicale que textuelle, du classique *Stormy Weather* (1933) immortalisé par Ethel Waters (créatrice du titre), Billie Holiday, Frank Sinatra, Lena Horne, Ella Fitzgerald, Shirley Bassey, etc. Sur le thème initial de la femme délaissée en concordance avec le(s) temps orageux qui s'annonce(nt), Serge Gainsbourg verse sa noirceur et son scepticisme : *Ciel de plomb/Pas un homme à l'horizon/C'est l'angoisse/Dois-je mettre mon cœur à la glace/Pour préserver mes peines*. Comme il est de coutume (*Bloody Jack*, *Ces petits riens*, *La Vie Zizi*) l'interprétation de Zizi Jeanmaire est épatante, sans tomber dans le mélo (*sans la chaleur d'un mââââle...*).

Reprise : Christiane Canavese (*Chante Gainsbourg*, CD Au Merle Moqueur AMCD 999, 1999).

Tic-tac-toe

Les longues et belles gambettes de Zizi Jeanmaire sont faites pour le charleston. Il est logique de lui offrir un ragtime sur une variation de *Bubble Gum* (Brigitte Bardot, 1965), soutenue par une clarinette. Serge Gainsbourg y colle les paroles humoristiques sur le thème d'une poule qui espère toucher le jackpot avec son pote Jacky : *J're-filais à mon pote/L'total de mes banknotes/Toutes ces liasses/Venues des passes/À faire et refaire le tic-tac-toe*. Le *tic-tac-toe* (pour *tic tac toc* et *toe*, l'orteil) symbolise les battements du cœur (de l'amour à l'angoisse), le bruit des talons aiguilles sur le pavé ou de l'amour physique, et enfin les coups de feu. Pour donner tout le relief nécessaire à cette chanson, Miss Zizi la danse sur des claquettes.

Version modernisée dans *Zizi au Zénith* (CD WMD 334 992-500, 1995), et disco lourdingue par Régine (album *Jackpot* CBS 82736, 1978), Luc Lazza (album *Luc Lazza revisite Gainsbourg*, LJDM 2010).

Vamp et vampire

Sur un air de music-hall et avec un léger zozotement sur le refrain d'allitérations en *c* et en *v*, Zizi Jeanmaire expose le postulat selon lequel : *Ces vamps et ces vampires/On peut pas rêver pire/Ces vamps et ces vampires/Ça te suce, et t'expires*. Pourquoi ? *Because voiture/Because fourrure/Because bijoux/Because de tout*. Serge Gainsbourg aime le luxe mais a une profonde aversion pour l'ostentatoire, comme il en faisait part dans *Maxim's*, dès 1963. L'expression est reprise dans *Apocalypstick* (1978) pour Jane Birkin.

1978

Ex-fan des sixties

Une année de paradoxe, entre la délicatesse de l'album écrit pour Jane et le tube de l'été *Sea Sex and Sun* « torché en deux minutes » de son propre aveu. Gainsbourg est ailleurs et prépare une troisième métamorphose…

Ex-fan des sixties

Album de Jane Birkin ; 33-tours Fontana 6235 353 (LP)
Parution : février 1978
Ex-fan des sixties, Apocalypstick, Exercice en forme de Z, Mélodie interdite, L'Aquoiboniste, Vie mort et résurrection d'un amour passion, Nicotine, Rocking-Chair, Dépressive, Le Velours des vierges, Classée X, Mélo mélo

Depuis *La Piscine* (1969) avec Alain Delon, la carrière cinématographique de Jane Birkin a pris le pas sur celle de chanteuse. Vedette de plusieurs comédies à grand succès, notamment avec Pierre Richard (*La Moutarde me monte au nez*, *La Course à l'échalote*), elle est également appelée pour des rôles plus consistants (*Sept morts sur ordonnance* en 1975, *Mort sur le Nil* en 1978). Parallèlement, les albums les plus ambitieux de Serge Gainsbourg ont vu leurs ventes s'écrouler, à tel point que les mauvaises langues parlent de « Monsieur Birkin », ce qui le blesse profondément. Pris par la préparation de son premier long-métrage *Je t'aime moi non plus*, il n'avait pu finaliser la réalisation de l'album de Jane, *Lolita Go Home*, paru en 1975. Le travail d'écriture avait été délégué à Philippe Labro avec quelques indications. Pour ce nouvel album provisoirement nommé *Apocalypstick*, il compte bien rétablir l'équilibre et offrir à sa compagne un grand disque, à la fois léger et grave. Le pari s'avère totalement réussi à l'écoute du résultat rebaptisé *Ex-fan des sixties*, enregistré au studio Phonogram de Londres sous la férule d'Alan Hawkshaw (arrangements, direction musicale et claviers), avec notamment Alan Parker (guitares), Brian Odgers (basse), Dougie Wright (batterie) et Jim Lawless (percussions). À l'inverse de *Lolita Go Home* duquel nulle chanson se détachait suffisamment pour devenir un hit, cet album en offre deux qui passent en radio (*Ex-fan des sixties*, devenu un classique, et *Apocalypstick*) et regorge de classiques affirmés ou méconnus : *Mélodie interdite*, *L'Aquoiboniste*, *Vie mort et résurrection d'un amour passion*, *Nicotine*, *Le Velours des vierges*, sans compter la reprise de *Rocking-Chair* créé quatre ans plus tôt par Isabelle Adjani à la télévision. Grande réussite au point de vue des compositions, *Ex-fan des sixties* est aussi un disque attachant pour son interprétation sensible et fragile, parfois au bord de la rupture. La version CD de l'album ajoute en bonus les titres *Ballade de Johnny-Jane*, *Raccrochez c'est une horreur* et *Yesterday Yes a Day*.

Ex-fan des sixties

Également paru sur 45-tours Fontana 6172 761 (SP) avec *Mélo mélo*

Chanson-souvenir en hommage aux *Swingin' Sixties* déjà lointaines, *Ex-fan des sixties* fait la liste des groupes éteints et des héros passés de rock à trépas. Jane Birkin, qui a vécu ses vingt ans à Londres, au cœur du cyclone, se rappelle : *Ex-fan des sixties/Petite Baby Doll/Comme tu dansais bien le rock'n'roll Ex-fan des sixties/Où sont tes années folles/Que sont devenues toutes tes idoles.* Elle évoque Jim Morrison (The Doors), Jimi Hendrix, Otis Redding, Janis Joplin, T. Rex et Elvis Presley, ou des pionniers du rock comme Eddie Cochran et Buddy Holly. La montée en gamme de la voix ajoute à l'intensité de l'interprétation. Le titre a failli ne pas voir le jour en raison des difficultés de Jane Birkin à surmonter l'allitération du titre. Après de nombreuses prises, la chanson est laissée de côté pour être rechantée avec succès ; entre-temps, l'on a appris la mort du *King* Elvis (en août 1977) et de Marc Bolan (alias T. Rex, mort en septembre de la même année).

Une version anglaise enregistrée plus tard, *Ex-Fan of the Sixties*, est rejetée par la filiale londonienne de Phonogram ; elle apparaît sur l'anthologie *Jane B. – Intégrale*, vol. 2 parue en 1992 (CD Philips 514 123-2). Une parodie de la chanson citant rockers et chanteuses françaises (dont certains de ses propres interprètes : France Gall, Brigitte Bardot, Petula Clark, Françoise Hardy, Eddy Mitchell...) est enregistrée par Serge Gainsbourg et Jane Birkin pour une émission de François Jouffa sur France Inter. Autres versions de Jane Birkin, en public : *Jane Birkin au Bataclan* (2 LP Philips 8340 376-1, 1987) ; *Je suis venu te dire que je m'en vais... Concert intégral au Casino de Paris* (2 CD Philips 510 972-2, 1992) ; *Jane – Concert intégral à l'Olympia* (2 CD Philips 534 463-2, 1996) ; *Jane en concert au Japon* (2 CD Mercury UICM 9001/2, 2000) ; *Jane Birkin au Palace* (CD Capitol 93062782-6, 2009).

Reprises : L. Monès (LP Musidisc PH 1839, non datée), Dona Ruy Project (album *A Portrait of Serge Gainsbourg*, Harmonia Mundi ESS2, 1995), Nathalie Roussel (*Les Plus belles chansons françaises – 1978*, CD Atlas FRACD 017, 1996 et *Les Génies de la chanson française – Serge Gainsbourg*, CD Atlas FRA HOMCD1, 1997), Fabienne Thibeault (*Hommage – Ils chantent Serge Gainsbourg*, CD Atlas 6227 205, 1998), Sandrine Alexis et Frédéric Lebon (émission « Les Détourneurs », M6, 1/8/2000), Disco Maxim (album *Initials D.D.*, Döner Diskothek, 2005).

Apocalypstick

Les chansons composées pour Jane Birkin ont amené une frange du public de Serge Gainsbourg, d'obédience pop-rock, vers les rives d'une chanson française traditionnelle dont l'Anglaise est une ambassadrice inattendue. Des titres comme *Ex-fan des sixties* ou *Apocalypstick* ont grandement aidé à faire le pas vers ce répertoire. Le charme de celle-ci réside dans le mot-valise qui sert de titre et de refrain, et dans l'évocation des traces de *lipstick* rouge sur tout ce que les lèvres effleurent (*Sur toutes les anatomies/Ma bouche se dessine en décalcomanie*). Serge monte des obstacles vocaux à Jane qui s'amuse à les déjouer. La suite d'accords au piano sera déclinée pour la mélodie de *Nicotine*.

Exercice en forme de Z

Dans l'album *Ex-fan des sixties*, Serge Gainsbourg fait ressortir la nature joyeuse et loufoque de sa compagne qui séduit tant dans les salles de cinéma. Cet *Exercice en forme de Z* rempli d'allitérations délicates (surtout pour l'interprète) est chanté avec pour seul accompagnement un piano dessinant une arabesque mélodique.

Jane Birkin révise l'exercice dans *Versions Jane*, sur un nouvel arrangement de Philippe Delettrez (CD Philips 532 140-2, 1996) et *Jane Birkin au Palace* (CD Capitol 93062782-6, 2009).

Reprises : Zazie (émission « Dans tous les sens », France Inter, 12/5/1998), Christiane Canavese (*Chante Gainsbourg*, CD Au Merle Moqueur AMCD 999, 1999), Sabeline Campo (*Portraits*, 2 CD Frémeaux & Associés FA 8020, 2000), Benjamin Biolay (concert à La Cigale, 9/2/2004 – inédit TV) et Simone Tassimot (*Gainsblues*, CD Le Mot et La Note LMEN01, 2009).

Mélodie interdite

En intitulant ce morceau *Mélodie interdite*, Serge Gainsbourg souhaitait qu'il soit exclusivement réservé à sa compagne et interprète, à qui il trousse de magnifiques vers sur des musiques aussi nobles. La *Mélodie interdite* en constitue un bel exemple, avec son motif de piano entêtant qui pourrait faire des jaloux si cette chanson n'était pas privée.

L'Aquoiboniste

La chanson *L'Aquoiboniste* inspirée par le tempérament de Jacques Dutronc était logiquement destinée à Françoise Hardy qui ne la prit pas, peut-être par crainte de froisser son compagnon. Jane Birkin la reprend à son compte et, en toute logique, c'est Gainsbourg lui-même, cette fois, qui passe pour un aquoiboniste : *Un faiseur de plaisantristes/Qui dit toujours à quoi bon/À quoi bon.*

Jane Birkin la reprend en public dans *Je suis venu te dire que je m'en vais… Concert intégral au Casino de Paris* (2 CD Philips 510 972-2, 1992) et *Jane en concert au Japon* (2 CD Mercury UICM 9001/2, 2000).

Reprises : Jil Caplan (émission France 3, 21/10/1990), Maurice Garrel (*Portraits*, 2 CD Frémeaux & Associés FA 8020, 2000), Conservatoire de Nantes (spectacle *Couleurs Gainsbourg*, mars 2001).

Vie mort et résurrection d'un amour passion

L'album *Ex-fan des sixties* recèle de très belles mélodies interprétées avec une grande sensibilité par Jane Birkin. *Vie mort et résurrection d'un amour passion* est sur ces deux plans un titre poignant, embelli par la perfection de son texte : *Nous nous sommes dit tu/Nous nous sommes dit tout/Nous nous sommes dit vous/Puis nous nous sommes tus*. En maître des mots, Serge Gainsbourg réussit à faire passer toute l'émotion contenue dans ce récit d'un amour passionnel. La seule réserve concerne l'arrangement surchargé qui double la mélodie au piano par des effets de synthétiseur, mais il n'y a pas de quoi bouder ce morceau méconnu et pourtant majeur.

Nicotine

La chanson part d'une expression symbolique pour expliquer le départ du conjoint sans raison valable. Celui-ci, fumeur patenté comme l'auteur de la chanson, semble s'être définitivement barré : *Il est parti chercher des cigarettes/En fait/Il est parti*. Son absence a ceci de positif qu'il n'intoxiquera plus sa conjointe. Il faut vraiment s'appeler Gainsbourg pour confier à sa compagne une chanson comme *Nicotine*… La jolie mélodie appuyée au piano décline les accords du titre *Apocalypstick*.

Séparée de Serge Gainsbourg deux ans plus tard, Jane Birkin garde *Nicotine* à son répertoire scénique : *Jane Birkin au Bataclan* (2 LP Philips 8340 376-1, 1987) ; *Je suis venu te dire que je m'en vais… Concert intégral au Casino de Paris* (2 CD Philips 510 972-2, 1992) ; *Jane en concert au Japon* (2 CD Mercury UICM 9001/2, 2000) ; *Jane Birkin au Palace* (CD Capitol 93062782-6, 2009).

Reprises : Les Rita Mitsouko (concert à la Coopérative de Mai, Clermont-Ferrand, 9/3/2000), Anouk Plany (album *Anouk Plany chante Gainsbourg et cætera*, Bos Records 212 03, 2003).

Dépressive

Passant du rire au larmes, l'album *Ex-fan des sixties* voit Jane Birkin chanter le mal de vivre, ou peut-être *son* mal de vivre. Qui peut savoir quels sont les liens entre la vie et l'œuvre ? Dans les chansons qu'il écrit pour Jane Birkin, Serge Gainsbourg n'a de cesse d'affiner la palette des sentiments. En retour, sa compagne les interprète avec toute la pudeur qu'ils méritent, la voix à la limite de se briser : *Je n'sais c'qui cloche/Tout me semble moche/L'pire c'est qu'c'est sans raison/En quoi est-ce un crime/D'faire de la déprime/Et d'broyer du charbon. Dépressive* se clôt sur un long chorus avec piano, guitare électrique et orchestre. La mélodie s'inspire du 1er mouvement de la *Sonate pour piano n° 8 opus 13* dite *Grande Sonate pathétique*, composée par Ludwig van Beethoven en 1799.

Le Velours des vierges

Sans introduction, Jane Birkin entame ce *Velours des vierges* sombre et fantasmagorique, dans un océan d'échos. La belle mélodie accompagnée par les arpèges d'une guitare acoustique supporte le récit imaginaire de légions d'amazones cruelles : *Vois-tu là-bas leurs chevaux/Courir un vent de folie/La hargne de ces furies/Leur passant par les naseaux*... Avec ce poème, l'auteur s'aventure dans le genre littéraire fantastique, inhabituel de sa part.

Reprises : Guy Godefroy (*Portraits*, 2 CD Frémeaux & Associés FA 8020, 2000), Les Rita Mitsouko (*Les Rita Mitsouko avec l'Orchestre Lamoureux*, CD Virgin 77 244-2, 2004).

Classée X

Le classement X pour les films à caractère pornographique ou violent interdits aux mineurs existe en France depuis le 30 octobre 1975. Serge Gainsbourg n'attend pas longtemps pour recycler le terme en chanson. Jane Birkin interprète avec douceur et légèreté le texte au parfum de liberté sexuelle, avec pour la circonstance des rimes en *x*. En 1998, une compilation des titres les plus charnels de Serge Gainsbourg adopte pour intitulé *Classé X*, avec le visage de l'auteur flouté.

Reprise : Baby Birkin (*Classée X*, CD Dishy 33, 1998).

Mélo mélo

Également paru sur 45-tours Fontana 6172 761 (SP) avec *Ex-fan des sixties*

L'intitulé de *Mélo mélo* fait fortement penser à Melody, l'héroïne de l'album *Histoire de Melody Nelson* (1971), d'autant que la consonance du prénom est présente dans le premier vers : *Mélo mélo mélo dis-/Moi toi qui t'en vas*. Le texte et ses rimes en *ame* vise les situations compliquées qui s'installent dans les relations amoureuses. La musique est emballante, avec son riff de guitare en boucle et ses sonorités funky à l'orgue et au clavinet, débouchant sur un solo de synthétiseur, l'une des spécialités de l'arrangeur Alan Hawkshaw.

Reprises : Blonde Redhead (SP Dishy 29, USA, 1997), Baby Birkin (*Classée X*, CD Dishy 33, 1998).

Sea Sex and Sun

Créé par Serge Gainsbourg ; 45-tours Philips 6172 147 (SP) avec *Mister Iceberg* ; Maxi 45-tours Philips 9199 777 (Maxi) ; Maxi 45-tours Philips 9199 914 (maxi) : versions anglaises

Pour la troisième fois la même année, Serge Gainsbourg part à Londres afin d'y enregistrer son « tube de l'été ». Du 22 au 24 mai 1978, en compagnie d'Alan Hawkshaw et des musiciens du studio Phonogram, il donne une suite à *L'Ami Caouette* et *My Lady Héroïne*. Le chanteur ne rate pas le train du disco qui déferle dans le monde entier : Donna Summer, la reine du genre, a repris son *Je t'aime moi non plus* dans la bande originale du film *Thank God It's Friday* et s'en est inspirée, avec son producteur Giorgio Moroder, pour *Love to Love You Baby*. Cela lui donne envie de faire de nouveau un tube érotique. Simplifiant son texte au possible, il largue *Sea Sex and Sun* sur les ondes : *Sea/sex and sun/Le soleil au zénith/Vingt ans, dix-huit/Dix-sept ans à la limite/ Je ressuscite*. À la sonorité scintillante des claviers et du motif typiquement disco, il ajoute le refrain chanté par les chœurs et, cerise sur le gâteau, quelques gémissements féminins. Le hit, sorti en juin, s'incruste tout l'été sur les radios et poursuit sa carrière en novembre lorsque Patrice Leconte le choisit pour la bande originale du film *Les Bronzés*, premier du nom, qui ne tarde pas à chambouler le box-office. Serge Gainsbourg n'est pas très fier de son titre, « torché en deux minutes », mais il lui rapporte gros et compense les méventes de ses récents albums. Il a également enregistré une version anglaise qui n'a pas rencontré le succès international espéré, c'est rien de le dire.

Reprises : Claude Dauray et son Orchestre (LP Vygson 30275, 1978), Jean-Louis Foulquier (*Les Plus belles chansons françaises – 1979*, CD Atlas FRACD 018, 1996), Nicolas Botni (*Nicolas Botni chante Serge Gainsbourg*, CD Les Tréteaux, 1996), Melody Sexton (*Gainsbourg Tribute '95*, CD COCA 15253, Japon, 1998), Pascal Obispo et Zazie (*Les Enfoirés 2000*, CD BMG 174 114-2, 2000), Mari Natsuki (*Made in Japan*, CD New Mantra 020303, 2002), Kenzo Saeki (*L'Homme à tête de sushi*, CD Sawasdee 030405, 2003), Karen Mulder et Patrick Timsit (émission « Chantons ensemble contre le sida », TF1, 24/4/2004), Horst Pilau & les Schtroumpfs (album *Initials D.D.*, Döner Diskothek, 2005). Eddy De Clercq Quartet (*Gainsnord*, CD Sonic Scenery 708 028, 2009) et Cosmos (remix dance, Grande-Bretagne, hors commerce, 2010).

Mister Iceberg

Créé par Serge Gainsbourg ; 45-tours Philips 6172 147 (SP) avec *Sea Sex and Sun* ; maxi 45-tours Philips 9199 777 (maxi) ; maxi 45-tours Philips 9199 914 (maxi) : versions anglaises

Ce *Mister Iceberg* devait être la face A du nouveau simple de Serge Gainsbourg avant qu'il ait l'idée de *Sea Sex and Sun*. Comme il l'a annoncé au micro de Pierre Lescure lors de l'émission « Le Cahier de chansons » (30 avril 1978), la face B aurait dû être *Jivaro*, une chanson sur « la réduction des gens qui ont la grosse tête ». Finalement, le rock mou de *Mister Iceberg* atterrit en seconde position. À l'instar de la face A, une version anglaise est enregistrée pour une sortie en maxi 45-tours (soit au format 30 centimètres) destiné aux disc-jockeys.

Reprises : Christiane Canavese (*Chante Gainsbourg*, CD Au Merle Moqueur AMCD 999, 1999), Scenic Railway (*Tribute to Gainsbourg*, CD Pudding 187 682, 2004).

Les Femmes ça fait pédé

Créé par Régine ; 33-tours CBS 82736 (LP *Jackpot*)

En 1978, Régine enregistre un nouvel album intitulé *Jackpot*. L'interprète des *P'tits Papiers* a changé de registre et se rêve désormais en reine du disco avec l'adaptation du hit *I Will Survive* (*Je survivrai*), tout en régnant sur les nuits parisiennes avec sa discothèque *Le Régine's*. Le titre qu'elle hérite de Serge Gainsbourg n'est pas vraiment à la page et son propos plutôt éculé. L'auteur est visiblement arrivé au bout du chemin avec sa fidèle interprète.

Betty Jane Rose

Créé par le groupe Bijou ; 45-tours Philips 6172 192 (SP)

Début 1978, le groupe Bijou remet au goût du jour *Les Papillons noirs*, une composition de Gainsbourg datant de 1966 et créée par Michèle Arnaud. Les trois rockers de la banlieue parisienne invitent Serge à l'interpréter avec eux lors de l'émission « Musique and Music » le 9 avril, puis sur scène à Épernay, Lyon et trois fois à Paris (sur les scènes du Théâtre Mogador, au Palace et au Palais des Sports). Reconnaissant envers le groupe à l'origine d'un renouveau du rock francophone, en même temps que Téléphone, l'auteur leur offre un *Betty Jane Rose* parfaitement adapté, un rock mélodique et bien écrit, dévalé à cent à l'heure par le trio : *Dans les parkings en sous-sol, sol mineur/On peut voir errer, ré, ré, ré, là la mineure/Betty Jane Rose/Cherchant sa dose/De dragues majeure*. Comme on peut s'en douter, *Betty Jane Rose* est l'histoire d'une jeune fille recherchant la compagnie des rockers. L'atout principal de *Betty Jane Rose* est le parfait synchronisme entre la forme et le fond. Les notes citées dans les paroles sont simultanément reproduites en musique (exemple : le mot *l'adorer* est joué *la do ré*). Le genre d'astuce qui fait de Serge Gainsbourg un auteur majeur. La musique est enregistrée dans un studio mobile à Saint-Étienne et les voix au studio Ferber à Paris ; le titre paraît sur 45-tours en novembre 1978, puis est repris sur le 33-tours *Bijou en public* (LP Philips 6313 059) paru en 1980. Fin 1979, Serge Gainsbourg proposera à Bijou de jouer la musique du film *Tapage nocturne*. Le groupe a publié cinq albums studio et un en public avant de se séparer en 1985. Il est réapparu dans une autre formule sous le nom Bijou SVP. Manager et parolier attitré de Bijou première mouture, Jean-William Thoury est devenu le journaliste et auteur érudit que l'on sait. En 2007, il a publié un épais *Dictionnaire Gainsbourg* chez Scali.

1979

Aux armes et cætera

Nouveau scandale, nouvelle carrière, nouveau son et nouveau personnage, puisque Gainsbarre se profile déjà à l'horizon. *Aux Armes et cætera* est l'album de la troisième métamorphose de Gainsbourg, après sa période chanson française et sa période pop.

Aux armes et cætera

Album de Serge Gainsbourg ; 33-tours Philips 9101 218 (LP)
Parution : 13 mars 1979

Javanaise Remake, *Aux armes et cætera*, *Les Locataires*, *Des laids des laids*, *Brigade des stups*, *Vieille Canaille*, *Lola Rastaquouère*, *Relax Baby Be Cool*, *Daisy Temple*, *Eau et gaz à tous les étages*, *Pas long feu*, *Marilou Reggae Dub*.

En enregistrant un album reggae à Kingston avec certains des meilleurs musiciens du cru, Serge Gainsbourg frappe un coup double. Il relance sa carrière et crée un nouveau scandale avec l'adaptation de *La Marseillaise*, *Aux armes et cætera*. L'artiste entre ainsi définitivement dans l'histoire.

Ce qui va se révéler comme le grand tournant de la carrière de Serge Gainsbourg est parti d'une pensée fulgurante de son directeur artistique Philippe Lerichomme, lors d'un concert : puisque son artiste aime tant le reggae et ses racines *blue beat* et *rocksteady*, pourquoi ne pas aller enregistrer tout un album dans le berceau de cette musique, en Jamaïque ? L'idée séduit l'intéressé, qui dit banco ! et part à l'aventure avant même d'avoir achevé l'écriture des paroles, comme à son habitude. Il a préparé les harmonies de chaque titre et prévu quatre reprises : celle de *Marilou Reggae* (1976), dans une nouvelle version plus authentique, un remake de *La Javanaise* ; l'adaptation française d'un vieux standard de jazz, *Vieille Canaille*, et pour enfoncer le clou, une version 100 % reggae *roots* de *La Marseillaise*. Le 12 janvier 1979, lorsque les musiciens jamaïcains voient débarquer les deux Blancs dans le studio – Gainsbourg et Lerichomme –, ils s'attendent à plier l'affaire tranquillement. Ils ne connaissent qu'une chanson française, un vieux tube de la fin des années 1960 intitulé… *Je t'aime moi non plus*. Ils ignorent, mais ne tardent pas à découvrir, que Serge est l'auteur de cet hymne érotique, qui se transforme à Kingston en sésame ! Gainsbourg n'est pas venu en touriste. Il souhaite donner à son album la couleur authentique du reggae avec ses basses profondes, ses riffs d'orgue juteux, sa rythmique souple et ses chœurs célestes, et non le succédané pâlichon qu'il aurait obtenu avec des musiciens anglais. Le fait est historique : avant Bob Dylan, Ian Dury et Joe Cocker, Serge Gainsbourg est le premier artiste blanc à enregistrer au studio Dynamic Sounds à Kingston, avec les musiciens de Peter Tosh, soit la rythmique vedette Robert *Robbie* Shakespeare (basse) et Lowell *Sly* Dunbar (batterie), ainsi que Usiah *Sticky* Thompson (percussions), Radcliffe *Dougie* Bryan (guitare rythmique), Michael *Mao* Chung (guitare solo), Ansel Collins (orgue Hammond), Robbie *Tights* Lyn (piano électrique Fender) et les choristes de Bob Marley, The I-Threes, dont sa femme Rita, Judy Mowatt et Marcia Griffiths. Immergé dans l'atmosphère locale, Gainsbourg trouve une seconde jeunesse : son sens de la provocation (*Aux armes et cætera*, *Relax Baby Be Cool*) et de l'autodérision (*Des laids des laids*, *Pas long feu*) sont au zénith, sans oublier les fantasmes lettrés de *Lola Rastaquouère*. À son retour, il est accueilli par une nouvelle génération ébahie et un scandale lancé par le futur académicien Michel Droit, choqué par sa version reggae de l'hymne national et qui l'écrit en des termes odieux dans un éditorial bête et méchant. Serge Gainsbourg, qui rencontre le soutien de la presse et du public, connaît un vrai succès populaire qui relance sa carrière. Accompagné par le groupe Bijou, il reprend goût à la scène le temps d'un festival à l'Olympia. Six mois après la sortie de l'album *Aux armes et cætera* et quinze ans après son dernier concert, il remonte sur scène en décembre 1979 au Théâtre Le Palace à Paris pour chanter anciens et nouveaux titres. Sans qu'il le sache encore, les années 1980 vont lui appartenir.

En 2003, le journaliste et musicien Bruno Blum, éminent spécialiste du reggae, obtiendra l'autorisation de remixer les bandes rapportées de Jamaïque ; il découvrira à cette occasion de nouvelles pistes, ainsi que des couplets inédits. Un retour aux sources qui va donner naissance à un nouveau pressage de *Aux armes et cætera*, sous la forme d'un double album comprenant un remix de l'album original assorti de variantes inédites (*Marilou Reggae* et *Daisy Temple*), d'un titre écarté (*Planteur punch*), sans oublier les versions dub et des remixes signés par la crème des DJ locaux.

Javanaise Remake

Avant d'être abondamment reprise et de devenir le classique que l'on sait, Serge Gainsbourg revisite cette chanson, écrite en 1962 pour Juliette Gréco, sur un tempo reggae. La *Javanaise Remake* subit l'influence des expressions anglaises employées depuis des années par l'auteur, les variantes du mot *amour* sont remplacées par *love* : *J'avoue/J'en ai/Bavé/Pas vous/Love/*

Avant d'avoir/Eu vent/De vous/Love. Le lifting arrosé de rythmes jamaïcains surprend évidemment les plus anciens des fidèles de Serge Gainsbourg à qui l'interprète joue un bon tour, mais cette greffe s'avère réussie. Il ajoute un couplet inédit enfonçant la vision fataliste de l'original : *Navré/D'avoir/Ouvert/Mes veines/Love/ Pour/Une vraie/Sava/Lavo/Paveu/Love*. L'utilisation de l'argot javanais masque ici le mot *salope*.

Cette *Javanaise remake* est chantée lors du retour de Gainsbourg sur scène (*Enregistrement public au Théâtre Le Palace*, 2 LP Philips 6681 013, 1980). Une version remixée est publiée sur le double album *Aux armes et cætera*, avec une version DJ de sa reprise anglophone *Men Will Deceive You* par Brady & LMJ (2 CD Mercury 077 261-2, 2003).

Reprise : Collectif (*Hommage à Gainsbourg*, festival de Montreux, 9/7/2000) Les Castafiores (avec *La Javanaise, Mange disque*, CD ID Records/Mosaic Music, 26/05/2006).

Aux armes et cætera

Également paru sur 45-tours Philips 6837 549 (SP hors-commerce) avec *Lola Rastaquouère* ; 45-tours Philips 6042 469 (SP Espagne) ; ainsi que sur 45-tours Philips 6172 250 (SP), avec *Des laids des laids*

Morceau de choix de l'album homonyme, *Aux armes et cætera* adapte l'hymne français *La Marseillaise* en reggae. Il n'en fallait pas plus pour créer un nouveau scandale. Pour Serge Gainsbourg, l'entreprise est délibérée : il trouve cette adaptation adéquate à l'esprit révolutionnaire qui anime le reggae. À l'époque, ce style musical est encore méconnu en France, si ce n'est par l'entremise des plus gros succès de Bob Marley & The Wailers, tels *No Woman, No Cry* ou *Is This Love*. Les autres stars du genre (Peter Tosh, Junior Murvin, U-Roy, Burning Spear et tant d'autres), ne sont familières qu'à un public connaisseur.

L'album de Serge Gainsbourg fait alors l'effet d'une bombe dont la mèche s'intitule *Aux armes et cætera*. Avant d'apposer fièrement son nom au côté de celui du créateur de *La Marseillaise*, Rouget de Lisle, Gainsbourg déniche dans le *Grand Larousse encyclopédique* la formule originale du manuscrit : il découvre que, dès le deuxième refrain (*Aux armes citoyens, formez vos bataillons*, etc.), le texte est raccourci en « Aux armes et cætera » pour éviter d'inutiles répétitions. Ce détail passe au-dessus des oreilles des détracteurs qui y voient une insulte au chant national. Malgré les explications de l'auteur dans la presse, l'affaire prend une tournure dramatique quand l'éditorialiste du *Figaro Magazine*, Michel Droit, s'attaque violemment à la personne et à sa musique dans un texte aux relents antisémites. Serge Gainsbourg réplique publiquement par une lettre virtuose, s'appuyant sur le sens initial de *La Marseillaise,* que le gaulliste semble ne pas connaître. Le chanteur trouve d'ardents défenseurs parmi les journalistes et les organisations contre le racisme, et conclut par ce bon mot : « On n'a pas le con d'être aussi Droit. » Au lendemain de ses concerts au Théâtre Le Palace, le 4 janvier 1980, il doit affronter à Strasbourg un lot de parachutistes prêts à en découdre s'il se risque à chanter le titre qui fait polémique. Seul sur scène, il entonne l'hymne national (dans sa version classique) et fait taire les mauvaises langues.

Pendant ce temps, les ventes de l'album ne cessent d'enfler, apportant à son auteur un disque d'or, puis de platine, couronnant tardivement trente années d'une œuvre riche et intense que le public découvre au même moment par le biais de rééditions et de compilations. Le 14 décembre 1981, Serge Gainsbourg achète aux enchères le manuscrit original de *La Marseillaise*.

Notons que sa version de l'hymne résulte d'un collage de moitiés de couplets sur le rythme propre au reggae, avec le refrain servi par les chœurs. L'auteur avait déjà utilisé le refrain du chant national pour la musique du film *Mister Freedom* (1969). Inspiré par le mouvement punk qui voit les Sex Pistols entonner un *God Save the Queen* qui n'a rien de patriotique, Serge s'amuse de sa provocation. Enregistré le 18 janvier 1979, *Aux armes et cætera* fera également l'objet d'une version longue parue sur un maxi 45-tours réservé aux disc-jockeys. L'impact de la chanson dépasse toutes les prévisions, mais l'artiste assume totalement son geste, sachant qu'un tel coup d'éclat sert à sa publicité et relance sa carrière.

Le titre plébiscité sera joué en public en décembre 1979 (et doublé en rappel dans *Enregistrement public au Théâtre Le Palace*, 2 LP Philips 6681 013) et en mars 1988 (*Le Zénith de Gainsbourg*, 2 LP Philips 838 162-1). Le double album *Aux armes et cætera* paru en 2003 ajoute une version *Dub et cætera* et le remix *Aux armes !* par Big Youth (2 CD Mercury 077 261-2).

Reprises : Charles Venture et Mario Cavallero et son Orchestre (1979), Patrick Sébastien (*Olympia 1980*, LP Pathé Marconi 2C068 72312, 1981 ; émission « France 2 c'est show », France 2, 2002), Florent Pagny (émission « Sacrée soirée », TF1, 14/3/1990), Safâ'In (album *Prises de chou – 10 Plants de Serge Gainsbourg*, CD Avec Plaisir, Besançon 1994), Roch Voisine et l'équipe de France de football (*Dernière édition avant l'an 2000*, CD BMG 170 361-2, 1999), Big Red (*Big Redemption*, CD Source 847 718-2, 1999), Rachid Taha (*Pop Sessions*, CD Mercury 548 553-2, 2001 ; émission « Serge, si tu nous regardes », France 2, 10/3/2001), Enrike Mingo (version basque ; *Gainsbourg Gainbegiratuz*, CD Gaztelupeko Hotsak, 2008).

Les Locataires

Chanson *destroy* par excellence, *Les Locataires* sont les différents parasites que l'auteur dit attraper dans les chambres d'hôtels minables qu'il fréquente. Sur la rythmique dynamique agrémentée d'une pincée d'orgue,

Serge Gainsbourg étale un univers peu ragoûtant (*matelas crevé, dessus de lit en pilou, télé noir et blanc, lavabos ébréchés* sans savon, *vécés au fond du couloir* à la turque), sans même citer les fameuses bêtes qu'il fait rimer. Même si tout cela n'est que pure imagination de la part de cet esthète, il frappe ainsi un coup double, faisant honneur à sa réputation auprès du grand public et réjouissant la frange *hardcore* des fans venus l'applaudir en concert (*Enregistrement public au Théâtre Le Palace*, 2 LP Philips 6681 013, 1980).

Reprise : Maurice Garrel (*Portraits*, CD Frémeaux & Associés FA 8020, 2000).

Des laids des laids

Également paru sur 45-tours Philips 6172 250 (SP), avec *Aux armes et cætera*

La supposée laideur qui l'a fait beaucoup souffrir quand il était jeune, puis lors de ses débuts comme chanteur, travaille toujours Serge Gainsbourg qui a pour fierté d'avoir conquis le cœur des plus belles femmes. Dans *Des laids des laids*, il met en pratique l'aphorisme selon lequel « la laideur a ceci de supérieur à la beauté, c'est qu'elle dure ». En citant l'exemple de l'écrivain Henry Miller par qui le scandale est arrivé avant d'être réhabilité, il s'inscrit dans la catégorie des intellectuels dont le charme résiste au temps : *La beauté cachée des laids, des laids/Se voit sans délai, délai*. De même qu'il a aussi survécu à la disparition de sa chienne Nana, morte d'une cirrhose. Appuyé par les chœurs, il adresse ce message : *Enfin, faut faire avec c'qu'on a/Notre sale gueule, nous on n'y peut rien.*

Un joli chorus d'orgue conclut cette tranche de vérité reprise sur scène fin 1979 (*Enregistrement public au Théâtre Le Palace*,

2 LP Philips 6681 013, 1980). King Stitt produit un remix pour le double album *Aux armes et cætera* paru en 2003 (*The Original Ugly Mix* ; 2 CD Mercury 077 261-2).

Brigade des stups

Pour Serge Gainsbourg, amateur de reggae depuis quelques années, il n'est guère pensable d'enregistrer un album dans ce style sans évoquer la spécialité nationale, le joint de ganja. L'auteur se met en scène dans un commissariat de la brigade des stupéfiants, face aux policiers à la recherche de drogue : *À la brigade des stups/J'suis tombé sur des cops* (des flics)*/Ils ont cherché mon spliff* (mon joint)*/Ils ont trouvé mon paf* (mon sexe). Lui ne fume que des « troupes » (cigarettes de l'armée), et se retrouve à signer des autographes. Ce titre est un clin d'œil aux policiers de son quartier qu'il fréquente et de qui il reçoit des insignes pour sa collection personnelle.

Une version au texte écourté baptisée *Dub des stups* paraît en 2003 sur le double album *Aux armes et cætera* avec le remix *Smoke All Night, Smoke All Day* de Mr. Murphy (2 CD Mercury 077 261-2).

Reprises : Pierpoljak (*Pop Sessions*, CD Mercury 548 553-2, 2001 ; émission « Serge, si tu nous regardes », France 2, 10/3/2001).

Vieille Canaille

Également paru sur 45-tours Philips 6172 287 (SP), avec *Daisy Temple*

La chanson *Vieille Canaille* est une adaptation du classique de jazz *You Rascal You* composé par Sam Theard et popularisé par Louis Armstrong dans le film d'animation *I'll Be Glad When You're Dead, You Rascal You*

(Dave Fleisher, 1932), mettant en scène Betty Boop. Serge Gainsbourg reprend la version française, traduite par Jacques Plante et créée par l'orchestre de Jacques Hélian en 1951, et y ajoute des anecdotes croustillantes ne figurant pas dans l'originale. L'affaire se conclut par une bonne cuite après avoir refroidi le malotru.

Serge Gainsbourg se plaît à chanter *Vieille Canaille* version reggae en concert, au Palace (*Enregistrement public au Théâtre Le Palace,* 2 LP Philips 6881 013, 1980) et au Casino de Paris (*Live*, 2 LP Philips 826 721-1, 1986). Le titre apparaît sous différentes versions dans le double album *Aux armes et cætera* paru en 2003 (*Dub canaille* et *You Rascal You* par Serge Gainsbourg, Spectacular et Culture T, 2 CD Mercury 077 261-2). En 1986, Serge Gainsbourg et Eddy Mitchell forment un duo épatant sur un nouvel arrangement jazz, plus fidèle à la version Jacques Hélian : leur version swing fera l'objet d'un 45-tours.

Reprises : Eddy Mitchell (LP RCA 70961, 1986 ; *Retrouvons notre héros*, CD Polydor, 1994 ; émission « Taratata » n° 38, France 2, 29/1/1994), Sinclair, MC Solaar et Soon EMC (« Taratata » n° 58, France 2, 7/9/1994), Alain Brunet (*Joue Gainsbourg*, CD WEA 992 120-2, 1994), MC Solaar, Sinclair et Soon EMC (émission « Taratata » n° 58, 16/9/1994), Michel Fugain et Bruno Gaccio (émission « Taratata » n° 82, France 2, 10/3/1995), Patrick Bruel et Jean Reno (*Les Enfoirés 96*, CD WEA 16966-2, 1996), Saï Saï (émission « Dans tous les sens », France Inter, 4/2/1999), Baobab (émission « Le Fou du roi », France Inter, 4/9/2001), Bénabar et Fred (Aston Villa) (émission « Taratata » n° 179, France 4, 6/1/2006), Zazie et Gérard Darmon (émission « Fête de la chanson française », France 2, 14/1/2006), Richard Berry et Patrick Timsit (émission « 500 choristes », 18/11/2006), Santi Gasca (version basque ; *Gainsbourg Gainbegiratuz*, CD Gaztelupeko Hotsak, 2008), Ben l'Oncle Soul en duo avec Sly Johnson (« Taratata » *spécial Gainsbourg*, France 4, février 2011), Kad Merad en duo avec Jean-Louis Aubert (*Gainsbourg, 20 ans déjà*, France 2, 19/2/2011) et par Aubert avec Bernard Lavilliers, Jenifer et Cœur de Pirate (extrait, Victoires de la Musique, France 2, 1/3/2011).

Lola Rastaquouère

Également paru sur 45-tours Philips 6837 549 (SP hors-commerce) avec *Aux armes et cætera* ; 45-tours Philips 6042 469 (SP Espagne)

Au cœur de cette chanson érotomane s'invite l'une des œuvres littéraires fétiches de l'auteur, le rarissime *Jésus-Christ Rastaquouère* de Francis Picabia, publié en 1920. Le terme *rastaquouère* désignant un parvenu est ici corrélé à celui de *rasta*, adepte du mouvement afrocentriste rastafari comme le sont les musiciens de Bob Marley ou Peter Tosh, ceux-là mêmes que Gainsbourg a recrutés pour son premier album reggae. Le personnage *Lola Rastaquouère* est le symbole du désir auquel l'auteur rend hommage : *Quand dans son sexe cyclopéen/J'enfonçais mon pieu tel l'Ulysse d'Homère/J'l'avais raide, plutôt amère/C'est moi, grands dieux, qui n'y voyais plus rien*. Ce morceau s'inscrit dans la suite des déclinaisons ouvertement érotiques de Gainsbourg, allant de *Je t'aime moi non plus* à *Love on the Beat*.

La version 2003 de l'album *Aux armes et cætera* comprend le *Dub Rastaquouère*, le remix *Lola Rastaquouère Is Back* par Lisa Dainjah et une version anglaise chantée par Bruno Blum.

Reprises : Nicolas Botni (*Chante Gainsbourg*, CD Les Tréteaux International, 1996), Maurice Garrel (*Portraits*, 2 CD Frémeaux & Associés FA 8020, 2000), Château Flight (*I Love Serge – Électronicagainsbourg*, CD Mercury, 2001), Marianne Faithfull, Sly & Robbie (version anglaise : *Lola R. for Ever* ; *Monsieur Gainsbourg Revisited*, CD Barclay 983 7410-6, 2006).

Relax Baby Be Cool

Ce reggae au tempo rapide avec un refrain soutenu par les choristes est l'un des points d'orgue des concerts de

Serge Gainsbourg qui endosse le statut de punk français originel. Prenant pour thème deux organisations extrémistes de droite, le Ku Klux Klan et la Cagoule, il montre que sa virulence – celle qui lui avait inspiré *Nazi Rock* quatre ans plus tôt – ne s'est pas perdue dans la moiteur de Kingston : *Le Klan le Klan la Cagoule/Relax baby be cool/Autour de nous le sang coule/Relax baby be cool/À la morgue il y a foule/Relax baby be cool.* Gainsbourg ajoute une pointe de subversion en dédramatisant les menaces lors du refrain.

Le titre arrangé façon rock par le groupe Bijou est interprété avec son auteur lors d'un concert enregistré le 9 juin 1979 à l'Olympia de Paris (*French Rock Mania*, LP Philips 6444 746). Six mois plus tard, Serge Gainsbourg le reprend dans sa série de shows au Palace (*Enregistrement public au Théâtre Le Palace,* 2 LP Philips 6881 013). Le remix *Relax Baby Be Cool (Be Cool)* est réalisé par Spydaman sur le double album *Aux armes et cætera* de 2003 (2 CD Mercury 077 261-2).

Daisy Temple

Également paru sur 45-tours Philips 6172 287 (SP), avec *Vieille Canaille* ; ainsi que sur 6042 477 (SP Allemagne), Maxi 45-tours Philips 9198 278 (Maxi Allemagne) avec *Aux armes et cætera*

Croisement de la danseuse du Crazy Horse, Daisy (citée dans *Zizi t'as pas d'sosie*, 1972) et de l'actrice et enfant-star Shirley Temple (née en 1928), le titre *Daisy Temple* doit s'interpréter comme un mélange de ces deux personnalités. Les rimes en *ou* des paroles renvoient à un exotisme de fantaisie, tandis que le refrain est délivré par les choristes The I-Threes. La musique avec ses passages dub prévaut sur le texte.

Daisy Temple est interprété dans les concerts de 1979 (*Enregistrement public au Théâtre Le Palace,* 2 LP Philips 6881

013). Le double album *Aux armes et cætera* de 2003 (2 CD Mercury 077 261-2) fait découvrir la première version du titre avec des paroles différentes, ainsi qu'un *Daisy Dub* et le remix de Rizzlamigo *Daisy Temple (Problems)*. Une nouvelle version chantée sur le mix original est ajoutée à l'album du coffret *Vingtième Anniversaire* (Universal, 2011).

Eau et gaz à tous les étages

Le titre fait allusion aux plaques affichant les commodités des anciens immeubles parisiens, mais il est ici question des soucis intestinaux du futur auteur du roman *Evguénie Sokolov* dont le personnage principal est pétomane. La musique de cet intermède hilarant est extraite du titre qui suit sur l'album, *Pas long feu.*

En 2003, le double CD *Aux armes et cætera* propose deux versions : le dub *Eau et dub à tous les étages* et un remix signé Lone Ranger, *Settle the Vibes* (2 CD Mercury 077 261-2).

Reprise : Lucien Gainsbourg (*Portraits*, 2 CD Frémeaux & Associés FA 8020, 2000).

Pas long feu

Sur la musique utilisée dans l'intermède *Eau et gaz à tous les étages*, Serge Gainsbourg expérimente l'exercice cocasse d'assembler deux expressions communes à chaque vers des couplets. Les deux premiers de cette figure stylistique inédite reprend un bout de dialogue du film *Je t'aime moi non plus* (1976) : *Cette fois j'crois qu'nous sommes complètement ça y est/Mais c'est une question qu'c'est absolument ça n'fait rien.*

Cette pièce dadaïste est chantée lors de son retour sur scène à la fin 1979 (*Enregistrement public au Théâtre Le Palace*, 2 LP

Philips 6881 013). Le double album *Aux armes et cætera* sorti en 2003 aligne le dub *Pas long dub* et une version DJ *Sweetie Sweetie* réunissant Telegram, Burning Spectacular, Culture T, Spydaman et President B (2 CD Mercury 077 261-2).

Reprises : Orchestre du festival de Montreux (*Hommage à Serge Gainsbourg, 9/7/2000*), *Jane Birkin au Palace* (CD Capitol 93062782-6, 2009).

Marilou Reggae Dub

En 1976, Serge Gainsbourg fut l'un des premiers importateurs francophones du style jamaïcain avec la chanson *Marilou reggae*, extraite de l'album *L'Homme à tête de chou*. Trois ans plus tard, il profite de son passage dans le berceau du reggae pour en reproduire une version plus *roots* avec les pointures du cru. Les sonorités profondes du genre apportent au texte une nouvelle vigueur.

L'auteur ne manque pas de l'interpréter en public en décembre 1979 (*Enregistrement public au Théâtre Le Palace*, 2 LP Philips 6881 013). Le double album *Aux armes et cætera* de 2003 distille une version longue, une version inédite de l'original, un *Marilou Dub* et le remix *Marilou a Dance Reggae* par Buffalo Bill (2 CD Mercury 077 261-2).

Planteur Punch

Issu des séances de l'album *Aux armes et cætera*, le titre *Planteur Punch* est interprété par The I-Threes, trio de choristes de Bob Marley composé de sa femme Rita, Marcia Griffiths et Judy Mowatt.

Absent de l'album original, il fait partie des inédits apparus en juin 2003 sur le double album de remixes *Aux armes et cætera* dans les versions de The I-Threes, *Planteur punch*

(Dub Style), et Dr. Kex, *Planteur punch (Out of the Slum)* (2 CD Mercury 077-261-2). Le mix instrumental original est inclus dans l'album figurant sur le coffret *Vingtième Anniversaire* (Universal, 2011).

Je ne t'aime plus moi aussi

Créé par Serge Gainsbourg ; inédit jusqu'en 2011 : coffret *Vingtième Anniversaire* (Universal).

Ce titre inspiré de *Je t'aime moi non plus* était prévu pour l'album *Aux armes et caetera.* Mis de côté par son auteur insatisfait du résultat, il est publié vingt ans après sa disparition, en version instrumentale, à l'occasion du coffret *Vingtième Anniversaire* (Universal, 2011).

Sortir

Texte publicitaire pour un film écrit et réalisé par Serge Gainsbourg

À la demande du magazine *Sortir*, Serge Gainsbourg écrit et interprète face caméra le texte d'une publicité qui passe en avant-programme dans les salles de cinéma. Il commence ainsi : *Ouais, j'aime sortir !/Nénettes, ambiance, musique/Mais j'sors pas sans « Sortir »/Sinon j'm'en sors pas !/C'est vrai.*

Sylphide

Deux titres inédits

À la fin de l'année 1979, Serge Gainsbourg compose deux chansons publicitaires pour la marque de margarine Sylphide. Ces chansons restent inédites sur disque.

Adieu California

Créé par Alain Chamfort, inédit

À la recherche de paroliers pour son nouvel album *Poses*, Alain Chamfort fait de nouveau appel à la plume de Serge Gainsbourg qui, sur une musique prête à l'emploi, se fend d'un texte évoquant le soleil de Californie, les collines d'Hollywood et Sunset Boulevard à Los Angeles. La chanson qui a pour titre *Adieu California* fait allusion, de façon assez conventionnelle, à la région où se déroulent les séances de l'album. Guère convaincu, Alain Chamfort enregistre tout de même le titre, mais au dernier moment demande à sa maison de disques de l'exclure dans l'attente d'un nouveau texte. Ce sera *Manureva*. Malgré une *Intégrale Alain Chamfort* publiée en 2007, ce titre n'a pas encore vu le jour.

Manureva

45-tours CBS 7497 (SP) et Maxi 45-tours CBS 12-7497 (Maxi) d'Alain Chamfort, avec *Béguine* ; 33-tours CBS 83965 (LP *Poses*)

Composé par Alain Chamfort et Jean-Noël Chaléat puis enregistré au studio Sound Recorders à Los Angeles, l'album *Poses* voit son interprète aborder le genre disco et l'utilisation de synthétiseurs et séquenceurs à haute dose par une escouade de musiciens américains. Serge Gainsbourg croit bon de plaquer des paroles à l'avenant et pond *Adieu California*. Son interprète lui demande de revoir sa copie. La rencontre du navigateur Eugène Riguidel, au même moment, aiguille l'auteur sur *Manureva*, nom du trimaran barré par Alain Colas lors de sa disparition en mer le 16 novembre 1978, pendant la Route du Rhum. Les paroles réécrites, Alain Chamfort part réenregistrer à Los Angeles ce qui va être son plus gros succès. Sorti en simple le 15 septembre 1979, *Manureva* fait un véritable carton en radio et dans les discothèques, et se vend à plus d'un million d'exemplaires. Le fait est assez rare pour une chanson aux paroles morbides, mais poétiques : *Où es-tu Manu Manureva/Portée disparue Manureva/Des jours et des jours tu dérivas/Mais jamais jamais n'arrivas/Là-bas, là-bas, là-bas, là-bas.*

Reprises : Mario Cavallero et son Orchestre (LP Musidisc 1847, non datée), Guesch Patti (*Les Plus belles chansons françaises – 1979*, CD Atlas, 1996), Les Natives (*Dernière édition avant l'an 2000*, DVD BMG 170 361-9, 1999), Tricolore vs. DJ Furax (*Club Mix + Furax Mix*, Maxi 45t white label, 2003), Mary L (*Et la musique*, CD Universal, 2004).

Démodé

Également paru sur 45-tours CBS 8281

Avec son nouvel album *Poses*, Alain Chamfort veut être dans le coup et ne pas rater le train du disco qui a envahi les pistes de danse. Les musiques concoctées avec son complice Jean-Noël Chaléat sont prêtes et il reste juste à trouver un bon auteur. Serge Gainsbourg arrive à la rescousse et ajuste ses paroles en prenant le contre-pied. Sur cette musique synthétique, le « tchac-poum » et des chœurs assez clichés, il lui fait chanter : *De Peggy Sue au King Creole/Je reste branché sur le rock'n'roll/Mais Sid Vicious et Sex Pistols/C'est la new-wave au vitriol*. Au passage, il cite le titre *Baby Lou* écrit pour Alain Chamfort en 1977 (*Rock'n Rose*) et adresse un clin d'œil à ses amis de Bijou (*OK Carol*). Le résultat a quelque peu vieilli par rapport à un titre comme *Manureva*…

Bébé Polaroid

Sur une musique disco qui occupe une partie de l'album *Poses*, Serge Gainsbourg plaque un texte sur un sujet qu'il affectionne, la photographie, et plus particulièrement la photo de mode. Ce *Bébé Polaroid* contient des expressions issues du jargon (*obturateur*, *flou*, *grand angle*, *arrêt image*, *coups de flash*, *objectif*) que l'auteur fait rimer avec ses sentiments pour le modèle. On retrouve l'obsession esthétique de l'auteur pour les jeunes filles en fleurs. En spécialiste, le photographe de la pochette Jean-Baptiste Mondino propose à Alain Chamfort d'intituler l'album *Poses* d'après un mot du texte.

Cool Men

Créé par Serge Gainsbourg et Jane Birkin ; titre inédit

Serge Gainsbourg signe paroles et musique de cette publicité pour le parfum *Men* de la marque Mennen, et la chante en duo avec Jane Birkin. Ce titre court reste inédit.

Chavirer la France

45-tours Carrère 49.485 (SP) de Shake

Chanteur à la mode au milieu des années 1970, le Malais Shake (Sheikh Abdullah Ahmad, fait plus tard Chevalier des Arts et Lettres) sollicite Gainsbourg pour le texte de cette unique chanson qui manque de devenir un tube contrairement à ses 45-tours précédents : *Chavirer la France/J'aimerais la faire chavirer/Le temps d'une danse/D'un air qu'elle ne pourrait oublier*. Le compositeur Jeff Barnel (né Barnoti) se charge de la musique enregistrée au studio Trident à Londres. La voix est réalisée par Tony Rallo au studio CBE du regretté Bernard Estardy, à Paris.

Tapage nocturne (bande originale du film Tapage nocturne*)*

45-tours Philips 6172 266 (SP) de Serge Gainsbourg, avec *Jolie laide*

Serge Gainsbourg signe les deux instrumentaux *Tapage nocturne* et *Jolie laide* interprétés par le groupe Bijou dans le film *Tapage Nocturne* de Catherine Breillat, avec Joe Dallesandro et Marie-Hélène Breillat (sorti le 26 septembre 1979). Le thème principal est repris dans le coffret longbox *Le Cinéma de Serge Gainsbourg* (Universal 586 516-2, 2001).

1980

Dieu fumeur de havanes

Un *live* couleur reggae enregistré dans le temple des nuits parisiennes de l'époque, une bande originale interprétée par Deneuve et Depardieu, des chansons pour Julien Clerc, l'album de Dutronc *Guerre et pets*… Si Gainsbourg n'est pas le boss des années 1980, ça y ressemble.

Enregistrement public au Théâtre Le Palace

Album de Serge Gainsbourg ; double 33-tours Philips 6681 013 (2 LP)
Parution : 1980
Drifter, Relax Baby Be Cool, Marilou Reggae Dub, Daisy Temple, Brigade des stups, Elle est si, Aux armes et cætera, Pas long feu, Les Locataires, Docteur Jekyll et Monsieur Hyde, Harley Davidson, Javanaise Remake, Des laids des laids, Vieille Canaille (You Rascal You), Présentation des musiciens, Bonnie and Clyde, Lola Rastaquouère, Aux armes et cætera.

Onze mois après l'enregistrement de l'album *Aux armes et cætera*, Serge Gainsbourg remonte sur scène, ce qui ne lui était pas arrivé depuis décembre 1964, si l'on excepte les récentes invitations du groupe Bijou. Pour ces retrouvailles avec un public renouvelé et beaucoup plus réceptif à ses chansons, il se fait accompagner par les stars jamaïcaines Sly Dunbar (batterie) et Robbie Shakespeare (basse), et les autres musiciens de son premier album reggae, Radcliffe Bryan (guitare rythmique),

Mikey « Mao » Chung (guitare solo), Ansel Collins (orgue Hammond) et Robbie Lyn (piano électrique Fender). Les choristes de Bob Marley, The I-Threes, étant en tournée aux États-Unis, elles sont remplacées par Kay Williams, Michelle Jackson et Candy McKenzie. Plutôt que dans un music-hall traditionnel (Le Casino, L'Olympia, etc.), les concerts ont lieu au Théâtre Le Palace, haut lieu de la fête parisienne dirigé par Fabrice Emaer, où les stars de passage côtoient les branchés locaux. Le programme enregistré les 26, 27 et 28 décembre 1979 comprend principalement les titres phares du dernier album, notamment l'hymne *Aux armes et cætera* qui est joué deux fois, mais aussi trois classiques (*Docteur Jekyll et Monsieur Hyde*, *Harley Davidson*, *Bonnie and Clyde*) et un inattendu *Elle est si*. Le résultat, entre reggae moelleux et rock saillant, est publié dans les premières semaines de l'année 1980. Ce fameux *Enregistrement public au Théâtre Le Palace* est le premier et double album *live* de Serge Gainsbourg à être édité. En 2003, le double CD *Et cætera* recompose l'enregistrement original avec des versions inédites (*Elle est si*, *Harley Davidson*, *Relax Baby Be Cool*, *Lola Rastaquouère*, *Aux armes et cætera*), un dialogue avec le public (*J'aime bien les noirs*) et un entretien autour de *La Marseillaise*.

Trois variations pour un sonnet

Textes extraits de l'ouvrage *Des corps naturels* de Jacques Bourboulon (Filipacchi, Paris, 1980)

Cette suite de trois sonnets est insérée dans l'ouvrage de photographies érotiques *Des corps naturels* de Jacques Bourboulon, paru en 1980. On y retrouve principalement l'obsession de son auteur pour l'héroïne de Vladimir Nabokov, *Lolita* : *Afin d'atténuer son chagrin torrentiel/Je roule doucement entre pouce et index/Son petit bouton rose tiède tendre convexe/Jusqu'au début de l'entracte providentiel…*

Fantasmes 76/80

Préface de l'ouvrage *Fantasmes 76/80 Peintures et dessins* de Denis Boissier (Paris, Les Jarres d'or, collection « Fascination », 1980)

Au fil des ans, Gainsbourg a rédigé quelques textes à l'occasion d'expositions de ses camarades peintres ou sculpteurs (Jacob Pakciarz, Noël et Clotilde Pasquier, etc.). Cette fois, il signe une préface pour ce recueil d'illustrations érotiques signées Denis Boissier.

U.S.S.R./U.S.A.

Créé par Martin Circus ; 45-tours Vogue 101.313 (SP) ; 33-tours Vogue 574.005 (LP *De sang-froid*)

En 1980, la *guerre fraîche* a succédé à la guerre froide, mais la course démente à l'armement continue entre les deux plus grandes puissances de l'époque, les États-Unis (U.S.A.) et l'Union soviétique (U.R.S.S., en anglais U.S.S.R.), et les menaces d'un troisième conflit plane sur le monde. Cette année-là, les sportifs américains boycottent les jeux Olympiques à Moscou. Serge Gainsbourg, que la question titille, se fend d'une chanson, comme il l'avait fait avec *Johnsyne et Kossigone* pour Dominique Walter en 1966. Fidèle à sa devise, il ne prend pas parti et laisse le groupe Martin Circus se débrouiller avec la musique signée Sylvain Pauchard, claviériste du groupe pop responsable de succès comme *Je m'éclate au Sénégal*, *Marylène* ou *Drague Party*. Cette tentative de tube, aux paroles aussi gratinées que la musique, patchwork de variété disco rock, annonce en substance : *U.S.A./Des essais/De bombes à neutrons/U.S.S.R./Ceux-là aussi ont quelques pétards/Pour la bagarre*. Serge Gainsbourg avait dans sa mallette une autre chanson pour Martin Circus : *Shalom Baby*, restée inachevée. Le 45-tours *U.S.S.R./U.S.A.* est sorti en avril 1980.

Bande originale du film Je vous aime

Album de Serge Gainsbourg ; 33-tours Philips 6313 123 (LP)
Parution : avril 1980
La Fautive, Je vous salue Marie, La P'tite Agathe, Dieu fumeur de havanes, La Fautive (pianos), Dieu fumeur de havanes, Papa Nono, Je pense queue, La Fautive (orchestral).

Dans le film *Je vous aime* réalisé par son ami Claude Berri, Serge Gainsbourg donne la réplique à Catherine Deneuve et Gérard Depardieu. Il écrit *Dieu fumeur de havanes* pour la première, trois chansons pour le second, et en interprète trois autres.

Le réalisateur Claude Berri compte au nombre des amis les plus fidèles de Serge Gainsbourg. Tous deux ont entre autres points communs une passion pour les arts plastiques, en particulier la période contemporaine dont le metteur en scène de *Sex-shop* est un collectionneur. Le film *Je vous aime*, s'inspirant de la vie sentimentale de l'actrice principale Catherine Deneuve, réunit Gérard Depardieu, Jean-Louis Trintignant, Alain Souchon et Serge Gainsbourg qui, dans son propre rôle de chanteur, transpose la relation de la star avec François Truffaut. Pour l'occasion, le salon de la rue de Verneuil est reconstitué en studio de tournage. Le dialogue avec l'actrice se poursuit en musique sur l'air de *Dieu fumeur de havanes* qui devient un tube au printemps 1980. L'acteur et chanteur signe six autres chansons, *La Fautive*, *Je vous salue Marie*, *Je pense queue*, ainsi que *La P'tite Agathe*, *Papa Nono* et *Mermoz*, interprétées par Gérard Depardieu accompagné par le groupe Bijou. Jean-Pierre Sabar (section rythmique) et Don Ray (cordes, cuivres et claviers) assurent la réalisation de l'album au studio Ferber. La bande originale de *Je vous aime* bénéficie d'une réédition commune avec celle *Sex-shop* en 2009 (CD Universal 531 876-5).

La Fautive

La musique s'inspire fortement et librement d'un succès des Four Tops, *It's the Same Old Song* (1965), classique soul siglé Tamla Motown adapté en français par Claude François en 1971 sous le titre *C'est la même chanson*. Trompettes, *cow-bell* et chœurs font tourner le standard en boucle pendant que Serge Gainsbourg s'en prend à la coupable de trahison : *La fautive c'est toi/Si t'es dans c'merdier/C'est de ta faute à toi*. La chanson figure en face B du 45-tours *Dieu fumeur de havanes*. Deux thèmes instrumentaux sont inclus dans l'album : une version au piano seul servant de générique de début, et un play-back avec chœurs.

Je vous salue Marie

Créé par Serge Gainsbourg ; également paru sur 45-tours Philips 6837 678 (SP hors-commerce) avec *La P'tite Agathe*, chanté par Gérard Depardieu

Prévue pour figurer dans le film *Je vous aime*, cette prière mise en musique reggae est finalement retirée au montage, officiellement pour ne pas froisser les esprits bien-pensants après le scandale de *Aux armes et cætera*. Elle apparaît néanmoins sur un 45-tours non commercialisé et sur l'album, qui affiche fièrement dans un macaron : *hors bande originale du film*, marquant l'exclusivité. Bien que respectant le texte original à quelque détail près (*Priez pour nous pauvres pécheurs, maintenant et à l'heure de notre mort* est remplacé par *maintenant et à tout à l'heure*), la chanson aurait pu être perçue comme une volonté de s'en prendre à l'Église, après la Nation, et mettre en péril la carrière du chanteur. L'affaire ne s'est en fait pas ébruitée, sans doute parce que les ficelles étaient trop grosses, et la réalisation trop bâclée.

La P'tite Agathe

Créé par Gérard Depardieu ; 45-tours Philips 6837 678 (SP hors-commerce) avec *Je vous salue Marie*

Dans le film *Je vous aime*, Gérard Depardieu tient le rôle de Patrick, l'une des liaisons de Catherine Deneuve (qui, dit-on, pourrait bien s'inspirer de Johnny Hallyday). À cette occasion, Serge Gainsbourg le fait chanter en lui proposant trois chansons, *La P'tite Agathe*, *Papa Nono* et *Mermoz*, cette dernière dévoilée en 2009. *La P'tite Agathe* est un rock sans retenue délivré en compagnie du groupe Bijou sur la scène du Bus Palladium. Pour son interprète au tempérament bouillant et hypersexuel, Gainsbourg accroche une suite de rimes en *ate* dans un registre violent : *J'suis pour la p'tite Agathe/C'est la dernière en date/Si y a d'autres candidates/J'suis un vrai démocrate*. Face B d'un 45-tours hors-commerce, *La P'tite Agathe* est la première expérience sur disque de Gérard Depardieu qui la même année chante *OK cafard (je suis noir)*, extrait de l'album *Ils ont dit moteur...*, puis participe au simple caritatif *Éthiopie* (1985) des Chanteurs sans frontières. En 1986, il joue dans le spectacle de Barbara, *Lily Passion*, au Zénith de Paris.

Dieu fumeur de havanes

Créé par Serge Gainsbourg et Catherine Deneuve ; 45-tours Philips 6010 291 (SP) avec *La Fautive*

L'inspiration de *Dieu fumeur de havanes* est venue à l'auteur alors qu'il survolait les nuages en Concorde, imaginant l'être divin fumer un cigare. Dans la chanson, l'entrelacement du synthétiseur et de la guitare fait penser aux volutes des Gitanes du chanteur, qui compose un duo magnifique avec Catherine Deneuve, sur un tempo au ralenti : *Tu n'es qu'un fumeur de Gitanes/Et la dernière je veux/La voir briller au fond de mes yeux/ Aime-moi nom de Dieu.* Tous deux l'interprètent dans l'émission « Stars » de Michel Drucker le 27 décembre 1980 à l'occasion de la sortie du film. Cet essai donne aussitôt l'envie à Serge Gainsbourg d'écrire tout un album pour Catherine Deneuve, ce qu'il fera avec *Souviens-toi de m'oublier* dans les mois qui suivent. Sorti en 45-tours au printemps 1980, ce premier succès de la décennie va en appeler beaucoup d'autres, signalant le changement de statut de Serge Gainsbourg qui avec *Aux armes et cætera* est devenu le plus gros vendeur de sa maison de disques, devant Johnny Hallyday.

Reprises : Régine et Joshua d'Arche (*Les Génies de la chanson française – Serge Gainsbourg*, CD Atlas FRA HOMCD1, 1997), Edwige Chandelier et Léo Basel (album *Hommage – Ils chantent Serge Gainsbourg*, CD Atlas 6227 205, 1998), Stomy Bugsy et Virginie Ledoyen (« Taratata », France 2, 2/3/2000 ; CD *Duos* « Taratata » *n° 1*, 2000), Patrick Péronne (*Gainsbourg au bar*, CD Culture Press CP 1038, 2001), Conservatoire de Nantes (spectacle *Couleurs Gainsbourg*, CD Cabaret Studio, 2001), Jorge Carrero (version basque ; *Gainsbourg Gainbegiratuz*, CD Gaztelupeko Hotsak, 2008) et par Élodie Frégé en duo avec Stanislas (*Gainsbourg, 20 ans déjà*, France 2, 19/2/2011).

Papa Nono

Le *Papa Nono* du titre n'est autre que le Père Noël, façon Gainsbourg, un motard plutôt *destroy* dont la hotte, plutôt *hot*, déborde de *poupées gonflables*, *pistolets à eau*, *mitraillettes* et *bas noirs pour les nénettes*. Cette vision iconoclaste renvoie à *La Fille du Père Noël* (1966) de Jacques Dutronc, qui lui réglait son sort. Gérard Depardieu se colle à la plaisanterie rock de *Papa Nono* avec le groupe Bijou qui assure accompagnement et chœurs.

Je pense queue

Avec son titre à la prononciation anodine, *Je pense queue* est l'une des chansons les plus osées du répertoire de Serge Gainsbourg. Dans les paroles qui ne sont bien évidemment pas à prendre au sens littéral, l'auteur rêve de *chiennes en calor* et de *bâtardes sans pedigree*. Le refrain repris six fois en boucle marque l'amplification du désir, celui de donner son *nonosse à moelle à ronger*.

Mermoz

Créé par Gérard Depardieu ; inédit jusqu'en 2009 : *Je vous aime* (CD Universal 531 876-5)

Troisième chanson offerte par Serge Gainsbourg à Gérard Depardieu pour son rôle dans *Je vous aime*, *Mermoz* est longtemps restée dans les tiroirs de la maison de disques avant de faire surface sur la réédition en compact de la bande originale, couplée avec celle de *Sex-shop*. Sans surprise, le titre voit le grand acteur entonner un rock sans fioritures, solidement accompagné par le trio Bijou. Les paroles sont un hommage au héros de l'aéropostale, *s'envoyant en l'air avec son Latécoère*, dont le refrain dit : *Mermoz, Mermoz/Tu m'cries casse-cou/Mon vieux coucou.*

Belinda

Créé par Julien Clerc ; 33-tours Pathé Marconi-EMI 2C070 672.249 (LP *Sans entracte*)

Belinda marque la première collaboration entre Serge Gainsbourg et Julien Clerc. Elle permet à l'auteur de placer une variante de l'un de ses aphorismes fétiches, emprunté à Francis Picabia : « Je me déguise en homme pour être quoi » (*Jésus-Christ Rastaquouère*, 1920 : *Moi, je me déguise en homme, pour n'être rien*). La chanson de type variété rock, composée par Martin Simon et Julien Clerc, ne contient que des rimes en *a*. Elle figure avec le simple *Mangos* sur l'album *Sans entracte* paru en 1980.

Mangos

Créé par Julien Clerc ; 45-tours Pathé Marconi-EMI 2C 008-72316 (SP)

Avec sa production typiquement années 1980, rythmée et clinquante, l'album *Mangos* de Julien Clerc annonce les succès qui vont suivre (*Lily voulait aller danser*, *Cœur de rocker*, *La Fille aux bas nylon*, etc.). Serge Gainsbourg écrit les paroles du simple *Mangos* pendant les séances de l'album *Sans entracte* au studio Gang, sous la direction de Jean-Alain Roussel (également aux claviers), sur une musique de Martin Simon et Julien Clerc. Dans une veine exotique et funky, la chanson aborde la métaphore du *macaque* et de la *petite liane* qui, haut perchée, balance ses *jolis mangos* que le primate voudrait dévorer : *Mango, joli mango/Je t'avale, fruit tropical/Mon joli mango/J'adore la saveur végétale/Des fibres de ta peau.* La face B *Jungle Queen*, plus entraînante, aura aussi un joli succès. Le 4 octobre, Serge Gainsbourg et un invité surprise, Gérard Depardieu, viennent fêter l'anniversaire de Julien Clerc sur la scène du Palais des Congrès : ils chantent ensemble *Mangos* et *La Javanaise*.

Reprises : Jack Julien (album *Orgue Hammond*, vol. 7, Les Tréteaux 6486) et John First (album *12 Super Hits*, Les Tréteaux 6487).

On n'est pas des grenouilles

Créé par Sacha Distel ; 45-tours Carrère 49.625 (SP) ; 33-tours Carrère 67.489 (LP *Musique et couleur*). La version espagnole (*No Somos Cocodrilos*) existe en pressage espagnol (45-tours Carrère 0022, 1981) et argentin (45-tours Industriales Musicales Argentinas 2003, 1981)

Cette chanson tient davantage de la farce que d'une collaboration sérieuse et digne de son auteur. Pour son nouveau spectacle à l'Olympia de Paris, Sacha Distel a l'idée de demander à ses auteurs préférés de lui écrire une chanson originale. À l'instar de Charles Trenet, Pierre Delanoë, Claude Nougaro, Jean-Loup Dabadie, Jacques Lanzmann et Gilbert Bécaud, Serge Gainsbourg est sollicité. Sur la musique disco que Sacha Distel lui envoie, il pond *On n'est pas des grenouilles*, avec des rimes en *ouille*. Le résultat, guère convaincant, sert néanmoins de face A au nouveau 45-tours de l'ex-présentateur du « Sacha Show », publié en mai 1980. Le 11 octobre, il l'interprète dans son « Top à Distel ». Le chanteur va jusqu'à en enregistrer une version en espagnol, *No Somos Cocodrilos*, adaptée par A. Rubio Garcia et arrangée par Colin Fretcher.

Cuti-réaction

Créé par Toubib ; 45-tours Pathé Marconi 78016 (SP Canada) ; 33-tours Pathé Marconi-EMI 2C068-672.122 (LP *Cuti-réaction*) et 33-tours Pathé Marconi SPAM 67404 (LP Canada) avec *Le Vieux Rocker*

L'anecdote est savoureuse : un soir qu'il se sentait mal, Serge Gainsbourg appelle S.O.S. Médecins et tombe sur le docteur Olivier Caste, musicien d'un groupe de rock baptisé Toubib. Il n'en faut pas beaucoup plus pour que l'auteur se laisse embarquer à écrire deux chansons pour le groupe : *Cuti-réaction* et *Le Vieux Rocker*. Le premier titre, sorti en simple au Canada, pousse le vice jusqu'à aligner des termes médicaux sur un rock des plus banals signé Serge Haouzi.

Le Vieux Rocker

Groupe de rock composé de cinq médecins, Toubib réunit Serge Haouzi, Olivier Caste, Philippe Obré, Jean-Michel Lasry et Pascal Perrin, compositeur du deuxième titre parolé par Serge Gainsbourg, *Le Vieux Rocker*. Ce rock lourd et sans originalité figure sur l'unique album de Toubib. Gageons que sans la contribution de l'auteur le disque sorti le 2 juin 1980 serait passé tout à fait inaperçu.

Les deux titres *Cuti-réaction* et *Le Vieux Rocker* sont inclus dans la compilation *Gainsbourg chanté par* éditée en 1996 (2 CD EMI 854 067-2), mais absents de la réédition de 2006.

Publicité Brandt

Inédit

Comme il l'avait fait pour Woolite en mettant en scène Jane Birkin, Brigitte Fossey et Marlène Jobert, Serge Gainsbourg réalise une publicité pour la marque d'appareils ménagers Brandt. Il compose également la musique qui l'accompagne. La même année, on le voit jouer dans les réclames pour les costumes Bayard.

Guerre et Pets

Album de Jacques Dutronc ; 33-tours Gaumont Musique 753.801 (LP)
Parution : 18 décembre 1980
L'Hymne à l'amour (moi l'nœud), Ballade comestible, Le Temps de l'amour, L'Éthylique, J'ai déjà donné, La Vie dans ton rétroviseur, Manque de tout, Mes idées sales, L'avant-guerre c'est maintenant.

La compagnie de Jacques Dutronc pour l'album *Guerre et Pets* permet à Serge Gainsbourg d'oublier ses coups de cafard (Jane Birkin vient de le quitter) en retrouvant sa veine caustique. Les deux complices livrent un recueil virulent emmené par *L'Hymne à l'amour (moi l'nœud).*

Leur première collaboration en 1972 n'avait pas produit les étincelles attendues. C'est avec l'album *Guerre et Pets*, alimenté de saillies mémorables que les deux larrons s'en donnent à cœur joie. L'intitulé donne la couleur du recueil. Cette association de malfaiteurs permet non seulement à Gainsbourg de le divertir de ses déboires conjugaux, mais aussi de libérer sentiments et adrénaline au travers d'hymnes virulents et de sorties caustiques. Sur les six titres signés Gainsbourg, *Mes idées sales* se démarque par son aspect introspectif. L'enregistrement a lieu au studio Ferber sous la direction de Jean-Pierre

Sabar. Dutronc est entouré de collaborateurs chevronnés comme Georges Rodi (claviers), Denys Lable et Patrice Tison (guitares), Jannick Top (basse), Pierre-Alain Dahan et Jean-Pierre Batailley (batterie).

L'Hymne à l'amour (moi l'nœud)

Également paru sur 45-tours Gaumont Musique 751.809 (SP) avec *J'ai déjà donné*

Dans *L'Hymne à l'amour* version moderne, Jacques Dutronc va au-delà de la simple allusion au classique d'Édith Piaf. Il a le présage que la décennie qui commence sera celle des bons sentiments à l'échelle nationale ou mondiale, de S.O.S. Racisme au *Live Aid* en passant par Chanteurs sans frontières. La célébration confraternelle n'étant pas vraiment dans son tempérament, il adresse son propre hommage à tous les métèques, minorités et parias de l'humanité : *Niakoué, négro/Blanc-blanc, rouquin/Métèque, moco/Ordure, putain/Rital, maquereau/ Macaque, chien/C'est l'hymne à l'amour/Moi l'nœud.* Dutronc trace une ligne rythmique basique assorti d'un riff acéré, tandis que Gainsbourg s'occupe de l'inventaire selon son vocabulaire qui, trente ans plus tard, passe pour politiquement incorrect. Un beau tandem.

Jacques Dutronc l'interprète lors de son premier retour sur scène au Casino de Paris en novembre 1992 (*Dutronc au Casino*, CD Columbia 472.834-2) et du second, en 2010.

Ballade comestible

Tout est dans le titre. L'argument du rendez-vous manqué est prétexte à une suite d'expression communes employant des… noms de légumes. Il est donc question de *faire le poireau* pour *attendre une asperge* qui lui *court sur l'haricot*, et ainsi de suite. Certains jeux de mots de Gainsbourg sont induits comme *l'es-tu* ou *les pinards*. Le rythme est aussi indolent que peut l'être son interprète.

L'Éthylique

Dans *L'Éthylique*, Serge Gainsbourg fait chanter à son compère Dutronc ses peines, ses absences et son alcoolisme de plus en plus inquiétant. L'auteur étant parti, l'interprète se demande ce qu'il peut bien chanter. Cette mise en perspective fait tout le charme d'un titre par ailleurs anodin sur le plan musical. C'est la troisième fois que Gainsbourg s'auto-cite dans une chanson, après *69 année érotique* et *Ballade de Johnny-Jane* : *J'ai pas d'paroles/Gainsbourg s'est fait la paire/Faut s'le faire/Quand il boit/Mais ma parole/Ça commence à bien faire/Dans un verre/Il se noie*.

J'ai déjà donné

Naviguant sur la même longueur d'onde, Gainsbourg et Dutronc étaient faits pour travailler ensemble. L'un écrit ce que l'autre pense, et l'interprète chante à travers la voix de l'auteur. *J'ai déjà donné* est à prendre comme le négatif de *L'Hymne à l'amour (moi l'nœud)*, dont il est d'ailleurs la face B. Aimer son prochain c'est très bien, mais on ne peut y consacrer tout son temps et son argent, semble-t-il dire. Gainsbourg dresse donc la liste des taxeurs professionnels sur une rythmique rock carrée : *La dame pipi, les voltigeurs/J'ai déjà donné/Le vestiaire de ma petite sœur/J'ai déjà donné*…

Le titre est remodelé pour l'album *Re-Mix Again* de 1984 (LP Gaumont Musique 753.813) et joué en public au Casino de Paris en novembre 1992 (CD Columbia 472.834-2).

Mes idées sales

Sur un rythme tranquille souligné par des guitares légères, Jacques Dutronc égrène sa culpabilité de n'avoir pas su aimer. Les quatre strophes de *Mes idées sales* dévoilent une facette différente du tandem, quand le cynisme laisse place à la tendresse. Dans ce registre, Gainsbourg est impérial, tissant un réseau d'association d'idées : *J'ai mis au propre mes idées sales/Au propre et puis au figuré/J'écris la peine en capitales/Et le chagrin et la pitié.*

L'avant-guerre c'est maintenant

Sous l'influence de Gainsbourg, Jacques Dutronc se met au reggae, ou plutôt à son ancêtre le ska, récemment remis à la mode en Angleterre par les groupes Madness, The Specials ou The Selecter. Les paroles abordent l'imminence d'un conflit mondial (à l'époque, la surenchère nucléaire menace l'équilibre des grandes puissances) et l'urgence à s'approvisionner en denrées de base. Le sujet est grave, c'est pourquoi il est traité avec légèreté : *L'avant-guerre c'est maintenant/Le surboum est imminent/Les savants sont éminents/On rase gratis un continent/Si ça pète, alors autant/Faire la bombe en se marrant.*

Le titre est interprété par Jacques Dutronc et la garde républicaine du Zaïre lors de l'émission « Le Grand Échiquier » du 26 février 1981.

1981

Mauvaises nouvelles des étoiles

Mauvaise nouvelle, la rupture avec Jane. Les titres des albums produits cette année-là sont révélateurs : Gainsbourg écrit *Souviens-toi de m'oublier* pour Deneuve, *Amour année zéro* pour Chamfort, et célèbre sa nouvelle muse, Bambou. Puis il clôt l'année avec *Ecce homo*, première apparition officielle de son double désabusé et alcoolisé, Gainsbarre.

Publicités Tia Maria, liqueur de la nuit

Chanson et textes publicitaires inédits

À la demande de la marque de liqueur Tia Maria, Serge Gainsbourg écrit une chanson et une série de ving-neuf textes en prose dédiés à autant de bars ou boîtes de nuit parisiens. La chanson *Tia Maria, liqueur de la nuit* fait référence à Kingston, capitale de la Jamaïque d'où la marque est originaire. Aucun disque n'est jamais paru.

Publicité Roudor Saint-Michel

Inédit

Serge Gainsbourg est à la réalisation et à la composition de la publicité pour les biscuits Roudor Saint-Michel.

Souviens-toi de m'oublier

Album de Catherine Deneuve ; 33-tours Philips 6313 172 (LP)
Parution : avril 1981
Digital Delay, Dépression au-dessus du jardin, Epsilon, Monna Vanna et Miss Duncan, Marine Band Tremolo, Ces petits riens, Souviens-toi de m'oublier, Overseas Telegram, What tu dis qu'est-ce que tu say, Oh Soliman, Alice hélas.

Encore sous le coup du chagrin, au fond de la dépression, Serge Gainsbourg se console avec Catherine Deneuve en lui concoctant un album introspectif, amer et inégal, d'où émergent les classiques *Overseas Telegram* et *Dépression au-dessus du jardin*.

Après l'expérience du film *Je vous aime*, Serge et Catherine continuent de se voir, alimentant les rumeurs de la presse à sensation que l'on n'appelle pas encore *people*. L'actrice le soutient après la difficile rupture d'avec Jane Birkin. Alors qu'il se remet de son infini chagrin avec sa nouvelle compagne Bambou et en travaillant à Los Angeles avec Alain Chamfort, il retrouve Catherine Deneuve venue faire la promotion du dernier film de François Truffaut, *Le Dernier Métro*. Il lui propose immédiatement de réaliser tout un album à partir d'un texte initialement promis à Chamfort, *Souviens-toi de m'oublier* (sur la mélodie de ce qui va devenir, sur des paroles de Jacques Duvall, *Rendez-vous au paradis*). Malgré le manque de matière, Serge ayant pris la mauvaise habitude de préparer ses textes au dernier moment, le disque est enregistré au studio Odyssey à Londres sous la direction d'Alan Hawkshaw (également aux claviers). Quant à la composition des musiciens, elle n'a guère changé depuis plusieurs années : Alan Parker (guitare), Brian Odgers (basse), Dougie Wright (batterie) et Jim Lawless (percussions). De l'avis général, *Souviens-toi de m'oublier* est un album assez faible tant musicalement que vocalement. Certaines chansons créées dans l'urgence font office de remplissage. Seules quelques fulgurances poétiques surgissent, comme le très beau *Dépression au-dessus du jardin* ou *Overseas Telegram* qu'il faut ranger du côté des classiques. Dans ces deux titres et quelques autres, l'auteur fait porter le poids de sa séparation à son interprète du moment, donnant à l'album une tonalité maussade et amère.

Digital Delay

Le 28 juin 1980, pour un « Numéro 1 spécial USA » (rebaptisé *Number One* pour l'occasion) produit par Maritie et Gilbert Carpentier, Catherine Deneuve avait déjà interprété ce texte à la télévision, encore intitulé *Prendre les hommes pour ce qu'ils ne sont pas*, dans une version dépouillée, seulement accompagnée par des guitares acoustiques et électriques, filmée dans le hall d'un luxueux palace. Moins d'un an plus tard on découvre cette chanson dans laquelle Gainsbourg s'amuse à enfiler les aphorismes qu'il récite à longueur de temps. Dès le premier vers, il inverse les rôles pour son interprète : *Prendre les hommes pour ce qu'ils ne sont/Pas et les laisser pour ce qu'ils sont*. Ou encore : *En amour, il y'en a toujours un qui souffre et l'autre qui s'ennuie/Me dit Balzac chaque nuit*. Et enfin, autour de l'un de ses jeux de mots favoris : *Amour hélas ne prend jamais qu'un seul M/Faute de frappe on écrit « haine » pour « aime »*. Le *Digital Delay* du titre est un terme technique désignant un effet de production utilisé pour la réverbération des sons. Les chœurs de la chanson imitent cet effet pendant que Catherine Deneuve pratique le *talk over* sans relief. Les accords de piano sont une déclinaison du rythme d'Initials

B.B. ; la musique sera réemployée en 1986 pour une publicité Pepsodent.

Reprise : Bérangère Basty (*Portraits*, 2 CD Frémeaux & Associés FA 8020, 2000).

Dépression au-dessus du jardin

Dépression au-dessus du jardin fait partie des rares titres au-dessus de tout soupçon de cet unique album de Catherine Deneuve. Gainsbourg dépose un texte magnifique et torturé sur une musique empruntée à Frédéric Chopin, l'*Étude en fa mineur n° 9 opus 10* (1833) dédiée à Franz Liszt, sur un rythme à quatre temps (au lieu de trois). La voix tremblotante de sa nouvelle interprète tente d'évoluer dans le même registre vocal que Jane Birkin, sous la direction de son auteur : *Dépression au-dessus du jardin/Ton expression est au chagrin/Tu as lâché ma main/Comme si de rien/N'était de l'été c'est la fin/Les fleurs ont perdu leurs parfums/Qu'emporte un à un/Le temps assassin.*

Fier de sa création, Serge Gainsbourg la reprend lors de son récital au Casino de Paris en octobre 1985 (*Serge Gainsbourg Live*, 2 LP 826 721-1). C'est ensuite Jane Birkin qui se l'approprie en studio dans un arrangement avec harpe de Catherine Michel (*Versions Jane*, CD 532 140-2, 1996) puis sur scène : *Jane – Concert intégral à l'Olympia* (2 CD 534 463-2, 1996) ; la voix de cette version Olympia est réutilisée par Rodolphe Burger & Meteor Band pour une version *live* (album *Hommage à Serge Gainsbourg*, Dernière Bande, 2008) ; Jane le récite ensuite sans accompagnement dans *Arabesque* (CD Capitol 5432 972-2, 2002) et *Arabesque voyage* (CD Capitol 5602 962-0, 2004). Autre version récitée par Bambou sur le double CD *Portraits* (Frémeaux & Associés, 2000). Fanny Ardant en donne une version très sentie pour la télévision (émission « Les Dessous chics », TF1, 17/9/1986) ;

autres reprises : Alain Lanty (émission « Marc Lavoine, notes de voyage », France 3, 1998), Anouk Plany (album *Anouk Plany chante Gainsbourg et cætera*, Bos Records 212 03, 2003), Juankar Landa (version basque ; *Gainsbourg Gainbegiratuz*, CD Gaztelupeko Hotsak, 2008) et Simone Tassimot (*Gainsblues*, Le Mot et la note LMEN 01, 2009).

Epsilon

Epsilon, désignant la cinquième lettre de l'alphabet grec, est mathématiquement proche du zéro. L'interprète déplore les tentatives infructueuses de son partenaire, ce qui lui fiche le moral à zéro. Plus loin, on apprend que le héros est accro à l'héro, cause probable de son impuissance. Au final, les chœurs entonnent *Epsilon epsilon* dans le vide. Telle la femme de *Dieu fumeur de havanes*, elle ne parvient pas à pousser son ami à décrocher de son vice. La mélodie funky avec sa guitare en cocotte anime un peu ce titre chanté assez platement.

Monna Vanna et Miss Duncan

Composé de cherry brandy et de curaçao vert, le *Monna Vanna et Miss Duncan* est le cocktail favori du personnage central du conte parabolique *Evguénie Sokolov* de Serge Gainsbourg, publié chez Gallimard quelques mois plus tôt. Ce nom lui rappelle celui de l'un de ses classiques, *Docteur Jekyll et Monsieur Hyde* (1966), qu'il fait réinterpréter ainsi : *Non, je ne suis pas Monna Vanna/Mon nom est Duncan/Miss Duncan*. Le patronyme prononcé à la française fait référence à la danseuse Isadora Duncan, tandis que Monna Vanna est le nom d'un tableau représentant la Joconde réalisé par Agnolo Bronzino, élève de Léonard de Vinci. Quant au récit de la star de cinéma trucidée, il rappelle le *Monsieur William* (1953) de Léo Ferré.

Marine Band Tremolo

Le navire battant pavillon anglais de la chanson *Marine Band Tremolo* est le couple que formaient Serge Gainsbourg et Jane Birkin, que l'auteur compare au naufrage du *Titanic*. Tel l'orchestre du transatlantique, le capitaine Gainsbourg continue à chanter les pieds dans l'eau : *Son âme est sombre et ses yeux noyés/Marine Band Tremolo/ La mer océan sera son tombeau.* Le texte fourmillant de métaphores s'appuie sur une musique allègre, telle celle de *Torrey Canyon* (1967), bien que celle-ci paraphrase fortement l'hymne britannique. Le début et la fin sont composés de signaux en morse, tel un S.O.S. envoyé par Gainsbourg à sa muse, visiblement absente.

Reprise : Sabeline Campo (*Portraits*, 2 CD Frémeaux & Associés FA 8020, 2000).

Ces petits riens

Serge Gainsbourg exhume de son répertoire une chanson qui va par la suite faire florès, étant reprise notamment par Françoise Hardy (1982), Zizi Jeanmaire, Jane Birkin, Bévinda (1996) et Carla Bruni (2006). L'original version bossa-nova figure sur l'album *Gainsbourg percussions* (1964 ; voir année 1964). Cet enregistrement en duo avec Catherine Deneuve est plus classique.

Souviens-toi de m'oublier

Une première version intitulée *Paradis* est écrite pour Alain Chamfort qui a commencé à la répéter lors de l'enregistrement de l'album *Amour année zéro* à Los Angeles.

Réécrite et rebaptisée *Souviens-toi de m'oublier*, elle est offerte à Catherine Deneuve (au grand dam de l'interprète de *Manureva*) afin de la convaincre d'enregistrer un album. On retrouve la formulation du titre dans le précepte de Friedrich Nietzsche : « Ne remuez pas vos erreurs et souffrances passées, c'est inutile et même nocif. » En 1966, Catherine Sauvage avait déjà fait de cet aphorisme une chanson ; les Américains, Elvis Presley en tête (1955), chantent *I Forgot to Remember to Forget*, adapté en *J'ai oublié de l'oublier* par Eddy Mitchell. Gainsbourg applique la formule à sa rupture avec Jane Birkin :

Catherine Deneuve : *Souviens-toi de m'oublier*

Serge Gainsbourg : *J'vais y penser*

Catherine : *Les flash-backs c'est comme voir des films noirs.*

Reprise : Maurice Garrel et Bambou (*Portraits*, 2 CD Frémeaux & Associés FA 8020, 2000).

Overseas Telegram

Au moment de leur séparation, Jane Birkin rend à Serge Gainsbourg un télégramme amoureux qu'il lui avait envoyé en 1968 juste après leur rencontre. À l'heure du bilan, l'auteur ne sait plus comment noyer son chagrin autrement que faire chanter cet *Overseas Telegram* par la voix de Catherine Deneuve. La musique, se contentant de répéter un riff de guitare à l'infini, ne se révèle hélas pas à la hauteur du symbole.

Il reprend ensuite le titre à son compte en version reggae dans *Mauvaises nouvelles des étoiles* (LP Philips 6313 270, 1981 ; décliné en deux versions lors de la réédition 2003 : le dub *Overseas Dub* et la version DJ *Telegram* par Telegram). Jane Birkin se réapproprie le message qui lui était destiné dans *Baby Alone in Babylone* (LP Philips 814 524-1, 1983). À la mort de Coluche, Serge Gainsbourg dédie un *Télégramme à Coluche* dans un esprit similaire, publié dans *Le Café des sports* de Ghislain Loustalot (Calmann-Lévy, 1986).

Reprises : Mick Harvey et Anita Lane (version anglaise ; *Intoxicated Man*, CD Mute, 1995), Patrick Péronne (*Gainsbourg au bar*, CD Delta, 2001).

What tu dis qu'est-ce que tu say

Une nouvelle fois, cette chanson implique Jane Birkin comme inspiratrice et Catherine Deneuve pour messagère. Mettant le franglais à l'honneur, l'auteur remue sa douleur de ne plus pouvoir communiquer autrement que par chanson interposée : *What tu dis/Qu'est-ce que tu say/On s'comprenait/Yesterday*. Le rock routinier qui sert de musique privilégie les roulements répétés de la batterie pour seule originalité.

Oh Soliman

À court d'inspiration pour cet album réalisé à la va-vite, Serge Gainsbourg prend pour prétexte le sultan Soliman le Magnifique dans le but de délivrer quelques fantasmes sur des rimes en *ane*, paresseusement repiquées dans un dictionnaire : *Oh ! Soliman, Soliman/Comme des juments alezanes/Oh ! Soliman, Soliman/Tu chevauches tes sultanes*. La tonalité hard rock du morceau se pare d'un entrelacs de guitares aux sonorités orientales.

Alice hélas

Quand l'inspiration se relâche, Serge Gainsbourg a pour réflexe d'user de fantasmes érotiques. Les trois strophes du morceau final *Alice hélas* dévoilent ce qui remplit ses nuits : *Alice, Alice hélas/N'a que des envies/De fièvre et de spasmes/De Congolais et de Watusis*. La production clinquante entache la mélodie qui sera réutilisée pour une publicité Gini en 1983.

Pour la point point point

Texte inédit

Ce manuscrit dactylographié est contemporain des textes de l'album *Souviens-toi de m'oublier* de Catherine Deneuve. Peut-être s'agit-il là d'une chanson écartée.

Amour année zéro

Album d'Alain Chamfort ; 33-tours CBS 85108 (LP)
Parution : mai 1981
Bambou, Poupée, poupée, Chasseur d'ivoire, Amour année zéro, Jet Society, Paradis, Malaise en Malaisie, Laide jolie laide, Baby Boum.

Au moment de chercher un auteur pour ses musiques, Alain Chamfort revient vers Serge Gainsbourg dans l'espoir d'obtenir un nouveau *Manureva*. De gros moyens sont mis à leur disposition pour la réalisation de cet album. Alain Chamfort, sa compagne Lio et Serge Gainsbourg s'envolent pour Los Angeles et trouvent résidence dans une grande propriété du côté de Beverly Hills le temps de l'enregistrement au studio Sound Connection, de janvier à mars 1981. L'auteur à demeure se sentant seul, il fait venir sa jeune fiancée Bambou et lui consacre illico un texte qui porte son nom. Alain Chamfort, qui a déjà signé toutes les musiques, s'entoure de professionnels aguerris : les arrangeurs Wally Badarou (claviers) et Steve Madaio (trompette), George Dorring et Dan Sawyer (guitares), David Eddlstein et Cliff Hugo (basses), Vinnie Colaiuta et Alex Acuña (batteries) et Paulinho da Costa (percussions), plus quelques cuivres et choristes d'élite. Même si l'ambiance n'est pas au beau fixe entre les deux couples, le travail avance et Serge Gainsbourg livre quelques textes de toute beauté sur des mélodies ravissantes, prouvant une fois encore le grand talent de Chamfort, notamment les deux perles que sont *Chasseur d'ivoire* et *Malaise en Malaisie*. De son côté, Chamfort termine *Paradis* avec Hagen Dierks, alias Jacques Duvall, son auteur s'étant enfui avec les paroles pour les accorder au *Souviens-toi de m'oublier* de Catherine Deneuve. L'arrivée de l'actrice à Los Angeles pour la promotion du film *Le Dernier Métro* de François Truffaut précipite le départ de Serge Gainsbourg, qui plante toute l'équipe en plein enregistrement et termine les textes en les dictant au téléphone. Sous sa pochette élégante réalisée par Jean-Baptiste Mondino, *Amour année zéro* n'en est pas moins leur meilleure collaboration.

Bambou

Également paru sur 45-tours CBS A 1337 (SP) avec *Poupée, poupée*

À l'automne 1980, Serge Gainsbourg fait la rencontre de Caroline von Paulus, dite Bambou, dans son repaire de l'Élysée-Matignon, boîte de nuit à la mode. Âgée de vingt et un ans, elle est un ravissant mannequin asiatique aux ascendances allemandes aristocratiques. Alors qu'il est coincé à Los Angeles avec Alain Chamfort et sa compagne Lio, Serge Gainsbourg lui demande de le rejoindre et lui dédie cette ode personnalisée qui ouvre l'album *Amour année zéro*. Sur une ballade synthétique nonchalante composée par l'interprète, l'auteur idéalise Bambou en Africaine abyssine, l'une de ses obsessions récurrentes. Le monologue féminin du refrain est récité par une serveuse japonaise d'un restaurant de Los Angeles.

Alain Chamfort reprend *Bambou* dans les doubles albums en public *Double vie* (CBS 460 747-1, 1988) et *Impromptu dans les jardins du Luxembourg* (2 CD XIII Bis Records 22640 598, 2005), ainsi que lors de l'émission télévisée « Taratata » du 30 octobre 1993. Autre reprise : Guy Godefroy (double CD *Portraits*, Frémeaux & Associés, 2000).

Poupée, poupée

Également paru sur 45-tours CBS A 1337 (SP) avec *Bambou*

Amour année zéro se distingue par son option tout-synthétique ; les parties de claviers sont confiées à Wally Badarou, musicien de grand talent qui signe les arrangements réussis d'un album riche en mélodies. Cette maîtrise d'un bout à l'autre de la chaîne (l'apport de Gainsbourg n'est ici pas négligeable) est visible jusque dans les titres les moins forts, comme ce *Poupée, poupée*, face B du premier simple extrait, *Bambou*. Cette envolée funky calypso faisant la part belle aux trompettes contient une double lecture entre la maison de poupée symbolisant une jeune fille et son Pygmalion qui lui demande la clé de ses fantasmes : *Maison de poupée/Poupée de chair et d'argile/Maison de poupée/ Poupée cruelle indocile.* Humbert Humbert, le héros du *Lolita* de Nabokov, n'est jamais très loin.

Chasseur d'ivoire

Créé par Alain Chamfort ; 45-tours CBS A 2216 (SP) avec *Amour, année zéro*

À deux ou trois détails près (les *handclaps*, par exemple, qui ont méchamment vieilli), *Chasseur d'ivoire* est l'une des grandes réussites de cet album. La mélodie exceptionnelle, bien entendu, et aussi le texte aux évocations tropicales, inspiré par les percussions diverses (ici, congas, calebasse, cymbales et cloches) de Paulinho da Costa et les bruitages disséminés dans les bandes playback d'*Amour année zéro* : *J'me vois chasseur d'ivoire/Juste histoire d'y voir/Plus clair dans mes pensées couleur d'ébène/Chasser mes troubles, chasser mes peines*.

Du cousu sur mesure pour Alain Chamfort qui l'interprète en public dans *Double vie* (2 LP CBS 460 747-1, 1988), avec Helena Noguerra dans *Impromptu dans les jardins du Luxembourg* (2 CD XIII Bis Records 22640 598, 2005). On retrouve *Chasseur d'ivoire* en version éditée sur le 45-tours extrait de l'album et, plus tard, au piano acoustique avec Steve Nieve sur le single *Chansons à quatre mains* (CD 660 164-1, Théâtre des Bouffes du Nord, 1993). Le chanteur brésilien Sergio Mendes l'adapte en anglais sous le titre *My Summer Love* en 1983 (*My Summer Love* ; *Sergio Mendes*, LP A & M 4937, 1983). Autre reprise : Dominique Dalcan & Les Innocents (*Duos* « Taratata », vol. 2, CD BMG 42478-2-9, 31/3/1996) et Stanislas (émission *Les Stars chantent Gainsbourg*, Virgin 17, février 2010).

Amour année zéro

L'enregistrement au studio Sound Connection de Los Angeles fut mouvementé entre les couples Chamfort-Lio et Gainsbourg-Bambou. Le compositeur et interprète du disque aurait aimé davantage d'implication de la part de son auteur qui n'en finit pas de noyer son chagrin sur le papier et dans l'alcool. Réalisé avec une équipe de pointe menée par Wally Badarou, l'album doit son titre aux nouveaux départs amoureux des deux artistes. La chanson qui lui donne son titre (et qui inclut un point, tel un mystérieux symbole : *Amour année zéro*), avec sa mélodie sinueuse, tente d'oublier le passé tout en doutant de l'avenir. Seul l'amour, accompagné de musique, permet d'effectuer la transition en douceur : *Le passé est dérisoire/Tourne-lui le dos/Le futur est illusoire/N'y compte pas trop/Ne compte que le présent/Où l'amour t'attend*. Ce qui aurait pu se révéler un désastre se révèle finalement plus que correct.

Alain Chamfort interprète le morceau-titre lors de ses concerts au Casino de Paris en 1987 (*Double vie*, CD CBS 460 747-1).

Reprise : Christine Delaroche (*J'aime*, CD OJM 172 632, 1995).

Jet Society

Le moins que l'on puisse dire est que *Jet Society* n'est pas la chanson que l'on retient sur l'album. La faute à une mélodie assez plate, un arrangement de cuivres criard, et un texte indigent. *Jet Society* a tout l'air d'être un morceau de remplissage.

Malaise en Malaisie

Bien que l'intitulé fasse un tantinet cliché et que le texte en rajoute dans l'esprit des jeux de mots à tout prix, *Malaise en Malaisie* est indubitablement doté d'une mélodie forte (signée par Alain Chamfort) et d'un arrangement sophistiqué qui en font un beau titre de son répertoire. La langueur du morceau et la diction détachée de l'interprète ajoutent de la noblesse à la composition. Serge Gainsbourg, qui en 1990 écrira *Litanie en Lituanie*, a une pensée pour sa compagne asiatique : *Mon amour d'où viens-tu/La Malaisie où est-ce/Le napalm coule dans tes veines/Ma jolie petite Eurasienne.*

Il existe par Chamfort deux versions scéniques de la chanson, sur *Double vie* (CD CBS 460 747-1, 1988) et *Impromptu dans les jardins du Luxembourg* (2 CD XIII Bis Records 22640 598, 2005). Le quatuor vocal américain Manhattan Transfer (*Chanson d'amour, Birdland...*) en a donné une très belle version anglophone en 1983 (*Bodies an Souls*, LP Warner 70104-1).

Reprises : Manhattan Transfer (*Bodies and Souls*, LP Warner 70104-1, 1983). Autres reprises : Vanessa Paradis (émission « Concert live », Canal+, Tokyo – Japon, 7/4/1996) et version récitée par Bambou sur le double CD *Portraits* (Frémeaux & Associés, 2000).

Laide jolie laide

Un peu plus d'un an auparavant, Serge Gainsbourg et Vincent Palmer (guitariste de Bijou) avaient signé un instrumental rock pour la bande originale du film *Tapage nocturne*, figurant en face B du 45-tours, sous le titre *Jolie laide*. Sur une musique ultra-rythmée et cuivrée d'Alain Chamfort, il reprend l'idée du titre qu'il modifie en *Laide jolie laide* et ajuste un texte autour de ce thème. Serge Gainsbourg dresse le portrait d'une fille jolie ou laide selon le moment et l'humeur.

Reprise : Bambou sur le double CD *Portraits* (Frémeaux & Associés, 2000).

Baby Boum

Créé par Alain Chamfort ; 45-tours CBS A 1673 (SP)

Dans cette version modernisée de *Baby Pop*, créée par France Gall en 1966, l'auteur de *Baby Boum* exhorte la jeune fille à sortir de son milieu (*la danse et les boums*), à écouter du vrai rock, et regarder la réalité en face. Mais il n'y a ici nul avertissement de guerre imminente.

Compositeur de *Baby Boum*, Alain Chamfort la reprend au Casino de Paris en avril 1987 : *Double vie* (2 LP CBS 460 747-1).

Fille de paille

Texte inédit

La musique d'Alain Chamfort de cette chanson prévue pour l'album *Amour année zéro* est finalement recyclée dans *Laide jolie laide*. Le manuscrit original signé Serge Gainsbourg subsiste. Ce passage en donne un aperçu : *Quand tu t'allumes/Fille de paille/Tu te consumes/Comme feu de paille/Chaque nuit on te voit descendre/Dans l'enfer des night-clubs tu veux te réduire en cendres.*

Paris si parisien

Texte inédit

Demeuré à l'état de manuscrit, *Paris si parisien* était le brouillon d'un titre dévolu à Zizi Jeanmaire pour l'émission « Parisiana 1925 » (1981). Serge Gainsbourg l'abandonne au profit du très différent *Parisiana*.

Parisiana

Créé par Zizi Jeanmaire pour la télévision : « *Parisiana* » *1925* du 3 octobre 1981 ; *Zizi au Zénith* (CD WMD 334-992-500, 1995)

La chanson créée par Zizi Jeanmaire au cours de l'émission « Parisiana 1925 » de Maurice Dumay (3 octobre 1981) évoque le Paris des Années Folles, celles de Picasso, Picabia, des anarchistes, des paradis artificiels et du colonialisme. Elle cite également Claude Debussy et Erik Satie. Tout un univers qui rend l'auteur nostalgique des années de son enfance.

Zizi Jeanmaire ressuscite le titre en 1995 dans *Zizi au Zénith* (CD WMD 334-992-500).

Bande originale du court-métrage Le Physique et le Figuré

Créé par Serge Gainsbourg ; 45-tours Gaumont Musique 751.814 (SP) avec *Le Physique et le Figuré (fin)*

À la fin de l'année 1981, le Comité français des produits de beauté commande un film à Serge Gainsbourg qui prend la demande très au sérieux et réalise le court-métrage *Le Physique et le Figuré* avec un mannequin prénommé Alexandra, sortant du bain et se maquillant. Le film diffusé dans les cinémas du 14 au 27 octobre 1981 a pour musique un thème du jazzman Stan Kenton revisité à la manière électronique par Serge Gainsbourg et Jean-Pierre Sabar, dont c'est la dernière collaboration. Le 45-tours est édité dans la foulée.

Tel un lépidoptère brûlé

Texte reproduit dans *Bambou et les poupées. Gainsbourg photographies* (Filipacchi, Paris, 1981)

Comme il l'a fait pour Jane Birkin dans les années 1970, pour le magazine *Lui*, Serge Gainsbourg immortalise Bambou sur pellicule au milieu de mannequins en plastique et réunit ces photographies dans l'ouvrage *Bambou et les poupées. Gainsbourg photographies*. Le livre est préfacé par l'auteur, qui dirige aussi les légendes, reproduites sur un manuscrit titré *Tel un lépidoptère brûlé*.

À Charles Trenet

Texte de Serge Gainsbourg pour l'ouvrage : *La Route enchantée* (Le Temps Singulier, Nantes, 1981)

Serge Gainsbourg rend un hommage particulier à Charles Trenet, idole de son enfance parisienne, en préface de l'anthologie des textes du poète, *La Route enchantée*, publiée en novembre 1981 par Le Temps Singulier. Extrait : *J'entends et veux laisser entendre/Que mon initiale passion juvénile/Aux initiales du fou chantant/Fut asexuée quoique sensuelle/Homosexuelle pure et sombre/Comme l'améthyste.*

Mauvaises nouvelles des étoiles

Album de Serge Gainsbourg ; 33-tours Philips 6313 270 (LP)
Parution : 17 novembre 1981
Overseas Telegram, Ecce homo, Mickey maousse, Juif et Dieu, Shush Shush Charlotte, Toi mourir, La Nostalgie camarade, Bana Basadi Balalo, Evguénie Sokolov, Negusa Nagast, Strike, Bad News from the Stars.

Le deuxième album reggae voit débarquer Gainsbarre, personnage prêt à endosser tous les travers de Gainsbourg, dans un album concis et paresseux, chargé de sens et lourd de conséquences.

Entre la séparation de Jane Birkin et les albums respectifs d'Alain Chamfort et de Catherine Deneuve, Serge Gainsbourg n'a pas eu le temps de concevoir un nouveau fil directeur pour son nouvel album. L'option reggae prend donc le dessus, avec pour nuance non plus le son *roots* de Kingston mais la production ultra-léchée des studios Island de Compass Point, à Nassau, capitale des îles Bahamas. Si l'équipe de musiciens et choristes reste identique, le star-system est passé par là et le tandem Sly Dunbar et Robbie Shakespeare s'est transformé en multinationale du rythme. Néanmoins, Serge Gainsbourg fomente un coup de pub qui va à jamais lui coller aux basques : il invente son double démoniaque Gainsbarre. Traduction : *Quand Gainsbourg se barre, Gainsbarre se bourre*. Surgi de *Ecce homo*, Gainsbarre ouvre la porte à la métaphysique et pose des questions. Pour Gainsbourg, c'est le signal du compte à rebours, le début de la fin dans la surenchère médiatique qui va suivre. Les obsessions restent les mêmes : sexe (*Mickey maousse, Strike*), exotisme et colonialisme (*Toi mourir, Bana Basadi Balalo, La Nostalgie camarade*), famille (*Shush shush Charlotte*) et… religion (*Juif et Dieu, Negusa Nagast*). Sceptique, il n'hésite pas à fustiger les croyances de ses musiciens rastas, et à ses détracteurs, rappelle ses origines juives. Album de sens, *Mauvaises nouvelles des étoiles* est élaboré du 21 au 27 septembre 1981 dans l'improvisation totale, avec pour seul point de départ les titres des chansons. Textes et musiques sont courts au possible, les musiciens font le minimum syndical, et le dub fait le reste. Malgré tout, le disque tient debout et est au final bien plus qu'un simple succédané du précédent.

Ecce homo

Également paru sur 45-tours Philips 6010 448 (SP) avec *La Nostalgie camarade*

Ecce homo où Gainsbourg se réinvente en Gainsbarre, et livre par le menu, le détail de ses virées nocturnes : *Eh ouais, c'est moi Gainsbarre/On me trouve au hasard/*

Des night-clubs et des bars/Américains c'est bonnard. Après avoir annoncé la couleur, il fait de son *look* de dandy moderne un attribut mythique correspondant à sa déprime : *On reconnaît Gainsbarre/À ses jeans, à sa bar-/Be de trois nuits, ses cigares/Et ses coups de cafard.* Il observe ensuite que son attitude je-m'en-foutiste masque une profonde timidité et un grand professionnalisme (loué par ses collaborateurs) : *Bizarre, ce Gainsbarre/Il est cool, faut croire/Que de tout il en arre/Ien à cirer, enfin, faut voir.* Enfin, il offre son personnage en pâture et, tel le Christ, se dit prêt à être crucifié : *Eh ouais, cloué le Gainsbarre/Au mont du Golgothar/Il est reggae, hilare/Le cœur percé de part en part.* Le dernier vers montre combien ses amours tumultueuses l'ont meurtri. En agitant le monstre Gainsbarre, Gainsbourg se met à nu et officialise son double sombre et autodestructeur. Il dit faire son autoportrait à la manière des maîtres. La formule *Ecce homo* (*Voici l'homme*) renvoie à la présentation du Christ condamné à la crucifixion par Ponce Pilate, et à l'autobiographie homonyme de Friedrich Nietzsche, parue en 1888. Elle sous-entend également une homosexualité éventuelle et joue sur une certaine ambiguïté. Tout le monde est prévenu : Gainsbarre est dans la place et n'a plus rien à perdre puisqu'il a tout prouvé. En 2003, le journaliste, musicien et producteur Bruno Blum ressort des limbes du studio une première mouture bien inférieure titrée « Dormir une chance de rêver » d'après William Shakespeare (*Sleep, a chance to dream*), montrant tout le travail réalisé sur le texte et la préméditation tardive de la création de son double. Une version inédite renommée *Ecce Homo et caetera* apparaît sur le coffret *Vingtième Anniversaire* (Universal, 2011).

Mickey maousse

À travers *Mickey maousse* (notez le jeu de mots qui a dû faire se retourner Walt Disney dans sa tombe), Serge Gainsbourg ne peut s'empêcher de vanter les attributs de sa virilité. Comme sur la plupart de ces morceaux reggae, le jeune homme de cinquante-trois ans ne chante que des textes assez courts pour laisser s'exprimer les parties de dub.

Il reprend le morceau sur scène en octobre 1985 (*Serge Gainsbourg live*, 2 LP Philips 826 721-1). Sur la réédition de *Mauvaises nouvelles des étoiles* parue en 2003 figurent un *Dub maousse* et la version DJ *Minnie Pussy* par Lisa Dainjah (2 CD Mercury 77.258-2).

Juif et Dieu

Le postulat de *Juif et Dieu* se base sur la transmission de la religion juive par la mère : si Jésus-Christ, le fils de Dieu, est juif, cela signifie que Dieu a confié son enfant à une mère juive. L'auteur, qui n'a pas supporté qu'on lui colle une seconde étoile jaune sur la poitrine lors de l'affaire *Aux armes et cætera*, cite ensuite quelques Sémites célèbres tels Karl Marx, Albert Einstein et la troïka bolchevique composée de Zinoviev, Kamenev et Trotski. Dans le dernier couplet, Serge Gainsbourg annonce le temps de l'Antéchrist.

La réédition 2003 de *Mauvaises nouvelles des étoiles* comprend le dub *Juif et dub* et la version DJ *Jews* par Mark Holloway et Intaleck (2 CD Mercury 77.258-2).

Reprises : Maurice Garrel (*Portraits*, 2 CD Frémeaux & Associés FA 8020, 2000), Rodolphe Burger & Meteor Band avec Daniel Darc (album *Hommage à Serge Gainsbourg*, Dernière Bande, 2008).

Shush Shush Charlotte

À l'instar de l'album précédent, *Aux armes et cætera*, les choristes jamaïcaines The I-Threes entonnent les refrains de chaque chanson. Aussi font-elles *Shush ! Shush ! Shush ! Charlotte* pour calmer les pleurs de la petite Charlotte Gainsbourg. Le titre s'inspire du film d'horreur *Hush Hush, Sweet Charlotte* (*Chut, chut, chère Charlotte*, 1964) de Robert Aldrich, avec Bette Davis, Olivia de Havilland et Joseph Cotten, comme la musique empruntée au thème de Frank DeVol, chanté par Patti Page. L'auteur a déjà évoqué sa fille dans la chanson *La poupée qui fait* (1973). Il récidivera en 1984 avec *Lemon Incest*. En 1986, il lui consacre le film *Charlotte for Ever* et un album correspondant.

Le morceau possède sa version dub *Dub Charlotte* et son remix DJ *Don't Cry* par Anthony John dans la réédition de *Mauvaises nouvelles des étoiles* (2 CD Mercury 77.258-2, 2003) ; il a été traduit en néerlandais par Zeker Weten sous le titre *Hoe Moet Dat Nu* (album tribute *Gainsnord*, CD Sonic Scenery 708 028, 2009).

Toi mourir

Les paroles de *Toi mourir* écrites en langage petit-nègre traduisent le procédé du troc censément pratiqué par les populations indigènes en échange de la vie : *Toi moi donner chapeau/Peigne en corozo/Médaille petit Jésus/Toi mourir*. Cette idée est reprise dans le deuxième long-métrage de Serge Gainsbourg, *Équateur* (1983).

La version *Toi dub* et le remix *Rub a Dub International* de Lone Ranger agrémentent la réédition de *Mauvaises nouvelles des étoiles* (2 CD Mercury 77.258-2, 2003). Bambou et

Lucien Gainsbourg (fils de l'auteur, né en 1986) récitent *Toi mourir* dans l'anthologie *Portraits* (2 CD Frémeaux & Associés FA 8020, 2000).

La Nostalgie camarade

Également paru sur 45-tours Philips 6010 448 (SP) avec *Ecce homo*

La chanson s'adresse au père de sa compagne Bambou, Eugène Paulus, ancien parachutiste de la Légion étrangère envoyé en mission en Indochine (qui s'étala de 1945 à 1954). Serge Gainsbourg l'apostrophe en énumérant les violences perpétrées sur la population locale : meurtre au couteau et viol. *Qu'est-ce qui t'a pris bordel de casser la cabane/De ce panoupanou puis sortir ton canif/Ouvrir le bide au primitif/Qui débarquait de sa savane/La nostalgie camarade*... Le responsable de ces actes finit par avoir des remords ; il se soûle et inhale de la résine colophane, provoquant quelque peu la compassion de Gainsbourg, indéfectible nostalgique.

Le morceau très percussif est repris en version dub (*Nostalgie dub*) et DJ (*Man a Beg Fe Life* de Simon Splinta) sur la réédition de *Mauvaises nouvelles des étoiles* (2 CD Mercury 77.258-2, 2003).

Reprises : Polo (concert à La Maroquinerie, 2005), Manu Markou et Odile Closset (*Démantibulés*, CD autoproduction 125-151-412, 2007).

Bana Basadi Balalo

Créé par Serge Gainsbourg ; 45-tours Philips 6010 557 (SP) et Maxi 45-tours Philips 6863 382 (Maxi) avec *Negusa Nagast*

Dans ce reggae titré en bantou – *Bana basadi balalo* signifiant « Trois petits enfants » dans cette langue d'Afrique australe – Serge Gainsbourg conte l'histoire de trois petits Zoulous ayant vaillamment résisté à l'occupant néerlandais lors de la colonisation de l'Afrique du Sud par les Boers. Sous le soleil de Nassau, l'auteur convoque deux de ses marottes, l'histoire et le continent africain.

La réédition de l'album en 2003 est enrichie des versions dub (*Bana Basadi Dub*) et DJ (*Rock Me My Baby* par Wingy).

Evguénie Sokolov

Le titre de l'unique roman de Serge Gainsbourg, *Evguénie Sokolov*, publié chez Gallimard en 1980, dont le personnage central est un peintre doublé d'un pétomane invétéré, devient une chanson sans paroles, ponctuée de divers bruits de pets. Elle traduit un passage du livre où le héros se délecte de ses œuvres enregistrées. Un texte concernant cette chanson est reproduit sur la pochette originale de l'album : *Mets ton masque à gaz, Sokolov/Que tes fermentations anaérobies/Fassent éclater les tubas de ta renommée/Et que tes vents irrépressibles/Transforment abscisses et ordonnées/En de sublimes anamorphoses*. En exergue du roman, l'auteur cite Jean-Baptiste Rousseau : « Le masque tombe, l'homme reste, et le héros s'évanouit. » Serge Gainsbourg avait déjà abordé le sujet dans *Des vents des pets des poums* en 1973 et *Exercice en forme de Z* en 1978.

Sur la réédition de l'album en 2003, les versions dub (*Evguénie*) et DJ (*Show Love* par Al Pancho) sont éloignées de l'originale.

Negusa Nagast

Créé par Serge Gainsbourg ; 45-tours Philips 6010 557 (SP) et Maxi 45-tours Philips 6863 382 (Maxi) avec *Bana Basadi Balalo*

Tiré de l'amharique, langue officielle de l'Éthiopie à l'époque de l'enregistrement, l'expression *Negusa Nagast* signifie « Roi des rois » et désigne l'empereur Hailé Sélassié Ier (1892-1975) qui a longtemps régné sur le pays. Les musiciens jamaïcains qui accompagnent Serge Gainsbourg sont pour la plupart des adeptes du Ras Tafari ; pour eux, le personnage de celui que l'on appelait aussi le Négus est le symbole annonciateur du retour en Afrique. L'auteur, lui, montre ses doutes par rapport à toute forme de religion. Il fait valoir l'un de ses aphorismes, « L'homme a créé les dieux, l'inverse reste à prouver », qu'il cite dans le premier vers (*L'homme a créé les dieux, l'inverse tu rigoles*). Dans un entretien d'époque, il affirme que la religion, « c'est du terrorisme. On va payer un milligramme de mal une éternité de souffrance. C'est inadmissible ». En conclusion, l'auteur évoque la mort du Négus des négus lors d'un coup d'État de ses successeurs au trône.

> *Negusa Nagast* s'enrichit d'une version DJ (*One Thousand Drums or More*) sur la réédition 2003 de *Mauvaises nouvelles des étoiles*.

Strike

Sans ambages, après avoir fait l'apologie de son sexe dans *Mickey maousse*, l'auteur vante ses conquêtes féminines en les comparant à un *strike*, expression signifiant un sans-faute au bowling, un coup renversant toutes les quilles. Ne croyant guère à l'amour, qu'il juge aussi délétère que l'éther et les *poppers*, il dit s'être retiré du jeu : *De mon buncœur j'ai abaissé la herse/Sarrasine, je crains les invasions, la der/Des ders, dur dur, affaire/Classée, à la solitude aujourd'hui je m'exerce.* Dans la dernière strophe, Serge Gainsbourg mentionne pêle-mêle Jane et le gin qui l'aide à oublier ses blessures amoureuses. Le recours à des professionnelles, cité dans la chanson, est un autre remède.

Les versions dub (*Strike dub*) et DJ (*Strike !* par Buffalo Bill) sont ajoutées à la réédition de *Mauvaises nouvelles des étoiles* en 2003.

Bad News from the Stars

L'album *L'Homme à tête de chou* paru en 1976 avait pour origine une sculpture de Claude Lalanne acquise dans une galerie d'art. Le point de départ de *Mauvaises nouvelles des étoiles* est un dessin de Paul Klee. C'est aussi le titre qu'aurait dû porter le second roman de Serge Gainsbourg, avant de le rebaptiser *Journal fictif*, qu'il prétendait écrire fin 1981, début 1982, et inclure dans ses *œuvres complètes*. Le temps ne lui en aura pas laissé le loisir. Pour ce qui est du morceau lui-même, son titre servant de refrain est traduit en anglais afin de faciliter la tâche des choristes, car c'est l'unique vers des paroles. Débarqué aux Bahamas avec seulement les titres des chansons, il n'a pas le temps de tout faire en studio, écrire les textes et superviser l'enregistrement avec l'aide de son fidèle bras droit Philippe Lerichomme. Au final, les textes et durées des compositions sont parmi les plus courts de sa carrière, ce que déplore le chroniqueur du mensuel *Rock & Folk* : « Il assure au plus serré possible. Il se ménage et c'est son art de la litote qui y gagne », ajoutant qu'il s'agit d'un « album mystique où Serge parle de Dieu et de sa mort, se crucifie ».

En 2003, *Bad News from the Stars* fait l'objet d'une version dub, *Dub From the Stars* sur la réédition de *Mauvaises nouvelles des étoiles*.

J'ai vendu

Texte publicitaire, inédit

Le texte de *J'ai vendu* est récité dans une publicité pour les rasoirs jetables Bic en 1981 : *J'ai vendu/Mon inspiration à la chanson/J'ai vendu/Mes poumons à la cigarette*. L'auteur dit ensuite avoir vendu sa barbe à l'enseigne publicitaire.

1982

C'est comment qu'on freine ?

L'album de la rencontre Gainsbarre-Bashung, deux princes de la rime et du rock qui s'essaient à la cold wave[1] et mettent en commun leurs nuits imbibées.

Publicités Lee Cooper et Renault 9

Titres inédits

En 1982, Serge Gainsbourg réalise et compose les musiques de publicités pour les jeans Lee Cooper et la Renault 9. Ces musiques sont restées inédites.

Gini je t'aime (publicité)

Créé par Serge Gainsbourg ; inédit jusqu'en 2000 : *100 % Sensuel : La Plus chaude des compils !* (CD hors-commerce Musiques & Solutions 7316)

La musique des trois spots Gini, réalisés par Serge Gainsbourg entre 1982 et 1984, correspond à celle de la

1. Mot apparu en France à la fin des années 1970 (aux États-Unis, on emploie le terme *dark wave*) pour qualifier des groupes issus de la new wave pratiquant une musique froide, avec ou sans synthétiseurs, qui annonce le rock industriel ou gothique des années 1980 et au-delà. En Grande-Bretagne, Siouxsie & The Banshees, Joy Division, Bauhaus, Human League ; en France : Métal Urbain, Marquis de Sade, etc.

chanson *Alice hélas* (1981) créée par Catherine Deneuve. Inédite durant une vingtaine d'années, elle est finalement parue sur une compilation promotionnelle réunissant pour l'essentiel… des artistes *house music* !

J'en ai autant pour toi

Créé par Philippe Dauga ; 45-tours Philips 6010 551 (SP)

Le groupe Bijou n'est pas encore séparé mais son chanteur et bassiste a déjà des envies de carrière solo qu'il applique sur ce 45-tours. Enregistré à Londres avec le guitariste Billy Bremner (Rockpile) et le producteur Paul Riley, *J'en ai autant pour toi* est un rock tout à fait dans la lignée de son groupe. Ce petit extra signé Serge Gainsbourg (les paroles sont transmises par téléphone !) n'a rien de très original, hormis la citation du groupe australien AC/DC en guise de référence contemporaine.

Une seconde version de *J'en ai autant pour toi* sera réalisée au studio ICP de Bruxelles en 1993 pour l'album *Pile ou face* (CD Musidisc 170 142). Un autre titre écrit par Gainsbourg, le prémonitoire *Adieu Bijou*, est mis en boîte lors des mêmes séances mais laissé de côté. Philippe Dauga le publiera sur 45-tours en 1984.

Moi j'te connais comm' si j't'avais défaite

Créé par Julien Clerc ; 33-tours Virgin 201 916 (LP *Femmes, indiscrétion, blasphème*)

Le titre est inspiré d'une discussion entre Serge Gainsbourg et Bambou, surprise par Julien Clerc alors qu'il attendait un texte pour une musique de son nouvel album. L'interprète lui demande aussitôt de plancher sur le thème, développé sur le mode d'un homme jaloux de la liberté de sa jeune conquête : *Vous fillettes/Toutes autant/Que vous êtes/Vous n'savez/Pas le mal que vous nous faites*. La ballade nichée dans l'album *Femmes, indiscrétion, blasphème* est enregistrée au studio Trident à Londres. Du même album sont extraits les tubes *Femmes je vous aime*, *Lili voulait aller danser* et *Cœur de rocker*, dont le clip fait apparaître Gainsbourg comme figurant de luxe.

Suicide

Créé par Diane Dufresne ; 33-tours RCA Victor PL 37610 (LP *Turbulences*)

Connue pour le joli succès *J'ai rencontré l'homme de ma vie*, la chanteuse québécoise Diane Dufresne crée le titre *Suicide*, paroles de Serge Gainsbourg et musique de Claude Engel, lors du tournage du documentaire *Enquêtes sur une vie d'artiste* diffusé sur Antenne 2 le 23 mai 1982. La chanson enregistrée à New York et Montréal est insérée dans l'album *Turbulences*. Elle reprend le thème de la mort volontaire maintes fois abordée par l'auteur qui énumère différentes solutions : arsenic, noyade, morsure, attentat, électrocution, lynchage, à la guitare électrique ou descente par la critique, ce qui paraît envisageable pour la musique.

Reprise : Bérangère Basty (*Portraits*, 2 CD Frémeaux & Associés FA 8020, 2000).

Discométèque

Écrit, composé et créé par Alain Ravaillac ; 45-tours CBS A 2104 (SP)

Alain Ravaillac est le pseudonyme d'Alain Zaoui, neveu de Serge Gainsbourg. Selon l'anecdote, il aurait fait écouter la maquette du morceau à son oncle qui voulut immédiatement le produire. Un rendez-vous avec le patron de CBS Alain Lévy suffit pour que le jeune chanteur entre en studio. Les paroles, modifiées en cours d'enregistrement, font sursauter les programmateurs radio : *La queue à la main/Joint au bec/La discométèque*... Le clip est réalisé par Daniel Chenevez, du duo Niagara, et la pochette signée Gainsbourg, mais les ventes sont minimes. En 1998, Alain Zaoui, devenu Alain Zackman, compose la musique de *Love Slow Motion* pour Jane Birkin, avec des paroles de MC Solaar, sur l'album *À la légère*.

Play blessures

Album d'Alain Bashung ; 33-tours Philips 6313 426 (LP)
Parution : 3 novembre 1982
C'est comment qu'on freine, Scènes de manager, Volontaire, Martine boude, Lavabo, J'envisage, J'croise aux Hébrides, Trompé d'érection.

Quand Alain Bashung (1947-2009) et Serge Gainsbourg noient leur chagrin dans l'alcool et la musique, il en ressort *Play blessures*, album aux sonorités froides et aux textes déjantés, un classique *underground* considéré à sa sortie comme un « accident industriel » pour la nouvelle star du rock français.

En 1982, Serge Gainsbourg est présenté à Alain Bashung, chanteur et guitariste qui a longtemps traîné ses guêtres dans les sous-sols du rock français avant d'avoir un succès aussi soudain qu'étonnant avec *Gaby oh ! Gaby* et *Vertige de l'amour*. Celui qui a végété pendant quinze ans dans les studios, accompagné Dick Rivers et sorti deux albums confidentiels, se voit tout à coup bombardé au sommet des ventes et des programmations radio. Une notoriété qu'il a du mal à gérer et le jette dans une profonde dépression durant laquelle Bashung congédie son parolier Boris Bergman, l'un des plus doués apparus ces dernières années, avec le très gainsbourien Jacques Duvall (Lio, Alain Chamfort, etc.). Quand ils se rencontrent, les deux hommes traversent une crise carabinée et ont manifestement des choses à se dire. Pendant trois mois, ils alternent écriture et bitures entre la rue de Verneuil et le studio de Boulogne-Billancourt. Contrairement à son habitude, Serge Gainsbourg n'est plus seul dans l'élaboration des textes. Bashung essaie de le faire rentrer dans son univers tout en donnant une cohérence musicale au projet, dont le désordre organisé a pour nom provisoire *Apocalypso*, ce que la photo de pochette, réalisée par Jean-Baptiste Mondino, traduit à la perfection. Au bout de multiples nuits homériques en studio, le disque prend forme. Épaulé par les musiciens Olivier Guindon (guitare), Manfred Kovacic (claviers), François Delage (saxophone), Roland Panza (basse) et Philippe Draï (batterie, percussions, boîte à rythmes et harmonica), Bashung opte pour un son froid et métallique, par moments proche du rock dit « industriel ». Une esthétique d'ordinaire réservée aux groupes *underground* qui a tout l'air d'un suicide commercial, d'autant que les paroles sibyllines ne sont pas à la portée de tout le monde. Considéré comme une parenthèse exploratrice, sinon expérimentale, l'album *Play Blessures* fait un bide logique, et a bien du mal à s'imposer au-delà du cercle de fanatiques des deux artistes. Depuis, cet ovni issu du tréfonds de leurs âmes est régulièrement cité parmi les disques novateurs et importants de son époque. Il jouit d'un nouveau mixage en 1992, à l'occasion de la parution de la première intégrale d'Alain Bashung (CD Barclay 517 221-2).

C'est comment qu'on freine

Également paru sur 45-tours Philips 6010 626 (SP) avec *Trompé d'érection*

Le titre qui ouvre l'album *Play Blessures* décrit assez bien le mélange des styles entre un Serge Gainsbourg titillé par les calembours (comme l'était déjà avant lui Boris Bergman) et un Alain Bashung porté vers l'ellipse. *C'est comment qu'on freine* peut se lire comme la métaphore d'un accident annoncé et d'une histoire d'amour qui a du mal à se terminer : *J'm'acolyte trop avec moi-même/J'me colle au pare-brise, ça me gêne/Ça sent l'cramé sous les projos/Regarde où j'en suis, j'tringle aux rideaux*. Dès le premier titre, la rencontre au sommet est explosive.

Bashung chante ce titre en live sur *Tour novice* (2 CD Barclay 517 249-2, 1992).

Scènes de manager

Poussé dans ses retranchements par Alain Bashung, Serge Gainsbourg met un point d'honneur à être au niveau. Avec ce représentant surdoué de la nouvelle garde du rock francophone, il ne peut se permettre de bâcler le travail. *Scènes de manager* est un exemple de texte entre l'allégorie et le cut-up, exercice en équilibre au bord de l'abstraction : *Quoi la défonce/Dans l'bitume/Quoi ça dérange/On s'enclume/Bulldozer/Brillantine/Pour quoi faire/C'sont des scènes de manager*. L'arrière-plan musical zébré de nappes synthétiques est résolument cold wave. Son atmosphère glaciale et lunaire resplendit dans la version instrumentale sélectionnée pour l'album *Instrumentaux* en 2002 (CD Barclay 065 368-2).

En octobre 1990, Alain Bashung donne une version scénique de *Scènes de manager* à l'Auditorium des Halles (*Tour novice*, 2 CD Barclay 517 249-2, paru en 1992).

Volontaire

Serge Gainsbourg et Alain Bashung sont tous deux des têtes brûlées dans le monde du show-biz. Un parcours du combattant en milieu hostile et une sensibilité autodestructrice les réunissent. *Volontaire* est le récit déstructuré de leur histoire sur une musique empruntant son atmosphère industrielle et délétère à des formations cold wave et post punk du type Joy Division, Cabaret Voltaire ou The Monochrome Set. Cette chanson tout à fait lisible bénéficie d'une musique envoûtante : *Émotions censurées, j'en ai plein le container/J'm'accroche au cendrier, m'arrange pas les maxillaires*.

Bashung la chantera lors du *Live Tour '85* (LP Philips 826 435-1, 1985), *La Tournée des grands espaces* (2 CD Barclay 981 996-0, 2004) et la tournée finale de 2008 (*Dimanches à l'Élysée*, 2 CD Barclay 7531 923-2, 2009). En 2000, Alain Bashung réalise au studio ICP de Bruxelles une seconde version studio délavée, accompagné par le groupe Noir Désir, pour l'album *Climax* (CD Barclay 543 648-2), rééditée sur *Duos, Reprises, Raretés* (CD Barclay 065 365-2, 2002).

Reprise : récité sans musique par Guy Godefroy sur le double CD *Portraits* (Frémeaux & Associés, 2000).

Martine boude

Album expérimental à tous points de vue, *Play Blessures* recèle des atmosphères étranges et torturées qui ne sont pas à la portée du premier groupe venu. Collant à son époque tout en se démarquant des plans traditionnels du rock, il évolue dans la marge, sur une ligne ténue où le dérapage incontrôlé peut survenir à tout moment. En la personne d'Alain Bashung, Gainsbourg trouve un interprète de poids avec lequel il n'est pas question de se laisser aller à la facilité ou de projeter des fantasmes personnels ; il parvient toutefois à placer l'un de ses aphorismes, *J'veux pas qu'on m'aime, mais je veux quand même*. Bashung, friand d'histoires d'amour compliquées, est comme chez lui dans *Martine boude*, sœur déjantée de *Laide jolie laide* (texte offert à Alain Chamfort l'année d'avant) : *J'me pose en douceur sur Martine/Des questions d'amour-/Propre, à mes yeux elle est nick-/El, à mes doigts j'peux pas dire/Peut-être que c'est juste un boude/Faut voir*. L'accompagnement pourrait se suffire à lui-même ; *Martine boude* est l'une des réussites de cet album casse-cou.

Bashung l'interprète sur scène dans *Live Tour '85* ; *Confessions publiques* (2 CD 529 241-2, 1995) et *La Tournée des grands espaces*.

Lavabo

Le riff d'introduction au synthétiseur en rappelle d'autres ; en revanche, le sens des paroles préfère rester abscons. Les musiciens désignent sous le nom *lavabo* (ou *yaourt*) l'emploi d'un anglais approximatif dans une chanson. La fille du patron du café cité dans le texte a passablement excité les méninges des deux complices qui rivalisent d'images aux pulsions violentes, haineuses, amoureuses ou vengeresses : *Passe sous la dou-/Che, tu joues dans qu-/El groupe, t'es pas sûr/Apprends ton play-back/Play blessures*.

Un nouveau mixage apparaît dans l'intégrale *Bashung* de 1992 (CD Barclay 517 221-2). Versions live : celle d'avril 1987 au

Spectrum de Montréal figure sur l'anthologie *Duos, Reprises, Raretés* (CD Barclay 065 365-2, 2002) ; celle d'octobre 1990 publiée sur *Tour novice* (double CD Barclay) et une autre très rare sur un single hors-commerce distribué en 1995 (CD Barclay 3229).

Reprise : Guy Godefroy (*Portraits*, 2 CD Frémeaux & Associés FA 8020, 2000).

J'envisage

Inventaire à la Gainsbourg, *J'envisage* est le résultat d'un croisement entre la *no wave*[1] pour ses reliefs accidentés, la *cold wave* pour ses motifs de synthé entêtants et le rock'n'roll pour ses bribes de guitare et breaks de batterie cinglants. Comme il est énoncé à la fin, le pire peut arriver à tout moment : *hold-up*, *alertes à la bombe*, *départ imminent*, *ravages intérieurs*, *carnages en sous-sol*, etc. La patte de Gainsbourg se fait sentir par l'emploi d'expressions comme *lit-cage*, *make-up* ou *silences qui hurlent* (employé dans *Bambou*, 1981 ; *Con c'est con ces conséquences*, 1983 ; *Au charme non plus*, 1990).

Le titre est repris sur scène en 1990 (double album *Tour novice*).

J'croise aux Hébrides

Tout en contraste, *J'croise aux Hébrides* voit Bashung dévisser sa voix écorchée sur la musique la plus apaisée de l'album. Les accords *glissando* de guitare, posés sur une boîte à rythmes, supportent les angoisses chan-

1. Terme désignant un mouvement underground au sein de la scène rock/avant-gardiste/bruitiste new-yorkaise à la charnière des années 1970/1980, avec des groupes tels que James White & The Contortions, Mars, D.N.A., Teenage Jesus & The Jerks, etc.

tées d'un Bashung *mort de soif dans le désert de Gaby*. L'interprète de *Gaby oh ! Gaby*, succès écoulé à plus d'un million d'exemplaires, compte bien avec ce nouvel album casser l'image de rocker grand public qu'on lui colle, et fait tout pour y parvenir en s'immergeant dans une musique froide et accessible qu'aux initiés, et en montrant les cicatrices de quinze années de galère dans le milieu rock. Ce disque commercialement suicidaire avec un Gainsbourg frère d'armes convalescent (déprime et alcool en guise de cocktail détonant) lui permet d'asseoir sa crédibilité et de se positionner à l'avant-poste du rock français.

Trompé d'érection

Également paru sur 45-tours Philips 6010 626 (SP) avec *C'est comment qu'on freine*

Sur un rythme rockabilly associé à des intermèdes synthétiques, *Trompé d'érection* a pour sujets récurrents le sexe et l'alcool, trempés dans des jeux de mots de circonstance : *Les filles sont crapauds/Les hommes grenouilles/Y en a qui manquent d'eau/Et d'autres qui mouillent*. La boisson divertit des chagrins d'amour mais provoque des hallucinations dont certains couplets sont les témoins. Dans l'un d'eux, l'auteur rappelle la séance de photos à tendance sado-masochiste réalisée avec Jane Birkin pour le magazine *Lui* en 1974 : *T'aimes plus que j't'attache/Au radiateur/Tu veux plus qu'j't'arrache/ L'papier à fleurs*. La collaboration entre Gainsbourg et Bashung n'est pas de tout repos, chacun se soutenant à l'autre pour ne pas sombrer. L'album *Play blessures* est le constat réussi de cette descente dans les abîmes de leur moi profond.

Une version live figure sur le double album *Tour novice*.

Allô à l'huile ?, Attention travaux et Boum voilà voyez terrasse !

Titres inédits

Ces trois titres écrits pour l'album *Play blessures* ne sont pas retenus, mais les manuscrits dactylographiés subsistent. *Allô à l'huile ?* est une chanson-gag à l'humour noir dont le texte limpide n'avait pas sa place ; *Attention travaux* est une violente décharge façon règlement de comptes (*J'm'en vais t'défoncer la chaussée [...] J'm'en vais t'ravaler la façade/Au tuyau gicleur*). Dans *Boum voilà voyez terrasse !*, l'inventaire de boissons commandées dans un bar se termine par deux morts.

1983

Fuir le bonheur de peur qu'il ne se sauve

Un nouvel album-bijou offert à Jane Birkin, tout de tendresse et de poésie, écrit et enregistré simultanément avec celui d'Isabelle Adjani. L'exercice, a priori périlleux, débouche sur une série de grandes chansons, de *Baby Alone à Babylone* à *Pull Marine*, en passant par *Les Dessous chics.*

Ambre libertine

Titre inédit

La chanson publicitaire réalisée pour la marque de parfums Ambre Libertine s'inspire de la musique du titre *Exercice en forme de Z* (1978) créé par Jane Birkin. Cette version demeure inédite.

Sex Machine

Interprété par Serge Gainsbourg ; émission « Sex Machine » (Antenne 2, 19/5/1983)

Voir Serge Gainsbourg interpréter un standard de James Brown est pour le moins cocasse. Mais c'est la règle fixée aux invités de l'émission « Sex Machine » animée par Philippe Manœuvre et Jean-Pierre Dionnet et diffusée dans le cadre des « Enfants du rock » le samedi soir sur Antenne 2. Il faut dire que Gainsbourg est passablement beurré quand il se prête au jeu un soir d'avril 1983. La reprise de *Sex Machine* est d'abord enregistrée en studio avant d'être jouée en play-back pour l'émission. Ce jour-là, le poète a pour musiciens le groupe La Horde, accompagnateurs habituels du punk iconoclaste Gogol Ier dont la particularité est de se produire en soutane avec un crucifix. Pour l'occasion, Gainsbourg s'est affublé d'un costume blanc contrastant avec les tenues sombres du groupe. Devant un public déjà chaud, Gainsbarre fait un pénible numéro d'amuseur et se fracture le pied en tombant dans les premiers rangs. La séquence terminée, il est transporté à l'hôpital : coma éthylique. Ce qui frappe le plus est de constater que Gainsbourg est passé définitivement de l'autre côté du miroir et s'est laissé dévorer par Gainsbarre.

Constipation Blues

Interprété par Screamin' Jay Hawkins et Serge Gainsbourg ; émission « Les Enfants du rock » (Antenne 2, 30/6/1983)

Deux mois après sa prestation dans *Sex Machine*, Serge Gainsbourg est de nouveau sollicité pour chanter avec un authentique phénomène du rhythm'n'blues américain, Screamin' Jay Hawkins, créateur du classique *I Put a Spell on You* (*Je te jette un sort*). Le phénomène, qui a pour habitude d'entrer en scène dans un cercueil et pour sceptre un crâne nommé Henry monté sur une canne, est aussi l'auteur d'un délire vocal intitulé *Constipation Blues*. Évidemment, c'est ce titre qui est choisi pour leur duo grommelé, improvisé et globalement raté, s'étirant sur six minutes, les deux pianos étant entourés de verdure sauvage.

Équateur

Film de Serge Gainsbourg sorti le 17 août 1983. Musique inédite

Le cinéma est pour Serge Gainsbourg une opportunité de plus pour arriver à l'art total. Le film *Équateur* a beau être une œuvre de commande, il s'investit intégralement dans l'affaire en signant la mise en scène, les dialogues et la musique, restée inédite. Le tournage commence en décembre 1982 au cœur de la jungle du Gabon, avec dans l'équipe son fidèle chef opérateur Willy Kurant. Côté casting, il a recruté Francis Huster (qui avait fait la post-synchronisation de Joe Dallesandro sur *Je t'aime moi non plus*) dans le rôle de Timar, Jean Bouise, François Dyrek, René Kolldehoff (Eugène) et, en vedette féminine, l'Allemande Barbara Sukowa (Adèle), actrice fétiche du réalisateur Rainer Werner Fassbinder. L'histoire adaptée de la nouvelle *Coup de lune* de Georges Simenon se situe dans le Libreville des années 1950. Timar, venu faire fortune, débarque dans un hôtel minable et séduit Adèle, la femme du patron. L'histoire d'amour entraîne sur son passage le meurtre du mari et la fuite des deux amants. Mais ce qui est le plus frappant est le décor et l'ambiance moite du film, son rythme lent et l'esthétisme recherché montrant les corps d'ébène des pagayeurs, à bord d'une pirogue, ou les scènes d'amour sous la moustiquaire. Pendant le tournage, Gainsbourg est confronté à des problèmes de budget, une partie attribuée par l'État gabonais étant investie au baccara par le producteur. Le réalisateur finit par devoir payer l'équipe sur ses propres deniers ! De plus, le président Omar Bongo refuse de se faire photographier avec le chanteur subversif de *La Marseillaise*, et l'équipe technique ainsi que les acteurs tombent malades les uns après les autres, victimes de diverses joyeusetés tropicales. À l'arrivée, la critique n'est pas tendre avec le film, projeté hors compétition au festival de Cannes en mai 1983, qui voit Gainsbourg se faire huer à la sortie. Selon Francis Huster, c'est pourtant l'un des plus beaux rôles et l'un des meilleurs films qu'il ait tournés.

Baby Alone in Babylone

Album de Jane Birkin ; 33-tours Philips 814 524-1 (LP)
Parution : octobre 1983
Baby Lou, Fuir le bonheur de peur qu'il ne se sauve, Partie perdue, Norma Jean Baker, Haine pour aime, Overseas Telegram, Con c'est con ces conséquences, En rire de peur d'être obligée d'en pleurer, Rupture au miroir, Les Dessous chics, Baby Alone in Babylone.

Quand Serge Gainsbourg s'attelle à la composition de l'album de Jane Birkin, simultanément à celui d'Isabelle Adjani, il sort du tournage de son second long-métrage *Équateur*, adapté du roman *Le Coup de lune* (1933) de Georges Simenon, et tourné dans la moiteur du Gabon avec Francis Huster et Barbara Sukowa. Il est profondément atteint par les critiques, qui oscillent entre indifférence et cruauté ; dans le quotidien *Libération* on lit cette critique aussi concise que définitive : « Qu'est-ce qu'on se fait suer ! » En grand professionnel, Serge retourne sans tarder à la musique et signe d'un coup une vingtaine de chansons, et pas des moindres. Les mois qui ont suivi la séparation de Jane n'ont en rien entaché leur relation amicale ; Serge est resté un père très tendre qui s'occupe de Charlotte. Cette ambiance facilite le travail en studio qui se passe dans d'excellentes conditions, toujours à Londres avec la fidèle phalange de musiciens réunie autour de l'arrangeur Alan Hawkshaw : Alan Parker (guitare), Brian Odgers (basse), Dougie Wright (batterie) et Jim Lawless (percussions). Les séances d'enregistrement commencées au studio Continental en août 1983 se poursuivent à Paris avec le producteur Dominique Blanc-Francard pour les parties vocales et l'indispensable Philippe Lerichomme en superviseur artistique méticuleux. Le résultat offre à Jane Birkin un album magistral et abouti, sans composition superflue, qui lui vaudra son premier Disque d'or. Outre les titres phares *Baby Alone in Babylone*, *Fuir le bonheur de peur qu'il ne se sauve* et *Les Dessous chics* extraits en simple, il comporte ses propres relectures délicates de *Baby Lou*, allant comme un gant à Lou Doillon, la dernière fille de Jane, née un an plus tôt, et de ce *Overseas Telegram* brièvement prêté à Catherine Deneuve mais qui lui revient de droit. On y trouve aussi une chanson à classer parmi ses œuvres majeures, *Rupture au miroir* et d'autres très émouvantes : *Con c'est con ces conséquences*, *Partie perdue*, *Norma Jean Baker* et *En rire de peur d'être obligée d'en pleurer*. Modèle d'écriture raffinée à l'interprétation exquise, *Baby Alone in Babylone* porte la signature d'un maître. L'année suivante, l'album est récompensé du grand prix de l'Académie Charles-Cros.

Fuir le bonheur de peur qu'il ne se sauve

Également paru sur 45-tours Philips 818 689-7 (SP) avec *Baby Lou* ; Versions longues sur Maxi 45-tours Philips 818 689-1 (Maxi)

La mélodie enivrante de *Fuir le bonheur de peur qu'il ne se sauve* repose sur la répétition du thème au piano et les notes ascendantes que Serge Gainsbourg prévoit pour ses interprètes les plus délicates. La voix de Jane Birkin traduit avec grâce des sentiments encore vifs : *Fuir le bonheur de peur qu'il ne se sauve/Dis-moi qu'tu m'aimes encore si tu l'oses/J'aimerais que tu trouves autre chose/De mieux*. La formule qui donne son titre à la chanson trouve son origine dans le livre de chevet de l'auteur, *Jésus-Christ rastaquouère* (1920) de Francis Picabia. Claude Nougaro lui rend hommage dans l'une de ses ultimes chansons, *Bonheur* en 2004 (*Bonheur, tu aimes repartir/À peine à l'amarre/J'comprends qu'on préfère te fuir/Comme chantait Gainsbarre*). C'est aussi ce texte que choisit Catherine Deneuve pour l'éloge funèbre sur la tombe de l'auteur le 7 mars 1991. Dès sa sortie, la chanson atteint le statut de classique, à tel point que Jane Birkin ne peut envisager un concert sans l'interpréter.

Versions scéniques : *Jane Birkin au Bataclan* (2 LP Philips 8340 376-1, 1987) ; *Je suis venu te dire que je m'en vais* (2 CD Philips 510 972-2, 1992) ; *Concert intégral à l'Olympia* (2 CD Philips 534 463-2, 1996) ; *Jane en concert au Japon* (2 CD Mercury UICM 9001/2, 2000) ; *Arabesque* (arrangement Djamel Benyelles ; CD Capitol 5432 972-2, 2002) ; *Arabesque voyage* (DVD Capitol 5602 962-0, 2004) ; *Jane Birkin au Palace* (CD Capitol 9306 2782-6, 2009).

Reprises : Maurice Garrel (*Portraits*, 2 CD Frémeaux & Associés FA 8020, 2000), Conservatoire de Nantes (spectacle *Couleurs Gainsbourg*, CD Cabaret Studio, 2001), Jean Tourneux (album *Gainsbourg à la Brassens*, Texto 0203, 2001), Anouk Plany (album *Anouk Plany chante Gainsbourg et cætera*, Bos Records 212 03, 2003), Ariane Moffatt (album *Pamplemousse*, Jajou Productions JAJCD 824, 2005).

Partie perdue

Également paru sur 45-tours Philips 880 652-7 (SP) avec *Les Dessous chics*

La musique pop rock tranquille de *Partie perdue*, portée par les arpèges flottants des guitares rythmique et solo, contraste volontairement avec le sujet, traité avec détachement. Sur cette trame légère, Jane Birkin chante les aléas de la rupture qui éteint toute flamme et fait verser quelques larmes vite dissipées. La plume de l'auteur fait revenir un flash-back : *Nos amours brisées ont fait la une/Je les ai lues et relues/Les pleurs sont des vagues sans écume/Qui n'font que troubler la vue.* Selon la formule consacrée, toute allusion à une personne ou à un fait réel n'est que pure coïncidence.

Norma Jean Baker

Le destin tragique de Marilyn Monroe fait partie des mythes inscrits au panthéon de Gainsbourg qui dans son antre de la rue de Verneuil a conservé une photo prise à la morgue, montrant ses pieds dépassant du linceul. L'actrice américaine, déjà apparue dans *Ford Mustang* (1968), *Une Jane nue* (1969), *Des laids des laids* et le brouillon *Adieu California* (1979), tient ici le rôle principal dans cette chanson baptisée de sa véritable identité. Sa mort est disséquée sous la plume de l'auteur qui en a relevé tous les détails factuels, de la date et heure du décès au nombre de capsules de Nembutal (à trois près, pour la justesse de la rime). Les chœurs évanescents accompagnent la star vers sa dernière demeure.

Jane Birkin reprend le titre sur scène en 1987 (*Jane Birkin au Bataclan*, 2 LP Philips 8340 376-1) et en 2000 (*Jane en concert au Japon*, 2 CD Merury UICM 9001/2).

Reprise : Conservatoire de Nantes (spectacle *Couleurs Gainsbourg*, CD Cabaret Studio, 2001).

Haine pour aime

La rythmique moelleuse et funky de *Haine pour aime*, caractérisée par un jeu de basse slappée, ajoute du peps au texte où Serge Gainsbourg fait état des variations sentimentales. D'un couplet à l'autre comme il peut en être réellement, la chanson passe de l'amour à la haine, comme il l'avait déjà fait chanter à Catherine Deneuve en 1981 (*Haine pour aime* était d'ailleurs le titre initial de *Digital Delay*). Est-ce dû à une faute de frappe de la machine à écrire ? : *Amour hélas ne prend qu'un M/Faute de frappe c'est « haine » pour « aime »/H-A-I-N/Sur IBM/A-I-M-E/Moi si tu veux.* On peut se plaire à imaginer les rimes que l'auteur aurait trouvées à l'heure des nouvelles technologies.

Jane Birkin en donne une nouvelle version arrangée par Djamel Benyelles dans l'album *Arabesque* en 2002 (CD Capitol 5432 972-2).

Con c'est con ces conséquences

Également paru sur 45-tours Philips 814 599-7 (SP) avec *Baby Alone in Babylone*

Était-ce pour ce titre que Jane Birkin a vu les larmes de Serge Gainsbourg depuis la vitre qui les séparaient du studio ? Toujours est-il que *Con c'est con ces conséquences* tranche dans le vif à propos de leur séparation : *Con c'est con ces conséquences/Hélas on sait vite/Qu'on n'est plus de connivence/On ment on s'évite/Histoire d'Que de Qu'on de Q/Par avance c'est foutu.* En une consonne répétée trois fois, la chanson avance que l'amour n'est pas fait que de sentiments, et que le cœur bat aussi intensément au moment de la rupture (*J'entends hurler le silence/Mon cœur qui palpite*). Si l'introduction et le pont sont plombés par une guitare criarde, l'arrangement se met au diapason du texte projetant les pensées de l'auteur dans la bouche de l'interprète directement concernée. Sentiments déclarés, allusions et sens cachés, *Baby Alone in Babylone* est un véritable jeu de miroirs sur leur histoire.

Le titre est choisi pour les albums en public : *Concert intégral à l'Olympia* (2 CD Philips 534 463-2, 1996) ; *Jane en concert au Japon* (2 CD Merury UICM 9001/2, 2000).

En rire de peur d'être obligée d'en pleurer

Si Serge Gainsbourg s'est rarement fait prendre en délit de faute de goût dans ses textes, il n'a pas toujours eu la main heureuse dans l'exécution des arrangements. Avec l'assentiment de l'auteur, les musiciens anglais qui l'ont servi ont parfois concédé à la mode du jour, ici des sonorités synthétiques imitant le violon et une guitare familière au hard rock plaquée sur des paroles tout en finesse. Ces négligences n'entachent cependant pas un album comme celui-ci, et une chanson comme celle-là parvient à conserver l'essentiel. *En rire de peur d'être obligée d'en pleurer* transpose la rupture sur une terminologie propre au cinéma : *flash-backs*, *plans-séquences*, *ralentis* et *accélérés*, *blanc et noir* et *muet*. Pour le chanteur comme pour le cinéaste, l'évocation du passé ne parvient pas à consoler le temps présent.

Reprise récitée par Bambou, sans musique, sur le double CD *Portraits* (Frémeaux & Associés, 2000).

Rupture au miroir

Élaborée sur le modèle du titre *Le canari est sur le balcon* (1969) pour son jeu harmonique et sa construction poétique, *Rupture au miroir* est interprété sur la même tonalité par Jane Birkin. Le sujet, la rupture entre deux femmes, évoque au détour d'un vers celui du suicide dans la chanson précitée. Rare exemple de chanson sur l'homosexualité féminine, *Rupture au miroir* ne dépare pas cet album tout en nuances et subtilités, dont le titre constitue l'un des authentiques bijoux : *Nous étions comme Adam et Ève/Lorsqu'ils étaient encore aux cieux/ Toutes nues dans notre Éden/Elle et moi un vrai paradis*. La fille aux yeux bleus qui délaisse Jane, tantôt papillon et tantôt porcelaine, est peut-être Isabelle Adjani (avec un soupçon de Bambou pour la peau asiatique), dont l'auteur écrivait l'album au même moment, auquel cas cela correspondrait à un nouveau fantasme. Toutes deux l'ont d'ailleurs interprétée lors de l'émission « Formule 1 » consacrée à Jane Birkin le 30 novembre 1984. Quoi qu'il en soit, la guitare bavarde ne parvient pas à gâcher la mélodie impressionnante.

Les Dessous chics

Également paru sur 45-tours Philips 880 652-7 (SP) avec *Partie perdue*

Selon son interprète, *Les Dessous chics* est celle qui lui vient à l'esprit quand il s'agit de ne choisir qu'une seule chanson de son auteur (*dixit* le livret de l'intégrale *Jane B.*, Philips 514 121-2, 1992). Son succès à travers le temps démontre que le public partage son choix. Le texte ciselé filant la métaphore entre un éventail de sentiments et des équivalences érotiques, l'interprétation sensible et le phrasé mélodique sont au diapason pour faire de ce titre un incontournable : *Les Dessous chics/ C'est la pudeur des sentiments/Maquillés outrageusement/Rouge sang.*

Lors de sa dernière tournée, Serge Gainsbourg se réappropriera cette chanson très féminine (*Le Zénith de Gainsbourg*, 2 LP Philips 838 162-1 ; SP Canada Philips 874 988-7, 1989). Depuis sa sortie, Jane Birkin en a fait un classique de son répertoire : *Jane Birkin au Bataclan* (2 LP Philips 8340 376-1, 1987) ; *Je suis venu te dire que je m'en vais* (2 CD Philips 510 972-2, 1992) ; *Concert intégral à l'Olympia* (2 CD Philips 534 463-2, 1996) ; *Jane en concert au Japon* (2 CD Merury UICM 9001/2, 2000) ; *Arabesque* (arrangement Djamel Benyelles ; CD Capitol 5432 972-2, 2002) ; *Arabesque voyage* (DVD Capitol 5602 962-0, 2004) ; elle l'a également chanté en duo avec Nilda Fernandez à « Taratata » (France 2, 12/2/1993).

Autres reprises : Diane Dufresne (*Follement vôtre*, CD Comotion COM 392012 ; *Diane*, CD Amerilys AM 1001, 1986), Conservatoire de Nantes (spectacle *Couleurs Gainsbourg*, CD Cabaret Studio, 2001), Patrick Péronne (*Gainsbourg au bar*, CD Delta, 2001), Bénabar (émission « Le Fou du roi », France Inter, 5/12/2005).

Baby Alone in Babylone

Également paru sur 45-tours Philips 814 599-7 (SP) avec *Con c'est con ces conséquences*

Serge Gainsbourg avait la réputation d'être très précis avec les musiciens exécutants, et très exigeant avec ses interprètes, cherchant leurs limites et voulant obtenir le meilleur d'eux-mêmes. Lui qui avait pour devise « Je connais mes limites, c'est pourquoi je vais au-delà » n'était pas plus complaisant avec Jane Birkin qu'avec une autre. Comme il a su faire enregistrer à Brigitte Bardot des vers d'un érotisme torride, il a saisi toutes les émotions contenues dans les inflexions de voix de Jane Birkin. *Baby Alone in Babylone* est représentative de ces chansons arrachées à l'instant, accouchées dans la douleur et au prix de scènes rarement vues dans un studio. Babylone, terme employé par les rastas pour les mégapoles occidentales, est ici L.A. (Los Angeles), la cité des stars comme Marilyn Monroe, une nouvelle fois citée, et du strass. Derrière le chromo des bagnoles et du rock'n'roll, l'auteur voit le destin d'une starlette qui restera à jamais anonyme : *Babe alone in Babylone/ Noyée sous les flots/De lumières/D'étoiles/Éphémères/ Tu rêves d'éternité/Hélas tu vas la trouver*. Jane Birkin est émouvante comme toujours, et la musique découlant du troisième mouvement de la *Symphonie n° 3 en fa majeur opus 90* de Johannes Brahms, composée en 1883, est majestueusement retranscrite.

Versions scéniques : *Jane Birkin au Bataclan* (2 LP Philips 8340 376-1, 1987) ; *Je suis venu te dire que je m'en vais* (2 CD Philips 510 972-2, 1992) ; *Concert intégral à l'Olympia* (2 CD Philips 534 463-2, 1996) ; *Jane en concert au Japon* (2 CD Merury UICM 9001/2, 2000) ; *Arabesque* (arrangement Djamel Benyelles ; CD Capitol 5432 972-2, 2002).

Reprises : Lio (*Les Plus belles chansons françaises – 1983*, CD Atlas FRA CD 022, 1996), Vanessa Paradis (émission « Sacrée soirée », TF1, 14/3/1990), Ariane Moffatt (album *Pamplemousse*, Jajou Productions JAJCD 824, 2005), Simone Tassimot (*Gainsblues*, Le Mot et la note LMEN 01, 2009).

Isabelle Adjani

33-tours Philips 814 827-1 (LP)
Parution : octobre 1983
Ohio, Entre autre pas en traître, OK pour plus jamais, D'un taxiphone, C'est rien je m'en vais c'est tout, Le Mal intérieur, Beau oui comme Bowie, Le bonheur c'est malheureux, Je t'aime idiot, Et moi chouchou, Pull marine.

La rencontre tant attendue entre Serge Gainsbourg et Isabelle Adjani débouche sur un florilège d'émotions et de hits, *Pull marine* et *Ohio* notamment. L'interprétation à fleur de peau magnifie un album oscillant entre les arrangements datés et les mélodies sublimes.

Conçu, enregistré et paru simultanément à l'album *Baby Alone in Babylone* de Jane Birkin, le premier disque d'Isabelle Adjani bénéficie d'une plus large couverture médiatique, due en grande partie à son statut de superstar du cinéma. La même année, elle tourne dans *L'Été meurtrier* de Jean Becker, au côté d'Alain Souchon. Simplement baptisé de son nom (pour son tirage initial ; il est souvent référencé, par erreur, sous le titre *Pull marine*), il offre trois hits à celle qui avait déjà créé un titre de Gainsbourg à la télévision (*Rocking-Chair*, en 1974) : *Ohio*, *Pull marine* et *Beau oui comme Bowie*, et d'autres chansons intéressantes, dont certaines qu'elle cosigne avec Serge Gainsbourg. Le projet était prévu de longue date, et l'auteur lui demandait régulièrement quand elle serait prête. Un duo télévisé qui voit Isabelle Adjani chanter avec Jacques Higelin dans *Je ne peux plus dire je t'aime* en 1982 sert de déclencheur : cette fois elle est décidée, elle veut enregistrer un disque… Assis à son piano avec son magnétophone à cassettes, Serge Gainsbourg enchaîne les compositions sans savoir exactement qui, de Jane ou d'Isabelle, les chanteront. Le choix s'opère au moment de l'élaboration des textes, attribuant à son ex-compagne ceux consacrés à leur rupture. Isabelle Adjani hérite d'une palette de thèmes plus étendue, plus mode, plus souriante. Les enregistrements des parties instrumentales se déroulent à Londres avec Alan Hawkshaw et la même équipe de musiciens que pour *Baby Alone in Babylone*, puis les voix captées à Paris avec Dominique Blanc-Francard et Philippe Lerichomme. Ce traitement à l'identique donne à l'album une couleur musicale proche de celui de Jane, mais de notables différences se font sentir dans les arrangements, plus dynamiques (*Ohio*, *D'un taxiphone*, *Beau oui comme Bowie*), voire très rock (*OK pour plus jamais*, *Le bonheur c'est malheureux*, *Et moi chouchou*). En revanche, certains titres faisant remonter à la surface quelques sentiments enfouis auraient pu garnir *Baby Alone in Babylone* (*Entre autre et pas en traître*, *Le Mal intérieur*, *Pull marine*). L'album d'Isabelle Adjani est aussi l'occasion d'écouter une voix bien affirmée et nuancée pouvant traduire les fêlures intérieures de l'auteur. Cette diversité dans les musiques et l'interprétation conduit à une œuvre équilibrée qui ne lasse pas. Son succès passe aussi par celui du vidéo-clip de *Pull marine*, réalisé par Luc Besson, dont l'une des photos remplacera bientôt la pochette de l'édition originale du 33-tours. Le disque trouve son prolongement dans un film musical mis en scène par Robert Réa, diffusé le 5 octobre 1984, dans le style du « Brigitte Bardot Show » de 1968. On y voit Serge Gainsbourg introduire chaque scène par un commentaire. Cette matière rare aurait de quoi faire une belle réédition.

Ohio

Créé par Isabelle Adjani ; 45-tours Philips 814 973-7 (SP) avec *Beau oui comme Bowie*

La chanson d'ouverture de l'album d'Isabelle Adjani démarre en fanfare par un motif d'introduction tonitruant, tendu de violons (synthétiques), puis libéré par une voix cristalline ouvrant ses états d'âme : *J'suis dans un état proche de l'Ohio/J'ai le moral à zéro*. Le jeu de mots entre les deux sens du mot *état* (américain ou psychologique) sert de fil rouge au texte où l'évocation du Nevada, du Colorado, du Massachussets et de l'Utah correspond à des déconvenues rimées. Le double *o* de Ohio choisi pour le refrain peut se lire comme un double zéro. La superbe Isabelle Adjani chante le titre, assise sur un piano, au cours de l'émission « Champs-Élysées » présentée par Michel Drucker le 21/1/1984, puis sous l'œil du mentor dans le spectacle télévisé *Isabelle Adjani chante* de Robert Réa, diffusé le 5/10/1984.

Reprises : Lio (*Les Plus belles chansons françaises – 1984*, CD Atlas FRA 023, 1996 ; *Les Génies de la chanson française – Serge Gainsbourg*, CD Atlas FRA HOMCD1, 1997), Conservatoire de Nantes (spectacle *Couleurs Gainsbourg*, CD Cabaret Studio, 2001).

Entre autre pas en traître

La mélodie comme le texte auraient pu échoir à Jane Birkin. Isabelle Adjani chante *Entre autre pas en traître*, ballade au tempo lent. L'auteur trouve encore un titre très significatif pour cette chanson écrite au passé sur un amour éteint presque à regret. L'interprète lui a fait modifier le vers *J'étais ta p'tite sœur cadette* en *J'étais ta p'tite chose cadette*, terme inhabituel pour Gainsbourg mais moins ambigu. L'accompagnement aérien nimbé de claviers et guitare aux sonorités claires respecte la délicatesse du propos. Le thème musical sera réutilisé pour *Tequila aquavit* (1987).

OK pour plus jamais

Le titre *OK pour plus jamais* a donné lieu à une belle empoignade entre l'auteur qui dans le premier vers avait mentionné *Un Kleenex quai Malaquais* et l'interprète qui voulait utiliser le mot *mouchoir* et parvint à ses fins. Le texte signé par Serge et son interprète joue sur les rimes du mot *OK*. Il prend pour thème la séparation définitive et sans retour, à l'amiable. Dans le deuxième couplet figurent des références à trois classiques du cinéma : *Le Facteur sonne toujours deux fois* (1946) de Tay Garnett, *Le Train sifflera trois fois* (1952) de Fred Zinneman et *Pour qui sonne le glas* (1947) de Sam Wood.

D'un taxiphone

Une certaine complicité règne entre Isabelle Adjani et son mentor musical. Si l'actrice n'est pas toujours en accord sur l'emploi de termes qui la gênent (voir *Entre autre pas en traître* et *OK pour plus jamais*), tous deux s'entendent sur les sujets abordés dans les chansons, principalement les thématiques amoureuses (coup de foudre, jalousie, rupture, attirance, répulsion…). Portant la double signature, *D'un taxiphone* relate l'absence de l'être aimé injoignable, traduite par l'angoisse montante dans la voix de l'interprète, sur un arrangement marquant l'inquiétude. La chanson d'une extrême concision étonne par son refrain des plus succincts : *Allô, Allô !* répété trois fois.

C'est rien je m'en vais c'est tout

Après un beau riff récurrent, l'arrangement est gâté par une guitare bavarde dans la deuxième moitié du morceau, mais le texte de *C'est rien je m'en vais c'est tout* vaut l'écoute. Cette nouvelle variation sur le thème éternel de la rupture prend une tournure ironique : l'interprète conseille à l'homme plaqué de rejoindre ses petites amies chez les fous ou de prendre des *tranquillise-tout*, et avoue qu'il a su la toucher partout sauf au cœur. La conclusion est truculente : *Où sont les clés d'la Mini/Tu les as planquées mais où/Oh ! et puis merde après tout j'm'en fous/J'irai à ton autopsie*. Sans doute pense-t-elle qu'il les a avalées, lui souhaitant au passage une mort violente.

Le Mal intérieur

Écrit et composé par Serge Gainsbourg, *Le Mal intérieur* reflète les tourments d'un amour non réciproque : *Je te sens à l'intérieur/Et pourtant, je te sens ailleurs/ Tu es si proche de moi/Mais je sais que l'cœur n'y est pas*. Le texte évite le jeu de mots sur *mal* et *mâle*, utilisé par l'auteur en d'autres cas, notamment dans le commentaire d'introduction du spectacle télévisé « Isabelle Adjani chante » réalisé par Robert Réa, diffusé le 5 octobre 1984 : *M, A, accent circonflexe, L, E ou M, A, L, selon l'feeling, mmh ?*. L'interprétation bouleversante couvre la mélodie synthétique mais noble.

La trouvant à son goût, Jane Birkin l'interprète en 1996 dans l'album *Versions Jane* (CD Philips 532 140-2).

Reprise : Bérangère Basty (*Portraits*, CD Frémeaux & Associés FA 8020, 2000).

Beau oui comme Bowie

Créé par Isabelle Adjani ; 45-tours Philips 814 973-7 (SP) avec *Ohio*

Serge Gainsbourg s'est parfois adonné à la reprise (Maurice Chevalier, Léo Ferré, James Brown…) mais il n'avait jamais rendu nommément hommage, dans le titre d'une chanson, à un musicien contemporain. David Bowie (né David Robert Jones en 1947) fait donc exception dans cette chanson multipliant les références, comme le sujet britannique aime à le faire également : *Mâle au féminin/Légèrement fêlé/Un peu trop félin/Tu sais que tu es/ Beau oui comme Bowie*. Le physique du chanteur est associé à ses parts d'ombre, l'acteur de *Cat People* (*La Féline*) sorti en 1982, est comparé à Dorian Gray, personnage du roman *Le Portrait de Dorian Gray* d'Oscar Wilde (1854-1900), assistant au vieillissement de son image peinte tandis que l'être de chair reste éternel. De quoi rendre jaloux l'auteur qui conclut : *Tout ce que tu as/C'est tout c'que je hais*. La chanson, avec son riff de guitare imparable joué en boucle, est ternie par des effets de production datés (cordes et claviers synthétiques, batterie électronique, réverbération) ; elle mériterait, comme d'autres, un lifting/remix musclé. Isabelle Adjani interprète *Beau oui comme Bowie* dans l'émission « Platine 45 » de Jacky (Jacky Jakubowicz, l'ex-attaché de presse de Serge Gainsbourg) du 15 février 1984.

Le bonheur c'est malheureux

Créé par Isabelle Adjani ; 45-tours Philips 880 010-7 (SP) avec *Pull marine*

Dans le même registre que *Haine pour aime*, le titre *Le bonheur c'est malheureux* souhaite démontrer que l'écart entre deux extrêmes peut être très mince. Les instants de bonheur sont courts, mais c'est à se demander si l'être humain ne semble pas lui préférer la routine, malheureuse mais sécurisante : *On se lâche, on s'attache, on s'en veut/D'être à deux malheureux/Le constat d'cette affaire c'est affreux/L'malheur c'est d'être à deux*. Isabelle Adjani participe à l'élaboration du texte. L'arrangement du titre proposé en face B du 45-tours *Pull marine* est un peu fourre-tout avec sa rythmique disco et ses sonorités de guitare et de violon superposées, mais la ligne mélodique est belle et l'interprétation convaincante.

Je t'aime idiot

Le titre est extrait d'une réplique du scénario d'un film sur lequel travaillait Serge depuis 1978 ; il rêvait de réunir Jane Birkin, Isabelle Adjani et Robert Mitchum à l'écran dans *Blackout*, qui sera transposé plus tard en bande dessinée. *Je t'aime idiot* fait référence à la comédie *Kiss Me Stupid* (*Embrasse-moi idiot*, 1964) de Billy Wilder, avec Kim Novak et Dean Martin. Le texte, aussi léger que sa source d'inspiration, est cosigné Serge Gainsbourg et Isabelle Adjani. La musique, avec ses courts accords *crescendo*, aurait mérité un meilleur habillage que les effets synthétiques des claviers imitant les cordes.

Et moi chouchou

Le texte de *Et moi chouchou* est signé Isabelle Adjani. Si le surnom *chouchou* n'est pas vraiment gainsbourien (hormis une référence subliminale à *L'Homme à tête de chou*), les paroles subissent l'influence du compositeur du titre avec des rimes en *ou* et des occurrences familières comme *poupouppidou*, *Levi's* et *tennis* qui ont un parfum de *Lolita*. L'auteure s'essaie à reproduire le style du poète avec l'utilisation du rejet et quelques formules, d'une manière assez scolaire. La musique qui ne fait pas dans la dentelle est rattrapée par les charmantes intonations de l'interprète.

Pull marine

Créé par Isabelle Adjani ; 45-tours Philips 880 010-7 (SP) avec *Le bonheur c'est malheureux*

Dernière plage de l'album, *Pull marine* est la chanson phare du disque d'Isabelle Adjani qui en cosigne les paroles avec Serge Gainsbourg. Le thème de la noyade, déjà chanté dans *Une fille à la mer* (1971) et *La Noyée* (1972), semble ici provenir du scénario de film *Blackout* (1978) qui n'a pu se concrétiser faute de producteur, où l'un des personnages qui devait être joué par Jane Birkin trouvait la mort dans une piscine. L'autre actrice prévue était Isabelle Adjani. *J'ai touché l'fond d'la piscine/Dans ton p'tit pull marine* : les auteurs tirent sur la corde du double sens entre le fond de la piscine et celui de la dépression amoureuse. Certains vers semblent tout droit sortis de l'univers de l'actrice : *Tu peux compter sur moi/J'te referai plus l'plan d'la star/Qui a toujours ses coups d'cafard*. L'interprétation troublante de l'actrice, mixée en avant, suit l'arrangement sobre et synthétique sur un tempo lent. Le clip réalisé par Luc Besson, abondamment diffusé, sera en 1985 couronné par une Victoire de la musique (lors de la toute première édition de cette cérémonie). Il aide le titre à grimper jusqu'au sommet du classement RTL des ventes qui fait autorité avant la création du Top 50. *Pull marine* est chanté lors de l'émission « Formule 1 » (30/11/1984), aux Victoires de la musique (23/11/1985) et mis en scène dans le spectacle télévisé « Isabelle Adjani chante » réalisé par Robert Réa, diffusé sur TF1 le 5 octobre 1984, avec les participations d'Alain Chamfort, Alain Bashung et des groupes Téléphone et Madness.

Reprises : Roger Pouly (album *Les Rendez-vous du piano-bar*, France Télévisions 3 ANT2 001, 1991), Graziella de Michele

(*Les Génies de la chanson française – Serge Gainsbourg*, CD Atlas FRA HOMCD1, 1997 ; *Hommage – Ils chantent Serge Gainsbourg*, CD Atlas 6227 205, 1998), Gaëlle Vandernoot (*Harpe et divertissement*, CD Calliope 9272, 1997), Conservatoire de Nantes (spectacle *Couleurs Gainsbourg*, CD Cabaret Studio, 2001), Patrick Péronne (*Gainsbourg au bar*, CD Delta, 2001), Les Hit Hit's (coffret MFP 1137 463), Polar (émission « Le Fou du roi », France Inter, 15/4/2006), Nolwenn Leroy (*Gainsbourg, 20 ans déjà*, France 2, 19/2/2011) et Cœur de Pirate (extrait, Victoires de la Musique, France 2, 1/3/2011).

Unsexe Me Here Unsexe Me Now

Titre inédit.

Ami de longue date du couple Roland Petit/Zizi Jeanmaire, Serge Gainsbourg cède aux velléités de chanteuse de leur fille Valentine Petit, et lui écrit le texte de *Unsexe Me Here Unsexe Me Now* en novembre 1983. Peu satisfaite de ces vers, la demoiselle décide de les réécrire, ce qui met son auteur en colère, mettant son veto sur la publication du titre. La chanson, finalement déclarée en août 1986, est restée en l'état. De son côté, Valentine Petit déclare son texte modifié *Unsex Me Here* quelques semaines plus tard ; le groupe rock expérimental Art Zoyd publiera bien un morceau sous ce titre sur l'album *Berlin*, en 1987, mais avec des vers de… William Shakespeare. Son compositeur Thierry Zaboitzeff écrira et produira ensuite l'album de Valentine Petit (*Étreintes*, sorti en 1990) mais sans trace de ce texte décidément mystérieux.

1984

Love on the Beat

L'album *Love on the Beat*, point culminant de l'époque Gainsbarre, met très haut la barre de la provocation tous azimuts. Avec le recul, on redécouvre une œuvre majeure du compositeur.

Any Blatt, Babyliss et Spring Court (publicités)

Musiques et chansons publicitaires inédites

La publicité fait beaucoup travailler Serge Gainsbourg qui, dans les années 1980, est l'un des réalisateurs les mieux payés du genre. Quel que soit le sujet, le réalisateur et compositeur ne refuse jamais de tourner un spot, que ce soit pour la marque de chaussures de sport Spring Court, d'une durée de sept secondes avec un texte récité par un acteur anonyme, pour les laines Any Blatt (il récidivera en 1986) ou les fers à friser Babyliss, avec la participation de Jane Birkin (sur le thème musical de *Quand le sexe te chope*, de la bande originale du film *Sex Shop* (1972), que Serge réutilisera pour la chanson *Oh Daddy oh* en 1986).

Adieu Bijou

Créé par Philippe Dauga ; 45-tours Tréma 410 248 (SP)

Prévu pour être la face B du 45-tours *J'en ai autant pour toi*, paru en 1982, le titre prémonitoire *Adieu Bijou*, jugé trop faible, avait été écarté. Il ne paraît qu'en 1984 dans un anonymat relatif, en face B du simple *T'as vu la gueule du mec*. Serge Gainsbourg signe le texte de la chanson et Philippe Dauga la musique. Séparé l'année d'après, le groupe Bijou reprendra du service dans une formule différente en 1999.

Amour consolation

Créé par Julien Clerc ; 33-tours Virgin 70286 (LP *Aime-moi*)

Lors de leur précédente collaboration, en 1982 (*Moi j'te connais comm' si j't'avais défaite*), Julien Clerc avait dû *enfermer* Gainsbourg dans la cabine du studio d'enregistrement pour lui extorquer un texte. Cette fois, la livraison a lieu à distance. Noyé sous les synthétiseurs et effets devenus obsolètes, *Amour consolation* traite d'une relation amoureuse dont la passion est absente, avec en exergue les vers : *Mais j'aime pas l'amour qu'on n'a/Pas fait ensemble*, allusion à *Lemon Incest* écrite au même moment. La musique signée Jean-Alain Roussel et Julien Clerc est enregistrée à Londres pour l'album *Aime-moi* dans lequel figurent *La Fille aux bas nylon* et *Mélissa*.

Papa mille-putes

Titre créé à la télévision : « Cocorico show » (1984) ; inédit sur disque

Parodie de *Papa mille-pattes*, succès écrit par Jean-Jacques Debout pour son épouse et fée Chantal Goya, la version gainsbourienne du texte (navrante) est créée lors de l'émission télévisée humoristique « Cocorico Show », présentée par Stéphane Collaro en 1984.

Love on the Beat

Album de Serge Gainsbourg 33-tours Philips 822 849-1 (LP)
Parution : 2 octobre 1984
Love on the Beat, Sorry Angel, Hmm hmm hmm, Kiss Me Hardy, No Comment, I'm the Boy, Harley David Son of a Bitch, Lemon Incest.

Coup d'éclat et coup de provoc', *Love on the Beat* est l'apothéose de Gainsbarre, entraîné dans un tourbillon de surenchère. Depuis les râles du morceau qui lui donne son titre à l'évocation incestueuse de *Lemon Incest*, l'album priapique et funky enregistré à New York choque et déconcerte.

Énorme coup de poker sur lequel peut se jouer une carrière, *Love on the Beat* représente un point ultime pour Serge Gainsbourg. L'aventure débute sur une suggestion de Jean-Pierre Weiller, Français exilé à New York qui transmet à Philippe Lerichomme l'idée de présenter à Gainsbourg des musiciens du cru. Après le reggae des deux albums précédents, le funk urbain mâtiné de rock paraît une bonne opportunité. Séduit par le style de Southside Johnny & The Asbury Jukes, groupe du New Jersey, proche du E. Street Band de Bruce Springsteen, mais n'ayant pas connu la même carrière, Gainsbourg décide de franchir l'Atlantique à la rencontre des producteurs de l'album *Trash It Up* (1983). Nile Rodgers (bassiste et leader du groupe Chic et producteur de David Bowie pour le succès planétaire *Let's Dance* en 1983) étant indisponible pour cause de séances avec Madonna sur *Like a Virgin*, il reste Billy Rush, multi-instrumentiste et producteur des Asbury Jukes. La rencontre dans le studio-garage du musicien dans le New Jersey est des plus insolites. Le groupe travaille bientôt sur les maquettes de Gainsbourg qui s'installe pour une quinzaine de jours au cœur de Manhattan, absorbant avec délectation les vibrations de la Grosse Pomme. En juin 1984, les séances débutent au studio House of Music (New Jersey) avec Billy Rush (guitare, basse, programmation, batterie) et les musiciens Larry Fast (sorcier des synthés), Stanley Herbert « Stan » Harrison (saxophone) et les frères Steve et George Simms pour les chœurs. Le mixage a lieu au studio Power Station à New York. Avec *Love on the Beat*, Gainsbarre largue les amarres. En comparaison, ses œuvres érotiques précédentes prennent un sacré coup de vieux. Il n'est ici plus question de sensations charnelles mais de sexualité débridée : hétérosexuelle (*Love on the Beat, No Comment*), incestueuse (*Lemon Incest*, même si cet inceste reste tout ce qu'il y a de plus virtuel) et homosexuelle (à trois reprises : *Kiss Me Hardy, I'm the Boy* et *Harley David Son of a Bitch*). Notons qu'une première version de la reprise de *Mon légionnaire* avait été tentée pour cet album (ce qui aurait fait sens). Celle-ci, chantée et non « parlée », Serge souhaitant initialement rester fidèle aux interprètes originales Marie Dubas et Édith Piaf (d'où l'arrangement, très différent de celui qu'on découvrira trois ans plus tard), avait au final été écartée : on ne l'a découverte qu'en 2011, sur la réédition de l'album *Love on the Beat* incluse dans le coffret *Vingtième Anniversaire* (pour plus de détails, voir le chapitre consacré à l'année 1987). Sous les titres – tous anglophones – l'auteur fait une petite place à l'amour (*Sorry Angel*) et à la poésie

(*Hmm hmm hmm*) dans un registre sombre. La pochette signée William Klein ajoute à la provoc', dévoilant un Serge Gainsbourg torse nu, fardé et maquillé comme un travesti, dans une pose de dandy décati. Après l'épisode du billet de cinq cents francs brûlé en direct à l'émission « 7 sur 7 » le 11 mars 1984, plus rien ne semble effaroucher Gainsbarre, ni l'arrêter dans la surenchère médiatique. Qualifié par certains d'obscène et de honteux à sa sortie, indigne du raffinement dont son auteur est capable, *Love on the Beat* a attendu de nouvelles générations d'auditeurs pour se voir couronner au même titre que ses plus nobles albums, *Histoire de Melody Nelson* ou *L'Homme à tête de chou*.

Love on the Beat

45-tours Philips 683 785-1 (SP hors-commerce) : *Love on the Beat (Part 1)/Love on the Beat (Part 2)* ; Maxi 45-tours Philips 686 324-0 (Maxi hors-commerce) avec *Harley David Son of a Bitch* et *Sorry Angel* ; Maxi 45-tours Philips 880 538-1 (Maxi) avec *Harley David Son of a Bitch* ; 45-tours Philips 00 092 (SP hors-commerce, Argentine, avec *Hmm Hmm Hmm*), remix par Moné (Maxi hors-commerce Mercury 10 257, 2004)

Dans le scénario resté en l'état de *Colle Girl* (jeté sur papier par Serge en 1981) figure une scène contenant les prémices du morceau-fleuve qu'est *Love on the Beat* : « Avancée d'Angela face caméra toujours en se lovant sur le beat [...]. Avancée de la caméra suggérant la pénétration et râle synchrone d'Angela... » À défaut d'une démonstration par l'image, Serge Gainsbourg choisit d'illustrer le passage en vers et musique. Sur un *beat* martial, les cris de Bambou devancent la description crue et poétique de l'acte sexuel : *Il est temps de passer aux choses/Sérieuses, ma poupée jolie/Tu as envie d'une overdose/De baise, voilà je m'introduis*. Pendant le refrain chanté par les chœurs masculins, les cris reprennent de plus belle sur fond de saxophone alto surchauffé de Stan Harrison et de riffs de guitare funky de Billy Rush. La scène de huit minutes s'achève sur un quatrain coïtal : *Une décharge de six mille volts/Vient de gicler de mon pylône/Et nos reins alors se révoltent/D'un coup d'épilepsie synchrone.* Une telle audace, jamais entendue en chanson, ne pouvait que susciter une vive polémique. Gainsbourg a parfaitement conscience de son statut d'artiste émancipé lancé dans une surenchère à la provocation. Embarqué dans une longue campagne promotionnelle, il enchaîne sur plus d'une année les télés, radios et interviews comme il n'en a guère connu jusque-là, et délivre à chaque fois le spectacle que l'on attend de lui.

Pressages étrangers : 45-tours Philips 880 538-7 (SP Allemagne), 45-tours Philips PH 108 (SP Canada), 45-tours Philips 7PP162 (SP Japon) avec *Sorry Angel*, 45-tours Philips 00 092 (SP Argentine) avec *Hmm Hmm Hmm*.

Reprises : Kenzo Saeki & The Elec Massive (CD VCA 004, Japon, 1998), Guy Godefroy (*Portraits*, 2 CD Frémeaux & Associés FA 8020, 2000), Virago (*Premier jour*, CD Vicious Circle, 2000), Krikor & W.A.R.R.I.O. (*I Love Serge – Électronicagainsbourg*, CD Mercury 548 552-2, 2001), Oh La La (S et Maxi 45-tours SPV/Blue Turtle 01-3532 et 50-3531, Allemagne, 1988), Nikk Sucid (album *Initials D.D.*, Döner Diskothek, 2005), Éric Elmosnino (sur la bande originale du film *Gainsbourg (vie héroïque)*, CD Polydor 532 443-2, 2010)

Sorry Angel

Présent et passé sont réunis dans *Love on the Beat*, recueil de confessions intimes dont le titre résume les va-et-vient de l'amour au sexe. Aux agitations physiques du morceau-titre suit l'aveu de *Sorry Angel* dans lequel Serge revient sans équivoque sur sa rupture douloureuse d'avec

Jane Birkin : *C'est moi qui t'ai suicidée/Mon amour/Je n'en valais pas la peine/Tu sais/Sans moi tu as décidé/ Un beau jour/Décidé que tu t'en allais*. Un rythme implacable soutient les accords répétitifs des claviers, guitare et basse pendant que le chœur androgyne des frères Simms sert le refrain, en contraste avec la voix nicotinée et goudronnée de l'auteur : *Le compte avait commencé/À rebours/Était-ce vertige, déveine/Qui sait/Un voyage, un seul aller/Au long cours/D'où l'on ne revient jamais.* L'auteur en profite pour glisser une allusion littéraire au roman *À rebours* (1884) de Joris-Karl Huysmans, qu'il cite volontiers comme l'une de ses références ultimes : le personnage Des Esseintes lui avait déjà servi de modèle pour son « conte parabolique » *Evguénie Sokolov*. Plus loin, il précise qu'il n'a *ni remords, ni regret*.

Sorry Angel est interprété en public dans *Serge Gainsbourg – Live* (2 LP Philips 826 721-1, 1986) et *Le Zénith de Gainsbourg* (VHS puis DVD Philips). Directement concernée par la chanson, Jane Birkin propose sa version en miroir de l'originale dans *Versions Jane* (arrangement Sonny Landreth ; CD Philips 532 140-2, 1996).

Reprises : Jeanne Mas (émission FR3, 21/10/1990), Nathalie Loriot (émission « Dans tous les sens », France Inter, 2/6/1999), Guy Godefroy (*Portraits*, 2 CD Frémeaux & Associés FA 8020, 2000), The Walkabouts (*Lucien Forever – A Tribute*, CD Pussycats 27, Espagne, 2001), Jean Tourneux (album *Gainsbourg à la Brassens*, Texto 0 203, 2001), Gwenlann (album *Sexywell*, Sony 2003), Jane Birkin et Franz Ferdinand (version anglaise : *A Song for Sorry Angel* dans « Taratata » n° 180, France 2, 10/12/2005 et sur l'album *Monsieur Gainsbourg Revisited*, CD Barclay 983 710-9, 2006), Nina Persson & Nathan Larson (version anglaise : *Angel's Fall (Sorry Angel)* ; double 45-tours *Monsieur Gainsbourg Revisited*, CD Barclay 983 947-2, pressage britannique, 2006), The Serge Gainsbourg Expérience (CD La Lune Rousse, 2011) et par Benjamin Biolay (*Gainsbourg, 20 ans déjà*, France 2, 19/2/2011).

Hmm hmm hmm

Également paru sur 45-tours Philips 00 092 (SP hors-commerce, Argentine, avec *Love on the Beat*)

Avec *Hmm hmm hmm*, Serge Gainsbourg montre son art de la litote en faisant tenir le morceau uniquement sur les chœurs et le texte : *Hmm ! hmm ! hmm !/J'ai des doutes, j'ai les affreux/Hmm ! hmm ! hmm !/Les affreux d'la création*. Outre le glissement sémantique des *affres* à *affreux*, l'auteur n'ose se comparer à quelques noms illustres comme Edgar Allan Poe, Arthur Rimbaud et *l'autre*, Paul Verlaine, ou Antonin Artaud. Afin d'accentuer la comparaison, il délivre des jeux de mots négligeables : *Çui-là pour l'égaler faut s'lever tôt/J'veux parler d'Antonin Artaud/Ouais, le génie ça démarre tôt/Mais y a des fois ça rend marteau*. Le raccourci Artaud-Marteau sera repris dans le film *Stan the Flasher* (1990).

La version scénique de *Hmm hmm hmm* ne figure que sur le DVD du concert *Live* au Casino de Paris (1986).

Reprise : Jean Tourneux (album *Gainsbourg à la Brassens*, Texto 0203, 2001).

Kiss Me Hardy

Créé par Serge Gainsbourg ; 45-tours Philips 880 620-7 (SP) avec No Comment ; Maxi 45-tours Philips 880 620-1 (Maxi) avec *No Comment (Extended Version)*

« Kiss me Hardy » seraient les derniers mots prononcés par l'amiral Nelson à son capitaine de vaisseau et amant Thomas Hardy lors la bataille de Trafalgar le 21 octobre 1805, après avoir reçu un boulet de canon en pleine poitrine. Par cette anecdote historique, Serge Gainsbourg aborde le thème de l'homosexualité d'une manière plus sérieuse que les précédents *Dieu que les hommes sont méchantes* (1963) ou *Les Femmes ça fait pédé* (Régine, 1978). Après le refrain chanté par les chœurs, il met en scène son peintre contemporain favori : *D'un tableau de Francis Bacon/Je suis sorti/Faire l'amour avec un autre homme*. L'auteur laisse ensuite place à l'équivoque quant à son éventuelle bisexualité, tant pour s'attacher les faveurs du public *gay* à une époque où celui-ci est au cœur des préoccupations, émergence du sida oblige, et casser l'image misogyne, macho et virile qu'il s'est forgée (et entretient par ailleurs avec *Love on the Beat*, l'artiste n'étant pas à une contradiction près). Dans le même esprit, il écrit *I'm the Boy* et pose en travesti poudré sous l'objectif de William Klein. La ligne harmonique de *Kiss Me Hardy* provient du *Concerto pour piano n° 2* (1901) de Sergueï Rachmaninov.

No Comment

Créé par Serge Gainsbourg ; 45-tours Philips 880 620-7 (SP) avec *Kiss Me Hardy* ; Maxi 45-tours Philips 880 620-1 (Maxi) : *No Comment (Extended Version)/Kiss Me Hardy*

Transposition moderne et provocante du *répons* propre à la musique sacrée, *No Comment* fait alterner les questions et affirmations du chanteur avec les chœurs. Dans ce cas précis, le sujet est centré sur la sexualité de l'auteur : *Si j'ai quoi ? Affirmatif, Et quoi d'autre ?/No comment/Si j'aime ça ? Affirmatif, Quel côté ?/No comment/Peu importe, Affirmatif, c'que j'préfère/No comment/Obsédé ? Affirmatif, sexuel/Ooh, ooh, ooh !* Serge Gainsbourg emploie ici l'acception militaire du terme « affirmatif », réminiscence de ses années de service national, pour confirmer sa vigueur en la matière. À cette débauche de précisions, les chœurs répondent par un pudique et élégant *no comment*. La musique, réduite à la simple expression d'une guitare funky et d'un chorus de saxophone assez banal, est loin d'être originale. Le propos domine largement le titre qui subit un léger remixage dans sa réédition en 2001 (CD Mercury 548 445-2). La version longue et un mixage alternatif sont ajoutés en bonus de l'album *Love on the Beat* extrait du coffret *Vingtième Anniversaire* (Universal, 2011).

Reprises : Stormy Bugsy (*L'Hip-Hopée*, 2 CD Black Door/EMI 25663, 2000), Dax Riders (*I Love Serge – Électronicagainsbourg*, CD Mercury 548 552-2, 2001).

I'm the Boy

Comme l'explique Serge Gainsbourg dans le 33-tours promotionnel contenant une interview par Philippe Manœuvre, envoyé aux médias à la sortie de son nouvel album, *I'm the Boy* est inspiré d'une phrase tirée de l'*Ulysse* (1922) de James Joyce : « I'm the boy that can enjoy invisibility. » La suite est prétexte à une exploration du milieu homosexuel associé à la vie nocturne : *Ombre parmi les ombres/Des nocturnes torrides/Je me perds dans le nombre/Pour atteindre au sordide*. L'auteur touche aux sujets rares des *backrooms* et de la prostitution masculine avec sensibilité, préférant le réalisme poétique au glamour.

Le titre est interprété en public dans le double album *Serge Gainsbourg Live* enregistré au Casino de Paris en octobre 1985 (2 LP Philips 826 721-1 ; version écourtée dans l'édition CD Philips 826 721-2).

Reprises : Guy Godefroy (*Portraits*, 2 CD Frémeaux & Associés FA 8020, 2000), Marc Almond et Trash Palace (version anglaise : *Boy Toy (I'm the Boy) – Monsieur Gainsbourg Revisited*, CD Barclay 983 710-9, 2006).

Harley David Son of a Bitch

Maxi 45-tours Philips 686 324-0 (Maxi hors-commerce) avec *Love on the Beat* et *Sorry Angel* ; Maxi 45-tours Philips 880 538-1 (Maxi) avec *Love on the Beat*

L'histoire tragique de *Harley David Son of a Bitch* renvoie au *Harley Davidson* immortalisé par Brigitte Bardot en 1968. Entre-temps, l'objet du fantasme s'est déplacé de la femme à l'engin motorisé, et le symbole de la liberté de rouler s'est transformé en signe extérieur de richesse. Honni soit celui qui ose enfourcher la bécane du narrateur, il encourt une bordée d'insultes et un coup fatal : *Harley David, son of a bitch/Tu aurais dû prévenir ta chute/Harley David, son of a bitch/Tu es mort sur le coup, c'est bien fait*. Dans les couplets précédents, l'auteur s'adresse violemment à l'individu, s'appuyant sur la musique la plus rock de l'album.

Gainsbourg adopte le titre en public dans *Serge Gainsbourg Live* (2 LP Philips 826 721-1, 1986) et *Le Zénith de Gainsbourg* (2 LP Philips 838 162-1, 1989).

Reprise : The Bollock Brothers (version anglaise : *Harley David/Son of a Bitch*, SP Musidisc 135 153, 1987 et album *Nostradamus*, SPV 85 3527, 1987), Ask (album *Prises de chou – 10 Plants de Serge Gainsbourg*, CD Avec Plaisir, Besançon 1994).

Lemon Incest

Créé par Serge et Charlotte Gainsbourg ; 45-tours Philips 884 129-7 (SP) et Maxi 45-tours Philips 6863 264 (Maxi hors-commerce) avec *Hmm hmm hmm*

Morceau ô combien sulfureux dans l'œuvre déjà riche en provocations de Gainsbourg, *Lemon Incest* touche au tabou ultime de l'inceste. La musique développée sur un thème emprunté à Frédéric Chopin, l'*Étude n° 3 en* mi *majeur opus 10*, est issue du même cahier que l'*Étude n° 9 en* fa *mineur* qui avait servi à *Dépression au-dessus du jardin* créé par Catherine Deneuve en 1981. Cette composition est l'une des plus mélodiques de Chopin qui disait qu'il n'écrirait « plus rien d'aussi beau ». En adoptant ce choix, l'auteur prenait l'écrin le plus doux pour envelopper son texte, et d'infinies précautions dans le maniement du sujet avec sa fille, âgée de treize ans :

Charlotte : *L'amour que nous n'ferons jamais ensem-/Ble est le plus beau, le plus violent/Le plus pur, le plus enivrant*

Serge : *Exquise esquisse, délicieuse enfant/Ma chair et mon sang/Oh ! mon bébé, mon âme.*

Malgré la limpidité du texte, l'auteur se retrouve au cœur d'une controverse, y compris de la part de son public fidèle, pourtant habitué à d'autres provocations. Il se défendra lors de plusieurs émissions télévisées, en déclarant notamment : « L'inceste je l'ai effleuré. Point. Pas défloré. » Davantage encore que la chanson empreinte d'une grande tendresse, le clip vidéo qu'il réalise choque les esprits ; on y voit le père et sa fille assis sur un lit, lui portant le bas d'un pyjama et elle le haut. Charlotte Gainsbourg admit elle-même être heureuse d'avoir enregistré cette chanson, sa première, avec un charmant manque de justesse. Le titre choque mais grimpe dans le Top 50 loin devant les deux autres simples extraits, *Love on the Beat* et *No Comment* – vingt-cinq ans plus tard, en notre époque politiquement correcte, cela semble inimaginable. Il est réutilisé pour la bande originale du film *Charlotte for Ever* en 1986.

Serge Gainsbourg reprend seul *Lemon Incest* au Casino de Paris en octobre 1985 (*Serge Gainsbourg Live*, 2 LP Philips 826 721-1).

Reprises : Mick Harvey et Anita Lane (version anglaise ; *Intoxicated Man*, CD Mute STUMM 144, 1995), Vive La Fête (*République populaire*, CD Surprise 003, Belgique, 2001), P.M.C. featuring Stéphanie & Roland Leclerc (album *Initials D.D.*, Döner Diskothek, 2005), Didier Super et sa Discomobile (*La Merde des autres*, CD Label Maison/PIAS, 2009).

Cabou cadin (générique)

Générique télévisé pour la chaîne Canal+

Pour l'ouverture de l'antenne de la chaîne cryptée Canal+ le 4 novembre 1984, Serge Gainsbourg compose le générique de l'émission pour enfants « Cabou cadin », ce qui en clair signifie… *caca boudin*, bien sûr.

1985

Monsieur Gainsbourg respecte les traditions

Petite année de transition, après les éclats de *Love on the Beat*, marquée tout de même par un bijou, *Quoi*, offert à Jane.

Écoutez votre bouche (publicité Danone)

Créé par Buzy ; inédit

Buzy, jeune chanteuse dont les premiers succès s'intitulent *Dyslexique* et *Engrenage* (1981) puis *Adrian* (1983), rencontre Serge Gainsbourg par l'intermédiaire d'Alain Bashung, alors qu'elle cherche un compositeur pour sa chanson *I Love You Lulu* (pure coïncidence, car elle ne connaît pas à cette date le vrai prénom de Gainsbourg, Lucien). À défaut de lui fournir une musique, il la pistonne sur une publicité pour les yaourts aux fruits Danone, dont il écrit l'argument : *Y a qu'un Danone aux fruits/Pour savoir qui c'est qui l'a/Écoutez votre bouche, oh ! oui, oh ! oui*. La diffusion a lieu à partir du 15 mars 1985.

I Love You Lulu

Écrit et créé par Buzy ; 45-tours CBS A 6654 (SP) et 33-tours CBS 26720 (LP *I Love You Lulu*)

Après avoir réalisé la publicité pour les yaourts Danone, Serge Gainsbourg retrouve Buzy pour son album *I Love You Lulu* dont il réalise les photographies des différentes pochettes de simples et d'album.

Gainsbarre

Écrit et créé par Buzy ; 45-tours CBS A 7142 (SP) et 33-tours CBS 26720 (LP *I Love You Lulu*)

I Love You Lulu n'était pas destiné à Serge Gainsbourg. En revanche, Marie-Claire Buzy écrit *Gainsbarre* en son hommage. Le titre publié en face B ressort peu après sur l'autre face.

Pour garder une bonne image (publicité Konika)

Créé par Serge Gainsbourg ; inédit

Le photographe passionné qu'est Serge Gainsbourg réalise une publicité pour la marque Konika, qu'il assortit de cette assertion : *La tête que j'ai aujourd'hui/J'la regretterai dans dix ans/Alors, pour m'tirer l'portrait, j'ai choisi/La pellicule couleur Konika.* La diffusion a lieu dès le 1er juin 1985.

Devant derrière (publicité)

Créé par Serge Gainsbourg ; affiche publicitaire

Début juillet 1985, les murs de Paris se couvrent d'affiches 4 3 3 avec la photo travelo de la pochette de *Love on the Beat* sur fond tricolore et ce slogan : *Fête nationale du 14 juillet : Monsieur Gainsbourg respecte les traditions*. Afin de promouvoir sa rentrée au Casino de Paris du 19 septembre au 20 octobre 1985, Serge trouve son propre slogan à une autre affiche, également reproduite dans la presse : *140 frs devant/110 frs derrière.*

Good Shot ou *Crève camarade*

Créé par Serge Gainsbourg ; inédit

Le récital du Casino de Paris, débuté le 19 septembre 1985, comprenait les deux premiers soirs un nouveau titre, *Good Shot* (aussi appelé *Crève camarade*), inspiré par l'assassinat de John Lennon en 1980. Une mort que l'auteur préfère à l'idée de devoir vieillir. Effrayée par d'éventuelles menaces, Jane Birkin lui demande de retirer ce titre de son tour de chant.

Quoi

Créé par Jane Birkin ; 45-tours Philips 884 292-7 (SP) ; 33-tours compilation Philips 826 759-1 (LP)

Come Un Gabbiano (*Comme un goéland*) est le titre original du générique de la série télévisée italienne *Cinecittà*, créé par Jane Birkin. La musique et les arrangements des frères Guido et Maurizio de Angelis séduisent tant l'interprète qu'elle demande à Gainsbourg d'en écrire les paroles françaises. Le titre *Quoi* revient sur leur séparation de superbe manière : *Quoi/D'notre amour feu n'resterait que des cendres/Moi/J'aimerais qu'la terre s'arrête pour descendre/Toi/Tu m'dis qu'tu n'vaux pas la corde pour te pendre/C'est à laisser ou à prendre.* Quand les paroles se joignent naturellement à un fort joli thème mélodique, cela donne une grande chanson qui incite Jane Birkin à remonter sur scène.

Quoi est joué lors des concerts au Bataclan en 1987 (*Jane Birkin au Bataclan*, 2 LP Philips 8340 376-1) ; au Casino de Paris en mai 1991 (*Je suis venu te dire que je m'en vais*, 2 CD Philips 510 972-2) ; à l'Olympia de Paris en mai 1996 (*Jane – Concert intégral à l'Olympia*, 2 CD Philips 534 463-2) ; au Bunkamura Orchard Hall de Tokyo (Japon) en septembre 2000 (*Jane en concert au Japon*, 2 CD Mercury UICM 9001/2) ; au Palace en mars 2009 (2 CD Capitol 9306 2782-6).

Reprise : Conservatoire de Nantes (spectacle *Couleurs Gainsbourg*, CD Cabaret Studio, 2001).

Un petit bouton (publicité Saba)

Publicités créées par Caroline Tresca ; inédites

Sous cette appellation sont regroupés une série de quatre récitatifs publicitaires pour les magnétoscopes Saba de la marque Continental Edison : *Branchement*, *Enregistrement direct*, *Programmation* et *Recherche des canaux*. Le premier de ces spots récités par la présentatrice et comédienne Caroline Tresca et diffusés à partir de 1985 semble n'avoir pas été tourné, ou bien peut-être est-il resté inédit.

Préface à « Gainsbourg »

À la rentrée 1985 paraît la toute première édition de la biographie de Gainsbourg par Gilles Verlant (éditions Albin Michel), dont Serge rédige la préface. Extrait : « Ce sont les flash-backs qui nous heurtent, le *nevermore* d'Edgar Allan Poe, jamais plus de l'enfance évanouie, des amitiés déçues, et des amours fugaces. En fait tout s'est passé comme en un rêve, un comme si, comme si tout avait été écrit à l'avance et à mon insu, au fusain pour les temps maussades, sanguine sur les turbulences, encre de Chine rehaussée de sépia au lavis, plume Sergent-Major, pleins et déliés, caresses et passages à tabac. »

1986

Charlotte for Ever

Hormis un *Live* qui revisite ses classiques version funk, Gainsbourg consacre cette année à ses enfants, qu'il s'agisse de Charlotte, interprète du film et du disque *Charlotte for Ever*, ou du petit Lulu, dont sa compagne Bambou célèbre la naissance.

Connexion, des mecs qui en ont (publicité Connexion)

Créé par Serge Gainsbourg ; inédit

La campagne de promotion des appareils hi-fi Connexion mobilise Serge Gainsbourg qui réalise et joue dans les spots promotionnels, compose la musique et trouve les slogans des affiches sur lesquelles il figure. Il écrit un récitatif pour le spot et quelques slogans comme : *Connexion, affirmatif !* ou *Connexion, des mecs qui en ont*.

Live

Album de Serge Gainsbourg ; double 33-tours Philips 826 721-1 (2 LP)
Parution : 1986
Love on the Beat, Initials B.B., Harley Davidson, Sorry Angel, Nazi Rock, Ballade de Johnny-Jane, Bonnie and Clyde, Vieille Canaille, I'm the Boy, Dépression au-dessus du jardin, Lemon Incest, Mickey maousse, My Lady Héroïne, Je suis venu te dire que je m'en vais,

L'Eau à la bouche, Lola Rastaquouère, Marilou sous la neige, Harley David Son of a Bitch, La Javanaise, Love on the Beat (reprise).

En août 1985, Serge Gainsbourg répète avec le groupe de Billy Rush les titres de son nouveau spectacle au Casino de Paris prévu pour cinq semaines et vingt-trois concerts. La formation comprend les musiciens de *Love on the Beat*, John K. Kumnick, The Simms Brothers, Stan Harrison et deux nouveaux, le claviériste Gary Georgett et le puissant batteur Tony « Thunder » Smith. Sur les affiches qui couvrent les murs de la capitale française, on peut lire : « 140 frs. devant, 110 frs. derrière ». Une fois le rideau levé, alors que les Américains habillés tout en jean façon Gainsbarre commencent le show, on voit apparaître l'homme titubant, descendant le grand escalier… et se prendre une gamelle. Le public craint l'annulation, mais non, c'est simplement un numéro de cascadeur ; au même moment, Gainsbourg entre côté cour et attaque *Love on the Beat*. Le double album vinyle qui paraît courant 1986 témoigne des concerts des 3, 4 et 5 octobre 1985, alors que le groupe commençait tout juste à prendre ses marques. Le programme est bien équilibré entre les titres du nouvel album (*Love on the Beat*, *Sorry Angel*, *Lemon Incest*, *I'm the Boy*, *Harley Son of a Bitch*), les indémodables *sixties* (*Initials B.B.*, *Bonnie and Clyde*, *La Javanaise*), une sélection de titres *seventies* sans *Melody Nelson* (*Nazi Rock*, *Ballade de Johnny-Jane*, *My Lady Héroïne*, *Je suis venu te dire que je m'en vais*, *Marilou sous la neige*), une pointe de reggae (*Harley Davidson*, *Lola Rastaquouère* ; *Mickey Maousse* est récité en monologue et *Vieille Canaille* réarrangé) et un joyau repris à Catherine Deneuve et mis en valeur (*Dépression au-dessus du jardin*). Un titre écrit pour la circonstance, *Crève camarade* (alias *Good Shot*, voir page 593), à propos de l'assassinat d'un chanteur, n'est joué que deux soirées, Jane Birkin lui demandant de le retirer du tour de chant. Serge Gainsbourg n'est pas un grand showman mais il installe une ambiance chaleureuse et se montre professionnel, à la hauteur du personnage. Pour se sentir comme chez lui, il a fait livrer dans sa loge de nombreux éléments de son décor habituel de la rue de Verneuil. Le spectacle est ensuite emmené en province, ainsi qu'en Belgique et Suisse pour une vingtaine de dates sous la bannière *C'est ma tournée !* Globalement, l'accueil de la presse est favorable, malgré des réserves sur le traitement musical uniforme à des chansons de styles si différents. Le passage à la moulinette funk rock d'un répertoire est une option qui ne peut pas plaire à tout le monde, surtout aux fans du Gainsbourg première manière. La version de l'album en CD rogne le programme de la reprise de *Love on the Beat.*

Sorry Angel (Live)

45-tours Philips 884 444-7 (SP) de Serge Gainsbourg, avec *Bonnie and Clyde (Live)*

Cette version en public de *Sorry Angel*, précédée d'une improvisation, est habilement restituée devant le public de tous âges du Casino de Paris. Gainsbourg en donne une interprétation pénétrante et accentuée. Sur l'autre face du 45-tours, *Bonnie and Clyde*, malgré un nouvel arrangement, pâtit – bien sûr – de l'absence de Brigitte Bardot.

My Lady Héroïne (Live)

45-tours Philips 6337 880 (SP hors-commerce) de Serge Gainsbourg, avec *Je suis venu te dire que je m'en vais (Live)*

Au Casino de Paris et en tournée, Serge Gainsbourg décide de remettre au goût du jour le (mini) tube qu'est

My Lady Héroïne. Un choix bien pensé pour faire (re) découvrir un morceau paru en 1977 que la fraction la plus jeune du public ne connaît probablement pas, car les compilations de son œuvre ont fait leur apparition depuis peu et se limitent à des succès plus importants. En revanche, la face B de ce 45-tours promotionnel rarissime propose l'increvable et toujours aussi beau *Je suis venu te dire que je m'en vais*, rivalisant avec les versions de Jane Birkin.

Mon père un catholique

Créé par Élisabeth Anaïs ; 45-tours Tréma 410 340 (SP)

Le titre signé Serge Gainsbourg pour les paroles et Claude Engel pour la musique constitue la face B du 45-tours *Balance ascendant capricieuse* de la jeune chanteuse Élisabeth Anaïs. Le titre de travail de *Mon père un catholique* était *Mon père ou l'alcool qui tue*. La chanson, aux sonorités ancrées dans les années 1980, relate l'anecdote d'un docker alcoolique, mort en hôpital psychiatrique. Le texte vaut pour ses rimes en *ique* et en *oc* : *Mon père un catholique/Irlandais à l'époque/Travaillait sur les docks/Déchargeant des barriques/De vin du Languedoc/De Pouilly de Médoc/De bière de Munich...*

Vieille Canaille

Interprété par Eddy Mitchell et Serge Gainsbourg ; 45-tours Philips 884 590-7 (SP) et 45-tours RCA 40.557 (SP hors-commerce) ; 33-tours RCA PL 70961 (LP *Paris*)

Quand Serge Gainsbourg avait réactivé ce vieux standard de Sam Theard, en version reggae, sur l'album *Aux armes et cætera* (1979), il avait aussi piégé Eddy

Mitchell qui, comme beaucoup d'autres, avait cru qu'il s'agissait d'une création originale, et non d'une reprise. C'est pourquoi, alors qu'il prépare son nouvel album, celui que l'on surnomme Schmoll demande l'autorisation à Serge de reprendre « sa » chanson. Lorsqu'il comprend sa méprise, Eddy a une autre idée, aussi brillante : demander à Serge de venir la chanter avec lui, en version swing. Le rocker se l'approprie également sur un 45-tours promotionnel et sur son album *Paris* ; en duo, accompagnés par un grande formation jazz, Serge et Eddy le chantent en direct dans la célèbre émission « Champs-Élysées » de Michel Drucker d'avril 1986 où Serge venait de lâcher, devant une Whitney Houston médusée : « I want to fuck her. »

Bande originale du film Tenue de soirée

Album de Serge Gainsbourg ; 33-tours Apache/WEA 240.921-1 (LP)
Diffusion : avril 1986
Travelling, Traviolta One, Traviolta Two, Traviolta Three, Travaux, Travelure, Entrave, Travers, Travelo, Traverse, Travelinge, Traveste, Trave, Travelling.

Avec les plages instrumentales de cette bande originale, Serge Gainsbourg offre une très belle illustration sonore au film grinçant de Bertrand Blier et habille ses thèmes de la racine du mot « travesti ».

Réalisateur, entre autres films, des *Valseuses* (1974), de *Buffet froid* (1979) et *Beau-père* (1981), Bertrand Blier est considéré comme un cinéaste anticonformiste au regard caustique et implacable. Son nouveau film *Tenue de soirée* fait le portrait d'un couple au bout du rouleau, Antoine et Monique (interprétés par Michel Blanc et Miou-Miou), dont la vie change après la rencontre d'un voyou homosexuel (Gérard Depardieu) qui ne souhaite qu'une chose : mettre le grappin sur Antoine (un rôle que Blier avait initialement imaginé pour Patrick Dewaere, mais celui-ci s'était suicidé quatre ans plus tôt). L'auteur bourre son sujet de dialogues féroces et de scènes cocasses, présentant Blanc et Depardieu en travestis et livrant Miou-Miou aux mains d'un proxénète. Un sujet qui ne peut que plaire à Serge Gainsbourg, chargé de l'illustration musicale. En quelques jours, juste avant d'enregistrer, il compose une quinzaine de thèmes dont les intitulés ont pour fil rouge la racine « trav », raccourci argotique de « travesti » : *Travelling*, *Travaux*, *Entrave*, *Travelinge*, etc. Jean-Pierre Sabar, dont c'est la dernière collaboration avec Serge Gainsbourg, ne participe qu'à l'arrangement du générique, la suite étant finalisée avec le guitariste André « Slim » Pezin. La bande originale quasi instrumentale publiée par le label Apache (WEA) ne dévoile qu'une chanson, *Travelure*, chantée en anglais.

Parue en Italie sous le titre *Lui Portava I Tacchi A Spillo* (LP Cinevox MDF 33.178), elle est rééditée en CD en 1992 sous son titre original (Cinevox MDF 200).

À sa sortie le 23 avril 1986, le film obtient un grand succès en dépit des critiques outrées. La campagne marketing emballe le tout avec les slogans « Putain de film ! » et « Putain de musique ! » placardés sur les affiches et l'album. Pour son rôle difficile, Michel Blanc obtient un César bien mérité.

Travelling

Créé par Serge Gainsbourg ; 45-tours Apache/WEA PRO 297 (SP hors-commerce) avec *Entrave*

Les deux faces qui composent ce 45-tours promotionnel extrait de la bande sonore du film *Tenue de soirée* sont de courts instrumentaux. Le premier, *Travelling*, est une mélodie jouée en boucle au piano agrémentée de guitare, basse et percussions. Le second, *Entrave*, est une resucée acoustique du thème *Quand le sexe te chope* (1972), au piano et à la guitare. La mélodie est réemployée la même année pour la chanson *Oh Daddy oh* sur l'album *Charlotte for Ever* de Charlotte Gainsbourg.

Gitanes blondes

En juin 1986, Gainsbourg se livre à une exercice peu glorieux : pour le compte de la Seita, feue la régie française des tabacs, il est l'invité d'honneur de la conférence de presse pour le lancement des nouvelles Gitanes blondes. Complètement bourré, il ânonne quelques aphorismes de Lichtenberg devant un parterre de journalistes éreintés. Au même moment, la Seita diffuse auprès des buralistes une sorte de dossier promotionnel présentant des photographiess de Bambou et Serge, avec un texte de sa main. Extrait : *Étreintes brûlantes. Gitanes magiciennes de la séduction, aussi sensuelles qu'avec suite, you are mon jardin secret.*

Au Raphalar

Carton d'invitation

Le 25 août 1986, en pleine réalisation de son long-métrage *Charlotte for Ever*, Serge Gainsbourg organise une soirée avec toute l'équipe du plateau à l'hôtel Raphaël. Le carton d'invitation qu'il distribue à cette occasion porte sa patte inimitable : *Ce soar/À vingt tard/Au Raphalar/Au bar/Avec Gainsbar.*

Ticket chic briquet choc (publicité RATP)

Créé par Serge Gainsbourg ; inédit

La Régie autonome des transports parisiens utilise les services et la notoriété de Serge Gainsbourg, qui depuis l'affaire du billet de cinq cents francs brûlé en direct dans l'émission d'actualité « 7 sur 7 » le 11 mars 1984, a flambé. Sur quelques notes de musique, le provocateur brûle un ticket de métro et annonce : *Tu as le ticket chic/Moi j'ai l'briquet choc.*

Pepsodent (publicité)

Créé par Serge Gainsbourg ; inédit

Toutes les occasions sont bonnes pour tourner, pour assouvir son besoin de « cinéma », même lorsqu'il ne s'agit que d'un clip pour le groupe Indochine (*Tes yeux noirs*) ou d'un spot pour une marque de dentifrice, dont Gainsbourg compose également la musique.

L'Envie de se dépasser (publicité Lancôme)

Créé par Serge Gainsbourg ; inédit

Il est cette fois l'auteur, compositeur et réalisateur du film publicitaire vantant les bienfaits de la nouvelle eau de toilette *Sagamore* de Lancôme. Sur une musique reprenant le thème de *Breakdown Suite* composée pour le film *Si j'étais un espion* en 1967, il écrit : *Tout homme porte en lui/L'Envie de se dépasser/Sagamore/L'eau de toilette des seigneurs.*

Correction express (publicité Pentex)

Créé par Serge Gainsbourg ; CD CBS Special Products 14-982-254-20 (*Pentex, des promos qui vous chantent*, 1989)

Serge Gainsbourg réalise et compose une chanson pour la marque de correcteurs Pentex. Sur la musique de *Initials B.B.* jouée au piano, il établit un petit texte faisant référence à son œuvre : *Quand je me plante sur mon texte/Marilou me corrige/Elle pointe son Pentex/Correction express tu piges*. La publicité sera éditée en 1989 sur un CD promotionnel.

Coluche

Préface de la biographie *Coluche* de Ghislain Loustalot (Calmann-Lévy, Paris, 1986).

La disparition de son pote Coluche le 19 juin 1986 a beaucoup affecté Serge Gainsbourg. Alors que les hommages se succèdent, il apporte sa contribution par la préface d'une biographie, en lui souhaitant d'avoir rencontré le « dieu des roses bonbons » : « Enfants, posez des fleurs aux cimetières, des rats apprivoisés, des chiens errants et des chatons en boule. »

Charlotte for Ever

Album de Charlotte Gainsbourg ; 33-tours Philips 830 640-1 (LP)
Parution : décembre 1986
Charlotte for Ever, Ouvertures éclair, Oh Daddy oh, Don't Forget to Forget Me, Plus doux avec moi, Pour ce que tu n'étais pas, Élastique, Zéro pointé vers l'infini.

La relation père-fille est à son summum dans le film *Charlotte for Ever*, dont la bande originale est à ce jour inédite, mais qui donne aussi son titre au premier album de la fille de Serge, âgée de quinze ans à peine. Celui-ci paraît simultanément à la sortie du film et décline huit chansons d'une profonde tendresse.

L'histoire de *Charlotte for Ever* (le film) est brodée sur le thème de *Lemon Incest* : elle développe la relation d'un scénariste veuf et alcoolique avec sa fille. Il s'agit bien évidemment d'une transposition de la propre vie du réalisateur et scénariste qui, sans être veuf, a été abandonné par le grand amour de sa vie. Trouver un producteur pour l'accompagner dans cette aventure glauque n'est pas chose aisée pour Serge Gainsbourg qui essuie quelques refus en présentant son scénario embryonnaire. Par bonheur, il rencontre Claudie Ossard que le récent succès de *37°2 le matin* réalisé par Jean-Jacques Beineix a mise en confiance (et en fonds). Pour le rôle principal, celui de « Stan », Serge Gainsbourg souhaitait engager Christophe Lambert, héros du *Subway* de Luc Besson, mais ce dernier lui fait faux bond. Il décide donc de donner lui-même la réplique à sa fille Charlotte. Le tournage a lieu en août et septembre 1986 aux studios Pathé de Boulogne-Billancourt. Si le résultat heurte quelques âmes et divise les critiques du septième art, comme ce fut le cas pour *Je t'aime moi non plus*, lors de sa sortie (une journaliste n'hésite pas à qualifier le film de « à gerber »), il rencontre l'unanimité quant à la prestation remarquable de Charlotte Gainsbourg face à un père fier mais désespéré au dernier degré. Avec *Charlotte for Ever*, Serge Gainsbourg est allé au bout de ses projections psychologiques, découvrant quelques moments de grâce dans un océan de noirceur.

À la suite du tournage, entre octobre et novembre, le réalisateur enfile la casquette d'auteur-compositeur de la bande originale. Outre les thèmes qui ne figurent que dans le film, restés inédits, il écrit et compose dans l'urgence les huit chansons du premier album de sa fille Charlotte, qui porte le même titre que le film mais *n*'en est *pas* la bande originale (ni l'album ni les 45-tours extraits ne font référence à celui-ci). Les textes sont généralement pauvres, quoique emplis d'une grande tendresse paternelle, et pas forcément servis par une interprète à la voix (et la justesse) mal assurées qui, en prime, a accepté d'enregistrer ce disque uniquement pour faire plaisir à son père.

L'enregistrement des parties instrumentales et des chœurs est effectué avec Billy Rush au studio Dangerous Music à Belmar, dans le New Jersey, et les voix posées au studio Plus XXX à Paris, avec Dominique Blanc-Francard. Les musiciens américains dirigés par Billy Rush (guitares) sont ceux qui accompagnaient Serge au Casino de Paris, soit John K. Kumnick (basse), Gary Georgett (claviers), Stan Harrison (saxophone), Tony « Thunder » Smith (batterie) et The Simms Brothers (George et Steve Simms, chœurs).

Charlotte for Ever

Duo avec Serge Gainsbourg ; 45-tours Philips 888 165-7 (SP) et Maxi Philips 8 881 651 (Maxi) avec *Pour ce que tu n'étais pas*

Conçu comme le titre phare de l'album, *Charlotte for Ever* est l'ode définitive de Serge Gainsbourg à sa fille, et leur deuxième duo. *Du bout des lèvres avec une tendresse infinie*, comme l'indique le scénario, l'auteur s'éloigne du sujet de l'inceste pour aborder l'amour filial d'une manière plus générale :

Serge : *Sans toi/Je n'suis plus moi/J'dérive à l'infini*

Charlotte : *Sens-moi/Approche-toi/Amour de ma vie*

Le style est assez paresseux, et la mélodie, à peine masquée par un arrangement clinquant, est intégralement piquée à la pièce pour piano *Andantino* (1926) du compositeur russe Aram Khatchatourian (1903-1978), créateur de la fameuse *Danse du sabre*. À la suite d'un article du quotidien *Le Monde* dénonçant le procédé, les ayants droit du musicien non crédité font un procès à Serge Gainsbourg, qu'ils remportent. Il n'en demeure pas moins que la poésie qui se détache de l'interprétation est propre à Gainsbourg père et fille.

Ouvertures éclair

La guitare funky, la basse ronde et le chorus de saxophone en roue libre trahissent la provenance du morceau dont les sonorités sont typiques des productions de Billy Rush pour Serge Gainsbourg. S'appuyant sur le schéma mélodique de l'instrumental *Travelling*, extrait de la bande originale du film *Tenue de soirée*, *Ouvertures éclair* pourrait aisément figurer dans l'album suivant, *You're Under Arrest*. Seules les paroles adaptées à l'interprète emmènent la chanson dans un autre univers, entre la tentation de l'amour et du vide.

Oh Daddy oh

Également paru sur 45-tours Philips 870 161-7 (SP) avec *Zéro pointé vers l'infini*

La mélodie de *Oh Daddy oh*, basée sur le thème instrumental *Quand le sexe te chope* du film *Sex-shop* (1972), a également servi pour la chanson *Soixante-treize* (1974), créée par Jane Birkin à la télévision, pour la musique de la publicité *Babyliss* (1984) et pour *Entrave*, sur la bande originale du film *Tenue de soirée* (1986). Serge Gainsbourg doit penser que le thème n'a pas été exploité à sa juste valeur, et décide de le reprendre pour cette chanson. D'autant qu'il s'accorde avec les paroles où l'auteur fait son autocritique par la voix de sa fille : *Oh !*

Daddy, oh ! Daddy oh !/Comme Rudolph Valentino/Tu baises, tu fumes, tu bois trop. Dans la deuxième partie, il lui écrit cette pensée : *J'suis minot vaccinée au/Chagrin, au stress, au sanglot.*

Don't Forget to Forget Me

Également paru sur 45-tours Philips 888 558-7 (SP) et Maxi Philips 6 863 325 (Maxi) avec *Élastique*

En 1981, Catherine Deneuve créait *Souviens-toi de m'oublier*. La chanson sert d'idée de base à *Don't Forget to Forget Me* qui reprend son titre – en anglais –, sa musique – réarrangée – et son thème – simplifié. L'arrangement servi par Billy Rush et ses musiciens part dans tous les sens entre des couches de guitare, une basse slappée et un solo de saxophone courant, interminablement, jusqu'à la fin.

Pour ce que tu n'étais pas

Également paru sur 45-tours Philips 888 165-7 (SP) et Maxi Philips 8 881 651 (Maxi) avec *Charlotte for Ever*

L'aphorisme répété de Serge Gainsbourg, *Prendre les femmes pour ce qu'elles ne sont pas et les laisser pour ce qu'elles sont*, prend pour une fois une tournure féminine dans la bouche de sa fille. Dans la chanson, Charlotte Gainsbourg ne se fait aucune illusion sur l'homme à qui elle s'adresse, le traitant de *faux-cul* et de *con* : *J't'ai pris pour c'que tu n'étais pas/T'ai laissé pour c'que tu es/Je t'ai/Jeté/Par trop de lucidité.*

Reprise : texte récité sans musique par Bambou sur le double CD *Portraits* (Frémeaux & Associés, 2000).

Plus doux avec moi

La chanson est davantage un face-à-face émouvant entre père et fille qu'un duo d'interprètes. Elle ne comprend pas ses agissements, ses tourments et sa violence. Lui dit que ça ne la regarde pas, qu'elle est encore trop jeune pour tout comprendre, et qu'il faut le prendre tel que, *constant dans l'inconstance*, en référence à Benjamin Constant dont le récit *Adolphe* (1806) est l'un des livres fétiches de l'auteur (abondamment cité dans le film *Charlotte for Ever*).

Charlotte : *J'aime pas les turbulences*
Sois plus doux avec moi
Serge : *J'fais c'que j'veux et c'que j'peux voilà*
Charlotte : *C'est en toute innocence que j'te dis ça Papa*
Serge : *Je sais je sais je sais tais-toi.*

Le refrain, avec la rituelle intervention des chœurs, indique qu'ils sont néanmoins unis. La mélodie de ce titre n'est pas assez puissante pour supplanter le cortège de tics instrumentaux des musiciens.

Élastique

Également paru sur 45-tours Philips 888 558-7 (SP) et Maxi Philips 6 863 325 (Maxi) avec *Don't Forget to Forget Me*

Avec *Élastique*, Charlotte Gainsbourg trouve une chanson plus adaptée à son âge (elle fête son quinzième anniversaire au mois de juillet) que les blessures et obsessions de son créateur. Parmi les rimes en *ic* et en *oc* utilisées comme des *gimmicks*, l'auteur glisse une bêtise sur Mick Jagger : *Élastique/Des gimmicks/Un peu comme Mick/Jagger qu'j'trouve comique.*

Zéro pointé vers l'infini

Également paru sur 45-tours Philips 870 161-7 (SP) avec *Oh Daddy oh*

Le titre de la chanson fait allusion au roman d'Arthur Koestler, *Le Zéro et l'Infini* (*Darkness at Noon*), publié en 1941. La musique est inspirée d'une romance russe traditionnelle, probablement une réminiscence lointaine, transmise par le père de l'auteur. Ce dernier fait chanter à sa fille des pensées qu'il ressasse, tournées vers sa mère : *Zéro pointé vers l'infini/Overdose d'rêverie/ La nuit le jour m'ennuient/J'ai soif de Nelson Melody.* Un soupçon de Jane Birkin perce dans l'interprétation. C'est, paraît-il, la chanson préférée de Charlotte Gainsbourg, réticente à l'idée de chanter et bien plus à celle de devoir faire la promotion face aux médias.

Lulu

Créé par Bambou ; 45-tours Philips 888 086-7 (SP) et Maxi 45-tours 888 086-1 (Maxi) avec *Shangaï*

Lulu Gainsbourg, quatrième enfant de l'auteur, est né le 5 janvier 1986. C'est à sa mère Bambou, dont c'est la première apparition sur disque, que revient le droit de chanter cet acte de naissance musical préparé avec Billy Rush et ses musiciens dans le studio du New Jersey où a été concocté l'album *Charlotte for Ever* de Charlotte Gainsbourg. La chanson, composée aux alentours du 2 octobre 1986, d'après le décompte de jours cité dans le texte, ne cache pas l'orgueil du père qui voit dans *l'enfant d'l'amour*, le *portrait d'Gainsbourg.* Sur ce bel air, Bambou murmure : *Tu es comme moi/ Comme moitié chinois/Mais tu as l'âme slave de papa.*

Elle en a assuré elle-même la reprise, récitée, sur le double CD *Portraits* (Frémeaux & Associés, 2000).

Shangaï

Face B du 45-tours *Lulu*, *Shangaï* fait référence aux origines chinoises de Bambou, sujet central de la chanson. Sous le poids d'un arrangement tape-à-l'œil, les chœurs qui répètent le titre s'évertuent à rappeler un air vaguement asiatique. Les paroles sonnent comme des formules toutes faites : *Griffe-moi jusqu'au sang*, *Baise-moi dans le cou*, *Coup de bambou* et *On s'aime nous non plus*.

1987

You're
Under Arrest

Touché par les critiques successives quant à ses débordements télévisuels, Serge Gainsbourg se ressaisit avec un sixième album pour Jane, puis en livrant un concept-album moderne et salace. Dernier coup de reins avant la postérité.

Lost Song

Album de Jane Birkin ; 33-tours Philips 830 894-1 (LP)
Parution : février 1987
Être ou ne pas naître, C'est la vie qui veut ça, Le Couteau dans le play, L'Amour de moi, Une chose entre autres, Lost Song, Physique et sans issue, Leur plaisir sans moi, Le Moi et le Je.

Le sixième album de Jane Birkin enregistré à Londres suit la tradition des arrangements à cordes classiques teintés de rock. L'écriture doucement cicatrisée de Serge Gainsbourg apporte quelques nouveaux joyaux, entre deux textes montrant à nouveau l'épuisement de son inspiration.

À la différence des récents disques de Charlotte Gainsbourg et de Bambou réalisés avec des musiciens américains, celui de Jane Birkin bénéficie des services de ses compatriotes, à nouveau dirigés par Alan Hawkshaw : Alan Parker (guitares), Mo Foster (basse), Peter van Hook (batterie) et les choristes Ray Gardner, Tessa Niles et Sonia Jones-Morgan. Au studio Petal Music à Londres, les envolées funky sont remplacées par un traitement entre arrangements de cordes et rock. Les voix sont ensuite captées au studio Plus XXX à Paris avec Dominique Blanc-Francard et Philippe Lerichomme derrière la console. Si *Lost Song* ne contient pas la douleur émotionnelle du précédent *Baby Alone in Babylone*, il n'en possède pas moins sa dose de blessures à peine cicatrisées par la concision de l'écriture de Gainsbourg, qui pour un temps renvoie Gainsbarre à ses démons. L'album, dominé par une couleur classique faite de mouvements lents et légers, met l'émotion de l'interprète au premier plan. Outre les relectures de *C'est la vie qui veut ça* et *Leur plaisir sans moi*, versions réactualisées de deux titres de l'album *Di doo dah* (1973), il renferme des titres évidents comme *Le Couteau dans le play*, *Lost Song* et *Physique et sans issue*, un exercice en forme d'hommage (*L'Amour de moi*) et une interrogation existentielle (*Être ou ne pas naître*). Avec un répertoire déjà riche et ces nouveautés, Jane Birkin est maintenant prête à affronter la scène pour un nouveau challenge.

On est faits pour s'étendre

Inédit

Ce titre prometteur, mais au texte introuvable, initialement prévu pour l'album *Lost Song*, est finalement écarté.

Être ou ne pas naître

Ce morceau aux arrangements de guitare plutôt pesants reprend à la manière de Serge Gainsbourg l'interrogation de William Shakespeare dans *Hamlet*. La formule originale « Être ou ne pas être, telle est la question » se transforme en *Être ou ne pas naître*. Par la voix de

Jane Birkin, l'auteur s'interroge sur l'existence et sa suite, émettant la possibilité d'un amour continu après la mort. Dans le vers *Toi, toi qui me reçois sept sur sept*, il fait allusion au titre de l'émission dans laquelle il brûla un billet de cinq cents francs, ce qui fit scandale en 1984. Sur son répondeur téléphonique, l'auteur avait pour message « Être ou ne pas être, question/réponse », qu'il utilisera en leitmotiv dans le film *Stan the Flasher* (1990). Jane Birkin reprend ce titre sur scène en octobre 1996 (*Jane – Concert intégral à l'Olympia*, 2 CD Philips 534 463-2).

Reprise : Maurice Garrel (*Portraits*, 2 CD Frémeaux & Associés FA 8020, 2000).

C'est la vie qui veut ça

Voir album *Di doo dah* (1973).

Le Couteau dans le play

Également paru sur 45-tours Philips 888 776-7 (SP) avec *Physique et sans issue*.

Serge Gainsbourg ne peut résister au plaisir d'un jeu de mots comme *Le Couteau dans le play*, écho lointain du *Play blessures* qui avait donné son titre à l'album d'Alain Bashung paru en 1982. Il lui sert de point de départ à une succession de termes en rapport avec le domaine audiovisuel (« flash-back », « play-back », « overplay ») et d'autres occurrences avec les termes anglais « play », « back » ou « black », dont les sonorités s'accordent aux rimes : *N'remue pas s'il te plaît/Le couteau dans le play/Plus de flash-back/Ni de come-back/Les larmes c'est en play-back complet*. L'arrangement de cordes en mineur sur le thème ralenti de *Tic-tac-toe* (composé pour Zizi Jeanmaire en 1977) donne une belle ampleur dramatique au morceau. Pour ses premiers pas sur scène en mars 1987 au Bataclan, Jane Birkin livre de ce titre une magnifique version (*Jane Birkin au Bataclan*, 2 LP Philips 834 037-1).

Elle reprend *Le Couteau dans le play* au Bunkamura Orchard Hall de Tokyo en 2000 (*Jane en concert au Japon*, 2 CD Mercury UICM 9001/2).

L'Amour de moi

Cette chanson dédiée à la mémoire d'Ava Monneret, coiffeuse et amie proche de Jane Birkin, morte d'une hépatite C en novembre 1979, est posée sur un air traditionnel français. C'est par ce morceau interprété *a cappella* que l'interprète débute bientôt ses concerts au Bataclan en mars 1987. Chaque chanson a son histoire, et celle de *L'Amour de moi* remonte au temps de Lucien Ginsburg quand, dans les années 1950-1951, le futur Serge la faisait apprendre aux enfants du camp de réfugiés de Champsfleur. Le texte est constitué de vers remaniés de poèmes extraits des *Amours* de Pierre Ronsard (1524-1585), notamment *Épitaphe de Marie* et *Sur la mort de Marie IV* (1578).

Jane Birkin reprend cette lente ballade dans *Jane Birkin au Bataclan* (2 LP Philips 834 037-1) ; *Arabesque* (CD Capitol 5432 972-2, 2002) et *Arabesque voyage* (CD Capitol 5602 962-0, 2004) dans l'arrangement de Djamel Benyelles.

Reprise : Sabeline Campo (*Portraits*, 2 CD Frémeaux & Associés FA 8020, 2000).

Une chose entre autres

En écoutant attentivement les chansons de Serge Gainsbourg pour Jane Birkin après leur rupture, un constat s'impose : les sentiments encore à vif de *Baby Alone in Babylone* (1983) se sont apaisés dans *Lost Song* (1987). À la réflexion, l'auteur considère qu'il a partagé les meilleurs moments de la vie de sa muse, en dépit de l'amertume qui pointe dans la conclusion : *Une chose entre autres/J'étais à toi/Maintenant j'suis à d'autres/Je n'te suis pas*. Malgré un arrangement assez terne, c'est l'une des chansons préférées de Jane Birkin qui l'interprète sur scène en 2000 : *Jane – Concert intégral à l'Olympia* (2 CD Philips 534 463-2).

Reprises : Bérangère Batsy (*Portraits*, 2 CD Frémeaux & Associés FA 8020, 2000), Conservatoire de Nantes (spectacle *Couleurs Gainsbourg*, CD Cabaret Studio, 2001), Marine Boréale (album tribute *Gainsnord*, CD Sonic Scenery 708 028, 2009).

Lost Song

Également paru sur 45-tours Philips 888 342-7 (SP) avec *Leur plaisir sans moi* et en « version courte spéciale radio » 45-tours Philips 6837 908 (SP hors-commerce), avec *Leur plaisir sans moi*

Comme cela avait déjà été le cas pour le titre *Quoi* (1985), Jane Birkin suggère à son auteur attitré de coucher des paroles sur une musique qu'elle apprécie, en l'occurrence cette fois celle d'une publicité qu'elle a tournée au Japon. Le morceau en question est la *Chanson de Solveig* (*Suite n° 2 opus 55*) tirée de la musique de scène *Peer Gynt* (1875) du compositeur norvégien Edvard Grieg (1843-1907). Le texte que lui soumet Serge Gainsbourg trouve peu de grâce aux yeux de l'interprète qui lui demande de changer les rimes en *con*, déjà employées dans *Con c'est con ces conséquences* (1983) ; l'auteur s'exécute et réécrit entièrement le deuxième couplet. Le refrain de la « chanson perdue », sortie en simple et donnant son titre à l'album, dit ceci : *Lost song/Dans la jungle/ De nos amours éperdues/Notre émotion s'est perdue.*

Jane Birkin l'interprète dans son récital au Bataclan en 1987 (*Jane Birkin au Bataclan*, 2 LP Philips 834 037-1).

Reprise : Conservatoire de Nantes (spectacle *Couleurs Gainsbourg*, CD Cabaret Studio, 2001).

Physique et sans issue

Également paru sur 45-tours Philips 888 776-7 (SP) avec *Le Couteau dans le Play*

L'intitulé *Physique et sans issue* est le rappel d'un vers de *Je t'aime moi non plus* (1967). Par les mots de l'auteur, Jane Birkin souhaite l'entendre dire simplement « je t'aime » sans la suite : *Je t'aime/Et toi-même/Dis-moi que tu m'aimes/Dis-le-moi si même/Ce n'est pas*. Le mot *vrai* qui doit terminer le dernier vers est placé au début du couplet suivant (à deux occurrences près où il est inclus au milieu de la chanson et absent dans sa conclusion). Le titre choisi pour la face B du 45-tours *Le Couteau dans le play* sera réenregistré en 1996 avec un nouvel arrangement de Jeff Cohen (*Versions Jane*, CD Philips 532 140-2). Il connaît plusieurs variantes scéniques : *Jane Birkin au Bataclan* (2 LP Philips 834 037-1) en 1987 ; *Jane – Concert intégral à l'Olympia* (2 CD Philips 534 463-2) en 2000 ; *Arabesque* (CD Capitol 5432 972-2) en 2002 et *Arabesque voyage* (CD Capitol 5602 962-0) en 2004, avec les arrangements de Djamel Benyelles.

Leur plaisir sans moi

Également paru sur 45-tours Philips 888 342-7 (SP) avec *Lost Song*

Voir album *Di doo dah* (1973).

Le Moi et le Je

L'album *Lost Song* est l'occasion pour Serge Gainsbourg de rouvrir la plaie que constitue le départ de sa muse, dont il ne s'est jamais remis, et de la cicatriser par des chansons. La dépression qui s'est installée dans son être lui arrache des vers sublimes et quelques rimes faciles et redondantes. *Le Moi et le Je* n'est pas exempt de ces tentations, brassant les terminaisons en *je* : « jeu », « enjeu », « suis-je », « vertiges », « change ». À revers, l'expression *Si j'hésite si souvent entre le moi et le je/Si je balance entre l'émoi et le jeu* est une jolie trouvaille.

> Versions scéniques : *Jane Birkin au Bataclan* (2 LP Philips 834 037-1, 1987) ; *Je suis venu te dire que je m'en vais* (2 CD Philips 510 972-2, 1992) ; *Jane – Concert intégral à l'Olympia* (2 CD Philips 534 463-2, 2000).

You're Under Arrest

Album de Serge Gainsbourg ; 33-tours Philips 834 034-1 (LP).
Parution : 2 novembre 1987.
You're Under Arrest, Five Easy Pisseuses, Bâille bâille Samantha, Suck Baby Suck, Gloomy Sunday, Aux enfants de la chance, Shotgun, Glass Securit, Dispatch Box, Mon légionnaire.

Abonné des plateaux de télévision depuis la promotion de *Love on the Beat*, Serge Gainsbourg se cantonne à renvoyer l'image d'un Gainsbarre de plus en plus insupportable, voire douloureux, pour ses admirateurs, mais aussi les journalistes qui le soutiennent et le public lassé de ses provocations et blagues redondantes. Pendant que Gainsbarre se marre, Gainsbourg y laisse des plumes et perd de son crédit : on dit l'artiste fini, quasi sénile, constamment imbibé, on croit Gainsbourg enterré. En janvier 1987, un article du *Globe* signé par un admirateur de longue date, Serge Grünberg, l'accable. Touché, l'oiseau de nuit de la rue de Verneuil réplique : « Si je pratique la surenchère, c'est parce que je n'ai plus de temps à perdre. » L'incident a sans doute suffisamment d'importance pour provoquer un ultime sursaut d'orgueil. En août 1987, l'artiste fait ses valises pour New York ; du 17 au 30 août, il enregistre les musiques de son nouvel album *You're Under Arrest* au studio Dangerous Music, chez Billy Rush, dans le New Jersey. Outre l'arrangeur et guitariste, le gang comprend John K. Kumnick (basse), Gary Georgett (claviers), Tony « Thunder » Smith (batterie), Stan Harrison (saxophone) et les choristes Curtis King Junior et Brenda White King, qui remplacent les frères Simms. Au contact de Manhattan, le poète se sent revigoré. Son inspiration l'emmène vers l'histoire de Samantha, *petite pisseuse* camée qui, comme en d'autres temps Melody ou Marilou, lui en fait baver. La machine funky roule sur un tapis de claviers et batterie synthétiques pendant que le maître dégaine son *flow* urbain et salace. Le contenu très explicite est un cocktail de violence (*You're Under Arrest*), sexe (*Five Easy Pisseuses*, *Suck Baby Suck*, *Shotgun*, *Glass Securit*), drogue (*Bâille bâille Samantha*, *Aux enfants de la chance*) et suicide (*Gloomy Sunday*). Lassé de l'insensibilité de la petite garce, le héros fait sa mallette (*Dispatch Box*) et vire sa cuti (*Mon légionnaire*, classique de la chanson réaliste qu'il avait déjà tenté d'inclure sur son précédent album studio). Une dernière fois avant de tirer sa révérence, Gainsbourg fraie avec ses démons et *deale* avec la postérité. Ultime clin d'œil de Gainsbarre à Lucien Ginsburg, la photo anthropométrique au nez fracturé de *You're Under Arrest* semble répondre à l'avis de recherche de *Du chant à la une !...*

Caramel mou

Inédit

Chanson prévue et déclarée pour l'album *You're Under Arrest*, elle est finalement écartée. Aucune trace de son texte n'a été retrouvée.

You're Under Arrest

Également paru sur 45-tours Philips 870 002-7 (SP) avec *Bâille bâille Samantha* ; Maxi 45-tours Philips 870 002-1 (Maxi) avec *Bâille bâille Samantha* et *Suck Baby Suck*

Depuis *Love on the Beat* en 1984, le rap a explosé commercialement et rivalise désormais avec le rock. New York et sa banlieue sont encore au cœur de ce bouillonnement créatif ; le rap de la côte Ouest ne l'a pas encore supplanté. Tout cela n'est pas pour déplaire à Serge Gainsbourg dont le *talk over* qu'il pratique depuis vingt ans n'est guère éloigné de ce nouveau style. Dès l'ouverture, *You're Under Arrest* plante le décor et donne le ton, comme le fit *Melody* (1971) dans un tout autre registre. L'époque et la capitale musicale ont changé, ce qu'a très bien saisi Gainsbourg dont l'héroïne s'est adaptée : *Un soir que dans le Bronx/J'étais on ne peut plus anx-/Ieux de retrouver Samantha/Entre Thelonious Monk/Quelques punks, aussi Bronsk-/I Beat giclant de mon Aïwa*. Lors du refrain, il s'autocite en Gainsbourg et non son double : *You're under arrest/Cause you're the best/I slip it a slam for boom bang ha ! Gainsbourg* (prononcé à l'américaine : « Guééénzbeurg »). Coincé par des truands déguisés en flics, il lâche la monnaie pour retrouver Samantha. L'anecdote est sans doute reliée à de faux policiers qui avaient tenté d'enlever sa fille Charlotte quelques mois auparavant. Côté musique, les musiciens ont opté pour un funk synthétique assez froid (guitare métallique, tapis de claviers, batterie électronique) ; le morceau est chauffé par le choriste qui se démène dans le refrain et le saxo à la sonorité ronde. Coïncidence : la même année, Claude Nougaro se refait une santé à New York, réinvente son langage et relance sa carrière avec *Nougayork*. Deux géants de la chanson partis se ressourcer là où la musique évolue n'est pas anodin. La version longue du maxi 45 tours est ajoutée à l'album sur le coffret *Vingtième Anniversaire* (Universal, 2011).

Serge Gainsbourg reprend *You're Under Arrest* sur la tournée des Zénith en mars 1988 (*Le Zénith de Gainsbourg*, 2 LP Philips 838 162-1 et SP Philips 6837.933, 1989).

Reprise : Billy Obam (Maxi promo hors-commerce sur le label italien Sounds Good, sous le titre *You're Under Arrest (Under Arrest)* avec en face B un remix par Philippe Corti), Nicolas Botni (*Chante Gainsbourg*, CD Les Tréteaux International, 1996).

Five Easy Pisseuses

Le titre est une allusion au film *Five Easy Pieces* (1970) de Bob Rafelson, avec Jack Nicholson. Les paroles remettent à l'honneur les rimes en *x* : « six » prononcé à l'américaine, « socks » (les socquettes de Samantha trahissent son jeune âge), « érex » (pour érection), « sex », « intox » (employé pour désigner une addiction au sexe) et « ex ». Pour conquérir la très jeune Samantha qui le *suck* et qu'il *fuck* comme il l'avait suggéré un jour directement à Whitney Houston, le narrateur est prêt à se défaire de ses cinq autres maîtresses. L'atmosphère détendue du morceau et la voix pénétrée rappellent de loin les digressions de *L'Homme à tête de chou* pour Marilou, en plus direct. Il est repris sur scène dans *Le Zénith de Gainsbourg* (2 LP Philips 838 162-1, 1989).

Reprise : OGM (*I Love Serge – Électronicagainsbourg*, CD Mercury, 2001).

Bâille bâille Samantha

Également paru sur 45-tours Philips 870 002-7 (SP) avec *Love on the Beat* ; Maxi 45-tours Philips 870 002-1 (Maxi) avec *Love on the Beat* et *Suck Baby Suck*

La chanson fait ouvertement référence à l'addiction de l'adolescente Samantha pour les drogues dures, en l'occurrence l'héroïne et la cocaïne : *Bâille bâille Samantha/Des traces de piquouzes, à/Tes lèvres des traînées de poudre, oh !* Les bâillements sont là pour indiquer qu'elle doit prendre sa dose, ou est assommée par elle, d'où le titre jouant sur l'interjection anglaise « bye bye » et le verbe « bâiller ». Lui, complètement *à cran*, a du mal à comprendre pourquoi la petite est *accro*. Le déroulé lancinant, à peine relevé par la basse slappée, fait traîner le morceau en longueur.

Suck Baby Suck

Également paru sur Maxi 45-tours Philips 870 002-1 (Maxi) avec *Love on the Beat* et *Bâille bâille Samantha*

Parmi les reproches qui sont faits à l'artiste par les journalistes entre ses apparitions télévisées en état d'ébriété avancé et la sortie de *You're Under Arrest*, le plus douloureux – mais tristement exact – concerne la perte de sa légendaire éloquence, de sa distinction et de son sens des métaphores. Un abîme sépare *Les Sucettes* (1966) de *Suck Baby Suck*, évocation, sans détour ni gants, des prouesses buccales de la petite Samantha sur fond de rock : *Suck baby suck/With the CD of Chuck Berry Chuck*. Si le sujet est trivial au possible, l'accompagnement renoue avec un funk organique, dynamique et entraînant.

Gloomy Sunday

En français « Sombre dimanche », *Gloomy Sunday* est une chanson popularisée par Damia, enregistrée le 28 février 1936, provenant d'un morceau hongrois intitulé *Szomorú Vasárnap* (1933) signé László Jávor et Rezsö Seress. La chanson, passant pour une incitation au suicide, est interdite d'interprétation en public dès sa création. Elle est ensuite immortalisée par la version qu'en donne Billie Holiday en 1941 sous le titre *Gloomy Sunday*, interdite à son tour sur les ondes de la BBC. Serge Gainsbourg reprend le titre anglais et modifie sensiblement le texte de l'adaptation française afin d'apporter une touche moderne à la syntaxe originale : *Je crèverai un Sunday où j'aurai trop souffert/Alors tu reviendras, mais je serai parti/Des vierges brûleront comme un ardent espoir/Et pour toi sans effort, mes yeux seront ouverts*. L'arrangement reste dans une tonalité jazz funk acceptable, soulignée par la voix de la choriste Brenda White King à la façon de la chanteuse nigériane Sade.

Serge Gainsbourg reprendra en live *Gloomy Sunday* (cf. *Le Zénith de Gainsbourg* ; 2 LP Philips 838 162-1 et SP Philips 6837.969, 1989).

Aux enfants de la chance

Également paru sur 45-tours Philips 870 174-7 (SP) avec *Shotgun* ; Maxi 45-tours Philips 870 174-1 (Maxi) avec *Shotgun* et *Glass Securit*

Signe des temps, écho de la vie partagée avec Bambou qui avait mis des années à se débarrasser de son addiction à l'héroïne, la drogue est au cœur de *You're Under Arrest*. Afin de ne point créer d'amalgame avec une addiction qui n'a jamais été sienne, mais dont il a été le témoin direct, Serge Gainsbourg tient à préciser que « la drogue, c'est du shit ». *Aux enfants de la chance* était un roman de Joseph Kessel publié en 1934. C'était aussi le nom d'un cabaret où jouait son père dans les années 1950. Étonnamment, le discours se fait bien plus moralisateur que dans *Coco and Co* (1964) ou *My Lady Héroïne* (1978) : *Aux enfants d'la chance/Qui n'ont jamais connu les transes/Du shoot et du shit/Je dirai en substance ceci/Ne commettez pas d'imprudence/Surtout n'ayez pas l'impudence/D'vous foutre en l'air avant l'heure dite/Je dis dites-leur et dis-leur/De casser la gueule au dealer*. Tout y passe : *shoots* à l'héroïne, *shit* (haschisch), *angel dust* (PCP), *magic mushroom* (champignons hallucinogènes), *free base* (cocaïne), *dragon chasing* (opium)…

La ballade présentant un Gainsbourg acceptable aux yeux du grand public fait un tabac sur les radios, même si elle est musicalement éloignée de la tonalité plus dure de l'album.

Le créateur la reprend en public dans *Le Zénith de Gainsbourg* (2 LP Philips 838 162-1, 1989), tandis que Jane Birkin crée une nouvelle version studio arrangée par Philippe Delettrez dans *Versions Jane* (CD Philips 532 140-2, 1996).

Notons qu'en cette même année 1987 – coïncidence ? – la chanteuse France Cartini (qui publia ensuite d'autres disques sous le nom France Cartigny) sort un 45-tours intitulé *Dis-leur merde aux dealers* avec en face B *La Drogue c'est de la merde* ; le tout subventionné par le gouvernement. Étonnant, non ?

Reprises de *Aux enfants de la chance* : Renaud et Maxime Le Forestier (émission « Sidaction », 7/4/1994), Christine Delaroche (*J'aime*, CD OJM/Musidisc 417 264-2 ; CDS OJM/Musidisc 172 642-0, 1995), Nicolas Botni (*Chante Gainsbourg*, CD Les Tréteaux International, 1996), Mick Harvey (version anglaise : *To All the Lucky Kids ; Pink Elephants*, CD Mute 157, 1997), Catherine Lara (*Hommage – Ils chantent Serge Gainsbourg*, CD Atlas 6227 205, 1998), Axelle Red (émission « Serge, si tu nous regardes », France 2, 10/3/2001), Conservatoire de Nantes (spectacle *Couleurs Gainsbourg*, CD Cabaret Studio, 2001), Patrick Péronne (*Gainsbourg au bar*, CD Delta, 2001).

Shotgun

Également paru sur 45-tours Philips 870 174-7 (SP) avec *Aux enfants de la chance* ; Maxi 45-tours Philips 870 174-1 (Maxi) avec *Aux enfants de la chance* et *Glass Securit*

Serge Gainsbourg ne craint pas d'évoquer un sujet peu exploré en chanson, celui de la frigidité féminine, qu'il aborde de manière on ne peut plus frontale : *Oui, je te lime jusqu'au sang/Mais je sens qu'jamais tu n'ressens/Mon shotgun/Non, jamais non.* Le *shotgun* en question est le sexe du narrateur, dont la sensibilité est heurtée quand sa Samantha ne parvient pas à lui dire « je t'aime », et sa virilité mise à l'épreuve face à l'indifférence de la gamine, sans doute suscitée par l'état second dans lequel la came la plonge en permanence. Le titre n'a rien de grandiose avec son harassante sonorité de batterie électronique, seul le refrain fait illusion le temps d'une envolée de la guitare et des claviers.

Glass Securit

Également paru sur Maxi 45-tours Philips 870 174-1 (Maxi) avec *Aux enfants de la chance* et *Shotgun*

Glass Securit revient sur le thème de l'impuissance et de la frigidité. Le narrateur a besoin d'un verre pour se détendre et se mettre en condition face à une Samantha froide comme un glaçon sous l'effet de la poudre : *Tequila aquavit/J'recherche Aphrodite/Froideur explicite.* Quand plus rien ne tourne rond, Gainsbourg s'en remet à son panthéon et cite un extrait de poème de Stéphane Mallarmé. Les expressions imagées de l'auteur pallient la platitude de la mélodie. Notons qu'à cette époque, loin de son habituelle vantardise, c'est Serge lui-même qui souffre de problèmes d'impuissance, l'un des signes envoyés par son corps épuisé par des décennies d'excès en spirale.

Dispatch Box

Également paru sur 45-tours Philips 870 510-7 (SP) et 45-tours Philips 6837 949 (SP hors-commerce) avec *Mon légionnaire ;* Maxi 45-tours Philips 870 510-1 (Maxi) avec *Mon légionnaire* et *Mon légionnaire (remix)*

L'histoire entre le narrateur et Samantha prend fin sur *Dispatch Box* où est venu le moment des adieux : *Je prends mon baise-en-ville/Notre amour ne fut-il/Qu'une tringle futile/Dispatch Box.* Marre de son insensibilité physique, son indifférence et de son addiction aux drogues. Il affirme que cinq ans dans la Légion étrangère ne pourraient être pires, ce qui lui permet de faire la transition avec le titre suivant, *Mon légionnaire*. Avant de partir, il prend soin de ne pas oublier un livre du condamné à mort Caryl Chessman (voir *Qui se souvient de Caryl Chessman*, 1967). Dans ses déplacements professionnels, l'auteur avait toujours avec lui son attaché-case rempli d'affaires diverses (liasses de billets de banque, carnet de blagues, shaker…). La production datée et horripilante entache quelque peu la jolie mélodie que l'interprète souligne par son chant éloigné du *talk over* habituel.

Dispatch Box est repris en concert sur le double album *Le Zénith de Gainsbourg* (2 LP Philips 838 162-1, 1989).

Mon légionnaire

Également paru sur 45-tours Philips 870 510-7 (SP) et 45-tours Philips 6837 949 (SP hors-commerce) avec *Dispatch Box* ; Maxi 45-tours Philips 870 510-1 (Maxi) avec *Dispatch Box* et *Mon légionnaire (remix)*

Serge Gainsbourg s'amuse à la reprendre sans en modifier les paroles, lui conférant une lecture masculine ambiguë qui aurait eu sa place sur *Love on the Beat* (1984) : lors de l'enregistrement de cet album, il avait d'ailleurs déjà essayé de l'interpréter, dans une première version plus douce et chantée ; celle-ci n'a été dévoilée qu'en 2011 (cf. coffret *Vingtième Anniversaire*, Universal). Il opte cette fois pour le *talk over* saisi près du micro (en doublant sa voix sur chaque fin de refrain), en se souvenant des heures d'essais infructueux passées en studio en 1984. Si le thème se rapporte à l'armée, il n'est nullement question de provocation mais d'un goût réel pour la chanson. La rythmique implacable et le motif de clavier ne sont pas sans rappeler le succès *One Night in Bangkok* de Murray Head, pris pour modèle dans cette recréation des musiciens américains. Le titre édité en 45-tours bénéficie d'un clip vidéo signé Luc Besson.

Serge Gainsbourg chante *Mon légionnaire* en public sur le double album *Le Zénith de Gainsbourg* (2 LP Philips 838 162-1, 1989).

Jane Birkin au Bataclan

Album de Jane Birkin ; double 33-tours Philips 834 037-1 (2 LP)
Parution : 1987
Jane B, Di doo dah, Norma Jean Baker, Love for Sale, Ballade de Johnny-Jane, Ex-fan des sixties, Les Dessous chics, Physique et sans issue, Baby Alone in Babylone, Avec le temps, Le Moi et le Je, Nicotine, L'Amour de moi, Quoi, Yesterday Yes a Day, Lost Song, Baby Alone in Babylone, Rocking-chair, Fuir le bonheur de peur qu'il ne se sauve, Le Couteau dans le play.

Les premiers pas sur scène de Jane Birkin au Bataclan, sous l'œil avisé de son mentor. Un vent de mélancolie souffle sur la prestation enregistrée.

Au printemps 1987, les murs et colonnes Morris de Paris sont recouverts d'affiches portant l'inscription : « Je vais y passer ». Il s'agit de promouvoir les tout premiers concerts de Jane Birkin qui fait ses débuts au Bataclan au mois de mars. En coulisse, Serge Gainsbourg veille à ce que l'événement soit parfait, des chansons jusqu'aux lumières et fumigènes prévus durant *Lost Song*. La direction musicale est confiée au guitarise Michel-Yves Kochmann, épaulé par Serge Perathoner (claviers), Bruno Lasnier (guitare et chœurs), Serge Salibur (basse) et Camille Safiris (batterie). Cinq semaines durant, Jane enchante et émeut le public avec un florilège de ses chansons pour la plupart écrites et composées par Serge. Ce dernier n'hésite pas à monter sur scène pour encourager sa muse – qui s'est coupé les cheveux pour l'occasion – et vanter ses qualités. Le double album qui paraît à la fin de l'année donne un aperçu du programme associant mélodies enjouées (*Di doo dah*,

Rocking-chair), chansons romantiques (*Jane B*, *Ballade de Johnny-Jane*) et grands élans mélancoliques (*Baby Alone in Babylone*, *Quoi*, *Lost Song*, *Fuir le bonheur de peur qu'il ne se sauve*, *Le Couteau dans le play*). Deux reprises sont au menu : *Love for Sale* et l'immarcescible *Avec le temps* de Léo Ferré (également publié sur 45-tours Philips 870107-7 (SP), avec *Le Moi et le Je*). Un tel répertoire et le charme naturel de Jane Birkin emportent l'adhésion.

1988

L'Amour s'oxyde avec le temps

Une année creuse, entre la sortie de *You're Under Arrest* et un dernier tour de piste triomphal au Zénith de Paris.

Amour puissance six

Créé par Viktor Lazlo ; 45-tours Polydor 871 390-7 (SP), Maxi 45-tours Polydor 871 391-1 (Maxi) et CD Polydor 871 391-2 (CDS)

Chanteuse de dimension internationale, Viktor Lazlo (née Sonia Dronier en 1960) est lancée par le producteur belge Lou Deprijck, responsable du succès de Plastic Bertrand. Après *Canoë rose* et *Pleurer des rivières*, elle hérite de *Amour puissance six* avec des paroles signées Gainsbourg. Sur une musique funky dans l'air du temps, elle susurre cette succession de rimes en *x* chères à l'auteur, sans avoir la pertinence de celles offertes à Françoise Hardy au temps de *Comment te dire adieu* : *Amour puissance six/Ne serait-ce qu'un temps/L'amour ça s'ox-/Yde avec le temps*. L'enregistrement a lieu au studio Madeleine à Bruxelles et le remixage est effectué par Dominique Blanc-Francard au studio Guillaume Tell à Paris. Publié en septembre 1988 sur un 45-tours comprenant le titre *La Cité* sur un texte de Boris Bergman,

Amour puissance six figure également sur l'album *Hot & Soul* (CD Polydor 837 921-2, 1989).

Berceuse de Jocelyne

Inédit

Cette chanson mystérieuse est annoncée sur les programmes de la tournée *You're Under Arrest*, mais elle demeure inédite.

1989

Hey Men Amen

Pour son dernier baroud, Serge Gainsbourg extrait quelques pépites d'un répertoire abondant pour un *Live* d'anthologie, et produit pour Bambou un album inégal.

Le Zénith de Serge Gainsbourg

Album de Serge Gainsbourg ; double 33-tours Philips 838 162-1 (2 LP)
Parution : 1989
You're Under Arrest, Qui est « in » qui est « out », Five easy pisseuses, Hey Man Amen, L'Homme à tête de chou, Manon, Valse de Melody, Dispatch Box, Harley David Son of a Bitch, You You You But Not You, Seigneur et saigneur, Bonnie and Clyde, Gloomy Sunday, Couleur café, Aux armes et cætera, Aux enfants de la chance, Les Dessous chics, Mon légionnaire.

Sur la lancée de *You're Under Arrest*, Serge Gainsbourg repart sur la route pour ce qui restera sa dernière tournée. Sept soirées au Zénith de Paris à partir du 22 mars 1989 suivies d'une trentaine de dates en province, dont le Printemps de Bourges, la Belgique, la Suisse et trois concerts exceptionnels au Japon, les 21 et 25 mai au Itomi Hall à Tokyo et le 23 au Sankeï Hall à Osaka. L'équipe qui accompagne le chanteur depuis les répétitions aux États-Unis reste quasiment la même : Billy Rush à la guitare, John K. Kumnick à la basse, Gary Georgett aux claviers, Tony « Thunder » Smith à la batterie, Stan Harrison au saxophone et Curtis King Junior associé cette fois à Denis Collins aux chœurs. Le spectacle bénéficie d'un décor stylisant une mégalopole après l'apocalypse et le public venu voir l'idole a considérablement rajeuni. Au milieu de ce show bien rodé et très professionnel, Serge Gainsbourg paraît fatigué mais toujours enthousiaste à l'idée de revoir par milliers ses « p'tits gars » et les « p'tites pisseuses ». Le tour de chant se concentre sur les deux derniers albums new-yorkais, quelques standards (*Qui est « in » qui est « out »*, *Bonnie and Clyde*, *Aux armes et cætera* et *Couleur café*, extrait en simple) mêlés à des titres plus inattendus (*Manon*, *Valse de Melody*, *L'Homme à tête de chou*, *Les Dessous chics*), et trois nouveautés spécialement conçues pour l'occasion : *You You You But Not You*, *Seigneur et saigneur* et son testament musical, *Hey Men Amen*. Une *Berceuse de Jocelyne* envisagée et annoncée sur le programme n'est pas terminée à temps pour voir le jour. Le double album 33-tours et la version CD sortis en 1989 sont une sélection des concerts donnés les 23, 24 et 25 mars 1988 au Zénith de Paris.

Hey Man Amen (Live)

Également paru sur 45-tours Philips 872 256-7 (SP) avec *Bonnie and Clyde (Live)*

De façon émouvante, Serge Gainsbourg écrit son testament musical qu'il dédie à son fils cadet. Il y évoque sa fin prochaine et son souhait de n'être pas oublié. Ultime pirouette stylistique, il intervertit astucieusement les *u* et les *i* à la fin de certains vers, offrant parfois une deuxième lecture : *Quand je serai refroidu/Je laisserai à mon p'tit Luli/Des nèfles et mes abattus*. La vidéo tirée du spectacle comporte un couplet supplémentaire à la version disque, et pas le moindre : *Petit gars lorsque sur moi tu auras tout lu/Tu n'sauras pas combien de Loli-/Tas j'ai baisées j'ai eues dans mon lut.* Le spectacle filmé laisse apparaître le jeune fils (deux ans à peine), terrorisé par la foule et les projecteurs, dans les bras de son père.

You You You But Not You

Cette chanson écrite spécialement pour le spectacle au Zénith de Paris et la tournée qui suit témoigne de la plume prolifique de Serge Gainsbourg et d'une certaine facilité pouvant conduire jusqu'au relâchement. *You You You But Not You* montre également son éclectisme en matière de conquêtes féminines, citant les rouquines, les brunettes, les *black locks* (filles noires coiffée de *dread locks*), les *skinheads* (crâne rasé) et les *blondes filasse.* Le titre ne figure que sur l'enregistrement du concert.

Seigneur et saigneur

Glissée entre *You You You But Not You* et *Bonnie and Clyde* avec laquelle elle a un lien de parenté, cette nouveauté à la rime riche s'attaque à la lutte des classes entre les *seigneurs* (tout-puissants) et les *saigneurs* (braqueurs) : *J'suis plein aux as/D'la sale race/Des seigneurs/Toi, tu as la classe/Tu es un saigneur.* Il n'est pas difficile de voir où penche le cœur de Gainsbourg, qui raconte ensuite avec truculence comment le saigneur *dédicace sa p'tite gueule d'amour* et *fait des casses* puis *se casse.* Notons au passage que la chanson avait été initialement prévue pour un copain de virée nocturne, Anthony Delon (d'où les allusions). L'interprète s'investit en appuyant sur les rimes de l'un de ses derniers textes.

Couleur café (Live)

Également paru sur 45-tours Philips 874 988-7 (SP), avec *Les Dessous chics (Live)*

Serge Gainsbourg fait revivre cette mélodie exotique de 1964 (*Gainsbourg percussions*) chantée avec les chœurs et le public. Au verso du 45-tours, il se réapproprie *Les Dessous chics* écrit en 1983 pour Jane Birkin.

Made in China

Album de Bambou ; 33-tours Philips 838 355-1 (LP)
Parution : mars 1989
Made in China, Ghetto Blaster, Entre l'âme et l'amour, How Much for Your Love Baby, J'ai pleuré le Yang-Tsé, Hey Mister Zippo, Quoi toi moi t'aimer tu rêves, China Doll, Aberdeen et Kowloon, Nuits de Chine.

À peine remis de l'enregistrement et de la promotion éreintante de son dernier album *You're Under Arrest* et de la tournée subséquente, Serge Gainsbourg jette ses dernières forces dans la création de l'unique album de Bambou. Écrit, composé et enregistré entre novembre 1988 et janvier 1989, *Made in China* se révèle une épreuve pour tout le monde. Quand le créateur soumet l'idée de l'album à son directeur artistique Philippe Lerichomme, ce dernier répond qu'il n'y participera qu'à la livraison des textes. Gainsbourg en appelle au directeur de PolyGram, Alain Lévy, afin de débloquer la situation. Finalement, tout le monde embarque pour le New Jersey où les attendent les musiciens américains devenus des partenaires inséparables depuis *Love on the Beat*. Le groupe réduit à l'essentiel comprend le directeur musical et multi-instrumentiste Billy Rush (guitares, basse, programmation rythmique), Gary Georgett (claviers, basse synthétique et programmation) et Curtis King Junior (chœurs). Après la réalisation des pistes instrumentales au studio Dangerous Music, les parties vocales sont mises en boîte au studio Plus XXX à Paris sous la férule de Dominique Blanc-Francard, dans une ambiance tendue. Serge Gainsbourg se rend compte assez tardivement des capacités limitées de son interprète qui, pour sa défense, ne découvre les textes qu'au dernier moment. L'auteur, coutumier du fait, n'a assemblé que quelques idées éparses avant d'entrer dans l'arène, ce qui ne peut que déstabiliser sa compagne. Entré dans une rage folle en la voyant pleurer, il lui demande par exemple de refaire une prise sans tarder afin de conserver l'émotion de sa voix tremblotante. Sans surprise, l'album publié sur CD en mars 1989 est un fiasco commercial malgré deux ou trois bonnes chansons. Il est néanmoins assorti d'une longue campagne promotionnelle avec la publication de trois 45-tours, *Nuits de Chine*, *J'ai pleuré le Yang-Tsé* et *Hey Mister Zippo*.

Made in China

En composant *Made in China*, Serge Gainsbourg s'empare d'un phénomène de société tout en restant dans le périmètre de son sujet, Bambou, chez qui tout est chinois, de la *petite culotte* au *saké*. La chanson vraiment quelconque, nageant dans le funk de bas étage, narre une aventure sans lendemain. Les paroles respirent la facilité : *Tu m'as saquée juste après l'a-/Mour j'ai pleuré comme il se doit/J'sentais couler entre mes doigts/Tout le saké made in China.*

Reprise : version récitée sans musique par Bambou (*Portraits*, 2 CD Frémeaux & Associés FA 8020, 2000).

Ghetto Blaster

Également paru sur 45-tours Philips 875 602-7 (SP) avec *J'ai pleuré le Yang-Tsé*

Le *ghetto blaster* est un gros poste radio-cassette que les rappeurs des années 1980 portaient sur l'épaule tel un étendard de leur culture. Le morceau n'a rien d'un rap malgré le chanté-parlé plat de Bambou ; il s'agit plutôt d'un funk robotique et répétitif à la manière de James Brown, que le choriste Curtis King Junior tente d'approcher. Dans la chanson, le *black* de Harlem a perdu sa *sound machine*, Bambou la récupère et se fait la paire.

Entre l'âme et l'amour

Également paru sur 45-tours Philips 876 218-7 (SP) et Maxi 45-tours Philips 2044 (hors-commerce) avec *Hey Mister Zippo*

Moins exotique que les autres titres de l'album, *Entre l'âme et l'amour* conserve toutefois le feeling new-yorkais de *Made in China*. C'est au tour de Bambou d'être le sujet passionnel des chansons de Gainsbourg. La strophe *Tu m'appelles au secours/À court d'munitions/Un signe et j'accours/J'fais du stop aux camions* est peut-être une réminiscence de *Help camionneur !* chanté par Jane Birkin. Une autre rappelle *Si tu t'imagines*, premier succès de Juliette Gréco enregistré quarante ans auparavant.

How Much for Your Love Baby

Dans *How Much for Your Love Baby*, Serge Gainsbourg fait allusion aux amours tarifées dont il dit avoir eu recours dans *No Comment* (1984). Suivant le client qu'elle a en face, l'interprète se donne facilement au premier venu, *Je n'suis qu'une traînée de poudre de riz*, ou lui annonce : *Dix mille dollars cash sorry*, prix d'une *call girl* de luxe. Avec ses plans funky à deux sous, la musique a aussi de quoi faire fuir l'auditeur.

J'ai pleuré le Yang-Tsé

Également paru sur 45-tours Philips 875 602-7 (SP) avec *Ghetto Blaster*

Le sujet de *J'ai pleuré le Yang-Tsé* reprend le thème de la noyade cher à Gainsbourg : il apparaît dans plusieurs de ses chansons, dont *La Noyée* de 1970. Il est ici mis au goût du jour, dans les eaux du Yang-Tsé-Kiang, le plus long fleuve chinois, déjà cité dans *Black and White* (1968). En l'intitulant ainsi, l'auteur établit un parallèle avec le classique *Cry Me a River*, immortalisé par Julie London en 1955 (le film *The Girl Can't Help It*) et adapté en français par Boris Bergman pour Viktor Lazlo (*Pleurer des rivières*, 1985), qu'il avait fait chanter à son tour quelques mois plus tôt. La mélodie s'inscrit dans le style des ballades composées pour Jane Birkin, chantée une octave en dessous par Bambou qui hérite d'un rejet ardu du poète : *J'ai pleuré le Yang-Tsé/Kiang je dérive je n'sais/C'que j'ai/D'exce-/Ssif pour que tu m'aies laissée.*

Hey Mister Zippo

Également paru sur 45-tours Philips 876 218-7 (SP) et Maxi 45-tours Philips 2044 (Maxi hors-commerce) avec *Entre l'âme et l'amour*

Déjà cité dans *Ford Mustang* (1968 : *Un recueil d'Edgar Poe/Un briquet Zippo…*) et *Exercice en forme de Z*

(1978), le Zippo est l'un des objets du culte de Gainsbourg qui ne se séparait jamais de cet accessoire devenu indispensable à sa gestuelle. Le suffixe de la marque de briquets est prétexte à des rimes en *o* telles que : *Hey, hey mister Zippo/Tu m'enflammes SO-/S tu marches à l'Esso/Et au super*. Les paroles comptent des références familières à l'auteur, *Metro Goldwyn Mayer*, *King-Kong* et *Baudelaire*. Le titre aurait pu faire l'objet d'un duo entre l'auteur et Bambou, mais le rôle est attribué au choriste Curtis King Junior.

Quoi toi moi t'aimer tu rêves

En faisant chanter *Quoi toi moi t'aimer tu rêves* à Bambou, Serge Gainsbourg inverse le rôle qu'il s'attribuait dans ses chansons misogynes. Ce n'est plus l'homme qui délaisse mais la femme qui choisit de se donner sans aimer. Dans la chanson, elle est très jeune, puisqu'elle est au collège, mais déterminée : *Quoi toi moi t'aimer tu rêves/J'te verrai au p'ti-déj/Demain matin au collège/Et je baisserai les yeux*. Pour ne pas être taxé de détournement de mineur, l'auteur émet l'hypothèse d'un fantasme (*Suis-je responsable de nos brèves/Rencontres qui n'ont pas lieu*). La conclusion évoque la destinée tragique de l'héroïne de *Marilou sous la neige* (1976) : *Quoi toi moi t'aimer tu rêves/Il y a du sang sous la neige/Moi rien à foutre mais que n'ai-je/Pu passer aux aveux*. La situation est une nouvelle fois inversée.

China Doll

Peu après leur rencontre, Serge Gainsbourg mettait en scène sa compagne dans l'album de photos *Bambou et les poupées* (1981). La chanson *Baby Doll* prolonge l'idée du Pygmalion en dictant à sa poupée ses projections. À l'instar des autres morceaux de l'album, les chœurs représentent l'auteur :

Chœurs : *You are my China doll*
Bambou : *Oiseau de parabole*
Chœurs : *I love you China doll*
Bambou : *Qu'tu aimerais prendre au viol*

À noter que le thème de la Lolita fait son retour dans la strophe : *Je n'suis qu'une Lol-/Ita pour toi*. La suite du morceau est plus paresseuse en laissant les chœurs reprendre huit fois le refrain.

Aberdeen et Kowloon

Également paru sur 45-tours Philips 874 230-7 (SP) et Maxi 45-tours Philips 2044 (Maxi hors-commerce) avec *Nuits de Chine*

De l'Écosse à Hong-Kong, où se situent Aberdeen et Kowloon, Bambou est à la recherche de celui qui l'a délaissée. La quête s'accompagne de rimes rares en *oon* (*moon*, *soon*, *lagoons*, *saloon*), *own* (*clown*) et *oom* (*Gloomy Sunday*, *room service*, *groom*). Il est fait mention du standard *Gloomy Sunday* que Serge Gainsbourg a repris dans l'album *You're Under Arrest* (1987), et du néologisme *oversaké*, contraction d'*overdose de saké*. Ce morceau de funk en mode mineur se fait plus technoïde avec son nappage de synthés programmés ; la mélodie et le refrain lancé par les chœurs s'accordent à l'atmosphère particulière du titre.

Reprise : version récitée sans musique par Bambou (*Portraits*, 2 CD Frémeaux & Associés FA 8020, 2000).

Nuits de Chine

Également paru sur 45-tours Philips 874 230-7 (SP) et Maxi 45-tours Philips 2044 (Maxi hors-commerce) avec *Aberdeen et Kowloon*

En confectionnant l'album de Bambou, il vient inévitablement à Serge Gainsbourg l'idée de reprendre cette chanson populaire, écrite par Ernest Dumont et Ferdinand Bénech et créée par Louis Lynel en 1922. Cet air qu'il a beaucoup entendu dans son enfance resurgit où on ne l'attend pas, habillé de sonorités modernes jouées par des musiciens américains. Le résultat fonctionne plutôt bien et reste l'un des meilleurs souvenirs de *Made in China*. Serge Gainsbourg, dépité par l'insuccès du titre édité en 45-tours, le justifiera par la mauvaise presse faite autour de la Chine après les événements de la place Tian'anmen qui ont eu lieu au printemps 1989…

Légendes

Textes de Serge Gainsbourg pour *Rock images 1970/90* de Claude Gassian (Éditions Paul Putti, Paris, 1989)

En octobre 1989, pour l'ouvrage du photographe Claude Gassian, Serge Gainsbourg écrit deux textes pour illustrer les portraits du chanteur jamaïcain Peter Tosh et du rocker new-yorkais Willy DeVille.

Gainsbourg medley

45-tours Philips 1243 (SP hors-commerce) de Serge Gainsbourg, avec *Initials B.B.*

Ce 45-tours réservé aux professionnels est destiné à promouvoir le premier coffret « intégral » de 9 CD consacré à Serge Gainsbourg, sorti en septembre 1989, accompagné du slogan officiel « Gainsbourg n'attend pas d'être mort pour être immortel », et d'un plus officieux : « C'est pas ma compilation, c'est mon sarcophage » ! En quatre minutes et demie, il propose un pot-pourri de succès comprenant *La Javanaise*, *La Chanson de Prévert*, *Initials B.B.*, *Je suis venu te dire que je m'en vais*, *Aux armes et cætera*, *Lemon Incest* et *Mon légionnaire*. La face B présente *Initials B.B.* en entier.

1990

Amour des feintes

Deux derniers albums, l'un pour Jane, sa muse de toujours, l'autre pour la nouvelle Lolita de la chanson française, Vanessa Paradis. Malgré sa gestation difficile (« Paradis, c'est l'enfer ! »), l'album *Variations sur le même t'aime* recèle quelques gemmes comme *Tandem*. Puis, avant de nous laisser tomber, Serge Gainsbourg aligne d'ultimes vers pour la muse de sa vie. Un recueil où le maître de la rue de Verneuil sort le grand jeu des sentiments et des amours fatalistes.

Gainsbourg
(magazine **Vis à vis international***)*

Textes de Serge Gainsbourg pour le magazine *Vis à vis international* n° 6, *Le Baroque contemporain* (ALA Productions, Versailles, 1990, pp. 72-79)

La revue d'art et de photographie *Vis à vis international* demande à Serge Gainsbourg de commenter neuf photos de lui-même et de son intérieur du 5 bis, rue de Verneuil dans un reportage intitulé… *Gainsbourg.*

White and Black Blues

Créé par Joëlle Ursull ; 45-tours CBS 655 951-7 (SP)

Le 5 mai 1990 à Zagreb (ex-Yougoslavie), la chanteuse guadeloupéenne Joëlle Ursull (née en 1960, ex-Miss Guadeloupe et ex-Zouk Machine) défend les couleurs de la France au concours Eurovision de la chanson. Elle se classe en deuxième position avec le titre *White and Black Blues* écrit par Serge Gainsbourg sur une musique de Georges Augier. Le texte universaliste (*Qu'importe la couleur, tous égaux*), citant au passage l'un de ses auteurs fétiches (*Je m'sens dans un conte d'Edgar Allan Poe/C'est le nevermore, les vumètres à zéro*), est une célébration maladroite et paresseuse de la négritude : *White and Black/Danse, balance sur le White and Black Blues/Nous les Blacks/Nous sommes quelques millions, treize à la douze*. Fait notable, l'auteur évite de centrer son texte sur la plastique féminine (en particulier celle, bouleversante, de son interprète) pour l'orienter vers le sentiment communautaire. Une version studio est réalisée et publiée sur 45-tours, avec la bande instrumentale en face B. Gainsbourg, plus taquin que jamais, va au *clash* avec la chanteuse au caractère bien trempé. Si elle ne fait pas l'unanimité parmi les habitués de l'Eurovision (ni parmi les aficionados de Gainsbourg), la chanson touche le grand public et atteint la deuxième place du Top 50 à la mi-juillet 1990.

Reprise : Yannick (émission « En attendant l'Eurovision », France 3, 9/4/2001).

Stan the Flasher (Bande originale du film Stan the Flasher*)*

Créé par Serge Gainsbourg ; 45-tours Philips 875 046-7 (SP) avec *Élodie*

L'année 1989 avait été un supplice pour Serge Gainsbourg, dont l'alcoolisme aggravé et la consommation de soixante à quatre-vingts Gitanes par jour avaient pesé sur un physique usé et un mental au plus bas. Le 11 avril 1989, après des hospitalisations et sevrages successifs, il avait subi une longue et délicate opération du foie qui l'avait temporairement remis sur pied. Durant sa convalescence à l'hôtel Raphaël, il avait conçu le scénario de son nouveau film, *Stan the Flasher*. Stan, interprété par Claude Berri, était déjà le prénom du père dans *Charlotte for Ever* ; le *flasher* est le mot anglais désignant un exhibitionniste. Le plus étonnant est que Serge Gainsbourg trouve un producteur, François Ravard (ancien manager du groupe Téléphone), pour financer le film dont le scénario est, au mieux, celui d'un court-métrage, et dont le tournage débute le 20 juin. L'histoire tourne autour de son obsession *lolycéenne* avec pour cible la jeune Élodie Bouchez et se termine dans un mur de désespoir (Stan est arrêté et se suicide, non sans avoir réalisé son fantasme). Aurore Clément, Richard Bohringer, Jacques Wolfsohn et le réalisateur sont aussi du casting, et le *Hamlet* de William Shakespeare en *guest star* via le leitmotiv : *Être ou ne pas être, question-réponse*. À sa sortie en mars 1990, le film est traité avec bienveillance par la critique. L'autre film qu'il avait en tête depuis quelques années, une adaptation du récit *Robinson Crusoë* de Daniel Defoe avec Christophe Lambert, aurait sans doute avantageusement remplacé *Stan the Flasher*. Les deux instrumentaux de la bande originale du film, *Stan the Flasher* et *Élodie*, sont enregistrés avec Gary Georgett aux synthétiseurs et boîte à rythmes, puis produits et mixés au studio Marcadet par Dominique Blanc-Francard.

Variations sur le même t'aime

Album de Vanessa Paradis ; 33-tours Polydor 843 447-1 (LP) et CD Polydor 843 447-2 (CD)
Parution : 28 mai 1990
L'Amour à deux, Dis-lui toi que je t'aime, L'Amour en soi, Le Vague à lames, Ophélie, Flagrant délire, Tandem, Au charme non plus, Variations sur le même t'aime, Amour jamais, Ardoise.

Vanessa Paradis n'a que quatorze ans quand elle surgit avec le tube *Joe le taxi* en 1987. Dans la foulée de ce triomphe initial, elle a publié un album, *M & J* (dont est tiré le hit *Marilyn & John*), prolongeant une image de *baby doll* ou de *lolycéenne* qui ne peut que séduire Gainsbourg, toujours en quête de nouvelles Lolitas chantantes. Depuis ses débuts dans le métier, Vanessa Paradis est entourée et protégée par son oncle et manager Didier Pain et par le compositeur Franck Langolff qui a déjà préparé les musiques du nouvel album avant de faire appel aux auteurs. Alain Souchon, Buzy et Renaud sont sur les rangs quand la jeune chanteuse entend Serge Gainsbourg déclarer à la radio que, s'il devait écrire un album pour une nouvelle interprète, il la choisirait. Démarrée sur le principe d'un 45-tours, la collaboration s'étend à l'album entier, au grand dam de Renaud qui planchait déjà sur le sujet. Après l'enthousiasme initial, il paraît évident que l'auteur s'est fixé un défi supérieur à ses capacités du moment, étant épuisé par la maladie et par le dernier album pour Jane qu'il écrit et compose simultanément. Pour compliquer la chose, il a peine à déchiffrer les musiques sur lesquelles Franck Langolff chante en « yaourt ». Quand certains de ses textes, trop faibles, ne passent pas le contrôle artistique de son interprète (et de son entourage), il s'énerve. Ainsi, des titres prévus comme *Lolita Blues*, *No Way* ou *Zoulou* restent dans les tiroirs. Il aide cependant Vanessa Paradis à accomplir une véritable métamorphose, tant visuelle que musicale : ses textes vont la sortir de l'adolescence pour la faire entrer dans la chanson adulte. Il n'y a qu'à écouter le rock tendu de *Tandem* ou la douleur contenue dans *Dis-lui toi que je t'aime*, *L'Amour à deux* ou le désabusé *Variations sur le même t'aime* qui donne son titre à cet album qui tourne autour du « thème » des amours naissantes et finissantes, de la jalousie et de la possession, avec pour expression des rimes en *m*, *ène*, « aime », « haine » et leurs variantes. Les chansons mises en boîte au printemps 1990 au Local Studio et au studio Guillaume Tell sont arrangées, produites et jouées par Franck Langolff (guitare), Philippe Osman (guitare, claviers, programmation, basse, batterie et chœurs) et Bertrand Châtenet. Les chœurs sont assurés par Anne Calvert, Marina Albert, Carole Fredericks et Jus d'Orange. Les séances ne sont pas de tout repos entre Gainsbourg vexé qu'on lui refuse le premier jet de *Tandem* et plusieurs autres textes, et Vanessa Paradis tentant de l'éloigner de l'alcool (qui lui est interdit, mais auquel Serge y a repris goût) pour le ramener au travail. En parlant de l'épreuve que constitua l'enregistrement, Gainsbarre se contenta de cette formule : *Paradis, c'est l'enfer !* En fin de piste, parce qu'il manquait une chanson, l'album présente un titre hors-sujet, la reprise (pourtant réussie) de *Walk on the Wild Side* de Lou Reed.

L'Amour à deux

L'album *Variations sur le même t'aime* contribue à la mue musicale de Vanessa Paradis. L'entendre chanter un blues rock comme *L'Amour à deux* semblait impossible lors du disque précédent. Elle s'en sort à merveille dans ce titre lent de Franck Langolff, magnifié par le jeu de guitare dobro de Paul Personne. Dans le texte établi sur mesure pour l'interprète, l'auteur montre comment l'amour et son revers sont liés par des sentiments ténus : *J'te suis des yeux/C'est un jeu/Et quand ça tour-/Ne tragique/Jeu dangereux*. Le message du refrain, partagé entre la chanteuse et les chœurs, est en deçà du reste de la chanson.

Dis-lui toi que je t'aime

Également paru sur 45-tours Polydor 879 110-7 (SP) avec *Ardoise*

Sur une somptueuse mélodie, la plus belle de l'album, Serge Gainsbourg brode l'histoire d'une fille demandant à son nouveau fiancé d'annoncer la nouvelle à son ex : *Dis-lui toi que je t'aime/C'est toujours le même dilemme/Un jour ou toujours qui sait/Combien de mois d'émoi cela va durer*. Les amours sont provisoires et toujours aussi fragiles, *entre l'amour, l'amour et la haine*. Outre les entrées des noms modernes IBM et FM s'accordant avec les rimes, l'auteur place deux de ses expressions favorites : *Question de pleins de déliés* et *C'est le nevermore, jamais à plus jamais*. Le morceau baigne dans une atmosphère acoustique et langoureuse, transporté par des chœurs éthérés.

Vanessa en donne une version enregistrée en avril 1993 à l'Olympia de Paris dans l'album *Vanessa Paradis – Live* (CD Remark 521 693-2) puis une autre lors de la tournée *Divinidylle* (CD + DVD Barclay 531 034 3, 2008). Elle le chante en duo avec Étienne Daho le 25 janvier 1999 au Zénith de Paris pour la *Dernière Édition avant l'an 2000* des Enfoirés (CD BMG 170 361-2 ; DVD 170 361-9 et pour la compilation *Dans la peau de Daho*, 3 CD Virgin 813 163-2, 2002).

L'Amour en soi

Également paru sur 45-tours Polydor 879 868-7 (SP) avec *Flagrant délire*

Le mariage entre le rythme électronique et les harmonies organiques des guitares semble incongru. Néanmoins, ce blues lancinant s'impose par son refrain hypnotique et l'électricité qu'il dégage. L'harmoniciste Jean-Jacques Milteau accompagne la fin du morceau. *L'Amour en soi*, le plus long titre de l'album, est le troisième extrait de l'album à sortir en simple en 1991, dans une version remixée et écourtée. Son texte rappelant *L'Amour de moi* chanté par Jane Birkin en 1987 (dans l'album *Lost Song*), pointe les ravages accomplis par le temps sur l'amour : *L'Amour en soi/C'est si simple/Et pourtant/Ça n'résiste au temps*. La nostalgie ne fait ensuite qu'amplifier le sentiment de gâchis.

Le Vague à lames

La musique atmosphérique créée par Franck Langolff laisse libre cours à Serge Gainsbourg pour coller un texte sur les sentiments troubles précédant la fin d'un amour. La tentation est grande de multiplier les jeux de mots à base d'expressions marines telles que *vague à lames*, *eau trouble*, *pas gai*, *brise-l'âme* ou *en nage, en eau*.

> Vanessa l'interprète sur l'album en public *Vanessa Paradis – Live* (CD Remark 521 693-2) paru en 1994.

Ophélie

Également paru sur 45-tours et maxis avec *Ophélie* (plusieurs formats)

L'arrangement rock ancré dans les années 1980 semble quelque peu daté et a pour conséquence de gâcher la mélodie. Immanquablement, Serge Gainsbourg revient à l'un de ses thèmes fétiches, le mythe shakespearien d'Ophélie, repris par Rimbaud, qui lui a déjà inspiré *La Noyée*. Le rôle est donné à Vanessa Paradis qui, pour se faire aimer, entre dans la peau de la suicidée au long d'un texte dense : *Moi j'aimerais tant/Que tu m'aimes autant/Jour et nuit/Qu'la belle Ophélie*. Qui d'autre que Serge pour écrire : *Frôler les nénuphars/Haoh ! et toutes les plantes rares/Comme la blanche Ophélie/Ophélie.*

Flagrant délire

Également paru sur 45-tours Polydor 879 868-7 (SP) avec *L'Amour en soi*

La mélodie stylisée de *Flagrant délire* est servie par un arrangement acoustique d'une grande finesse. Mais au fur et à mesure de sa progression, le morceau vire au rock banal et laid, pour s'achever sur la répétition des refrains par les chœurs. Le jeu de mots du titre se rapporte au *flagrant délit* de mensonge lisible dans les yeux de l'autre.

Tandem

Également paru sur 45-tours Polydor 877 302-7 (SP) avec *Ophélie* ; Maxi 45-tours Polydor 877 631-1 (Maxi) : *Tandem (version longue)* et *Tandem (version courte 45-tours)* ; Maxi 45-tours Polydor 877303-1 (Maxi) : *Tandem (remix long)* et *Tandem (remix court)* ;

CD single Polydor 877 631-2 (CDS) : *Tandem (remix long), Tandem (remix court)* et *Tandem (version courte 45-tours).*

Premier extrait paru en simple, *Tandem* est la locomotive de l'album de Vanessa Paradis. Le titre rock de Franck Langolff entraîné par un riff musclé sert le texte de Serge Gainsbourg fait de rimes en *m* pour « aime » et *n* pour « haine » : *Dans le mot « je t'aime »/Tandem/Autant d'M/Parfois ça brille comme un diadème/Toujours le même thème/Tandem/C'est idem/Bientôt le crash I don't know when.* Le thème est déjà évoqué dans *Digital Delay* (Catherine Deneuve, 1981), *Haine pour aime* (Jane Birkin, 1983) et repris dans le titre *Variations sur le même t'aime*. Ici, l'auteur avance que l'amour induit la notion d'aversion : *Dans amour toujours/C'est le pour/Ou le contre c'est souvent la haine.* Une première version avec un couplet supplémentaire est créée le 21 avril 1990 lors de l'émission « Champs-Élysées » présentée par Michel Drucker. Le vidéo clip de *Tandem*, noir et blanc avec un effet chromé, est signé par Jean-Baptiste Mondino. Il rapporte à son réalisateur une Victoire de la Musique en février 1991.

Vanessa Paradis reprend le titre en public dans les albums *Vanessa Paradis – Live*, enregistré à l'Olympia de Paris en 1994 (CD Remark 521 693-2), *Au Zénith* en 2001 (CD Barclay 589 441-2), et en duo avec Francis Cabrel dans l'album en public *Le Zénith des Enfoirés* paru en 1997 (BMG 153 368-2).

Reprises : Isabelle Boulay (*Scènes d'amour*, CD Sidéral, 2000 ; émission « Jay Bee et les cybernanas », France Inter, 12/2000), Amel et Julien (*Nouvelle star – L'album des finalistes*, CD BMG 2004), Jenifer et Ginnie Line (émission « Fête de la musique », France 2, 21/6/2005), Lynnsha (versions solo et duo avec Anggun : *Tandem*, CD Up Music 4625 642-6, 2005), Julie Zenatti (émission « Gainsbourg pour toujours », France 2, 15/4/2006).

Au charme non plus

La chanson *Au charme non plus* parle de l'érosion des sentiments. Les qualités ou *plans-séquences* qui autrefois faisaient tout le charme de l'autre ne génèrent plus que de l'indifférence. L'expression *le silence hurle* est à nouveau employée, comme dans *Bambou* (1981), *J'envisage* (1982), *Con c'est con ces conséquences* (1983) et le récit *Evguénie Sokolov* (1980). Cette nouvelle histoire est à inscrire à la longue liste des chansons traitant de la rupture amoureuse, un sujet qui mine et domine l'œuvre de l'auteur depuis le départ de Jane Birkin, jusqu'à en imprégner la tonalité des albums de ses muses successives : Catherine Deneuve, Isabelle Adjani, Bambou et Vanessa Paradis.

Variations sur le même t'aime

La chanson-titre de l'album scrute les mystères de l'amour, de sa naissance à la fin, et son rapport au sentiment de haine que l'auteur associe pour la rime et par désillusion : *Entre l'amour et la haine/Je te hais, je t'aime*. Entre les deux se dessinent de multiples variations comprenant la jalousie, l'irrationnel ou le temps qui passe. La musique est un patchwork mêlant guitare acoustique, percussions synthétiques, nappes de claviers et chœurs évanescents.

Amour jamais

À l'expression « amour toujours », Serge Gainsbourg lui substitue « amour jamais » et fait commencer la relation par la fin : *J'te connais à peine/Et déjà tu me fais de la peine/C'est un peu trop tôt/Mieux vaut revenir à zéro*. L'arrangement rock lourdaud sur fond de percussions et claviers synthétiques dégrade fortement un texte intéressant. Il contraint l'interprète à hausser la voix aux dépens de l'émotion. À trop vouloir sonner moderne, l'album perd beaucoup de charme.

Ardoise

Également paru sur 45-tours Polydor 879 110-7 (SP) avec *Dis-lui toi que je t'aime*

La musique du titre *Ardoise* était destinée au texte inédit *Zoulou*, écrit en hommage au « zoulou blanc » sud-africain Johnny Clegg, à qui Renaud avait déjà consacré une chanson aussi faiblarde que sincère en 1988 (*Jonathan*). Au lieu de cela, *Ardoise* traite des amours de l'interprète avec un couvreur, *un p'tit gars qui travaille sur les toits*. Le métier comporte des risques, et la jeune personne qui veut le rejoindre craint pour la vie de l'être aimé : *Car les jours sont bien plus précieux que la nuit éternelle*. Un tel vers prend toute sa force par la plume de Serge Gainsbourg, qui se sait arrivé au terme de la vie. Le sujet est intéressant car il permet de faire un parallèle avec *Le Poinçonneur des Lilas* qui, depuis le métro souterrain, rêvait de voir le ciel. L'auteur, conscient de tourner la page, ferme ainsi la boucle en reliant ce titre à celui de ses débuts.

Reprise : Sabeline Campo (*Portraits*, 2 CD Frémeaux & Associés FA 8020, 2000).

Lolita Blues, No Way et Zoulou

Titres inédits

Lolita blues, *No Way* et *Zoulou* ont tous les trois été écartés de l'album *Variations sur le même t'aime* de Vanessa Paradis. *Lolita Blues* devait être posé sur la musique de *Tandem*, mais son texte, refusé par l'entourage de la chanteuse, est resté inédit, tout comme celui de *No Way*. En revanche, un fragment de *Zoulou* subsiste : *Zoulou/Tu es le zoulou blanc/Zoulou/Si l'on te descend/Tu seras à jamais un martyr/Un héros dans le ghetto*. Le texte, posé sur la musique du titre définitif *Ardoise*, était dédié au chanteur sud-africain Johnny Clegg. Le leader du groupe Savuka, surnommé le « zoulou blanc », eut son quart d'heure de gloire dans les années 1980 avec des hits comme *Asimbonanga (Mandela)* ou *Scatterlings of Africa*, représentatifs d'un répertoire anti-apartheid. Serge Gainsbourg avait alors imaginé le militant assassiné, à la façon de John Lennon ou de la chanson *Good Shot* (1985), le titre inédit où il se voyait subir le même sort.

Vanessa

Texte paru dans le magazine *Photo* n° 272 (mai 1990)

En mai 1990, le magazine *Photo* consacre un reportage à Vanessa Paradis pour la sortie de son deuxième album *Variations sur le même t'aime*. Serge Gainsbourg écrit un texte d'introduction en hommage à l'interprète et un poème de quatre strophes illustrant les photos prises par Bettina Rheims.

Amour des feintes

Album de Jane Birkin ; 33-tours Philips 846 521-1 (LP)
Parution : septembre 1990
Et quand bien même, Des ils et des elles, Litanie en Lituanie, L'Impression du déjà-vu, Asphalte, Tombée des nues, Un amour peut en cacher un autre, 32 Fahrenheit, Love Fifteen, Amours des feintes.

Serge Gainsbourg et Jane Birkin se retrouvent une dernière fois pour un ultime album. Dix chansons, *dix de der* qui mettent leur auteur dans un état de grand épuisement. La relation entre Serge et Jane, faite de complicité et d'une profonde connaissance mutuelle, ne laisse aucune place au caprice ou à une quelconque difficulté. Enfermé dans sa tour d'ivoire et d'ébène, Gainsbourg aligne les musiques et les paroles fatalistes sur le thème éternel de l'amour, le seul qui désormais l'intéresse. Sentant la fin proche, il délivre son message jusque dans l'intitulé *Amour des feintes*, pour *Amours défuntes*, d'un recueil qui pullule de références littéraires (Lautréamont, Huysmans, Wilde, Rimbaud, Nabokov) et d'expressions fétiches (*nevermore*, *ils et elles*, *socquettes blanches*, le néologisme *lolycéenne*). À sa fidèle interprète, l'auteur fait chanter ce qu'il aimerait entendre, des vers intimes doux ou amers qu'il s'adresse à lui-même. Le processus d'enregistrement ne change guère : les bandes playback sont enregistrées outre-Manche, au studio Garage à Woldingham, sous la direction d'Alan Parker (guitares) qui a remplacé Alan Hawkshaw, avec les musiciens Graham Todd (claviers), Andy Pask (basse), Barry Morgan (batterie), Franck Ricotti (percussions), Bob Shaker et Tony Burrows (chœurs). Les voix sont enregistrées au studio Marcadet à Paris sous la supervision de Philippe Lerichomme. La magnifique pochette dessinée à l'encre de Chine par Serge Gainsbourg présente un portrait de Jane Birkin tacheté et griffé. Trois simples sont extraits de l'album, avec pour chacun un clip vidéo : *Amour des feintes*, assorti d'un clip de Serge Gainsbourg, *Et quand bien même*, réalisé par Patrice Chéreau, et *Love Fifteen*, par Jane elle-même.

Et quand bien même

Également paru sur 45-tours Philips 1361 (SP hors-commerce) et 45-tours Philips 878 976-7 (SP) avec *Un amour peut en cacher un autre*

Il est flagrant que Gainsbourg écrit pour Birkin ce qu'il aimerait entendre, dans un vers comme celui-ci : *Et quand bien même/Tu m'aimerais encore/J'me passerais aussi bien de ton désaccord*, ou bien cette référence : *Lautréamont, les Chants de Maldoror/Tu n'aimes pas moi j'adore*. Les fréquentes allusions littéraires de l'album sont un signe évident de ce que doit l'auteur à ses aînés, autant qu'un ensemble de références glissées par ce véritable passeur artistique et culturel. Le poème est intéressant sur sa forme. À commencer par le titre composé de conjonctions de coordination et de subordination, ses huit strophes de trois vers, et ses rimes en *m* et en *or*, dont : *Et quand bien même/Tout se voile dehors/Je me guiderai sur l'étoile du Nord*.

Jane Birkin est restée fidèle à ce titre lors de ses concerts. La chanson est présente sur *Je suis venu te dire que je m'en vais* (2 CD Philips 510 972-2, 1992) ; *Jane – Concert intégral à l'Olympia* (2 CD Philips 534 463-2, 1996) ; *Jane en concert au Japon* (2 CD Mercury UICM 9001/2, 2000) ; *Arabesque* (CD Capitol 5432 972-2, 2002) ; *Arabesque voyage* (CD Capitol 5602 962-0, 2004).

Reprise : Florent Marchet (émission « Prix Constantin » à l'Olympia de Paris, France 2, 9/11/2004).

Des ils et des elles

Le jeu de mots sur les pronoms nominatifs masculin et féminin « ils » pour « îles » et « elles » pour « ailes » est la nouvelle trouvaille de Serge Gainsbourg qui l'emploie dans le film *Charlotte for Ever* (1986) et dans un *Questionnaire de Proust* la même année :

L'oiseau que vous préférez ?

Celui des ils, celui des elles.

La jolie mélodie lancée par un accord de guitare claire a pour refrain : *Où il est question des ils et des elles/Ils, I, L, S, et elles, E, deux L/E, est-ce parce que je sais/Qu'entre nous deux c'est/Fini il s'fait la belle.* Ne reculant devant rien, l'auteur fait chanter à sa muse : *Un jour sûrement saura-t-il que j'étais celle/Qui l'aura aimé plus qu'une autre, plus qu'elle.*

La chanson figure également sur les albums en public *Je suis venu te dire que je m'en vais* (2 CD Philips 510 972-2) et *Jane – Concert intégral à l'Olympia* (2 CD Philips 534 463-2).

Reprise : version récitée sans musique par Bambou (*Portraits*, 2 CD Frémeaux & Associés FA 8020, 2000).

Litanie en Lituanie

Dans cette chanson tout à fait crédible, l'auteur imagine une liste de reproches que son interprète pourrait lui adresser : néologismes, barbarismes, nihilisme, dandysme, égoïsme et cynisme. En conclusion, elle lui dédie le personnage de Des Esseintes créé par Joris-Karl Huysmans dans *À rebours* (1884), l'un des romans favoris de Serge Gainsbourg qui l'a fortement inspiré.

Version live sur le double album *Je suis venu te dire que je m'en vais* (2 CD Philips 510 972-2).

L'Impression du déjà-vu

L'Impression du déjà-vu traite son sujet, sans s'appesantir, sous la forme d'une ballade diaphane, dans laquelle Jane Birkin devine les pensées de son auteur et ancien compagnon qu'elle connaît par cœur : *J'ai l'impression du déjà-vu/Dans tes yeux qui m'observent/À ton regard j'ai déjà lu/Les doutes les réserves*. Dans le dernier couplet, l'auteur cite *L'Empire des sens*, film érotico-cérébral de Nagisa Oshima qui avait fait scandale en 1976. L'arrière-plan musical, à la production ample, délivre un parfum country rock. L'expression *déjà-vu* est très prisée des anglophones qui la prononcent avec l'accent (*day-ja vou*) : elle a servi de titre à un célèbre album de Crosby, Stills, Nash & Young sorti en 1970.

Jane l'a chantée au Casino de Paris en 1991 (cf. le double album *Je suis venu te dire que je m'en vais*).

Asphalte

Également paru sur 45 tours, Philips 878 026-7 (SP) avec *Amour des feintes*

Une chanson légère et féminine sur les idées que peut suggérer l'asphalte : la démarche des filles en talons aiguilles, l'inattendu, les désillusions, un mariage, les échanges de regards, voire les fantasmes, et deux métiers liés à la rue, celui de pervenche et celui de prostituée : *Que de détresse/Dans ces ivresses/Venues de l'asphalte*. La ballade au rythme doucement funky est aussi bien jouée que réalisée, sans faute de goût.

Version live au Casino de Paris au printemps 1991 (cf. le double album *Je suis venu te dire que je m'en vais*).

Tombée des nues

Également paru sur 45-tours Philips 868 746-7 (SP) avec *Love Fifteen*

À rebours d'*Asphalte*, le thème de la chanson *Tombée des nues* s'intéresse aux rêves et à l'irréel, ainsi qu'aux paradis artificiels qui sont autant de *paradis perdus*. Le morceau léger et aérien va comme un gant à Jane Birkin dont la voix flotte sur les sonorités claires de la guitare et des claviers, enveloppées par celle ronde et chaleureuse de la basse.

Version live au Casino de Paris au printemps 1991 (cf. le double album *Je suis venu te dire que je m'en vais*).

Un amour peut en cacher un autre

Également paru sur 45-tours Philips 1361 (SP hors-commerce) et 45-tours Philips 878 976-7 (SP) avec *Et quand bien même*

Le morceau assez court ne comporte que trois couplets. Il n'en faut pas plus à Serge Gainsbourg pour faire chanter à son ancienne compagne ce qu'il a vécu douloureusement, une séparation tôt remplacée par une nouvelle liaison : *On réalise un beau jour entre autres/Qu'il s'en pointe un autre que le vôtre*. Grand seigneur, il ne manque pas de tact pour évoquer en filigrane la relation entre Jane Birkin et le réalisateur Jacques Doillon, qui a succédé à leur histoire, même s'il ne s'en est jamais vraiment remis. L'accompagnement *soft rock* assez discret met le texte en valeur en étant rehaussé d'un gimmick au clavier. Le titre fait penser à celui de *La Femme des uns sous le corps des autres* qui, en 1958, traitait de l'adultère.

32 Fahrenheit

Trente-deux degrés Fahrenheit équivaut à zéro degré Celsius. L'occasion est belle pour Serge Gainsbourg de traiter du « degré zéro ». En amour, cela correspond à une passe à *trente sacs for a night*. L'auteur ne se prive pas d'utiliser des expressions en majorité anglaises et de les associer à leur contraire, comme *tout faux* et *copyright*, *wrong* et *right*, *des bas des hauts* ou *black and white*. Il oppose également deux actrices, Vivien Leigh et Greta Garbo. Dans le dernier couplet, il écrit *voilà l'plus beau* et *let's go* pour parler de *Stranger in the Night* et de Frank Sinatra sans le nommer.

Version live au Casino de Paris au printemps 1991 (cf. le double album *Je suis venu te dire que je m'en vais*).

Love Fifteen

Également paru sur 45-tours Philips 868 746-7 (SP) avec *Tombée des nues*

Une dernière fois, Serge Gainsbourg fait référence au roman *Lolita* de Vladimir Nabokov à travers les symboliques *socquettes blanches tennis* du premier vers. Il est aussi question du *Portrait de Dorian Gray* d'Oscar Wilde dans ce *Love Fifteen* où l'on retrouve Jane Birkin cueillant une gamme de notes montantes : *Ainsi disparut Alice/C'était dé-/Cidé/Love Fifteen/J'ai le spleen/À jamais*. C'est également l'unique chanson où figure le néologisme gainsbourien *lolycéenne* (*lolycéenne en esquisse*) créé dans le synopsis du film *Stan the Flasher*. Enfin, le texte mentionne le mythe d'Orphée et Eurydice pour le comparer à une aventure sans lendemain. La fine mélodie acoustique jouée en boucle est parsemée de chœurs de sirènes.

Version live au Casino de Paris au printemps 1991 (cf. le double album *Je suis venu te dire que je m'en vais*).

Amour des feintes

Également paru sur 45-tours - Philips 878 026-7 (SP) avec *Asphalte*

L'allusion du morceau-titre *Amour des feintes* à la *Pavane pour une enfante défunte* composée en 1899 par Maurice Ravel (1875-1937) est manifeste et inscrite dans le premier couplet : *Amours des feintes/Des faux-semblants/Infante défunte/Se pavanant*. Le morceau dressé avec élégance dans une ambiance acoustique se caractérise par l'emploi d'une guitare à la sonorité hispanisante. Dans la forme comme dans le fond, Serge Gainsbourg s'en remet à une écriture classique, débarrassée de toute scorie ou maniérisme. La strophe : *Amour des feintes/Au loin j'entends/Là-bas que tinte/Le temps*, marquée par le présent et la fin future, fait miroiter les spectres du passé, la *couleur absinthe* de *Variations pour Marilou* (1976) et les *empreintes de nos vingt ans* d'*Élisa* (1969).

Jane Birkin a repris *Amour des feintes* en mai 1991 au Casino de Paris (*Je suis venu te dire que je m'en vais*, 2 CD Philips 510 972-2) ; en octobre 1996 à l'Olympia de Paris (*Jane – Concert intégral à l'Olympia*, 2 CD Philips 534 463-2) ; en septembre 2000 au Bunkamura Orchard Hall de Tokyo (*Jane en concert au Japon*, 2 CD Mercury UICM 9001/2) ; en mars 2002 au Théâtre de l'Odéon à Paris (*Arabesque*, CD Capitol 5432 972-2) ; en 2004 lors de la tournée *Arabesque voyage* (CD Capitol 5602 962-0) et en mars 2009 au Palace à Paris (CD Capitol 9306 2782-6).

Reprises : Valli (*Les Génies de la chanson française – Serge Gainsbourg*, CD Atlas FRA HOMCD1, 1997), Ute Lemper (émission « Hommage à Gainsbourg », Festival de Montreux,

Paris Première, 9/7/2000), Maurice Garrel (*Portraits*, 2 CD Frémeaux & Associés FA 8020, 2000).

Unknown Producer

Inédit

Unknown Producer est la dernière chanson achevée par Serge Gainsbourg, écrite pour rendre hommage au travail de son directeur artistique Philippe Lerichomme, à ses côtés depuis 1976. Celui qui est nommé *l'homme de l'ombre* est notamment à l'origine de la conversion reggae en 1979/81 et funk des albums ultérieurs : *Un homme de l'ombre/Non, ne sont pas nombr-/Eux sachant s'en tenir là/Oui, je fais confiance/En sa clairvoyance/ Son feeling, son sang-froid*. Quelle ne fut pas sa surprise de découvrir ce texte avec son prénom inscrit à côté de celui de son artiste. Particulièrement discret, Philippe Lerichomme n'est intervenu qu'une fois dans les médias après la mort de Serge Gainsbourg. Jane Birkin crée le titre à la télévision lors de l'émission « Tous à la une » de Patrick Sabatier, le 12 octobre 1990, avec Serge Gainsbourg au piano.

1991

Moi m'aime bwana

Serge Gainsbourg meurt le 2 mars 1991, laissant en suspens un projet d'album qui ne verra jamais le jour.

À ma peluche tropicale

Inédit

Ce dernier poème dédié à Bambou est paru dans un journal non identifié, dans les premiers mois de l'année 1991. Serge Gainsbourg revient sur des événements tels que le billet de cinq cents francs brûlé en direct à la télévision, ou l'insulte faite à la chanteuse américaine Whitney Houston au cours de l'émission « Champs-Élysées » de Michel Drucker. Extraits : *Après examen médical/Il se trouve qu'en qual-/Ité d'expert après anal-/Yse je me sens bicéphale*. Ou : *Demain sera un tir à balles/Réelles insoumis je râle/On prend ma tension animale/Et mes emprises digitales*. Le manuscrit original de douze pages (une strophe par page) semble avoir disparu.

Moi m'aime bwana

Inédit

Tel est le titre de travail prévu pour l'album que devait enregistrer Gainsbourg à La Nouvelle-Orléans avec les musiciens accompagnant habituellement The Neville Brothers : Brian Stoltz (guitare), Tony Hall (basse) et Willy Green (batterie), ainsi que Gary Georgett (claviers). Un album à la couleur musicale louisianaise était alors prévu ; le studio avait été réservé à partir du 20 mars. Après un long séjour – de décembre 1990 à janvier 1991 – à l'hôtel de l'Espérance de Saint-Père-sous-Vézelay où il écrit de nouveaux textes, Serge Gainsbourg enregistre au piano les maquettes de chansons sur son dictaphone. La mort le surprend à son domicile dans l'après-midi du 2 mars 1991, laissant le projet inachevé.

Christian Name Christian

Inédit

Le titre signifiant à la fois *Prénom Christian* et *Prénom chrétien* devait faire partie du projet d'album interrompu par la disparition de Serge.

Requiem pour un con (remix)

45-tours Philips 878 904-7 (SP) avec *Requiem pour un con (version originale)* ; Maxi 45-tours Philips 878 905-1 (Maxi) et CD Philips 878 905-2 (CDS) avec *Requiem pour un con (remix 91 – version longue)* et *Requiem pour un con (bande originale Le Pacha)*.

Quelques mois avant la disparition de Gainsbourg, des DJ de Radio Maxximum s'étaient amusés à remixer le titre *Requiem pour un con* de 1968 (pour la bande originale du film *Le Pacha* de Georges Lautner, avec Jean Gabin) à la sauce dance du moment. Choix judicieux car le morceau caractérisé par sa polyrythmie n'a pas pris une ride depuis sa sortie initiale. Funeste coïncidence : Dominique Blanc-Francard et Philippe Lerichomme produisent la version *Remix 91*, qui est envoyée aux programmateurs radio le 1er mars, veille de la mort de l'auteur.

Sorties posthumes, hommages, et cætera

Ce chapitre n'est pas exhaustif ; recenser *tous* les hommages et *toutes* les compilations parus depuis la mort de Serge gonflerait l'ouvrage d'une cinquantaine de pages. Nous nous sommes contentés de retenir les principaux albums.

Chansons et musique de films

Album de Serge Gainsbourg : CD Hortensia CH 404

Paru quelques semaines seulement après la mort de Serge, cet album inélégant réunissait quelques bandes originales éditées par la maison Hortensia (*Sex Shop*, *Toutes folles de lui*, *Si j'étais un espion*, etc.) avec un titre qui fit brièvement le bonheur des collectionneurs (le générique du film *La Horse* de Pierre Granier-Deferre, rigoureusement introuvable à l'époque), mais à la demande légitime des ayants droit, ce CD fut rapidement retiré de la vente.

Actrices

Artistes divers ; coffret 7 CD Philips 848 481-2 et album simple CD Philips 848 714-2

Ce coffret en sept volumes paru en 1991 regroupe les albums de Jane Birkin (la compilation *Quoi*), Charlotte Gainsbourg (*Charlotte for Ever*), Brigitte Bardot *(La Madrague),* Catherine Deneuve (*Souviens-toi de m'oublier*), Isabelle Adjani (son album éponyme est ici rebaptisé *Pull marine*), Mireille Darc (*Compartiment 23*) et Jeanne Moreau (*Le Tourbillon* ; seul ce volume ne contient aucune chanson de Gainsbourg). Existe en compilation dix-huit titres.

Gainsbourgsion !

Album d'April March ; Euro Visions 001 (CD)

L'Américaine April March (née Elinor Blake) est la première artiste à avoir consacré un album de reprises à Serge Gainsbourg. Son répertoire très axé sur la période yé-yé comprend des versions toniques de *Laisse tomber les filles* (*Chick Habit*) et *Pauvre Lola* (*Poor Lola*) en anglais et français, signant elle-même les adaptations. L'enregistrement a lieu entre mars 1994 et février 1995 à Glendale et Hollywood (Californie) avec Andy Paley (guitare, percussions), Phil Maynes (guitare, basse), Steve Savitsky (batterie), des chœurs et une section de cuivres. Le label rouennais Euro Visions (fondé par l'éminent Jean-Emmanuel Deluxe) publie l'opus en une édition limitée devenue rarissime.

Intoxicated Man

Album de Mick Harvey ; LP Mute STUMM 144 (LP) et CD Mute STUMM 144 (CD)

Guitariste des Bad Seeds, le groupe de Nick Cave, l'Australien Mick Harvey tombe sous le charme des chansons de Serge Gainsbourg. Ce premier album, constitué d'adaptations rock, en appelle un second volume, *Pink*

Elephants, paru deux ans plus tard. Mick Harvey (guitare, basse, orgue, percussions), sensible à la noirceur du personnage, respecte totalement l'esprit et la lettre des chansons choisies ; il est accompagné de Bertrand Burgalat (arrangements et piano), James Cruickshank (orgue), David McClymont (basse), Hugo Race (guitare) et Chris Hughes (batterie). La chanteuse Anita Lane lui donne la réplique sur cinq titres (*69 Erotic Year*, *Harley Davidson*, *Ford Mustang*, *Overseas Telegram* et *Bonnie & Clyde*).

Zizi au Zénith

Album de Zizi Jeanmaire ; CD WMD 992500 (CD)

L'une des principales interprètes de Serge Gainsbourg rend hommage à son auteur dans un spectacle comprenant quinze de ses chansons. Le disque est enregistré le 13 octobre 1995 au Zénith de Paris avec Denys Lable (guitare), Serge Perathoner (claviers), Richard Galliano (accordéon), Jannick Top (basse) et Claude Salmieri (batterie).

Les Classiques de Gainsbourg – Les musiques classiques qui l'ont inspiré

Artistes divers ; CD Decca 448 556-2 (CD)

Initié à la musique classique dès son plus jeune âge, Serge Gainsbourg s'est à quelques reprises inspiré de thèmes plus ou moins connus pour des chansons comme *Initials B.B.* (Antonín Dvořák), *Jane B*, *Lemon Incest* (Frédéric Chopin), *Ma Lou Marilou* (Ludwig van Beethoven), *Baby Alone in Babylone* (Johannes Brahms), *My Lady Héroïne* (Albert Ketèlbey), *Aux armes et cætera*

(Rouget de Lisle) ou *Lost Song* (Edvard Grieg). Cette anthologie réunit quelques-unes des plus belles interprétations de ces « sources » souvent méconnues des fans.

Great Jewish Music : Serge Gainsbourg

Artistes divers ; CD Tzadik TZ 7116 (CD)

Le musicien américain d'avant-garde John Zorn réunit en 1997 une pléiade d'artistes de son label Tzadik pour cet hommage original à l'auteur-compositeur français d'origine juive (et russe !). Le projet comprend la participation de grandes figures du rock indépendant et des musiques actuelles tels Elysian Fields, Kramer, Marc Ribot, Cibo Matto, Blonde Redhead, Medeski Martin & Wood, David Shea, Steve Beresford, Mike Patton ou Fred Frith.

Pink Elephants

Album de Mick Harvey : LP Mute STUMM 157 (LP) et CD Mute STUMM 157 (CD)

Deuxième volume des aventures de Mick Harvey dans le répertoire de Serge Gainsbourg, avec de nouvelles adaptations en anglais.

Merci Gainsbourg – Ils chantent Gainsbourg

Artistes divers ; CD Atlas 2871 401 (CD)

Les éditions Atlas, spécialiste des produits kiosques (fascicules accompagnés par un CD, un DVD ou autre), proposent cet hommage alternant reprises improbables

(*69 année érotique* par Caroline Loeb et Jean-Louis Foulquier ; *Jane B* par Sabine Paturel ; *Chanson de Slogan* par Marie Myriam et Jean-Jacques Debout, *Manon* par Jean-Pierre Kalfon, etc.) et bouts d'interviews de Régine et Valérie Lagrange, revenant sur les interprètes féminines de leur ami disparu, ou ses sources d'inspiration.

Lucien Forever

Artistes divers ; CD Pussycats 27 (CD Espagne)

Cet hommage rock par des artistes et groupes espagnols est rapidement retiré de la vente. Les reprises figurant sur cette rareté sont mentionnées, dans le livre, sous chaque titre concerné.

Gainsbourg Tribute '95

Artistes divers ; CD Nippon Columbia COCA-15253 (CD)

Serge Gainsbourg est très populaire au Japon. Il était dans l'ordre des choses de voir arriver des hommages comme celui-ci, enregistré en 1995 et diffusé trois ans plus tard. Le répertoire adapté en japonais est axé sur les années 1960.

Hommage – Ils chantent Serge Gainsbourg

Artistes divers ; CD Atlas 6227 205 (CD)

Nouvelle initiative des éditions Atlas en 1998 : les vedettes de la chanson française se précipitent pour célébrer les classiques de Gainsbourg, avec par ordre d'apparition Hugues Aufray, Guy Béart, Nicolas Peyrac, Yves Duteil, Juliette Gréco, Michel Delpech, Fabienne

Thibeault, Nathalie Roussel et Joshua d'Arche, Lio, Edwige Chandelier et Léo Basel, Graziella de Michele et Catherine Lara.

Canavese chante Gainsbourg : ces petits riens...

Album de Christiane Canavese ; CD Au Merle Moqueur AMCD 999 (CD)

La chanteuse de cabaret Christiane Canavese a créé un spectacle autour des chansons de Serge Gainsbourg réunies dans cet album à la tonalité jazz acoustique. La lumière est donnée à des titres peu repris et parfois méconnus. Elle est accompagnée par Olivier Caillard (piano), David Venitucci (accordéon) et Bruno Rousselet (contrebasse).

Portraits

Artistes divers ; 2 CD Frémeaux & Associés FA 8020 (CD)

Ce double album rassemble des textes de chansons de Serge Gainsbourg récités par les comédiens Bérangère Basty, Sabeline Campo et Maurice Garrel, ainsi que Bambou. Le travail vaut autant pour son originalité que pour le choix des textes prêtant à la redécouverte de certains poèmes. Comme chaque parution de la collection Frémeaux & Associés, il est accompagné d'un livret très bien documenté.

De Serge Gainsbourg à Gainsbarre 1958-1991

Coffret 2 DVD Universal 061 883-2 (DVD)

En 1994 paraissait un coffret de quatre cassettes VHS présenté sous forme de cartouche de Gitanes (et d'un coffret en bois laqué pour l'édition de luxe ; les quatre VHS étaient aussi vendues séparément). Cette mise à jour remastérisée en double DVD rassemble pas moins de cent quarante-huit extraits d'émissions de télévision conservés par l'INA, des débuts (*La Métamorphose d'un garçon sauvage 1958-1966*) à la fin (*Gainsbarre superstar 1981-1991*), compilés par Gilles Verlant et Yann Grasland et mis en page par Yves Desnos.

I Love Serge – Électronicagainsbourg

Artistes divers ; 2 x 33-tours Mercury 548 664/5-1 (2 LP) ; Maxi 45-tours Mercury 572 857/8-1 (Maxi) ; CD Mercury 548 552-2 (CD)

La crème des remixeurs electro de l'époque se donne rendez-vous pour saluer la modernité de l'œuvre de Serge Gainsbourg. Au générique : Bob Sinclar, Faze Action, Dax Riders, Demon Ritchie, Ready Made, Snooze (alias Dominique Dalcan), Château Flight, Stratus, Howie B, Krikor & W.A.R.R.I.O.R, OGM, Dzihan & Kamien, Herbert et The Orb. La sélection retient des titres dansants allant de *Gainsbourg percussions* à *You're Under Arrest*. Le tout est diffusé en format album, maxi et compact sous différents labels internationaux.

Gainsbourg… Forever

Coffret 18 CD Mercury 548 572-2 (CD)

Pour célébrer le dixième anniversaire de la disparition de Serge Gainsbourg et sous la direction du formidable Jean-Yves Billet, sa maison de disques édite un luxueux coffret de dix-huit CD (pour l'édition originale numérotée à la main) tiré à deux mille exemplaires. Les seize albums (*sans* la bande originale du film *Anna*), accompagnés des *Essais pour signature* (1958) et *Inédits – Les Archives 1958-1981* (regroupant divers extraits d'émissions, concerts et publicités), sont répliqués au format compact digipak à l'identique des éditions originales. L'album *Confidentiel* de 1963 est enrichi d'un live d'époque enregistré au Théâtre des Capucines, également publié séparément (LP Mercury 548 634-1 ; CD Mercury 077 272-2). L'ensemble, accompagné d'un livret épais, est rangé dans un coffret en forme de boîte à chaussures. Une seconde édition sort en 2003 (Mercury 980 989-6) sous boîtiers plastique, sans les *Essais pour signature.*

5 bis, rue de Verneuil

CD Éditions PC/INA ISBN 2-91268316-5 tiré à 5000 exemplaires (février 1991)

L'interview d'une cinquantaine de minutes réalisée les 15 et 16 novembre 1989 par Jean-Luc Leray et Patrick Chompré pour France Culture est publiée sur CD, accompagné d'un livre de photos. Un témoignage rare et bouleversant.

Couleurs Gainsbourg

Créé par le Conservatoire de Nantes ; CD Cabaret Studio

Ce disque hors-commerce est la bande originale du spectacle *Couleurs Gainsbourg*, premier du genre, créé par le Conservatoire de Nantes au printemps 2001.

Le Cinéma de Serge Gainsbourg – Musiques de films 1959-1990

Coffret 3 CD Emarcy 586 516-2 (CD) ; 3 CD Universal 586 818-2 (CD)

Cette compilation regroupant les principaux extraits des bandes originales composées par Serge Gainsbourg, réunie par Stéphane Lerouge, l'un des plus grands spécialistes français des musiques de films, est agrémentée de plusieurs inédits. Le premier tirage, rapidement retiré de la vente, comprend *La fille qui fait tchic-ti-tchic* (1969) interprété par Michèle Mercier, qui n'a pas donné son accord à la publication de l'extrait du film *Une veuve en or*. Stéphane Lerouge, qui est également à l'origine de la série *Écoutez le cinéma* publiée par Universal, consacrée à l'exhumation de musiques de films devenues rares, a par la suite publié des volumes séparés pour les films *Cannabis/Ce sacré grand-père*, *Anna* (plus *Manon 70*, *Si j'étais un espion* et *Le Jardinier d'Argenteuil*) et *Sex-shop/Je vous aime*.

Vu de l'intérieur

CD vendu avec un numéro hors-série du magazine *Les Inrockuptibles* LI 01 35 (CD)

Ce disque à la pochette souple est une interview enregistrée donnée par Serge Gainsbourg au rédacteur en chef des *Inrockuptibles*, Christian Fevret, en octobre 1989 et publiée à l'époque. L'intéressé parle librement de son enfance, de ses rencontres et de son inspiration, avec toute la verve qui était sienne. En ouverture, le remix du titre *New York – U.S.A.* par Snooze alias Dominique Dalcan.

Exploring the Music of Serge Gainsbourg

CD Night Bird Music NBM 1002-2 (CD)

Le pianiste de jazz Pierre-Alain Goualch est accompagné par les pointures Rémi Vignolo (basse) et André Ceccarelli (batterie) sur cet album en trio faisant la part belle aux improvisations instrumentales. Une occasion de redécouvrir les partitions sous un angle différent. L'album est enregistré au Studio 26 à Antibes les 10, 11 et 13 mai 2000.

Gainsbourg au bar

CD Culture Press CP 1038 (CD) de Patrick Péronne

Le pianiste Patrick Péronne revisite en solo une vingtaine de chansons assorties d'une composition originale intitulée *Gainsbourg au bar*.

Pop Sessions

Artistes divers ; CD Mercury 548 553-2 (CD)

Un panel d'artistes aux horizons variés se frotte en 2002 à la légende, pour un résultat mitigé. Les participants sont Rachid Taha, Les Rita Mitsouko, Miossec, Zazie, Alain Chamfort, Françoise Hardy, Faudel, Jane Birkin avec et sans Étienne Daho, Ménélik, Texas et Pierpoljak.

L'Homme à tête de sushi

CD Sawasdee 030405 (CD) de Kenzo Saeki

Ce Japonais est assez fou pour reprendre en français en 2003 quelques classiques de Serge Gainsbourg, ainsi que *La Mouche* de Michel Polnareff, *Les Cornichons* et *La Maison près de la fontaine* de Nino Ferrer.

Tribute to Gainsbourg

CD Pudding 187682 (CD) de Scenic Railway

En 2004, un quatuor rennais revisite Serge Gainsbourg entre rock et jazz avec une préférence pour les premières années, dont le rare *Dieu que les hommes sont méchantes.*

D'autres nouvelles des étoiles

Coffret 2 DVD Mercury 982 518-0

Le coffret de deux DVD *De Serge Gainsbourg à Gainsbarre 1958-1991* paru en 2001 étant retiré de la vente suite à la scission de MCA et d'Universal, c'est sous le label Mercury qu'est publié en 2005 ce nouveau coffret, moins bien conçu que le précédent mais présentant l'avantage d'inclure la version intégrale de l'adaptation de *Histoire de Melody Nelson* par Jean-Christophe Averty pour la télévision.

Les **Inrockuptibles** *présentent Serge Gainsbourg*

Artistes divers ; CD *Les Inrockuptibles* LI 06 121 (CD)

CD reprenant six extraits des compilations *Monsieur Gainsbourg Revisited* et *Mister Melody*.

Monsieur Gainsbourg Revisited

Artistes divers ; CD Barclay 983 710-9 (CD)

L'internationale rock se mobilise pour offrir en 2006 un bel hommage aux saveurs pop, folk, reggae ou electro. Au programme : Franz Ferdinand & Jane Birkin, Cat Power & Karen Elson, Jarvis Cocker & Kid Loco, Portishead, Faultline, Brian Molko & Françoise Hardy, Michael Stipe (R.E.M.), Tricky, Marianne Faithfull et Sly & Robbie, Gonzales, Feist & Dani, Marc Almond & Trash Palace, Placebo, The Rakes, The Kills et Carla Bruni.

Mister Melody – Les Interprètes de Serge Gainsbourg

Artistes divers ; Coffret 4 CD Mercury 982 952-8 (CD)

Cet éventail de quatre-vingt-dix-huit titres étalés sur quatre disques offre quelques raretés jusque-là indisponibles en CD, au côté de créations majeures par Michèle Arnaud, Juliette Gréco, Petula Clark, Brigitte Bardot, Régine, France Gall, Valérie Lagrange, etc. Seul Alain Chamfort, qui au même moment publiait sa propre intégrale, est absent de ce coffret essentiel dirigé par Jean-Yves Billet et publié pour le quinzième anniversaire de la mort de « Mister Melody » en 2006.

Serge Gainsbourg telle qu'elle 1958-1968

CD Rue Stendhal 006609 (CD) de Bévinda

En 2007, la chanteuse franco-portugaise Bévinda consacre un opus de dix-sept titres à Serge Gainsbourg, se concentrant surtout sur ses débuts.

Hommage à Serge Gainsbourg

CD Dernière Bande (CD) de Rodolphe Burger & Meteor Band (1000 exemplaires)

Album promotionnel de Rodolphe Burger et son Meteor Band et hommage à l'homme à tête de chou, avec pour invités Jane Birkin, Jacques Higelin, Mick Harvey, Daniel Darc, Fred Poulet, Jean-Noël Chaléat, Lionel Pierres et Pierre Lucas. Enregistré le 10 juin 2006 au sixième festival C'est Dans La Vallée à Sainte-Marie aux Mines.

Gainsblues

CD Le Mot Et La Note LMEN01 (CD) de Simone Tassimot

Cet hommage sensible et raffiné révèle la face blues de Gainsbourg à travers un duo piano-voix dans le plus pur style cabaret rive gauche. Des titres rares comme

La Cavaleuse ou le difficile *Exercice en forme de Z* sont mis à l'honneur.

Gainsnord

Artistes divers ; CD Sonic Scenery 708028 (CD)

Une vingtaine d'artistes belges et néerlandais, dont le chanteur Saule et Tom Barman du groupe dEUS, plonge dans le répertoire gainsbourien pour en extraire des pépites rock, folk, funk, jazz et electro.

Gainsbourg (vie héroïque)

Artistes divers ; CD Polydor 532 443-2 (CD)

La bande originale du film *Gainsbourg (vie héroïque)* de Joann Sfar, avec les participations de l'acteur principal Éric Elmosnino et de Mathias Malzieu (Dyonisos), Katerine, Laetitia Casta, Anna Mouglalis, Sara Forestier, Lucy Gordon, The Bulgarian Symphony, Gonzales, Albin de la Simone, Emily Loizeau et Jeanne Cherhal. Le tout est arrangé et produit par Olivier Daviaud. Existe en version simple et double.

Le Claqueur de mots 1958-1959

Artistes divers ; 2 CD Discograph 3228762 (CD)

Les compilations bon marché centrées sur le Gainsbourg première période pullulent depuis que les chansons concernées sont tombées dans le domaine public. Des titres comme *Au Commencement* (2009), *Premiers Succès* (Spider Music), *L'Amour à la papa* (Isis Records) ou *Le Bon Vivant* (Not Now Music) et des dizaines d'autres font ou vont faire leur apparition ces prochaines années. Le double CD *Le Claqueur de mots 1958-1959*, coordonné par Laurent Balandras (déjà responsable de l'édition des *Manuscrits de Serge Gainsbourg* aux éditions Textuel en 2006), se veut plus ambitieux en proposant, outre dix-neuf classiques, l'inédit (*De*) *Vienne à Vienne* (*Les Mots inutiles*) de 1961 (voir le chapitre 1 « Les Premières Chansons ») et dix-sept morceaux créés ou repris par ses interprètes Michèle Arnaud, Juliette Gréco, Jean-Claude Pascal, Les Frères Jacques, Hugues Aufray et Alain Goraguer.

Vingtième Anniversaire

Coffret 20 CD Mercury/Universal (CD)

Troisième intégrale consacrée au génie de la chanson, *Vingtième Anniversaire* se distingue par son généreux lot de bonus et inédits. Les seize albums originaux sont agrémentés des EP ou singles correspondants et enrichis de versions rares voire inédites (*Melody Nelson*, *Vu de l'extérieur* et *Mon légionnaire* version 1984). Le coffret coordonné par Xavier Perrot et Sébastien Merlet (ce dernier organisateur d'une exposition pointue à Lille en 2008) propose en outre d'autres CD consacrés aux 45 tours (*1975-1986*), aux *Chansons de films* (avec *L'Escroc* et *Bye-bye Mister Spy*) et *Musiques de films*, plus un vingtième volume rassemblant titres inédits, duos et reprises sortis de l'INA, dont *Vienne à Vienne*, *J'ai oublié d'être bête* (1961) et *J'ai mal à la tête* (1962).

Index

Table

DES MÊMES AUTEURS

OUVRAGES DE LOÏC PICAUD

Paul McCartney
Hors collection, 2005

David Bowie et le rock dandy
Hors collection, 2007

L'Odyssée du rock français
Fetjaine, 2009

Red Hot Chili Peppers
Éditions des étoiles, 2010

Elton John
Éditions des étoiles, 2010

OUVRAGES DE GILLES VERLANT

David Bowie, portrait de l'artiste en rock-star
Albin Michel, 1983

Balavoine
(avec Christine Lamiable, Yann Grasland et Jean-Éric Perrin)
Albin Michel, 1995, 2002

Je me souviens du rock
Actes Sud, 1999

Gainsbourg
Albin Michel, 2000
et « Le Livre de Poche », n° 9704

Françoise Hardy, ma vie intérieure
Albin Michel, 2002

Lio – Pop Model
(avec Lio)
Flammarion, 2004

Marcel Gotlib – Ma vie en vrac
(avec Marcel Gotlib)
Flammarion, 2006

Serge Gainsbourg
Pensées, provocs et autres volutes
Le Cherche Midi, 2006

Un homme nature
(avec Doc Gyneco et Jean-Éric Perrin)
Éditions du Rocher, 2006

1968 l'année de la révolution
(avec Sébastien Guyot)
Fetjaine, 2008

1969 année sexplosive
(avec Sébastien Guyot)
Fetjaine, 2009

La Discothèque parfaite de l'Odyssée du rock
(avec Thomas Caussé)
Hors Collection, 2009

Brel par Leloir
(photographies de Jean-Pierre Leloir)
Fetjaine, 2008

Johnny Sixties par Leloir
(photographies de Jean-Pierre Leloir)
Fetjaine, 2009

Les Miscellanées du rock
(avec Jean-Éric Perrin et Jérôme Rey)
Fetjaine, 2009
et « Points », n° P2567

Comment réussir à la télévision quand on est petit, Breton avec des grandes oreilles ?
(avec Philippe Gildas)
Flammarion, 2010

Les Miscellanées des Beatles
(avec Jean-Éric Perrin)
Fetjaine, 2010

QUELQUES OUVRAGES
SOUS LA DIRECTION DE GILLES VERLANT

Le Rock et la Plume
Hors Collection, 2000

L'Encyclopédie du rock français
Hors Collection, 2000

L'Encyclopédie de l'humour français
Hors Collection, 2002

L'Olympia : 50 ans de music-hall
Hors Collection, 2003

Guitares et guitaristes de légende
(avec Dom Kiris)
Fetjaine, 2008

Portraits Jazz
(photographies de Jean-Pierre Leloir)
Fetjaine, 2010

Bourvil – Ça va, ils sont contents
(avec Pascal et Annie Delmotte)
Flammarion, 2010

COMPOSITION : NORD COMPO MULTIMÉDIA
7 RUE DE FIVES - 59650 VILLENEUVE-D'ASCQ

CPI BUSSIÈRE

Cet ouvrage a été imprimé en France par
CPI Bussière
à Saint-Amand-Montrond (Cher)
en août 2014.
N° d'édition : 108186-2. - N° d'impression : 2011014.
Dépôt légal : septembre 2012.

DERNIERS TITRES PARUS

P2748. La 7ᵉ victime, *Alexandra Marinina*
P2749. Mauvais fils, *George P. Pelecanos*
P2750. L'espoir fait vivre, *Lee Child*
P2751. La Femme congelée, *Jon Michelet*
P2752. Mortelles Voyelles, *Gilles Schlesser*
P2753. Brunetti passe à table. Recettes et récits
Roberta Pianaro et Donna Leon
P2754. Les Leçons du Mal, *Thomas Cook*
P2755. Joseph sous la pluie. Roman, poèmes, dessins
Mano Solo
P2756. Le Vent de la Lune, *Antonio Muñoz Molina*
P2757. Ouvrière, *Franck Magloire*
P2758. Moi aussi un jour, j'irai loin, *Dominique Fabre*
P2759. Cartographie des nuages, *David Mitchell*
P2760. Papa et maman sont morts, *Gilles Paris*
P2761. Caravansérail, *Charif Majdalani*
P2762. Les Confessions de Constanze Mozart
Isabelle Duquesnoy
P2763. Esther Mésopotamie, *Catherine Lépront*
P2764. L'École des Absents, *Patrick Besson*
P2765. Le Livre des brèves amours éternelles, *Andreï Makine*
P2766. Un long silence, *Mikal Gilmore*
P2767. Les Jardins de Kensington, *Rodrigo Fresán*
P2768. Samba pour la France, *Delphine Coulin*
P2769. Danbé, *Aya Cissoko et Marie Desplechin*
P2770. Wiera Gran, l'accusée, *Agata Tuszyńska*
P2771. Qui a tué l'écologie ?, *Fabrice Nicolino*
P2772. Rosa Candida, *Audur Ava Olafsdóttir*
P2773. Otage, *Elie Wiesel*
P2774. Absurdistan, *Gary Shteyngart*
P2775. La Geste des Sanada, *Yasushi Inoué*
P2776. En censurant un roman d'amour iranien
Shahriar Mandanipour

P2777. Un café sur la Lune, *Jean-Marie Gourio*
P2778. Caïn, *José Saramago*
P2779. Le Triomphe du singe-araignée, *Joyce Carol Oates*
P2780. Faut-il manger les animaux ?, *Jonathan Safran Foer*
P2781. Les Enfants du nouveau monde, *Assia Djebar*
P2782. L'Opium et le Bâton, *Mouloud Mammeri*
P2783. Cahiers de poèmes, *Emily Brontë*
P2784. Quand la nuit se brise. Anthologie de poésie algérienne
P2785. Tibère et Marjorie, *Régis Jauffret*
P2786. L'Obscure Histoire de la cousine Montsé, *Juan Marsé*
P2787. L'Amant bilingue, *Juan Marsé*
P2788. Jeux de vilains, *Jonathan Kellerman*
P2789. Les Assoiffées, *Bernard Quiriny*
P2790. Les anges s'habillent en caillera, *Rachid Santaki*
P2791. Yum Yum Book, *Robert Crumb*
P2792. Le Casse du siècle, *Michael Lewis*
P2793. Comment Attila Vavavoom remporta la présidentielle avec une seule voix d'avance, *Jacques Lederer*
P2794. Le Nazi et le Barbier, *Edgar Hilsenrath*
P2795. Chants berbères de Kabylie, *Jean Amrouche*
P2796. Une place au soleil, *Driss Chraïbi*
P2797. Le Rouge du tarbouche, *Abdellah Taïa*
P2798. Les Neuf Dragons, *Michael Connelly*
P2799. Le Mécano du vendredi (illustrations de Jacques Ferrandez), *Fellag*
P2800. Le Voyageur à la mallette *suivi de* Le Vieux Quartier *Naguib Mahfouz*
P2801. Le Marquis des Éperviers, *Jean-Paul Desprat*
P2802. Spooner, *Pete Dexter*
P2803. « Merci d'avoir survécu », *Henri Borlant*
P2804. Secondes noires, *Karin Fossum*
P2805. Ultimes Rituels, *Yrsa Sigurdardottir*
P2806. Le Sourire de l'agneau, *David Grossman*
P2807. Le garçon qui voulait dormir, *Aharon Appelfeld*
P2808. Frontière mouvante, *Knut Faldbakken*
P2809. Je ne porte pas mon nom, *Anna Grue*
P2810. Tueurs, *Stéphane Bourgoin*
P2811. La Nuit de Geronimo, *Dominique Sylvain*
P2812. Mauvais Genre, *Naomi Alderman*
P2813. Et l'âne vit l'ange, *Nick Cave*
P2814. Les Yeux au ciel, *Karine Reysset*
P2815. Un traître à notre goût, *John le Carré*
P2816. Les Larmes de mon père, *John Updike*
P2817. Minuit dans une vie parfaite, *Michael Collins*
P2818. Aux malheurs des dames, *Lalie Walker*
P2819. Psychologie du pingouin et autres considérations scientifiques, *Robert Benchley*

P2859. Kampuchéa, *Patrick Deville*
P2860. Les Idiots (petites vies), *Ermanno Cavazzoni*
P2861. La Femme et l'Ours, *Philippe Jaenada*
P2862. L'Incendie du Chiado, *François Vallejo*
P2864. Rêves de Russie, *Yasushi Inoué*
P2865. Des garçons d'avenir, *Nathalie Bauer*
P2866. La Marche du cavalier, *Geneviève Brisac*
P2867. Cadrages & Débordements
Marc Lièvremont (avec Pierre Ballester)
P2868. Automne, *Mons Kallentoft*
P2869. Du sang sur l'autel, *Thomas Cook*
P2870. Le Vingt et Unième cas, *Håkan Nesser*
P2871. Nous, on peut. Manuel anticrise à l'usage du citoyen
Jacques Généreux
P2872. Une autre jeunesse, *Jean-René Huguenin*
P2873. L'Amour d'une honnête femme, *Alice Munro*
P2874. Secrets de Polichinelle, *Alice Munro*
P2875. Histoire secrète du Costaguana, *Juan Gabriel Vásquez*
P2876. Le Cas Sneijder, *Jean-Paul Dubois*
P2877. Assommons les pauvres !, *Shumona Sinha*
P2878. Brut, *Dalibor Frioux*
P2879. Destruction massive. Géopolitique de la faim
Jean Ziegler
P2880. Une petite ville sans histoire, *Greg Iles*
P2881. Intrusion, *Natsuo Kirino*
P2882. Tatouage, *Manuel Vázquez Montalbán*
P2883. D'une porte l'autre, *Charles Aznavour*
P2884. L'Intégrale Gainsbourg. L'histoire de toutes ses chansons
Loïc Picaud, Gilles Verlant
P2885. Hymne, *Lydie Salvayre*
P2886. B.W., *Lydie Salvayre*
P2887. Les Notaires. Enquête sur la profession la plus puissante
de France, *Laurence de Charette, Denis Boulard*
P2888. Le Dépaysement. Voyages en France
Jean-Christophe Bailly
P2889. Les Filles d'Allah, *Nedim Gürsel*
P2890. Les Yeux de Lira, *Eva Joly et Judith Perrignon*
P2891. Recettes intimes de grands chefs, *Irvine Welsh*
P2892. Petit Lexique du petit, *Jean-Luc Petitrenaud*
P2893. La Vie sexuelle d'un islamiste à Paris, *Leïla Marouane*
P2894. Ils sont partis avec panache. Les dernières paroles,
de Jules César à Jimi Hendrix, *Michel Gaillard*
P2895. Les Dessous des mots d'amour. 100 énigmes,
anagrammes et jeux de mots surprenants
Jacques Perry-Salkow, Frédéric Schmitter

P2820. Petit traité de l'injure. Dictionnaire humoristique
Pierre Merle
P2821. L'Iliade, *Homère*
P2822. Le Roman de Bergen. 1950 Le Zénith – tome III
Gunnar Staalesen
P2823. Les Enquêtes de Brunetti, *Donna Leon*
P2824. Dernière Nuit à Twisted River, *John Irving*
P2825. Été, *Mons Kallentoft*
P2826. Allmen et les libellules, *Martin Suter*
P2827. Dis camion, *Lisemai*
P2828. La Rivière noire, *Arnaldur Indridason*
P2829. Mary Ann en automne. Chroniques de San Francisco, épisode 8, *Armistead Maupin*
P2830. Les Cendres froides, *Valentin Musso*
P2831. Les Compliments. Chroniques, *François Morel*
P2832. Bienvenue à Oakland, *Eric Miles Williamson*
P2833. Tout le cimetière en parle, *Marie-Ange Guillaume*
P2834. La Vie éternelle de Ramsès II, *Robert Solé*
P2835. Nyctalope ? Ta mère. Petit dictionnaire loufoque des mots savants, *Tristan Savin*
P2836. Les Visages écrasés, *Marin Ledun*
P2837. Crack, *Tristan Jordis*
P2838. Fragments. Poèmes, écrits intimes, lettres,
Marilyn Monroe
P2839. Histoires d'ici et d'ailleurs, *Luis Sepúlveda*
P2840. La Mauvaise Habitude d'être soi
Martin Page, Quentin Faucompré
P2841. Trois semaines pour un adieu, *C.J Box*
P2842. Orphelins de sang, *Patrick Bard*
P2843. La Ballade de Gueule-Tranchée, *Glenn Taylor*
P2844. Cœur de prêtre, cœur de feu, *Guy Gilbert*
P2845. La Grande Maison, *Nicole Krauss*
P2846. 676, *Yan Gérard*
P2847. Betty et ses filles, *Cathleen Schine*
P2848. Je ne suis pas d'ici, *Hugo Hamilton*
P2849. Le Capitalisme hors la loi, *Marc Roche*
P2850. Le Roman de Bergen. 1950 Le Zénith – tome IV
Gunnar Staalesen
P2851. Pour tout l'or du Brésil, *Jean-Paul Delfino*
P2852. Chamboula, *Paul Fournel*
P2853. Les Heures secrètes, *Élisabeth Brami*
P2854. J.O., *Raymond Depardon*
P2855. Freedom, *Jonathan Franzen*
P2856. Scintillation, *John Burnside*
P2857. Rouler, *Christian Oster*
P2858. Accabadora, *Michela Murgia*

2